U0601508

本書爲全國高等院校古籍整理研究工作委員會項目
本書出版得到國家古籍整理出版專項經費資助

李劍國 輯校

唐五代傳奇集

第一册

中華書局

圖書在版編目(CIP)數據

唐五代傳奇集/李劍國輯校. —北京:中華書局,2015.5 (2025.7 重印)
ISBN 978-7-101-10843-9

Ⅰ.唐… Ⅱ.李… Ⅲ.傳奇小説-小説集-中國-唐代 Ⅳ.I242.1

中國版本圖書館 CIP 數據核字(2015)第 060499 號

責任編輯:俞國林
責任印製:韓馨雨

唐五代傳奇集
(全六册)
李劍國 輯校

*

中華書局出版發行
(北京市豐臺區太平橋西里 38 號 100073)
http://www.zhbc.com.cn
E-mail:zhbc@zhbc.com.cn
三河市中晟雅豪印務有限公司印刷

*

850×1168 毫米 1/32 · 111⅛印張 · 12 插頁 · 2600 千字
2015 年 5 月第 1 版　2025 年 7 月第 6 次印刷
印數:6801-8000 册　定價:480.00 元

ISBN 978-7-101-10843-9

總目

第五册

第六册

凡例

〔一〕明人桃源居士謂「唐三百年文章鼎盛，獨詩律與小説稱絶代之奇」（《唐人百家小説序》），清人蓮塘居士亦稱「唐人小説」「與詩律可稱一代之奇」（《唐人説薈例言》）。徵之唐人小説，唯傳奇可當此譽。傳奇也者，導源於先唐志怪小説及單篇雜傳小説，唐世大行，衍嗣不絶。其體「篇幅曼長，記叙委曲」，「叙述宛轉，文辭華豔」，「大歸則究在文采與意想」（魯迅《中國小説史略》）。此亦即沈既濟所云「著文章之美，傳要妙之情」，實文章化之新體小説也。本集專取傳奇，凡輯校唐五代傳奇作品六百九十二篇，作者可考者九十八人，另有闕名作者近三十人。此中或有遺漏，然其總貌足堪觀一代之奇也。

〔二〕傳奇作品或單篇傳世，或載於小説叢集。亦有少數作品先以單篇行世，復編入叢集者。唐五代小説叢集以傳奇小説集及志怪傳奇小説集（或亦含有雜事）爲大宗，傳奇之作每每雜厠其間，本集依傳奇文體之特徵擇而校録。雜事小説集數量較少，多爲遺事軼聞，小説意味多有不足，然中亦有格近傳奇者，亦酌情採擇，如《本事詩》、《雲溪友議》、《鑑誡録》等。顧志怪、雜事與傳奇之體，涉及具體作品二者每難區別，時或首鼠兩端，頗費思量，是故取捨或有不當，自屬難免。

〔三〕本集所收作品上限爲唐初，下限爲五代十國。隋唐之交及十國入宋作家，凡作品作於唐及十國者，均予收録，若王度《古鏡記》、南唐徐鉉《稽神録》是也。

〔四〕本集編次以作者或作品時代爲序，同一作者作品排列一起而次其先後。時代不可確考者大致確定其上下限，編在相應位置。

〔五〕本集編爲五編，分一百卷。第一編爲武德初至大曆末，凡十二卷，是爲傳奇初興期之作。第二編爲建中初至太和中，凡十八卷，是爲興盛前期，即單篇傳奇文興盛期。第三編爲太和中至乾符末，凡四十三卷，是爲興盛後期，即傳奇集（包括志怪傳奇等集）興盛期。第四編爲廣明至天祐末，凡十三卷，是爲低落期。第五編爲五代十國時期，凡十四卷，是爲繼續低落期。如此編次，欲以見傳奇嬗變之跡也。

〔六〕每篇作品，以作者介紹、正文、校勘記、按語排列。作者生平事跡置於作品標題之後，注明所據文獻。正文之末注明所據版本或出處，其餘重要版本或出處，亦酌情注明。按語考證説明本篇或原集之著録、版本、題署、篇目等及其他相關問題。凡明清民國小説叢編於該作之收採均予著録，以見其流傳之況，且於各本相互之因依關係亦略事説明。

〔七〕作品校録所用底本，大都選擇傳世版本之佳者，包括舊刻本、排印本等。唐五代小説集今存之原書、重編本及輯本，多有今人之校點本。其中少數中華書局版校點本，或以其底本未見，或以其比較可靠，本集亦用爲底本。凡用作底本者，原標點或有改易，並重作校勘。

〔八〕傳奇作品之輯録，以《太平廣記》爲主要依據。《廣記》版本頗夥，除通行之明談愷刊本外，尚有明沈與文野竹齋鈔本（簡稱明鈔本或沈本，藏國家圖書館），隆慶、萬曆間活字本（藏臺北故宫博物院圖書館），許自昌刊本，清黄晟校刊巾箱本，《四庫全書》本（所據爲談本，以黄本校，然文字多有擅改），《筆記小説大觀》石印本（底本爲黄本，文字有所校改，蓋據《四庫》本等）等。又清孫潛以鈔宋本校談本（簡稱孫校本，藏臺灣大學研究圖書館），陳鱣以宋刻校許本（簡稱陳校本，藏國圖），與明鈔本均係珍本。朝鮮成任編《太平廣記詳節》五十卷（今殘存二十六卷），所據亦爲宋本，且爲早出者。限於條件，明鈔本、明活字本、許本、陳校本予皆未能寓目。汪紹楹校《太平廣記》，以談本爲底本而校以明鈔本、許本、陳本、黄本等。臺灣嚴一萍《太平廣記校勘記》，録出孫潛鈔宋本異文（多有遺漏），兼據汪校取明鈔本異文。近出張國風《太平廣記會校》，取校版本主要爲沈、孫、陳三本，視汪、嚴爲備。本書之校，充分利用諸賢校記，以補知見之闕。然以一一標注爲煩，謹於此説明耳。汪校本流傳既久，雖疏誤之處甚多，難稱精校，然校改較爲謹慎規範，故本書以《廣記》輯録者，均取汪本爲底本，偶或參覈談本原刻。汪本校改無誤者徑從之，一般亦不再説明。張氏《會校》雖集《廣記》版本之大成，兼及他書資料，參考價值頗大，惜未能慎施雌黄，去善本遠甚。本書於張校輕改、誤改處多有辨正，乃以供使用《廣記》者參考焉。

〔九〕本集所録作品，大都爲全文或稍有删略者。少數係殘文或節文，甚或僅存梗概。以其文殘存尚多，或始末猶具，可窺大較，故亦收採。前者如《劉幽求傳》是也，後者如《傳書鷰》、《緑衣使者傳》、《達奚盈盈傳》等是也。

〔一〇〕唐五代小説作品常採録前人書，若句道興《搜神記》之《王景伯》，乃採梁吴均《續齊諧記》之《王敬伯》，原作尚存，自宜棄而不録。而採擷唐人書者尤衆，作者歸屬要乃視情而定，不求一律。凡估計基本保持原貌者，則抽出另列，署原作者之名，如《唐暄手記》（載《通幽記》）、鄭伸《稚川記》（載《宣室志》）、趙業《魂遊上清記》（載《酉陽雜俎》）等是也。若删改較大則仍署採録者之名，如陳劭《妙女》、薛用弱《蔡少霞》等是也。若原作本集已收，以文本不同，則兩存之，如闕名《齊推女》與杜光庭《仙傳拾遺》之《田先生》是也。此類情況甚多，均於按語中予以説明。

〔一一〕本事相同而文本兩異者兼收，如蕭瑀《金剛般若經靈驗記》與唐臨《冥報記》之《李思一》，許堯佐《柳氏傳》與孟啓《本事詩》之《韓翃》是也。蓋非因襲，各記所聞耳。

〔一二〕杜光庭撰神仙道教小説多種，或有重出於《仙傳拾遺》、《神仙感遇傳》、《墉城集仙録》、《王氏神仙傳》者，視其詳略擇一而録，如《陽平治》、《王法進》、《王奉仙》、《驪山姥》是也。異文多者録附於後。

〔一三〕作品正文分段。注文以小字單行區分。舊注亦保留。作品原校校語，摘要取入校勘記。

〔一四〕所據底本，凡别體字、異體字、俗體字、簡體字，除情況特殊者外，一般統一爲規範繁體字。通假字一律仍而不改。

〔一五〕篇目原無標題者另擬，或從《太平廣記》。若原有標目非原書所有，如《雲溪友議》、《劇談録》等，亦大都自擬。

〔一六〕篇題下標出撰人，有疑問者以括號加問號爲誌。

〔一七〕校勘用詳校之法，各種校勘資料力求齊備。異文較重要者皆出校，詩歌異文則全部出校。校記於歧異文字多有辨證。

〔一八〕在同一作者作品單元中，常用引書凡重復出現者，一般用其省稱，如《太平廣記》省作《廣記》，《太平御覽》省作《御覽》、《古今説海》省作《説海》、《四庫全書》省作《四庫》。然易生混淆或誤解者，則用原稱，如《歲時廣記》、《蜀中廣記》不省作《廣記》是也。

〔一九〕本集所有引書及參考書，均列入《引用與參考書目》，皆注明版本。《書目》依類别排列。

〔二〇〕書後附《作者索引》與《篇目索引》，以筆畫排列。

〔二一〕曩者魯迅校録《唐宋傳奇集》，專取單篇傳奇文，汪辟疆《唐人小説》則兼選叢集。二書限於體例，皆未稱備，且匙事校正。予踵武前賢，意欲光大其事，六閲春秋而輯成此集。爲讀者暨研究者提供較善文本，是所願也。此中差謬，庶達者有以教之。

二零一二年十二月李劍國識於南開大學文學院釣雪齋

目録

唐五代傳奇集第一編 十二卷

卷一

卷二

卷三

卷四

卷五

卷六

卷七

卷八

卷九

卷十

卷十一

卷十二

唐五代傳奇集第二編 十八卷

卷一

卷二

卷三

卷四

卷五

卷六

卷七

卷八

卷九

卷十三

卷十四

卷十七

卷十八

唐五代傳奇集第三編 四十三卷

卷一

卷二

卷三

卷四

卷五

卷六

卷七

卷十

卷十三

卷十四

卷十五

卷二十

卷二十一

卷二十二

卷二十三

卷二十四

卷二十五

卷二十八

卷二十九

卷三十二

卷三十三

卷三十四

卷三十五

卷三十六

卷三十七

卷三十八

卷三十九

卷四十

卷四十一

卷四十二

唐五代傳奇集第四編 十三卷

卷二

卷六

卷七

卷十二

卷十三

唐五代傳奇集第五編　十四卷

卷一

卷二

卷三

卷六

卷七

卷八

卷九

卷十

卷十一

卷十二

卷十三

卷十四

唐五代傳奇集第一編卷一

古鏡記

王度撰

王度，本太原祁縣（今屬山西晉中市）人，祖上徙居絳州龍門（今山西運城市河津市西）。其弟王通（五八四—六一八），號文中子，隋末大儒，有《中説》；王凝，隋太原令；王績（五八五—六四四），號東皋子，唐初著名詩人，有《王無功文集》（或作《東皋子集》）。度早年師事汾陰侯生，好陰陽占卜之學。大業七年（六一一）前後爲御史臺侍御史，八年冬兼任著作郎，奉詔撰《周史》。九年秋出兼芮城令，故《中説》稱作「芮城府君」。是冬以御史帶芮城令持節河北道，開倉濟陝東。大業末撰《隋書》，未成而病終。約卒於唐武德（六一八—六二六）初。卒後王績爲續《隋書》。《新唐書》卷一九六《隱逸傳·王績傳》謂「兄凝爲隋著作郎，撰《隋書》未成死，績續餘功，亦不能成」，乃誤王度爲王凝。（據《古鏡記》、《中説》卷二《天地篇》、卷三《事君篇》、卷八《魏相篇》，附王福畤《王氏家書雜録》，王績《王無功文集》吕才序、卷四《與江公重借隋紀書》、附陳叔達《江公答書》等）

汾陰侯生〔一〕，天下奇士也。余〔二〕常以師禮事之。臨終，贈余以古鏡，曰：「持此則百邪遠人。」余受而寶之。鏡横徑八寸，鼻作麒麟蹲伏之象，遶鼻列四方，龜龍鳳虎，依方陳布。四方外又設八卦，卦外置十二辰位而具畜焉。辰畜之外，又置二十四字，周遶輪廓，文體似隸，點畫無缺，而非字書所有也。侯生云：「二十四氣之象形。」承日照之，則背上文畫，盡〔三〕入影内，纖毫無失。舉而扣之，清音徐引，竟日方絶。嗟乎！此則非凡鏡之所同〔四〕也。宜其見賞高賢，是〔五〕稱靈物。侯生常云：「昔者吾聞黄帝鑄十五鏡。其第一，横徑一尺五寸，法滿月之數也。以其相差，各校一寸。此第八鏡也。」雖歲祀〔六〕攸遠，圖書寂寞，而高人所述，不可誣矣。昔楊氏納環，累代延慶；張公喪劍，其身亦終。今余遭世擾攘，居常鬱快，王室如燬，生涯何地！寶鏡復去，哀哉！哀哉〔七〕！今具其異跡，列之於後〔八〕。庶〔九〕千載之下倘有得者，知其所由耳。

大業七年五月，余自侍御史告歸河東〔一〇〕，適遇侯生卒，而得此鏡。至其年六月，余歸長安，至長樂坡，宿於主人程雄〔一一〕家。雄新受寄一婢，頗甚端麗，名曰鸚鵡。余既税駕〔一二〕，將整冠履，引鏡自照。鸚鵡遥見，即便叩首流血，云：「不敢住。」余因召主人問其故，雄云：「兩月〔一三〕前，有一客攜此婢從東來，時婢病甚，客便寄留，云還日當取。比不復來，不知其婢由也。」余疑其〔一四〕精魅，引鏡逼之，便云：「乞命，即變形。」余即掩鏡，曰：

「汝先自叙，然後變形，當捨汝命。」婢再拜，自陳云：「某是華山府君廟前長松下千歲老狸，久〔一五〕行變惑，罪合至死。近〔一六〕爲府君捕逐，逃於河渭之間，爲下邽陳思恭義女。思恭妻鄭氏〔一七〕，蒙養甚厚〔一八〕，嫁鸚鵡與同鄉人柴華。鸚鵡與華意不相愜，逃而東。出韓城縣，爲行人李无傲所執。无傲，麤暴丈夫也，遂劫〔一九〕鸚鵡遊行數歲。昨隨至此，忽爾見留。不意遭逢天鏡，隱形無路。」余又謂曰：「汝本老狸，變形爲人，豈不害人也？」婢曰：「變形事人，非有害也。但逃匿幻惑，神道所惡，自當至死耳。」余又謂曰：「欲捨汝，可乎？」鸚鵡曰：「辱公厚賜，豈敢忘德。然天鏡一照，不可逃形。但久爲人形，羞復故體。願緘於匣，許盡〔二〇〕醉而終。」余又謂曰：「緘鏡於匣，汝不逃乎？」鸚鵡笑曰：「公適有美言，尚許相捨。緘鏡而走，豈不終恩？但天鏡一臨，竄跡無路。惟希數刻之命，以盡一生之歡耳。」余登時爲匣鏡，又爲致酒，悉召雄家鄰里，與宴謔〔二一〕。婢頃大醉，奮衣起舞而歌曰：「寶鏡寶鏡，哀哉予命！自我離形，于今幾姓？生雖可樂，死不必〔二二〕傷。何爲眷戀，守此一方？」歌訖再拜，化爲老狸而死，一座驚歎。

大業八年四月一日，太陽虧，余時在臺直。晝卧廳閣，覺日漸昏，諸吏告余以日蝕甚。整衣時，引鏡出，自覺鏡亦昏昧，無復光色。余以寶鏡之作，合於陰陽光景之妙，不然，豈合以太陽失曜而寶鏡亦無光乎？歎怪未已，俄而光彩出，日亦漸明。比及日復，鏡亦精朗如故。自此之後，每日月薄蝕，鏡亦昏昧。

其年八月十五日，友人薛俠者獲一銅劍，長四尺。劍連於靶，靶盤龍鳳之狀。左文如火焰，右文如水波。光彩灼爍，非常物也。俠持過余，曰：「此劍俠常試之，每月十五日，天地清朗，置之暗室，自然有光，傍照數丈。俠持之有日月矣。明公好奇愛古，如飢如渴，願與君今夕一試。」余喜甚。其夜，果遇天地清霽。密閉一室，無復脱隙，與俠同宿。余亦出寶鏡，置于座側。俄而鏡上吐光，明照一室，相視如晝。劍横其側，無復光彩。俠大驚，曰：「請内鏡於匣。」余從其言，然後劍乃吐光，不過一二尺耳。俠撫劍歎曰：「天下神物，亦有相伏之理也。」是後每至月望，則出鏡於暗室，光嘗〔二三〕照數丈。若月影〔二四〕入室，則無光也。豈太陽太陰之耀，不可敵也乎？

其年冬，兼著作郎，奉詔撰《周史》〔二五〕。欲爲蘇綽立傳。余家有奴曰豹生，年七十矣。本蘇氏部曲，頗涉史傳，略解屬文。見余傳草，因悲不自勝。余問其故，謂余曰：「豹生常受蘇公厚遇，今見蘇公言驗，是以悲耳。郎君所有寶鏡，是蘇公友人河南苗季子所遺蘇公者，蘇公愛之甚。蘇公臨亡之歲，戚戚不樂。常召苗生謂曰：『自度死日不久，不知此鏡當入誰手？今欲以著筮一斷〔二六〕，先生幸觀之也。』便顧豹生取著，蘇公自揲布卦。卦訖，蘇公曰：『我死十餘年，我家當失此鏡，不知所在。然天地神物，動静有徵。今河汾〔二七〕之間，往往有寶氣，與卦兆相合，鏡其往彼乎？』季子曰：『亦爲人所得乎？』蘇公又詳其卦，云：『先入侯家，復歸王氏。過此以往，莫知所之也。』」豹生言訖涕泣。余問蘇氏，果云舊有此鏡。蘇公薨後，亦失所在，如豹生之言。故余爲《蘇公傳》，亦具言其事於末篇，論蘇公「蓍筮絶倫，默〔二八〕而獨用」，謂此也。

大業九年正月朔旦，有一胡僧行乞而至余家。弟勣出見之，覺其神彩不俗，便〔二九〕邀入室，而爲具食。坐語良久，胡僧謂勣曰：「檀越家似有絶世寶鏡也，可得見耶？」勣曰：「法師何以得知之？」僧曰：「貧道受明録祕術，頗識寶氣。檀越宅上，每日常有碧光連日，絳氣屬月，此寶鏡氣也，貧道見之兩年矣。今擇良日，故欲一觀。」勣出之，僧跪捧欣躍。又謂勣曰：「此鏡有數種靈相，皆當未見。但以金膏塗之，珠粉拭之，舉以照日，必影徹牆壁。」僧又歎息曰：「更作法試，應照見腑臟，所恨卒無藥耳。但以金烟薰之，玉水洗之，復以金膏珠粉如法拭之〔三〇〕，藏之泥中，亦不晦矣。」遂留金烟玉水等法。行之，無不獲驗。而胡僧遂不復見。

其年秋，余出兼芮城令。令廳前有一棗樹，圍可數丈，不知幾百年矣。前後令至，皆祠謁此樹，否則殃禍立及也。余以爲妖由人興，淫祀宜絶。縣吏皆叩頭請余，余不得已，爲之一〔三一〕祀。然陰念此樹當有精魅所託，人不能除，養成其勢，乃密懸此鏡於樹枝〔三二〕間。

其夜二鼓許，聞其廳前磊落有聲，若雷霆者。遂起視之，則風雨晦暝，纏繞此樹，電光晃耀，忽上忽下。至明，有一大蛇，紫鱗赤尾，緑頭白角，額上有「王」字，身被數瘡〔三三〕，死於樹下。余便收鏡〔三四〕，命吏出蛇，焚於縣門外。仍掘樹，樹心有一穴，入〔三五〕地漸大，有巨蛇蟠泊之跡。既而填〔三六〕之，妖怪遂絶。

其年冬，余以御史帶芮城令，持節河北道，開倉糧，賑給陝東。時天下大飢，百姓疾病，蒲、陝之間癘疫尤甚。有河北人張龍駒，爲余下小吏，其家良賤數十口，一時遇疾。余憫之，賫此鏡〔三七〕入其家，使龍駒持鏡夜照。諸病者見鏡，皆驚起，云見龍駒持一月來相照，光景〔三八〕所及，如冰著體，冷徹腑臟，即時熱定，至曉〔三九〕並愈。以爲無害於鏡，而所濟於衆，欲〔四〇〕令密持此鏡，遍巡百姓。其夜，鏡於匣中冷然自鳴，聲甚徹遠，良久乃止。余心獨怪。明早，龍駒來謂余曰：「龍駒昨忽夢一人，龍頭蛇身，朱冠紫服，謂龍駒：『我即鏡精也，名曰紫珍。常〔四一〕有德於君家，故來相託。爲我謝王公，百姓有罪，天與之疾，奈何使我反天救物？且病至後月，當漸愈，無爲我苦。』」余感其靈怪，因此誌之。至後月，病果漸愈，如其言也。

大業十年，余弟勣自六合丞棄官歸，又將遍遊山水，以爲長往之策。余止之曰：「今天下向〔四二〕亂，盜賊充斥，欲安之乎？且吾與汝同氣，未嘗遠別。此行也，似將高蹈。昔尚子平遊五嶽，不知所之。汝若追踵前賢，吾所不堪〔四三〕也。」便涕泣對勣。勣曰：「意已決矣，必不可留。兄今之達人，當無所不體。孔子曰：『匹夫不可〔四四〕奪其志矣。』人生百年，忽同過隙。得情則樂，失志則悲。安遂其欲，聖人之義〔四五〕也。」余不得已，與之決別。勣曰：「此別也，亦有所求。兄所寶鏡，非塵俗物也。勣將抗志雲路，棲蹤煙霞，欲兄以此爲贈。」余曰：「吾何惜於汝也。」即以與之。勣得鏡遂行，不言所適。

至大業十三年夏六月，始歸長安。以鏡歸，謂余曰：「此鏡真寶物也！辭兄之後，先遊嵩山少室，降〔四六〕石梁，坐玉壇。屬日暮，遇一嵌巖。有一石堂，可容三五人，勣棲息止焉。月夜二更後，有兩人，一貌胡，鬚眉皓白〔四七〕而瘦，稱山公；一面闊，鬚眉長，黑而矮〔四八〕，稱毛生〔四九〕。謂勣曰：『何人斯居也？』勣曰：『尋幽探穴訪奇者。』二人坐，與勣談玄〔五〇〕，往往有異義出於言外。勣疑其精怪，引手潛後，開匣取鏡。鏡光出，而二人失聲俯伏。矮者化爲龜，胡者化爲猿。懸鏡至曉，二身俱殞。龜身帶緑毛，猿身帶白毛。

「即入箕山，渡潁水，歷太和，視玉井。井傍有池，水湛然緑色。問樵夫，曰：『此靈湫耳。村閭每八節祭之，以祈福祐。若一祭有闕，即池水出黑雲，大雹傷稼〔五一〕，白雨流澍〔五二〕，浸堤壞阜。』勣引鏡照之，池水沸湧，有如雷震〔五三〕。忽爾池水騰出，池中不遺涓滴。可行二百餘步，水落於地。有一魚，可長丈餘，麤細〔五四〕大於臂。首紅額白〔五五〕，身作青黃間色。無鱗有涎，龍形蛇角，嘴尖，狀如鱘魚，動而有光。在于泥水，困而不能遠去。勣謂鮫也，失水而無能爲耳。刃而爲炙，甚膏有味，以充數朝口腹。

「遂出於宋、汴。汴主人張琦〔五六〕，家有女子患〔五七〕，入夜，哀痛之聲，實不堪忍。勣問其故，病來已經年歲。白日即安，夜常如此。勣停一宿，及聞女子聲，遂開鏡照之。痛者曰：『戴冠郎被殺！』其病者牀下，有大雄雞死矣，乃是主人七八歲老雞也。

「遊江南，將渡廣陵〔五八〕揚子江。忽暗雲覆水，黑風波湧。舟子失容，慮有覆没。勣攜鏡上舟，照〔五九〕江中數步，明朗徹底。風雲四斂，波濤遂息。須臾之間，達濟天塹。躋攝山，趨芳嶺。或攀絶頂，或入深洞。逢其群鳥環人而噪，數熊當路而蹲，以鏡揮之，熊鳥奔駭。是時利涉浙江，遇潮出海，濤聲振吼，數百里而聞。舟人曰：『濤既近，未可渡南。若不迴舟，吾輩必葬魚腹。』勣出鏡照，江波不進，屹如雲立。四面江水豁開五十餘步，水漸清淺，黿鼉散走。舉帆翩翩〔六〇〕，直入南浦。然後却視，濤波洪湧，高數十丈，而至所渡之所〔六一〕也。遂登天台，周覽洞壑。夜行，佩之山谷，去身百步，四面光徹，纖微皆見。林間宿鳥，驚而亂飛。

「還履會稽，逢異人張始鸞，授勣《周髀》、《九章》及明堂、六甲之事。與陳永同歸，更遊豫章，見道士許藏祕，云是旌陽七代孫，有呪登刀履火之術。說妖怪之次，便言豐城縣倉督李敬〔六二〕家有三女遭魅病，人莫能識，藏祕療之無效。勣故人曰趙丹，有才器，任豐城縣尉，勣因過之。丹命祇承人指勣停處，勣謂曰：『欲得倉督李敬家居止。』丹遽命敬設榻〔六三〕，爲主禮。勣因問其故，敬曰：『三女同居堂内閤子。每至日晚，即靚粧炫服。黄昏後，即歸所居閤子。人定後，即滅燈燭〔六四〕。聽之，竊與人言笑聲。及至曉眠，非喚不覺。日日漸瘦，不能下食。制之不令粧梳，即欲自縊投井，無奈之何。』勣謂敬曰：『引示閤子之處。』其閤東有窗。恐其門閉，固而難啓，遂晝日先刻斷窗欞四條，却以物支拄之如舊。至日暮，敬報勣曰：『粧梳入閤矣。』至一更，聽之，言笑自然。勣拔窗欞子，持鏡入閤照之，三女叫〔六五〕云：『殺我壻也！』初不見一物。懸鏡至明，有一鼠狼，首尾長一尺三四寸，身無毛齒；有一老鼠，亦無毛齒，甚〔六六〕肥大，可重五斤；又有守宫，大如人手，身披鱗甲，焕爛五色，頭上有兩角，長可半寸，尾長五寸已上，尾頭一寸，色白，並於壁孔前死矣。從此疾愈。

「其後尋真至廬山，婆娑數月。或棲息長林，或露宿草莽。虎豹接尾，豺狼連跡，舉鏡視之，莫不竄伏。廬山處士蘇賓，奇識之士也。洞明《易》道，識〔六七〕往知來。謂勣曰：『天下神物，必不久居人間。今宇宙喪亂，他鄉未必可止。吾子此鏡尚在，足以自衛〔六八〕，幸速歸家鄉也。』勣然其言，即時北歸。便遊河北，夜夢鏡謂勣曰：『我蒙卿兄厚禮，今當捨人間遠去，欲得一別，卿請早歸長安也。』勣夢中許之。及曉，獨居思之，恍恍發悸，即時西首秦路。今既見兄，勣不負諾矣。終恐此靈物，亦非兄所有。」數月，勣還河東。

大業十三年七月十五日，匣中悲鳴，其聲纖遠。俄而漸大，若龍咆虎吼，良久乃定。開匣視之，即失鏡矣。（據中華書局版汪紹楹點校本《太平廣記》卷二三〇引《異聞集》校録）

〔一〕汾陰侯生　前原有「隋」字。按：《廣記》編纂者引録原文，常加朝代名以明其時，此其體例也，今删。

〔二〕余　原作「王度」。按：《太平御覽》卷九一二引隋王度《古鏡記》作「余」，下文「度」字皆亦作「余」，知原文爲第一人稱叙事。《廣記》引用，多將「余」、「予」等第一人稱改作作者姓名，此亦其體例也。據改，下同。

〔三〕盡　原作「墨」，據朝鮮成任編《太平廣記詳節》卷一七改。

〔四〕之所同　明沈與文野竹齋鈔本、清孫潛校本、《廣記詳節》及明陸采《虞初志》卷七（此爲八卷本，七卷本卷六）、梅鼎祚《隋文紀》卷八、冰華居士《合刻三志》志幻類、《五朝小説·魏晉小説》志怪家、《重編説郛》卷一一四、清馬俊良《龍威秘書》四集、蟲天子《香豔叢書》十集、民國俞建卿《晉唐小説六十種》所録《古鏡記》作「所得同」。

〔五〕是　原作「自」，據明鈔本、孫校本、《廣記詳節》及《虞初志》、《隋文紀》、《合刻三志》、《五朝小説》、

《重編説郛》、《龍威秘書》、《香豔叢書》改。

〔六〕歲祀　《廣記詳節》「祀」作「紀」，張國風《太平廣記會校》據改。按：祀，歲也，年也。南宋黄倫《尚書精義》卷二八：「上官公裕曰：唐虞曰載，夏曰歲，商曰祀，周曰年。」歲祀，即年代、年歲。盧肇《逸史·姚泓》（《廣記》卷二九）：「昔秦宫人遭亂避世，入太華之峰，餌其松柏，歲祀寖久，體生碧毛尺餘。」歲紀亦指年代，《文心雕龍·史傳》：「開闢草昧，歲紀綿邈，居今識古，其載籍乎！」

〔七〕哀哉哀哉　下二「哀哉」原錯入下文「列之於」之下，據《廣記詳節》改。

〔八〕列之於後　原作「列之於哀哉後」，孫校本及《虞初志》、《隋文紀》、《合刻三志》、《五朝小説》、《重編説郛》、《龍威秘書》、《香豔叢書》、《晉唐小説六十種》無「哀哉」二字。魯迅《唐宋傳奇集》、汪辟疆《唐人小説》删去。《廣記詳節》、《虞初志》、《隋文紀》、《合刻三志》、《五朝小説》、《重編説郛》、《龍威秘書》、《香豔叢書》、《晉唐小説六十種》「於」作「如」。明吴大震《廣豔異編》卷二一《紫珍記》删「於哀哉後」四字。清黄晟校刊本、《四庫全書》本作「列之於書」。

〔九〕庶　原作「數」，據孫校本、明鈔本、《廣記詳節》、《虞初志》、《隋文紀》、《合刻三志》、《五朝小説》、《重編説郛》、《龍威秘書》、《香豔叢書》、《晉唐小説六十種》改。黄本、《四庫》本作「後世數」。

〔一〇〕余自侍御史告歸河東　原無「侍」字，據《廣記詳節》、《虞初志》、《隋文紀》、《合刻三志》、《五朝小説》、《重編説郛》、《龍威秘書》、《香豔叢書》、《晉唐小説六十種》、南宋周守忠《姬侍類偶》卷下引《古鏡記》補。按：五卷本《王無功文集》吕才序：「時宋公賀若弼在座，弼早與君長兄侍御史度相善。」正作侍御史。隋煬帝時，御史臺長官爲御史大夫，副職爲治書侍御史，下分侍御史、殿内侍御史、監察御史。參見《唐六典》卷一三。下文作「御史」，乃侍御史之省稱。吕序又謂「王郎（績）是王度御史弟也」，此可爲證。「告」原作「罷」。按：據下文，王度大業八年、九年仍在御史臺，並未罷職，據《廣記詳節》、《御覽》改。孫校本無「罷」字。

〔一一〕雄　孫校本作「推」，下同。

〔一二〕税駕　《廣記詳節》「税」作「説」。按：説、税通「脱」。脱駕，停車解馬。

〔一三〕月　《御覽》作「日」。

〔一四〕其　此字原無，據孫校本、明鈔本、《廣記詳節》、《御覽》、《虞初志》、《隋文紀》、《合刻三志》、《五朝小説》、《重編説郛》、《龍威秘書》、《香豔叢書》、《晉唐小説六十種》補。

〔一五〕久　原作「大」，據《御覽》改。

〔一六〕近　原作「遂」，據《御覽》改。

〔一七〕思恭妻鄭氏　此句原無，據《御覽》補。

〔一八〕蒙養甚厚　《御覽》作「見養恩厚」。

〔一九〕劫　原作「將」，《御覽》作「劫」，義勝，據改。

〔二〇〕盡　《廣記詳節》作「萬」。

〔二一〕與宴謔　《御覽》作「與共飲宴」。

〔二二〕不必　原作「必不」，據孫校本、明鈔本、《廣記詳節》、《御覽》、《姬侍類偶》、《虞初志》、《隋文紀》、

《合刻三志》、《五朝小説》、《重編説郛》、《龍威秘書》、《香豔叢書》、《晉唐小説六十種》改。

〔二三〕 嘗　孫校本、明鈔本、《廣記詳節》、《虞初志》、《隋文紀》、《合刻三志》、《五朝小説》、《重編説郛》、《龍威秘書》、《香豔叢書》、《晉唐小説六十種》作「常」。嘗，通「常」。

〔二四〕 月影　孫校本作「日彩」。《虞初志》、《隋文紀》、《合刻三志》、《五朝小説》、《重編説郛》、《龍威秘書》、《香豔叢書》、《晉唐小説六十種》作「日影」。

〔二五〕 周史　原作「國史」，明鈔本、《廣記詳節》、《虞初志》、《隋文紀》、《合刻三志》、《五朝小説》、《重編説郛》、《龍威秘書》、《香豔叢書》、《晉唐小説六十種》作「周史」。王夢鷗校：「按蘇綽北周時人，作『周史』當是也。」（《唐人小説研究》二集第三編《異聞集遺文補校·古鏡記》）按：唐初陳叔達《答王績書》稱薛記室（薛收）、芮城（王度）「常悲魏、周之史，各著春秋」，言王度曾著《周史》。作「周史」是。據改。蘇綽（四九八—五四六），西魏武功人，字令綽，爲西魏大丞相宇文泰（宇文覺父）所信任，官至大行臺度支尚書，領著作，兼司農卿。蘇綽雖未入周，但因係宇文泰所用重臣，而宇文泰被追尊爲北周太祖文皇帝，是故王度撰《周史》要爲其立傳。今存《周書》亦有《蘇綽傳》。參見李劍國《「國史」「周史」辨——〈古鏡記〉的一處校勘》，《書品》二〇〇一年第五期。

〔二六〕 斷　原作「卦」，據《廣記詳節》、《虞初志》、《隋文紀》、《合刻三志》、《五朝小説》、《重編説郛》、《龍威秘書》、《香豔叢書》、《晉唐小説六十種》改。

〔二七〕 河汾　原作「河泒」，據《廣記詳節》及《四庫》本改。《唐宋傳奇集》、《唐人小説》均作「河汾」。《虞初志》、《隋文紀》、《合刻三志》、《五朝小説》、《重編説郛》、《龍威秘書》、《香豔叢書》、《晉唐小説六十種》作「河洛」，《唐人小説研究》二集作「河汝」，均誤。

〔二八〕默　《虞初志》、《合刻三志》、《五朝小説》、《重編説郛》、《龍威秘書》、《香豔叢書》、《晉唐小説六十種》作「點」，當誤。

〔二九〕便　原作「更」，據孫校本、明鈔本、《廣記詳節》、《虞初志》、《隋文紀》、《合刻三志》、《五朝小説》、《重編説郛》、《龍威秘書》、《香豔叢書》、《晉唐小説六十種》改。

〔三〇〕金膏珠粉如法拭之　南宋朱勝非《紺珠集》卷一〇《異聞集·金煙玉水》作「金膏塗之，朱粉拭之」（明天順刻本）。

〔三一〕一　原作「以」，據《廣記詳節》、《虞初志》、《隋文紀》、《合刻三志》、《五朝小説》、《重編説郛》、《龍威秘書》、《香豔叢書》、《晉唐小説六十種》改。

〔三二〕枝　原作「之」，據《廣記詳節》改。

〔三三〕瘡　黄本、《四庫》本、明馮夢龍《太平廣記鈔》卷六三《王度》、《廣豔異編》、《續豔異編》卷九《紫珍記》、《香豔叢書》作「創」。瘡，通「創」。《虞初志》七卷本、《隋文紀》、《合刻三志》、《五朝小説》、《重編説郛》、《龍威秘書》、《晉唐小説六十種》作「鎗」。

〔三四〕死於樹下余便收鏡　原作「死於樹度便下收鏡」，明鈔本、《四庫》本、《廣記詳節》、《虞初志》、《隋文紀》、《合刻三志》、《五朝小説》、《重編説郛》、《龍威秘書》、《香豔叢書》、《晉唐小説六十種》「下」在「樹」下，據改。

〔三五〕入　原作「於」，據《廣記詳節》改。《香豔叢書》作「拓」。

〔三六〕填　原作「坟」，七卷本《虞初志》、《隋文紀》、《合刻三志》、《五朝小説》、《重編説郛》、《龍威秘書》、《晉唐小説六十種》作「賨」，明鈔本、《香豔叢書》作「焚」。八卷本《虞初志》乃墨釘（闕字）。《廣記詳節》作「填」，據改。

〔三七〕鏡　此字原無，據明鈔本、《廣記詳節》、《虞初志》、《隋文紀》、《合刻三志》、《五朝小説》、《重編説郛》、《龍威秘書》、《香豔叢書》、《晉唐小説六十種》補。

〔三八〕景　原作「陰」，據《廣記詳節》改。

〔三九〕曉　原作「晚」。明鈔本、《廣記詳節》、《虞初志》、《隋文紀》、《合刻三志》、《五朝小説》、《重編説郛》、《龍威秘書》、《香豔叢書》、《晉唐小説六十種》作「曉」。按：前文云「使龍駒持鏡夜照……即時熱定」，作「曉」是，據改。

〔四〇〕欲　此字原無，據《廣記詳節》補。《虞初志》、《隋文紀》、《合刻三志》、《五朝小説》、《重編説郛》、《龍威秘書》、《香豔叢書》、《晉唐小説六十種》作「於是」。

〔四一〕常　明鈔本、《廣記詳節》、《虞初志》、《隋文紀》、《合刻三志》、《五朝小説》、《重編説郛》、《龍威秘書》、《香豔叢書》、《晉唐小説六十種》作「嘗」。

〔四二〕向　明鈔本作「尚」。

〔四三〕堪　孫校本作「知」。

〔四四〕可　此字原無，據明鈔本、孫校本、《廣記詳節》補。按：《論語・子罕》：「匹夫不可奪志也。」

〔四五〕義　《廣記詳節》作「意」。

〔四六〕降　《虞初志》、《隋文紀》、《合刻三志》、《五朝小説》、《重編説郛》、《龍威秘書》、《香豔叢書》、《晉唐小説六十種》作「陟」。

〔四七〕鬚眉皓白　「鬚」孫校本、《廣記詳節》作「鬢」，下同。「白」字原無，據《廣記詳節》補。

〔四八〕鬚眉長黑而矮　原作「白鬚眉長，黑而矮」，據《廣記詳節》删「白」字，孫校本、《廣記詳節》「矮」作「矬」，下同。《虞初志》、《隋文紀》、《合刻三志》、《五朝小説》、《重編説郛》、《龍威秘書》、《香豔叢書》、《晉唐小説六十種》作「白鬢眉長，黑而矬」。

〔四九〕毛生　孫校本作「毛人」，當譌。

〔五〇〕玄　原作「久」，據明鈔本、《廣記詳節》改。《虞初志》、《隋文紀》、《合刻三志》、《五朝小説》、《重編説郛》、《龍威秘書》、《香豔叢書》、《晉唐小説六十種》作「文」。宋孔傳《後六帖》卷九八引《異聞集·王度〈古鏡記〉》作「論」。

〔五一〕傷稼　此二字原脱，據明鈔本、《廣記詳節》、《虞初志》、《隋文紀》、《合刻三志》、《五朝小説》、《重編説郛》、《香豔叢書》、《晉唐小説六十種》補，《龍威秘書》「稼」譌作「樹」。明鈔本、孫校本作「侵稼」。

〔五二〕白雨流澍　此四字原脱，據明鈔本、《廣記詳節》、《虞初志》、《隋文紀》、《合刻三志》、《五朝小説》、《重編説郛》、《龍威秘書》、《香豔叢書》、《晉唐小説六十種》補。孫校本作「白流澍」，脱「雨」字。

〔五三〕有如雷震　原作「有雷如震」，據《廣記詳節》乙改。

〔五四〕細　《虞初志》八卷本爲墨釘，七卷本、《隋文紀》、《合刻三志》、《五朝小説》、《重編説郛》、《龍威秘書》、《香豔叢書》、《晉唐小説六十種》作「髯」。

〔五五〕白　《廣記詳節》脱此字。

〔五六〕琦　黄本、《四庫》本作「珂」。《永樂大典》卷七三二八引《太平廣記》亦作「琦」。

〔五七〕患　《四庫》本下補「病」字，《續豔異編》作「魅」。按：患，生病。蕭瑀《金剛般若經靈驗記·袁志通》：「貞觀八年正月二十八日，身患，至二月八日夜命終。」張鷟《朝野僉載》卷四：「渤海高嶷巨富，忽患月餘日，帖然而卒。」《大典》亦作「患」。

〔五八〕廣陵　《廣記詳節》、《虞初志》、《合刻三志》、《五朝小説》、《重編説郛》、《龍威秘書》、《香豔叢書》、《晉唐小説六十種》譌作「黄陵」。《隋文紀》作「黄」，脱「陵」字。按：廣陵，今江蘇揚州。長江流經揚州一帶者，古稱揚子江。

〔五九〕照　明鈔本、《廣記詳節》作「背」。

〔六〇〕翩翩　孫校本作「翻翻」，義同，飛行貌。

〔六一〕所　《虞初志》、《隋文紀》、《合刻三志》、《五朝小説》、《重編説郛》、《龍威秘書》、《香豔叢書》、《晉唐小説六十種》作「津」。

〔六二〕便言豐城縣倉督李敬　「便」原作「更」，據明鈔本、《廣記詳節》、《虞初志》、《合刻三志》、《五朝小説》、《重編説郛》、《龍威秘書》、《香豔叢書》、《晉唐小説六十種》改。「李敬」原作「李慎」，下文作「欲得倉督李敬慎家居止」，名多「敬」字。孫校本兩處皆作「李慎」。《四庫》本、《廣豔異編》、《續豔異編》、《唐人小説》、《唐宋傳奇集》皆作「李敬慎」。《虞初志》七卷本及《隋文紀》、《合刻三志》、《五朝小説》、《重編説郛》、《龍威秘書》、《香豔叢書》、《晉唐小説六十種》皆作「李敬」，八卷本《虞初志》上作「李敬」，下作「李敬慎」（按：《四庫全書存目叢書》影印八卷本作「李敬」）。《情史類略》卷二一《鼠狼》稱「倉督李敬慎」。按：下文「命敬」、「敬曰」、「謂敬曰」、「敬報勣」皆曰「敬」，今一律改作「李敬」。

〔六三〕設榻　此二字原無，據《虞初志》、《隋文紀》、《合刻三志》、《五朝小説》、《重編説郛》、《龍威秘書》、《香豔叢書》、《晉唐小説六十種》補。按：《虞初志》等作「丹遽設榻爲主禮」，亦有脱文。

〔六四〕人定後即滅燈燭　「人定後即」四字原無，據《廣記詳節》補。孫校本、《虞初志》、《隋文紀》、《合刻三志》、《五朝小説》、《重編説郛》、《香豔叢書》、《晉唐小説六十種》作「每至日」。

〔六五〕叫　《廣記詳節》作「即」。

〔六六〕甚　原作「其」，據《廣記詳節》改。

〔六七〕識　原作「藏」，據明鈔本改。

〔六八〕足以自衛　原作「足下衛」，據《廣記詳節》改。《廣記鈔》作「足爲衛」。

按：此記原文初載於《太平廣記》卷二三〇，出《異聞集》，題《王度》。《異聞集》晚唐陳翰編，原書不傳。南宋曾慥《類説》卷二八摘録《異聞集》，題《古鏡記》，所摘只胡僧、紫珍二事片斷。《紺珠集》卷一〇所摘《異聞集》，爲《龍駒持月》、《紫珍》、《寶鏡氣》、《金煙玉水》、《戴冠郎》五節。顧況《戴氏廣異記序》（《文苑英華》卷七三七）云：「國朝燕公《梁四公記》、唐臨《冥報記》、王度《古鏡記》……」又《太平御覽》卷九一二引隋王度《古鏡記》鸜鵒一節，則《古鏡記》乃原題，作者王度也。王度隋人，然撰《古鏡記》之時當已建唐，故顧況視爲國朝人。《御覽》所引一節，作者稱「余」，《太平廣記》依其體例改「余」爲「王度」、「度」，且以「王度」標目，改易原題，乃可知《異聞集》所輯此記固題王度撰，而《孔帖》卷九八引《異聞集·王度〈古鏡記〉》尤可證也。《崇文總目》小説類著録《古鑒記》一卷，王勔撰。作「鑒」者乃避趙匡胤祖父趙敬諱，撰人作王勔則無據。或據以定作者爲王勔（見段熙仲《〈古鏡記〉的作者及其他》，《文學遺産增刊》第十輯，一九六二年，中華書局），非也。勔，王通孫、王福畤子、王勃兄。《郡齋讀書志》卷一四類書類有《古鏡記》一卷，云：「右未詳撰人，纂古鏡故事。」魯迅謂或即此篇（《唐宋傳奇集·稗邊小綴》），程毅中《古小説簡目》乃疑非本篇。按彼爲類書，性質不同，絶非一書。

此記後又收入《虞初志》卷七、《合刻三志》志幻類、《五朝小説·魏晉小説》志怪家、《重編説郛》卷一一四、《隋文紀》卷八、《龍威秘書》四集《晉唐小説暢觀》、《香豔叢書》十集、《晉唐小説六十種》、《舊小説》甲集等，均從《廣記》録出。除八卷本《虞初志》不著撰人外（按：此據《續修四庫全書》影印明弦歌精舍如隱草堂刻本，《四庫全書存目叢書》影印明刻八卷本題隋王度），均題隋王度。《廣豔異編》卷二一、《續豔異編》卷九亦載，擬題《紫珍記》，文字均有刪削，後書刪削尤多。《情史類略》卷二一情妖類《鼠狼》節録一節。

辛道度

句道興　撰

句道興，身世不詳，當爲唐初人。

昔有辛道度者，隴西人也。在外遊學，來至雍州城西五里，望見四合瓦舍赤壁白柱，有青衣女子〔一〕在門外而行。道度糧食乏盡，飢渴不濟，遂至門前乞食。語女子曰：「我是隴西辛道度，遊學他方，糧食乏盡，希望娘子爲道度向主人傳語，乞覓一餐。」女子遂入告女郎，且說度語，報知女郎。女郎曰：「此人既遠方學問，必是賢才，語客入來，我須見之。」女子還出迎來，然道度趨蹡〔二〕而入，已至閤門外，覺非生人，辭欲却出，遂不敢還，即却入見秦女。女郎相拜訖，度遂令西牀上坐，女即〔三〕東牀上坐，遂即供給食飲。女郎即諮度曰：「我是秦文王女，小遭不幸，無夫獨居〔四〕，經今廿三年，在此棺壙之中。今乃與君相逢，希爲夫婦，情意如何？」度遂乃數有辭相問，即爲夫婦之禮。

宿經三日，女郎語度曰：「君是生人，我是死鬼，共君生死路殊，宜早歸去，不能久住。」度曰：「雖經信宿，綢繆未盡，今日離别，望請一物爲信〔五〕。」女郎遂於後牀上，取九子簏〔六〕，中開取繡花枕，價值千金，與度爲信。其簏中更有一金枕，度是生人，貪心金枕，乃不肯取繡枕，欲得金枕。女郎曰：「金枕是我母遺贈之物，不忍與君。」度再三從乞金枕，女郎遂不能違，即與金枕爲信。還遣青衣女子二人，送度出門外。忽然不見瓦舍，唯見大墳巍巍，松柏參天。

度慌怕，衝林走出墓外。看之，懷中金枕仍在。遂將詣秦市賣之。其時正見秦文王夫人乘車入市觀看，遂見金枕，識之。問度曰：「何處得之？」度與實言答之。夫人遂即悲泣，哽咽不能自勝。發使遂告秦王。王曰不信，遂遣兵士開墓發棺看之。送葬之物，事事總在，惟少金枕。解縛看之，遂有夫婦行禮之處。秦王夫婦然後始歡喜，歎曰：「我女有聖德，通於神明，乃能與生人通婚，真是我女夫。」遂封度爲駙馬都尉，勞賜以玉帛車馬侍從，令還本鄉。

因此已來，後人學之，國王女夫名爲駙馬，萬代流傳不絶。事出史記。（據人民文學出版社版王重民等校《敦煌變文集》卷八王慶菽校本校録）

〔一〕女子　原作「女郎」。項楚校：「此處及下行『語女郎曰』之『女郎』，皆應作『女子』。蓋此條以『女子』爲婢女之稱，以『女郎』爲女主人之稱，分別甚明，試讀下文即知，不容混淆。」（《敦煌本句道興〈搜神記〉補校》，《敦煌文學叢考》）郭在貽等《敦煌變文集校議》亦贊同項校。按：《稗海》八卷本《搜神記》卷一作「女子」，據改，下同。

〔二〕趨蹡　敦煌寫本斯五二五號作「趍翔」。郭校：「『趍』即『趨』俗字。『趨蹡』、『趨翔』同『趨蹌』，步履有節奏貌。」

〔三〕即　羅振玉輯《敦煌零拾》作「郎」。

〔四〕我是秦文王女小遭不幸無夫獨居　八卷本作「我秦閔王女，出聘曹國，不幸無夫而亡」。項楚謂：「『閔』字或是由『文』字累增而來，而『秦文王』當是『秦惠文王』之省。」（《敦煌本句道興〈搜神記〉本事考》，《敦煌文學叢考》）按：戰國秦無閔王，而有惠文王、孝文王。

〔五〕雖經信宿綢繆未盡今日離別望請一物爲信　原作「再宿一夜而稠（綢）繆，今日以何分別，將何憑爲信記」。據斯五二五號本改，「綢」作「疇」。

〔六〕九子籠　「籠」原作「鹿」，王校改作「籠」。斯五二五號本作「區」，乃「奩」之譌字。下文「其籠中更有一金枕」，斯五二五號本亦作「奩」。八卷本《搜神記》「籠」作「盝子」。盝子，妝具。

按：羅振玉輯《敦煌零拾》收有句道興《搜神記》，《敦煌變文集》卷八亦收王慶菽校録本，乃據日本中村不折藏敦煌寫本，校以斯五二五號（載十則）、斯六〇二二號（載六則）、伯二六五六號（載三則）諸本。巴黎藏伯五五四五號本，載十則，王氏未見。中村本凡三十三則，王氏從斯六〇二二號、伯二六五六號補二則。然張錫厚稱伯二六五六本原卷無卷題，並非《搜神記》，而接近《孝子傳》一類作品。（《敦煌寫本〈搜神記〉考辨》，《文學評論叢刊》第十六輯，一九八二年一月）《敦煌遺書總目索引》著録句道興《搜神記》寫本凡六，中又有斯二〇七二本。張氏亦以爲此本爲某類書殘卷，非《搜神記》寫本。日人金岡照光《敦煌出土文學文獻分類目録附解説》著録《搜神記》六本，無斯二〇七二號而多斯三八七七號（殘存一條）。中村本卷首標目爲《行孝第一》，知原書分篇，體例與干寶《搜神記》同。然此本僅只前三事及中四事爲行孝之事，不知何故。

此書與干寶書非一書，乃句道興仿干書而作，各條多注明所出。明刊《稗海》及《廣漢魏叢書》收八卷本《搜神記》，四十事，中十五事見於句書。句書所記皆唐前事，觀「梁元皓」條稱「昔劉泉時」，改十六國時劉淵爲劉泉，乃避唐高祖李淵諱，而書中不避世、民、治、旦等字，則句道興此書當作於唐初高祖時，其人則由隋入唐者。而其行文俚俗，各條皆以「昔」、「昔有」開頭，與魏晉南北朝所譯佛教故事集《雜譬喻經》、《舊雜譬喻經》等全同，是則作者乃下層文人。

句書爲志怪小説之書，然亦有若干條目叙事較詳，粗具傳奇之體，故予採録。但若「王景伯」條，事出「晉傳」，實採自梁吴均《續齊諧記》，原作「王敬伯」。原文具在（《永樂琴書集成》卷一七引全文），故不收採。原書各條未有標目，今擬。

本篇末注「事出史記」，非指太史公書，史傳所記也。原出何書不詳。明刊干寶《搜神記》卷一六輯入此事，誤甚。説詳拙著《新輯搜神記　新輯搜神後記》。

侯霍

句道興　撰

昔有侯霍，白馬縣人也。在田營作，聞有哭聲，不見其形，經餘六十日。秋間因行田，露濕難入，乃從畔上褰衣而入至地中，遂近畔邊有一死人髑髏，半在地上，半在地中，當眼匡裏一枝禾生，早以欲秀[一]。霍愍之，拔却，其髑髏與土擁之[二]，遂成小墳。從此已後，哭聲遂即絶矣。後至八月[三]，侯霍在田刈禾，至暮還家，覺有一人，從霍後行。霍急行，人亦急行；霍遲行，人亦遲行。霍怪之，問曰：「君是何人，從我而行？」答曰：「我是死鬼也。」霍曰：「我是生人，你是死鬼，共你生死道殊[四]，因何從我而行？」鬼曰：「我蒙君鋤禾之時，恩之厚重，無物相報。知君未取妻室，所以我明年十一月一日，尅定爲君取妻，君宜以生人禮待之。」霍得此語，即忍而不言。

遂至十一月一日，聚集親情眷屬，槌牛釀酒，只道取妻，本不知迎處。父母兄弟親情怪之，借問，亦不言委由，常在村南候望不住[五]。欲至晡時，從西方黄塵風雲及卒雨來，直至霍門前，雲霧闇黑，不相覩見。霍遂入房中，有一女子，年可十八九矣，并牀褥氈被，隨身資妝，不可稱說。見霍入來，女郎語霍曰：「你是何人，入我房中？」霍語女郎曰：「娘子是何人，入我房中？」女郎復語霍曰：「我是遼西太守梁合龍〔六〕女，今嫁與遼東太守毛伯達兒〔七〕爲婦。今日迎車在門前，因大風，我暫〔八〕出來看風，即還家入房中，其房此是君房〔九〕？」霍曰：「遼西去此五千餘里，女郎因何共我爭房？如其不信，請出門看之。」女郎驚起，出門看之，全非己之舍宅。遂於牀後，取九子籠〔一〇〕開看，遂有一玉版，上有金字，分明云「天付應合與侯霍爲妻」。

因爾已來，後人學之，作迎親版通婚書出，因此而起。死鬼尚自報恩，何況生人。事出史記。（據人民文學出版社版王重民等校《敦煌變文集》卷八王慶菽校本校録）

〔一〕當眼匡裹一枝禾生早以欲秀　郭校：「甲卷（按：即斯五二五號本）這兩句作：『尚眼匡有蘗禾生，以早欲秀。』『尚』字似是。『尚』通作『上』。『當』則爲『尚』字之誤。又『以』通作『已』。下文『王道憑』條：『其女適與劉元祥爲妻，已早死來三年。』『已早』同義連文。劉堅校（按：指劉堅《校勘在俗語詞研究中的運用》，《中國語文》一九六四年第三期）謂『以』應爲『似』，『以欲』應爲『欲似』。『欲似』唐人常語，也就是『似』。恐未是。」今按：「當」字未必誤，在也。

〔二〕與土擁之　斯五二五號本「與」作「以」。按：《辛道度》「度與實言答之」，項校：「『與』通作『以』。」郭校：「項楚校謂『與』通作『以』，『擁』同『壅』，並是。」

〔三〕八月　斯五二五號本作「九月」。

〔四〕生死道殊　原作「異路别鄉」，斯五二五號本作「生死道殊」，義勝，據改。
〔五〕常在村南候望不住　斯五二五號本作「常在村東候看」。
〔六〕梁合龍　斯五二五號本作「梁勾龍」。
〔七〕毛伯達兒　斯五二五號本無「兒」字。
〔八〕暫　原作「漸」。項校：「徐（徐震堮）校：『漸』作『暫』，是。」按：斯五二五號本云：「暫出門看之。」即作「暫」，據改。
〔九〕其房此是君房　王校以「此」爲「不」，項校：「疑當作『豈』。」斯五二五號本作「此是我室，因何共我争室」。《敦煌零拾》作「此房不是君房」。
〔一〇〕篭　斯五二五號本作「奩」。

按：此事末注「事出史記」，出自何書不詳。本事未見。八卷本《搜神記》無此篇。

梁元皓段子京

句道興　撰

昔劉泉〔一〕時，梁元皓、段子京，並是平陽人也。小少相愛，對門而〔二〕居，出入同遊，甚相敬重，契爲朋友，誓不相違〔三〕。後至長大，皆有英藝之風，俱事劉泉〔四〕。元皓爲尚書左丞相，子京爲黃門侍郎。雖即官職有異，二人相愛，曉夜不相離別，天子已下，咸悉知之。於後劉泉拜元皓爲京州〔五〕刺史，子京爲秦州刺史。二人始相分別，各赴所任。

經三年，元皓在京州卒患失音而死。然元皓未送報之間，心憶子京欲囑後事，今爲失音，無處申說。停經一旬，神靈見身，不許殯葬，須待子京。妻子驚怕，莫知爲計。元皓神靈，遂往秦州，通夢與子京，語曰：「因患命終，未與弟面別〔六〕，今得見弟。遺語妻子，不解吾語，方欲葬我。我未共弟別，停留在家，弟宜速去埋我。」子京睡中，忽然夢覺，而坐嘆曰：「元皓何意〔七〕死也！平生神靈與我殊別，計此夢中之言，必不虛也。」子京忽起，動表奏馳，驛馬奔走，往到京州，具如夢中不虛也。失聲大哭，死後再甦，欲至晡時，煩怨嗟嘆。忽出門看，遂見元皓來至子京前，還似平生無異。元皓曰：「弟埋我，死將分別。我臥處牀西頭函子中，有子書七卷，彈琴玉爪一枚，紫檀如意杖一所，與弟爲信。願弟領取，若相憶，取如〔八〕習之。」子京曰：「弟來蒼忙〔九〕，沿身更無餘物〔一〇〕，遂乃解靴縚一雙，奉上兄爲信。」二人慇懃，遂相分別。子京還，入向元皓妻子，具論斯事。元皓遂將子京奉上之縚作同心結，而繫自身兩脚，家人皆見云異哉。於是送葬已訖，子京乃還秦州。

後經一年，云地下太山主簿崩，閻羅王六十日選擇不得好人。皓憶子京，遂至王前，稱秦州刺史段子京神志精勤，甚有實行，堪任爲主簿，王可召而授之。王曰：「其人壽命長短？」即令鬼使檢子京帳壽命，合得九十七，今者始年卅二。王曰：「雖是好人，年命未合死，不可中夭，追來驅使。」皓重啓王曰：「以子京小來親交，情同魚水，若非實是好人，何敢詮舉？皓往自喚取去，請與侍從，子京必當歡喜而來。」於是王即給皓行從並手力精騎，往秦州喚子京。皓遂變成生人，威儀隊仗，乘馬而行。衆人見者，皆避道而過。欲至秦州，先遣人通報。子京忽然驚愕，元皓已終，因何得向此來？遂出走迎，引入廳共坐。良久，供食酒脯訖，州縣諸子及子京家口兒子，並言好客都來，不知元皓是鬼。酒食訖，二人相將入房而坐。元皓乃云：「王遣我喚弟來，擬與太山主簿，今弟須去。」子京心情不樂，忽然瀝淚而言曰：「大丈夫秦州刺史，方州牧伯〔一一〕，却爲太山主簿，官位可不〔一二〕卑小。」元皓曰：「不然，生官賤，死官位不得相望。」元皓恐子京不肯去，遂起拔刀，即欲殺之，以兄〔一三〕威力而逼。子京自知不免，即從乞假一年。元皓曰：「閻羅大王今見停選待弟，弟須去，更不得延遲。」子京曰：「若如兄言，豈敢違命。可不放弟共妻兒取別？」皓曰：「弟既云從命，且放弟再宿三日，日中尅取弟來，弟須嚴備裝束待我。」於是二人相送而別。

別後，子京即喚親眷辭別，即令遣造棺木衣衾被褥所是送葬之具，事事嚴備。內外諸親，及州縣官寮，悉皆怪之。即問曰：「使君家內，安然無事，造作凶具，擬將何用？」子京曰：「我共兄梁元皓爲朋友，其人先死，今已奏聞閻羅王遣喚我來，共他爲期，不可失時。」子京則香湯沐浴，裝束已了，出門遥望，正見梁元皓鞍馬隊仗到來。即語妻子眷屬曰：「我今死矣，使君見到門來，我不得久住，汝等共我辭别。別訖，取衣衾覆我面上。」遂即命終。

子京死後一年，方來歸舍檢校，住三箇月，還却去。見者並言異哉，方知子京爲太山主簿非虚也。故語云：「梁元皓命終夭，段子京吉凶之利。事有萬途，王子珍得鬼力，段子京得鬼殃。」故曰爲力不同科，此之是也。事出《妖言傳》。（據人民文學出版社版王重民等校《敦煌變文集》卷八王慶菽校本校録）

〔一〕劉泉　斯五二二五號本作「劉淵」。按：劉淵，十六國時期漢國創建人，字元海。《晉書》卷一〇一《劉元海載記》：「劉元海，新興匈奴人，冒頓之後也。名犯高祖廟諱，故稱其字焉。」此則改「淵」爲「泉」。斯五二二五號本回改爲本字。

〔二〕而　此字原無，據斯五二二五號本、《敦煌零拾》補。

〔三〕違　原作「遺」，斯五二二五號本作「違」。項校：「作『違』是。……王道憑條：『本存終始，生死契不相違。』……王子珍條：『飲酒契爲朋友，生死貴賤，誓不可（衍字）相違。』皆是其證。」據改。

〔四〕劉泉　斯五二二五號本下有「尚書」二字。按：據《晉書·劉元海載記》，劉淵未曾爲尚書。疑「尚書」二字涉下文「尚書左丞相」而衍。晉永興元年（三〇四）劉淵即漢王位，置百官。永嘉二年（三〇八）即皇帝位。

〔五〕京州　王校改「京」爲「荆」。按：劉淵未曾據有荆州，時屬晉地。劉淵初於左國城（今山西離石市東北）爲大單于，都離石（今山西離石市），復遷左國城，稱漢王。進據河東之地，入都蒲子（今山西臨汾市隰縣）。稱帝後，遷都平陽（今山西臨汾市西南）。永嘉四年劉淵卒，第四子劉聰爲帝，勢力向雍州擴展。麟嘉三年（三一八）劉淵族子劉曜即帝位，次年移都長安（今陝西西安市西北），改國號爲趙，史稱前趙。前趙據有并、幽、雍、秦、朔等州，位於今山西東南、河南西部至甘肅東部一帶。《晉書·地理志上》云：「及永興元年，劉元海僭號於平陽，稱漢，於是并州之地皆爲元海所有。元海乃以雍州刺史鎮平陽，幽州刺史鎮離石。……及劉聰攻陷洛陽，置左右司隸……又置殷、衛、東梁、西河陽、北兗五州，以懷安新附。劉曜徙都長安，其平陽以東地入石勒。……建興之後，雍州没於劉聰。及劉曜徙都長安，改號曰趙。以秦、涼二州牧鎮上邽，朔州牧鎮高平，幽州刺史鎮北地，并州牧鎮蒲坂。」下文云「子京爲秦州刺史」，秦州乃前趙劉曜之地，劉淵時未有也。然則所謂「京州」者，當亦爲劉曜時所有之地，疑指雍州。雍州治所爲京兆郡長安，乃前趙都城，故稱雍州爲京州。劉淵以雍州刺史鎮平陽者，蓋欲取雍州爲都，見其志也。《新唐書》卷一一六《王遂傳》：「至徐州，械送京師，斬東市。」《文淵閣四庫全書》本「京師」作「京州」，乃以「京州」指稱長安。用法雖異，要皆以京城長安爲雍州之治也。

〔六〕未與弟面別　「未」字原無。項校：「『與』字上奪『未』字，下行正有『我未共弟别』之語，是其證也。」今補。

〔七〕何意　王校：「疑當作竟。」郭校：「原校疑『意』當作『竟』，不確。項楚謂『何意』猶云不料，表示意外；王鍈則謂『何意』即『何以』。按：王説得之。下文『王子珍』條：『弟子宿會有緣，得先生教授，不知何意如此。』『何意』即『何以』。項校引《玉臺新詠》卷一《古詩爲焦仲卿妻作》：『新婦謂府吏：何意出此言？』」一本『意』作『以』，『何意』、『何以』異文同義（『意』疑即『以』之音近通用字）。另請參看江藍生《魏晉南北朝小説詞語匯釋》。」王鍈説見其《唐宋筆記語辭匯釋》。《敦煌零拾》「何意」上有「兄」字。

〔八〕如　王校改爲「而」。按：作「如」不誤，如，而也。用於兩個動詞間表連接。《春秋》莊公七年：「星隕如雨。」杜預注：「如，而也。」

〔九〕蒼忙　王校改爲「匆忙」，誤。唐張彦遠《歷代名畫記》卷一〇：「家人見畫在幀，蒼忙掣落。」斯六〇二二號本作「倉忙」，意同。

〔一〇〕㳂身更無餘物　郭校：「『㳂』即『沿』的俗字。甲卷（即斯五二二五號卷）作『緣』，『沿』、『緣』義同。『沿身』即全身、遍身。又『餘』字乙卷（即斯六〇二二號卷）作『異』，『異』字義長。」

〔一一〕方州牧伯　「方」原作「坊」。項校：「『坊』當作『方』。」説是。按：子京爲秦州刺史，且前趙無坊州，坊州置於唐高祖武德二年，見《新唐書·地理志一》。今改。

〔一二〕可不　原作「不可」。項校：「『不可』當乙作『可不』，猶云『豈不』，如……《伍子胥變文》：『共子争妻，可不慚於天地！』」今改。

〔一三〕兄　原作「見」。項校：「『見』爲『兄』之形譌……段子京與梁元皓契爲朋友，情同手足，因以『兄』稱元皓。」説是，今改。下文「我共見梁元皓爲朋友」之「見」同此。

按：此事出《妖言傳》，不詳何書。八卷本《搜神記》無此篇。

李信

句道興 撰

昔有李信者，陳留浚儀〔一〕人也。爲人慈孝，善事父母。年三十八，夜中夢見伺命鬼來取〔二〕，將信向閻羅王前過，即判付司依法處分。信即經王訴云：「信與老母偏苦，小失父蔭，今既命盡，豈敢有違。但信母年老孤獨，信今來後，更無人看待。伏願大王慈恩乞命。」於後問信母年命，合得幾許。鬼使曰：「檢信母籍年，壽命合得九十，更餘二十七年未盡〔三〕。」王曰：「少在二十七年，亦矜放之。」鬼使更奏曰：「如信之徒，天下何限，今若放之，恐獲例者衆。」王聞此語，還判從死。鬼衆嗔信越訴，遂截頭首〔四〕，抛著鑊中煮之。于時大王使人喚來，却欲放信還家，侍養老母。鬼使曰：「你頭首已入鑊中煮損，無由可得。且借你別頭首著，過王了，却來至此，與你好頭首將歸，慎勿私去。今緣事逼，且與你胡頭。」王曰〔五〕：「放歸家侍養老母。」信聞放歸，心生歡喜，便即來還，忘却於〔六〕鬼使邊取好頭首。

忽然夢覺，其頭首並是胡人。信即煩惱，語其妻曰：「卿識我語聲否？」妻曰：「語聲一衆，有何異也？」信曰：「我昨夜夢見異事，卿若曉起時，將被覆我頭面。若欲送食，至〔七〕牀前，閉門而去，自取食之。」其妻即依夫語，捉被覆之而去。及送食來，語其夫曰：「有何異事？」忽即發被看之，乃有一胡人牀上而卧。其婦驚懼，走告姑曰：「阿家兒昨夜有何變怪，今有一婆羅門胡，在新婦牀上而卧。」姑聞此語，即將棒杖亂打信頭面，不聽分疏。鄰里聞聲者走來，問其事由，信方始得説委曲。始知是兒，遂抱悲哭。

漢帝聞之，怪而問曰：「自古至今，未聞此事。雖則假託胡頭，孝道之至，通於神明。」即拜信爲孝義大夫。神夢之感〔八〕，乃至如此，異哉！（據人民文學出版社版王重民等校《敦煌變文集》卷八王慶菽校本校録）

〔一〕浚儀　原作「信義」，八卷本《搜神記》卷三同。按：漢晉南北朝陳留郡無信義縣而有浚儀縣，原爲大梁縣，漢文帝時改浚儀縣，「信義」當爲「浚儀」形譌，今改。本書《王子珍》亦譌「浚儀」爲「信義」。浚儀，今河南開封市。

〔二〕夜中夢見伺命鬼來取　八卷本《搜神記》作「忽夜夢司命使鬼使取信」。按：「伺命鬼」即「鬼使」，俗謂勾魂鬼、勾命鬼也。

〔三〕更餘二十七年未盡　八卷本作「猶有二十九年」。

〔四〕頭首　原作「頭手」。項校：「句《記》此條雖數以『頭手』連文，所記則爲李信夢中換頭之事，不見有換手之語，則『頭手』之『手』，皆應作『首』。……《韓擒虎話本》：『某弟三、要陳叔保（寶）手（首）進上隨（隋）文皇帝。』即是『首』音譌爲『手』之例。『頭首』爲頭顱之義，如《三國志·魏志·呂布傳》裴注引《英雄記》曰：『將軍誅卓，送其頭首，爲術掃滅讎恥。』」按：項校極是。下文「其頭手（首）並是胡人」，用「並」字者兼指頭顱、臉面。即八卷本所云：「夢覺，以手摸頭面，並是胡。」今改，下同。

〔五〕曰　原作「且」，項校作「曰」，説是，今改。

〔六〕於　原作「放」。項校：「『放』乃『於』字形譌。」按：八卷本云：「亦不暇於鬼使處换頭。」是應作「於」，今改。

〔七〕至　項校：「『至』當作『致』。」按：八卷本作「致」：「致我牀前。」然「至」可通「致」，不必改。

〔八〕感　原作「威」。項校：「『威』乃『感』之形譌。」按：八卷本末云：「悲夫！神感之矣（按：當作『異』），乃見如斯。」「神感」即「神夢之感」，今改。

按：此事原出何書不詳。八卷本《搜神記》卷三載有，情事大同小異，文字較詳。

王子珍

句道興　撰

昔王子珍者，太原人也。父母憐愛，歎曰：「我兒一身〔一〕未得好學。」遂遣向定州博士邊孝先先生下入學〔二〕，先生是陳留浚儀〔三〕人也。其先生廣涉稽古，問對〔四〕無窮，自孔子歿後，唯有邊先生一人。領徒三千，莫如〔五〕歸伏，天下之人，無有勝者，是以四海之内，皆就邊先生學問。子珍行至定州境内，去州三十里〔六〕，在路側槐樹下止息。有一鬼變作生人，復如〔七〕此樹下止息。子珍信爲生人，不知是鬼。珍因而問曰：「君從何處來？」鬼復問珍曰：「年少從何處來？」珍答曰：「父母以珍學問淺薄，故遣我向定州邊先生處入學，更無餘事。」鬼復問珍曰：「年少姓何字誰？」珍曰：「姓王字子珍。太原人也。」鬼曰：「我是勃海〔八〕人也，姓李名玄〔九〕。父母早亡，兄弟義居〔一〇〕。兄以我未學，遣我往於邊先生處入學。於今已後，共卿同學。」珍見其年長，遂起拜玄，共爲兄弟。同行至定州主人家，飲酒契爲朋友，生死貴賤，誓不〔一一〕相違。

李玄在學三年中，才藝過於邊先生。先生問李玄：「非是聖人乎？何故神明甚異於衆？先自多能，今者不如李生也。更有何術，願爾一説。」李玄於是再拜邊先生曰：「弟子宿會有緣，得先生教授，不知何意如此〔一二〕。」邊先生即用玄爲助教授，教授諸徒，皆威〔一三〕玄。感得學内並皆無有非法，如有非法者，即當決罪。仍於私房，教子珍解義，如不得，即決罪。珍事玄喻如師父，更不自專。珍之學問，因此得成。

後有太子舍人王仲祥，太原人也。先與子珍微親，遂來過學。一夜同宿，乃覺李玄是鬼。明日路上，共珍執手取别，遂語珍曰：「我與弟親故，今見異事，不可不道。弟今朋友，不得好人〔一四〕。」珍曰：「李玄今日若論學問，即是儒士君子。至容貌，世間希有，更嫌何事，云不得好人？」祥曰：「我之所論，非言人事容貌。弟是生人，李玄是鬼，生死有别，焉爲朋友？弟若不信，今夜取新草一束，鋪之而卧，弟與别頭而卧。早起看之，弟卧處草實，鬼卧處草虚。」然後檢草鋪之，明日起看，果如仲祥之言，子珍始知是鬼。方便語玄曰：「外有風言，云兄是鬼，未審實否？」玄曰：「我是鬼也。昨〔一五〕王仲祥來，覺我是鬼，故語弟知。何人知我變化？但閻羅王見我年少，用我爲省事。王以我學問不廣，故遣我就邊先生處學問。若三年即〔一六〕達，即與我太山主簿；如其不達，退入平人。蒙邊先生教誨，不經周年，學問得達，以任太山主簿，已經二年。直爲弟未還家，情恩〔一七〕眷戀，爲此未去。弟今知我是鬼，私情畏懼，我亦不共弟同遊，我宜還矣。我前者患背痛之時，直爲言弟父之人，道我阿黨，不與判斷。王不問委曲，直決痛杖一百，是以背痛也。王更近來親自執問判事，弟父今見身，實欲斷入死簿。弟須急去家，父若猶有生氣〔一八〕，直將酒脯於交道祭我，三唤我名，即來救之，必得活矣。若氣已絶，無可救濟，知復奈何！知復奈何！弟今學問，應得成也。但好努力，立身慎行，我能與弟延年益壽，諮請上帝，與弟太原郡太守、光州刺史。」

子珍遂與分別。去至家内，見父猶有氣存，即將清酒鹿脯，往至交道祭之。三喚其名，應時而至，乘白馬，朱衣籠冠，前後騎從無數，非常赫奕。别有青衣童子二人，前頭引道，與珍相見，還如同學之時。即問珍父患狀如何，珍答曰：「父今失音不語，少有生氣見存，願兄救命。」即語珍曰：「弟且合眼，將弟見父。」珍即合眼。須臾之間，玄將珍至閻羅王府門前，並向北。玄復語珍曰：「向者欲將弟見父，父在獄中禁身，形容顦顇，不可看之，弟無勞見之。今有一人著白袴，徒跣，戴紫錦帽子，手把文書一卷，是言弟父之人，即將候衙〔一九〕，向我前來。今與弟取弓箭，在此專待〔二〇〕，遥見來時，便射殺之，父患差矣。如不殺之，父入死簿，終不得活。」言未絶之間，其人即來。玄即指示子珍：「此人是也，宜好射之。我須向衙頭判事去，不得在此久住，他人怪我。」玄上衙去後，所言之人直來接近珍邊過，珍便即挽弓而射之。乃看著左眼，失落文書，掩眼走出。珍即檢取文書讀看，文書兩紙，並是父名。玄語珍曰：「閻羅王聞生人之臭〔二一〕，弟須早去，不得久住在此。怨家之人射著何處？」珍答曰：「射着左眼。」玄曰：「乃不見著要處，眼差還來相害。弟父今且得片時將息，弟到家訪覓怨家殺却，然得免其難。」珍曰：「實不知怨家何人是也。」玄又語珍曰：「但與弟舊怨者殺之。」當時煩惱與别，更未審〔二二〕借問怨家姓名，弟但到家思維。

珍即至家，與舊怨者亦無。唯失白公雞，不鳴已經七日，不知何處在。東西求覓，乃在籠中見之，瞎左眼而卧。珍曰：「我怨家者，即此是也。所射左眼，著白袴者，是雞身；徒跣者，雞足也；著紫錦帽子者，頭上冠也。此是我怨家。」遂殺作羹，與父食之，因此病差也。子珍爲太原郡太守。漢景帝時，拜子珍光州刺史，壽命得一百三十八年〔二三〕而終矣。

天下得鬼力，無過王子珍。故語曰：「白公雞，不合畜，畜即害家長；白狗不得養，養即妨主人〔二四〕。」此之謂也。事出《幽名録》。（據人民文學出版社版王重民等校《敦煌變文集》卷八王慶菽校本校録）

〔二一〕一身　八卷本《搜神記》卷二作「立身」。

〔二二〕博士邊孝先先生下入學　中村本原作「邊先生處學問」，王校據斯五二二五號本改作「博士邊孝先先生下入學」。按：「孝」下脱「先」字，八卷本《搜神記》：「可往定州邊孝先先生處習業。」《後漢書》卷八〇上《文苑列傳·邊韶傳》：「邊韶字孝先，陳留浚儀人也。以文章知名，教授數百人。」據補「先」字。

〔二三〕浚儀　原作「信義」，八卷本同。按：邊孝先爲陳留郡浚儀縣人。浚儀原爲大梁縣，漢文帝時改浚儀縣，兩漢均屬陳留郡。「信義」當爲「浚儀」形譌，非言其爲誠信仁義之人也。今改。

〔二四〕問對　斯五二二五號本作「嚮對」，八卷本作「應對」，義勝。

〔二五〕莫如　八卷本作「盡知」。

〔六〕子珍行至定州境内去州三十里　原無「去州」二字。斯五二二五號本作「而子珍日行至定州境内去世（州）卌餘里」，八卷本作「行至定州界内，去州三百餘里」，據補。

〔七〕如　《敦煌零拾》作「於」。

〔八〕勃海　八卷本作「渤海郡」。按：漢文帝分河間國置勃海郡，「勃」又作「渤」。

〔九〕玄　八卷本作「玄石」。

〔一〇〕義居　八卷本作「異居」。義居，謂本孝義之道而同居。

〔一一〕不　原作「不可」，據斯五二二五號本删「可」字。

〔一二〕得先生教授不知何意如此　斯五二二五號本作「得事先生，所受之書，自都誦得，實非聖人乎」。八卷本玄石答語作：「某因宿會，得事先生，所授之業，不可知也。實以目之一覽，更無遺露，亦非聖人也。」

〔一三〕威　疑爲「畏」字之音譌。八卷本：「尋以子珍辭義不解，即教授之。子珍敬之如父，畏之如師。」可證。

〔一四〕不得好人　斯五二二五號本「得」作「是」。八卷本此句前後作「弟今朋友李玄石，是鬼耳，實非生人」。

〔一五〕昨　王校本作「昨夜」，原卷無「夜」字，王校據斯五二二五號本補。按：王仲祥來非昨夜事，乃在前日，今删「夜」字。昨，此指過去之日，非謂前一日也。

〔一六〕即　《敦煌零拾》作「得」。

〔一七〕情恩　項校:「『恩』字爲『思』字形譌。」按:「恩」字不誤。情恩,恩情、友情也。《敦煌零拾》作「情深」。

〔一八〕父若猶有生氣　原無「有」字,項校:「『猶』下奪『有』字,下文『見父猶有氣存』則未奪『有』字。」按:八卷本作「父若有氣」,亦有「有」字。今補。

〔一九〕候衙　「候」原作「後」。項校:「『後』爲『候』之音譌,『候衙』謂參衙見官也。」今改。按:八卷本作「入衙證問」。

〔二〇〕在此專待　原作「在此專待專待」,乃抄寫者誤衍,據《敦煌零拾》删。八卷本作「於此專候之」。

〔二一〕閻羅王聞生人之臰　原無「閻」字,項校:「『羅』上奪『閻』字,閻羅王或稱『閻王』,或徑稱『王』,唯無『羅王』之稱。」今補。「臰」王校據斯五二五號本改作「氣」。項校:「『臰』即『臭』字,氣味之義。」説是,今改。

〔二二〕更未審　原無「審」字。項校:「『審』字上應奪『未』(或『不』字),『未審』即未曾之義」。按:項校是,八卷本云「匆匆不解問得冤家姓名」,亦爲未曾之意。

〔二三〕一百三十八年　斯五二五號本作「一百」。八卷本乃作「一百三十八歲」,與此同。

〔二四〕白公雞不合畜畜即害家長白狗不得養養即妨主人　斯五二五號本作「雞不三,狗不六,白雞狗,不可畜」,八卷本作「雞不三年,犬不六載。白雞白犬,不可食之」。

按:王慶菽校:「『事出幽名録』五字,據甲卷(按:即斯五二五號)補。向達云:『幽名録』應是『幽冥録』之訛寫。」《幽冥録》即《幽明録》，劉宋劉義慶所撰志怪小説集，已佚。現存佚文中無此事。考文中有光州，梁武帝始置，乃在宋後，其不出《幽明録》甚明。南北朝有無名氏《後幽明録》一書（《藝文類聚》卷九一有引），「幽名録」者若非書名誤記，或即《後幽明録》也。

田崑崙

句道興　撰

昔有田崑崙者，其家甚貧，未娶妻室。當家地内，有一水池，極深清妙。至禾熟之時，崑崙向田行，乃見有三個美女洗浴。其崑崙欲就看之，遥見去百步，即變爲三箇白鶴。兩箇飛向池邊樹頭而坐，一箇在池洗垢中間。遂入穀茇底，匍匐而前，往來看之。其美女者乃是天女。其兩箇大者抱得天衣，乘空而去，小女遂於池内不敢出池。其天女遂吐實情，向崑崙道：「天女當共三箇姊妹，出來暫於池中游戲，被池主見之。兩個阿姊當時收得天衣而去，小女一身邂逅〔一〕中間，天衣乃被池主收將，不得露形出池。幸願池主寬恩，還其天衣，用蓋形體出池，共池主爲夫妻。」崑崙進退思量，若與此天衣，恐即飛去。崑崙報天女曰：「娘子若索天衣者，終不可得矣。若非吾脱衫，與且蓋形，得不？」其天女初時不肯出池，口稱至暗而去。其女延引，索天衣不得，形勢不似，始語崑崙：「亦聽君脱衫，將來蓋我著，出池共君爲夫妻。」其崑崙心中喜悦，急卷天衣，即深藏之。遂脱衫與天女，被之出池。語崑崙曰：「君畏去時，你急捉我著，還我天衣，共君相隨。」崑崙生死不肯與天女，即共天女相將歸家見母。母實喜歡，即造設席，聚諸親情眷屬之言〔二〕，日呼新婦。雖則是天女，在於世情，色欲交合，一種同居。日往月來，遂産一子，形容端正，名曰田章。

其崑崙點著西行，一去不還。其天女曰：「夫之去後，養子三歲。」遂啓阿婆曰：「新婦身是天女，當來之時，身緣幼小，阿耶與女造天衣，乘空而來。今見天衣，不知大小，暫借看之，死將甘美。」其崑崙當行去之日，殷勤屬告母言：「此是天女之衣，爲深弆，勿令新婦見之，必是乘空而去，不可更見。」其母告崑崙曰：「天衣向何處藏之，時得安穩？」崑崙共母作計，其房自外，更無牢處，惟只阿孃牀脚下作孔，盛著中央，恒在頭上卧之，豈更取得。遂藏弆訖，崑崙遂即西行。去後天女憶念天衣，肝腸寸斷，胡至竟日〔三〕無歡喜，語阿婆曰：「暫借天衣著看。」頻被新婦咬齒，不違其意，即遣新婦且出門外小時〔四〕，安庠入來。新婦應聲即出。其阿婆乃於牀脚下取天衣，遂乃視之。其新婦見此天衣，心懷愴切，淚落如雨，拂摸〔五〕形容，即欲乘空而去。爲未得方便，却還分付與阿婆藏著。於後不經旬日，復語阿婆曰：「更借天衣暫看。」阿婆語新婦曰：「你若著天衣，棄我飛去。」新婦曰：「先是天女，今與阿婆兒爲夫妻，又産一子，豈容離背而去，必無此事。」阿婆恐畏新婦飛去，但令牢守堂門。其天女著衣訖，即騰空從屋窗而出。其老母搥胸懊惱，急走出門看之，乃見騰空而去。姑憶念新婦，聲徹黄天，淚下如雨，不自捨死，痛切心腸，終朝不食。

其天女在於閻浮提經五年已上，天上始經兩日。其天女得脱到家，被兩箇阿姊皆駡老嫗〔六〕：「你共他閻浮衆生爲夫妻，乃此悲啼泣淚其公母。」乃〔七〕兩箇阿姊語小女曰：「你不須乾啼濕哭，我明日共姊妹三人，更去游戲，定見你兒。」

其田章年始五歲，乃於家啼哭，唤哥哥〔八〕孃孃，乃於野田悲哭不休。其時乃有董仲先生來閑〔九〕行，知是天女之男，又知天女欲來下界，即語小兒曰：「恰日中時，你即向池邊看，有婦人著白練裙，三箇來，兩箇舉頭看你，一箇低頭佯不看你者，即是母也。」田章即用董仲之言，恰日中時，遂見池内相有三箇天女，並着〔一〇〕白練裙衫，於池邊割菜。田章向前看之，其天女等遥見，知是兒來，兩箇阿姊語小妹曰：「你兒來也。」即啼哭唤言阿孃。其妹雖然慚恥不看，不那腹〔一一〕中而出，遂即悲啼泣淚。三箇姊妹遂將天衣，共乘此小兒上天而去。天公見來，知是外甥，遂即心腸憐愍，乃教習學方術伎藝能。至四五日間，小兒到天上，狀如下界人間經十五年已上學問。公語小兒曰：「汝將我文書八卷去，汝得一世榮華富貴。儻若入朝，惟須慎語。」小兒旋即下來，天下所有聞者，皆得知之，三才俱曉。

天子知聞，即召爲宰相。於後殿内犯事，遂以配流西荒之地。於後，官家〔一二〕遊獵，在野田之中，射得一鶴，分付廚家烹之。廚家破割其鶴嗉中，乃得一小兒，身長三寸二分，帶甲頭牟，罵辱不休。廚家以事奏上官家，當時即召集諸群臣百寮及左右問之，並言不識。王又遊獵野田之中，復得一板齒，長三寸二分，齎將歸回，擣之不碎。又問諸群臣百官，皆言不識。遂即官家出勑，頒宣天下，誰能識此二事，賜金千斤，封邑萬户，官職任選。盡無能識者。時諸群臣百官，遂共商議，惟有田章一人識之，餘者並皆不辯。官家遂發驛馬走使，急追田章到來。問曰：「比來聞君聰明廣識，甚事皆知。今問卿天下有大人不？」田章答曰：「有。」「有者誰也？」「昔有秦胡亥〔一三〕，是皇帝之子，當爲昔魯家門戰，被損落一板齒，不知所在。有人得者，驗之即知〔一四〕。」官家自知身得，更款問曰：「天下有小人不？」田章答曰：「有。」「有者是誰也？」「昔有李子敖，身長三寸二分。帶甲頭牟，在於野田之中，被鳴鶴吞之，猶在鶴嗉中遊戲，非有一人獵得者，驗之即知。」官家道好。又問：「天下之中有大聲不？」章答曰：「有。」「有者何也？」「雷震七百里，霹靂一百七十里，此〔一五〕是大聲。」「天下有小聲不？」章答曰：「有。」「有者何也？」「三人並行，一人耳聲鳴，二人不聞，此是小聲。」又問：「天下之中，有大鳥不？」田章答曰：「有。」「有者何也？」「大鵬一翼起西王母，舉翅一萬九千里，然始食，此是大鳥〔一六〕也。」又問：「天下有小鳥不？」曰：「有。」「有者何是也？」「小鳥者無過鷦鷯之鳥，其鳥常在蚊子角上養七子，猶嫌土廣人稀。其蚊子亦不知頭上有鳥，此是小鳥也。」帝王遂拜田章爲僕射。因此以來，帝王及天下人民，始知田章是天女之子也。（據人民文學出版社版王重民等校《敦煌變文集》卷八王慶菽校本校録）

〔一〕邂逅　上文云「洗垢中間」，疑爲「洗垢」之譌。

〔二〕之言　疑當作「言之」。

〔三〕竟日　原作「意日」。項校：「當作『竟日』。」今改。

〔四〕小時　按：時，待，古聲近義通。《論語·陽貨》「孔子時其亡也」，時即待義。王念孫《廣雅疏證》卷二下《釋詁》：「時，與待通。」《廬山遠公話》：「只時講降時便去。」又，「小時」連下讀亦通。小時，少時也。

〔五〕拂摸　「摸」原作「模」。按：敦煌寫本常將木旁、提手旁字相混，如《雙恩記》「孤摽（標）時（特）起」，《孝子傳》「季扎（札）」皆是。今改。

〔六〕嫗　原作「搵」，郭校：「『搵』疑爲『嫗』字誤書。」今改。

〔七〕乃　郭校：「『乃』字伯五五四五卷作『及』，『及』字似是。後二句當讀作：『乃此悲啼泣淚。其公母及兩箇阿姊語小女曰……』下文有云：『天公見來，知是外甥。』『其公母』即天公、天母也。」按：依此校讀，則下文「我明日共姊妹三人，更去游戲，定見你兒」，「我」乃天公天母。但觀後文，至下界者乃三天女，且又云「天公見來，知是外甥」，則自天而下者無天公天母。

〔八〕哥哥 原作「歌歌」，乃「哥哥」音譌。《舜子變》中瞽叟言：「象兒！與阿耶三條荆杖來，與打殺前家歌子！」其中「歌」亦爲「哥」誤。按：哥哥此指父親，唐人稱父爲哥，如《舊唐書·王琚傳》，玄宗稱其父睿宗爲「四哥」，睿宗行四。參見顧炎武《日知録》卷二四《哥》。今山西平遥、文水等地，仍有此稱謂。見王雪樵《山西方言中的特殊稱謂》（《文史知識》二〇〇八年第四期）。

〔九〕閑 原作「賢」，項校：「『賢』當作『閑』。」今改。

〔一〇〕着 此字原無，郭校：「『並』字後伯五五四五卷有『着』字，當據補。」據補。

〔一一〕腹 原作「腸」，郭校：「『腸』應作『腹』。伯五五四五卷正作『腹』字。」據改。

〔一二〕官家 原作「官衆」，郭校：「『衆』伯五五四五卷作『家』，『家』字是。『官家』指皇帝。」據改。

〔一三〕秦胡亥 原作「秦故彦」，據郭校改。《太平御覽》卷三七八引《博物志》作「秦胡充」，亦譌。

〔一四〕驗之即知 「即知」二字原無，下文言小人事云「驗之即知」，此亦當有「即知」二字，今補。

〔一五〕此 原作「皆」。按：下文云「此是小聲」、「此是（大鳥）也」、「此是小鳥也」，知「皆」當作「此」字，今改。

〔一六〕大鳥 此二字原無。按：據下文「此是小鳥也」之行文句法，當有此二字，今補。

按：此篇未注出處，原取何書不詳。八卷本《搜神記》無此篇。

唐五代傳奇集第一編卷二

補江總白猿傳

闕名撰

梁大同末，遣平南將軍蘭欽〔一〕南征，至桂林，破李師古、陳徹〔二〕。別將歐陽紇，略地至長樂，悉平諸洞，罙入深阻。紇妻纖白，甚美。其部人曰〔三〕：「將軍何爲挈麗人經此地？有神，善竊少女，而美者尤所難免，宜謹護之。」紇甚疑懼，夜勒兵環其廬，匿婦密室中，謹閉甚固，而以女奴十餘伺守之。爾夕，陰風〔四〕晦黑，至五更，寂然無聞。守者怠而假寐，忽若有物驚悟〔五〕者，即已失妻矣。關扃如故，莫知所出。出門山嶮，咫尺迷悶，不可尋逐。迨〔六〕明，絶無其跡。紇大憤痛，誓不徒還。因辭疾，駐其軍，日往四遐，即深陵嶮以索之。

既逾月，忽於百里之外叢篠上，得其妻繡履一隻，雖侵雨濡〔七〕，猶可辨識。紇尤悽悼，求之益堅。選壯士三十人，持兵負糧，巖棲野食。又旬餘，遠所舍約二百里，南望一山，葱秀迴出。至其下，有深溪環之，乃編木以度。絶巖翠竹之間，時見紅綵，聞笑語音。捫蘿引絙，而陟其上，則嘉樹列植，間以名花，其下緑蕪，豐軟如毯。清迥岑寂，杳然殊境。東向石門，有婦人數十，帔〔八〕服鮮澤，嬉遊歌笑，出入其中。見人皆慢視遲立，至則問曰：「何因來此？」紇具以對。相視歎曰：「賢妻至此月餘矣。今病在牀，宜遣視之。」入其門，以木爲扉，中寬闢若堂者三，四壁設牀，悉施錦薦。其妻卧石榻上，重茵累席，珍食盈前。紇就視之，迴眸一睇，即疾揮手令去。諸婦人曰：「我等與公之妻，比來久者十〔九〕年。此神物所居，力能殺人，雖百夫操兵，不能制也。幸其未返，宜速避之。但求美酒兩斛，食犬十頭，麻數十斤，當相與謀殺之。其來必以正午後，慎勿太早，以十日爲期。」因促之去，紇亦遽退。

遂求醇醪與麻、犬，如期而往。婦人曰：「彼好酒，往往致醉。醉必騁力，俾吾等以綵練縛手足於牀，一踊皆斷。常〔一〇〕紉三幅，則力盡不解。今麻隱帛中束之，度不能矣。遍體皆如鐵，唯臍下數寸，常護蔽之，此必不能禦兵刃。」指其傍一巖曰：「此其食廪，當隱於是，静而伺之。酒置花下，犬散林中，待吾計成，招之即出。」如其言，屏氣以俟。

日晡，有物如匹練自他山下，透至若飛，徑入洞中。少選，有美髯丈夫長六尺餘，白衣曳杖，擁諸婦人而出。見犬驚視，騰身執之，披裂吮咀，食之致飽。婦人競以玉杯進酒，諧笑甚歡。既飲數斗，則扶之而去。又聞嬉笑之音。良久，婦人出招之，乃持兵而入。見大白猿，縛四足於牀頭，顧人蹙縮，求脱不得，目光如電。競兵之，如中鐵石。刺其臍下，即飲刃，血射如注。乃大嘆咤曰：「此天殺我，豈爾之能！然爾婦已孕，勿殺其子。將逢聖帝，必大其宗。」言絶乃死。搜其藏，寶器豐積，珍〔一一〕羞盈品，羅列杯按〔一二〕。凡人世所珍，靡不充備。名香數斛，寶劍一雙。婦人三十輩，皆絶其色，久者至十年。云色衰必被提去，莫知所置。又捕採唯止其身，更無黨類。旦盥洗，著帽，加白袷，被素羅衣，不知寒暑。遍身白毛，長數寸所。居常讀木簡，字若符篆，了不可識。已，則置石磴下。晴晝或舞雙劍，環身電飛，光圓若月。其飲食無常，喜啗果栗。尤嗜犬，咀〔一三〕而飲其血。日始逾午，即欻然而逝，半晝〔一四〕往返數千里，及晚必歸，此其常也。所須無不立得。夜就諸牀嬲戲，一夕皆周，未嘗寐。言語淹詳，華旨〔一五〕會利。然其狀，即猳玃類也。今歲木葉〔一六〕之初，忽愴然曰：「吾爲山神所訴，將得死罪。亦求護〔一七〕之於衆靈，庶幾可免。」前月哉生魄〔一八〕，石磴生火，焚其簡書，悵然自失曰：「吾已千歲而無子。今有子，死期至矣。」因顧諸女，汍瀾〔一九〕者久，且曰：「此山複〔二〇〕絶，未常有人至。上高而望，絶不見樵者，下多虎狼怪獸。今能至者，非天假之何耶？」紇即取寶玉珍麗及諸婦人以歸，猶有知其家者。

紇妻周歲生一子，厥狀肖焉。後紇爲陳武帝所誅，素與江總善，愛其子聰悟絶人，常留養之，故免於難。及長，果文學善書，知名於時。（據上海涵芬樓景印明顧元慶《顧氏文房小

説》刊宋本校録，又《太平廣記》卷四四四引《續江氏傳》）

〔一〕蘭欽　原譌作「藺欽」，今改。蘭欽，字休明，梁名將，歷任光烈將軍、仁威將軍、平南將軍等，多次征伐北魏、南中諸蠻，戰功顯赫。授安南將軍、廣州刺史，到任後被前刺史蕭恬毒死。《梁書》卷三二、《南史》卷六一有傳。

〔二〕陳徹　《梁書》、《南史·蘭欽傳》作「陳文徹」。「陳徹」疑爲譌傳。

〔三〕曰　朝鮮成任編《太平廣記詳節》卷三九作「白」。

〔四〕風　《廣記》作「雨」，明沈與文野竹齋鈔本、《廣記詳節》作「風」。

〔五〕悟　《廣記》及清蓮塘居士《唐人説薈》第十六集、馬俊良《龍威秘書》四集、民國俞建卿《晉唐小説六十種》之《白猿傳》作「寤」。悟，通「寤」。

〔六〕迫　《唐宋傳奇集》本（底本亦爲《顧氏文房小説》本）作「迫」。迫，臨近。

〔七〕雖侵雨濡　《廣記》作「雖雨浸濡」，《廣記詳節》同此。

〔八〕帔　《廣記》作「被」。按：帔，用爲披，即穿着。被，同「披」。

〔九〕十　明鈔本作「七」。

〔一〇〕常　《廣記》作「嘗」。常，通「嘗」。

〔一一〕珍　此字原爲墨釘，據《廣記》、明陸采《虞初志》卷八、舊題王世貞編《豔異編》卷三二、秦淮寓客

《緑窗女史》卷八、冰華居士《合刻三志》志妖類、胡文焕《稗家粹編》卷七、舊題陶珽編《説郛》卷一一三《白猿傳》及《唐人説薈》、《龍威秘書》補。《廣記詳節》作「甘」。

〔一二〕杯按 《廣記》作「几桉」，《廣記詳節》則作「盃按」，《虞初志》、《豔異編》、《緑窗女史》、《合刻三志》、《重編説郛》、《唐人説薈》、《龍威秘書》、《晉唐小説六十種》作「杯案」。按：按，通「案」。桉，「案」之異構。

〔一三〕咀 《廣記詳節》作「肉」，連上讀。

〔一四〕晝 原譌作「盡」，據《廣記》、《虞初志》、《豔異編》、《緑窗女史》、《合刻三志》、《稗家粹編》、《重編説郛》、《唐人説薈》、《龍威秘書》、《晉唐小説六十種》改。

〔一五〕旨 《廣記》作「音」，《廣記詳節》作「旨」。

〔一六〕葉 《廣記》作「落」，《唐宋傳奇集》亦改作「落」。《廣記詳節》則作「葉」。按：葉，用如動詞，生葉，指春天。

〔一七〕護 《廣記詳節》作「獲」。按：獲，得也。作「護」亦通。

〔一八〕前月哉生魄 《廣記》作「前此月生魄」，《廣記詳節》作「前此哉生魄」。按：哉，始也。《尚書·康誥》：「惟三月哉生魄。」僞孔傳：「周公攝政七年三月，始生魄，月十六日，明消而魄生。」魄，月黑暗部分。哉生魄，指農曆每月十六日。

〔一九〕汍瀾 原作「汎瀾」，據《廣記》改。《廣記詳節》作「汎瀾」。按：汍瀾，淚流滿面貌。《後漢書》卷二八下《馮衍傳下》：「淚汍瀾而雨集兮，氣滂浡而雲披。」狀哭曰汍瀾者極衆，然常誤作「汎瀾」。汎瀾，水漫溢貌。《水經注·滱水》：「長津泛瀾，縈帶其下。」

〔二〇〕複　《廣記》、《唐人説薈》、《龍威秘書》、《晉唐小説六十種》作「峻」，《廣記詳節》作「复」。

按：此傳著録於《崇文總目》小説類、《新唐書·藝文志》小説家類、《遂初堂書目》小説類、《郡齋讀書志》傳記類、《通志·藝文略》傳記類冥異目、《直齋書録解題》小説家類、《文獻通考·經籍考》傳記類、《宋史·藝文志》小説類。《宋志》傳名作《集補江總白猿傳》，《遂初堂書目》無卷數，其餘皆作《補江總白猿傳》，一卷，並不題撰人。

《崇文總目》注云：「唐人惡歐陽詢者爲之。」《郡齋讀書志》云：「不詳何人撰。述梁大同末歐陽紇妻爲猿所竊，後生子詢。《崇文目》以爲唐人惡詢者爲之。」《直齋書録解題》云：「無名氏。歐陽紇者，詢之父也。詢貌類獮猴，蓋嘗與長孫無忌互相嘲謔矣，此傳遂因其嘲廣之，以實其事，託言江總，必無名子所爲也。」歐陽詢貌醜類獮猴，唐人書《隋唐嘉話》卷中、《大唐新語》卷一三、《本事詩·嘲戲》、《譚賓録》（《太平廣記》卷四九三引）等皆有載，又見《唐語林》卷五、《唐詩紀事》卷四等。而其父紇以謀反被誅之後確亦由尚書令江總收養，兩《唐書》本傳於此皆有記。傳文謂詢爲白猿之子，確係惡謗，非惡詢者不得爲也。或謂江總子江溢作（王夢鷗《唐人小説研究》四集，臺北藝文印書館，一九七八），或謂許敬宗作（劉瑛《唐代傳奇研究》，臺北正中書局，一九八二），或謂褚遂良手下文人作（卞孝萱《唐傳奇新探》，江蘇教育出版社，二〇〇一），皆爲臆測。歐陽詢貞觀十五年（六四一）卒，意者此傳殆作於詢卒前後，蓋在貞觀中也。

傳名《補江總白猿傳》，魯迅謂江總「具知其本末，而未爲作傳，因補之也」（《唐宋傳奇集·稗邊小綴》）。《太平廣記》引作《續江氏傳》（《太平廣記引用書目》同），似全稱爲《續江氏（總）白猿傳》，曰「續」者續江總《白猿傳》所未言也。而「補」亦可解作補其未言，未必先未有傳而補之也。江總有無《白猿傳》已不可知，即有亦未必與詢有關。要之，無名子故弄狡獪，借重江總以實其事耳。

此傳版本，一爲《太平廣記》卷四四四所引《續江氏傳》，標目《歐陽紇》；一爲明顧元慶刊《顧氏文房小説》本，題《白猿傳》，無撰人，底本是顧氏所藏宋本。顧本又載《虞初志》（七卷本卷七、八卷本卷八）、《豔異編》卷三二、《緑窗女史》卷八妖豔部猿裝類、《合刻三志》志妖類、《稗家粹編》卷七、汪雲程《逸史搜奇》丁集四（題《歐陽紇》）、《重編説郛》卷一一三、《唐人説薈》第十六集（同治八年刊本卷二〇）、《龍威秘書》四集《晉唐小説暢觀》、《晉唐小説六十種》、吴曾祺《舊小説》乙集等。《合刻三志》署梁江總撰，凌性德刊七卷本《虞初志》署唐江揔（總），頗妄。明詹詹外史《情史類略》卷二一情妖類《猿精》，乃據《廣記》。

黃花寺壁

林　登　撰

林登，祖籍貝州臨清縣（今河北邢臺市臨西縣），後居京兆府三原縣（今陝西渭南市富平縣西

南）。後魏清河太守林伯昇玄孫，北齊散騎侍郎林勝曾孫。唐初官清宛、博野縣令。（據《元和姓纂》卷五）

後魏孝文帝登位初〔一〕，有魏城人元兆，能以九天法禁絶妖怪〔二〕。先鄴中有軍士女，年十四，患妖病累年，治者數十人並無據。一日，其家以女來謁元兆所止，謁兆，兆曰：「此疾非狐狸之魅，是畫妖〔三〕也。吾何以知？今天下有至神之妖，有至靈之怪，有在陸之精，有在水之魅，吾皆知之矣。汝但述疾狀，是佛寺中壁畫四天神部落中魅也。此言如何？」其女之父曰：「某前於雲門黄花寺中東壁畫東方神下乞恩，常攜此女到其下。又〔四〕女常懼此畫之神，因夜驚魘，夢惡鬼來，持女而笑，由此得疾。」兆大笑曰：「故無差。」

因忽與空中人語，左右亦聞空中有應對之音。良久，兆向庭嗔責之云：「何不速曳，亟持來？」左右聞空中云：「春方大神傳〔五〕語元大行，此等〔六〕惡神吾自當罪戮，安見大行？」兆怒，向空中語曰：「汝以我誠達春方，必請致之，我爲暫責，請速鎖致之〔七〕。」言訖，又向空中語曰：「召三〔八〕雙牙、八赤眉往要，不去聞〔九〕東方。」左右咸聞有〔一〇〕風雨之聲，乃至。兆大怒〔一一〕曰：「汝無形相，畫之妍致耳，有何〔一二〕恃而魅生人也？」兆謂其女曰：「汝自辨其狀形。」兆令見形，左右見三神，皆丈餘，各有雙牙，長三尺，露於唇口外，衣青赤衣。又見八神，俱衣赤，眼眉並殷色。共扼其神，直逼軒下，蓬首目赤，大鼻方口，牙齒俱出，手甲如鳥，兩足皆有長毛，衣若豹鞹〔一三〕。其家人謂兆曰：「此正女常見者。」兆令前，曰：「爾本虛空，而畫之所作耳〔一四〕，奈何有此妖形？」其神應曰：「形本是畫，畫以象真，真之所示〔一五〕，即乃有神。況所畫之上，精靈有凭可通〔一六〕，此臣所以有感，感之〔一七〕幻化，臣實有罪。」遂俯伏〔一八〕。兆大怒，命侍童取礶瓶受水，淋之盡，而惡神之色不衰。兆更怒，命煎湯以淋，須臾神化，如一空囊，然後令擲去空野。其女於座即愈，而父載歸鄰。復於黃花寺尋所畫之處，如水之洗，因而駭歎稱異。

僧雲敬見而問曰：「汝此來見畫歎稱，必有異耶，可言之。」其人曰：「我女患疾，爲神所擾。今元先生稱是此寺畫作妖，故爲除之。」及述見聞告僧〔一九〕。僧大驚曰：「異哉！異哉〔二〇〕！ 此寺前月中，一日晝晦，忽有惡風玄雲，聲如雷震，遶寺良久。聞畫處如擒捉之聲，有一神〔二一〕云：『勢力不加元大行，不如速去〔二二〕。』言訖，風埃乃散，寺中朗然。晚見此處，一神如洗。究〔二三〕汝所說，正符其事。」兆即寇謙之師也。（據中華書局版汪紹楹點校本《太平廣記》卷二一〇引林登《博物志》校録）

〔一〕登位初　明冰華居士《合刻三志》志幻類《聖琵琶傳·元兆》作「時」。

〔二〕禁絶妖怪　清孫潛校本作「乃禪行集他妖」，「乃」當爲「及」字之譌。

〔三〕畫妖　原作「妖畫」，據南宋曾慥《類説》卷二三林登《續博物志·畫（畫）妖》（明嘉靖伯玉翁舊鈔本）、元末陶宗儀《説郛》卷六《廣知》林登《續博物志》、明陳耀文《天中記》卷四一引林登《博物志》改。

〔四〕又　明沈與文野竹齋鈔本作「此」。

〔五〕傳　明鈔本、孫校本作「請」。

〔六〕此等　此二字原無，據明鈔本補。

〔七〕請速鎖致之　明鈔本作「可速鎖來，勿遲也」。

〔八〕三　原作「二」，據《合刻三志》改。

〔九〕聞　明鈔本作「問」，張國風《太平廣記會校》據改。按：聞，使動用法，使聞。

〔一〇〕有　明鈔本作「空中」。

〔一一〕怒　原作「笑」，據明鈔本改。

〔一二〕有何　明鈔本、孫校本作「一何」。

〔一三〕豹鞹　孫校本作「豹畫衣」。按：豹鞹，豹皮之革。豹畫衣，有豹斑花紋之彩衣。

〔一四〕爾本虚空而畫之所作耳　《合刻三志》作「汝畫影耳」。

〔一五〕示　明鈔本、孫校本作「似」。

〔一六〕所畫之上精靈有凭可通　孫校本作「所畫之盡通靈矣」。

〔一七〕之　《合刻三志》作「而」。

〔一八〕遂俯伏　此三字原無，據明鈔本補。

〔一九〕故爲除之及述見聞告僧　原作「乃指畫處所洗之神」，據明鈔本改。

〔二〇〕異哉異哉　原作「汝亦異人也」，據明鈔本改。

〔二一〕神　原作「人」，據明鈔本改。

〔二二〕去　孫校本作「致之」。

〔二三〕究　孫校本作「況」。

按：此書不見著録。《廣記》引四條，《黄花寺壁》注出林登《博物志》，其餘三條皆作《博物志》，而卷三二七引《蕭思遇》（《永樂琴書集成》卷一七亦引），清孫潛校本、陳鱣校宋本均作《續博物志》。《博物志》西晉張華撰，林登此書乃續張書也。南宋曾慥《類説》卷二三摘録《續博物志》二十三條，撰人署林登，本條在焉，題《畫（畫）妖》，頗簡。其餘二十二條，皆爲名物典故，絶大多數見於《紺珠集》卷一三《諸集拾遺》及《類説》卷六〇《拾遺類總》，斷非林書文字，疑《類説》今本錯簡所致。元末陶宗儀《説郛》卷六所摘《廣知》，乃無名氏撰，原書八卷。其中摘有林登《續博物志》五條，實取自《類説》，本條亦有。又《廣記》卷四六六《龍門》，注出《三秦記》，中曰「又林登云龍門之下」云云,「林登云」,當亦指《續博物志》。《三秦記》辛氏撰,《三輔黄圖》、《水經注》等有引。《廣記》實合二書文字爲一條,而末注出《三秦記》,頗誤。明陳耀文《天中記》卷五六、陳禹謨《騈志》卷一八將此節文字分注《三秦記》、林登《博物志》,是也。南宋范成大《吴郡志》卷四七引趙文昭事,注《續博物志》,此見梁吴均《續齊諧記》及佚名《八朝窮怪録》(《廣記》卷二九五引),若范書不誤,則林登此書亦取舊籍也。《廣記》卷三三九所引《崔書生》,卷四七〇引《趙平原》,談本均注出《博物志》,而前條孫校本作《博異志》,後條明鈔本亦作《博異志》(據張國風《太平廣記會校》),當可信。本篇不避「治」字,當作於太宗朝。

《合刻三志》志幻類有《聖琵琶傳》,中《元兆》即此,輯自《廣記》,有所删略。《聖琵琶傳》題楚何曾撰,妄也。

魏旻

蕭　瑀　撰

蕭瑀(五七五—六四八),字時文。祖籍南蘭陵(今江蘇常州市西北)。後梁明帝蕭巋子,姊爲隋煬帝后。仕隋爲銀青光禄大夫、内史侍郎。入唐封宋國公,拜民部尚書,遷内史令、尚書右僕射。太宗朝歷官尚書左僕射、御史大夫、太子太保等,拜同中書門下三品,加特進。貞觀二十二年六月卒,年七十四。有《蕭瑀集》一卷,佚。(據《舊唐書》卷六三、《新唐書》卷一〇一本傳,《舊唐書》卷

三《太宗紀下》，《舊唐書·經籍志》及《新唐書·藝文志》別集類）

遂州人魏旻，貞觀元年，死經三日。王前唱過，旻即分疏未合身死。王索簿尋檢，果然非謬。王責取旻使者：「何因錯追？」笞杖五十，即放旻歸。遣人送出，示本來之路，至家遂活。

父母親屬問云：「死既三日，復見何事？」旻具語列：「當被追時，同伴一十餘人。其中有一大僧，一時將過。王見此僧，先喚：『借問一時已來，脩何功德？』僧白王言：『平生唯誦持《金剛般若經》。』王聞此言，恭敬合掌讚云：『善哉！善哉！法師受持讀誦《金剛般若》，當得生天，何因將師來此？』王言未訖，諸天香華迎師將去。王即問旻：『一生已來脩何功德？』旻啓王言：『一生已來，不讀誦經典，唯讀庾信文章集録[一]。』王語旻曰：『汝識庾信否？是大罪人。』又旻言：『雖讀文章，不識庾信。』王即遣人領向庾信之處，乃見一大龜，一身數頭。所引使人云：『此是庾信。』行迴十餘步，見一人來：『我是庾信，爲在生之時好作文筆，或引經典，或生誹謗，以此之故，今受大罪。向者見龜數頭者，是我身也。』迴至王前，王語使者：『將見庾信以否？』白言：『已見，今受龜身，受大苦惱。』王言：『放汝還家。莫生誹謗大乘經典，勤脩福業。』遣人送出。至家，便即醒悟。」

憶所屬之言，又見此僧讀誦《金剛般若經》，得生天上，即於諸寺處處求覓。乃見一僧云：「我有此經。」旻聞此語，禮拜求請：「若得此經，不惜身命。」其僧即付《金剛般若經》一卷。晝夜轉讀，即便誦得，晝夜精勤，誦持不廢。因即向遂州人等，説此因緣。又道一僧共旻同死，引過見王，爲誦大乘《金剛般若》經典，得生天上。又説庾信罪業受報。遂州之人多是夷獠，殺生捕獵，造罪者多。聞旻説此因緣，各各發菩提心，不敢殺生捕獵，並讀誦《金剛般若》，晝夜不捨。

四月十五日，忽有一人乘白馬，來至旻前：「當取汝之日，勘簿爲有二年，放汝還家。爲汝受持《金剛般若經》一萬遍，又勸化一切，具脩功德，讀誦《般若》不絶。以此善根，遂得延年。九十壽終，必生浄土。」（據《大藏新纂卍續藏經》卷八七孟獻忠《金剛般若經集驗記》卷上《延壽篇第二》引蕭瑀《金剛般若經靈驗記》校録）

〔一〕集録　唐闕名《持誦金剛經靈驗功德記》上有「諸子」二字。

按：《太平廣記》卷一〇二引《報應記》（即盧求《金剛經報應記》）：「蕭瑀……篤信佛法，常持《金剛經》。議伐高麗不合旨，上大怒，與賀若弼、高熲同禁，欲寘於法。瑀就其所，八日念《金剛經》七百遍。明日桎梏忽自脱，守者失色，復爲著。至殿前，獨宥瑀，二人即重罰。因著《般若經靈驗》一十八條。乃造寶塔貯經，檀香爲之，高三尺。感一鍮石像，忽在庭中，奉安塔中，獲舍利百粒。貞觀十一年，見普賢菩薩，冉冉向西而去。」開元六年（七一八）梓州司馬孟獻忠《金剛般若經集驗記》引蕭瑀《金剛般若經靈驗記》十五條，其中袁志通事，割爲二條，實爲十四事。《報應記》所記疑亦爲佚文，凡十五條，尚遺三事。邵穎濤《蕭瑀〈金剛般若經靈驗記〉文獻輯佚》（《中國典籍與文化》二〇一一年第四期）據孟書輯録此十五條。

「李思一」條爲貞觀二十年（六四六）事，蕭瑀卒於貞觀二十二年，則此書當作於蕭瑀卒前不久。

李思一

蕭瑀 撰

大廟署〔一〕丞李思一，貞觀二十年正月八日，丑時得病，巳時失音，至十三日黄昏身死。乃被冥官勘，言思一年十九時，屠宰猪羊之命。思一推忖，實不屠殺生命。冥官即追所殺猪羊，與思一勘對。至已對問，食肉支節時日，全不相關。又付主司子細撿覈勘，遂殺害之日，思一即在黄州慧珉〔二〕法師下聽講《涅槃經》。然珉法師又以身死，生於金粟世界，既在三界之外，無可追證，放思一還於本土。

至家未經時日，又被追喚。未去之際，於清禪寺〔三〕玄通法師邊懺悔受戒。普勸朋友親戚，有生之類，但遭枉濫死者，及不得轉讀經者，並爲轉讀《金剛般若經》五千遍。作是語已，遂即命終。使者將思一至冥官所，遂具實言：「今發心受持《般若經》。」冥官云：「汝今發心，極大深妙，不可思議。」須臾之間，見一人手持經卷，語思一云：「此是《金剛般若》。」思一求請開其經卷，覽其題目，與今時《般若》無别。當即閉目發心，望解《般若》經義，曉喻有知。忽聞有人云：「君今發心，作是大願，今所注猪羊來對者，並云：『我實自身命盡，惡道受生，實非思一屠害。爲無功德實貨求典，妄引善人，冀延日月，實是枉牽。』」冥官得此款已，又珉法師在金粟世界遣二僧來至冥官前。得見二僧，驚怖禮拜。僧語冥官：「其思一誦持《金剛般若經》，一心不亂。又注屠殺生命，並云妄引。珉法師在金粟世界，故遣來救。」冥官依命，即命思一還生。二僧乃送至家，即乘空而去。

思一蘇訖，當即請諸寺大德，轉讀《般若經》五千遍。思一誦持《般若》，晝夜不廢，見得延年。（據《大藏新纂卍續藏經》卷八七孟獻忠《金剛般若經集驗記》卷上《延壽篇第二》引蕭瑀《金剛般若經靈驗記》校録）

〔一〕大廟署　唐釋道宣《大唐内典録》卷一〇下《歷代衆經應感興敬録第十》及《集神州三寶感通録》卷下《瑞經録》「大」作「太」。大，通「太」。

〔二〕黄州慧珉　「黄州」《感通録》作「安州」。「慧珉」《内典録》、《感通録》作「旻」，下同。

〔三〕清禪寺　「禪」原作「浄」，據《内典録》、《感通録》改。按：北宋宋敏求《長安志》卷九《唐京城三》：「（興寧坊）南門之東，清禪寺。隋開皇三年文帝爲沙門曇崇所立，大中六年改爲安國寺。」據《舊唐書・宣宗紀》，會昌六年（八四六）三月武宗崩，宣宗即位，五月，「清禪寺改爲安國寺」。

慕容文策

蕭瑀　撰

秦州上邽縣〔一〕人慕容文策，年十七，誦持《金剛般若經》，齊〔二〕戒不闕。隋大業七年四月十五日，夜忽有兩鬼，來至床前，手持文牒，云：「王今遣取公來。」文策即〔三〕甚忙怕，乃逐使者而去。將至一大城，樓櫓嚴峻，城墎六重。將入第一第二門，極大光明。至第三門，其門相去四里已上，並皆黑暗，都不見道，使者引之而過。至五六門内，復大光明。去門三里，即有宮室殿堂。四邊持仗宿衛，還如見在宮闕無異。

王當殿而坐，所將男夫婦女、僧尼道士及女等，外國六夷，不可稱數。策在後，行典唱名而過。王一一問其在生福業，有福效驗者，在西而立，無福驗者，在東而立。末後始唱策名，王問：「一生作何福業？」策即分疏：「一生已來，唯誦持《金剛般若》、《法華》八部，《般若》晝夜轉讀，又持齊戒，一日不闕。」王聞此言，合掌恭敬，歎言：「功德甚深。」付主司細檢文簿不錯，將來其典執案諮王，未合身死。王即放還，且遣西行而立。

未去之間，有一沙彌，可年十五六，手執一明炬，於策前而過。續後又一沙彌，執明炬而過。策即捉袈裟挽住：「願師救弟子。」使者錯追將來，蒙王恩澤，檢文簿放還。不知去處，願師慈悲，救護弟子，示其來路。」二僧語策：「檀越持《般若經》，轉讀大乘經典，好牢持齊戒，故來救之。」師云：「我執明炬在前，檀越但從我後。」還於六重城門而出，還詣黑〔四〕暗二門。二僧手執明炬，喻如日出，光明皆現。

出於六重門外，二僧即語策云：「檀越知地獄所以否〔五〕？」報云：「不知。」二沙彌即舉手指城西北角，更〔六〕有一大城，相去四里，「此是地獄之城。」二沙彌云：「將檀越於此城觀看。」從師至彼，其城高峻，有大〔七〕城門，並鐵網垂下。有四羅剎，手執鐵叉，侍立左右。二僧云：「是地獄之門，一切罪人配入，並從此門而過。」即將策入門，可行二百步，見一灰河，其中一切受苦之人，身在河中，唯見其頭，百千萬億猛火熾然，燒此罪人，苦痛號叫，不可具說。又四邊皆是鐵床劍樹，有四獄卒，手持鐵叉，畔上行走。叫喚之聲，甚可怖畏。二僧云：「十八地獄，咸在此城。」策見心中怕懼，唯知〔八〕念佛，心中恒誦《般若》

不絶。

二僧即將策出城門，至於本來之道。五箇道相近，意中荒迷，不知本從家之道。二僧即欲別策而去，禮拜求請：「五道之中，不知弟子從何道去，願師慈悲，示其道處。」二僧即於中道引前，可行十里許，有一大門，塞其道口，不得而過。二僧以錫杖開之，即語策云：「努力勤修功德，誦《般若經》，莫生懈怠，必得長壽。」

策別師至家，體中醒悟。父母親知，並悉忙怕，以禮慰喻，説其因緣，蒙放還家，功德之力。聞者欣悦，心意泰然。以此誦經，齊戒功德，勸化一切。各各發心，讀誦《般若經》，一日不闕，更加精進，又得長年。（據《大藏新纂卍續藏經》卷八七孟獻忠《金剛般若經集驗記》卷上《延壽篇第二》引蕭瑀《金剛般若經靈驗記》校録）

〔一〕秦州上邽縣　原作「秦州上邦縣」，《續藏經》校：「『邦』一作『邽』。」唐僧祥《法華傳記》卷五《秦州慕容文策》作「秦州」。據改。按：《新唐書・地理志四》載，秦州有上邽縣。上邽縣即今甘肅天水市。

〔二〕齊　《法華傳記》作「齋」。下同。齊，同「齋」。

〔三〕即　《法華傳記》作「良」。

〔四〕黑　原譌作「里」，《續藏經》校：「『里』疑『黑』。」《法華傳記》作「黑」，據改。

〔五〕知地獄所以否 《續藏經》校：「『所』一作『處』。」《法華傳記》作「以知地獄處否」，唐盧求《金剛經報應記·慕容文策》(《太平廣記》卷一〇二引)作「知地獄處否」。所以，情由。

〔六〕更 《法華傳記》作「處」，連上讀。

〔七〕大 原誤作「入」，據《法華傳記》改。

〔八〕知 《法華傳記》作「正」。

袁志通

蕭瑀 撰

天水郡隴城縣袁志通〔一〕，年未弱冠，住持〔二〕齋戒，讀誦《法華》、《金剛般若》等經，六時禮懺，不曾有闕。年二十，即點入清德府衛士，名掛〔三〕軍團，奉勑差征白蠻〔四〕。從家至彼一萬餘里，在路晝夜禮誦不闕。至南蠻之界，官軍戰敗，兵士散走。當時徒侣一百餘人，不知所投，多被傷殺。志通惶迫，奔走無路。忽有五人，並乘牝馬，在通前後。有一人走馬告通曰：「莫怕莫怕〔五〕，汝具脩功德，前後圍繞，不能爲害。」

行可七里有餘，至一塔廟，即入其中藏隱，蠻即還營。忽有二僧來通所，語通云：「檀越誦《金剛般若》、《法華》，禮念諸佛，不可思議，故遣救汝。向者五人乘馬在汝前後者，並是《法華》、《般若》之力，亦同救汝，恐〔六〕賊傷害汝身。好脩福業，誦持經典，莫生懈怠。一切諸善神王，恒相衛護。」作是語訖，即乘空而去。

通經日不得食，非常飢乏。須臾，有二童子，將一鉢飯并醬菜及餅，與通而食。食訖又告通：「勤脩功德，誦《般若經》，莫令廢闕。」語訖，亦〔七〕乘空而去。通涕淚悲泣，深心懺悔。即投大軍，頻經三陣，不被寸鐵所傷。據此因緣，並是《法華》、《般若》之力。於後鑾破，官軍放還，專心誦持《法華》、《般若》，不敢怠慢。

貞觀八年正月二十八日，身患，至二月八日夜命終。遂被將向王前，閱〔八〕過徒衆甚多，通在後而立。其典唱名，王即問其善惡之業，亦依次而配。末後始唱通過，具問生在〔九〕作何福業，通即啓王言：「一生已來，誦持《金剛般若》、《法華經》等，常持齊戒，六時禮佛。」王聞此言，即合掌恭敬，歎言：「善哉！善哉！此人功德，不可思議。」語使者：「當取之日，據何簿帳而追？付主司細撿文籍，不枉將來。」其主司開天曹檢報：「此人更有六年壽命，未合即死。」王乃索案自尋，果然非謬。語左右侍者：「取床几將來。」即於南廂持金床玉几至王前。即遣殿上西邊安置，鋪種種氈褥，遣通上床誦經。便誦《般若》、《法華》各一卷，並悉通利。

又使典藏中取其人誦經及修功德文簿，典與通向西廂遂往取。可行二里，有大經藏，所有功德簿帳，咸在其中，並七寶嚴飾。使者於㕔下中取得一卷，可有十〔一〇〕紙，題名「袁志通造功德簿」。即持向王邊開檢，其中注通誦《般若經》一萬遍，誦《法華經》千遍〔一一〕，禮佛齊戒功德，總在其中。王語使人：「其通所造功德，甚深甚深。領〔一二〕將地獄觀看，知其罪福。」使者奉勑，引通出城。西北五里有餘，有一大城，樓櫓却敵，鐵網垂下。門中有四獄卒，頭如羅刹，口出火炎〔一三〕，身形長大，手持鐵叉，左右而立。有二銅狗，在門兩廂，口吐融銅，流灌獄所，注射罪人。一切受苦之人，並從此門而入。十八地獄，並在此城。通見如此，身心戰慄，無以自安。領將詣王，白言見地獄訖。王語通云：「汝今具見受罪福業，好勤精進，讀誦莫廢。汝今有命六年在，放汝還家，莫生退心，落入惡道，無人救汝。必須讀誦，不退菩提，放汝長年。至老命終，必生淨土。」

通蘇説此事，彌修彌誦。經六年後而卒，異香滿室，得淨土迎矣〔一四〕。（據《大藏新纂卍續藏經》卷八七孟獻忠《金剛般若經集驗記》卷上《延壽篇第二》引蕭瑀《金剛般若經靈驗記》校録）

〔一〕袁志通　《法華傳記》卷五《天水隴城志通》脱「袁」字，下文譌作「表」。

〔二〕住持　《續藏經》校：「『住』疑『受』。」按：《法華傳記》亦作「住」。住持，佛教常用語。久住護持佛法之意。《信力入印法門經》卷四：「轉於法輪，示大涅槃。住持佛法，示諸法滅。」《大乘本生心地觀經》卷五《無垢性品第四》：「住持三寶，饒益有情。」

〔三〕掛　《續藏經》校：「一作『排』。」《法華傳記》作「樹」。

〔四〕白蠻　《法華傳記》作「南蠻」。按：《隋書》卷四五《庶人楊秀傳》：「大將軍劉噲之討西爨也，高祖令上開府楊武通將兵繼進。」唐樊綽《蠻書》卷四《名類》：「西爨，白蠻也。東爨，烏蠻也。」

〔五〕怕　原作「懼」，《續藏經》校：「一作『怕』。」《法華傳記》作「怕」，據改。

〔六〕恐　原譌作「怨」。《續藏經》校：「一作『恐』。」《法華傳記》作「恐」，據改。

〔七〕亦　原譌作「主」，據《法華傳記》改。

〔八〕閲　《續藏經》校：「一作『問』。」《法華傳記》作「閲」。

〔九〕生在　「在」原作「存」，據《法華傳記》改。按：生在，佛教語，謂衆生所在。《過去現在因果經》卷一：「今者唯有此一生在，不久當得離於諸行。」《佛本行集經》卷五五《羅睺羅因緣品第五十六上》：「凡人來投請出家者，先須問言：『汝之父母生存已不？』彼人若報云：『我父母現今生在。』方更問言：『復當聽汝出家已不？』」

〔一〇〕十　《法華傳記》作「一」。

〔一一〕誦法華經千遍　此句原無，據《法華傳記》補。

〔一二〕領　此字原無。《續藏經》校：「『將』上有一『領』字。」《法華傳記》有此字，據補。

〔一三〕口出火炎　此句原無，據《法華傳記》補。

〔一四〕「通蘇説此事」至「得浄土迎矣」 此節原無，據《法華傳記》補。

按：此篇《金剛般若經集驗記》引作兩條，「貞觀八年」前有「又曰」二字，《法華傳記》作「又云」。孟獻忠《集驗記》作於開元六年（七一八），僧祥《法華傳記》約成於開元四年至二十九年間（見任繼愈主編《佛教大辭典》，江蘇古籍出版社，二〇〇二），蓋取自孟書。觀「貞觀八年正月二十八日，身患，至二月八日夜命終」云云，分明事接前事。盧求《金剛經報應記·袁志通》（《太平廣記》卷一〇二引），雖爲梗概，而事在此二條中，顯然原爲一篇。孟書以其所述爲兩次靈驗，故割而引之。

僧法藏

蕭瑀 撰

鄜州寶室寺〔一〕僧法藏，戒律清〔二〕淳，慈悲普行〔三〕。隋開皇十三年，於洛交縣葦〔四〕川城造寺一所，僧房二十餘間，佛殿講堂等三口，並七架六栿，塼瓦砌鐁，修理華麗。丈六大像一軀〔五〕，總有四鋪〔六〕，鋪皆十一事，莊嚴不可思議。觀世音〔七〕石像一軀，金銅隱起。千佛屏風〔八〕等，並莊嚴成就。至大業五年，勅但是諸處佛堂之内佛像者，並移州内大寺伽藍，補壞修理，並已成就。法藏又造一切經，已寫八百餘卷。造長度紙〔九〕，於京城月愛寺抄寫〔一〇〕，檀軸精妙〔一一〕。

法藏至武德二年閏三月内〔一二〕，得患困重，經二旬餘〔一三〕，乃見一人，青衣，服飾華麗，在高樓〔一四〕上，手持經一卷，告法藏云：「汝一生已來造大功德，皆悉精妙。汝今互用三寶物，得罪無量〔一五〕。我所持經者，是《金剛般若》〔一六〕，汝若能自造一卷，至心誦持，一生已來所用三寶物罪，並得消滅。」藏即應聲：「若得滅罪，病又瘳差，即發深心，決定敬寫《金剛般若》百部，誦持不廢。」又云：「一生已來雖作功德，未曾抄寫《金剛般若經》。諸佛菩薩，今見覺悟，必不懈怠〔一七〕。弟子唯身上所有三衣瓶鉢等，即當盡捨，付囑大德。自知病重，遺囑弟子及親知，爲造《金剛般若經》百部，舍婆提城舍衛國各中半〔一八〕。抄寫並莊嚴了訖，散與一切道俗讀誦。《般若》威力，不可思議，救拔一切衆生。」作是語已，藏即命終。

將至王所，具問：「一生作何福業？」藏即分疏：「造佛像，抄寫《金剛般若》百部，施一切人轉讀，兼寫餘經八百卷，晝夜誦持《般若》，不嘗廢闕。」王聞此言：「師造功德極大，不可思議。」即遣使藏中取功德簿，將至王前。王自開檢，並依藏師所説，一不錯謬。王言：「師今造寺佛像，抄寫經典，及誦持《般若》，功德圓滿，不可思議。放師在寺，勸化一切讀誦《般若》，具修一切功德，莫生懈怠。師得長壽〔一九〕，後命終之日，即生十方浄土。」（據《大藏新纂卍續藏經》卷八七孟獻忠《金剛般若經集驗記》卷中《滅罪篇第三》引蕭瑀《金剛般若經靈驗記》校録）

〔一〕寶室寺　「寶」原作「實」，《續藏經》校：「一作『寶』。《法苑》作『寶』。」按：《法苑珠林》卷一八引《冥報記》、《持誦金剛經靈驗功德記》均作「寶」。《法華傳記》卷七《隋鄜州寶室寺沙門浄藏》：「沙門浄藏，鄜州人也。少喪父母，出家住寶室寺。」據改。

〔二〕清　《珠林》、《功德記》作「精」。

〔三〕慈悲普行　《珠林》、《功德記》作「爲性質直」。

〔四〕葦　《珠林》作「韋」，《功德記》作「蔞」。

〔五〕丈六大像一軀　《功德記》「大」作「素」。《續藏經》校：「『一』一作『三』。」

〔六〕鋪　《功德記》作「部」，下同。

〔七〕觀世音　《功德記》上有「等身」二字。按：蕭瑀事太宗李世民，當避「世」字，孟獻忠轉引亦當諱之，疑爲後人所添。

〔八〕千佛屏風　《續藏經》校：「『風』下有『像』字。」《功德記》作「千屏風像」。

〔九〕長度紙　《功德記》伯二〇九四號卷作「長紙」，《大正新脩大藏經》本作「長張」。

〔一〇〕於京城月愛寺抄寫　《珠林》「月」上有「舊」字。《功德記》「抄寫」上有「令人」二字。

〔一一〕檀軸精妙　《功德記》作「並檀香爲軸，莊嚴妙好」。

〔一二〕閏三月内　「三」原作「五」，《珠林》作「二」，《功德記》作「四月」，遼非濁《三寶感應要略録》卷上第五十七《僧法藏書誦金剛般若經滅罪感應》引《經驗記》（按：即《集驗記》）作「閏三月」。按：據陳垣《二十史朔閏表》，武德二年三月閏，據《要略録》改。

〔一三〕經二句餘　原作「經餘二句」，據《要略録》改。

〔一四〕高樓　「高」原譌作「當」，據《要略録》改。《珠林》、《功德記》作「高閣」。

〔一五〕汝今互用三寶物得罪無量　《珠林》作「唯有少分互用三寶物，得罪無量」，《功德記》作「唯有少互用三寶物，得罪未除」。

〔一六〕金剛般若　《功德記》下有「最爲第一大乘經典」一句。

〔一七〕諸佛菩薩今見覺悟必不懈怠　原作「諸佛覺悟」，據《功德記》補八字，《功德記》「覺」譌作「學」。

〔一八〕爲造金剛般若經百部舍婆提城舍衛國各中半　《功德記》作「即造婆伽娑舍衛國中第一部」。

〔一九〕師得長壽　《要略録》下有「無病安樂」四字。

趙文昌

蕭瑀　撰

隋開皇十一年，太府丞趙文昌身死，唯於心上氣暖，時昌家人未敢入斂。被人將來至閻羅王所，王問昌云：「一生已來作何福業？」昌報王言：「一生家貧，無餘功德，專心唯誦《金剛般若》經典。」王聞此語，合掌恭敬〔一〕，讚云：「善哉！善哉！受持《金剛般若》，功德甚大，不可思議。」王語所執昌使者：「好須勘校，莫錯將來。」其典執案諮王：

「實錯將來，此人更合二十餘年。」王聞此語，自檢非謬，即語昌云：「汝共使者，向藏内取《金剛般若經》來。」

即遣一人，引昌西南行。可五六里外，至經藏所，見數十間屋，屋甚精麗。經卷徧滿，金軸寶帙，莊嚴華飾，不復可言。昌乃一心合掌閉目，信手抽得一卷，大小還似舊誦《般若》者，其題目「功德冣爲第一〔二〕」。昌便恐怕，慮非《般若》，求此使人請換，不肯。昌即開看，乃是《金剛般若》。將至王前，王令一人執經在西，昌在東立。王勑使人取七寶牀几，遣昌坐上，向西誦經，竝得通利。

時王教昌還家，仍約束昌云：「受持此經，慎莫廢闕。」亦令勸化一切人，讀誦此經。仍令一人引昌，從南門出。乃見周武帝禁在門東房内，即唤昌言：「汝是我本國人也，蹔來至此，須共汝語。」昌即就之，向武帝再拜。武帝問云：「汝識我不？」昌言：「臣昔宿衛陛下。」武帝語昌云：「卿乃是我故舊，汝可還家，爲我具向隋帝論説，道我諸罪竝了，唯有滅佛法事未了。當時衛元嵩〔三〕教我滅佛法，爲追元嵩至今不得，以是未了。」昌問武帝：「元嵩何處，追不可得？」武帝云：「其元嵩者，三界外人，非閻羅王之所管攝，不能追得。汝還，爲我速從隋帝〔四〕乞少功德。」昌行，少時出南門外。見大糞聚中，有一人頭髮纔〔五〕出。昌問引人：「此是何物？」引人答云：「此是秦將白起，枉坑趙卒，寄禁未了。」

昌還家得蘇，已經三〔六〕日，其患漸差。具奏隋文帝，帝即出勑，國内諸寺〔七〕，普爲周武帝三日持齋，轉《金剛般若經》。勑令録入《隋史》。（據《大藏新纂卍續藏經》卷八七孟獻忠《金剛般若經集驗記》卷下《功德篇第五》引蕭瑀《金剛般若經靈驗記》校録）

〔一〕恭敬　《珠林》卷七九（按：末無出處，下三驗注出《冥報記》，所注「三驗」疑當作「四驗」）作「斂膝」。

〔二〕功德冣爲第一　《珠林》作「功德之中，最爲第一」。

〔三〕衛元嵩　前原有「右」字，《珠林》、《功德記》均作「衛元嵩」。按：《北史》卷八九《藝術傳上》：「又有蜀郡衛元嵩者……尤不信釋教，嘗上疏極論之。」據删「右」字。

〔四〕隋帝　原作「隋文帝」，《續藏經》校：「一無『文』字。」《珠林》作「隋帝」。按：『文』乃隋高祖楊堅謚號，生前不得稱文帝，據删。《功德記》作「今帝」。

〔五〕纔　《珠林》作「片」。

〔六〕三　《功德記》作「五」。

〔七〕帝即出勑國内諸寺　《珠林》作「文帝出敕，徧下國内，人出一錢」，《功德記》作「文帝知，即爲出敕國内諸寺師僧」。

唐五代傳奇集第一編卷三

釋信行

唐臨 撰

唐臨（六〇〇—六五九），字本德，京兆長安（今陝西西安市）人。隋恭帝義寧二年（六一八）正月，向李建成獻平王世充策，建成引直典書坊。建成立爲太子，授臨右衛率府鎧曹參軍。武德九年（六二六）建成被殺，出爲萬泉丞。遷侍御史，轉黄門侍郎，加銀青光禄大夫。高宗即位（六四九），爲檢校吏部侍郎，遷大理卿、御史大夫。永徽二年（六五一）出爲華州刺史，尋遷刑部尚書，加金紫光禄大夫。復歷兵部、度支、吏部尚書。顯慶四年（六五九）坐事貶潮州刺史，卒官，年六十。與長孫無忌等撰《律疏》三十卷。（據《舊唐書》卷八五、《新唐書》卷一一三本傳，《新唐書·藝文志》刑法類）

隋京師大德沙門釋信行，本相州法藏寺僧。初，其母無子，久以爲憂。有沙門過〔一〕之，勸念觀世音菩薩。母日夜祈念，頃之有娠，生信行。幼而聰慧，博學經論，識達過人。以爲仏所説經，務於濟度，或隨根性，指人示道；或逐時宜，因事判法。今去聖久遠，根時亦異，若以下人脩行上法，法不當根，容能錯倒。乃鈔集經論，參驗人法所當學者，爲卅六弓。名曰《人集録》。

開皇初，左僕射齊公聞其盛名，奏文帝，徵詣京師，住公所造真寂寺。信行又據經律，録出《三階法》四弓，其大旨勸人普敬，認惡本，觀仏性，當病受藥，頓教一乘，自天下勇猛精進之士皆宗之。信行嘗頭陁乞食，六時禮拜，勞〔二〕力定心，空形實智而已。每坐禪説法，常見青衣童子四人，持花立侍。嘗與徒衆在堂中坐禪，衆人忽聞奇香，光照堂内，相共怪異。諮問信行，信行令問弟子僧邕、惠如，邕曰：「向見化仏從空中來，至禪師前，摩頂授記。」如云：「亦摩邕頂授記。」餘狀與邕説同。

後邕與其徒衆，隱太白山。一旦，謂衆僧曰：「當與師等還京。」衆敬邕，皆從之，即下山。夜宿武功，未明便發，謂衆曰：「師等努力，今暝必須入城。」日没至渭上，聞鼓音，嘆曰：「城門閉矣。」遂宿於逆旅。至昏時，悲泣曰：「無所及矣。」衆問其故，不答。明早入城，至真寂寺，而信行昨夜昏時氣絶。寺僧怪問邕來，答曰：「在山遥見多人，持香花幡蓋從西來，入開遠門〔三〕，向真寂寺。邕疑禪師欲去，故來也。昨夜昏時，見禪師導從西去，顧與邕别，故知不及也。」

初，京城諸師有疑信行法者，至是相與議，據《付法藏經》，若人通耳，過去聞正法故。

於是共觀信行頭骨，兩耳正通，乃皆慙悔信服。初，信行徒衆居京城五寺，後雖侵廣，今猶號「五〔四〕禪師」。老僧及臨舅說云爾。（據中華書局版方詩銘輯校本《冥報記》卷上校録）

〔一〕過　據《大正新脩大藏經》本校，知恩院本作「遇」。

〔二〕勞　知恩院本、前田家本作「努」。

〔三〕開遠門　前田家本作「開通門」，誤。按：開遠門爲長安城西三門北數第一門。

〔四〕五　前田家本作「五衆」。

按：《冥報記》始著録於《法苑珠林》卷一〇〇（百卷本，百二十卷本卷一一九）《傳記篇・雜集部》：「《冥報記》二卷，右皇朝永徽年內吏部尚書唐臨撰。」其後《舊唐書・經籍志》雜傳類、《新唐書・藝文志》雜傳類又小説家類、《通志・藝文略》傳記冥異類、《直齋書録解題》小説家類、《文獻通考・經籍考》小説家類、《宋史・藝文志》小説類著録均爲二卷，《書録解題》云「唐吏部尚書京兆唐臨本德撰」。《舊唐書》本傳亦云：「所撰《冥報記》二卷，大行於世。」日人藤原佐世《日本國見在書目録》雜傳家類乃作十卷，書名譌作《冥報計》。

本書國內久不見傳，日本有多種古寫本流傳，有高山寺本、三緣山寺本、知恩院本、前田家本等，皆編爲上中下三卷。日人澁江全善、森立之《經籍訪古志》卷五釋家類著録三緣山寺本：

「《冥報記》三卷，舊鈔卷子本，三緣山某院藏。卷首題《冥報記》卷上，吏部尚書唐臨撰。次有序文，論當時報、子孫報、現報、生報、得報之別。上卷始隋釋信行，終揚州嚴恭。中卷始隋大業客僧，終邵師弁。下卷始後魏崔浩，終武德中姓韋。皆載冥報事迹。」楊守敬《日本訪書志》卷八亦著録三緣山寺本：「余於日本得古鈔本三卷，首題吏部尚書唐臨撰，有臨自序。上卷十一條，中卷十一條，下卷十六條。相傳是三緣山寺保元間（一一五六—一一五九）寫本，首缺四十三行，以高山寺藏本補之。上卷前七條皆僧尼事，當是日本釋子所節鈔，而又臆分爲三卷也。」楊《志》中並列有《冥報記輯本目録》。楊氏所云各卷條數及《輯本目録》有誤，實是上卷十條（僧徹事重出，實九條，中卷十三條（説詳拙著《唐五代志怪傳奇叙録》）。臺北故宫博物院亦藏三緣山鈔本之影寫本，寫於日本江户時代末期，首缺四十三行，亦以高山寺本補寫。（見李銘敬《〈冥報記〉的古鈔本與傳承》，《文獻》二〇〇〇年第三期）知恩院本爲京都知恩院所藏，上卷十一條，中卷十三條，下卷十七條。日本昭和女子大學近代文化研究所《學苑》一九九三年八、九期合刊號刊載此鈔本活字翻版。（見李銘敬文）高山寺本最爲流傳，原藏日本京都高山寺，爲唐寫卷子本。日本刊行者上卷十一條，中卷十九條（「蘇長」條重出，實十八條），下卷二十四條，都五十三條。日本刊行者有川田甕江刊本（僅上卷）、《大藏新纂卍續藏經》卷八八排印本、《大正新脩大藏經》卷五一排印本、《高山寺資料叢書》第十七册排印本（日本東京大學出版社，一九八八）。《續藏經》本、《大正藏》本均有校勘記，前者參校《珠林》、《廣記》等，後者參校知恩院本、《續藏經》本。一九一八年上海涵芬樓照高山寺本排印，彙入《涵芬樓祕笈》第六集，譌誤極多。此外又有前田家本，李銘敬文有介紹。藏於日本前田育德會尊經閣文庫，爲日本長治二年（一一〇五）古鈔本，亦稱長治本。一九三七年《前田家尊經閣叢刊》印有此本。此本亦三卷，題吏部尚書唐臨撰。上卷十一條，中卷二十條，下卷二十六條，合計五十七條，較高山寺本多「唐李思一」、「唐周善通」（並中卷）、「唐李壽」、「唐傅弈」（並下卷）四條。其中「周善通」一條未見他書徵引，「李思一」條僅見《冥報拾遺》提及，文字亦未見他書（按：此事原見蕭瑀《金剛般若經靈驗記》，文句不同）。前田家本脱譌極多，然亦有勝處，頗可取校。

今傳各鈔本均非原書，原書二卷，日人析爲十卷，而日本釋子又節鈔爲三卷。舊鈔本外佚文尚夥，《法苑珠林》、《太平廣記》等多有引用。楊守敬《日本訪書志》所載《冥報記輯本目録》，據《珠林》、《廣記》合古鈔本，凡輯六卷七十五條（自云八十四條，誤），又輯《冥報拾遺》三卷四十八條（自云四卷四十二條，亦不合。「僧徹」條重出，實四十七條）。《冥報拾遺》郎餘令作，而誤以亦出唐臨手。楊輯頗多濫誤。《大藏新纂卍續藏經》卷八八收佐佐木憲德輯《冥報記輯書》七卷，乃補三卷舊鈔本之遺，主要輯自《珠林》、《廣記》，共六十八條，其中前三卷爲《冥報記》，十八條，後四卷爲《冥報拾遺》，所輯亦有濫誤。岑仲勉作《唐唐臨〈冥報記〉之復原》（《歷史語言研究所集刊》十七本，一九四八），考定佚文七條，可補者尚多。一九九二年中華書局出版方詩銘輯校本，以日本博文堂影印高山寺本爲底本，附《補遺》，凡補十五條。今按前田家本「周善通」條宜補，又《珠林》卷七九引「隋趙文昌」條，末無出處，而下三條注「右三驗出《冥報記》」，疑此條亦屬唐臨書，所注「三驗」疑當作「四驗」。此條原出蕭瑀《金剛般若經靈驗記》，而《珠林》未引蕭書。總而計之，古鈔各本五十七條，加佚文十四條，都七十一條。今本書輯校，以方校本爲底本，加以補正。原加標目基本據楊守敬所擬，姓名前多冠朝代，今删。

唐臨序未繫年月，據《珠林》著録，作於永徽年，時爲吏部尚書。《册府元龜》卷五五六云：「唐臨爲禮部侍郎，貶潮州刺史，撰《冥報記》二卷。」誤。三卷本卷上「僧徹」條云永徽二年正月僧徹終，「至今三載，獨坐如故」，當爲永徽四年（六五三），此著書時也。

嚴恭

唐臨　撰

揚州嚴恭者〔一〕，本泉州人。家富於財，而無兄弟，父母愛恭，言無所違。陳太建初，恭年弱冠，請於父母，願得錢五萬，往揚州市物〔二〕，父母從之。恭乘船載錢而下，去揚州數十里，江中逢一船載黿〔三〕，將詣市賣之。恭問知其故，念黿當死，請贖之〔四〕。黿主曰：「我黿大，頭〔五〕千錢乃可。」恭問有幾頭，答有五十。恭曰：「我正有錢五萬，願以贖之。」黿主喜，取錢付黿而去。恭盡以黿放江中，空船詣揚州。其黿主别恭行十餘里，船没而死。

是日，恭父母在家，昏時，有烏衣客五十人，詣門寄宿，并送錢五萬，付恭父〔六〕曰：

「君兒在揚州市附此錢皈，願依數受也。」恭父怪愕，疑謂恭死，因〔七〕審之，客曰：「兒無恙，但不須錢，故附皈耳。」恭父受之，記是本錢，而皆水〔八〕濕。留客爲設食，客止，明旦辭去。

後月餘日，恭還，父母大喜。既而問附錢所由，恭答無之。父母説客形狀及附錢月日，乃贖黿之日。於是知五十客，皆所贖黿也。父子驚嘆，因共往揚州，起精舍，專寫《法花經》。遂徙〔九〕家揚州，家轉富，大起房廊，爲寫經之室。莊嚴清浄，供給豐厚，書生常數十人。揚州道俗，共相崇敬，號曰「嚴法花〔一〇〕」。

嘗有知親，從貸經錢一萬，恭不獲已與之。貸者受錢，以船載皈，中路船傾，所貸之錢落水，而船人不溺〔一一〕。是日，恭入錢庫。見有一〔一二〕萬濕錢，如新出水，恭甚怪之。後見前貸錢人，乃知濕錢是所貸者。又有商人至宫亭湖，於神所祭酒食并上物。其夜，夢神送物還之，謂曰：「倩君爲我持此奉嚴法花，以供經用也。」旦而所上神物，皆在其前。於是商人嘆異，送達恭處，而倍加厚施。其後，恭至市買經紙，適遇少錢，忽見一人，持錢三千授恭曰：「助君買紙。」言畢不見，而錢在其前。怪異如此非一。

隋開皇末，恭死。鄰人夢恭死生浄天，夢問：「浄天何？」答：「兜率内院，無雜穢故〔一三〕。」子孫傳其業。隋季，盜賊至江都者，皆相與約，勿入嚴法花里，里人賴之獲全。其家至今寫經不已。州邑共見，京師人士亦多知之。駙馬宋國公蕭鋭最所詳審也。（據中華書局版方詩銘輯校本《冥報記》卷上校録，又《法苑珠林》卷一八引《冥報記》）

〔一〕揚州嚴恭者　《珠林》前有「陳」字。按：《珠林》各篇《感應緣》引事，前常冠朝代名，以明其時。此道世所加，非原文所有。唐李伉《獨異志》卷中「恭」作「泰」，當爲形譌。唐慧祥《弘贊法華傳》卷一〇作「嚴恭，字近禮」。按：《弘贊法華傳》非全據《冥報記》，此當據他書。

〔二〕物　唐僧祥《法華傳記》卷八《揚州嚴恭十》引《冥報記》無此字。《珠林》作「易」。

〔三〕黿　《法華傳記》作「龜」，下同。《獨異志》亦作「龜」。

〔四〕請贖之　前田家本前有「讀誦」二字。

〔五〕頭　知恩院本、前田家本、《弘贊法華傳》、《法華傳記》下有「别」字。按：頭别，謂每頭。

〔六〕父　《弘贊法華傳》、《珠林》下有「母」字。

〔七〕因　《弘贊法華傳》作「固」。

〔八〕水　《珠林》作「小」。

〔九〕徙　原作「從」，據《續藏經》本、《大正藏》本、前田家本、《珠林》改。

〔一〇〕嚴法花　知恩院本、前田家本、《法華傳記》下有「里」字。

〔一一〕所貸之錢落水而船人不溺　《珠林》作「所貸之錢落水而船没，人不被溺」。

〔一二〕一　此字原無，據知恩院本、前田家本、《弘贊法華傳》、《珠林》補。

〔一三〕「鄰人夢恭死生淨天」至「無雜穢故」　以上數句原無，據《法華傳記》補。按：《法華傳記》全文照鈔，無有增删，此數語必爲原文。

眭仁蒨

唐　臨　撰

眭仁蒨〔一〕者，趙郡邯鄲人也。少有經學，不信鬼神。常欲試其有無，就見鬼人學之，十餘年不能得見。後徙家向縣，於路見一人，如大〔二〕官，衣冠甚偉〔三〕，乘好馬，從五十餘人騎，視仁蒨而不言。後數見之，常如此。經十年，凡數十相見。後忽駐馬，呼蒨曰：「比頻見君，情相眷慕，願與君交遊。」蒨即拜之，問：「公何人也？」答曰〔四〕：「吾是鬼耳，姓成名景，本弘農人。西晉時爲别駕，今任臨胡國〔五〕長史。」仁蒨問：「其國何在？王何姓名？」答曰：「黄河已北，總爲臨胡國，國都在樓煩西北沙磧是也。其王是故趙武靈王，今統此國，總受太山控攝。每月各使上相朝於太山，是以數來過此，與君相遇也。」蒨曰：「然則人神異道，何由託貴交遊乎？」景曰：「君豈畏我爲禍也〔六〕？吾乃能有相益，令君預知禍難，而先避之，可免横害。唯死生之命與大禍福之報，不能移動耳。」蒨從之。景因命其從騎〔七〕常掌事，以是贈之，遣隨蒨行，有事令先報之。「即爾所不知，當來告我。」於是便別。掌事恒隨逐，如從者，頃〔八〕有所問，無不先知。

時大業初，江陵岑之象爲邯鄲令。子文本，年未弱冠，之象請仁蒨於家教文本書。蒨以此事告文本，仍謂曰：「成長史謂曰〔九〕：『我有一事，羞君不得道，既與君交，亦不能不告君。鬼神道中亦有食，然不能飽，常在苦飢〔一〇〕。若得人一〔一一〕食，便得一年飽。衆鬼多偷竊人食，我既貴重，不能偷之，從君請一飡。』」蒨既告文本，文本即爲具饌，備設珍羞。蒨曰：「鬼不欲〔一二〕入人屋，可於外水〔一三〕邊張幕設席，陳酒食於上。」文本如其言。至時，仁蒨見景將兩客來坐〔一四〕，從百餘騎。既坐，文本向席再拜，謝以食之不精，蒨〔一五〕亦傳景意辭謝。初，文本將設食，仁蒨請有金帛以贈之。文本問是何等物，蒨云：「鬼所用物，皆與人異，唯黄金及絹爲得通用，然亦不如假者。以黄色塗大錫作金，以紙爲絹帛，最爲貴上。」文本如言作之。及景食畢，令從騎更代作食〔一六〕。文本以所作金銀絲絹贈之，景深喜，謝曰：「因睦生煩郎君供給，郎君頗欲知年壽命乎？」文本辭曰：「不願知也。」景辭〔一七〕而去。

數年後，仁蒨遇病，不甚困篤，而又不能起。月餘日，蒨問常掌事，掌事云：「不知。」使問長史，長史報云：「月〔一八〕内不知，後月因朝太山，爲問〔一九〕消息相報。」至後月，長史自來報云：「是君鄉人趙武〔二〇〕，爲太山主簿，主簿一員闕，薦君爲此官，故爲文案經紀召君耳，案成者當死。」蒨問計將安出〔二一〕，景云：「君壽應年六十餘，今始卌，但以趙主簿横相〔二二〕徵召耳，當爲君請之。」乃曰：「趙主簿相聞〔二三〕：『眭兄昔與同學，恩情深重。今幸得爲太山主簿，遇一主簿闕，明府〔二四〕令擇人，吾已啓公，公許相用。兄既不得長生，會〔二五〕當有死。死遇際會〔二六〕，未必當〔二七〕官，何惜一二十年苟貪生也？今文書已出，不可復止，願決作來意，無所疑也。』」蒨憂懼，病愈篤。景謂蒨曰：「趙主簿必欲致君，君可自往太山，於府君陳訴，則可以免。」蒨問：「何由見府君？」景曰：「君欲見〔二八〕鬼者，可得見耳。往太山廟東，度一小嶺，平地是其都所。君往〔二九〕，自當見之。」蒨以告文本，文本爲具行裝〔三〇〕。數日，景又來告蒨曰：「文書欲〔三一〕成，君訴懼不可免。急作一佛像，彼文書自消息。」蒨告文本，文本〔三二〕以三千錢爲畫一座像於寺西壁。既而景來告曰：「免矣。」

蒨情不信仏，意尚疑之，因問景云：「仏法説有三世因果，此爲虚實？」答曰：「實。」蒨曰：「即如是，人死當分入六道，那得盡爲鬼？而趙武靈王及君，今尚爲鬼耶？」景曰：「君縣内幾户？」蒨曰：「萬餘户。」又曰〔三三〕：「獄囚幾人？」蒨曰：「常廿人已下。」又曰：「萬户之内，有五品官幾人？」蒨曰：「無。」又曰：「九品已上官幾人？」蒨曰：「數〔三四〕人。」景曰：「六道之内〔三五〕，亦一如此耳。其得天道，萬無一人，如君縣内無一五品官。得人道者，萬有數人〔三六〕，如君九品。入地獄者，萬〔三七〕亦數十，如君獄内囚。唯鬼及畜生最爲多也，如君縣内課役户。就此道中又有等級。」因指其從者曰：「彼人大不如我，其不及彼者尤多。」蒨曰：「鬼有死乎？」曰：「然。」蒨曰：「死入何道？」答曰：「不知，如人知死〔三八〕，而不知死後之事。」蒨問曰：「道家章醮，爲有益不〔三九〕？」景曰：「道者，天帝總統六道，是謂天曹。閻羅王者，如人間〔四〇〕天子；太山府君，如〔四一〕尚書令録；五道神，如諸尚書；若我輩國，如大州郡。每斷〔四二〕人間事，道士〔四三〕上章請福，如求神之恩〔四四〕。天曹受之，下閻羅王，云某月日得某甲訴云云，宜爲〔四五〕盡理，勿令枉濫。閻羅敬受而奉行之，如人之奉詔也。無理不可求免，有枉必當得申，何爲無益也〔四六〕？」蒨又問：「仏家脩福何如？」景曰：「仏是大聖，無文書行下。其脩福者〔四七〕，天神敬奉，多得寬宥。若福厚者，雖有惡道，文簿不得追攝。此非吾所識，亦莫知其所以然。」言畢去。蒨一二日能起，便愈。

文本父卒，還鄉里。蒨寄書曰：「鬼神定〔四八〕是貪諂，往日欲郎君飲食，乃爾殷勤，比知無復厚利，相見殊落漠，然常掌事猶見隨。本縣爲賊所陷，死亡略盡。僕爲掌事所道〔四九〕，常如賊不見，竟以獲全。」

貞觀十六年九月九〔五〇〕日，文官賜射於玄武北門〔五一〕，文本時爲中書侍郎，與家兄太府卿及治書侍御史馬周、給事中韋琨及臨對坐，文本自謂諸人云〔五二〕。（據中華書局版方詩銘輯

校本《冥報記》卷中校録，又《法苑珠林》卷六引《冥報記》，《太平廣記》卷二九七引《冥報録》）

〔一〕睦仁蒨　《大正藏》本、《廣記》、明陸楫《古今説海》説淵部別傳四十三《睦仁蒨傳》、汪雲程《逸史搜奇》己集八《睦仁蒨》、冰華居士《合刻三志》志鬼類《見鬼傳》、清蓮塘居士《唐人説薈》第十集《睦仁蒨傳》姓作「睦」。《廣記》清孫潛校本作「睦仁舊」。《珠林》、《廣記》前有「唐」字，乃編纂者所加。

〔二〕大　《珠林》作「天」。

〔三〕偉　《珠林》作「暐曄」。

〔四〕曰　此字原無，據前田家本、《珠林》、《廣記》、《説海》、《逸史搜奇》、《合刻三志》、《唐人説薈》補。

〔五〕臨胡國　《廣記》、《説海》、《逸史搜奇》、《合刻三志》、《唐人説薈》「胡」作「湖」。《廣記》孫校本作「胡」，明沈與文野竹齋鈔本作「明」。按：臨胡國乃虚構陰間國名。胡指北方少數民族，作「湖」誤。

〔六〕蒨曰然則人神異道何由託貴交遊乎景曰君豈畏我爲禍也　以上二十四字原脱，據前田家本補。

〔七〕從騎　前田家本作「從事一人」。

〔八〕頃　前田家本作「須」。中華書局版《法苑珠林校注》據《高麗藏》本改作「須」。按：頃，當時。《廣記》、《説海》、《逸史搜奇》、《合刻三志》、《唐人説薈》作「每」。

〔九〕謂曰　前田家本作「見語云」，《珠林》、《廣記》、《説海》、《逸史搜奇》、《合刻三志》、《唐人説薈》俱作「語」，與下「我」字連讀。

〔一〇〕常在苦飢　「常在」二字原無，據前田家本補。《珠林》作「常苦飢渴」，《廣記》、《説海》、《逸史搜奇》、《合刻三志》、《唐人説薈》作「常苦飢」。

〔一一〕一　此字原無，據前田家本補。

〔一二〕欲　前田家本作「敢」。

〔一三〕水　前田家本作「北」。

〔一四〕景將兩客來坐　「將」字原無，據前田家本補，《廣記》、《説海》、《逸史搜奇》、《合刻三志》、《唐人説薈》作「與」。《廣記》「坐」作「至」。

〔一五〕蒨　此字原脱，據前田家本補。

〔一六〕作食　以上諸本「作」作「坐」。按：作食，吃飯。《太平御覽》卷四〇五引《俗説》：「謝僕射、陶太常詣吴領軍，坐久，吴留客作食。」明王世貞《弇州續稿》卷一三有詩《與諸公過瓦官寺作食》。

〔一七〕辭　《續藏經》本、前田家本、《珠林》、《廣記》、《説海》、《逸史搜奇》、《合刻三志》、《唐人説薈》作「笑」。

〔一八〕月　高山寺本原作「固」，方詩銘據《珠林》、《廣記》改作「國」，《續藏經》本、《大正藏》本亦作「國」，指臨胡國。《説海》、《逸史搜奇》作「月」，義勝，據改。

〔一九〕問　此字原脱，據《續藏經》本、前田家本、《珠林》、《廣記》、《説海》、《逸史搜奇》、《合刻三志》、《唐人説薈》補。

〔二〇〕武　《續藏經》本、《珠林》、《廣記》、《説海》、《逸史搜奇》、《合刻三志》、《唐人説薈》作「某」，前田家本譌作「其」。

〔二一〕計將安出　《珠林》、《廣記》孫校本作「請將案出」，明鈔本作「案何時將出」。

〔二二〕相　此字原無，據前田家本補。

〔二三〕聞　《續藏經》本、《大正藏》本、《珠林》、《廣記》、《説海》、《逸史搜奇》、《合刻三志》、《唐人説薈》作「問」，義同，告也。

〔二四〕明府　原無「明」字，據《珠林》、《廣記》、《説海》、《逸史搜奇》、《合刻三志》、《唐人説薈》補。按：漢魏以來尊稱州刺史、郡太守及縣令爲明府。泰山府君相當於地方長官，故稱之明府。

〔二五〕會　《續藏經》本、《珠林》、《廣記》、《説海》、《逸史搜奇》、《合刻三志》、《唐人説薈》作「命」。

〔二六〕際會　「際」《珠林》、《廣記》、《説海》、《逸史搜奇》、《合刻三志》、《唐人説薈》作「濟」。前田家本譌作「降」。際會，機遇，時機。

〔二七〕當　原作「得」，《珠林》、《廣記》、《説海》、《逸史搜奇》、《合刻三志》、《唐人説薈》作「當」，義勝，據改。

〔二八〕君欲見　此三字原脱，據前田家本補。

〔二九〕往　此字原無，據《續藏經》本、《珠林》、《廣記》、《説海》、《逸史搜奇》、《合刻三志》、《唐人説薈》補。

〔三〇〕行裝　原作「行裝束」，據《續藏經》本、《珠林》、《廣記》、《説海》、《逸史搜奇》、《合刻三志》、《唐人説薈》删「束」字。

〔三一〕欲　《廣記》明鈔本作「已」。

〔三二〕文本　此二字原無，據前田家本補。

〔三三〕曰　此字原無，據《續藏經》本、前田家本、《珠林》、《廣記》、《説海》、《逸史搜奇》、《合刻三志》、《唐人説薈》補。

〔三四〕數　原作「數十」，前田家本作「十數」。按：唐時上縣（邯鄲屬上縣，見《新唐書・地理志三》）只有令（從六品上）、丞（從八品下）、主簿（正九品下）各一人及尉（從九品上）二人，見《新唐書・百官志四下》。下文作「數」，據删「十」字。

〔三五〕内　《珠林》、《廣記》作「義分」，《説海》、《逸史搜奇》、《合刻三志》、《唐人説薈》作「義」。

〔三六〕萬有數人　原作「有數人」。據前田家本、《珠林》、《廣記》、《説海》、《逸史搜奇》、《合刻三志》、《唐人説薈》補「萬」字。前田家本、《説海》、《逸史搜奇》、《合刻三志》、《唐人説薈》「人」作「十」，誤。

〔三七〕萬　此字原無，據《珠林》、《廣記》、《説海》、《逸史搜奇》、《合刻三志》、《唐人説薈》補。

〔三八〕死　《續藏經》本、《珠林》、《廣記》、《説海》、《逸史搜奇》、《合刻三志》、《唐人説薈》作「生」。

〔三九〕不　《廣記》、《説海》、《逸史搜奇》、《合刻三志》、《唐人説薈》作「否」。不，同「否」。

〔四〇〕間　此字原無，據《續藏經》本、《珠林》、《廣記》、《説海》、《逸史搜奇》、《合刻三志》、《唐人説薈》補。

〔四一〕如　此字原無，據《續藏經》本、前田家本、《珠林》、《廣記》、《説海》、《逸史搜奇》、《合刻三志》、《唐人説薈》補。

〔四二〕斷　此字原脱，據《續藏經》本、《珠林》補。

〔四三〕士　此字原脱，據《廣記》、《説海》、《逸史搜奇》、《合刻三志》、《唐人説薈》補。

〔四四〕如求神之恩　此句原無，據《珠林》、《廣記》、《説海》、《逸史搜奇》、《合刻三志》、《唐人説薈》補。

〔四五〕爲　此字原無，據前田家本補。

〔四六〕何爲無益也　「何」原譌作「問」，據《續藏經》本、前田家本、《珠林》、《廣記》、《説海》、《逸史搜奇》、《合刻三志》、《唐人説薈》改。《大正藏》本作「可」。《珠林》脱「無」字。

〔四七〕者　此字原無，據《續藏經》本、前田家本、《珠林》、《廣記》、《説海》、《逸史搜奇》、《合刻三志》、《唐人説薈》補。

〔四八〕定　《廣記》明鈔本作「實」。

〔四九〕道　《續藏經》本、《珠林》、《廣記》、《説海》、《逸史搜奇》、《唐人説薈》作「導」。道，引導。

〔五〇〕九　《珠林》、《廣記》、《説海》、《逸史搜奇》、《合刻三志》、《唐人説薈》作「八」。

〔五一〕玄武北門　前田家本、《珠林》、《廣記》、《説海》、《逸史搜奇》、《合刻三志》、《唐人説薈》作「玄武門」。按：玄武門乃太極宫（即西内）正北門。

〔五二〕文本自謂諸人云　前田家本作「文本自爲諸人具説如此」。按：自「貞觀十六年九月九日」以下，《續藏經》本爲注文。

按：《古今説海》説淵部別傳四十三《睦仁蒨傳》，乃據《廣記》輯録，不著撰人。後又收入《逸史搜奇》己集八、《唐人説薈》第十集（或卷一二），民國吴曾祺《舊小説》乙集，《逸史搜奇》題無「傳」字，《舊小説》題改《睦仁蒨傳》。《合刻三志》志鬼類乃題作《見鬼傳》，撰人妄署唐陳鴻撰，《唐人説薈》、《舊小説》亦承其謬。

孫迴璞

唐　臨　撰

殿中侍御醫〔一〕孫迴璞，濟陰〔二〕人也。貞觀十三年，從車駕幸九成宫，居〔三〕三善谷，與魏太師〔四〕鄰家。嘗夜二〔五〕更，聞門外有人唤孫侍醫聲，璞起〔六〕出看，謂是太師之命。既出，見兩人，謂璞曰：「官唤。」璞曰：「我不能步行。」即取璞馬乘之。隨二人行，乃覺天地如晝日光明，璞怪訝而不敢言。二人引璞出谷口，歷朝堂東，又東北行〔七〕六七里，至苜蓿谷，遥見有兩人，將韓鳳方行，語所引璞二人曰：「汝等錯追〔八〕，我所得者是，汝宜放彼人。」即放璞。循路而還往，還往〔九〕不異平生行處。

既至家，繫馬，見婢當户眠，喚之不應。越度入户，見其身與婦並眠，欲就之而不得。但著南壁立，大聲喚婦，終不應。屋内極明，見壁角中有蜘蛛網，網中有二蠅，一大一小，並見梁上所著藥物，無不分明，唯不得就牀。知是死，甚憂悶，恨不得共妻別。倚立南壁，久之微睡。忽驚覺，覺身已卧牀上，而屋中暗黑無所見。喚告婦，令婦燃火，而璞方〔一〇〕大汗。起視蜘蛛網，歷然不殊，見馬亦大汗。鳳方是夜暴死。

至十七年，璞奉勑馳驛往齊州，療齊王祐疾。還至洛州東孝義驛，忽見一人來問：「君是孫迴璞不？」曰：「是。君何問爲？」答曰：「我是鬼耳。魏太師〔一一〕有文書，追君爲記室。」因出文書示璞。璞視之，則鄭國公魏徵署也。璞驚曰：「鄭公不死，何爲遣君送書〔一二〕？」鬼曰：「已死矣，今爲太陽都録太監，故令我召君。」迴璞引共食，鬼甚喜，謝璞。璞請曰：「我奉勑使未還，鄭公不宜追。我還京奏事畢，然後聽命，可乎？」鬼許之。於是晝則同行，夜同宿，遂至閿鄉，鬼辭曰：「吾取過所〔一三〕，度關待君。」璞度關〔一四〕出西門，見鬼已在門外。復同行，至滋水驛，鬼又與璞別曰：「待君奏事訖，相見也。君可勿食葷辛。」璞許諾。

既奏事畢，而訪鄭公已薨。校其薨日，則孝義驛之前日也。璞自以〔一五〕必死，與家人決〔一六〕別，而請僧行道，造像寫經〔一七〕。可六七日，夜夢前鬼來召，引璞上高山。山巔有大宮殿，既入，見衆君子迎謂曰：「此人修福，不得留之，可放去。」即推璞墮山，於是驚悟，遂至〔一八〕今無恙矣。迴璞自爲臨説云爾。（據中華書局版方詩銘輯校本《冥報記》卷中校録，又《法苑珠林》卷九四引《冥報記》，《太平廣記》卷三七七引《冥祥〔報〕記》）

〔一〕殿中侍御醫　《珠林》、《廣記》前有「唐」字，乃道世及《廣記》編纂者所加。《廣記》無「御」字，中華書局版《法苑珠林校注》以「御」爲衍字，據《高麗藏》本删。按：《新唐書·百官志二·殿中省·尚藥局》：「侍御醫四人，從六品上，掌供奉診候。」「殿中」者即指殿中省。太子左春坊藥藏局則置侍醫四人，「皇太子有疾，侍醫診候議方」（《新唐書·百官志四下·東宫官》）。然侍御醫亦簡稱侍醫。《舊唐書·高宗紀下》：「上苦頭重不可忍，侍醫秦鳴鶴曰：『刺頭微出血，可愈。』」《校注》以爲衍字，大誤。前田家本「醫」譌作「史」。

〔二〕濟陰　前田家本作「濟州」。

〔三〕居　此字原脱，據前田家本補。

〔四〕魏太師　《廣記》作「魏徵」。按：《廣記》體例，常改官稱爲本名。貞觀十六年（六四二）魏徵拜太子太師，見《舊唐書》卷七一本傳。

〔五〕二　《廣記》孫校本作「三」。

〔六〕起　此字原無，據前田家本、《珠林》、明仁孝皇后《勸善書》卷一三補。

〔七〕行　此字原脱，據前田家本、《珠林》、《廣記》、《勸善書》補。

〔八〕追　此字原無，據《校注》、《廣記》補。追，拘捕。

〔九〕還往　前田家本、《珠林》、《廣記》、《勸善書》作「了了」。

〔一〇〕璞方　此二字原無，據前田家本、《珠林》、《廣記》、《勸善書》補。

〔一一〕太師　《廣記》汪紹楹校本據明鈔本改作「太監」。按：太師生前所任，太監（即下文太陽都録太監）死後所任，均可。

〔一二〕何爲遣君送書　前田家本「何爲遣君」作「何爲追我」，「送書」與下文「鬼」連讀。

〔一三〕吾取過所　《廣記》作「吾今先行」。按：過所乃通行證。《新唐書・百官志四下》：「户曹司户參軍事，掌户籍、計帳、道路、過所。」《新五代史》卷三〇《楊邠傳》：「而天下行旅，皆給過所，然後得行。」《勸善書》作「吾取近所」，「近」字譌。

〔一四〕度關　《廣記》上有「次日」二字。

〔一五〕以　《廣記》明鈔本作「知」，張國風《太平廣記會校》據改。按：以，以爲。

〔一六〕決　《勸善書》作「訣」。決，通「訣」。

〔一七〕寫經　《勸善書》作「禮佛」。

〔一八〕遂至　「至」字原無，據《續藏經》本、《大正藏》本、前田家本、《珠林》、《廣記》補。前田家本無

「遂」字。

李山龍

唐 臨 撰

左監門校尉馮翊李山龍〔一〕，以武德中暴病亡，而心上不冷如掌許。家人未忍殯殮，至七日而蘇。自説云：當死時，被冥官收録，至一官曹，廳事甚宏壯，其庭亦廣大。庭内有囚數千人，或枷鎖，或杻械，皆北面立，滿庭中。吏將山龍至廳事，一大官〔二〕坐高牀座，侍衛如王者。山龍問吏：「此何官？」吏曰：「是王也。」

山龍前至階下，王問曰：「汝生平作何福業？」山龍對曰：「鄉人每設齋講，恒施物同〔三〕之。」王曰：「汝身作何善業？」山龍曰：「誦《法華經》，日兩卷。」王曰：「大善。可升階。」既升，廳上東北間有一高座，如講座者，王指座謂山龍曰：「可升此座誦經。」山龍奉命，至座側，王即起立曰：「請法師升座。」山龍升座訖，王乃向之而坐。山龍誦〔四〕曰：「《妙法蓮華經·序品第一》。」王曰：「請法師止。」山龍即止，下座，復立階下。顧庭内，向囚已盡，無一人在者。王謂山龍曰：「君誦經之福，非唯自利，乃令庭内衆囚，皆以聞經獲免，豈不善哉！今放君還去。」山龍拜辭。行數十步，王復呼還，謂吏曰：「可將此人歷觀諸獄。」

吏即將山龍東行，百餘步，見一鐵城，甚廣大，上有屋覆。其城傍多有小窗，或大如小盆，或如盂椀，見諸人男女從地飛入窗中，即不復出。山龍怪問吏，吏曰：「此是人獄，獄中多有分隔，罪罰各異。此諸人者，各隨本業，赴獄受罪耳。」山龍聞之悲懼，稱南无佛，請吏求出。至院門，見一大鑊〔五〕，火猛湯沸，傍有二人坐睡〔六〕。山龍問之，二人曰：「我等罪報，入此鑊湯，蒙賢者稱南无佛，故獄中罪人，皆得一日休息疲睡耳。」山龍又稱南无佛。吏謂山龍曰：「官府數移改，今王放君去，君可白王請抄。若不爾，恐他官不知，復追録君。」山龍即謁王請抄，王命紙，書一行字，付吏曰：「爲取五道等署。」吏受命，將山龍更歷兩曹，各廳事侍衛，亦如此王之貴。吏皆取其官署，各書一行訖〔七〕，付山龍，龍持出。

至門，有三人語山龍曰：「王放君去，可不少多乞遺我等？」山龍未言，吏謂山龍曰：「王放君，不由彼。三人者，是前收録君使人。一是繩主，當以赤繩縛君者；一是棒主，擊君頭者；一是袋主，吸君氣者。見君得還，故乞物耳。」山龍惶懼，謝三人曰：「愚不識公，請至家備物，但不知於何處送之。」三人曰：「於水邊古〔八〕樹下燒之。」山龍許諾，辭吏歸家〔九〕。見家人正哭，經營殯具。山龍入至屍傍，即蘇。後日，剪紙作錢帛，并酒食，自送於水邊燒之。忽見三人來，謝曰：「蒙君不失信，重相贈遺，媿荷。」言畢不見。

山龍彌信，誦一部爲業。自向大總持寺主僧辯等説之，轉向臨説之云爾〔一〇〕。（據中華書局版方詩銘輯校本《冥報記》卷中校録，又《法苑珠林》卷二〇引《冥報記》，《太平廣記》卷一〇九引《冥報記》）

〔一〕左監門校尉馮翊李山龍　《珠林》、《廣記》前加「唐」字，此其體例。前田家本、道宣《集神州三寶感通録》卷下《瑞經録》及《大唐内典録·歷代衆經應感興敬録第十》「左」作「右」。按：唐十六衛有左右監門衛。

〔二〕一大官　《珠林》、僧祥《法華傳記》卷六《左監門校尉憑翊李山龍十六》、《勸善書》卷八作「天官」，乃誤合「一大」爲「天」字。

〔三〕同　《廣記》作「助」。按：同，贊助。

〔四〕誦　《珠林》、《法華傳記》、《廣記》、《勸善書》作「開經」。

〔五〕一大鑊　「一」下原衍「人」字，據《續藏經》本、《大正藏》本、前田家本、《珠林》、《法華傳記》、《廣記》、《勸善書》删。

〔六〕睡　《廣記》作「卧」，明鈔本、孫校本作「睡」。

〔七〕各廳事侍衛亦如此王之貴吏皆取其官署各書一行訖　《續藏經》本、《大正藏》本、《珠林》、《勸善書》「貴」作「遣」，則斷作「各廳事侍衛亦如此，王之遣吏，皆取其官署，各書一行訖」。《法華傳記》作

「各有廳事，侍衛亦如此。王之遺吏，皆取其官署，各書一行訖」。《廣記》「取」作「請」。按：取，求也。

〔八〕古　原作「若」，當譌，據《廣記》改。

〔九〕辭吏歸家　《珠林》、《法華傳記》、《廣記》、《勸善書》作「吏送歸家」。

〔一〇〕按：末節《續藏經》本、前田家本爲注文。

馬嘉運

唐　臨　撰

魏郡馬嘉運〔一〕，以貞觀六年〔二〕正月居家。日晚出大門，忽見兩人，各捉馬一匹，先在門外樹下立。嘉運問是何人，答云：「是東海公使，來迎馬生耳。」嘉運素有學識，知名州里，每有臺使及四方貴客，多請見之。及是聞召，弗之怪也。謂使者曰：「吾無馬。」使者進馬曰：「以此迎馬生。」嘉運即樹下，上馬而去，其實〔三〕倒卧於樹下也。

俄至一官曹，將入大門，有男女數十人在門外，如訟者。有婦人，先與嘉運相識，同郡張公謹妾〔四〕，姓崔〔五〕氏，手執一〔六〕紙文書，謂〔七〕嘉運曰：「馬生尚相識不？昔與張總管交遊，每數相見〔八〕。總管無狀，非理煞我。我訴天曹，於今三年，爲王天主救護公謹，故常見抑。今及得申〔九〕，官已追之，不久當至。疑我獨見枉害，馬生那亦來耶？」嘉運知崔氏被煞，及見方自知死。

使者引入門，門者曰：「公眠，未可謁，宜引就霍司刑處坐。」嘉運見司刑，乃益州行臺郎中霍璋〔一〇〕。見嘉運，延坐曰：「此府記室闕，東海公聞君才學，欲屈爲此官耳。」嘉運曰：「家貧，妻子不立，願君爲言，得免爲幸〔一一〕。」璋曰：「若爾，便可自陳無學，吾當有以相明〔一二〕。」

俄有人來云：「公眠已起。」引嘉運入。見一人在廳事坐，肥短黑色，呼嘉運前，謂曰：「聞君才學，欲相屈爲記室耳，能爲之乎？」嘉〔一三〕運拜謝曰：「幸甚。但鄙人田野，頗以經業教授後生，不足以尚管記〔一四〕之任。」公曰：「識霍璋不？」答曰：「識之。」因使召璋，問以嘉運才術，璋曰：「平生知其經學，不見作文章。」公曰：「誰有文章者？」嘉運曰：「有陳子良者，解文章。」公曰：「放馬生歸。」即命追陳子良。嘉運辭出，璋與之別曰：「倩君語我家三〔一五〕狗：臨終語汝，賣我所乘馬作浮圖，汝那賣馬自費也？速如我教，造浮圖所。」三狗〔一六〕，謂其長子也。嘉運因問：「向見張公謹妾，所云天主者爲誰？」璋曰：「公謹鄉人王五戒者，死爲天主，常救公謹，故得至今。今似〔一七〕不免矣。」言畢而別，遣使者送嘉運，至一小澀徑，指令由此路歸。

嘉運入徑便活，良久能起。時向夜半，妻子皆坐哭，嘉運具言之。其年七月，綿州人姓陳名子良暴死，經宿而蘇，自言見東海公，欲用爲記室，辭不識文字。別有吴人陳子良，善文章者，於是命彼捨此。後年[一八]，吴人陳子良卒死。張公謹亦殂。二人亡後，嘉運嘗與數人同行，於路忽見官府者。嘉運神色憂怖，唯諾趨走，頃之乃定。同侶問之，答曰：「向見者，東海公使人，云欲往益州追人。仍説『子良極訴君，霍司刑爲君被誚讓，君幾不免。賴君贖生之福，故得免也』。」初，嘉運在蜀，蜀人將決池取魚。嘉運時爲人講書，得絹數十匹，因買池魚放之，贖生謂此也。

貞觀中，車駕在九成宫，聞之，使中書侍郎岑文本就問其事，文本具録以奏爾。嘉運後爲國子博士，卒官[一九]。（據中華書局版方詩銘輯校本《冥報記》卷下校録，又《法苑珠林》卷六五引《冥報記》，《太平廣記》卷一二九引《冥報記》）

〔一〕魏郡馬嘉運　《珠林》、《廣記》前加「唐」字。

〔二〕貞觀六年　「貞觀」原作「武德」，前田家本、《珠林》、《廣記》、《勸善書》卷一四作「貞觀」。按：岑仲勉《唐唐臨〈冥報記〉之復原》云：「武德六年，《珠林》、《廣記》作『貞觀』，是，據《唐會要》三八，公謹以是年四月卒，故文云『張公謹亦卒』。」貞觀六年公謹卒，又見《資治通鑑》卷一九四、《册府元龜》卷一四一《帝王部·念良臣》，《通鑑》亦云四月。據改。

〔三〕實　《珠林》《高麗藏》本、《廣記》作「身」，《勸善書》作「屍」。

〔四〕妾　原作「妻」，據《珠林》、《廣記》、《勸善書》改。按：下文云「總管無狀，非理煞我」，張公謹不得殺妻，作「妻」誤。

〔五〕崔　《珠林》、《廣記》、《勸善書》作「元」，下同。

〔六〕一　此字原無，據《珠林》、《廣記》、《勸善書》補。

〔七〕謂　《珠林》、《廣記》、《勸善書》上有「迎」字。

〔八〕昔與張總管交遊每數相見　《廣記》作「昔張總管交某數相見」。交，通「教」。《勸善書》作「昔張總管家某曾相見」。

〔九〕今及得申　「及」《珠林》、《廣記》、《勸善書》作「乃」，「申」《勸善書》作「伸」。

〔一〇〕璋　《勸善書》作「章」，下同。

〔一一〕家貧妻子不立願君爲言得免爲幸　《珠林》、《廣記》、《勸善書》作「貧守妻子，不願爲官，得免幸甚」。

〔一二〕若爾便可自陳無學吾當有以相明　《廣記》作「若不能作，自陳無學，君當有相識，可舉令作」，《珠林》同，唯「君」作「吾」，誤。《勸善書》亦同，無「君當」二字。

〔一三〕嘉　此字原脱，據前田家本、《珠林》、《廣記》、《勸善書》補。

〔一四〕尚管記　前田家本「尚」作「當」。《珠林》、《廣記》作「當記室」。按：尚，奉也，承也。管記，亦即記室。《梁書》卷一五《謝覽傳》：「敕掌東宮管記。」

〔一五〕三　前田家本、《珠林》、《勸善書》無此字。

〔一六〕三狗　《珠林》作「云我家狗者」，上連讀「所」字。前田家本「我家」乙作「家我」，無「者」字。

〔一七〕似　《廣記》、《勸善書》作「已」。

〔一八〕後年　《珠林》、《廣記》、《勸善書》無此二字。按：此爲貞觀六年事，而張公謹卒於貞觀六年。後年即爲貞觀八年，或七年，不合。疑「年」字衍。

〔一九〕按：末節《續藏經》本爲注文。

按：方詩銘輯校本題《唐張公謹》，《廣記》題《張公謹妾》，今改擬如題。

孔恪

唐臨撰

武德初〔一〕，遂州總管府記室參軍孔恪，暴病死，一日而蘇。自説：被收至官所，問恪：「何因固煞兩牛〔二〕？」恪云：「不煞。」官曰：「汝弟證汝煞，何故不承？」因呼弟，弟死已數年矣。既至，枷械甚嚴〔三〕。官問：「汝所言兄煞牛虚實？」弟曰：「兄前奉使，招慰獠賊，使厶〔四〕煞牛會之。實奉兄命，非自煞也。」恪因曰：「恪使弟煞牛會獠是實，然國事也，恪何有罪？」官曰：「汝煞牛會獠，欲以招慰爲功，用求官賞，以爲己利，何云國事耶？」因謂恪弟曰：「以汝證兄，故久留，汝兄今既承遺煞，汝無罪，放往受生。」言訖，弟忽不見，亦竟不得言叙。官又問恪：「何因復煞他兩鴨？」恪曰：「前任縣令煞鴨，供官客耳，豈恪罪耶？」官曰：「官客自有食料，無鴨，汝煞供之，以求美譽，非罪如何？」又問：「何故復煞雞卵六枚？」恪曰：「平生不食雞卵，唯憶年九歲時，寒食日，母與六卵，自煮食之。」官曰：「然欲推罪母耶？」恪曰：「不敢，但説其因耳，此自恪煞之也。」官曰：「汝煞他命〔五〕，當自受之。」

言訖，忽有數十人，皆青衣，執恪將出。恪大呼曰：「官府亦大枉濫。」官聞之，呼還，曰：「何枉？」恪曰：「生來有罪，皆録不遺，生來脩福，皆〔六〕無記者，豈非濫耶？」官問主司：「恪有何福？何爲不録？」主司對曰：「福亦皆録，但量罪福多少。若福多罪少，先令受福；罪多福少，先令受罪。恪福少罪多，故放〔七〕，未論其福。」官怒曰：「雖先受罪，何不唱福示之？」命鞭主司一百。儵忽鞭訖，血流濺地。既而唱恪生來所脩之福，亦無遺忘。官謂恪曰：「汝應先受罪，我更放汝歸家七日，可勤追〔八〕福。」因遣人送出，得蘇。

恪大集僧尼，行道懺悔。精勤苦行，自説其事。至七日，與家人辭訣，俄而命終。臨家兄爲遂府屬，故委之〔九〕。（據中華書局版方詩銘輯校本《冥報記》卷下校録，又《法苑珠林》卷七一引《冥報記》，《太平廣記》卷三八一引《冥報記》）

〔一〕武德初　《珠林》、《廣記》、《勸善書》卷二〇作「唐武德中」。「唐」字乃自加。

〔二〕何因固煞兩牛　「牛」上原有「水」字，疑衍，今删。《續藏經》本、前田家本作「何因殺牛兩頭」，《珠林》、《廣記》、《勸善書》亦同，「因」作「故」。

〔三〕枷械甚嚴　「嚴」《珠林》作「艱」。《勸善書》作「形容枯槁」。按：《勸善書》文多不同，事亦有異，當別有所本。

〔四〕厶　《續藏經》本、《大正藏》本、《珠林》、《廣記》作「某」。厶，同「某」。

〔五〕命　《廣記》孫校本作「罪」。

〔六〕皆　原作「合」，據前田家本、《珠林》、《廣記》改。《續藏經》本、《大正藏》本作「令」。

〔七〕放　《續藏經》本、前田家本、《珠林》、《廣記》無此字。

〔八〕追　《廣記》孫校本作「進」。

〔九〕臨家兄爲遂府屬故委之　《續藏經》本、前田家本爲注文。方詩銘校：「《珠林》七一引作『故委之也』。據下《唐張法義》條，末云『委知之』，這裏疑脱『知』字。」按：委即有知悉之意，不待必加「知」字也。《資治通鑑》卷一八三大業十二年五月：「帝問侍臣盜賊，左翊衛大將軍宇文述曰：『漸少。』帝曰：『比從來少幾何？』對曰：『不能什一。』納言蘇威引身隱柱，帝呼前問之，對曰：『臣非所司，不委多少，但患漸近。』」胡三省注：「委，悉也。」

唐五代傳奇集第一編卷四

王璹

唐臨 撰

尚書刑部侍郎宋行質〔一〕，博陵人也。性不信佛，有慢易〔二〕之言。以永徽二年五月病卒。至六月九日，尚書都官令史王璹暴病死，經二日而蘇。自言〔三〕：初死時，見四人來至其所，云：「官府〔四〕追汝。」璹隨行。入一大門，見有廳事甚壯，向北爲之。廳上西間有一官人坐，形容肥黑，廳東間有一僧坐，與官人相當，皆〔五〕面向北，各有牀褥几案。侍童子二百許人，或冠或弁〔六〕，皆美容貌。階下有官吏執〔七〕文案。有一老人，著枷，面向西，縛立東階下〔八〕。

璹至庭，亦已被縛。吏執紙筆訊璹，辭曰：「貞觀十八年，任長安佐史之日，何因改李須達籍？」璹曰：「璹前任長安佐史，貞觀十六年轉選，至十七年，蒙授司農寺府史，十八年改籍，非璹之罪也。」廳上大官讀其辭辨，顧謂東階下老囚曰：「何因妄訴他？」老囚曰：「須達年實未至，由璹改籍，加須達年〔九〕，不敢妄也。」璹曰：「十七年改任，告身在家，請追驗之。」大官因呼領璹者三人解縛，將取告身。告身至，大官自讀之，謂老囚曰：「他改任大分明，汝無理。」因令囚出北門〔一〇〕。璹遥見北門外昏暗，多有城，城上皆女〔一一〕牆，似是惡處。大官因書案上謂璹曰：「汝無罪，放去。」璹〔一二〕拜辭。吏引璹至東階下拜僧，僧以印印璹臂，曰：「好去。」

吏引璹出東門，南行，度三重門，每門皆勘視臂印，然後聽出。至第四門，門甚大，重樓朱粉〔一三〕，三户並開，狀如宫城門，守衛嚴密，又〔一四〕驗印聽出門。東南行數十步，聞有人後喚璹，璹迴顧，見侍郎宋行質，面慘黑，色如濕地〔一五〕，露頭〔一六〕散腰，著故緋袍，頭髮短垂，如胡人者〔一七〕，立於廳事階下，有吏卒〔一八〕守之。階西近城，有大木牌，高丈餘，廣二尺許〔一九〕，大書牌上曰〔二〇〕：「此是勘當擬過王人。」其字大方尺餘，甚分明。廳事上有牀坐几案，如官府者，而無人。行質見璹悲喜，曰：「汝何故得來？」璹曰：「官追，勘問改籍，無事蒙放還。」行質捉〔二一〕其兩手，謂璹曰：「吾被責問功德簿，吾手中無功德簿〔二二〕，坐此困極，加之饑渴，苦不可言〔二三〕。君可努力，至我家語，令作功德。」如是殷勤徧囑之，璹乃辭去。行數十步，又呼璹還，未及言，廳上有官人來坐，怒璹曰：「我方勘諸事，汝何人，輒至囚處？」因使卒搭耳，卒搭耳，推令去。璹走，又至一門，門吏曰：「汝被搭耳，耳當聾，吾爲汝却其中物。」因以手挑〔二四〕其耳，中鳴，乃驗印放出。

出門外，黑如漆，璹不知所之〔二五〕。以手摸西及南，皆是牆壁，唯東無障礙，而暗不可行。璹立住〔二六〕，少頃，見向所訊璹之吏，從門出來，謂璹曰：「君尚能待我，甚善，可乞我千錢。」璹不應，内自思曰：「吾無罪，官放我來，何爲有賄吏乎？」吏即謂曰：「君不得無行，吾向若不早將汝過官，令二日受縛，豈不困頓？」璹心然之，因媿謝曰：「謹依命。」吏曰：「吾不用汝銅錢，欲得白紙錢耳，期十五日來取〔二七〕。」璹許諾。因問歸路，吏曰：「但東行二百步，當見一故牆，穿破見明，可推倒之，即至君家也。」璹如其言，行至牆推之〔二八〕，良久乃倒。容人，璹從倒處出，即至其所居隆政坊南門矣。於是歸家，見〔二九〕家人哭泣，入户而蘇。

至十五日，璹忘，不與錢。明日復病，困絶。見吏來，怒曰：「君果無行，期與我錢，遂不與，今當復將汝去。」因驅行，出金光門，令入大坑。璹拜謝百餘拜，請作錢，乃放歸，又蘇。璹告家人，買紙百張，作錢送之。明日，璹又病困，復見吏曰：「君幸能與我錢，而惡不好。」璹復辭謝，請更作，許之。又至廿一日，璹令以六十錢，市白紙百張作錢，並酒食香火〔三〇〕，自於隆政坊西門〔三一〕渠水上燒之，既而身體輕健，遂愈〔三二〕。

臨聞其事，時與刑部侍郎劉燕客、大理少卿辛茂將在大理鞫獄，請劉召璹至，與辛對問之云爾〔三三〕。（據中華書局版方詩銘輯校本《冥報記》卷下校録，又《法苑珠林》卷七九引《冥報記》，

（《太平廣記》卷三八〇引《冥報記》）

〔一〕尚書刑部侍郎宋行質　《珠林》、《廣記》前加「唐」字。「侍郎」作「郎中」，《珠林》下文作「侍郎」。按：兩《唐書》無宋行質，唯《册府元龜》卷一六一《帝王部·命使》載：貞觀二十年正月，册御史中丞唐臨、萬年縣令宋行質等，以六條巡察四方。貞觀二十年（六四六）宋行質爲萬年縣令，萬年是京縣，縣令正五品上。永徽二年（六五一）卒，其時若爲刑部侍郎，乃正四品下，若爲刑部郎中，則爲從五品上（只有吏部郎中正五品上），官位下降。是則當爲刑部侍郎。前田家本作「宗行質」，下同。

〔二〕易　《珠林》、《廣記》作「謗」。

〔三〕自言　「言」字原脱，據《續藏經》本、《大正藏》本、前田家本、《珠林》、《廣記》補。《廣記》無「自」字。

〔四〕官府　此二字原無，據前田家本、《珠林》、《廣記》補。

〔五〕皆　此字原無，據前田家本、《珠林》、《廣記》補。

〔六〕弁　原譌作「不」，據前田家本、《廣記》改。前田家本前無「或」字。《珠林》作「辮」，亦譌。按：冠、弁有别，文冠武弁，弁以皮製。

〔七〕執　此字原無，據《廣記》明鈔本補。

〔八〕著枷面向西縛立東階下　「東」字原無，據前田家本、《珠林》、《廣記》補。《珠林》、《廣記》作「著枷被縛，立東階下」。

〔九〕年　《珠林》下有「大」字。

〔一〇〕因令囚出北門　《廣記》作「令送老囚出門外」。

〔一一〕女　前田家本作「小」。

〔一二〕𪫧　此字原無，據前田家本、《珠林》補。

〔一三〕粉　原譌作「枌」，據《續藏經》本、《大正藏》本、前田家本、《珠林》、《廣記》改。

〔一四〕又　此字原無，據前田家本、《珠林》、《廣記》補。

〔一五〕如濕地　此三字原無，據前田家本、《珠林》、《廣記》補。

〔一六〕頭　《廣記》明鈔本作「頂」。

〔一七〕胡人者　《廣記》明鈔本作「胡人之狀者」。

〔一八〕卒　前田家本、《珠林》、《廣記》作「主」。

〔一九〕高丈餘廣二尺許　《珠林》作「高一丈二尺許」，《廣記》談愷刻本「一」作「十」，明鈔本作「一」。

〔二〇〕曰　此字原無，據前田家本、《珠林》、《廣記》補。

〔二一〕捉　原作「舒」，據《珠林》、《廣記》改。

〔二二〕吾手中無功德簿　《廣記》作「吾手中無」，明鈔本「手中」作「平生」，汪紹楹校本據改。

〔二三〕加之饑渴苦不可言　《珠林》作「加之飢渴寒苦，不可言説」，《廣記》作「加之飢渴寒苦，不可説」。

〔二四〕挑　前田家本作「排」。
〔二五〕之　《珠林》、《廣記》作「在」，明鈔本作「之」。
〔二六〕住　前田家本、《珠林》、《廣記》作「待」。
〔二七〕取　此字原無，據前田家本、《珠林》、《廣記》補。
〔二八〕之　此字原無，據前田家本、《珠林》補。
〔二九〕見　此字原無，據前田家本、《珠林》、《廣記》補。
〔三〇〕香火　此二字原無，據明鈔本補。
〔三一〕西門　「門」字原無，據前田家本、《珠林》補。按：隆政坊（後避玄宗諱改布政坊）西門外有永安渠流過。
〔三二〕愈　《珠林》作「念誦不廢」。
〔三三〕按：末節《續藏經》本爲注文。

張法義

唐臨撰

華州鄭縣人張法義〔一〕，年少貧野，不脩禮度。貞觀十〔二〕年，入華山伐樹。遇見一僧坐巖穴〔三〕中，法義便就與語。會天晦冥，久坐不能歸，因宿焉。僧設松柏末以食之，謂法義曰：「貧道居此久，不欲外人知。檀越出，慎勿言相見也。」因爲説俗人多罪累，死皆入惡道，誠心懺悔，可滅之。乃令洗浴清浄，被僧衣，爲懺悔，旦而別。至十九年，法義病死，埋於野外，貧無棺槨，以薪柴木[四]瘞之。七日而蘇，自推木出歸家。家人驚愕，審問知活，乃喜。

法義自説：初死，有兩人來取，乘空南行。至官府，入大門，又巡巷南行十里許[五]，巷左右皆是官曹[六]，門閤相對，不可勝數。法義至一曹，見官人遥責使者曰：「是華州張法義也，取本限三日至，何因乃[七]淹七日？」使者曰：「法義家狗惡，兼有咒師，咒[八]神見打，甚困。」袒而示之背，背皆青腫。官曰：「稽過多咎，與廿杖。」言畢杖亦畢，血流灑地。官曰：「可將法義過録事。」録事署發文書，令送付判官。判官召主典，取法義案。案簿甚多，盈一牀。主典對法義前披檢之，其簿多先朱勾畢，有未勾者，典則録之，曰：「貞觀十一年，法義父使刈禾，法義反顧，張目私罵，不孝，合杖八十。」始録一條，即見巖穴中僧來，判官起迎，問僧何事。僧曰：「張法義是貧道弟子，其罪並懺悔滅除，天曹案中已勾畢。今枉追來，不合死。」主典曰：「經懺悔者，此案亦勾了。至如張目罵父，雖蒙懺悔，事未勾了[九]。」僧曰：「若不如此，當取案勘之，應有福折[一〇]。」判官令主典將法義諮王[一一]。

王[一二]宮在東，殿宇宏壯，侍衛數千人。僧亦隨至王所，王起迎僧，曰：「師當直來耶？」答曰：「未當次直。有弟子張法義，被録來此。其人宿罪，並貧道勾訖，未合死。」主典又以張目事諮王，王曰：「張目在懺悔後，不合免。師爲來請，可特放七日。」法義謂僧曰：「七日既不多時，復來恐不見師，請即往〔一三〕隨師。」師曰：「七日，七年也，可急去。」法義固請隨僧，僧因請王筆，書義掌作一字，又請王印〔一四〕印之，曰：「可急去，還家脩福。若後來不見我，宜以掌中〔一五〕印呈王，王自當矜〔一六〕汝也。」法義乃辭之，僧令人送至其家。家内正黑，義不敢入，使者推之，遂活。覺在土中，甚輕虚〔一七〕，以手推排得出。因入山，就山僧脩道〔一八〕。掌中所印之處，文不識〔一九〕，然皆爲瘡，終莫能愈，至今尚在〔二〇〕。

隴西王博乂〔二一〕，莊與法義近，委知之，爲臨説云爾〔二二〕。（據中華書局版方詩銘輯校本《冥報記》卷下校録，又《法苑珠林》卷八九引《冥報記》，《太平廣記》卷一一五引《法苑珠林》）

〔一〕華州鄭縣人張法義　《珠林》、《廣記》前加「唐」字。

〔二〕十　《珠林》、《廣記》、《勸善書》卷一五作「十一」。

〔三〕穴　此字原無，據前田家本、《珠林》、《廣記》、《勸善書》補。

〔四〕薪柴木　前田家本、《廣記》、《勸善書》作「薪木」，《珠林》作「雜木」。

〔五〕南行十里許　此五字原無，據前田家本補。《珠林》、《廣記》、《勸善書》作「南行十許里」。

〔六〕巷左右皆是官曹　「巷」字原無，據前田家本、《珠林》、《勸善書》補。「是」前田家本、《珠林》、《廣記》、《勸善書》作「有」。

〔七〕乃　前田家本作「頓」。

〔八〕咒　此字原脱，據前田家本補。《珠林》、《廣記》、《勸善書》作「祝」，上文「咒」亦作「祝」。按：唐有咒禁師，《新唐書·百官志三·太醫署》：「其屬有四：一曰醫師，二曰針師，三曰按摩師，四曰咒禁師。……咒禁博士一人，從九品下。掌教咒禁祓除爲厲者，齋戒以受焉。」

〔九〕雖蒙懺悔事未勾了　前田家本作「是懺悔後事」。

〔一〇〕折　《珠林》、《廣記》、《勸善書》作「利」。折，折抵。前田家本上有「相」字。

〔一一〕判官令主典將法義諮王　《珠林》作「仰判官令主典將法義過王」，乃僧語，《廣記》同，「王」下有「宫」字。《勸善書》作「判官令主典將法義過王宫」。「主」字原無，據補。

〔一二〕王　此字原無，據前田家本、《珠林》補。

〔一三〕往　原作「住」，據《廣記》改。

〔一四〕印　此字原脱，據《續藏經》本、《大正藏》本、前田家本、《珠林》、《廣記》、《勸善書》補。

〔一五〕掌中　此二字原脱，據前田家本補。《珠林》、《廣記》、《勸善書》作「掌」。

〔一六〕矜　《續藏經》本、《大正藏》本、《珠林》、《廣記》、《勸善書》作「放」。矜，憐憫。

〔一七〕虛　前田家本、《珠林》、《廣記》作「薄」。

〔一八〕道　《珠林》、《廣記》、《勸善書》作「福」。

〔一九〕文不識　前田家本作「文已不可識」。

〔二〇〕至今尚在　《勸善書》作「七年後，兩目流血而殂」，不知所據。

〔二一〕乂　《續藏經》本、《大正藏》本、前田家本、《珠林》作「叉」，誤。

〔二二〕按：末節《續藏經》本爲注文。

柳智感

唐臨　撰

河東柳智感〔一〕，以貞觀初，爲興州長舉令。一夜暴死，明日而蘇。説云：始爲冥官所追，至大官府。使者以智感見王，謂曰：「今有一員官闕，故枉君來任之。」智感辭以親老，且自陳福業，未應便死。王使勘之，信然，因謂曰：「君未當死，可權判録事。」智感許諾拜謝。吏引退，至曹，曹有判官五人，連感爲六〔二〕。其廳事是長官人坐〔三〕，三間，各有牀案，務甚繁擁。西頭一座，空無判官，吏引智感就空座。有群吏引將文簿來，取智感判，置於案上，而退立階下。智感問之，對曰：「氣惡，不敢逼公〔四〕。」但遥以案中事答。智感省讀，案如人間案〔五〕者，於是即爲判勾之。有頃，有食〔六〕來，諸判官同食，智感亦就之。諸官曰：「君既權判，不宜食此。」智感從之，竟不敢食。日暮，吏送智感歸家，蘇而方曉。自後家中日暝吏輒來迎，至彼而旦，故知幽顯反晝夜矣。於是夜判冥事，晝臨縣職，遂以爲常。

歲餘，智感在冥曹，因起如廁。於堂西見一婦人，年卅〔七〕許，姿容端正，衣服鮮明，立而掩涕。智感問是何人，答云：「妾興州司倉參軍之婦也，見攝來此，方別夫子，是以悲傷。」智感以問吏，吏曰：「官攝來，有所案問，且證其夫事耳。」智感因諮〔八〕婦人曰：「感長舉令也，夫人若被勘問，幸自分疏，無爲牽引司倉，俱死無益。」婦人曰：「誠不欲引之，恐官相逼耳。」感曰：「夫人幸勿相牽，可無逼迫之慮。」婦人許之。既而智感還州，先問司倉：「婦有何疾？」司倉曰：「吾婦年少，無疾患也。」智感以所見告之，説其衣服形貌，且勸令脩福。司倉走歸家，見其婦在機中織，無患〔九〕，甚不信之。後十餘日，司倉婦暴病死，司倉始懼而脩福。

又興州官二人，秩〔一〇〕滿，當赴京選，諮〔一一〕智感曰：「君判冥道事，請問吾選得何官？」智感至冥曹，以其姓名問録事〔一二〕，曰〔一三〕：「名簿並封在石函中，檢之，二〔一四〕日方可得報。」及期來報，乃具二人今年所得官名號〔一五〕，智感以報二人。二人至京參選，吏部注擬其官，皆與所報不同。州官聞之，以告智感。智感復問録事，録事覆檢簿書，云：「定如前所檢，不錯也。」既而二選人過門下，門下審退之，吏部重注，果是冥簿檢報者。於是衆人咸信服。智感每於冥簿見其親識名狀及死時月日，報之，教令脩福，多得免者。

智感權判三年，其部吏〔一六〕來告曰：「已得隆州李司户，授正官，以代公，公不復判矣。」智感明旦至州，告刺史。刺史李懷〔一七〕儼，遣人往隆州審焉。其司户已死，問其死日，即吏來告之時也。從此遂絶。後州司遣智感領囚送京，至鳳州界内，囚四人皆逃。智感憂懼，捕逐數日，不能獲。夜宿於傳舍〔一八〕，忽見其故部冥吏來告曰：「囚盡得矣，一人已死，三人在南山西谷中，並已擒縛，願公勿憂。」言畢辭去。智感即請人兵，入南山西谷，果見囚。因知走不免，固來抗拒，智感格之，煞一囚，三囚受縛。果如所告。

智感今尚存，任慈州司馬〔一九〕。光禄卿柳亨，爲臨説之。亨爲曹州〔二〇〕刺史，見智感，親問云然。御史裴同節亦云，見數人説，皆如此言焉〔二一〕。（據中華書局版方詩銘輯校本《冥報記》卷下校録，又《法苑珠林》卷七引《冥報記》，《太平廣記》卷二九八引《冥報録》）

〔一〕河東柳智感　《珠林》、《廣記》前加「唐」字。

〔二〕曹有判官五人連感爲六　《珠林》作「曹有五判官連坐，感爲第六」。

〔三〕其廳事是長官人坐　原寫本「長」作「屋」，《廣記》明鈔本同，方詩銘據《珠林》、《廣記》改。按：《廣記》談愷刻本作「長」，汪紹楹據明鈔本改作「屋」，誤。

〔四〕氣惡不敢逼公　《廣記》作「氣惡逼公」，明鈔本前有「恐」字。

〔五〕案　前田家本作「書」。

〔六〕食　前田家本作「酒食」。

〔七〕卅　前田家本作「卌」。按：下文云「吾婦年少」，作「卌」譌。

〔八〕諮　《廣記》作「謂」。

〔九〕恚　《廣記》明鈔本作「恙」，《太平廣記會校》據改。按：恚，疾病，與「恙」義同。《廣韻・諫》：「恚，病也。」

〔一〇〕秩　《續藏經》本、《珠林》、《廣記》作「考」。按：考即考課。唐代制度，每年對官員進行考覈，通常須滿三考，合格者得以遷轉。

〔一一〕諮　《廣記》作「謂」。

〔一二〕録事　《珠林》、《廣記》作「小録事」，下同。前田家本「小」作「少」。

〔一三〕曰　前田家本上有「少録事」三字。

〔一四〕二　前田家本作「二三」。

〔一五〕乃具二人今年所得官名號　原作「乃見録事二人今所得官名號」，據《續藏經》本、前田家本、《珠林》改，「乃」作「仍」。

〔一六〕部吏　原作「吏」，據《珠林》補「部」字。前田家本、《廣記》乙作「吏部」。

〔一七〕懷 《續藏經》本、《大正藏》本、前田家本、《珠林》、《廣記》作「德」。

〔一八〕傳舍 原作「精舍」，據前田家本、《珠林》、《廣記》改。按：傳舍，當指館驛，官員來往休止之處。精舍，常指佛舍。

〔一九〕司馬 《珠林》、《廣記》作「司法」，前田家本作「司户」。按：司法參軍事、司户參軍事與司馬皆爲州屬官。

〔二〇〕曹州 方校據《珠林》、《廣記》改作「邛州」。前田家本亦同。按：慈州治今山西吉縣，而邛州治今四川邛崍市東南，曹州治今山東曹縣西北，皆與慈州相去甚遠，柳亨何得「見智感親問」？柳亨確曾爲邛州刺史，又曾爲岐州刺史（見兩《唐書》本傳），爲曹州刺史則僅見寫本《冥報記》。據《唐刺史考全編》，柳亨刺邛在永徽五年至六年，六年亨卒，而唐臨《冥報記》作於永徽四年，在刺邛前。其刺岐，約在貞觀初期，則遠在永徽四年前，故疑作「曹州」或是。然「慈州」當誤，疑其州與曹州相去不遠，故可相見也。

〔二一〕見數人説皆如此言焉 「數人」二字原脱，據前田家本、《珠林》、《廣記》補。按：自「光禄卿柳亨」以下，《續藏經》本爲注文。

李思一

唐 臨 撰

李思一者，趙郡人也。仕爲大廟丞〔一〕。以貞觀廿年正月八日，忽瘖不得語，至十三日死，經日蘇。言爲冥吏所攝南行，入門，門内南北大街，夾左右往往有官府門舍。可行十里許，至東西街，街廣五十步許，多有吏卒驅逐男女滿街，以東行。思一問是何人，答云：「並是新死[二]，欲將詣官。」使者將格思一直南，度大街，至一官曹。官問思一：「年十九時，嘗害生命。」思一不記，乃追被害者對問煞時月日由狀，乃寤，曰：「其所害之日，思一黄州慧珉法師處聽講《涅槃[三]經》，何緣得於彼相害？」官問於珉法師所在，有人答曰：「珉法師久亡，生於金粟[四]世界。」官曰：「爲追證之遠不至，故放。」思一旦還家。

思一家近清禪[五]寺，寺僧玄通，素與來往。思一既死，家人請玄通讀經追福，俄見思一蘇，又説冥事。玄通因教懺悔受戒，并勸其家轉讀《金剛般若波羅蜜》五千遍。至日曉，思一復死，明日還蘇。説云：重被追捕，至前所。官遥見大喜，問曰：「歸家作何德？」思一具以受戒讀經事對，官云：「大喜[六]。」即見有人執一卷經示思一，曰：「此是《金剛般若經》。」思一請開卷，覽其題目文字，與人間不異。因閉目發心，願解經義，爲衆演説。忽有人言：「君發心大，思一被害者自對[七]官，曰：『我實命盡，當向人道受生。家人爲追福，故得未去。遂誣思一，冀延[八]歲月耳。實非枉害，請服罪。』」言畢，忽見二僧，自云珉師遣來。官見驚懼，起迎之。僧謂官曰：「思一曾聽講法，又不煞他人命，何緣妄録之？」冥官即放思一，遂二僧出。僧送思一還家，勸令浄心從善，言畢而去。思一遂活，今見存。

臨先聞其事，大理卿李道裕故使人就玄通録其事云爾。（據日本前田家本《冥報記》卷中校録）

〔一〕大廟丞　「丞」原譌作「蒙」。孟獻忠《金剛般若經集驗記》卷上引蕭瑀《金剛般若經靈驗記》作「大廟署丞」，據改。大，通「太」。

〔二〕新死　「死」上原有「花」字，李銘敬疑爲「死」字之誤寫而衍。今删。

〔三〕涅槃　原作「卅卅」。按：敦煌及日本佛經寫本常以「卅卅」或「卌卌」代替「涅槃」，《靈驗記》作「涅槃」，據改。

〔四〕粟　原譌作「栗」，據《靈驗記》改。

〔五〕禪　《靈驗記》誤作「浄」。

〔六〕喜　疑當作「善」。

〔七〕對　原作「利」，李銘敬疑爲「對」字之誤寫。按：《靈驗記》云「今所注猪羊來對者，並云……」，當作「對」，今改。

〔八〕延　原作「近」，李銘敬疑爲「延」字之誤寫。按：《靈驗記》作「冀延日月」，據改。

按：蕭瑀《金剛般若經靈驗記》已載此事，然文句不同，情事亦有異，蓋所得渠道不同故耳。

兖州人

唐臨 撰

兖州鄒縣人姓張〔一〕，忘字，曾仕縣尉。貞觀十六年，欲詣京赴選，途經太山，因而謁廟祈福。廟中府君及夫人并諸子〔二〕等，皆現形像。張時徧禮拜訖，至於第四子傍，見其儀容秀美。同行五人，張獨呪〔三〕曰：「但得四郎交遊，賦詩〔四〕舉酒，一生分畢，何用仕宦！」及行數里，忽有數十騎馬，揮鞭而至，從者云是四郎。四郎曰：「向見兄垂殷，故來仰謁。」因而言曰：「承兄欲選〔五〕，然今歲不合得官，復恐前〔六〕途將有災難，不復須去也。」張不從之，執别而去。行經一百餘里，張及同伴夜行，被賊劫掠，裝具並盡。張遂呪曰：「四郎豈不相助？」有頃，四郎車騎畢至，驚嗟良久，即令左右追捕，其賊顛仆迷惑，却來本所。四郎命人決杖數十，其賊髀膊皆爛。已而别去，四郎指一大樹曰〔七〕：「兄還之日，於此相呼也。」

是年，張果不得官而歸。至本期處，大呼四郎。俄而即至，乃引張云：「相隨過宅。」即有飛樓綺觀，架迥陵虚，雉堞參差，非常壯麗。侍衛嚴峻，有同王者所居。張既入中，無何四郎即云：「須參府君，始可安坐。」乃引張入，經十餘重門，趨走而進。至大堂下謁拜，而見府君非常偉絶，張時戰懼，不敢仰視。判事似用朱書〔八〕，字皆極大。府君命侍〔九〕宣曰：「汝乃能與我兒交遊，深爲善道。宜停一二日讌聚，隨便好去。」即令引出，至一別館，盛設珍羞，海陸畢備，絲竹奏樂，歌吹盈耳。即與四郎同室而寢，已經一〔一〇〕宿。

張至明旦，因而遊戲庭序，徘徊往來。遂窺一院，正見其妻，於衆官人前著枷而立。張還堂中，意甚不悦。四郎怪問其故，張具言之。四郎大驚云：「不知嫂來此也。」即自往造諸司法所。其類乃有數十人，見四郎來，咸走下堦，並〔一一〕足而立。以手招一司法近前，具言此事。司法報曰：「不敢違命，然須白録事知。」遂召録事，録事許諾，云：「仍須夾此案於衆案之中，方便同判，始可得耳。」司法乃斷云：「此婦女勘別案内，嘗有寫經持齋功德，不合即死。」遂放令歸。張與四郎涕泣而別，立之〔一二〕仍囑張云：「唯作功德，可以益壽。」張乘本馬，其妻從四郎借馬，與妻同歸。妻雖精魂，事同平素。行欲至家，去舍可百步許，忽不見。張大怖懼，走至家中，即逢男女號哭。又知己殯，張即呼兒女，急往發之。開棺，見妻忽起即坐，囅然〔一三〕笑曰：「爲憶男女，勿怪先行。」於是已死經六七日而蘇也。兖州士人説之云爾。（據中華書局版周叔迦、蘇晉仁校注《法苑珠林校注》卷二八引《冥報記》校録，又《太平廣記》卷二九七引《冥報録》）

〔一〕兖州鄒縣人姓張　《珠林》、《廣記》前加「唐」字，南宋委心子《分門古今類事》卷五引《冥報録》、明吴大震《廣豔異編》卷一《泰山四郎》同，今删。

〔二〕諸子　《廣記》明鈔本、孫校本作「儲子」。按：儲子，儲君、太子，當誤。

〔三〕呪　《廣記》、《古今類事》、《廣豔異編》作「祝」，下同。按：呪、祝一義，禱告。

〔四〕賦詩　原作「詩賦」，據《廣記》、《廣豔異編》乙改。

〔五〕承兄欲選　《廣豔異編》改作「聞欲赴選」。

〔六〕前　《廣記》、《廣豔異編》作「在」。

〔七〕曰　此字原無，據《廣豔異編》補。按：此字當爲吴大震自補，以其文順，從之。

〔八〕判事似用朱書　原作「判官判官事似用朱書」，前「判官」屬上讀。按：此言不敢仰視太山府君，判事亦指太山府君批閲文書，與判官無涉，據《廣記》、《廣豔異編》删改。方詩銘校本改作「判官判事，似用朱書」，誤。

〔九〕侍　《廣記》、《廣豔異編》作「使者」。

〔一〇〕一　《廣記》、《廣豔異編》作「三」。《廣記》孫校本作「一」。

〔一一〕並　《廣記》、《廣豔異編》作「重」。

〔一二〕立之　方校據《廣記》删此二字。《珠林》《四庫》本改作「立頃」。

〔一三〕䶛然　《廣記》、《廣豔異編》「䶛」作「齴」。按：䶛然、齴然，義同，笑貌。

按：《珠林》標目作《唐兖州鄒縣人張忘字》，《廣記》作《兖州人》，今從。《廣豔異編》卷一據《廣記》輯録，改題《泰山四郎》。

楊師操

唐 臨 撰

雍州醴泉縣東陽鄉人楊師操〔一〕，至貞觀初，任司竹監，後因公事遷任藍田縣尉。貞觀二十一年，爲身老還家，躬耕爲業。然操立性〔二〕毒惡暴口，但一生已來，喜見人過。每鄉人有事，即録告官。縣司以操曾在朝流，少〔三〕與顔色。然操長惡不改，數忤擾官司，覓鄉人事過，無問大小，恒生恐嚇。於自村社之内，無事横生整理，大小譏訶，是非浪作。但有牛羊縱暴，士女相争，即將向縣。縣令裴瞿曇用爲煩碎〔四〕，初二三迴與理，後見事繁，不與理。操後經州，或上表聞徹〔五〕。惡心日盛，人皆不喜見。但操自知性惡，亦向人説云：「吾性多急暴口，從武德已來，四度受戒，持行禮拜，日誦經論，化人爲善。然有人〔六〕小侵己，操不能忍。」

後至永徽元年四月七日夜，忽有一人從東來，騎白馬，著青衣，直到操門。操〔七〕見，遂共温凉訖。人云：「東陽大〔八〕監故遣我追你，爲你自生〔九〕已來，毒心纏縛，不能忍捨。

逢人即説勸善，己身持戒不全，慳貪不施。自道我有善心，供養三寶，然未曾布施片財。雖口云慙愧，心中即生別計，惑亂凡俗，爲此喚汝。」須臾不見來人。操身在門，忽然倒地，口不能言，唯心上少暖。家人轝將入舍臥，經宿不穌，然操已到東陽都録處。

于時府君大衙未散，操遂私行曹司，皆有机〔一〇〕案牀席，甚大精好。亦有囚人，或著枷鎖，或露頭散腰，或坐立行住。如是罪人，不可筭數。操向東行，過到一處，門〔一一〕孔極小，唯見火星流出，臭煙熢㶿〔一二〕，不中人立。復有兩人手把鐵棒，修理門首。操因問把棒人：「此是何處曹司？」答云：「是猛火地獄，擬著持戒不全人，或修善中休人，知而故犯，死入此處。聞道有一楊師操，一生喜論人過，每告官司，導他長短。逢人詐言慙愧，有片言侵欸〔一三〕，實不能忍。今欲遣入此處，故修理之。今日〔一四〕是四月八日，家人爲操身死，布施齋供。曹司平章，還欲放歸，未得進止。我在此閒待師操。」操便叩頭禮謝，自云：「楊師操者，弟子身是。願作方便，若爲得脱〔一五〕？」此人荅云：「你但至心禮十方佛，殷心懺悔，改却毒心，即遂往生，不來此處〔一六〕。雖懷惡意，一期能悔，如菩薩行，不惜身命，得生浄土。」師操得此語已，即便依教發露，慇懃懺悔，遂放還家，經三日得活。操得穌已，具述此事。

操於後時，便向慧靖禪師處，改過懺悔。身今見在，年至七十有五。每一食長齋，六時禮懺。操田臨官道，因行看麥，見牛三頭暴食麥苗。操就牛慙愧，不復驅出。歸家後日行，麥不死，直〔一七〕有牛跡。涇陽西界有陳王佛堂，多人聚集，操向衆人具述此事，道俗驚怪，禮懺彌殷。其夜作夢，見有人來語操云：「我是使人，故來試你。你既止惡，更〔一八〕不追你。但你勤誠修善，不須憂之。」有僧見操，傳向臨説。（據中華書局版周叔迦、蘇晉仁校注《法苑珠林校注》卷七六引《冥祥〔報〕記》校録，又《太平廣記》卷三八二引《冥祥〔報〕記》）

〔一〕雍州醴泉縣東陽鄉人楊師操　《珠林》前加「唐」字，今删。

〔二〕立性　《勸善書》卷二作「性急」。

〔三〕少　《勸善書》作「亦」。

〔四〕用爲煩碎　《勸善書》作「厭其煩碎」。

〔五〕徹　《廣記》作「天」。

〔六〕人　原譌作「大」，據《廣記》、《勸善書》改。

〔七〕操　《勸善書》作「求」，連上讀。

〔八〕大　《勸善書》作「太」。大，通「太」。

〔九〕生　《勸善書》作「昔」。

〔一〇〕机　《勸善書》作「几」。机，通「几」。

〔一一〕門　原作「處」，據《勸善書》改。《廣記》作「有」。

〔一二〕熢焞　《廣記》作「蓬勃」，《勸善書》作「熢焞」。

〔一三〕有片言侵欸　「言」字原脱，據《廣記》補。《廣記》「欸」作「凌」，字同。《勸善書》作「欺」。

〔一四〕今日　上原有「其人」二字，《勸善書》同，據《廣記》删。

〔一五〕若爲得脱　《勸善書》作「俾得解脱」。

〔一六〕即遂往生不來此處　《廣記》談本原作「即往生地處」，汪校本據明鈔本改「地」爲「樂」，《太平廣記會校》亦改。

〔一七〕直　《珠林校注》：「《高麗藏》本作『但』。」

〔一八〕更　《廣記》明鈔本作「吏」。

頓丘老母

唐　臨　撰

冀州頓丘縣〔一〕有老母，姓李，年可七十，無子孤老，唯有奴婢兩人。家鎮〔二〕沽酒，添灰少量，分毫經紀。貞觀年中，因病氣斷，死經兩日，凶器已具，但以心上少温，然始〔三〕穌活。口云：初有兩人，並著赤衣，門前召出，云〔四〕有上符遣追，便即隨去。行至一城，有若州郭。引到側院，見一官人，衣冠大袖〔五〕，憑案而坐，左右甚多。階下大有著枷鎖人，防援〔六〕如生。官府者遣問老母：「何因行濫沽酒，多取他物？　擬作《法華經》已向十年，何爲不造？」老母具言：「酒使婢作，量亦是婢。經已付錢一千文與隱師。」即遣追婢，須臾即至，勘當元由，婢即荅四十放還。遣問隱師，報云是實。乃語老母云：「放汝七日去，經了當來，得生善處。」遂爾得活。

復有人聞〔七〕，勘校老母初死之時，婢得惡忤〔八〕，久而始穌。腹背〔九〕青腫，蓋是四十杖迹。隱禪師者，本是客僧，配寺頓丘，年向六七十。自從出家，即頭陀乞食，常一食齋，未嘗暫輟。遠近大德，並皆敬慕。老母病死之夜，隱師夢有赤衣人來問，夢中荅云：「造經是實。」老母乃屈鄉閭眷屬及隱禪師行道，雇諸經生衆手寫經。經了，正當七日。還見往者二人來前，母云：「使人已來，並皆好住。」聲絶即死。隱師見存，道俗欽敬。（據中華書局版周叔迦、蘇晉仁校注《法苑珠林校注》卷九四引《冥報記》校録，又《太平廣記》卷一〇九引《冥祥〔報〕記》）

〔一〕冀州頓丘縣　《珠林》、《廣記》前加「唐」字，今删。「頓丘」，《廣記》作「封丘」，明鈔本、孫校本、《勸善書》卷二作「頓丘」。按：頓丘縣，貞觀中屬魏州。《新唐書·地理志三》：「澶州，上。武德四年，析黎州之澶水，魏州之頓丘、觀城置。貞觀元年，州廢，縣還故屬。大曆七年，田承嗣表以魏州之頓丘、臨黄復置。」頓丘縣，今河南清豐縣西南。封丘縣，唐屬汴州，見《新唐書·地理志二》，今屬河南。魏州屬河北道，《新唐書·地理志三》：「河北道，蓋古幽、冀二州之境。」故此稱冀州頓丘縣。

作「封丘縣」誤。《廣記》下文作「頓丘」。

〔二〕家鎮　「家」《廣記》孫校本作「在」。「鎮」《勸善書》作「業」。按：鎮，城鎮，市鎮。

〔三〕然始　《勸善書》作「忽復」。

〔四〕云　原作「之」，據《廣記》、《勸善書》改。

〔五〕衣冠大袖　《勸善書》作「高冠大袂」。

〔六〕援　《廣記》作「守」。援，牽引。

〔七〕聞　《珠林》明徑山寺本、《四庫全書》本、《勸善書》作「問」。按：聞，告知。問，通「聞」。

〔八〕惡忤　《珠林校注》：「『忤』字，《磧沙藏》本、《南藏》本作『疾』，《太平廣記》引作『逆』。」《勸善書》亦作「疾」。按：孫思邈《備急千金要方》卷五《少小嬰孺方·癖結脹滿第七》：「牛黄鼈甲丸，治少小癖實壯熱，食不消化，中惡忤氣方。」惡忤即中惡忤氣。

〔九〕背　《廣記》作「皆」，誤。

按：《珠林》標目作《唐頓丘李氏》，《廣記》作《李氏》，今擬如題。

唐五代傳奇集第一編卷五

李知禮

郎餘令　撰

郎餘令，字元休。恒山郡新市縣（今河北石家莊正定縣東北新城鋪鎮）人。伯祖茂（字蔚之），祖穎（字楚之），有名當時，隋煬帝稱爲「二郎」。父知運，貝州刺史。兄餘慶，官終交州都督。餘令以博學知名，擢進士第。太宗貞觀二十三年（六四九），霍王李元軌爲定州刺史，餘令授府參軍事。數上詞賦，元軌深禮之。其從父知年亦霍王友，元軌謂之「郎氏兩賢」。高宗龍朔二年（六六二），轉幽州録事參軍。李弘在東宮（顯慶元年至上元二年，六五六—六七五），撰《孝子後傳》三十卷以獻。儀鳳四年（六七九）前後，爲洛州司功參軍。武則天垂拱三年（六八七）妻李道真卒，時爲著作佐郎。後擢著作郎，撰《隋書》，未成病卒。鄭愔作《哭郎著作》詩云：「詩禮康成學，文章賈誼才。巳年人得夢，庚日鳥爲災。書草藏天閣，琴聲入夜臺。……」疑卒於長壽二年癸巳歲（六九三）。餘令擅長書畫，貞觀五年曾爲郎茂碑題額。爲著作佐郎時，曾畫《自古帝王圖》。祕書省内有其所畫鳳，與落星石、薛稷畫鶴、賀知章草書號爲「四絶」。其友王勃稱其爲「風流名士」。（據《舊唐書》卷一八九下《儒學下·郎餘令傳》、《新唐書》卷一九九《儒學中·郎餘令傳》、《隋書》卷六六

《郎茂傳》、《舊唐書》卷六四《霍王元軌傳》、道世《法苑珠林》卷一四引《冥報拾遺》、又卷一〇〇《雜集部》、《千唐誌齋藏誌》上册三一一及《唐代墓誌彙編》上册儀鳳〇二九《唐故尚書吏部郎中張府君〔仁禕〕墓誌銘并序》、《唐代墓誌彙編》上册儀鳳〇三四《大唐慈州□□□元善妻公孫氏墓誌》、又垂拱〇三七《朝散大夫行著作佐郎中山郎餘令故妻趙國李道真之墓》、王勃《王子安集》卷六《宇文德陽宅秋夜山亭宴序》、張彦遠《歷代名畫記》卷九、趙璘《因話録》卷五、《册府元龜》卷二九二、宋陳思《寶刻叢編》卷六、闕名《寶刻類編》卷二、計有功《唐詩紀事》卷七《郎餘令》及卷一一《鄭愔》）

隴西李知禮〔一〕，少趫捷，善弓射，能騎乘，兼工放彈，所殺甚多。有時罩〔二〕魚，不可勝數。貞觀十九年，微患三四日即死。乃見一鬼，并牽馬一疋，大於俗間所乘之馬。謂知禮曰：「閻羅王追公。」乃令知禮乘馬，須臾之間，忽至王前。王約束云：「遣汝討賊，必不得敗，敗即殺汝。」有同侣二十四人，向東北望賊，不見邊際，天地盡昏，埃下如雨。知禮等敗，語同行曰：「王教嚴重，寧向前死，不可敗歸。」知禮迴馬，前射三箭以後，諸賊似稍却縮。數滿五發，賊遂敗散。事畢謁王，王責知禮：「汝敵雖退，何爲初戰之時即敗？」以麻辮髮，并縛手足，卧在石上，以大石鎮而用磨之。前後四人，體並潰爛。次到知禮，勵聲叫曰：「向者賊敗，並是知禮之力，還被王殺，無以勵〔三〕後。」王遂釋放，更無屬著〔四〕，恣意遊行。

凡經三日，向于西北出行。入一牆院，禽獸一群，可滿三畝餘地，總來索命，漸相逼近。曾射殺一雌犬，此犬〔五〕直向前囓其面，次及身體，無不被傷。復〔六〕見三大鬼，各長一丈五尺，圍亦如之，共剥知禮皮肉，須臾總盡，唯面及目白骨，兼見五藏〔七〕。乃以此肉分乞禽獸〔八〕，其肉剥〔九〕而復生，生而復剥。如此三日，苦毒之甚，不可勝記。事畢，大鬼及禽獸等，忽然總失。知禮迴顧，不見一物，遂即踰牆南走，莫知所之，意中似如一跳千里。復見一鬼，逐及知禮，乃以鐵籠罩之，有無數魚競來唼〔一〇〕食。良久，鬼遂到〔一一〕迴，魚亦不見。其家舊供養一僧，其僧先死，來與知禮去籠，語知禮云：「檀越大飢。」授之三丸白物，如棗，令禮啗之，時便大飽。而語之曰：「檀越還家，僧亦別去。」

禮到所居宅北，見一大坑，其中有諸槍矟攢植，不可得過。見其兄女并婢齎箱，箱内〔一二〕有錢絹，及別置〔一三〕一器飲食，在坑東北。知禮心中將〔一四〕此婢及以姪女遊戲，意甚怪之。迴首北望，即見一鬼，拔劍直進。知禮惶懼，委身投坑，即得穌也。自從初死至于重生，凡經六日。後問家中，乃是姪女持紙錢絹及飯饌解送〔一五〕，知禮當時所視，乃見銅錢絲絹也。（據中華書局版周叔迦、蘇晉仁校注《法苑珠林校注》卷六四引《冥報拾遺》校録，又《太平廣記》卷一三二引《冥報記》，誤）

〔一〕隴西李知禮　《珠林》、《廣記》前原有「唐」字，今删。

〔二〕罩　《廣記》、明仁孝皇后《勸善書》卷二〇作「捕」。按：罩，捕魚竹籠，亦用爲動詞。《全唐詩》卷五七六温庭筠《罩魚歌》：「朝罩罩城南，暮罩罩城西。」北宋韋驤《錢塘集》卷四有《和因觀罩魚斫鱠》詩。

〔三〕勵　《廣記》明鈔本作「服」。

〔四〕更無屬著　《廣記》、《勸善書》作「不管束」。

〔五〕此犬　此二字原無，據《廣記》、《勸善書》補。

〔六〕復　此字原無，據《廣記》、《勸善書》補。

〔七〕兼見五藏　《廣記》作「並五臟等得存」，《勸善書》無「等」字。

〔八〕乃以此肉分乞禽獸　「乃」原作「及」，據《廣記》、《勸善書》改。「乞」《廣記》明鈔本作「喂」，《勸善書》作「訖」。按：乞，給與。

〔九〕剥　原作「落」，據《廣記》、《勸善書》改。

〔一〇〕唼　《廣記》明鈔本作「咂」。

〔一一〕到　《廣記》、《勸善書》作「倒」。到，通「倒」，却也。

〔一二〕箱内　原作「并」，據《廣記》、《勸善書》改。

〔一三〕别置　此二字原無，據《廣記》、《勸善書》補。

〔一四〕將　《廣記》、《勸善書》作「謂」，方詩銘校本據《廣記》改。按：將，以爲，認爲。蔣禮鴻《敦煌變文字義通釋》（增訂本）：「維摩經講經文：『謂此仏（佛）土，以爲不浄。』又：『謂此仏（佛）土，將爲不浄。』這證明『將爲』就是『以爲』。……《太平廣記》卷一百二十五，引《博異志》崔無隱條：『轉入荒澤，莫知爲計，信足而步。少頃，前有燈光。初將咫尺，而可十里方到。』『初將』就是初時以爲；於此可見，『將爲』兩個字裏，『爲』字可以省去，而『將』字不能省，所以説『將』字義實而『爲』字義虚。」

〔一五〕持紙錢絹及飯饌解送　「及飯饌」三字原無，據《廣記》、《勸善書》補。《廣記》、《勸善書》「解送」作「爲奠禮」。按：解送，以物祭祀鬼神以消災。解，解除，禳除。

按：《珠林》卷一〇〇《雜集部》著録：「《冥報拾遺》二卷，右皇朝中山郎餘令字元休龍朔年中撰。」佚文有龍朔二年事多條，當成於龍朔三年（六六三）。書佚，佚文見引於《珠林》、《廣記》，另開元六年梓州司馬孟獻忠《金剛般若經集驗記》亦多引之，可靠者凡四十八條。楊守敬《冥報拾遺》輯目三卷四十一條（《日本訪書志》），多有濫誤。日人佐佐木憲德輯《冥報記輯書》七卷（《大藏新纂卍續藏經》卷八八），後四卷爲《冥報拾遺》，凡五十條。方詩銘輯校《冥報記》，附録《冥報拾遺》四十五條。二本皆有誤輯，難稱精審。諸人均未據孟氏《集驗記》輯録，可補《杜之亮》、《沈嘉會》、《栖玄法師》、《高純》四條。

沈嘉會

郎餘令 撰

前校書郎吴興沈嘉會，太宗時以罪徒配蘭州。自到〔一〕已來，每思鄉邑。其後，日則禮佛，兼於東南望泰山禮拜，願得還鄉〔二〕。經二百餘日，永徽六年十月三日夜半，忽見二童子，儀容秀麗，綺衣紈袴，服飾鮮華，云：「兒等並是泰山府君之子。府君媿先生朝夕禮拜，故遣迎接〔三〕，即須同行。」嘉會云：「此去泰山三千餘里，經途既遠，若爲能到？」童子曰：「先生但當閉目，兒自有馬。」嘉會即依其言，須臾而至。

見宫闕廊宇，有若人間。引入謁拜府君，府君爲之興。須臾之間，延入曲室，對坐言語，無所不盡〔四〕。府君説云：「人之在生，但犯一事，生時不發，死後冥官終不捨之。但能日誦《金剛般若經》，大得滅罪〔五〕。」又云：「前有一府君，爲坐貪穢，天曹解〔六〕之。」問知今府君姓劉，不敢問字。謁見之後，每夜恒與嘉會雙陸，兼設餚饌。

嘉會如廁，於小廳東頭，見姑臧令慕容仁軌執笏而坐〔七〕。嘉會召問之，云：「不知何事府君追來，已六十餘日〔八〕。」嘉會還，爲府君言之。府君令召仁軌，謂之曰：「公縣下有婦女阿趙，行私縣尉，他法拷殺〔九〕。此嫗來訴縣尉，遂誤追明府君耳。」府〔一〇〕庭前有一大盆，其中貯水，令仁軌洗面，乃賜之食。食訖云：「欲遣鬼〔二〕送明府，恐爲群兇所逼。」乃自命一兒，故送仁軌。雙陸七局，其兒便還，云已送訖。又云：「慕容明府不敢坐於大堂，今居堂東頭一小房内。」嘉會即辭府君，府君放去。

嘉會具爲州縣官言之，州官初不之信。蘭州長史趙持滿，故令人於姑臧訪問仁軌。仁軌云：「從去九月内，得風疾，手足煩疼，遂便灸灼三十餘處〔三〕。家人覺其神彩恍忽。十一月初，便得療損。」校其日數，莫不闇同。縣尉拷殺阿趙事皆實録，縣尉尋患，旬日而死。初，嘉會謁見府君之時，家人但覺其神爽昏耄而已，既而每日誦《金剛般若經》，以爲常業。尋還本土，至今現在。丘貞明説，餘令後見嘉會，所説亦同。（據《大藏新纂卍續藏經》排印本卷八七孟獻忠《金剛般若經集驗記》卷中引郎餘令《冥報拾遺》校録）

〔一〕到　《續藏經》校：「一作『别』。」

〔二〕還鄉　《廣記》卷一〇二引《報應記》（盧求《金剛經報應記》）作「生還」。

〔三〕迎接　「迎」原譌作「近」，《續藏經》校：「一作『迎』。」據改。《報應記》作「奉迎」。

〔四〕盡　《續藏經》校：「一作『知』。」《報應記》作「知」。

〔五〕「人之在生」至「大得滅罪」　《報應記》作「人之爲惡，若不爲人誅，死後必爲鬼得而治，無有徼幸而免者也。若日持《金剛經》一遍，即萬罪皆滅」。

〔六〕解 《報應記》作「黜」。

〔七〕執笏而坐 「執」字原脱，據《報應記》補。《續藏經》校：「『笏』上疑脱『持』字。」又校：「『而』一作『端』。」《報應記》作「端」。

〔八〕已六十餘日 《報應記》下有「未蒙處分」四字。

〔九〕他法拷殺 「拷」原譌作「拸」，據《報應記》改。下文作「拷」。《續藏經》校：「一無『他』字。」按：此句疑有脱譌，《報應記》作「被縣尉無狀拷殺」。

〔一〇〕府 下原有「若」字，《續藏經》校：「『若』字無。」據删。

〔一一〕鬼 原作「兒」，《續藏經》校：「一作『鬼』。」據改。

〔一二〕處 《續藏經》校：「一作『度』。」

黄仕强傳

闕名撰

蔣王府參軍沈伯貴，前隨王任安州之日，住在安陸縣保定坊黄仕强家停。其仕强先患痃癖，連年累月，極自困篤。去永徽三年十一月，忽然身死。初死之時，見有四人來取，一人把文書，一人撮頭，二人策腋，將向閻羅王處。初入一土城内，如今時州縣城相似。又入銅城内，又入銀城内，又入金城内。把文書人引仕强至殿前，見閻羅王當殿正坐，威〔一〕儀服飾，甚自嚴毅。王即語把文書人：「得仕强將來，送置豬胎中。」仕强既聞此語，即分疏云：「仕强小來〔二〕實不食豬肉，實不曾煞豬。遣入豬胎，情實不服。」王即語把文書人：「遣汝取煞豬仕强，何因將不煞豬仕强來？出去向曹司勘當。」

把文書人並三人牽仕强出金城外，傍牆東向，見有數十間舍，並朱柱白壁，復有官人坐處，方榻〔三〕案褥。官人並下，佐史亦無，唯有一人獨守文案。見把文書人並三人撮仕强入，即問：「爲何將此人來？」把文書人答云：「閻羅王遣將向曹司勘當，有死名不。」守文案人云：「官人並下，案典復無，誰爲君勘當此事？任君自檢案。」把文書人仍與仕强共檢文案，無有死名。守文案人即語把文書人云：「死案既多，難可卒遍，君向録事頭〔四〕檢抄，即知有死名不。」仕强共把文書人向録事頭檢案，又無死名〔五〕。此守文書人即令出去，官人尋上。

仕强共把文書人同出，行得五六步，仕强諮守文案人云：「仕强父母死來得廿許日，欲請相見，復得已不？」守文案人語仕强言：「若死得廿許日，曹司不在此，今覓相見，事不可得，君須出去。」仕强行，又得十〔六〕步，守文案人喚仕强住：「汝有錢不？與〔七〕我少多，示汝長命法。」仕强云：「無有多錢，唯有卅餘文，恐畏短少。」守文書人云：「亦足，何必須多。汝還家，可〔八〕訪寫《證明經》三卷，得壽一百二十〔九〕歲。」仕强云：「家内燋煎，不能寫得三卷。仕强身充衛士，一弟捉安州公廨本錢，一弟復向嶺南逃走，若遣寫取〔一〇〕三卷，恐不能辦。寫取一卷，復得已不？」守文案人云：「不得，要須三卷，始名《證明》。猶如三人證〔一一〕事，始得誠證〔一二〕。若寫一卷，於事無益。」仕强云：「家事燋煎，一時不辦，漸寫取足，復得已不？」守文案人云：「若一時不辦，漸寫取足亦得。」

仕强語訖，即出曹司門外，見有懸崖百餘丈，投中，遂得身活。還見家人，具說逗留如此。因即訪覓此經，求本竟無所得〔一三〕。唯得《明證經》，仕强不肯寫：「守文書人令我寫《證明經》，今得《明證經》，恐非此〔一四〕本。」有人語仕强云：「汝可向彭慧通家借〔一五〕經目録，勘有《證明經》不。」往彼借勘，果有此本。目録上注云：「京師兩寺有本，江淮南一處有本〔一六〕。」仕强依目録上往彼尋覓，遂得《證明經》本，寫三卷竟。從爾已後，仕强先患痃癖，並悉除損〔一七〕，身體肥健，非復常日。具說死時逗留事狀如此〔一八〕。（據甘肅人民出版社二〇〇九年版楊寶玉《敦煌本佛教靈驗記校注並研究》下編《校注編》校録）

〔一〕威　楊校：俄藏Дx一六七二+一六八〇、書道博物館藏〇六八、上圖〇八四作「羽」。

〔二〕小來　楊校：伯二一八六、Дx一六七二+一六八〇、北圖藏陽二一、書道藏卷、上圖藏卷下有「不盜」二字。柴劍虹校本有此二字。

〔三〕 榻　原作「搨」。按：敦煌寫本俗字常將木旁與提手旁相混，今正作「榻」。

〔四〕 録事頭　楊校：書道藏卷、上圖藏卷作「録事曹司」。

〔五〕 仕强共把文書人向録事頭檢案又無死名　楊校：北圖淡五八作「仕强共把文書人向録事曹司檢，又無死案」，書道藏卷作「仕强共把文書人向録事曹司檢，又無死名案」，上圖藏卷比書道藏卷少「又」字。

〔六〕 十　楊校：書道藏卷、上圖藏卷下有一「許」字。

〔七〕 與　楊校：淡五八、書道藏卷、上圖藏卷作「乞」。

〔八〕 可　此字原無，柴本據淡五八卷補，今從補。

〔九〕 二十　楊校：淡五八作「卅」。

〔一〇〕 取　此字原無，柴本據淡五八卷補，今從。書道藏卷、上圖藏卷亦有此字。

〔一一〕 證　伯二一三六下有「一人」二字，柴本據補。

〔一二〕 誠證　楊校：伯二一三六、陽二一、淡五八作「成證」，伯二一八六作「成就」。柴本據伯二一三六、淡五八作「成證」。

〔一三〕 「若寫一卷」至「求本竟無所得」　楊校：伯二一三六作：「即放厶還。出門，見懸崖數百丈，即推落中。遂至厶門，到屍處，被鬼推入屍邊，遂得活。平復，乃訪此經，處處皆無。」按：厶，同「某」。「求本竟無所得」，書道藏卷、上圖藏卷作「天下遂無有此本」。

〔一四〕此 楊校：伯二一三六作「實」。

〔一五〕借 柴本據淡五八作「檢」。

〔一六〕江淮南一處有本 楊校：大谷大學藏乙七一作「淮南有本」。伯二一八六、陽二一、淡五八、書道藏卷、上圖藏卷「南」下有「間」字，柴本從之。

〔一七〕損 伯二二九七作「差」，柴本從之。

〔一八〕「有人語仕强云」至「具説死時逗留事狀如此」 楊校：伯二一三六作：「人語厶：『於惠通家有經目録，可檢取。』無《明證經》，於雜目録内檢有此經，注云：『長安兩寺有此經，江淮南有一本。』厶於惠通家子細尋檢，得《證明經》，寫訖。此人即日見在，極理充健，百病並差。録此將活。」

按：本篇出自敦煌文書，據楊寶玉介紹，寫本凡十餘件，計有：一、伯二一三六（首殘，後接鈔《普賢菩薩説此證明經》）；二、伯二一八六（首題《黄仕强傳》，後接鈔《普賢菩薩説證明經》）；三、伯二二九七（首略殘，後接鈔《普賢菩薩説證明經》）；四、俄藏Дх一六七二+一六八〇殘片；五、俄藏Дх四七九二殘片（首題《黄仕强傳》）；六、日本京都大谷大學藏乙七一（首題《黄仕强傳》，後接鈔經文）；七、日本書道博物館藏〇六八（首尾題《黄仕强傳》）；八、北圖陽二一（首略殘，後接鈔經文）；九、北圖淡五八（首殘，後接鈔經文）；十、上海圖書館藏〇八四（接鈔於《普賢菩薩説證明經》後，首尾均題《黄仕强傳》）；十一、浙江博物館敦〇二六（首題

《黃仕强傳》，接鈔《普賢菩薩説證明經》）。又據柴劍虹《讀敦煌寫卷〈黃仕强傳〉札記》（中國敦煌吐魯番學會語言文學分會編纂《敦煌語言文學研究》，北京大學出版社一九八八年版，後收入柴氏《敦煌吐魯番學論稿》，浙江教育出版社二〇〇〇年版）介紹，尚有斯一五五二、斯六九九七、咸七七、光九七、藏五八、鱗三〇等卷。

《黃仕强傳》有幾種輯校本。一九七七年法國漢學家戴密微發表《唐代的入冥故事——〈黃仕强傳〉》（初載於荷蘭《中國歷史文學論文集》，耿昇譯文載《敦煌譯叢》第一輯，甘肅人民出版社一九八五年版），據伯二一八六、伯二一三六、伯二二九七、日本大谷大學藏卷四種寫卷校録。柴劍虹《讀敦煌寫卷〈黃仕强傳〉札記》，據伯氏三種寫卷與北圖兩種寫卷校録。楊寶玉先是與白化文合撰《上海圖書館藏敦煌卷子八一二五三一號〈黃仕强傳〉録文校注》（《敦煌學》第二十集，一九九五），以上述五種及大谷大學藏卷校注。後又在其所著《敦煌本佛教靈驗記校注並研究》下編《校注編》中，據浙江博物館藏卷爲底本，以其餘各卷校録。

黃仕强入冥事在唐高宗永徽三年（六五二）十一月。此傳寫作時代，柴劍虹曾作推測。《資治通鑑》卷二〇〇唐高宗顯慶五年載：「冬十月，上初苦風眩頭重，目不能視，百司奏事，上或使皇后決之。……由是始委以政事，權與人主侔矣。」此傳抄寫在《普賢菩薩説此證明經》之前，柴氏謂此經「很可能是爲女皇武則天上臺造輿論的」，故此傳之作「當在顯慶五年（六六〇）冬高宗病重之後」。今按初唐人受南北朝佛教徒侈談佛法感應影響，亦喜著感應冥報之事，太宗時蕭瑀撰《金剛般若經靈驗記》，高宗朝唐臨、郎餘令先後作《冥報記》、《冥報拾遺》，則此傳亦作於高宗朝自屬可能，第未必與高宗病重武后預政有關也。今考篇首言及蔣王府參軍沈伯貴。蔣王乃李惲，《舊唐書》卷七六《蔣王惲傳》載，惲乃太宗第七子，貞觀五年（六三一）封郯王，十年改封蔣王。上元年有人詣闕誣告惲謀反，惶懼自殺，贈司空、荆州大都督。據《高宗紀下》，惲上元元年（六七四）十二月薨。據此，此傳當作於永徽三年後、上元元年前。若作於蔣王死後，似當稱作「故蔣王」也。

晉洪州西山十二真君内傳

胡慧超　撰

胡慧超（？—七〇三），一作胡惠超、胡超，字拔俗。道士。身形高出衆人，人稱胡長仙。唐高宗上元間（六七四—六七六）自廬山棲於豫章（今江西南昌市）西山。據稱善役使鬼神，高宗詔除壽春宫狐妖，賜洞真先生。武則天聖曆年中（六九八—七〇〇）又以蒲輪召之，歸山於洪崖先生古壇爲武則天煉丹三年。丹成辭歸，居於西山盱母靖觀，人皆師事之。撰有《神仙内傳》一卷，佚。沖虚子曾著《胡慧超傳》一卷。（據元趙道一《歷世真仙體道通鑑》卷二七，唐張鷟《朝野僉載》卷五，顔真卿《顔魯公文集》卷九《南嶽夫人魏夫人仙壇碑銘》、《華姑仙壇碑銘》，《新唐書·藝文志》道家類，宋陳葆光《三洞群仙録》卷一引《仙傳拾遺》等）

許真君，名遜，字敬之，本汝南人也。祖琰，父肅，世慕至道。東晉尚書郎邁，散騎常侍、護軍長史穆，皆真君之族子也。真君弱冠師大洞君〔一〕吴猛，傳三清法要。鄉舉孝廉，拜蜀旌陽令。尋以晉室棼亂，棄官東歸，因與吴君同遊江左。會王敦作亂，二君乃假爲符竹〔二〕，求謁於敦，蓋將欲止敦之暴，以存晉室也。一日，二君與郭璞同候於敦，敦蓄怒以見之，謂二君曰：「孤昨得一夢，擬請先生圓之，可乎？」真君曰：「請大將軍具述。」敦曰：「孤夢將一木，上破其天。孤禪帝位，果十全乎？」許君曰：「此夢固非得吉。」敦曰：「請問〔三〕其説。」吴君〔四〕曰：「木上破天，是未字也。明公未可妄動，晉祚固未衰耳。」王敦怒，因令郭璞筮之。卦成，景純曰：「無成。」又問其壽，璞曰：「明公若起事，禍將不久。若住武昌，壽不可測。」敦大怒，又問曰：「卿壽幾何？」璞曰：「余壽盡今日。」敦怒，令武士執璞出，將赴刑焉。是時，二真君方與敦飲酒。許君擲杯梁上，飛遶梁間〔五〕。敦等舉目看盃，許君坐中隱身〔六〕。

於是南出晉關，抵廬江口，因召船師，載往鍾陵。是時，船師曰：「我雖有此船，且無人力乘駕，無由載君。」真君〔七〕曰：「汝但以船載我，我當自與行船。」仍謂船師曰：「汝宜入船，閉門深隱。若聞船行疾速，不得輒有潛窺。」於是騰舟離水，凌空入雲。二君〔八〕談論端坐。頃刻之間，已抵廬山金闕洞之西北紫霄峰頂。二君意欲暫過洞中，龍行既低〔九〕，其船拽撥林木，戛刺響駭，其聲異常。舟師不免偷目潛窺，二龍知人見之，峰頂委舟而去。真君謂船師曰：「汝違吾教，驚觸二龍，委棄此船萬仞峰頂。吾緣貪與衆真除盪妖害，暫須離此，遊涉江湖。汝既失船，徒返人世，汝可隱此紫霄峰上，遊覽匡廬。」示之以服餌靈草之門，指之以遁跡地仙之術。由是舟師之船底，遺跡尚存。

後於豫章遇一少年，容儀修整，自稱「慎郎」。許君與之談話，知非人類。指顧之間，少年告去。真君謂門人曰：「適來年少，乃是蛟蜃之精。吾念江西累爲洪水所害，若非翦戮，恐致逃遁。」蜃精知真君識之，潛於龍沙洲北，化爲黄牛。真君以道眼遥觀，謂弟子施大玉〔一〇〕曰：「彼之精怪化作黄牛，我今化其身爲黑牛，仍以手巾掛膊，將以認之。汝見牛𦏁鬭，當以劍截彼。」真君乃化身而去。俄頃，果見黑牛奔趁黄牛而來。大玉以劍揮黄〔一一〕牛，中其左股，因投入城西井中〔一二〕。許君所化黑牛，趁後亦入井内。其蜃精復從此井奔走，徑歸潭州，却化爲人。先是，蜃精化爲美少年，聰明爽雋，而又富於寶貨。知潭州刺史賈玉〔一三〕有女端麗，欲求貴壻以匹之，蜃精乃廣用財寶，賂遺賈公親近，遂獲爲伉儷焉。自後與妻於衙署後院而居，每至春夏之間，常求旅遊江湖，歸則珍寶財貨，數餘萬計。賈使君之親姻童僕，莫不賴之而成豪富。至是，蜃精一身空歸，且云被盜所傷。舉家歎惋之際，典客者報云：「有道流姓許，字敬之，求見使君。」賈公遽見之。真君謂賈公曰：「聞君有貴壻，略請見之。」賈公乃命愼郎〔一四〕出，與道流相見。愼郎怖畏，託疾潛藏。真君厲聲而言曰：「此是江湖害物，蛟蜃老魅，焉敢遁形！」於是蜃精復變本形，宛轉堂下，尋爲吏兵所殺。真君又令將其二子出，以水噀之，即化爲小蜃。妻賈氏，幾欲變身。父母懇真君，遂與神符救療。真君謂賈玉曰：「汝家骨肉，幾爲魚鼈也。今須速移，不得暫停。」賈玉倉黄徙居，俄頃之間，官舍崩没，白浪騰涌。即今舊跡宛然在焉。真君以東晉孝武帝寧康二年八月一日〔一五〕，於洪州西山，舉家四十二口，拔宅上昇而去。唯有石函、藥臼各一所，車轂一具，與真君所御錦帳，復自雲中墮於故宅。鄉人因於其地置遊帷觀焉。〔一六〕（據中華書局版汪紹楹點校本《太平廣記》卷一四引《十二真君傳》校録）

吴真君，名猛，字世雲。家於豫章武寧縣〔一七〕。七歲，事父母以孝聞。夏寢卧不驅蚊蚋，蓋恐其去而噬其親也。及長，事南海太守鮑靚〔一八〕，因語至道。將遊鍾陵，江波浩淼。猛不假舟檝，以白羽扇畫水而渡，觀者奇之。猛有道術。忽一日，狂風暴起，猛乃書符，擲于屋上。有一青鳥，銜符而去，須臾風定。人或問之，答曰：「南湖有遭此風者，其中二道人呼天求救，故以此拯焉。」後人訪尋，果如所述。時武寧縣令干慶死，三日未殯。猛往哭之，因云：「令長固未合死，今吾當爲上天訟之。」猛遂卧慶屍旁，數日俱還。時方盛暑，屍柩壞爛，其魂惡，不欲復入。猛强排之，乃復重蘇。慶弟晉著作郎寶，感其兄及覩亡父殉妾復生，因撰《搜神記》，備行于世。猛後於西平乘白鹿寶車，沖虚而去〔一九〕。（據中華書局版汪紹楹點校本《太平廣記》卷一四引《十二真君傳》校録）

兖州曲阜縣高平鄉九原里，有至人蘭公，家族百餘口。精專孝行，感動乾坤。忽有斗中真人，下降蘭公之舍。自稱孝悌王，云：「居日中爲仙王，月中爲明王，斗中爲孝悌王。夫孝至於天，日月爲之明；孝至於地，萬物爲之生；孝至於民，王道爲之成。且其三才肇分，始於三氣。三氣者，玉清三天也。玉清境是元始太聖真王治化也；太清者，玄道流行，虚無自然，玉皇所治也。吾於上清已下，託化人間，示陳孝悌之教。後晉代當〔二〇〕有真仙許遜，傳吾孝道之宗，是爲衆仙之長。」因付蘭公至道秘旨〔二一〕。於是蘭公獲斯妙訣，穎悟真機，默辨往由，顧知〔二二〕前事。因與里人共出郊野〔二三〕，忽覩古塚三所，乃云：「此是吾三仙解化之壙，請民報官，令移塚旁之路，勿令人物踐蹋。」吏乃訊〔二四〕于蘭公：「此言以何驗實？」公曰：「第一塚者，昔有真人骸骨，今乃已得復形，是爲地仙，長生久視。第二塚，見有仙衣一對，道經一函。復有一人，方如醉卧。發之，良久乃能話談。此以太陰鍊形，綿養真氣耳。第三塚，有玉液丹，服之白日便當沖翥。」于時官吏與蘭公對開三塚，其所明驗，一一並同。蘭公乃詣塚間，躬取仙衣掛體，又取金丹服之，招邀卧塚二真人，同共聳身而輕舉。官吏悔謝，虔懇拜陳，啓問蘭公，何時下降。公曰：「我自此每十日一至于斯，更逾數年，百日一降。施行孝道，宜准玄科，接濟樊籠，符臻至道。」自爾吴都有〔二五〕十五童子，丹陽三歲靈孩，洎〔二六〕於蘭公，並是仙之化現也。所傳孝道之秘法，别〔二七〕有寶經一帙，金丹一合，銅符鐵券。得之者，唯高明大使許真君焉。（據中華書局版汪紹楹點校本《太平廣記》卷一五引《十二真君傳》校録）

陳君名勳，字孝舉。慕許君之道，託爲旌陽縣吏。因得師于許君，爲入室弟子。許君拔宅日，執羽旌導于前。〔二八〕（據《道藏》本五代王松年《仙苑編珠》卷下引《十二真君傳》校録）

周君名廣〔二九〕，字惠常。事許君，執童僕之禮。元康中，執麾幢，前引許君歸舊宅，即遊帷觀也。〔三〇〕（據《道藏》本五代王松年《仙苑編珠》卷下引《十二真君傳》校録）

曾君名亨，字國興〔三一〕。孫登常指云：「此人骨秀，可學昇天。」遂事許君。至許君昇天日，從車駕與昇。舊宅爲真陽觀也。〔三二〕（據《道藏》本五代王松年《仙苑編珠》卷下引《十二真君傳》校録）

時君名荷，字道揚〔三三〕，鉅鹿人。少時入四明山，遇神人，教以丹訣，點化金玉。賙濟困苦，民受其賜。後能驅逐邪魅，役使鬼神。事母以孝聞。善胎息，得坐忘法。或百日一食，半年一寢。晉明帝時，待之甚厚。許君昇天時，持龍節前驅于雲路。〔三四〕（據《道藏》本南

宋陳葆光《三洞群仙録》卷二引《西山真君傳》、《仙苑編珠》卷下引《十二真君傳》校録）

甘君名戰，字伯武。許君弟子。長持齋戒，尤尚符術，偏得許君之道。以陳太建〔三五〕元年正月七日，乘綵麟之車，白日昇天。〔三六〕（據《道藏》本五代王松年《仙苑編珠》卷下引《十二真君傳》校録）

施君名岑〔三七〕，字大玉〔三八〕，小字道乙。常從許君除滅妖魅，許君凡有經典，悉皆委付。許君昇天後，忽一日，見東方日中童子，執素書飛下，云：「真人召汝。」乃隨童子聳身入空。〔三九〕（據《道藏》本五代王松年《仙苑編珠》卷下引《十二真君傳》校録）

彭君名抗。永康中棄官事許君，君以長女妻之。宋高祖永初二年八月十五日〔四〇〕，全家二十六人，白日上昇。舊宅爲宗華觀。〔四一〕（據《道藏》本五代王松年《仙苑編珠》卷下引《十二真君傳》校録）

盱君名烈，字道微。早孤，從母依於許君。許君上昇時，盱君母子悲泣，乞得隨駕。許君乃與神藥，因得隨駕，部署合宅四十二人焉。〔四二〕（據《道藏》本五代王松年《仙苑編珠》卷下引《十二真君傳》）

鍾離君名嘉〔四三〕，字超本。許君仲妹〔四四〕之子。少孤，得仙舅之要。許君上昇後，以十月十五日日中，乘碧霞之輦而昇。宅爲丹靈觀。〔四五〕（據《道藏》本五代王松年《仙苑編珠》卷下

引《十二真君傳》校録）

黄君名仁覽，字紫庭〔四六〕，晉陵人〔四七〕。許君知仁覽之異，遂以次女妻之，傳付妙道。後爲青州從事。每夜常乘龍歸，眷屬伺之，乃一竹杖耳。後乃沖天。宅爲祈仙觀。〔四八〕（據《道藏》本五代王松年《仙苑編珠》卷下引《十二真君傳》校録）

〔一〕君　明汪雲程《逸史搜奇》癸集一《許真君》作「真君」。

〔二〕二君乃假爲符竹　「二君」原作「真君」，《廣記》清黄晟校刊本、《四庫全書》本、《逸史搜奇》作「二君」。按：下文云「二真君方與敦飲酒」，是則謁敦者亦有吴真君，據改。下文「二君與郭璞」、「謂二君曰」同。明陳耀文《天中記》卷一引《十二真君傳》：「許真君、吴猛與郭璞同見王敦」，見敦者亦有吴君。又元趙道一《歷世真仙體道通鑑》卷二六《許太史》云：「明帝太寧二年，大將軍王敦（字處仲）舉兵内向，次於湖。真君與吴君同往上謁，冀説止之。」「符竹」《廣記》清孫潛校本作「符祝」，清陳鱣校本作「符柷」，《逸史搜奇》作「符呪」，均誤。按：符竹，郡守符信。《史記·孝文本紀》：「九月初，與郡國守相爲銅虎符、竹使符。」

〔三〕問　陳校本作「聞」。問，通「聞」。

〔四〕吴君　原作「真君」。黄本、《四庫》本、明馮夢龍《太平廣記鈔》卷三作「吴君」。按：《天中記》卷一引《十二真君傳》作「許君」。南宋曾慥《類説》卷三《神仙傳》「一木上破天」條云：「王敦謀逆，夢持一木上破天，以問卜者。許真君時爲旌陽令，因見敦，解曰：『此是未字，晉祚未終，公未可動耳。』」葉廷珪《海録碎事》卷九上「一木破天」條文字大同，引自《續仙記》，解夢者亦爲許真君。然《真仙通鑑》作「吴君」。蓋此處分叙許、吴、郭三人，皆勸止王敦。據黄本、《四庫》本改。

〔五〕許君擲杯梁上飛遶梁間　《真仙通鑑》作「真君乃舉杯擲起，化爲白鴿，飛繞梁棟」。

〔六〕許君坐中隱身　按：觀下文，隱身出遊者亦有吴君。《真仙通鑑》云：「處仲一舉目，已失二君所在。」疑「許君」當作「二君」。

〔七〕真君　黄本、《四庫》本、《廣記鈔》、《逸史搜奇》作「二君」。按：《真仙通鑑》與舟人言者乃真君（許君）。

〔八〕二君　原作「真君」，據黄本、《四庫》本、《廣記鈔》改。下文「二君意欲暫過洞中」同。《真仙通鑑》亦云：「二君欲遊洞中。」

〔九〕低　黄本、《四庫》本作「抵」。按：《真仙通鑑》云：「故其舟稍低，抹林梢戛戛有聲。」作「低」是。

〔一〇〕施大玉　原作「施大王」，據孫校本、《天中記》卷五六引《十二真君傳》、《逸史搜奇》改。下同。南宋祝穆《古今事文類聚》前集卷一七《蜃精水害》引《太平廣記》及前集卷三四《許真君斬蜃》（無出處）、明彭大翼《山堂肆考》卷一五〇《斬蛟》（無出處）作「太玉」。按：「大」當通「太」。南宋郭知達《九家集注杜詩》卷三六《風疾舟中伏枕書懷三十六韻奉呈湖南親友》「畏人千里井」薛夢符注引《西山十二真君傳》作「施岑」，陳葆光《三洞群仙録》卷一四引《西山記》、《真仙通鑑》同。施岑字大（太）玉。

〔一一〕黃　此字原無，據《事文類聚》前集卷一七、《山堂肆考》補。

〔一二〕城西井中　《真仙通鑑》作「城南之井中」，注：「井名橫泉，今在上藍寺東南角，墻（?）掩井口，故亦號蛟井。」按：北宋樂史《太平寰宇記》卷一〇六《江南西道四·洪州·南昌縣》：「蛟井，在縣西南四里，俗號橫泉井。蓋許旌陽除蛟龍爲害之所。」《江西通志》卷七《山川志一·南昌府》：「蛟井，在府城西故上藍院，一名橫泉。相傳許旌陽逐蛟，蛟奔於井。」蓋井在城西南，粗言之，則有西、南之異。

〔一三〕賈玉　《事文類聚》前集卷一七及卷三四、《山堂肆考》作「賈至」。《永樂大典》卷七三二八引《太平廣記·許真君傳》作「賈玉」。

〔一四〕郎　原譌作「即」，據陳校本、黃本、《四庫》本、《筆記小説大觀》本改。

〔一五〕東晉孝武帝寧康二年八月一日　「寧康」原誤作「太康」。按：太康乃晉武帝司馬炎年號，而許遜乃自西晉入東晉。《三洞群仙録》卷一六引《西山記》作「孝武寧康二年八月一日」，《真仙通鑑》亦爲孝武寧康二年甲戌八月朔旦事，據改。《仙苑編珠》卷下引《十二真君傳》作「晉永康二年八月十五日」，《山堂肆考》作「晉元康三年八月十五日」。永康、元康乃西晉惠帝年號，亦誤。

〔一六〕按：《仙苑編珠》卷下《許遜拔宅》引《十二真君傳》：「許君名遜，字敬之。爲蜀旌陽令。師諶母，受孝道明王法。」是則此傳原文載有許真君師諶母，受孝道明王法之事。此事見《道藏》本《墉城集仙録》卷五《嬰母》（《廣記》卷六二有引，題《諶母》）。云：「嬰母者，姓諶氏，字曰嬰，不知何許人也。西晉之時，丹陽郡黃堂觀居焉。潛修至道，久歷歲年。時人自童幼逮于衰老，見之鬢髮韶容顔狀無改，衆號爲嬰母。因入吴市，見一童子，年可十四五，近前拜於母云：『合爲母兒。』母曰：『年少自何而來？拜吾爲子，未測其旨，亦莫敢許之，豈可相依耶？』乃慘嘆而去。月餘，又於吴市逢一孩子三歲以來，若無所歸，悲號浹夕。母因視之，執母衣裾，不肯捨去。人或見者，勸母收而育之，逾於所生矣。既長，明穎孝敬，異於常人。冠歲以來，風神挺邁。所居常有異雲炁光景，髣髴而見。侍母左右，時説蓬壺、閬風之事。母異之，謂曰：『吾與汝暫此相因，汝以何爲號也？』子曰：『昔蒙天真明授靈章，錫以名品，約爲孝道明王，今宜稱而呼之矣。』遂告母修真之訣，曰：『每須高處玄臺，疏絶異黨，修閑丘阜，餌服陽和，静夷玄圃，委鑒太虚。無英公子黄老玉書，大洞真經，豁落七元、太上隱玄之道可致。輕蓋以流霞之輦，睠眄乎文昌之臺。得此道者，九鳳齊唱，天籟駭虚，竦身御節，八景浮空，龍輿虎旂，遊扇八方矣，母宜寶之。』一旦，孝道明王漠然隱去。母密修道法，積數十年，人莫知也。其後吴猛、許遜，自嵩陽南遊，詣母，請傳所得之道。因盟授之，孝道之法，遂行江表。暇日，母告二子曰：『世雲昔爲遜師，今玉皇玄譜之中，猛爲御史，而遜爲高明大使，總領仙籍，位品已遷。又所主十二辰，配十二國之分，遜領玄枵之野，於辰爲子。猛統星紀之邦，於辰爲丑。許當居吴之上，以從仙階之等降也。』又數年，有雲龍之駕，千乘萬騎，來迎諶母，白日昇天。今洪州高安縣東四十里，有黄堂壇靖，即許君立祠，朝拜聖母之所。」《真仙通鑑》後集卷二《諶母》亦載其事。

〔一七〕豫章武寧縣　《真仙通鑑》卷二七《吴猛》云吴猛「仕吴爲西安令，因家焉」。又稱「西安令于（干）慶」。西安即武寧，漢末置，吴曰西安，晉武帝太康元年（二八〇）改豫寧，唐置爲武寧。《寰宇記》卷一〇六《武寧縣》云：「古西安縣也。後漢建安中分海昏縣立西安縣，至晉太康元年改爲豫寧。《宋書》王僧綽封豫寧侯即此縣。陳武帝初，割建昌、豫寧、艾、永修、新吴等五縣立爲豫寧郡，屬江州。隋平陳，廢郡，置洪州，因廢豫寧郡，割艾、永修、新吴、豫寧等入建昌，并隸洪州，爲總管府。至長安四年（七〇四），分建昌置武寧。景雲元年（七一〇）又改豫寧。寶應元年（七六二）以犯御名，改豫章爲鍾陵，豫寧依舊爲武寧。」《新唐書·地理志五·洪州豫章郡·武寧》亦云：「長安四年析建昌置，景雲元年曰豫寧，寶應元年（七六二）復故名。」貞元十五年（七九九）析武寧置分寧。胡慧超卒於長安三年，傳不當稱吴猛「家於豫章武寧縣」，疑「武寧」原當作「豫寧」，唐人傳鈔妄改。

〔一八〕鮑靚　原作「鮑靖」，據《四庫》本、《廣記鈔》改。按：《三洞群仙録》卷六引《西山記》：「吴猛……復師南海太守鮑靚，得其祕法。」《真仙通鑑》卷二七《吴猛》：「繼師南海太守鮑靚，復得祕法。」《晉書》卷九五《藝術傳·鮑靚傳》：「鮑靚字太玄，東海人也。……靚學兼内外，明天文、河洛書。稍遷南陽中部都尉，爲南海太守。……靚嘗見仙人陰君，授道訣。百餘歲卒。」

〔一九〕猛後於西平乘白鹿寶車沖虚而去　《仙苑編珠》卷下引《十二真君傳》作「晉永嘉三年九月十五日，乘白鹿，與弟子四人一時昇天」。按：永嘉乃西晉懷帝年號，紀時有誤。《真仙通鑑》云：「晉孝武帝寧康二年，真君上昇，世雲復還西安。是年十月十五日，上帝命真人周廣，捧詔召世雲，遂乘白鹿車，與弟子四人白晝沖昇。」《寰宇記》卷一〇六《江南西道四·洪州·南昌縣》載十二真君宅：「吴真君，分寧縣吴仙觀。」稱其宅名吴仙觀，疑爲原傳所有。但稱分寧縣非原文，乃樂史用當時地名。又按：「西平」疑爲「西安」之誤。

〔二〇〕當　原作「嘗」，據《真仙通鑑》卷二七《蘭公》改。

〔二一〕因付蘭公至道秘旨　《真仙通鑑》云：「因付蘭公祕旨及金丹、寶經、銅符、鐵券，令傳授丹陽黄堂靖女真諶母，且戒之曰：『將來有學仙者許遜，汝當以此授之。』」按：五代杜光庭《墉城集仙録》卷五《嬰母》所載孝道明王化形童子，授道於諶母，諶母又授與許君。童子即蘭公也。此事當爲原傳所有，《廣記》削去此數語，而於卷六二據《墉城集仙録》引諶母事。

〔二二〕顧知　《廣記》孫校本作「將顯」。

〔二三〕因與里人共出郊野　《真仙通鑑》作「孝弟王遂將蘭公遊，於郊野道傍，忽有三古塚，指以示蘭公：『此是汝三生解化之跡。……』」與此有異。

〔二四〕訊　孫校本作「譏」。

〔二五〕有　此字原無，據《真仙通鑑》補。

〔二六〕洎　原作「泊」，據黄本、《四庫》本改。

〔二七〕别　明鈔本、孫校本作「備」。

〔二八〕按：《真仙通鑑》卷二七《陳勳》所載較詳：「陳勳，字孝舉，蜀川人。博學洽聞。時魏遣鍾會、鄧艾伐蜀，劉禪降，孝舉時尚少，已有出塵之志。入青城山，師谷元子，求度世之法。繼聞許真君在旌陽，仁政及民，走謁公庭，願充書吏。真君嘉之，付以吏職。凡表率輩流、設化民俗、撫字之術，裨益爲多。遂引爲門弟子，而託以腹心。典司經籍，守視藥爐。真君沖翥，命執策導前焉。」

〔二九〕周君名廣　《輿地紀勝》卷四六《安慶府·仙釋》：「周真君，名廣。自雲臺山謁許旌陽，付以祕訣。

後奉玉皇詔，參許真君車昇天。今封元通真人。」「廣」誤作「應」。

〔三〇〕按：《真仙通鑑》卷二七《周廣》載：「周廣，字惠常，廬陵人。大將軍瑜之後。少好天文、音律之學，長通無爲清净之教。嘗與同志遊巴蜀雲臺山，得漢天師驅翦精邪之法，救民疾苦。聞許真君在旌陽，徑詣公庭，願備下執。真君納之，令供侍杖屨。夙夜惟勤，遵行道法，始終不怠。還居私第，左右無違，乃就宅西百餘步間築室以居。真君飛舉，惠常與曾興國同驂龍車。」又《三洞群仙録》卷一二引《西山記》載：「周真君諱廣，字惠常。入蜀，得驅邪逐魅之術，以拯救疾苦。聞許真君在旌陽，以符咒療疾，遠近赴遡，乃自蜀雲臺山至旌陽求見，願事門下。許君從之，盡得其妙要。後從許君上昇。」

〔三一〕國興　《真仙通鑑》卷二七《曾亨》作「興國」。

〔三二〕按：《真仙通鑑》卷二七《曾亨》載：「曾亨，字興國，泗水人，參之後也。少爲道士。天資明敏，博學多能。修三天師之教，逆知來物。名山列嶽，有路必通。妙訣靈符，無治不愈。神人孫登見之，曰：『子骨秀神慧，砥礪精勤，必作霄外人矣。子勉之。』後隱居豫章之豐城間。許真君道譽，投謁門下，願侍巾几。真君雅器重之，神方秘訣，無不備傳。後驂龍車昇天。今豐城縣真陽關，是其遺跡。」

〔三三〕道揚　《真仙通鑑》卷二七《時荷》作「道陽」。

〔三四〕按：《真仙通鑑》卷二七《時荷》載：「時荷，字道陽，鉅鹿人。少爲道士，入四明山，遇神人，教以胎息衆妙之術，用能却寐絶粒，役使鬼神，驅除邪魅，點化金玉。賙濟困苦，民受其賜，聲聞遠邇。惠、懷之世，聞許真君孝道法盛行江左，徒步踵門，願充弟子。真君納之，授以秘訣。復遣還山，教導徒衆。晉明帝詔赴闕，師問之，堅不願留，竟歸，依棲侍側。孝武帝寧康二年，與陳孝舉執册導從昇天。有遺跡在豫章城……東海沭陽縣奉仙觀，乃其舊隱。」

〔三五〕陳太建　原作「陳天建」。按：陳年號無天建，《真仙通鑑》卷二七《甘戰》作「陳宣帝大建」，「大」通「太」，據改。

〔三六〕按：《真仙通鑑》卷二七《甘戰》載：「甘戰字伯武，豐城人。以孝行見推於鄉黨。遭時亂離，晦跡草澤，喜神仙久視之術。聞許真君行孝道法，除害利物，遂造門懇請，願備驅役。真君異其材器，可其所請。至真君上昇，復付以金丹祕訣。伯武後歸豐城，布德行惠。至陳宣帝大建元年正月七日亭午，天詔下，乃駕麟車，乘雲而去。其故宅號華陽亭，有飛黄觀焉，爲之奉祀。」《寰宇記》卷一〇六《江南西道四·洪州》載十二真君宅：「甘真君，豐城縣飛皇觀。」「黄」作「皇」。又《三洞群仙録》卷三引《西山記》載：「甘真君，字伯武。以孝行見推於鄉里。仗劍隨許真君除妖，其功居多。許君授以秘訣。而君潛匿形影，人莫之測。一日，天際忽聞天樂之聲，須臾祥雲綵霞暉映，而君昇天。」

〔三七〕岑　原譌作「峯」，據《真仙通鑑》卷二七《施岑》、《郡齋讀書志》卷五上趙希弁《附志》神仙類著録改。

〔三八〕大玉　《真仙通鑑》卷二七《施岑》作「太玉」。

〔三九〕按：《真仙通鑑》卷二七《施岑》載：「施岑，字太玉，沛郡人。祖朔，仕吴，因徙居九江赤烏縣。太玉狀貌雄傑，勇健多力，弓劍絶倫。許真君初領徒衆，誅海昏大蛇，會鄉壯三百餘人來助力，太玉預焉。致恭懇乞，願充役者。真君納之，與甘伯武常執劍侍左右。晉孝武帝寧康二年十月二十八日晨，見東方日有一童子，乘綵雲，執素策，驅蒼虬，降其所居，宣玉帝詔。遂御蒼虬，乘雲而去。」

〔四〇〕宋高祖永初二年八月十五日　「宋高祖永初」原作「永和」。按：永和乃東晉穆帝年號。許真君孝武帝寧康二年昇天，彭抗不當在其前。據《真仙通鑑》卷二七《彭抗》改。永和二年乃其致政之時。《真仙通鑑》作「八月二十四日」。

〔四一〕按：《真仙通鑑》載：「彭抗，字武陽。蘭陵人。舉孝廉，仕晉，累遷尚書左丞。密修仙業，以病辭朝，師事許真君。仍納愛女爲真君子婦。真君念其恪誠，應諸秘要，纖悉付之，速遣還朝。至穆帝永和二年，致政南遊，挈家居豫章城中。再詣門下，朝夕叩問，道益精進。宋高祖永初二年八月二十四日，舉家二十六口，白日昇天。」

〔四二〕按：《墉城集仙録》卷六有《盱母》（《廣記》卷六二引，作「盱母」），當有採《十二真君傳》者。文云：「盱母者，豫章人也。外混世俗，而内修真要耳。嘗云：『我千年之前，曾居西山。世累稍息，當歸真彼中。』其子名烈，字道微。少喪其父，事母以孝聞。烝烝翼翼，勤於色養。家貧，而營侍甘旨，未嘗有闕，鄉里推之。西晉武帝時，同郡吴猛、許遜，精修通感，道化宣行，居洪崖山，築壇立靖。猛既去世，遜即以寶符真籙，拯俗救民，遠近宗之。遜仕州爲記室，後每朔望還家朝拜。人或見其乘龍往來，徑速如咫尺耳。盱君純篤忠厚，遜委用之。即與母結草於遜宅東北八十餘步，旦夕侍奉許君，謹願恭肅，未嘗有怠。母常於山側採擷花果，以奉許君。君惜其志誠，常欲拯而度之。以惠帝元康二年壬子八月十五日，太上命玉真上公崔文子、太玄真卿瑕丘仲，册命拜許君爲九州都仙大使、高明主者，白日昇天。許君謂道微及母曰：『我承太帝之命，不得久留。汝可繼隨仙舉，期於異日。』母子悲喜不自勝，再拜告請，願侍雲輦。君乃許之，即賜靈藥服之，躬稟真訣。於是午時從許君昇天。今壇井存焉。鄉人不敢華繕，蓋盱君母子儉約故也。世號爲盱母壇靖焉。」《三洞群仙録》卷三引《西山記》云：「盱真君諱烈，字道微。事母以孝聞。而母亦有志學道。與母同往西山見許真君，叩頭求哀。真君念之，使築室於所居之西，侍母居焉。授以道術。及許真君上昇，道微與母，皆受玉皇詔，部分許君家屬昇天。」《真仙通鑑》卷二七《盱烈》以盱母爲許遜大姊，云：「盱烈，字道微，南昌人。少孤，事母以孝聞。母蓋許真君之姊也。真君二姊，盱母爲之孟。真君爲其孀居，乃築室宅西數十步間，俾居之，故母子日聞道妙。真君每出，盱母代掌其家事，仙賓隱客，咸獲見之。母子並受玉皇詔，部分仙眷昇天。今牆西道院，乃其舊居。」又《真仙通鑑》後集卷二《盱母》載：「盱母者，真君許遜之姊，真君盱烈之母。許遜以其孀居，乃築室於宅西數十步間，俾居之。許遜隱西山修煉，日夕講究真詮，盱母與子烈，日得參其妙焉。許遜每出，則盱母代掌其家事，仙賓隱客，咸獲見之。許遜飛昇之日，盱母暨烈，母子並受玉皇詔，部分仙眷昇天。」

〔四三〕鍾離君名嘉　「鍾離」原作「鍾」，據《真仙通鑑》卷二七《鍾離嘉》補「離」字。鍾離乃複姓。

〔四四〕妹　《真仙通鑑》作「姊」。

〔四五〕按：《真仙通鑑》載：「鍾離嘉，字公陽，（按：原注：『一字超木。』『木』乃『本』字之譌）南昌人。真君仲姊之子。少喪父母，植性簡淡。真君嘗嘆其有受道之資，乃授之神方，能拯救，付之妙訣，能役逐。真君昇天，首有金丹之賜。是年十月十五日中，碧霞寶車自天來迎，公陽拜詔，昇車而去。新建象牙山西源，是其所居也。有觀曰丹靈，石藥臼尚存，號鍾玉府。」《寰宇記》卷一〇六云：「鍾真君在南昌縣蒙牙江，號丹陵觀。」「象牙江」作「蒙牙江」。《三洞群仙録》卷三引《西山記》載：「鍾離嘉，字公陽，許真君之甥也。好處林巒。許真君愛其有授道之質，遂付以祕訣，令密修之。許真君上昇，告以沖昇之日。紫雲自天而下，青鸞白鶴翔舞於庭，仙童玉女下迎，公陽白日上昇。」

〔四六〕黄君名仁覽字紫庭　原作「黄君名輔，字邕」。按：《郡齋讀書志·附志》著録《西山十二真君傳》，所列十二真君末爲「黄仁覽」。《真仙通鑑》卷二七有《黄仁覽》，《三洞群仙録》卷三引《西山記》亦載其事。黄仁覽乃許君弟子，十二真君之一。黄輔乃其父，字萬石，此作「邕」，蓋譌「萬」爲「邕」而脱「石」字。《仙苑編珠》所引將黄仁覽事與黄輔相混，今據《西山記》、《真仙通鑑》改。下文「許君知仁覽之異」，「仁覽」原亦作「輔」。

〔四七〕晉陵人　按：《真仙通鑑》云：「黄仁覽，字紫庭，高安人。」《三洞群仙録》卷五引《西山記》云：「真君諱仁覽，字紫庭，其先武陵人。」疑「晉陵」乃「武陵」之譌。

〔四八〕按：《真仙通鑑》載：「黄仁覽，字紫庭，高安人。父輔，字萬石。舉孝廉，仕至御史。紫庭神彩英秀，局量凝遠。真君以女妻之，盡得真君之道。任青州從事，單騎之官，留妻侍父母。然每夜輒歸，人莫得知。一夕，家僮報許氏，院中夜有語笑聲。姑訊之，許氏曰：『黄郎耳。』姑曰：『吾子從仕數千里，安得至此？』許氏曰：『彼已得仙道，能頃刻千里。戒在漏語，故不敢令姑知。』姑曰：『若然，當使我見之。』是夕紫庭歸，許氏告以故。比明，紫庭不得已出謁父母，曰：『仁覽雖從宦遠鄉，夜必潛歸膝下。仙道祕密，不可泄言，恐招譴累。』言訖，取竹杖，化爲青龍，乘之而去。故萬石亦知仙道足慕，執弟子之禮，以事真君。惟紫庭二弟，勇健不檢，日事遊畋。雖父兄奉詔飛昇，而二人尚在獵所。自言：『受性縱逸，不堪作仙，任兄舉族飛騰，容我二弟捕鹿。』紫庭嘆其賦分，復折草化鹿，以止其妄心。遂與父母三十二口，乘雲而東，從真君仙駕昇天。二弟後隱於西山。（今方岡廟，俗呼黄廟，四郎、五郎是也。）仙仗既行，雲間墜下石毬、藥臼各一。（瑞州高安縣祥符觀，舊曰祈仙觀，是其故居也。）傍有許氏墜釵洲。」《三洞群仙録》卷三、卷五、卷一二引《西山記》三節，卷三引云：「真君姓黄名仁覽，字紫庭。父名輔，字萬石。有高行，事親以孝聞，州郡舉孝廉。穆帝時，仕至御史。紫庭少俊拔，有清致，許真君以女妻之。萬石事許君，執弟子之禮。及紫庭受玉皇詔，與父母家屬昇天。今高安縣祥符觀，有丹井存焉，乃其故居也。」卷五引云：「黄真君諱仁覽，字紫庭。其先武陵人。力學有聞，後棄官入道。紫庭師事許君，得其道，尚爲青州從事。紫庭道成，從許真君飛昇。」卷一二引云：「黄真君名仁賢（按：當作覽），字紫庭。一日受玉皇詔上昇，而二弟尚在獵所。紫庭遽往召之，乃曰：『我等受性遊逸，不堪作仙，但願舉家昇騰。我等未欲去世，亦恐捕鹿冥數未足，致此迷執。』紫庭以其分然，乃付地仙之術，教其修化，復折草化鹿，止其妄心。二弟後隱於西山。」

按：胡慧超《晉洪州西山十二真君内傳》一卷，著録於《崇文總目》道書類、《新唐書·藝文志》道家類、《通志·藝文略》道家類。《遂初堂書目》道家類題作《西山十二真君列傳》，無撰人、卷數。《太平廣記》等書引作《十二真君傳》，省稱也。袁州本《昭德先生郡齋讀書志》卷五上趙希弁《附志》神仙類著録有《西山十二真君傳》一卷，云：「右晉許遜、吴猛、陳勳、周廣、曾亨、時荷、甘戰（按：光緒十年王先謙校勘本『戰』譌作『載』）、施岑、彭抗（按：王校本『抗』譌作『杭』）、盱烈、鍾離嘉、黄仁覽，皆得道於西山者。政和玉册誥詞在其中。」按此書載有政和玉册誥詞，必非胡傳。考《四庫闕書目》神仙類、《宋史·藝文志》道家類有余卞《十二真君傳》二卷，據《宋史》卷三三三《余良肱傳》，卞洪州分寧（今江西修水縣）人。知沅州，哲宗紹聖初免。徽宗即位，管勾玉隆觀，後免官終於家。然則《附志》所著録者蓋即卞書。卷秩不符者，殆分合不同。南宋佚名《錦繡萬花谷》前集卷三〇引《十二真君本傳》：「晉元帝時，忽有仙人瑕丘仲奉玉皇命，授許遜九州都仙太史、高明大使，家屬四十二口，皆乘雲去。政和中，朝廷册封神功妙濟真君。」謝維新《古今合璧事類備要》前集卷五〇引《西山十二真君傳》亦載之。又《真仙通鑑》卷二六、卷二七載十二真君及蘭公事蹟，中有政和二年（一一一二）册封十二真君誥詞，是則皆據余卞書。《真仙通鑑》卷二六《許太史》復云：「與十一弟子各爲五言二韻勸誡詩十首以遺世。」又云：「真君飛昇之後，里人與真君之族孫簡，就其地立祠，以所遺詩一百二十首寫竹簡之上，載之巨筒，令人探取，以決休咎，名曰聖籤。」南宋李劉《四六標準》卷三《代謝衛參帥涇》注引《十二真君傳》云：「（許遜）與同昇十二弟子作勸戒詩十首以遺世。」則百二十首訓誡詩亦出余卞書。陸游《老學庵筆記》卷二謂：「西山十二真君各有詩，多訓誡語，後人取爲籤，以占吉凶，極驗。」《祕書省續編到四庫闕書目》道書類有《十二真君傳》一卷，即此。余卞《十二真君傳》當取資於胡傳。

慧超撰本書，當在高宗上元間（六七四—六七六）棲西山之後。傳文中有「玉清境是元始太聖真王治化也」、「玉皇所治也」之語，不避治字，似作於武則天或武周時。然高宗朝避諱不甚嚴格，顯慶五年（六六〇）曾下詔「繕寫舊典文字，竝宜使成，不須隨義改易」（《册府元龜》卷三《帝王部·名諱》）。而此前唐臨《冥報記·眭仁蒨》云「治書侍御史馬周」，亦已不避治字。故而作於高宗朝亦有可能。

此傳爲「内傳」，《漢武帝内傳》之屬，神仙傳記也。内傳皆爲單篇之制，此傳雖叙十數人之事，蓋亦連綴成文，未必分析段目。《廣記》所引三段，乃割自原書，且自製標目，原書必不爾也。今將《廣記》等所引各段合爲一篇，唯因人分段，以清眉目爾。

唐五代傳奇集第一編卷六

遊仙窟

張鷟撰

張鷟（六五〇？—七二二？），字文成，以字行，號浮休子。深州陸澤（今河北深州市西南）人。贈禮部尚書張薦之祖，吏部侍郎張讀高祖。生年不易確定，唯知高宗永徽中（六五〇—六五五）已在世，時當爲幼年。上元二年（六七五）進士及第，時考工員外郎騫味道知貢舉，稱其「天下無雙」。此後曾七（或作八）登制科。儀鳳二年（六七七）登下筆成章科，特授寧州襄樂縣尉。《桂林風土記》稱時爲「弱冠」，實際殆已二十八歲左右。儀鳳三年黑齒常之大破吐蕃，進爲河源軍副使，調露二年（六八〇）七月擢河源軍經略大使，文成以本官充行軍總管記室。中宗嗣聖元年（六八四），常之入爲左武衛大將軍，文成府罷東歸。後任河陽尉。約武則天永昌元年（六八九）復登詞標文苑科，轉洛陽尉、長安尉。武周證聖元年（六九五），登長才廣度沈迹下僚科（即才高位下科），天官侍郎劉奇薦爲監察御史。神功元年（六九七）劉奇爲酷吏陷害被殺，出爲處州司倉參軍。任滿回京，長安元年（七〇一）除柳州司户參軍。中宗神龍二年（七〇六）登才膺管樂科，改德州平昌令。睿宗景雲二年（七一一）爲岐王（李範）府參軍，其年復登賢良方正科，授鴻臚寺丞，四月大赦，官加一階，爲五品。玄宗開元二年（七一四），宰相姚崇惡其儻蕩無檢，御史李全交劾其奉使江南受遺及訕短時政，敕令處死，其子張不耀上表請代父死，黄門侍郎張廷珪、刑部尚書李日知等連表説情，遂減死配流嶺南，尋追敕移於近處，蓋桂林也。數年後起爲龔州長史。後入爲司門員外郎。約開元十年卒，年七十三，贈國子司業。文成「下筆敏速，著述尤多」（《舊唐書·張薦傳》）。著《才命論》一卷（佚）、《朝野僉載》二十卷（今輯存六卷）、《龍筋鳳髓》十卷（今存四卷）及《雕龍策》、《帝王龜鑑》（均佚）等。（據《朝野僉載》，《遊仙窟》，《全唐文》卷一七二至卷一七四張鷟卷，《太平廣記》卷二五〇引《御史臺記》，劉肅《大唐新語》卷八，韓愈《順宗實録》卷三，《全唐文》卷五〇六權德輿《贈禮部尚書張公〔薦〕墓誌銘并序》，《全唐文補遺》第五輯徐浩《唐故贈工部尚書張公〔廷珪〕墓誌銘并序》，李伉《獨異志》卷下，莫休符《桂林風土記·張鷟》，《舊唐書》卷一四九及《新唐書》卷一六一《張薦傳》附，《新唐書》卷九〇《劉奇傳》，《新唐書·藝文志》別集類及雜傳類，《唐會要》卷七五《藻鑑》及卷七六《制舉科》，《册府元龜》卷六三七《銓選部·平直》、卷六四五《貢舉部·科目》、卷八四〇《總録部·文章第四》及卷八九三《總録部·夢徵》，南宋洪邁《容齋續筆》卷一二《龍筋鳳髓判》，《直齋書録解題》小説家類，《登科記考》等，參見劉真倫《張鷟事迹繫年考》，《重慶師院學報》一九八七年第四期）

若夫積石山者，在乎金城西南，河所經也。《書》云：「導河積石，至于龍門。」即此山是也。僕從汧隴，奉使河源。嗟運命之迍邅，歎鄉關之眇邈。張騫古迹，十萬里之波濤；

伯禹遺縱〔一〕，二千年之坂隥。深谷帶地，鑿穿崖岸之形；高嶺橫天，刀削崗巒之勢。煙霞子細，泉石分明，實天上之靈奇，乃人間之妙絶。目所不見，耳所不聞。日晚途遥，馬疲人乏。行至一所，險峻非常。向上則有青壁萬尋，直下則有碧潭千仞。古老相傳云，此是神仙窟也。人跡罕及，鳥道〔二〕纔通。每有香菓瓊枝，天衣錫鉢，自然浮出，不知從何而至。余乃端仰一心，潔齋三日。緣細葛，泝輕舟。身體若飛，精靈似夢。須臾之間，忽〔三〕至松柏巖、桃華澗，香風觸地，光彩遍天。

見一女子向水側浣衣，余乃問曰：「承聞此處有神仙之窟宅，故來伺候〔四〕。山川阻隔，疲頓異常，欲投娘子，片時停歇。賜惠交情，幸垂聽許。」女子荅曰：「兒家堂舍賤陋，供給單疏，亦〔五〕恐不堪，終無吝惜。」余荅曰：「下官是客，觸事卑微，但避風塵，則爲幸甚。」遂止余於門側草亭中。良久乃出，余問曰：「此誰家舍也？」女子荅曰：「此是崔女郎之舍耳。」余問曰：「崔女郎何人也？」女子荅曰：「博陵王之苗裔，清河公之舊族也。容貌似舅，潘安仁之外甥；氣調如兄，崔季珪之小妹。華容婀娜，天上無儔；玉體逶迤，人間少疋。輝輝〔六〕面子，荏苒畏彈穿；細細腰支，參差疑勒斷。韓娥、宋玉，見則愁生；絳樹、青琴，對之羞死。千嬌百媚，造次無可比方；弱體輕身，談之不能備盡。」

須臾之間，忽聞内裏調箏之聲。僕因詠曰：「自隱多姿則〔七〕，欺他獨自眠。故故將纖手，時時弄小絃。耳聞猶氣絶，眼見若爲憐。從渠痛不肯，人更別求〔八〕天。」片時，遣婢桂心傳語，報余詩曰：「面非他舍面，心是自家心。何處關天事，辛苦漫〔九〕追尋！」余讀詩訖，舉頭門中，忽見十娘半面，余即〔一〇〕詠曰：「斂咲偷殘靨，含羞露半脣。一眉猶叵耐，雙眼定傷人。」又遣婢桂心報余詩曰：「好是他家好，人非着意人。何須漫相弄，幾許費精神。」

于時夜久更深，沉吟不睡，彷徨徙倚，無便披陳。彼誠既有來意，此間何能不荅！遂申懷抱，因以贈書，曰：「余以少娛聲色，早慕佳期，歷訪風流，遍遊天下。彈鶴琴於蜀郡，飽見文君；吹鳳管於秦樓，熟看弄玉。雖復贈蘭解珮，未甚關懷；合巹横陳，何曾愜意！昔日雙眠，恒嫌夜短；今宵獨卧，實怨更長。一種天公，兩般時節。遥聞香氣，獨傷韓壽之心；近聽琴聲，似對文君之面。向來見桂心談説十娘，天上無雙，人間有一。依依弱柳，束作腰支；睒睒横波，翻成眼尾。纔舒兩頰，熟〔一一〕疑地上無華；乍出雙眉，漸覺天邊失月。能使西施掩面，百遍燒粧；南國傷心〔一二〕，千迴撲鏡。洛川迴雪，亦堪使疊衣裳〔一三〕；巫峽仙雲，未敢爲擎韡履。忿秋胡之眼拙，枉費黄金；念交甫之心狂，虚當白玉。下官寓遊勝境，旅泊閑亭，忽遇神仙，不勝迷亂。芙蓉生於〔一四〕澗底，蓮子實深；木栖出於山頭，相思日遠。未曾飲炭，腹〔一五〕熱如燒；不憶吞刃，腸穿似割。無情明月，故故臨窗；

多事春風，時時動帳。愁人對此，將何自堪！空懸欲斷之腸，請救臨終之命。元來不見，他自尋常；無事〔一六〕相逢，却交煩惱。敢陳心素，幸願照知。若得見其光儀，豈敢論其萬一！」書達之後，十娘斂色，謂桂心曰：「向來劇戲相弄，真成欲逼人。」

余更又贈詩一首，其詞曰：「今朝忽見渠姿首，不覺慇懃着心口。令人頻作許叮嚀，渠家太劇難求守。端坐剩心驚，愁來益不平。看時未必相看死〔一七〕，難時那許〔一八〕太難生。沉吟處〔一九〕幽室，相思轉成疾。自恨往還疏，誰肯交遊密〔二〇〕！夜夜空知心告眼〔二一〕，朝朝無便投膠漆。園裏華開不避人，閨中面子翻羞出。如今寸步阻天津，何處留心更覓新〔二二〕？莫言長有千金面，終歸變作一抄塵。生前有日但爲樂，死後無春更着人。秖可倡佯一生意，何須負持百年身？」

少時，坐睡，則〔二三〕夢見十娘。驚覺攬〔二四〕之，忽然空手。心中悵怏，復何可論。余因乃〔二五〕詠曰：「夢中疑是實，覺後忽非真。誠知腸欲斷，窮鬼故調人。」十娘見詩，並不肯讀，即欲燒却。余詠曰：「未必由詩得，將詩〔二六〕故表憐。聞渠擲入火，定〔二七〕是欲相燃。」十娘讀詩，悚息而起。匣中取鏡，箱裏拈衣。袨服靚粧，當階正履。余又爲詩曰：「薰香四面合，光色兩邊披。錦障劃然卷，羅帷垂半攲。紅顏雜緑黛，無處不相宜。豔色浮粧粉，含香亂口脂。鬢欺蟬鬢非成鬢，眉咲蛾眉不是眉。見許實娉婷，何處不輕盈。可憐嬌裏面，可愛語中聲。婀娜腰支細細許，䁦貼[二八]眼子長長馨。巧兒舊來鐫未得，畫匠迎生摸不成。相看[二九]未相識，傾城復傾國。迎風帔子鬱金香[三〇]，照日裙裾石榴色。口上珊瑚耐掐[三一]取，頰裏芙蓉堪摘得。聞名腹[三二]肚已猖狂，見面精神更迷惑。心肝恰[三三]欲摧，踊躍不能裁。徐行步步香風散，欲語時時媚子開。靨疑織女留星去，黄似恒娥送月來[三四]。含嬌窈窕迎前出，忍笑嫈嫇[三五]返却迴。」余遂止之曰：「既有好意，何須却入？」然後逶迤迴面，㝞⿱宀奈[三六]向前。

十娘斂手[三七]而再拜向下官，下官亦低頭盡禮而言曰：「向見稱揚，謂言虛假[三八]；誰知對面，恰[三九]是神仙。此是[四〇]神仙窟也！」十娘曰：「向見詩篇，謂言凡俗[四一]；今逢玉貌，更勝文章。此是文章窟也！」僕因問曰：「主人姓望何處？夫主何在？」十娘荅曰：「兒是清河崔公之末孫，適弘農楊府君之長子，孰成[四二]大禮，隨父住於河西。蜀生狡猾，屢侵邊境。兄及夫主，弃筆從戎，身死寇埸，煢魂莫返。兒年十七，死守一夫；嫂年十九，誓不再醮。兄即清河崔公之第五息，嫂即太原王[四三]公之第三女。别宅於此，積有歲年。室宇荒涼，家途翦弊。不知上客從何而至？」僕斂容而荅曰：「下官望[四四]屬南陽，住居西鄂。得黄石[四五]之靈術，控白水之餘波。在漢則七葉貂蟬，居韓則五重卿相。鳴鐘食鼎[四六]，積代衣纓；長戟高門，因[四七]循禮樂。下官堂構不紹，家業淪湑[四八]。青州刺史博望侯之孫，廣武將軍鉅鹿侯之子。不能免俗，沉跡下寮。非隱非遁，逍遥鵬鷃之間；非吏非俗，出入是非之境。暫因驅使，至於此間。卒爾干煩〔四九〕，實爲傾仰。」十娘問曰：「上客見任何官？」下官荅曰：「幸屬太平，恥居貧賤。前被賓貢，已入甲科；後屬搜揚，又蒙高第〔五〇〕。奉勑授關内道小縣尉，見充〔五一〕河源道行軍揔管記室。頻繁上命，徒想報恩；馳驟下寮，不遑寧處。」十娘曰：「少府不因行使，豈肯相過〔五二〕？」下官荅曰：「比不相知，闕爲參展。今日之後，不敢差違。」

十娘遂迴頭喚桂心曰：「料理中堂，將少府安置。」下官逡巡而謝曰：「遠客卑微，此間幸甚。才非賈誼，豈敢昇堂！」十娘荅曰：「向者承聞，謂言凡客，拙爲禮貺〔五三〕，深覺面慙。兒意相當，事須引接。此間疏陋，未免風塵。入室不合推辭，昇堂何須進退！」遂引入中堂。于時金臺銀闕，蔽日干雲。或似銅雀之新開，乍如靈光之且敞〔五四〕。梅梁桂棟，疑飲澗之長虹；反宇雕甍，若排天之矯鳳。水精浮柱，的皪〔五五〕含星；雲母餝窗，玲瓏映日。長廊四注，争施玳瑁之椽；高閣三重，悉用瑠璃之瓦。白銀爲壁，照曜於魚鱗；碧玉緣陛，參差於雁齒。入穹崇之室宇，步步心驚；見儻閬〔五六〕之門庭，看看眼磣〔五七〕。遂引少府昇階。下官荅曰：「客主之間，豈無先後？」十娘曰：「男女之禮，自有尊卑。」下官遷延而退曰：「向來有罪過，忘不通五嫂。」十娘曰：「五嫂亦應自來，少府遺通，亦是周匝。」則遣桂心通，暫參屈五嫂。

十娘共少府語話〔五八〕，須臾之間，五嫂則至。羅綺繽紛，丹青暐曄。裙前麝散，髻後龍盤。珠繩絡翠衫，金薄〔五九〕塗丹履。余乃詠曰：「奇異妍雅，貌特驚新。眉間月出疑争夜，頰上華開似鬪春。細腰偏愛轉，笑臉〔六〇〕特宜嚬。真成物外奇稀物，實是人間斷絕人。自然能舉止，可念無比方。能令公子百重〔六一〕生，巧使王孫千迴〔六二〕死。黑雲裁兩鬢，白雪分雙齒。織成錦袖騏驎兒，刺〔六三〕繡裙腰鸚鵡子。觸處盡開懷〔六四〕，何曾有不佳。機關太雅妙，行步絶娃婬〔六五〕。傍人一一丹羅韈，侍婢三三緑線鞋。黄龍透入黄金釧，白燕飛來白玉釵。」相見既畢〔六六〕，五嫂曰：「少府跋涉山川，深疲道路，行途屆此，不及傷神。」下官荅曰：「僶俛王事，豈敢辭勞！」五嫂迴頭笑向十娘曰：「朝聞烏鵲語〔六七〕，真成好客來。」下官曰：「昨夜眼皮瞤，今朝見好人。」

即相隨上堂。珠玉驚心，金銀曜眼。五彩龍鬚席〔六八〕，銀繡緑邊氈〔六九〕；八尺象牙床，緋綾帖薦褥。車渠等寶，俱映優曇之花；馬瑙真珠，並貫頗梨之線。文柏榻子，俱寫豹頭；蘭草燈心，並燒魚腦。管絃寥亮，分張北户之間；杯盞交横，列坐南窗之下。各自相讓，俱不肯先坐。僕曰：「十娘主人，下官〔七〇〕是客，請主人先坐。」五嫂爲人饒劇，掩口而笑曰：「娘子既是主人母，少府須作主人公。」下官曰：「僕是何人，敢當此事！」十娘曰：

「五嫂向來戲〔七一〕語，少府何須漫〔七二〕怕！」下官荅曰：「必其不免，只須身當。」五嫂笑曰：「只恐張郎不能禁此事。」衆人皆大笑。

一時俱坐，喚香兒取酒。俄爾中間，擎一大鉢，可受三升已來。金鈕銅鐶〔七三〕。金盞銀盃，江螺海蚌。竹根細眼，樹癭蝎唇。九曲酒池，十盛飲器。觴則兕〔七四〕觥犀角，尫尫然置於座中；杓則鵝項鴨頭，汎汎焉浮於酒上。遣小〔七五〕婢細辛酌酒，並不肯先提〔七六〕。五嫂曰：「張郎門下賤客，必不肯先提。娘子逕〔七七〕須把取。」十娘則斜眼佯瞋〔七八〕曰：「少府初到此間，五嫂會些頻頻相弄。」五嫂曰：「娘子把酒莫瞋，新婦更亦不敢。」

酒巡到下官，飲乃不盡。五嫂〔七九〕曰：「何爲不盡？」下官荅曰：「性飲不多，恐爲顛沛。」五嫂罵曰：「何由可耐〔八〇〕！女婿是婦家狗，打殺無文〔八一〕。終須傾使盡〔八二〕，莫漫〔八三〕造衆諸！」十娘謂五嫂曰：「向來正首風病〔八四〕發耶？」五嫂起，謝曰：「新婦錯，大罪過。」因迴頭熟視下官曰：「新婦細見人多矣，無如少府公者。少府公乃是仙才，本非凡俗。」下官起，謝曰：「昔卓王之女，聞琴識相如之器量；山濤之妻，鑿壁知阮籍之〔八五〕賢人。誠如所言，不敢望德。」

十娘曰：「遣緑竹取琵琶彈，兒與少府公送酒。」琵琶入手，未彈中間，僕乃詠曰：「心虚不可測，眼細强關情。迴身已入抱，不見有嬌聲。」十娘應聲即詠曰：「憐腸忽欲斷，憶眼已先開。渠未相撩撥，嬌從何處來？」下官當見此詩，心膽俱碎。下床起謝曰：「向來唯覩十娘面，如今〔八六〕始見十娘心。足使班婕妤扶輪，曹大家閣筆，豈可同年而語，共代而論哉！」請索筆硯抄寫，置於懷袖。抄詩訖，十娘弄曰：「少府公非但詞句斷絶，亦自能書。筆似青鸞，人同白鶴。」下官曰：「十娘非直才情，實能吟詠。誰知玉貌，恰有金聲。」十娘曰：「兒近來患嗽〔八七〕，聲音不徹。」下官荅曰：「僕近來患手，筆墨未調。」五嫂笑曰：「娘子不是故誇，張郎復能應荅。」

十娘來〔八八〕語五嫂曰：「向來純當漫劇〔八九〕，元來無次第，請五嫂當作酒章〔九〇〕。」五嫂荅曰：「奉命不敢，則從娘子。不是賦古詩云，斷章取意，唯須得情。若不愜當，罪有科罰。」十娘即遵命，曰：「關關雎鳩，在河之洲。窈窕淑女，君子好仇〔九一〕。」次，下官曰：「南有喬〔九二〕木，不可休息。漢有遊女，不可求思。」五嫂即曰：「折薪如之何〔九三〕？匪斧不剋。娶妻如之何？匪媒不得。」又次，五嫂曰：「不見復關，泣涕漣漣。既見復關，載笑載言。」次，十娘曰：「女也不爽，士二其行。士也罔極，二三其德。」次，下官曰：「穀則異室，死則同穴。謂余不信，有如皦日。」五嫂笑曰：「張郎心專，賦詩太〔九四〕有道理。俗諺曰：『心欲專，鑿石穿。』誠能思之，何遠之有！」

其時，緑竹彈箏。五嫂詠箏曰：「天生素面能留客，發意開〔九五〕情併在渠。莫怪向者頻聲戰，良由得伴乍心虛。」十娘曰：「五嫂詠箏，兒詠尺八：眼多本自令渠愛，口少元〔九六〕來每被侵。無事風聲徹他耳，教人氣滿自填心。」下官又謝曰：「盡善盡美，無處不佳。此是下愚，預聞高唱。」

少時，桂心將下酒物來。東海鯔條，西山鳳脯〔九七〕；鹿尾鹿舌，乾魚炙魚；雁醢〔九八〕荇葅，鶉臛桂糝；熊掌兔髀，雉臎豺脣〔九九〕。百味五辛，談之不能盡，説之不能窮。十娘曰：「少府亦應太飢。」喚桂心盛飯〔一〇〇〕。下官曰：「向來眼飽，不覺身飢。」十娘笑曰：「莫相弄！且取雙六局來，共少府公賭酒。」僕荅曰：「下官不能賭酒，共娘子賭宿。」十娘問曰：「若爲賭宿？」余荅曰：「十娘輸籌，則共下官臥一宿；下官輸籌，則共十娘臥一宿。」十娘笑曰：「漢騎驢則胡步行，胡步行則漢騎驢，總悉輸他便。黠兒〔一〇一〕遆換作，少府公太能生。」五嫂曰：「新婦報娘子，不須賭來賭去，今夜定知娘子不免。」十娘曰：「五嫂時時漫語，浪〔一〇二〕與少府作消息。」下官起謝曰：「元來知劇，未敢承望。」局至，十娘引手向前，眼子盱瞜，手子膃腯。一雙臂腕，切我肝腸；十箇指頭，刺人心髓。下官因詠局曰：「眼似星初轉，眉如月欲消。先須捺後脚，然始〔一〇三〕勒前腰。」十娘則詠曰：「勒腰須巧快，捺脚更風流。但令細眼合，人自分輸籌。」

須臾之間，有一婢名琴心，亦有姿首，到下官處，時復偷眼看，十娘欲似不快。五嫂大語瞋曰：「知足不辱，人生有限。娘子欲似皺眉，張郎不須斜眼。」十娘佯捉色〔一〇四〕，嗔曰：「少府關兒何事，五嫂頻頻相惱！」五嫂〔一〇五〕曰：「娘子向來頻眄少府，若非情想有所交通，何因眼脉朝來頓引？」十娘曰：「五嫂自隱心偏，兒復何曾眼引！」五嫂曰：「娘子不能，新婦自取。」十娘荅曰：「自問少府，兒亦不知。」五嫂遂詠曰：「新華發兩樹，分香遍一林。迎風轉細影，向日動輕陰。戲蜂時隱見，飛蝶遠追尋。承聞欲採擿〔一〇六〕，若箇動君心？」下官謂〔一〇七〕：「爲性貪多，欲兩華俱採。」五嫂荅曰：「暫遊雙樹下，遥見兩枝芳。向日俱翻影，迎風並散香。戲蝶扶丹蕚，遊蜂入紫房。人今總摘取，各著一邊箱〔一〇八〕。」五嫂曰：「張郎太貪生，一箭射兩垜。」十娘則謂曰：「遮三不得一，覓兩都盧失。」五嫂曰：「娘子莫分疏，兔入狗突裏，自來飲食〔一〇九〕，知復欲何如〔一一〇〕！」下官即起，謝曰：「乞漿得酒，舊來神〔一一一〕口；打兔得麞，非意所望。」十娘曰：「五嫂如許大人，專擬和〔一一二〕合此事。少府謂言兒是九泉下人，明日在外處，談道兒一錢不值。」下官荅曰：「向來承顔色，神氣頓盡。又見清談，心膽俱碎。豈敢在外談説，妄事加諸？忝預人流，寧容如此！伏願歡樂盡情，死無所恨。」

少時，飲食俱到。薰香滿室，赤白兼前。窮海陸之珍羞，備川原之〔一一三〕菓菜。肉〔一一四〕則龍肝鳳髓，酒則玉醴瓊漿。城南雀噪之禾，江上蟬鳴之稻。雞臛雉膗，鼈醢鶉羹。椹下肥肫，荷間細鯉。鵝子鴨卵，照曜於銀盤；麟脯豹胎，紛綸於玉疊。熊腥純白，蟹醬純黃。鮮膾共紅縷爭輝，冷肝與青絲亂色。蒲桃甘蔗，梗棗石榴。河東紫鹽，嶺南丹橘。燉煌八子柰，青門五色瓜。大谷[一一五]張公之梨，房陵朱仲之李。東王公之仙桂，西王母之神桃。南燕牛乳之椒，北趙雞心之棗。千名萬種，不可具[一一六]論。

下官起，謝曰：「予與夫人娘子，本不相識，暫緣公使，邂逅相遇。玉饌珍奇，非常厚重，粉身灰骨，不能酬謝。」五嫂曰：「親則不謝，謝則不親。幸願張郎，莫爲形跡。」下官荅曰：「既奉恩命，不敢辭遜。」當此之時，氣便欲絶，不覺轉眼，時復偷看十娘。十娘曰：「少府莫看兒。」五嫂曰：「還相弄！」下官詠曰：「忽然心裏愛，不覺眼中憐。未關雙眼曲，直是寸心偏。」十娘詠曰：「眼心非一處，心眼舊分離。直令渠眼見，誰遣報心知。」下官詠曰：「舊來心使眼，心思眼剩[一一七]傳。由心使眼見，眼亦共心憐。」十娘詠曰：「眼心俱憶念，心眼共追尋。誰家解事眼，副[一一八]著可憐心？」

于時，五嫂遂向菓子上作機警[一一九]曰：「但問意如何，相知不在棗。」十娘曰：「兒今正意密，不忍即分梨。」下官曰：「忽遇深恩，一生有杏。」五嫂曰：「當此之時，誰能忍棕[一二〇]！」十娘曰：「暫借少府刀子割梨。」下官詠刀子曰：「自憐膠漆重，相思意不窮。可惜尖頭物，終日在皮中。」十娘詠鞘曰：「數捺皮應緩，頻磨快轉多。渠今拔出後，空鞘欲如何！」五嫂曰：「向來漸漸入深也。」

即索碁局，「共少府賭酒。」下官得勝。五嫂曰：「圍碁出於智惠〔一二二〕，張郎亦復太能。」下官曰：「智者千慮，必有一失；愚者千慮，亦〔一二三〕有一得。且休却。」五嫂曰：「何爲即休？」下官詠曰：「向來知道徑〔一二三〕，生平不忍欺。但令守行跡，何用數圍碁！」五嫂詠曰：「娘子爲性好圍碁，逢人剩戲〔一二四〕不尋思。氣欲斷絶先挑眼，既得速〔一二五〕罷即須遲。」十娘見五嫂頻弄，佯瞋〔一二六〕不笑。余詠曰：「千金此處有，一笑待渠爲。不望全露齒，請爲暫嚬眉。」十娘詠曰：「雙眉碎客膽，兩眼刺〔一二七〕君心。誰能用一笑，賤價買千金？」當時有一破銅熨斗在於床側，十娘忽詠曰：「舊來心肚熱，無端强熨他。即今形勢冷，誰肯重相磨。」下官詠曰：「若冷頭面在，生平不熨空。即今雖冷惡，人自覓殘〔一二八〕銅。」衆人皆笑。

十娘喚香兒爲少府設樂，金石並奏，簫管間響。蘇合彈琵琶，緑竹吹篳篥。仙人鼓瑟，玉女吹笙。玄鶴俯而聽琴，白魚躍而應節。清音叫咷〔一二九〕，片時則梁上塵飛；雅韻鏗鏘，卒爾則天邊雪落。一時忘味，孔丘留滯不虚；三日繞梁，韓娥餘音是實。十娘曰：「少府稀來，豈不盡樂！五嫂太能作舞，且勸作一曲。」亦不辭憚，遂即逶迤而起，婀娜徐行。蟲蛆面子，妬殺陽城；蠶賊容儀，迷傷下蔡。舉手頓足，雅合宫商；顧後窺前，深知曲節。欲似蟠龍婉轉，野鵠低昂。迴面則日照蓮花，翻身則風吹弱柳。斜眉盜盻，異種婄姑；緩步急行，窮奇造鑿。羅衣熠燿，似翠〔一三〇〕鳳之翔雲；錦袖紛披，若青鸞之映水。千嬌眼子，天上失其流星；一搦腰支，洛浦〔一三一〕愧其迴雪。光前豔後，難遇難逢〔一三二〕；進退去來，希聞希見。

兩人俱起舞，共勸下官。下官遂作而謝曰：「滄海之中難爲水，霹靂之後難爲雷〔一三三〕。不敢推辭，定爲醜拙。」遂起作舞。桂心咥咥〔一三四〕然低頭而笑。十娘問曰：「笑何事？」桂心曰：「笑兒等能作音聲。」十娘曰：「何處有能？」荅曰：「若其不能，何因百獸率舞？」下官笑曰：「不是百獸率舞，乃鳳凰來儀也。」一時大笑。五嫂謂桂心曰：「莫令曲誤，張郎頻顧。」桂心曰：「不辭歌者苦，但傷知音稀。」下官曰：「路逢西施，何必須識！」遂舞，著詞曰：「從來巡遶四邊，忽逢兩箇神仙。眉上冬天出柳，頰中旱地生蓮。千看千處娬媚〔一三五〕，萬看萬種〔一三六〕嫕妍。今宵若其不得，斷〔一三七〕命過與黃泉。」又一時大笑。

舞畢，因謝〔一三八〕曰：「僕實庸才，得陪清賞，賜垂音樂，慙荷不勝。」十娘詠曰：「得意似鴛鴦，乖情若胡越〔一三九〕。不向君邊盡，更知何處歇！」十娘曰：「兒等並無可收採，少府公云『冬天出柳，旱地生蓮』，總是相弄也。」下官荅曰：「十娘面上非春，翻生柳葉。」十娘應聲荅曰：「少府頭中有水，何不生蓮華？」下官笑曰：「十娘機警，異同著便。」十娘荅曰：「得便不能與，明年知有誰〔一四〇〕？」

于時硯在床頭，下官因詠筆硯曰：「摧毛任便點，愛色轉須磨。所以研難竟，良由水太多。」十娘忽見鴨頭鐺子，因詠曰：「觜長非爲嗍，項曲不由攀。但令脚直上，他自眼雙翻。」五嫂曰：「向來大大〔一四一〕不遜，漸漸入深也。」

于時乃有雙燕子，梁間相逐飛。僕詠曰：「雙燕子，聯翩〔一四二〕幾萬迴。强知人是客，方便惱他來。」十娘詠曰：「雙燕子，可可事風流。即令人得伴，更亦不相求。」

酒巡到十娘，下官詠酒杓子曰：「尾動惟須急，頭低則不平。渠今合把〔一四三〕爵，深淺任君情。」十娘詠盞曰：「發初先向口，欲竟漸昇〔一四四〕頭。從君中道歇，到底即須休。」下官翕然而起，謝曰：「十娘詞句，事盡入神。乃是天生，不關人學。」

五嫂曰：「張郎新到，無可散情，且遊後園，暫適〔一四五〕懷抱。」其〔一四六〕園内雜菓〔一四七〕萬株，含青〔一四八〕吐緑，叢花四照，散紫翻紅。激石鳴泉，疏〔一四九〕巖鑿磴。無冬無夏，嬌鶯亂於錦枝；非古非今，花魴躍於銀池〔一五〇〕。婀娜蓊茸，清泠飈颸。鵝鴨分飛，芙蓉間出。大竹小竹，誇渭南之千畝；花含〔一五一〕花開，笑河陽之一縣。青青岸柳，絲條拂於武昌；赫赫山楊，箭幹稠於董澤。余乃詠花曰：「風吹遍樹紫，日照滿池丹。若爲交暫折，擎就掌中看。」十娘詠曰：「映水俱知笑，成蹊竟不言。即今無自在，高下任渠〔一五二〕攀。」下官即起，謝曰：「君子不出遊言，意言不勝再。娘子恩深，請五嫂等各製一篇。」下官詠曰：「昔時過小苑，今朝戲後園。兩歲梅花匝，三春柳色繁。水明魚影静，林翠鳥歌喧。何須杏樹嶺，即是桃花源。」十娘詠曰：「梅蹊命道士，桃澗佇神仙。舊魚成大劍，新龜類小錢。水湄唯見柳，池曲且〔一五三〕生蓮。欲知賞心處，桃花落眼前。」五嫂詠曰：「極目遊芳苑，相將對花林。露浄山光出，池鮮樹影沉。落花時泛酒，歌鳥或鳴琴。是時日將夕，攜樽就樹陰。」

當時，樹上忽有一李子落下官懷中，下官詠曰：「問李樹，如何意不同？應氺主手裏，翻入客懷中。」五嫂則〔一五四〕報詩曰：「李樹子，元來不是偏。巧知娘子意，擲菓到渠邊。」于時，忽有一蜂子飛上十娘面上，十娘詠曰：「問蜂子，蜂子太無情，飛來蹈〔一五五〕人面，欲似意相輕。」下官代蜂子荅曰：「觸處尋芳樹，都盧少物華〔一五六〕。試從香處覓，正值可憐花。」衆人皆拊掌而笑。

其時，園中忽有一雉，下官命弓箭射之，應弦而倒。五嫂笑曰：「張郎才器，乃是曹植天然；今見武功，又復子南夫也。今共娘子相配，天下惟有兩人耳。」十娘因見射雉，詠曰：「大夫巡麥隴，處子習桑間。若非由一箭，誰能爲解顔？」僕荅曰：「心緒恰相當，誰能護短長？一床無兩好，半醜亦何妨。」五嫂曰：「張郎射長垜如何？」僕荅曰：「且得不闕事而已。」遂射之，三發皆遶遮齊，衆人稱好。十娘詠弓曰：「平生好須弩，得挽則低頭。聞君把投快〔一五七〕，更〔一五八〕乞五三籌。」下官荅曰：「縮幹全不到，擡頭剩大過〔一五九〕。若令齊下〔一六〇〕入，百放故籌多。」

于時，日落西淵，月臨東渚〔一六一〕。五嫂曰：「向來調謔，無處不佳。時既曛黄，且還房室。庶〔一六二〕張郎共娘子安置。」十娘曰：「人生相見，且論盃酒，房中小小，何假忩忩〔一六三〕！」遂引少府向十娘卧處。屏風十二扇，畫鄣五三張。兩頭安綵幔，四角垂香囊。檳榔豆蔻子，蘇合緑沉香。織文安枕席，亂彩疊衣箱。相隨入房裏，縱横照羅綺。蓮花起鏡臺，翡翠生金履。帳口銀虺裝〔一六四〕，牀頭玉師子。十重蚻駏氈，八疊鴛鴦被。數箇袍袴，異種妖嬈。姿質天生〔一六五〕有，風流本〔一六六〕性饒。紅衫窄裹小擷臂〔一六七〕，緑袜帖乳細纏腰〔一六八〕。時將帛子拂，還投〔一六九〕和香燒。妍華天性足，由來能裝束。斂笑正金釵，含嬌累繡縟〔一七〇〕。梁家妄稱梳髮〔一七一〕緩，京兆何曾畫眉曲。

十娘因在後，沉吟久不來。余問五嫂曰：「十娘何處去？應有別人邀？」五嫂曰：「女人羞自〔一七二〕嫁，方便待渠招。」言語未畢，十娘則到。僕問曰：「且〔一七三〕來披霧，香處尋花；忽遇狂風，蓮中失藕。十娘何處漫行去來？」十娘迴頭笑曰：「星留織女，遂處人間；月待姮娥，暫歸天上。少〔一七四〕府何須苦相怪！」

于時兩人對坐，未敢相觸。夜深情急，透死忘生。僕乃詠曰：「千看千意密，一見一憐深。但當把手子，寸斬亦甘心。」十娘斂色却行。五嫂詠曰：「他家解事在，未肯輒相瞋。徑須剛捉著，遮莫造精神。」余時把著手子，忍心不得，又詠曰：「千思千腸熱，一念一心燋。若爲求守得，暫借可憐腰。」十娘又不肯，余捉〔一七五〕手挽，兩人争力。五嫂詠曰：「巧將衣障口，能用被遮身。定知心肯在，方便故〔一七六〕邀人。」十娘失聲成笑，婉轉入懷中。當時腹裏癲狂，心中沸亂，又詠曰：「腰支一遇勒，心中百處傷。但若〔一七七〕得口子，餘事不承望。」十娘嗔詠曰：「手子從君把，腰支亦任迴。人家不中物，漸漸逼他來。」十娘曰：「雖作拒張，又〔一七八〕不免輸他口子。」口子鬱郁〔一七九〕，鼻似薰穿，舌子芬芳，頰疑鑽破。五嫂詠曰：「自隱風流到，人前法用多。計時應拒得，佯作不禁他。」十娘曰：「昔日曾經自弄他，今朝并悉從他弄〔一八〇〕。」下官起，諮請曰：「十娘〔一八一〕，有一思事，亦擬申論，猶白不敢即道，請五嫂處分。」五嫂曰：「但道，不須避諱。」余因詠曰：「藥草俱嘗遍，並悉不相宜。惟須一箇物，不道自〔一八二〕應知。」十娘荅詠曰：「素手曾經捉，纖腰又被將。即今輸口子，餘事可平章。」下官斂手而荅曰：「向來惶惑，實畏參差。十娘憐愍客人，存其死命，可謂白骨再肉〔一八三〕，枯樹重花。伏地叩頭，慇懃死罪。」五嫂因起，謝曰：「新婦曾聞：線因針而達，不因針而縫；女因媒而嫁，不因媒而親。新婦向來專心爲勾當，已後之事，不敢預知。」

娘子安穩，新婦向房臥去〔一八四〕也。」

于時夜久更深，情急意密。魚燈四面照，蠟燭兩邊明。十娘則喚桂心，并呼芍藥，與少府脱鞾履，疊袍衣，閣幞頭，掛腰帶。然後自與十娘施綾帔〔一八五〕，解羅裙，脱紅衫，去綠袜〔一八六〕。花容滿目，香風裂鼻。心去無人制，情來不自禁。插手紅褌，交脚翠被。兩唇對口，一臂支〔一八七〕頭。拍搦奶房間，摩挲髀子上。一囓一意快，一勒一心傷。鼻裏痠痜〔一八八〕，心裏結繚。少時眼華耳熱，脉脹筋舒。始知難逢難見，可貴可重。俄頃中間，數迴相接。誰〔一八九〕知可憎病鵲，夜半驚人；薄媚狂雞，三更唱曉。遂則被衣對坐，泣淚相看。下官拭淚而言曰：「所恨別易會難，去留乖隔，王事有限，不敢稽停。每一尋思，痛深骨髓。」十娘曰：「兒與少府，平生未展，邂逅新交，未盡歡娛，忽嗟別離。人生聚散，知復如何！」因詠曰：「元來不相識，判自斷知聞。天公强多事，今遣若爲分。」僕乃詠曰：「積愁腸已斷，懸望眼應穿。今宵莫閉户，夢裏向渠邊。」

少時，天曉已後，兩人俱泣，心中哽咽，不能自勝。侍婢數人，並皆歔欷，不能仰視。五嫂曰：「有同必異，自昔攸然。樂盡哀生，古來常事。願娘子稍自割捨。」下官乃將衣袖與娘子拭淚。十娘乃作別詩曰：「別時終是別，春心不值春。羞見孤鸞影，悲看一騎塵。翠柳開眉色，紅桃亂臉新。此時君不在，嬌鶯弄殺人。」五嫂詠曰：「此時經一去，誰知隔幾年。雙鳧傷別緒，獨鶴慘離絃。怨起移酲後，愁生落醉前。若使人心密，莫惜馬蹄穿。」下官詠曰：「忽然聞道別，愁來不自禁。眼下千行淚，腸懸一寸心。兩劍俄分匣，雙鳧忽異林。慇懃惜玉體，勿使外人侵。」十娘小[一九〇]名瓊英，下官因詠曰：「卞和山未斲[一九一]，羊雍地不耕。自憐無玉子，何日見瓊英？」十娘應聲詠曰：「鳳錦行須贈，龍梭久絶聲。自恨無機杼，何日見文成？」下官瞿然，破愁成笑。遂喚奴曲琴取相思枕，留與十娘，以爲記念。因詠曰：「南國傳椰子，東家賦石榴。聊將代左腕，長夜枕渠頭。」十娘報以雙履，報詩曰：「雙鳧[一九二]乍失伴，兩燕還相屬。聊以當兒心，竟日承君足。」下官又遣曲琴取楊州青銅鏡，留之[一九三]與十娘，并贈詩[一九四]曰：「仙人好負局，隱士屢潛觀。映水菱光散，臨風竹影寒。月下時驚鵲，池邊獨舞鸞。若道人心變，從渠照膽看。」十娘又贈手中扇，詠曰：「合歡遊璧水，同心侍華闕。颯颯似朝風，團團如夜月。鸞姿侵霧起，鶴影排空發。希君掌中握，勿使恩情歇。」

下官辭謝訖，因遣左右取益州新樣錦一疋，直奉五嫂，因贈詩曰：「今留片子信，可以贈佳期。裁爲八幅被，時復一相思。」五嫂遂抽[一九五]金釵送張郎，因報詩曰：「兒今贈君別，情知後會難。莫言釵意小，可以掛渠冠。」更取滑州小綾子一疋，留與桂心、香兒數人共分。桂心已下，或脱銀釵，落金釧，解帛子，施羅巾，皆[一九六]送張郎，曰：「好去。若因行李，時復相過。」香兒因詠曰：「大夫存行跡，慇懃爲數來。莫作浮萍草，逐浪不知迴。」下官拭淚而言曰：「犬馬何識，尚解傷離；鳥獸無情，由〔一九七〕知怨別。心非木石，豈忘深恩！」十娘報詩曰：「他道愁勝死，兒言死勝愁。愁來百處痛，死去一時休。」又詠曰：「他道愁勝死，兒言死勝愁。日夜懸心憶，知隔幾年秋。」下官詠曰：「人去悠悠隔兩天，未審迢迢度幾年。縱使身遊萬里外，終歸意在十娘邊。」十娘詠〔一九八〕曰：「天崖地角知何處，玉體紅顔難再遇。但令翅羽爲人生，會些高飛共君去。」

下官不忍相看，忽〔一九九〕把十娘手子而別。行〔二〇〇〕至二三里，迴頭看，數人猶在舊處立。余時漸漸去遠，聲沉影滅，顧瞻不見，惻愴而去。行到山口，浮舟而過。夜耿耿而不寐，心煢煢而靡託。既悵恨於啼猨，又悽傷於別鵠〔二〇一〕。飲氣吞聲，天道人情，有別必怨，有怨必盈。去日一何短，來宵一何長！比目絶對，雙鳧失伴。日日衣寬，朝朝帶緩。口上脣裂，胸間氣滿。淚臉千行，愁腸寸斷。端坐横琴，涕血流襟。千思競起，百慮交侵。獨嚬眉而永結，空抱膝而長吟：「望神仙兮不可見，普天地兮知余心。思神仙兮不可得，覓十娘兮斷知聞。欲聞此兮腸亦亂，更見此兮惱余心。」（據日本東京三光社出版印刷株式會社昭和五十三年〔一九七八〕版《遊仙窟索引》影印慶安五年刻本校録）

〔一〕伯禹遺縱　「伯」醍醐寺本、真福寺本作「夏」。按：伯禹即夏禹。「縱」醍醐寺本作「㴝」，真福寺本、陽明文庫本、川島本作「蹤」，陳乃乾《古佚小説叢刊》初集本、汪辟疆本作「踪」。方詩銘校注本，李時人、詹緒左校注本改作「蹤」。按：「㴝」乃「蹤」之俗寫，「縱」通「蹤」。《史記》卷一二二《酷吏列傳·張湯傳》：「上問曰：『言變事縱跡安起？』」

〔二〕道　原作「路」，真福寺本作「道」。按：原注：「周王褒《贈周處士》詩云：『鳥道無蹊徑，清漢有波瀾。』」是應作「道」，據改。李本亦改。

〔三〕忽　原作「怱」，據醍醐寺本、真福寺本、陽明文庫本、陳本、川島本、汪本改。方本、李本亦改。李本謂「怱」乃「忽」字俗寫體。

〔四〕伺候　醍醐寺本、真福寺本、陽明文庫本、川島本、汪本作「祇候」。方本、李本均改。按：原注：「伺，奉也。候，伺也。」是應作「伺候」。伺候，尋訪，探尋。《神仙傳》卷一《彭祖》：「時乃遊行人，莫知其所詣，伺候之，竟不見也。」《水經注·江水》：「江水又東北逕郫縣下。縣民有姚精者，爲叛夷所殺，掠其二女。二女見夢其兄，當以明日自沈江中，喪後日當至，可伺候之。」

〔五〕亦　醍醐寺本、川島本、汪本作「只」。方本改作「只」。亦，只是。

〔六〕輝輝　醍醐寺本作「耀耀」。

〔七〕自隱多姿則　真福寺本作「自隱欺姿側」，「欺」字涉下而譌，「側」乃「則」之譌寫。原注：「則，態也。」金剛寺本「姿」作「恣」，「恣」通「姿」。

〔八〕求　川島本作「就」。

〔九〕漫　醍醐寺本作「浪」。漫、浪同義，徒然。

〔一〇〕即　醍醐寺本、川島本作「則」。則，即也。

〔一一〕熟　陳本、汪本作「孰」。按：「孰」通「熟」，深也，甚也，頗也。《舊唐書》卷七四《馬周傳》：「人主熟知其然，但溺於私愛，故使前車既覆而後車不改轍也。」

〔一二〕南國傷心　前原有「使」字，據金剛寺本、真福寺本、陽明文庫本、川島本、汪本删。方本亦删。

〔一三〕亦堪使疊衣裳　「亦」醍醐寺本、川島本、汪本作「只」，方本改。真福寺本作「且」。「使」真福寺本作「遣」。

〔一四〕於　此字原脱，據金剛寺本、醍醐寺本、真福寺本、陽明文庫本、陳本、川島本、汪本補。方本、李本亦補。

〔一五〕腹　醍醐寺本、川島本、汪本作「腸」，下句「腸」作「腹」。方本改。

〔一六〕無事　「事」元禄三年刻本（五卷）卷一作「叓」，即「故」字俗寫，清鈔本（據元禄本）、方本皆改作「故」，陳本、汪本亦作「故」。按：無事，無故。

〔一七〕看時未必相看死　兩「看」字原譌作「著」，據金剛寺本、醍醐寺本、真福寺本、川島本、汪本改。方本、李本亦改。陽明文庫本前字作「看」。

〔一八〕許　此字真福寺本作「如」。

〔一九〕處　醍醐寺本、川島本、汪本作「坐」。方本改。

〔二〇〕密　金剛寺本、陽明文庫本作「蜜」。蜜，用同「密」。

〔二一〕心告眼　「告」原作「失」，據金剛寺本、醍醐寺本、真福寺本、陽明文庫本改。按：心告眼謂心有思念而引起眼不合，即失眠。

〔二二〕何處留心更覓新　「何」原作「伊」，據金剛寺本、醍醐寺本、真福寺本、陽明文庫本改。「心」醍醐寺本、真福寺本、川島本作「情」，義同。方本改作「情」。

〔二三〕則　醍醐寺本、真福寺本作「即」。

〔二四〕攬　原譌作「攪」，據醍醐寺本、真福寺本、陽明文庫本、川島本、汪本改。方本、李本亦改。

〔二五〕乃　醍醐寺本、真福寺本、川島本均無此字，李本以爲衍文，據删。按：金剛寺本、陽明文庫本、元禄本均有此字。

〔二六〕將詩　真福寺本作「詩將」。

〔二七〕定　真福寺本作「必」。

〔二八〕䁥貼　「貼」原譌作「晤」，據金剛寺本、陽明文庫本改。李本亦改。按：《集韻》「鹽」韻：「貼，目垂也。」又「沾」韻：「貼，竊視也。一曰目垂貌。」《廣韻》「添」韻：「貼，目垂。又丁念切。」又「忝」韻：「貼，目垂皃。又丁炎切。」而「晤」字訓爲視。《廣韻》「黠」韻：「晤，視也。《埤蒼》云怒視也。」

〔二九〕看　原譌作「著」，據金剛寺本、醍醐寺本、真福寺本、陽明文庫本、汪本改。李本、方本亦改。

〔三〇〕香　真福寺本作「黄」。

〔三一〕掐　原作「拾」，金剛寺本「拾」下有「掐」字。按：原注：「珊瑚色赤，以喻十娘口上色赤，故云耐可手拾而得。陸法言曰：『掐，爪掐也。音苦甲反。』」既引陸法言《切韻》釋「掐」，則原文必有「掐」字。注云「耐可手拾而得」，乃以「拾」釋「掐」，非原文有「拾」字。金剛寺本之「拾掐」，「拾」字殆爲「掐」字誤寫而未予删除，遂成衍字。他本皆作「拾」，誤也。今據金剛寺本改。掐，用指甲掐取。

〔三二〕腹　醍醐寺本、真福寺本作「腸」。

〔三三〕恰　金剛寺本、真福寺本作「怜」，誤。

〔三四〕黄似恒娥送月來　「黄」原作「眉」，據真福寺本改。按：原注：「婦人面上畫黄，形如半月。其黄將支子色作也。恒蛾是羿妻，羿服藥求仙人，恒娥盜藥服之，得仙入月中。今婦人面上有黄頰，是恒娥送月而去。」是原文必有「黄」字。李本改。「恒」金剛寺本、陳本、汪本作「姮」，陽明文庫本譌作「桓」。恒（姮）娥即嫦娥。西漢避文帝諱改「恒」爲「常」。

〔三五〕嫈嫇　「嫈」金剛寺本作「嫈」，醍醐寺本作「嫱」。嫈嫇，女子嬌羞貌。

〔三六〕宲宎　醍醐寺本、真福寺本、川島本、汪本作「婭姹」。按：《玉篇》「宀」部：「宎，宲宎，嬌態貌。」婭姹義同。《集韻》「馬」韻：「婭姹，作姿。」作姿即作出嬌態。

〔三七〕手　真福寺本作「色」。

〔三八〕虚假　金剛寺本下有「凡俗」二字，乃涉下而衍。

〔三九〕恰　川島本作「却」。恰，却也。

〔四〇〕是　金剛寺本、醍醐寺本下有「實」字。按：下文云「此是文章窟也」，「實」字當衍。

〔四一〕謂言凡俗　陳本、汪本「言」作「非」，誤。按：此句與上文「謂言虚假」相對。醍醐寺本「凡」作「虚」，誤。

〔四二〕孰成　金剛寺本、陽明文庫本「孰」作「熟」。按：孰，「熟」之古字。《孟子·告子》：「五穀者，種之美者也，苟爲不熟，不如荑稗。夫仁亦在乎熟之而已矣。」注：「熟，成也。」《焦氏易林》卷四《艮》之《賁》：「稼穡熟成，數獲百斛。」引申作成就。醍醐寺本、真福寺本、汪本作「就」，川島本作「既」。方本、李本改作「就」。

〔四三〕王　此字原脱，據醍醐寺本補。真福寺本旁補小字「王」字。李本補。按：太原王及前文之清河崔均爲唐代大姓。

〔四四〕望　醍醐寺本、真福寺本上衍「姓」字。

〔四五〕黄石　醍醐寺本下衍「公」字。

〔四六〕食鼎　原作「鼎食」，與「鳴鐘」、「高門」失對，據金剛寺本、醍醐寺本、真福寺本、川島本、汪本乙改。方本亦改。

〔四七〕因　金剛寺本譌作「回」，旁小字注「囙（因）」字。

〔四八〕淪湑　「湑」原譌作「滑」，據醍醐寺本、陽明文庫本、川島本改。方本亦改。陳本、汪本作「胥」，李本改。按：《詩經·小雅·雨無正》：「若此無罪，淪胥以鋪。」淪胥，淪没。後亦寫作「淪湑」。《廣弘明集》卷一五范泰《佛讚》：「願言來期，免兹淪湑。」《大唐西域記》卷八《摩揭陀國上》：「法王晦迹，智舟淪湑，不有旌别，無勵後學。」

〔四九〕卒爾干煩　「卒」金剛寺本、醍醐寺本、真福寺本作「䘚」。「干」諸本皆譌作「乾」，李本改作「干」，是也，今改。按：干煩，打擾。東晉葛洪《抱朴子·外篇·自叙》：「洪性深不好干煩官長。」顔真卿《顔魯公文集》卷一二《與李太保帖》：「故令投告，惠及少米，實濟艱勤，仍恕干煩也。」

〔五〇〕第　原作「策」，金剛寺本、醍醐寺本、真福寺本、陽明文庫本、川島本、汪本皆作「第」（或「弟」）。按：策、第意同，然原注云：「言文成前及甲科也，更得舉，又蒙及高第也。」是原文當作「第」，據諸本改。方本、李本亦改。

〔五一〕充　原譌作「宛」，據醍醐寺本、真福寺本、陽明文庫本改。汪本作「筦」，同「管」。按：下文「梅梁桂楝」注中云：「津吏以聞，仍即宛用。」金剛寺本作「津吏以聞，仍充用撿」，是「充」譌「宛」之證。充，官制術語，以本官任他職曰充。張鷟本官爲襄樂縣尉，受聘充任河源軍行軍總管記室，故曰充。作「筦」誤也。李本改作「充」，方本改作「筦」。

〔五二〕過　陳本、汪本作「顧」。

〔五三〕拙爲禮貺　金剛寺本、醍醐寺本前衍「相」字。

〔五四〕敞　原譌作「敝」，據金剛寺本、醍醐寺本、真福寺本、陽明文庫本、川島本、汪本改。方本、李本亦改。

〔五五〕的皪　醍醐寺本、真福寺本作「滴瀝」。按：的皪，光亮鮮明貌。司馬相如《上林賦》：「明月珠子，的皪江靡。」滴瀝，圓潤明麗貌。東晉王嘉《拾遺記》卷一〇《崑崙山》：「甘露濛濛似霧，著草木則滴瀝如珠。」李本謂「的皪」、「滴瀝」二者同詞異寫。

〔五六〕儻閬　醍醐寺本作「曭朗」，真福寺本作「儻朗」。

〔五七〕磣　真福寺本作「燦」。燦，同「燥」。按：原注：「眼中有沙及土炙，皆謂之磣。出《釋名》，音初笑反。」作「燦」誤。

〔五八〕十娘共少府語話　醍醐寺本作「共與小府十娘語話片時」，川島本作「十娘共與少府語話片時」。

〔五九〕金薄　金剛寺本「薄」作「箔」，真福寺本作「箔」。金薄即金箔。

〔六〇〕臉　原作「瞼」，據陳本、川島本、汪本改。方本、劉堅校本、李本均改作「臉」。下文「淚臉千行」同。按：瞼，眼皮。

〔六一〕重　金剛寺本、醍醐寺本作「迴」。

〔六二〕迴　醍醐寺本作「遍」。

〔六三〕剌　原譌作「判」，據醍醐寺本、真福寺本、陽明文庫本、川島本、汪本改。方本、李本亦改。

〔六四〕開懷　醍醐寺本作「關情」，川島本作「關懷」。

〔六五〕娃婬　「婬」原譌作「姘」，據醍醐寺本、汪本改。方本、李本亦改。按：《集韻》「皆」韻：「婬，直皆切，娃婬，媚皃。」川島本作「娨」。《集韻》「皆」韻：「娨，美也。」

〔六六〕相見既畢　此句原無，據醍醐寺本、川島本、汪本補。方本、李本亦補。

〔六七〕朝聞烏鵲語　前原有「今」字，據醍醐寺本、川島本、汪本删。李本亦删。

〔六八〕龍鬚席　「鬚」原譌作「鬢」，據醍醐寺本、真福寺本、陽明文庫本、汪本改。方本、李本亦改。按：《初學記》卷二五引《晉東宫舊事》：「太子有獨坐龍鬚席、赤皮席、花席、經席。」龍鬚草，多年生草本植物。莖葉可製作蓑衣、繩索、草鞋等，亦可織席、造紙。或稱蓑草、蓑衣草。

〔六九〕銀繡緑邊氈　「銀」醍醐寺本、真福寺本、陽明文庫本作「錦」。「緑」真福寺本、川島本、汪本作「緣」，方本、李本改。按：銀繡緑邊氈，謂氈子用銀綫繡出花紋圖案，鑲有緑邊。

〔七〇〕官　原譌作「客」，據醍醐寺本、真福寺本、陽明文庫本、元禄本、陳本、川島本、汪本改。方本、李本亦改。

〔七一〕戲　醍醐寺本、真福寺本作「劇」。

〔七二〕漫　真福寺本作「慢」，義同，徒然。

〔七三〕金鈕銅鐶　「鈕」原作「釵」，據陽明文庫本改。醍醐寺本、真福寺本、川島本作「鈿」。按：原注：「《切韻》云：釵，印鈿也。音女久反。」日人衣川賢次《遊仙窟舊注校讀記》（中）云：「箋注本《切韻》上聲有韻：『鈕，印鈕，女久反。』」真福寺本「鈿」旁注小字「鈕」。李本據此改作「鈕」，極是。又按：此句乃形容酒器，其下當有對句，各本皆脱。

〔七四〕兕　原譌作「光」，據醍醐寺本、真福寺本、陽明文庫本、川島本、汪本改。方本、李本亦改。

〔七五〕小　原作「少」，據醍醐寺本、川島本、汪本改。方本、李本亦改。

〔七六〕提　原作「投」，據醍醐寺本、川島本、汪本改。方本、李本亦改。下同。按：《文苑英華》卷二一三梁孝元帝《夕出通波閣下觀妓》：「提盃時笑語，歡兹樂未央。」校：「《初學記》作『投』。」今本《初學記》卷一五作「捉」。提盃、捉盃一義，持盃也。

〔七七〕徑　醍醐寺本、川島本作「但」。

〔七八〕瞋　醍醐寺本作「嗔」。按：瞋，生氣。《集韻》「震」韻：「瞋，恚也。」李本改，下同。

〔七九〕五嫂　真福寺本下有「問」字。

〔八〇〕何由可耐　川島本、汪本、方本「可」作「叵」，誤。按：原文作「叵」，乃「可」之俗字。《北史》卷七《齊本紀中》：「憶汝辱我母壻時，向何由可耐！」《弘贊法華傳》卷一〇《書寫第八・張萬福》：「萬福大怒曰：『此妖老嫗何由可耐！』」何由可耐，意謂可恨、可惡。

〔八一〕無文　醍醐寺本、真福寺本「文」作「文書」。按：無文，無罪。文指治罪之文書。

〔八二〕終須傾使盡　醍醐寺本「終」下有「徑」字，川島本「終」上有「但」字。

〔八三〕漫　真福寺本作「浪」。

〔八四〕風病　原無「風」字，據真福寺本補。李本亦補。風病即瘋病。

〔八五〕之　陳本、汪本作「爲」。

〔八六〕如今　下原有「乃」字，據醍醐寺本、真福寺本、川島本、汪本删。方本、李本亦删。

〔八七〕瘷　醍醐寺本、真福寺本、陳本、汪本作「嗽」，字同。

〔八八〕來　醍醐寺本、真福寺本無此字。按：來，似爲當即之義。

〔八九〕劇　醍醐寺本、川島本作「語」。

〔九〇〕當作酒章　醍醐寺本、真福寺本、川島本「當」作「爲」，李本改。按：當，主持。謂主持行酒令也。

〔九一〕仇　陳本、汪本作「逑」。李本改，按：《詩經·國風·周南·關雎》作「逑」。唐陸德明《經典釋文》卷五《毛詩音義上》：「逑，音求。毛云：匹也。本亦作仇，音同。」

〔九二〕喬　原譌作「樛」，據陽明文庫本改。按：《國風·周南·樛木》作「喬」。

〔九三〕折薪如之何　「折」陽明文庫本作「析」。按：《豳風·伐柯》原作「伐柯如何」。

〔九四〕太　陳本、川島本、汪本作「大」，方本改作「大」。

〔九五〕開　醍醐寺本、真福寺本、川島本、汪本作「關」。方本、李本改作「關」。按：陽明文庫本亦作「開」。

〔九六〕元　醍醐寺本、真福寺本、川島本作「由」。

〔九七〕餔　醍醐寺本、真福寺本、陳本、川島本、汪本作「脯」，字同。方本、李本改。

〔九八〕醢　原作「醯」，據陳本、川島本、汪本改。方本、李本亦改。下文「鼈醢鶉羹」同。真福寺本作「醽」，乃「醢」字之譌。

〔九九〕雉𪖿豺唇　「𪖿」醍醐寺本、真福寺本、陳本、川島本、汪本作「臎」，方本、李本改。「豺」川島本、汪本作「犲」，字同。醍醐寺本作「狸」，旁小字注「犲」。真福寺本此句下有「蟹大爪」三字。

〔一〇〇〕飯　原作「飲」，據醍醐寺本、真福寺本、陽明文庫本、川島本、汪本改。方本、李本亦改。

〔一〇一〕黠兒　「黠」原譌作「點」，李本據醍醐寺本、真福寺本改。按：陽明文庫本亦作「黠」。黠兒指張文成，意謂滑頭。

〔一〇二〕浪　原譌作「娘」，據醍醐寺本、真福寺本、陽明文庫本、川島本、汪本改。方本、李本亦改。

〔一〇三〕始　川島本、方本作「使」，陳本、汪本作「後」。

〔一〇四〕捉色　陳本、汪本作「作色」，李本改。醍醐寺本、川島本作「收色」。

〔一〇五〕嫂　原作「娘」，據真福寺本、陽明文庫本、陳本、川島本、汪本改。方本、劉本、李本亦改。

〔一〇六〕擿　陽明文庫本、陳本、川島本、汪本作「摘」，方本、劉本改。擿，同「摘」。

〔一〇七〕謂　此字原無，據汪本補。陳本無下「爲」字。

〔一〇八〕箱　陳本、汪本作「廂」，方本改。按：箱，同「廂」，廂房，引申爲邊義。

〔一〇九〕自來飲食　此四字原無，據醍醐寺本、川島本補。真福寺本在下句下。李本校云：「『自來飲食』應爲『兔入狗突裏』的注文而誤入正文，山岸文庫殘鈔本此四字即以旁注小字的形式出現的。」按：「兔入狗突裏，自來飲食」語脉通貫，謂其自來找死。《遊仙窟》舊鈔本於正文旁常注小字以作補正，山岸文庫本旁注此四字，蓋據他本補注，正可證其爲正文也。

〔一一〇〕知復欲何如　真福寺本作「自知復何如」。按：此句意謂看他還想怎麽樣。知，語助詞，夫也。《周書》卷一二《齊煬王憲傳》：「吾之夙心，公寧不悉？但當盡忠竭節耳，知復何言！」《朝野僉載》卷五：「汝辭父娘，求覓官職，不能謹潔，知復奈何！」下文「人生聚散，知復如何」，「知」亦此義。

〔一一〕神　陳本、汪本作「伸」，方本改。

〔一二〕和　醍醐寺本、陽明文庫本、川島本、汪本作「調」。

〔一三〕之　此字原脱，據醍醐寺本、真福寺本、陽明文庫本、陳本、川島本、汪本補。方本、李本亦補。

〔一四〕肉　原譌作「完」，據醍醐寺本、真福寺本、川島本、汪本改。方本、李本亦改。

〔一五〕大谷　「大」原作「太」，據醍醐寺本改。李本亦改。劉本據慶安本改作「太」，誤，蓋以今山西有太谷也。按：《文選》卷一六潘岳《閑居賦》：「張公大谷之梨。」李善注：「《廣志》曰：『洛陽北芒山有張公夏梨，甚甘，海内唯有一樹。』大谷，未詳。」又卷一九曹植《洛神賦》：「經通谷，陵景山。」李善注引華延（按：《太平御覽經史圖書綱目》作華延儁）《洛陽記》：「城南五十里有大谷，舊名通谷。」《太平寰宇記》卷三《河南府·洛陽縣》：「大谷，在縣東南五十里。《後漢書》曰：『孫堅進軍大谷，距洛九十里。』張衡《東京賦》曰：『盟津達其後，大谷通其前。』陳思王《洛神賦》云：『經通谷。』潘岳《閑居賦》云：『張公大谷之梨。』皆謂此。」

〔一六〕具　陽明文庫本作「殫」。李本云山南文庫本亦作「殫」。真福寺本譌作「彈」。

〔一七〕剩　醍醐寺本、真福寺本、川島本、汪本作「即」，方本改。按：剩，更也。高適《贈杜二拾遺》：「聽法還應難，尋經剩欲翻。」又作「賸」，白居易《贈夢得》：「只有今春相伴在，花前賸醉兩三場。」

〔一八〕副　李本校：「山岸文庫殘鈔本作『翻』。」按：副，附也。

〔二九〕機警　原作「譏警」，陽明文庫本、元禄本、陳本同。原注：「又機驚。」「驚」當作「警」。醍醐寺本、真福寺本、川島本、汪本作「機警」，方本改。按：古有「譏警」一詞。元陶宗儀《南村輟耕録》卷一七《哨遍》：「某嘗以貴富驕之，故作今樂府一闋譏警焉。」明張志淳《南園漫録》卷二《對語》：「京師爲之語曰：『禮部六尚書，一員黄老；翰林十學士，五個白丁。』朝紳一時盛傳，以爲的對而有譏警。」「譏警」皆有譏諷之意，而此處則指機敏諧隱之語，故據醍醐寺本等改。下同。

〔三〇〕㮈　醍醐寺本、陽明文庫本、川島本作「捺」，乃「㮈」字俗體。方本改作「柰」。陳本、汪本作「耐」，誤。「耐」係諧音雙關之本字。

〔三一〕惠　真福寺本、陽明文庫本、川島本、汪本作「慧」，方本改。按：惠，通「慧」。

〔三二〕亦　醍醐寺本作「且」，陽明文庫本、山岸文庫本作「必」。

〔三三〕徑　真福寺本作「理」。

〔三四〕剩戲　醍醐寺本作「剩劇」。汪本作「戲劇」，方本改。

〔三五〕速　醍醐寺本、陽明文庫本、山岸文庫本、川島本作「連」，誤。

〔三六〕瞋　醍醐寺本、真福寺本作「羞」。

〔三七〕刺　原作「判」，醍醐寺本、真福寺本作「刾」，同「刺」，據改。李本亦改。

〔三八〕殘　陽明文庫本作「破」。

〔三九〕叫咷　原作「咷叨」，醍醐寺本、真福寺本作「叫咷」，陽明文庫本、山岸文庫本作「咷叫」，「叫」乃

「叫」字俗寫。川島本、汪本、方本、劉本均作「叨咷」。按：《漢書》卷七六《韓延壽傳》：「歌者先居射室，望見延壽車，噭咷楚歌。」顔師古注：「服虔曰：噭音叫呼之叫，咷音滌濯之滌。師古曰：咷音它釣反。」《集韻》「錫」韻：「咷，噭咷，楚歌。」「叫咷」即「噭咷」，音義皆同。李本改作「叫咷」，是也，今亦改。

〔三〇〕翠　陳本、川島本、汪本作「彩」。

〔三一〕浦　醍醐寺本作「川」。

〔三二〕逢　真福寺本作「會」。

〔三三〕雷　原譌作「雪」，據醍醐寺本、真福寺本、陽明文庫本、孫校本、汪本改。方本、李本亦改。

〔三四〕咥咥　原譌作「啑啑」，陳本作「哇哇」，亦譌，據醍醐寺本、真福寺本、川島本、汪本改。方本、李本亦改。按：《詩經·衛風·氓》：「兄弟不知，咥其笑矣。」鄭玄箋：「兄弟在家，不知我之見酷暴，若其知之，則咥咥然笑我。」

〔三五〕娬媚　醍醐寺本、陳本、川島本、汪本、方本作「嫵媚」。娬媚，同「嫵媚」。

〔三六〕種　陳本、汪本作「處」。

〔三七〕斷　原作「刾」，同「刺」，汪本、方本作「剩」，劉本改作「判」。今據陽明文庫本改，原作「断」，乃「斷」字俗寫。李本云，山岸文庫本作「判」，旁注小字「断」，同陽明文庫本。

〔三八〕謝　原譌作「詠」，據醍醐寺本、真福寺本、陽明文庫本、川島本、汪本改。方本、李本亦改。陳本作

「言」。

〔一三九〕乖情若胡越　「乖情」原作「情乖」，據醍醐寺本、川島本乙改。按：「乖情」與「得意」對。「胡」陳本作「吴」。

〔一四〇〕誰　原作「何處」，據醍醐寺本、真福寺本改。

〔一四一〕大大　原作「太大」，醍醐寺本、真福寺本作「太太」，據川島本、汪本改。方本、劉本、李本亦改。

〔一四二〕聯翩　原作「聯聯翩翩」，據醍醐寺本、真福寺本、川島本、汪本删改。方本、李本亦改。

〔一四三〕把　醍醐寺本作「抱」，劉本據真福寺本、慶安本改作「把」。

〔一四四〕昇　汪本作「伸」。

〔一四五〕適　真福寺本、川島本作「釋」。

〔一四六〕其　醍醐寺本、川島本、汪本作「其時」。

〔一四七〕雜菓　醍醐寺本、陽明文庫本、川島本「雜」作「新」。醍醐寺本「菓」旁注小字「樹」，則別本作「雜樹」。

〔一四八〕青　醍醐寺本、川島本作「春」，當誤。

〔一四九〕疏　醍醐寺本、川島本譌作「流」。

〔一五〇〕池　醍醐寺本、真福寺本、陽明文庫本作「沼」。

〔一五一〕含　陳本、汪本作「合」。

〔一五二〕渠　真福寺本作「君」，旁注小字「渠」。

〔一五三〕且　真福寺本作「但」。

〔一五四〕則　醍醐寺本、真福寺本、川島本、汪本作「即」，方本改。

〔一五五〕蹈　醍醐寺本、真福寺本、陽明文庫本作「踏」。

〔一五六〕都盧少物華　「盧」原譌作「慮」，據醍醐寺本、真福寺本、陽明文庫本、川島本、汪本改。方本、李本亦改。都盧，都，統統。「華」原作「花」，據真福寺本、陽明文庫本、陳本、汪本改。李本亦改。

〔一五七〕聞君把投快　「君」醍醐寺本、真福寺本作「渠」。「投」醍醐寺本、川島本、汪本作「提」。

〔一五八〕更　陳本、汪本作「再」。

〔一五九〕擡頭剩大過　「剩」真福寺本、川島本、汪本作「則」，方本、劉本改。按：剩，更也。「大」真福寺本作「太」。

〔一六〇〕齊下　「齊」原作「臍」，醍醐寺本、陽明文庫本作「齊」。按：齊，通「臍」，指中心。《列子·周穆王》：「四海之齊，謂中央之國。」又《黄帝》：「不知斯齊國幾千萬里。」張湛注：「齊，中也。」此指靶心，而以靶心之「齊」諧音雙關「臍下」（婉指女子陰部）之「臍」。李本改作「齊」，甚是，今改。

〔一六一〕渚　醍醐寺本作「嶺」。

〔一六二〕庶　原譌作「廢」，據醍醐寺本、川島本、汪本改。方本、李本亦改。

〔一六三〕何假忩忩　「假」醍醐寺本、川島本、汪本作「暇」，方本改。按：何假、何暇義同，何必。「忩忩」原譌作「忿忿」，據醍醐寺本、真福寺本、陽明文庫本改。川島本、汪本作「怱怱」，方本改。李本改作「忩忩」。「忩」、「怱」字同。

〔一六四〕裝　原譌作「漿」，據醍醐寺本、真福寺本、陽明文庫本、川島本、汪本改。下同。方本、李本亦改。

〔一六五〕生　醍醐寺本作「性」。

〔一六六〕本　真福寺本作「體」。

〔一六七〕紅衫窄裹小擷臂　醍醐寺本、真福寺本無「窄裹」二字，李本以爲乃「小擷」注文羼入正文而删去。擷，同「襭」，引申爲藏、裹。

〔一六八〕緑袜帖乳細纏腰　「袜」原譌作「袂」，據川島本改。按：下文有「去緑袜」。袜，抹胸，兜肚。「乳」原譌作「亂」，據醍醐寺本改。陽明文庫本作「乱」，正與「乳」形似。醍醐寺本作「袾乳細纏腰」，真福寺本作「緑袾細纏腰」，李本疑「帖乳」二字當爲「袜」字之注文而删去。

〔一六九〕投　醍醐寺本、川島本作「捉」，李本據改。

〔一七〇〕累繡縟　「累」醍醐寺本、真福寺本作「擎」。「縟」川島本、方本、李本作「褥」。縟，通「褥」。

〔一七一〕鬟　醍醐寺本、真福寺本作「髻」。

〔一七二〕自　此字原脱，據醍醐寺本、真福寺本、陽明文庫本、川島本、汪本補。方本、李本亦補。

〔一七三〕且　原譌作「旦」，據真福寺本、陽明文庫本、陳本改。李本亦改。按：「且」與下文「忽」字相對。

〔一七四〕少　原作「小」，據醍醐寺本、真福寺本、陽明文庫本、陳本、川島本、汪本改。方本、李本亦改。

〔一七五〕捉　原作「提」，據醍醐寺本、真福寺本、陽明文庫本、川島本、汪本改。方本、李本亦改。

〔一七六〕故　醍醐寺本、真福寺本、川島本作「强」。故，故意。

〔一七七〕但若　醍醐寺本、真福寺本、川島本作「若爲」。

〔一七八〕又　醍醐寺本作「能」。

〔一七九〕鬱郁　原作「爵郁」，據醍醐寺本、真福寺本、陽明文庫本、川島本、汪本改。方本、李本亦改。

〔一八〇〕今朝并悉從他弄　「他」原作「人」，據陽明文庫本改。醍醐寺本、川島本作「今朝並復隨他弄」，真福寺本同，「復」下衍「志」字。

〔一八一〕十娘　此二字醍醐寺本、真福寺本無，李本據删。按：「十娘」乃呼語，川島本、汪本、方本均與下四字連屬，誤也。

〔一八二〕自　醍醐寺本、川島本作「亦」。

〔一八三〕肉　原作「完」，據醍醐寺本、真福寺本、陽明文庫本、川島本、汪本改。方本、李本亦改。

〔一八四〕去　此字原無，據醍醐寺本、真福寺本、川島本、汪本補。方本、李本亦補。

〔一八五〕施綾帔　醍醐寺本、真福寺本、川島本「帔」作「被」，誤。按：原注：「陸法言曰：施，釋也。」

〔一八六〕袜　醍醐寺本、真福寺本作「韈」，陳本、汪本作「襪」，誤。

〔一八七〕支　原作「低」，據醍醐寺本、真福寺本、陽明文庫本、川島本改。方本、李本亦改。陳本、汪本作「枕」。

〔一八八〕瘦瘯　陳本、汪本「瘯」作「痹」。按：瘦瘯，酸痛。

〔一八九〕誰　醍醐寺本作「詎」，旁注小字「誰」。詎，豈也。

〔一九〇〕小　原作「少」，據醍醐寺本、川島本、汪本改。方本、李本亦改。

〔一九一〕𨮂　真福寺本作「斸」。

〔一九二〕雙鳧　「鳧」原譌作「鳥」，據醍醐寺本、真福寺本、陽明文庫本、川島本、汪本改。方本、李本亦改。按：雙鳧用王喬雙履化鳧典。《後漢書》卷八二上《方術列傳上·王喬》：「王喬者，河東人也。顯宗世，爲葉令。喬有神術，每月朔望，常自縣詣臺朝。帝怪其來數，而不見車騎，密令太史伺望之。言其臨至，輒有雙鳧從東南飛來。於是候鳧至，舉羅張之，但得一隻舄焉。乃詔尚方詠視，則四年中所賜尚書官屬履也。」

〔一九三〕之　醍醐寺本、川島本、汪本無此字，李本以爲衍文删。

〔一九四〕并贈詩　「并」下原有「之」字，據金剛寺本、醍醐寺本、川島本、汪本删。李本亦删。方本移於「贈」字下。

〔一九五〕抽　真福寺本作「拔」，金剛寺本旁注小字「拔」。

〔一九六〕皆　此字下原有「白」字，據金剛寺本、陽明文庫本、真福寺本删。陳本、汪本作「自」。

〔一九七〕由　醍醐寺本、真福寺本作「猶」。金剛寺本旁注小字「猶」。由，通「猶」。

〔一九八〕詠　下原有「詩」字，按：此承上而叙，不當有「詩」字，據金剛寺本、醍醐寺本、真福寺本、陽明文庫本、陳本、川島本、汪本删。

〔一九九〕忽　陽明文庫本、汪本作「怱」，李本以爲「忽」字之俗體。

〔二〇〇〕行　醍醐寺本、真福寺本、川島本前有「可」字。

〔二〇一〕别鵠　「鵠」金剛寺本、醍醐寺本、真福寺本作「鶴」。李本改。按：《文選》卷二九蘇武詩：「黄鵠一遠别，千里顧徘徊。……願爲雙黄鵠，送子俱遠飛。」當作「鵠」。鵠，天鵝，亦通「鶴」。

按：《遊仙窟》一卷，中土久佚，文獻絶不見徵引著録，而在日本久有流傳，有多種鈔本刻本傳世。清末楊守敬《日本訪書志》卷八云：「此書中土著録家皆未之及。首題寧州襄樂縣尉張文成作。日本人皆以爲張鷟，即著《朝野僉載》者。……其注不知誰作，其於地理，諸注皆以《唐十道》證之，則亦唐人也。……此書日本别有刻本，分爲五卷。其注中有引《稗雅》（按：當作《埤雅》，宋陸佃撰）一條，則後人所羼入，原本未有也。」楊氏著録本有文保三年文章生英房序，稱「嵯峨天皇書卷之中，撰得《遊仙窟》」。嵯峨天皇（八〇九—八二三在位），當唐元和四年至長慶三年。文保三年（一三一九）當元延祐六年。日人澁江全善、森立之《經籍訪古志》卷五小説類著録三本：一爲昌平學藏舊鈔本，有注，末有文保三年文章生英房跋（按：實爲序）。二爲容安書院藏舊鈔本，體式同前本。三爲尾張真福寺藏舊鈔本，鈔於文和二年（一三五三），無注，無英房序。

舊鈔本此外還有長野金剛寺藏本（殘卷）、京都醍醐寺三寶院藏本、京都陽明文庫藏本等。醍醐寺本、陽明文庫本均無注無英房序。金剛寺本有注，末有英房序。日本大正十五年（一九二六）山田孝雄古典保存會曾影印醍醐寺本，昭和二十九年（一九五四）東京貴重古典籍刊行會影印真福寺本及醍醐寺本。陽明文庫本、金剛寺本發現較晚。前本昭和五十一年（一九七六）京都思文閣影印出版；後者二〇〇〇年東京都塙書房出版，東野治之編，原件影印，每頁對應排印原文。以上古鈔本，以金剛寺本最早，鈔於元亨元年（一三二一）。其次爲醍醐寺本，康永三年（一三四四）據正安二年（一三〇〇）鈔本重鈔。再次爲真福寺本，鈔於文和二年（一三五三）。再次爲陽明文庫本，嘉慶三年（一三八九）據貞和五年（一三四九）鈔本重鈔。正安、貞和鈔本均佚。據李時人等《遊仙窟校注》所附《〈遊仙窟〉版本與校勘舉要》，日藏鈔本尚有山岸文庫藏室町初期鈔本、慶應義塾大學甲乙丙丁四種鈔本、成簣堂文庫甲乙兩種鈔本、島原公民館神功文庫鈔本、松平文庫鈔本。

日本舊刻本有慶安五年（一六五二）刻一卷本，有注，末有英房序。又有元禄三年（一六九〇）刻本，題爲《遊仙窟鈔》，析爲五卷，前有東海散人《遊仙窟鈔序》、無方蚪眼《遊仙窟序》及文章生英房序，文内配有插圖三十一幅。據李時人《〈遊仙窟〉的日本古鈔本和古刊本》（《遊仙窟校注·附録》），又有「江户初期無刊記刊本」，與慶安刊本刻版全同，慶安本唯末多牌記。李時人以爲慶安刊本像是使用無刊記刊本原刻板的「再刷本」，而元禄刊本是直接承襲無刊記刊本，唯分爲五卷。《續修四庫全書》影印北京師範大學圖書館藏清鈔本，乃是元禄本之影寫本。

一九二八年陳乃乾據日本刻本排印，刊入《古佚小説叢刊》初集，一卷，有陳氏提要。一九二九年北新書局排印章廷謙（川島）校點本，所據爲魯迅藏本、醍醐寺本及流入朝鮮之日本刻本。汪辟疆《唐人小説》（一九二九年初版）收汪氏校録本，原出黎庶昌舊藏。一九五五年上海中國古典文學出版社出版方詩銘校注本（無校記），底本用元禄本而合爲一卷。一九九〇年商務印書館出版劉堅、蔣紹愚主編《近代漢語語法資料彙編・唐五代卷》，收劉堅校本。劉校本以醍醐寺本爲底本，校以名古屋真福寺本及慶安本等。中華書局二〇一〇年出版李時人、詹緒左《遊仙窟校注》，以江户初期無刊記刊本（日本和泉書院一九八三年影印）爲底本，校以諸本，用力頗深。

《遊仙窟》鈔本題寧州襄樂縣尉張文成作，文中自述「奉敕授關内道小縣尉，見充河源道行軍總管記室」。河源道即河源軍，唐代軍、捉守、城、鎮泛稱道，皆爲邊疆駐軍之地。《元和郡縣圖志》卷三九《隴右道・鄯州》載：「開元二十一年（七三三），置隴右節度使，備西戎。統臨洮軍、河源軍……」「河源軍」下注云：「州西一百二十里，儀鳳二年（六七七）中郎將李乙支置，管兵一萬四千人，馬六百五十三匹。」又《新唐書・地理志四・鄯州》：「鄯城……有河源軍。」河源軍屬鄯州，治所在鄯城，亦即今青海西寧市。據《舊唐書・高宗紀》、《新唐書・高宗紀》、《新唐書・黑齒常之傳》、《新唐書・吐蕃傳上》、《資治通鑑》卷二〇二載，高宗調露二年（六八〇），是年八月改元永隆）秋七月，吐蕃贊婆等率兵三萬寇河源，河西鎮撫大使李敬玄與吐蕃戰於湟中，官軍敗績。時左武衛將軍、河源軍副使黑齒常之力戰，大破吐蕃，遂擢爲河源軍經略大使。經略大使爲地方軍政長官，出征時則稱行軍總管。常之任經略大使須置幕府，聘任僚佐，文成被聘爲記室，當在永隆元年。《朝野僉載》卷六載：「將軍黑齒常之鎮河源軍，城極嚴峻。有三口狼入營，繞官舍，不知從何而至，軍士射殺。黑齒忌之，移之外。奏討三曲黨項，奉敕許，遂差將軍李謹行充替。謹行到軍，旬日病卒。」據《舊唐書》卷一九九下《李謹行傳》，謹行永淳元年（六八二）卒，則此年文成猶在河源。（參見劉真倫《張鷟事迹繫年考》）又據《舊唐書》卷一〇九《黑齒常之傳》，中宗嗣聖元年（六八四），常之遷左武衛大將軍，罷府入朝，文成當亦罷記室之職。《太平廣記》卷二五〇引《御史臺記》云：「唐司門員外郎張文成，好爲俳諧詩賦，行於代。時大將軍黑齒常之將出征，或人勉之曰：『公官卑，何不從行？』文成曰：『寧可且將朱脣飲酒，誰能逐你黑齒常之？』」黑齒常之嗣聖元年遷左武衛大將軍之後，曾於垂拱二年（六八六）、三年兩次出征突厥，文成當未曾從行。

文成由襄樂赴河源途經積石山，又名唐述山、小積石山，在河州枹罕縣（治今甘肅和政縣西北）西北七十里（見《元和郡縣圖志》卷三九）。據《水經注》卷二《河水》載，積石山有唐述窟，是「懷道宗玄之士、皮冠浄髮之徒」棲託修道之處。經考證，現存於甘肅永靖縣西黄河北岸小積石山中之炳靈寺石窟群，其中即包括唐述窟（參見馮國瑞《炳靈寺石窟勘察記》，甘肅永靖縣政協編《永靖文史資料選輯》第一輯〔一九九八〕《黄河三峽考古調查記》）。可以判定，文成所作《遊仙窟》即以唐述窟爲原型，作於到河源之後。時間殆在永隆元年或次年。

婁師德

張　鷟　撰

納言婁師德，鄭州人，爲兵部尚書。使并州，接境諸縣令隨之。日高至驛，恐人煩擾驛家，令就廳同食。尚書飯白而細，諸人飯黑而麤，呼驛長嗔〔一〕之曰：「飯何爲兩種者〔二〕？」驛將〔三〕恐，對曰：「邂逅浙米不得，死罪。」尚書曰：「卒客，卒無主人〔四〕，亦復何損？」遂换取麤飯食之。

檢校營田，往梁州。先有鄉人姓婁者爲屯官，犯贓，都督許欽明欲決殺令衆，鄉人謁尚書，欲救之。尚書曰：「犯國法，師德當家兒子亦不能捨，何況渠。」明日宴會，都督與尚書俱坐〔五〕，尚書曰：「聞有一人犯國法，云是師德鄉里，師德實不識，但與其父爲小兒時共牧牛耳。都督莫以師德寬國家法。」都督遽令脱枷至，尚書切責之曰：「汝辭父娘，求覓官職，不能謹潔，知復奈何！」將一楪䭔餅與之曰：「噇却，作箇飽死鬼去。」都督從此捨之。

後爲納言、平章事，又檢校屯田，行有日矣。諮執事早出，婁先足疾，待馬未來，於光政門外横木上坐。須臾有一縣令，不知其納言也，因訴身名，遂與之並坐。令有一子[六]遠覘之，走告曰：「納言也。」令大驚，起曰：「死罪。」納言曰：「人有不相識，法有何死罪？」令因訴云：「有左嶷，以其年老眼暗奏解，某夜書表狀亦得，眼實不暗。」納言曰：「道是夜書表狀，何故白日裏不識宰相？」令大慚，曰：「願納言莫説向宰相，納言南無佛不説。」公左右皆笑。

使至靈州果驛，上食訖，索馬，判官諮：「意[七]家漿水亦索不得，全不祇承。」納言曰：「師德已上馬，與公料理。」往呼驛長，責曰：「判官與納言何别，不與供給？索杖來。」驛長惶怖拜伏，納言曰：「我欲打汝一頓，大使打驛將，細碎事，徒涴却名聲。若向你州縣道，你即不存生命，且放却。」驛將跪拜流汗，狼狽而走。婁目送之，謂判官曰：「與公躓頓之矣。」衆皆怪嘆。其行事皆此類。

浮休子曰：司馬徽、劉寛，無以加也。（據中華書局版趙守儼點校本《朝野僉載》卷五校録，又《太平廣記》卷一七六引《朝野僉載》）

〔一〕嗔　《廣記》作「責」。

〔二〕飯何爲兩種者　《廣記》作「汝何爲兩種待客」。

〔三〕驛將　「驛」下原有「客」字，據《廣記》删。

〔四〕卒客卒無主人　原「卒無」二字倒，據《廣記》明沈與文野竹齋鈔本、清孫潛校本乙改。按：卒，盡，都。無，非。言大家都是客，都不是主人。意謂身份一樣，不能兩樣對待。

〔五〕俱坐　《廣記》上有「曰犯國法」四字。

〔六〕子　《廣記》作「丁」。

〔七〕意　趙校：「疑當作『驛』，音近而譌。」

按：《新唐書·藝文志》雜傳記類著録張鷟《朝野僉載》二十卷，又見《崇文總目》（《四庫全書》本）傳記類（無撰人）、《通志·藝文略》雜史類、《中興館閣書目》雜傳類、《宋史·藝文志》傳記類。《遂初堂書目》小説類無撰人卷數。《直齋書録解題》小説家類作一卷，乃節本，云：「唐司門郎中饒陽張鷟文成撰。其書本三十卷，此特其節略爾，别求之未獲。」「三十」當爲「二十」之誤。《郡齋讀書志》小説類、《中興館閣書目》、《宋志》又載《朝野僉載補遺》三卷，《遂初堂書目》亦載《補遺》，無卷數。《讀書志》云：「右唐張鷟文成撰，分三十五門，載唐朝雜事。」按《補遺》似南宋人補一卷節本或二十卷殘本之闕。《讀書志》只著録《補遺》而復云分三十五門，顯就原書而言，疑目脱「二十卷」字樣。據周勛初《唐代筆記小説叙録》云，王楙《野客叢書》卷三〇《足寒傷心》條引龔養正《續釋常談》：「謂足寒傷心，人勞傷骨，見《朝野僉載·俗諺篇》。」可見原書確實分門。

原書已亡，《廣記》所引多達四百多條。又《紺珠集》卷三摘六十八條，《類説》卷四〇摘六十七條，《説郛》卷二選録三十八條。今存六卷本，載明末陳繼儒《寶顔堂祕笈》普集，《四庫全書》亦收之，乃明人輯本，有誤輯者，且遺漏亦衆。今人趙守儼據寶顔堂本點校（中華書局，一九七九），補輯九十四條。後劉真倫（《〈朝野僉載〉點校本管窺》，《書品》一九八九年第一、二期，《〈隋唐嘉話〉、〈朝野僉載〉拾補》，《書品》一九八九年第六期）、程毅中（《〈朝野僉載〉拾遺》，《書品》一九八九年第六期）、周勛初（《唐代筆記小説敘録》）又有續補。清末王仁俊《經籍佚文》從杜氏《古謡諺》輯一條。

又有一卷本，載《古今説海》説略部雜記家、《歷代小史》、《五朝小説·唐人百家小説》紀載家、《重編説郛》卷四八、《唐人説薈》、《畿輔叢書》、《説庫》等。《説海》、《歷代小史》、《畿輔叢書》本取自《説郛》本。《唐人百家小説》、《續百川學海》、《重編説郛》三本，《唐人説薈》、《説庫》二本條目同，均輯自《廣記》。另外，《廣百川學海》、《唐人百家小説》、《重編説郛》卷三二、《唐人説薈》四集有張鷟《耳目記》，前三書二十三條，全録自《説海》本《朝野僉載》，而妄改書名。《唐人説薈》本則從《廣記》增入劉崇遠《耳目記》五條，遂成非驢非馬之書。

《類説》明嘉靖伯玉翁舊鈔本題「唐司馬員郎博陸張鷟撰」（天啓刊本不著撰人），有誤。

《説郛》題唐張鷟，注「司門員外郎，號浮休子，博陸人」。作「博陸」誤，文成陸澤人。《書録解題》作「司門郎中」，亦誤，乃司門員外郎。《舊唐書》本傳云「開元中入爲司門員外郎卒」，文成約卒於開元十年（七二二）（見劉真倫《張鷟事迹繫年考》，《重慶師院學報》一九八七年第四期），而書中最晚記事在開元八年（卷一「開元八年契丹叛」條），則書約成於八年至十年間。

唐五代傳奇集第一編卷七

蘭亭記

何延之 撰

何延之，本西城（今陝西安康市）人。先人通商入蜀，遂家郫縣（今屬四川）。叔高祖何妥，隋國子祭酒。曾祖何稠，隋煬帝少府監，後事竇建德，爲工部尚書，歸唐授將作少匠。武周長安二年（七〇二）延之爲左千牛。唐開元二年（七一四）爲職方員外郎，十年爲均州刺史。（據《蘭亭記》、《隋書》卷七五《何妥傳》、卷六八《何稠傳》）

《蘭亭》者，晉右軍將軍〔一〕、會稽内史、瑯琊王羲之字逸少所書之詩序也。右軍蟬聯美胄，蕭散名賢，雅好山水，尤善草隸。以晉穆帝永和九年暮春三月三日，宦遊山陰，與太原孫統承公、孫綽興公，廣漢王彬之道生，陳郡謝安安石，高平郗曇重熙，太原王藴叔仁，釋支遁道林，并逸少子凝、徽、操之等四十有一人〔二〕，修祓禊之禮。揮毫製序，興樂而書。用蠶繭紙、鼠鬚筆，遒媚勁健，絶代更無。凡二十八行，三百二十四字，有重者皆搆别體。就中「之」字最多，乃有二十許箇，變轉悉異，遂無同者〔三〕。其時迺有神助，及醒後，他日更書數十百本，無如祓禊所書之者。右軍亦自珍愛寶重此書，留付子孫傳掌。

至七代孫智永，永即右軍第五子徽之之後，安成王〔四〕諮議彦祖之孫、廬陵王胄曹〔五〕昱之子、陳郡謝少卿之外孫也。與兄孝賓，俱捨家入道〔六〕。俗號永禪師。禪師克嗣良裘，精勤此藝，常居永欣寺閣上臨書，所退筆頭，置之於大竹簏，簏受一石餘，而五簏皆滿。凡三十年。於閣上臨得《真草千文》，好者八百餘本。浙東諸寺各施一本，今有存者，猶直錢數萬。孝賓改名惠欣。兄弟初落髮時，俱〔七〕住會稽嘉祥寺，寺即右軍之舊宅也。後以每年拜墓便近，因移此寺。自〔八〕右軍之墳及右軍叔薈〔九〕已下塋域，並置山陰縣西南三十一里蘭渚山下。梁武帝以欣、永二人皆能崇於釋教，故號所住之寺爲永欣焉。事見《會稽志》。其臨書之閣，至今尚在。禪師年近百歲乃終，其遺書並付弟子辯才。辯才俗姓袁氏，梁司空昂之玄孫。辯才博學工文，琴碁書畫皆得其妙。每臨禪師之書，逼真亂本。辯才嘗於所寢方丈梁〔一〇〕上，鑿爲〔一一〕暗檻，以貯《蘭亭》，保惜貴重，甚於禪師在日。

至貞觀中，太宗以聽〔一二〕政之暇，鋭志翫書，臨寫右軍真草書帖。購募備盡，唯未得《蘭亭》。尋討此書，知在辯才之所，乃降勑追師入内，道場供養，恩賚優洽。數日後，因言次乃問及《蘭亭》，方便善誘，無所不至。辯才確稱往日侍奉先師，實嘗獲見，自禪師殁後，荐〔一三〕經喪亂墜失，不知所在。既而不獲，遂放歸越中。後更推究，不離辯才之處，又勑追辯才入内，重問《蘭亭》。如此者三度，竟靳固不出。上謂侍臣曰：「右軍之書，朕所偏寶。

就中逸少之迹，莫如《蘭亭》，求見此書，營〔一四〕於寤寐。此僧耆年，又無所用。若爲得一智略之士，以設謀計取之，庶幾必獲〔一五〕。」尚書左僕射〔一六〕房玄齡奏曰：「臣聞監察御史蕭翼者，梁元帝之曾孫，今貫魏州莘縣。負才藝，多權謀，可充此使，必當見獲。」太宗遂詔見翼。翼奏曰：「若作公使，義無得理。臣請私行詣彼，須得二王雜帖三數通。」太宗依給。

翼遂改冠微服，至洛潭〔一七〕，隨商人船下，至於越州。又衣黄衫，極寬長〔一八〕，潦倒，得山東書生之體。日暮，入寺巡廊，以觀壁畫。過辯才院，止於門前。辯才遥見翼，乃問曰：「何處檀越？」翼乃就前禮拜云：「弟子是北人，將少許蠶種來賣，歷寺縱觀，幸遇禪師。」寒温既畢，語議便合，因延入房内，即共圍碁撫琴，投壺握槊，談説文史，意甚相得。乃曰：「『白頭如新，傾蓋若舊。』今後無形迹也。」便留夜宿，設堈〔一九〕面藥酒、茶果等。江東云堈面，猶河北稱甕頭，謂初熟酒也〔二〇〕。酣樂之後，請賓分韻〔二一〕賦詩。辯才探得「來」字韻，其詩曰：「初醖一堈開，新知萬里來。披雲同落莫，步月共徘徊。夜久孤琴思，風長旅雁哀。非君有祕術，誰照不然灰。」蕭翼探得「招」字韻，詩曰：「邂逅款良宵，殷勤荷勝招。彌天俄若舊，初地豈成遥。酒蟻傾還泛，心猿躁自〔二二〕調。誰憐失群翼，長苦葉風飄〔二三〕。」妍蚩略同，彼此諷味，恨相知之晚。通宵盡歡，明日乃去。辯才云：「檀越閒即更來此。」翼乃載酒赴之，興後作詩。如此者數四，詩酒爲務，僧〔二四〕俗混然，遂經旬朔。翼示師梁元帝自畫《職貢圖》，師嗟賞不已。因談論翰墨，翼曰：「弟子先門皆傳二王楷書法，弟子又幼來耽翫。今亦有數帖自隨。」辯才欣然曰：「明日來，可把此看〔二五〕。」翼依期而往，出其書以示辯才。辯才熟詳之，曰：「是即是矣，然未佳〔二六〕善。貧道有一真跡，頗亦殊常。」翼曰：「何帖？」辯才曰：「《蘭亭》。」翼佯笑曰：「數經亂離，真跡豈在？必是響搨僞作耳。」辯才曰：「禪師在日保惜，臨亡之時，歷叙由來〔二七〕，親付於吾。付受有緒，那得參差！可明日來看。」及翼到，師自於屋梁上檻内出之。翼見訖，故駁瑕指纇曰：「果是響榻書也。」紛競不定。自示翼之後，更不復安於梁檻上，并蕭翼二王諸帖竝借留，置于几案之間。辯才時年八十餘，每日於窗下臨學數徧，其老而篤好也如此。自是翼往還既數，童弟等無復猜疑。

後辯才出赴靈〔二八〕汜橋南嚴遷家齋，翼遂私來房前，謂童子〔二九〕曰：「翼遺却帛子在牀上。」童子即爲開門。翼遂於案上取得《蘭亭》及御府二王書帖，便赴永安驛，告驛長淩〔三〇〕愬曰：「我是御史，奉勑來此，有墨勑，可報汝都督齊善行。」善行即竇建德之妹壻，在僞夏之時爲左僕射〔三一〕。以用吾曾門廬江節公〔三二〕及隋黄門侍郎裴矩之策，舉國歸降我唐，由此不失貴仕，遥授上柱國，金印紱綬，封真定縣公。於是善行聞之，馳來拜謁。蕭翼因宣示勑旨，具告所由。善行走使人召辯才。辯才仍在嚴遷家，未還寺，遽見追呼，不知所以。又遣散直云：「侍御須見。」及師來見御史，乃是房中蕭生也。蕭翼報云：「奉勑遣來取〔三三〕《蘭亭》，《蘭亭》今得矣，故喚師來取别〔三四〕。」辯才聞語，身便絶倒，良久始蘇。翼便馳驛而發，至都奏御。

太宗大悦，以玄齡舉得其人，賞錦綵千段。擢拜翼爲員外郎，加入五品。賜銀瓶一，金鏤瓶一，瑪瑙碗一〔三五〕，並實以珠。内廄良馬兩疋，兼寶裝鞍轡，莊宅各一區。太宗初怒老僧之祕悋，俄以其年耄，不忍加刑。數日〔三六〕後，仍賜物三千段，穀三千石，便勑越州支給。辯才不敢將入己用，迴〔三七〕造三層寶塔。塔甚精麗，至今猶存。老僧因驚悸患重，不能强飯，唯歠粥，歲餘乃卒。帝命供奉搨書人趙模〔三八〕、韓道政、馮承素、諸葛貞等四人，各搨數本，以賜皇太子、諸王、近臣。

貞觀二十三年，聖躬不豫，幸玉華宫含風殿。臨崩，謂高宗曰：「吾欲從汝求一物，汝誠孝也，豈能違吾心耶？汝意如何？」高宗哽咽流涕，引耳而聽受制命。太宗曰：「吾所欲得《蘭亭》，可與我將去。」及弓劍不遺，同軌畢至，隨仙駕入玄宫矣。今趙模等所搨在者，一本尚直錢數萬也。人間本亦稀少，代之珍寶，難可再見。吾嘗爲左千牛〔三九〕，時隨牒適越，航巨海，登會稽，探禹穴，訪奇書、名僧、處士，猶倍諸郡。固知虞預之著《會稽典録》，人物不絶，信而有徵。

其辯才弟子玄素，俗姓楊氏。華陰人也，漢太尉之後。六代祖佺期，爲桓玄所害，子孫避難，潛竄江東，後遂編貫山陰，即吾之外氏近屬、今殿中侍御史瑒之族。長安二年〔四〇〕，素師已年九十二〔四一〕，視聽不衰。猶居永欣寺永禪師之故房，親向吾説。聊以退食之暇，略疏其始末。庶將來君子，知吾心之所存，付永彭年、明察微、温抱直、超令叔〔四二〕等兄弟，其有好事同志須知者，亦無隱焉。于時歲在甲寅季春之月上巳之日，感前代之修禊，而撰此記。朝議郎行職方員外郎上柱國何延之記〔四三〕。

主上每暇隙，留神術藝，迹逾華聖〔四四〕，偏重《蘭亭》。僕開元十年四月二十七日，任均州〔四五〕刺史，蒙恩許拜掃，至都，承訪所得委曲。緣病不獲詣闕，遣男昭成皇太后挽郎、吏部常選騎都尉永寫本進。其日，奉日曜門〔四六〕宣勅，内出絹三十疋賜永。於是負恩荷澤，手舞足蹈，捧戴周旋，光駭閭里。僕跼天聞命，伏枕懷欣。殊私忽臨，沉疴頓減。輒題卷末，以示後代。（據明毛晉《津逮祕書》本唐張彦遠《法書要録》卷三校録，又《太平廣記》卷二〇八引《法書要録》）

〔一〕右軍將軍　原作「右將軍」。按：《晉書》卷八〇《王羲之傳》：「乃以爲右軍將軍、會稽内史。」右軍將軍，晉初置，與前、左、後軍合稱四軍將軍，各領兵千人，掌宿衛。據《太平御覽》卷七四八引何延之《蘭亭記》、南宋桑世昌集《蘭亭考》卷三改。

〔二〕并逸少子凝徽操之等四十有一人　北宋朱長文《墨池編》卷四、《全唐文》卷三〇一《蘭亭始末記》作「及其子凝之、徽之、操之等四十有二人」。南宋曾宏父《石刻鋪叙》卷下《蘭亭叙》引何延之《蘭亭記》亦云「王右軍與親友四十二人」。按：《御覽》引作「四十有一人」，南宋施宿等《會稽志》卷一〇引何延之《蘭亭記》亦作「四十一人」，似作四十一人爲是。「子」原譌作「了」，今改。

〔三〕變轉悉異遂無同者　《蘭亭考》作「悉無同者」，校：「一云『變轉悉異，遂無同者』。」

〔四〕安成王　原作「安西成王」，據《蘭亭考》删改。安成王，即南齊蕭暠，高帝蕭道成第六子。蕭道成即位封安成王，謚恭。見《南齊書》卷三五《安成恭王暠傳》。

〔五〕胄曹　原作「胄」，據《墨池編》、《全唐文》補改。胄曹即鎧曹參軍，鎧曹長官，掌儀衛兵仗等，是公府、將軍府等之屬官。晉至隋皆有鎧曹參軍，唐長安中改爲胄曹，神龍初復爲鎧曹，開元初復爲胄曹。見《唐六典》卷二四。

〔六〕「安成王」至「俱捨家入道」　原爲正文，《蘭亭考》爲注文，是也，據改。下同。

〔七〕俱　此字原無，據《蘭亭考》補。

〔八〕自　《蘭亭考》作「與」，當譌。

〔九〕叔薈　《晉書·王導傳》載，王導有六子：悦、恬、洽、協、劭、薈。薈字敬文，官至會稽内史、鎮軍將軍。王羲之乃王導侄，則與王薈乃堂兄弟。此稱「叔薈」誤，疑「薈」字譌。

〔一〇〕方丈梁　《廣記》、《墨池編》、《蘭亭考》、元陶宗儀《説郛》卷九二唐張懷瓘《書斷·購蘭亭序》、《全唐文》作「伏梁」。伏梁，横梁。

〔一一〕爲　原作「其」，據《廣記》、《墨池編》、《蘭亭考》、《説郛》、《全唐文》改。

〔一二〕聽　原作「德」，據《廣記》、《墨池編》、南宋陳思《書苑菁華》卷一三《蘭亭記》、《説郛》改。

〔一三〕荐　原作「存」,《學津討原》本作「曾」,《王氏書畫苑》、《四庫全書》本及《廣記》、《墨池編》、《書苑菁華》、《説郛》作「荐」,《蘭亭考》作「洊」。按：荐、洊意同,屢屢,接連之謂。今改作「荐」。

〔一四〕營　《廣記》、《墨池編》、《書苑菁華》、《蘭亭考》、《説郛》、《全唐文》俱作「勞」。

〔一五〕庶幾必獲　此句原無,據《蘭亭考》補,《廣記》、《説郛》作「必獲」。

〔一六〕尚書左僕射　「左」原作「右」,《廣記》、《蘭亭考》、《説郛》作「左」。按：《舊唐書》卷二《太宗紀》：「(貞觀三年)二月戊寅,中書令、邢國公房玄齡爲尚書左僕射。」卷六六《房玄齡傳》誤爲貞觀四年事,稱房玄齡代長孫無忌爲尚書左僕射。《新唐書》卷二《太宗紀》、卷六一《宰相表上》、卷九六本傳亦均作尚書左僕射。據《廣記》、《蘭亭考》改。

〔一七〕洛潭　原作「湘潭」,據《廣記》、《蘭亭考》、《説郛》改。按：儲光羲《洛潭送人覲省》：「清洛帶芝田,東流入大川。舟輕水復急,别望杳如仙。」則洛潭殆爲洛水渡口。據《廣記》、《蘭亭考》改。《墨池編》、《書苑菁華》、《全唐文》作「洛陽」。《全唐文》校：「陽,一作『潭』。」

〔一八〕極寬長　《蘭亭考》作「寬褒」。

〔一九〕堈　《廣記》、《墨池編》、《蘭亭考》、《説郛》、《全唐文》作「缸」,下同。堈,同「缸」。《書苑菁華》作「崗」,誤。

〔二〇〕江東云堈面猶河北稱甕頭謂初熟酒也　此數句原爲正文,《蘭亭考》亦在正文,當爲注文,今改。

〔二一〕請賓分韻　「請」《説郛》作「主」。「賓」原作「各」,據《廣記》、《書苑菁華》、《説郛》、《全唐文》改。

「分韻」二字原無，據《墨池編》、《石刻鋪叙》、《説郛》、《蘭亭考》補。

〔二二〕自　原作「似」，據《墨池編》、《石刻鋪叙》、《説郛》改。

〔二三〕長苦葉風飄　「苦」《廣記》清孫潛校本作「若」，《蘭亭考》作「良」。「葉」《廣記》、《蘭亭考》、《説郛》作「業」。「風」《全唐文》作「空」。

〔二四〕僧　原作「其」，據《墨池編》、《書苑菁華》、《全唐文》改。

〔二五〕明日來可把此看　《廣記》孫校本「把」作「將」。《説郛》作「明日可將來此看」。按：把、將義同，帶。

〔二六〕佳　《廣記》明鈔本作「盡」，孫校本作「皆」。

〔二七〕歷叙由來　此句原無，據《墨池編》補。

〔二八〕靈　《廣記》譌作「邑」，明鈔本、孫校本及朝鮮成任編《太平廣記詳節》卷一六作「靈」。《説郛》作「露」。

〔二九〕童子　原作「弟子」。按：下文作「童子」，據《廣記》改。

〔三〇〕凌　《廣記》作「陵」。按：古有陵姓。明凌迪知《萬姓統譜》卷五七《蒸韻》，據《姓苑》列陵姓，並著録明朝陵茂、陵志高、陵澐三人。

〔三一〕左僕射　原作「右僕射」，《蘭亭考》同，並誤。按：《舊唐書》卷五四《竇建德傳》載，武德四年竇建德兵敗，其妻曹氏及其左僕射齊善行，將數百騎遁於洺州。則齊善行爲竇夏左僕射。《新唐書》卷八五《竇建德傳》同。竇建德右僕射是裴矩,《隋書》卷六七《裴矩傳》:「及宇文氏敗,爲竇建德所獲。以矩隋代舊臣,遇之甚厚,復以爲吏部尚書,尋轉尚書右僕射,專掌選事。」

〔三二〕曾門廬江節公　《書畫苑》本「曾門」作「黄門」,《蘭亭考》作「曾祖」。人民美術出版社版《法書要録》校點本(以《津逮祕書》本爲底本),據《書畫苑》本改作「黄門」,黄門指黄門侍郎。按:作「黄門」誤。曾門即曾祖。唐楊休烈《大唐濟度寺故大德比丘尼惠源和上神空志銘并序》:「大師諱惠源,俗姓蕭氏,南蘭陵人也。曾門梁孝明皇帝。大父諱瑀,皇中書令、尚書左右僕射、司空、宋國公。」(《唐代墓誌彙編》,上海古籍出版社,一九九二年版)《舊唐書》卷六三《蕭瑀傳》:「蕭瑀……父巋,明帝。」是知「曾門」乃曾祖之謂。《全唐文》卷三九六所録楊休烈此志,作「曾祖梁孝明皇帝」,乃改「曾門」爲「曾祖」。何延之曾祖乃何稠。《隋書》卷六八有傳。字桂林,隋國子祭酒何妥之兄(何通)子。梁江陵被西魏攻破,隨何妥入長安,仕北周、隋,大業中任太府卿兼少府監。宇文化及叛逆稱帝,用爲工部尚書。夏王竇建德擒殺宇文化及,亦用爲工部尚書,封舒國公。建德敗投唐,授將作少監,卒。何稠夏封舒國公,漢代廬江郡治舒縣(今安徽廬江縣西南),晉治舒城縣(今安徽舒城縣),故稱其爲「廬江公」,「節」乃其謚號。

〔三三〕取　《廣記詳節》下有「購」字。

〔三四〕取别　《廣記》明鈔本作「報知」。

〔三五〕一　《廣記詳節》作「二」。

〔三六〕日　《廣記》、《蘭亭考》作「月」,校:「一作『日』。」《墨池編》、《全唐文》亦作「月」。

〔三七〕迴　《廣記》作「迺」，明鈔本作「建」。

〔三八〕模　《廣記詳節》作「撲」，下同。

〔三九〕左千牛　《蘭亭考》、《全唐文》作「左千牛將軍」，誤。按：唐禁軍設十六衛，有左、右千牛衛，掌宫禁侍衛及供御兵器儀仗。據《新唐書·百官志四上》，左右千牛衛設上將軍各一人、大將軍各一人、將軍各二人，屬員有中郎將、千牛備身等。左千牛即左千牛衛之千牛備身，正六品（見《唐六典》卷二五）。左千牛將軍從三品，何延之開元二年方爲朝議郎行職方員外郎，階正六品上（見《新唐書·百官志一·吏部》），不得十餘年前已居從三品高位。

〔四〇〕二年　《墨池編》、《蘭亭考》、《全唐文》作「三年」。

〔四一〕九十二　《墨池編》、《全唐文》「二」作「三」。

〔四二〕超令叔　《墨池編》、《全唐文》「超」作「起」，《書苑菁華》「叔」作「淑」。

〔四三〕朝議郎行職方員外郎上柱國何延之記　此題署原無，《蘭亭考》及《全唐文》有，繫於篇末。按：此乃甲寅歲（開元二年）作記時之題署，記後有開元十年補記，非原記文字。今移補於此。

〔四四〕華聖　《書畫苑》本、《蘭亭考》、《全唐文》作「筆聖」。按：舜名重華，被奉爲聖人，故稱「華聖」。唐羅隱《兩同書·同異》：「瞽瞍愚而重華聖」。「筆聖」，指王羲之，當誤。

〔四五〕均州　《蘭亭考》「均」作「筠」，校：「一作『均』。」《全唐文》亦作「筠」。按：《新唐書·地理志五》載，武德五年以高安縣置靖州，又置望蔡等四縣，七年曰米州，又更名筠州，八年州廢。開元中已無筠州,作「均州」是也。

〔四六〕日曜門　疑當作「日華門」,大明宫宣政殿東廊之門。《唐兩京城坊考》卷一《大明宫》:「含元殿後曰宣政殿,天子常朝所也。殿門曰宣政門……其内兩廊爲日華門(在東)月華門(在西)。」

按:《蘭亭記》,或題《蘭亭始末記》,作於開元二年(七一四),何延之時爲職方員外郎。後附開元十年補記,時爲均州刺史。此作載於唐張彦遠《法書要録》卷三,其後《太平廣記》卷二〇八、《墨池編》卷四、《蘭亭考》卷三、《書苑菁華》卷一三等宋人書所載者,均據《法書要録》,然文字皆略有删縮。《廣記》題《購蘭亭序》。

懺悔滅罪金光明經冥報傳

闕　名　撰

昔温州治中張居道,滄州景城縣人,未涖職日,因嫡〔一〕女事,屠宰諸命,牛、羊、豬、雞、鵝、鴨之類〔二〕。未逾一旬,卒得重病,絶音不語,因爾便死,唯心尚暖,家人不即葬之。經三日夜却活〔三〕,起坐索飲。諸親非親鄰里遠近聞之,大小奔赴。居道具説因由〔四〕:

初見四人來,一人把棒,一人把索,一人把袋,一人著青衣,騎馬戴帽。至門下馬,唤居道著前,懷中拔一張文書,示居道看,乃是豬羊等同辭共訴〔五〕居道。其辭曰:「豬等雖前身積〔六〕罪，合受畜生之身，配在世間，自有年限。限滿罪畢，自合成人。然豬等白計，受畜生身化時未到，遂被居道枉相屠煞，時限欠少〔七〕，更歸畜生。一個罪身，再遭刀機，在於幽法〔八〕，理不可當。請裁。」後有判命：「差司命追過。」使人見居道看遍，即唱三人近前，一人以索繫居道咽，一人以袋收居道氣，一人以棒打居道頭，反縛居道兩手，將去直行，一道向北〔九〕。

行至路半，使人即語居道言：「吾被差來時，檢你筭壽，元不合死，但坐你煞爾許衆生，被冤家〔一〇〕言訟。」居道即云：「俗世肉眼，但知造罪，不識善惡。但見俗人煞害無數，不見此驗交報。而居道當其凶首，緘口受死，當何方便，而求活路？自咎往誤，悔難可及。」使人曰：「冤家債主三十餘頭，專在閻羅王門首〔一一〕懸睛待至。我輩入道，當由其側。非但王法嚴峻，但見冤家，何由免其躓頓之苦？」居道聞之，彌增驚怕，步步倒地。前人掣繩挽之，後人以棒打之。居道曰：「自計往誤〔一二〕，誠難免脱。若爲乞示余一計校，且使免逢冤家之面，閻王峻法，當如之何？」使人語居道云：「汝但能爲所煞衆生發心，願造《金光明經》四卷，則得免脱。」居道承教，連聲再唱：「願造《金光明經》四卷，盡形〔一三〕供養，願冤家解怨釋結。」

少時望見城門，使人引向東，入曲〔一四〕向北，見閻王廳前無數罪〔一五〕人，問辯答疑〔一六〕，著枷被鎖，遭杻履械〔一七〕，鞭撻狼藉，哀聲痛響，不可聽聞〔一八〕。使人即過狀，閻王唱名出見。王曰：「此人極大罪過，何爲捉來遲晚，令此豬等再訴？急唤訴者將來。」使人走出，諸處叫唤，求覓所訴命者不得，即來報王：「諸處追覓，豬等不見。」王即更散遣人分頭巡問曹府，咸悉稱無。王即又帖五道大神，尋檢化形文案。少時，有一主者，把狀走來，其狀云：「依檢，某日得司善牒〔一九〕，報世人張居道爲煞生故，願造《金光明經》四卷。依科，其所遭煞，並合乘此功德，隨業化形〔二〇〕。牒至，准法處分者，其張居道冤家訴者，以某日准司善牒，並判化從人道，生於世界訖。」王既見狀，極懷歡喜，曰：「居道雖煞衆生，能設方計〔二一〕，爲其發願修造功德，令此債主便生人道。既無執對，偏詞不可懸信，判放居道再歸生路。當宜念善，多造功德，斷肉〔二二〕止煞，勿復慳貪惜財，不作橋梁，專爲惡業。」於是出城，如從夢歸。

居道當説此因由，發心造經一百。餘人斷肉止煞，不可計數。此經天下少本，詢訪不獲，躬歷諸方，遂於衛州禪寂寺檢得諸經目録，抄寫此經，隨身供養，受持讀誦。居道及至當官之日，闔家大小悉斷肉味。

其温州安固縣丞妻，病經一年，絶粒不食〔二三〕，獨自狂言，口中唱痛，叩頭死罪，狀似所訴。居道聞之，爲其夫説：「如此之狀，多是冤家債命文案推斷未決，命故不絶〔二四〕。自當思忖省悟已來由緣所關煞害生命〔二五〕，急爲造《金光明經》，分明懺唱〔二六〕。此經側近無本，唯居道家有此經。」縣丞依遵其教，請本雇人抄寫。未畢，妻便醒悟，説云：「狀如眠夢惛惛，常有雞豬鵝鴨，一日三回〔二七〕，競來咬齧食啖，痛不可當。應其時到，乃不見〔二八〕，唯有或豬、或羊、或牛、或雞之類，皆是人身，來與我別，云：『雖是冤家，遭你屠害。以你爲我敬造功德，所以令我得化形成人。今與冤家解散，不相逮債。』語訖即去，因爾不復如此。」病即輕差，平復如本。當此之時，温州一郡所養雞、豬、鵝、鴨肉用之徒，咸悉放生，家家斷肉，人人念善，不立屠行。爰及比州鄰縣，聞此並起净心，不止一家。

當今所煞無所徵效者，斯是衆生業滿合死，故無報應。只是盡此人身，還作畜生，被他屠煞。若衆生日限未足，遭人煞者，立被言訟〔二九〕。今時世人卒死，及羸病連年累月，眠中唱痛，狂言妄語，並是衆生執注，文案一定，方始命終。一切衆罪，懺悔皆滅，唯有煞生，懺悔不除。爲有冤家專心訟對，自非爲其修造功德經像。或被人所遣，或事計難禁，煞事不已者，當生慚愧，爲其傷歎〔三〇〕，將刀所煞，如割己肉。或衒賣與人，取其財價，以爲豐足，須生悔過。速寫《金光明經》，懺悔功德，資益冤家〔三一〕，早生人道，拷訟自休，不復執逯〔三二〕。善男子善女人等，明當誡之。（據甘肅人民出版社二〇〇九年版楊寶玉《敦煌本佛教靈驗記校注並研究》下編《校注編》校録，又明仁孝皇后徐氏《勸善書》卷七）

〔一〕嫡　楊本括號注「適」字。鄭阿財校録本作「適」。《大正新脩大藏經》本之北涼曇無讖《金光明經》卷四亦作「適」。《勸善書》作「嫁」。

〔二〕屠宰諸命牛羊豬雞鵝鴨之類　《勸善書》作「恣意屠宰牛羊猪雞鵝鴨之類太多」。

〔三〕經三日夜却活　鄭本作「經三月變活」，《勸善書》作「經三日却活」。

〔四〕具説因由　鄭本、《金光明經》作「即説由緣」。

〔五〕訴　鄭本、《金光明經》、《勸善書》作「訟」。

〔六〕積　鄭本作「居」，《勸善書》作「積」。

〔七〕欠少　鄭本作「既欠」。

〔八〕幽法　楊校：據斯三二五七等卷校録，斯四九八四等卷或作「冥路」。

〔九〕「使人見居道看遍」至「一道向北」　《勸善書》作「有騎馬者，即令從人縛居道去，直行一道向北」。

〔一〇〕寃家　鄭本、《金光明經》作「怨家」，下同。《勸善書》作「寃家」。按：怨家即寃家，仇人。

〔一一〕首　鄭本、《金光明經》、《勸善書》作「底」。

〔一二〕往誤　鄭本、《金光明經》作「所犯」。

〔一三〕形　鄭本、《金光明經》作「身」，《勸善書》作「形」。

〔一四〕曲　《勸善書》作「轉」。曲，小巷。

〔一五〕罪　原作「億」，據《勸善書》改。

〔一六〕疑　鄭本、《金光明經》作「款」，《勸善書》作「疑」。

〔一七〕遭杻履械　《金光明經》「遭」作「連」。《勸善書》作「杻手鐐足」。

〔一八〕哀聲痛響不可聽聞　楊校：此二句據斯四六二、斯六五一四等卷校録，他卷或作「哀聲苦痛，悲酸不可聽」等。《勸善書》作「哀痛叫聲，不忍聽聞」。

〔一九〕司善牒　楊校：據斯四九八四等卷校録，他卷或作「司命善牒」等。鄭本、《金光明經》無「牒」字，與「報」連讀。

〔二〇〕隨業化形　《勸善書》作「化生善道」。

〔二一〕計　鄭本、《金光明經》作「便」。

〔二二〕肉　楊校：據斯四一五五、斯四九八四等卷校録，他卷或作「味」。鄭本、《金光明經》作「味」。

〔二三〕絶粒不食　原作「絶音不語」，據《勸善書》改。

〔二四〕命故不絶　鄭本作「故病由由不絶」。按：由由，意同「悠悠」。

〔二五〕自當思忖省悟已來由緣所關煞害生命　楊校：此句據斯三二五七等卷校録，斯四一五五作「自當審思忖省悟已來所損害衆生命根」。

〔二六〕分明懺唱　《勸善書》作「求哀懺悔」。

〔二七〕三回　鄭本、《金光明經》作「三過」，《勸善書》作「二遍」。

〔二八〕應其時到乃不見　楊校：此二句據斯四一五五等卷校録，他卷或作「從來應其到時，遂乃不見」。鄭本作「從來應到，其時遂乃不見」。《金光明經》作「從來應其到時，遂乃至不見」。

〔二九〕言訟　楊校：據斯四九八四等卷校録，他卷或作「訟注」。鄭本作「訟注」。

〔三〇〕「專心訟對」至「爲其傷歎」　楊校：據斯三二五七等卷校録，斯一九六三作「未得解脱，爲其修造經像，然得解脱，世人」。

〔三一〕「須生悔過」至「資益冤家」　楊校：據斯一九六三等卷校録，斯三二五七等卷作「一造一本，分明懺唱，令此功德，資及冤家」。鄭本、《金光明經》作「皆須一本一造，分明懺唱，令此功德，資及冤家」，《金光明經》「冤」作「怨」。

〔三二〕逯　楊本括號注「録」字，鄭本作「逮」。《金光明經》作「報逮」。

按：此傳明成祖仁孝皇后《勸善書》卷七有引，唯經删略（按：《勸善書》均不注出處），則固有傳世之本。今可見者出於敦煌遺書。據楊寶玉介紹，在敦煌文書中此傳凡有三十餘號寫本，計有：一、伯二〇九九（首題《懺悔滅罪金光明經傳》，尾題《金光明經傳》，後接鈔《金光明經》）；二、伯二二〇三（首殘，後接鈔《金光明經》）；三、斯三六四（首殘，尾題《金光明經傳》，後接鈔《金光明經》）；四、斯四六二（首殘，後接鈔《大唐中興三藏聖教序》）；五、斯一九六三（首殘，後接鈔《金光明經》）；六、斯二九八一（首殘，後接鈔《金光明經》）；七、斯三二五七（首題《懺悔滅罪金光明經傳》，尾題《金光明經傳》，後接鈔《金光明經》）；八、斯四一五五（首殘，尾題《金光明經冥報驗傳記》，後接鈔《護身咒》等咒語及《金光明經》）；九、斯四四八七（首題《懺悔滅罪金光明經傳》）；十、斯四九八四（首殘，後接鈔《金光明經》）；十一、斯六〇三五（殘片）；十二、斯六五一四（首殘，後接鈔《金光明經》）；十三、斯九五一五（殘片）；十四、Φ二六〇（首題《懺悔滅罪金光明經傳》）；十五、Дx二三二五（殘片）；十六、Дx四三六三（殘片）；十七、Дx五六九二B（殘片）；十八、Дx五七五五（殘片，首題《懺悔滅罪金光明經傳》）；十九、Дx六五八七（殘片）；二十、北圖日一一（首題《懺悔滅罪金光明經冥報傳》，後接鈔《金光明經》）；二十一、北圖昃六一（首殘，尾題《金光明經傳》，後接鈔《金光明經》）；二十二、北圖列五五（首殘，後接鈔《金光明經》）；二十三、北圖寒七七（首殘，尾題《金光明經傳》）；二十四、北圖藏六二（首殘，尾題《金光明經傳》，後接鈔《金光明經》）；二十五、北圖成一三（首殘）；二十六、北圖爲六九（首稍殘，題《懺悔滅罪金光明經傳》，尾題《金光明經傳》，後接鈔《金光明經》）；二十七、北圖生九九（首題《金光明經懺悔滅罪傳》，後鈔《金光明經》）；二十八、北圖玉五五（首題《懺悔滅罪金光明經傳》）；二十九、北圖海六九（首略殘，首題《懺悔滅罪金光明（下殘）》，尾題《金光明經》）；三十、北圖河六六（首殘，尾題《金光明經傳》，後鈔《金光明經》）；三十一、合肥張氏藏本；三十二、日本某氏藏卷。又，《大正新脩大藏經》本《金光明經》卷四亦載此傳，題《金光明經懺悔滅罪傳》。

楊寶玉與台灣鄭阿財曾多次著文校録研究此傳。楊氏校注本見於《〈懺悔滅罪金光明經冥報傳〉校考》（《英國收藏敦煌漢藏文獻研究》，中國社會科學出版社，二〇〇〇）及其專著《敦煌本佛教靈驗記校注並研究》下編《校注編》。鄭氏校本見《敦煌靈驗記與唐代入冥小説——以〈懺悔滅罪金光明經冥報傳〉爲主》（《劉楚華主編《唐代文學與宗教》，香港中華書局，二〇〇四）。楊校本主要依據保存比較完整的伯二〇九九、斯三二五七、Φ二六〇、日一一、爲六九、生九九、玉五五、海六九等卷校録，鄭校本以斯三二八七（按：當爲斯三二五七）爲底本校録，無校記。二本題名均定爲《懺悔滅罪金光明經冥報傳》。

關於此傳寫作時間，檢首云「昔温州治中張居道」，提及温州。《新唐書·地理志五》載，温州乃高宗上元元年（六七四）析括州之永嘉、安固置。又不避「治」字，則作於高宗之後。具體年代不易確定。貞元中戴孚作《廣異記》，中有多篇記寫《金光明經》免禍度脱事，其中《裴齡》（《太平廣記》卷三五一引）爲開元事。陳劭《通幽記》之《皇甫恂》（《廣記》卷三〇二引）亦爲開元事，又《王掄》（《廣記》卷三七九引）爲天寶事。可見盛唐中唐時期盛行《金光明經》靈驗冥報故事。此作殆民間佛教徒於玄宗開元前後時期所作。

竇德玄

孟獻忠 撰

孟獻忠，武周長安三年（七〇三）任申州司户參軍，開元六年（七一八）官梓州司馬。（據本書）南宋陳思《寶刻叢編》卷八《京兆府中・咸陽縣》著録《唐太子中舍人楊承源碑》，云：「唐孟獻忠撰，集王羲之、褚遂良、歐陽詢等諸家書。……碑以景龍三年十月立。」中宗景龍三年即七〇九年。

宗正卿竇德玄〔一〕，麟德元年中，被使揚州按察。渡於淮水，船已去岸數十步，見岸上有一人，手賫小幞〔二〕，形容慘悴。日復將暮，更無餘船，德玄愍之，令船却就岸，喚此人上船同渡。至中流，玄食次，並與之食。及至渡訖，其人不離馬後。行可數里，玄問云：「汝是何人？」答云：「是鬼，王令於揚州追竇大使。」玄云：「竇大使名何？」答云：「名德玄。」玄即求守〔三〕鬼：「作何方便得免？」鬼云〔四〕：「甚〔五〕媿公賜食，爲公先去。公但誦《金剛般若經》一千遍，即來相報。」

玄至揚州，經一月餘日，誦經數足。其鬼即來，云：「公誦經數已足，大好！終須相隨見王。」於是公却入房，因便悶絶。經一宿始覺。初與鬼相隨，至一所，高門列戟，如大州門。鬼曰：「請公且住此，某當先報王。」鬼即先入，玄於屏障遥聽聞王語鬼云：「你爲他作計〔六〕。」遂笞鬼三十。鬼即出來，袒而示之，云：「爲公喫杖。」便引玄入，見一著紫人，下階相揖曰：「公有大功德，尚未合來，請公即還。」出門落坑，便覺。

其鬼復來，見玄，索食及紙錢，玄即與食及紙錢。鬼云：「公猶有傍厄，須遣道士上章，其正報誦經已銷訖。待〔七〕上章了，還來報公。」玄即請道士上章。鬼即來云：「上章不達，爲有錯字。」又更上章。鬼又云：「還錯一字。」玄即自勘之，果並錯字，即更令上章。鬼云：「此迴達訖，更無厄難。」德玄問鬼以官禄年命之事，鬼云：「公從宗正卿，次任殿中監，次任大司憲，次任太子端尹〔八〕，次任司元太常伯，次任左相。年六十四。」鬼便不見。後所歷官，果如鬼言。

當時道士集記此事，號爲《竇大使上章録》云。玄亦奏知，奉勑告群臣，各令誦《金剛般若經》。德玄曾孫提於梓州過，具説，録之。（據《大藏新纂卍續藏經》排印本卷八七孟獻忠《金剛般若經集驗記》卷上《救護篇》校録）

〔一〕竇德玄　「竇」下原衍「彈」字。按：兩《唐書》等皆作「竇德玄」，不聞名彈，今删。

〔二〕幞　《太平廣記》卷一〇三引《報應記》（按：即盧求《金剛經報應記》）作「襆」。幞、襆音義皆同，包袱。

〔三〕守　此字疑譌。

〔四〕云　原譌作「去」。《續藏經》校：「『去』疑『云』。」今改。

〔五〕甚　《續藏經》校：「一作『某』。」按：《報應記》作「甚」。

〔六〕你爲他作計　《報應記》「爲」作「與」，下有「漏洩吾事」一句。

〔七〕待　原譌作「侍」。《續藏經》校：「『侍』疑『待』。」今改。

〔八〕太子端尹　《報應記》作「太子中允」。按：《新唐書·百官志四上·東宫官·詹事府》：「隋廢詹事府，武德初復置。龍朔二年（六六二）曰端尹府，詹事曰端尹，少詹事曰少尹。武后光宅元年（六八四）改曰宫尹府，詹事曰宫尹，少詹事曰少尹。」竇德玄事發生於麟德元年（六六四），已改詹事爲端尹。太子中允則爲左春坊屬官，誤。

按：孟獻忠《金剛般若經集驗記》三卷，原長期流傳於日本，《大藏新纂卍續藏經》（卷八七）排印收入。所據爲寶永六年（一七〇九）南陽釋昇堂刻本，此本原出長寬元年（一一六三）寫本，經釋昇堂鈔寫校對。題梓州司馬孟獻忠撰。前有自序，中稱：「今者取其靈驗尤著，異跡尅彰，經典之所傳，耳目之所接，集成三卷，分爲六篇。」末云：「時大唐開元六年歲次戊午粤（按：原譌作『奥』）四月乙丑朔八日壬申撰畢。」知成書於開元六年（七一八）。

卷上《救護篇》十九條，《延壽篇》十三條，卷中《滅罪篇》三條，《神力篇》十八條，卷下《功德篇》十二條，《誠應篇》十條，都七十五條。各篇前有小序，後繫贊。書中凡引蕭瑀《金剛般若經靈驗記》十五條，唐臨《冥報記》一條，郎餘令《冥報拾遺》十條，此即所謂「經典之所傳」者。餘皆自作，梓州事特多，此即「耳目之所接」者也。

唐晏

孟獻忠 撰

梓州郪縣人唐晏，受持《金剛般若波羅蜜經》，一從念誦已來，未曾空過。以長安元年〔一〕，逃寄住普州〔二〕安岳縣。經十二年，與彼土豪人姚詮等數十家交好。至開元二年，逢前郪縣令竇界慎男湜，緣祖懷貞之累，從閬州左降爲普州員外參軍，與刺史崔從俗親，遂差湜攝安岳縣令。晏以湜昔日本部郎君參議之後，便同疇昔爲湜設計，糺察豪人客户，因此起恨。至開元三年，雅州刺史劉朏〔三〕，左降爲普州刺史，遂受豪人等言，以晏浮逃生文，陰擬躓頓。

晏夜夜常夢見一道人〔四〕，再三云：「何不歸去？何不歸去？」不知豪人潛欲致害，賴得縣録事龐仁勗〔五〕相報，晏遂走至遂州方義縣王孝古莊潛伏。其莊去普州八十餘里。以十二月二十三日，劉刺史差司法王泯，領手力十人，來至孝古莊捉晏。其莊後唯有一大竹林，東西南北並是熟地，更無茅草。晏既惶急，走竄竹林，却倚一樹，唯念誦《金剛般若經》，聲聲不輟。其手力十人，交横於竹林内，樹前樹後來去覓晏，至竟不見，便即却迴。晏即走至遂州市内張希閏家停止。

又以開元四年正月，劉刺史又差普康縣録事張瓘〔六〕，將書屬長史韋〔七〕伯良捉晏。又逢主人張希閏作佐史，歸報晏云：「今日有普康縣録事張瓘，把劉刺史書與長史，不知何事。」晏聞此語，蓋〔八〕復驚惶。當夜夢見一大蟲，欲來食晏。忽驚起坐，見床頭壁角，有一神王立地，晏於床上再視，須臾散滅。其夜三更便走，正月七日至通泉縣，停止十日，果得主人張希〔九〕閏書報：「昨七日平明，韋長史差不良人於閏家搜掩足下，幸知之也，千萬好去。」

遂到故里，得至今日，皆是《般若》神力之所衛護。然晏有去處，前非便利，即見一蛇横過，雖盛冬之月，亦屢見〔一〇〕蛇。自誦經來，雖入疾病之家，不曾染病患。獻忠時任梓州司馬，親問其人。（據《大藏新纂卍續藏經》排印本卷八七孟獻忠《金剛般若經集驗記》卷上《救護篇》校録）

〔一〕長安元年　《廣記》卷一一二引《報應記》作「開元初」。

〔二〕普州　《續藏經》校：「『普』一作『晉』，下同。」《廣記》引《報應記》作「晉」，明沈與文鈔本、清孫潛校本作「普」。按：安岳縣屬普州，見《新唐書·地理志六》。

〔三〕劉朏　《報應記》作「劉肱」。按：《元和姓纂》卷五彭城劉氏有劉朏，爲左金吾將軍、汴州刺史。《唐代墓誌彙編續集》天寶一〇九《大唐故洛交郡大同府果毅丘府君夫人彭城劉氏墓誌銘并序》

（天寶十四載）亦有劉朏，皇銀青光禄大夫、汴州刺史、右金吾將軍、司農卿。劉肱不見文獻，「肱」疑爲「朏」字之譌。劉朏刺雅、普二州，當在刺汴之前。

〔四〕道人　《持誦金剛經靈驗功德記》、《報應記》作「胡僧」。

〔五〕昴　《續藏經》校：「一作『晶』。」

〔六〕䨥　《續藏經》校：「一作『獲』，次同。」

〔七〕韋　《續藏經》校：「『韋』作『婁』，次同。」

〔八〕蓋　疑當作「益」。

〔九〕希　此字原脱，今補。

〔一〇〕見　原作「是」。《續藏經》校：「『是』疑『見』。」今改。

釋清虚（一）

孟獻忠　撰

梓州惠義寺僧釋清虚，俗姓唐氏，立性剛烈。少誦《金剛般若經》。去萬歲通天元年十月初，於齊州靈巖寺北三總山中，深心發願，爲三途受苦衆在等，受持《金剛般若經》，願一切衆生，早得離苦解脱。從十月三日誦至六日，有七頭鹿忽來聽經。及至誦時，即來伏聽，誦訖便去。及其總了，更不復來。

僧清虛去萬歲通天元年十月二十三日，日西，於齊州靈巖寺地三總山中，端坐誦經。忽非似夢〔一〕，遂不見所住處屋宅及山河石壁，唯見一城，似梓州城。其僧從東門入，至一橋，見一捉鋪人，是山東人士。遂行，出城西門，可五六里許，又見一城，在於道左。其城縱廣可有五里。其僧下道，至城東門，其門纔可容一人入〔二〕。僧問捉門者曰：「得知大王何時放地獄受苦衆生〔三〕？」報云：「昨日午〔四〕時，齊州靈巖寺有一禪師，手執錫仗，年可七十已上，來詣王前，語王言：『有一客僧，爲三塗受苦衆生，誦《金剛般若》，王得知否？天王何時息放地獄受苦衆生？』王報阿師言：『弟子先知，明日午時，爲阿師放却少分輕者。』」其捉門人謂其僧云：「阿師即去，請更莫語。」

其僧遂迴，還從西門入。到一驛門前，前見一顆菍，如椀許大，破作兩片。僧食一片，仍餘一片。至前捉鋪處，鋪家問：「僧何處得此菍？請乞一片。」其人得此菍食，口云：「十月有此美菍。」所言未訖，忽見城西門外，有無量人衆入城門來，婦女多，丈〔五〕夫少，縗麻服者衆，吉服者稀。至其僧坐前，各各禮拜：「蒙阿師濟拔。」其僧報云：「元不相識，何處救拔？」後有三箇獠奴〔六〕，亦來禮拜：「蒙阿師救拔弟子。」其僧問云：「你是誰家小兒？面無血色，太劇頳，從何處來？衫衣並新，何因如此？」答言：「我是玄宗觀家人，爲盜觀家穀麥，治酒買肉，不知多少。被〔七〕閻羅王勘，當經今五年，不識漿水一滴。其衫是生時所造，死後始著。當被勘當，其衫被剥，掛著奈何樹頭，所以得新。」語訖辭去。靈驗如此。（據《大藏新纂卍續藏經》排印本卷八七孟獻忠《金剛般若經集驗記》卷中《神力篇》校録）

〔一〕忽非似夢　遼非濁《三寶感應要略録》卷上第五十六《釋清虚爲三途受苦衆生受持金剛般若經感應》引《經驗記》（按：即《集驗記》）「非」作「然」。

〔二〕其門纔可容一人入　「纔」下原衍一「猜」字，據《要略録》删。《要略録》「可」作「了」。

〔三〕僧問捉門者曰得知大王何時放地獄受苦衆生　《要略録》「捉」作「投」，下同；「曰」作「自」。按：捉門，把門。

〔四〕午　《要略録》作「未」。

〔五〕丈　原作「大」，當爲「丈」字形譌，今改。

〔六〕獠奴　「獠」原譌作「橑」，今改。按：獠奴，僕人。

〔七〕被　原作「破」，《續藏經》校：「『破』疑『被』。」今改。

按：《金剛般若經集驗記》卷中《神力篇》及卷下《誠應篇》共記清虚事十四條。今擇四事校録，題加（一）（二）（三）（四）以别。

釋清虚(二)

孟獻忠 撰

長安三年閏四月〔一〕内,其僧清虚,向藍田縣南山中悟真寺坐夏。其寺上坊〔二〕禪院,院舊無泉水,皆向澗底取水,往還十里有餘,禪院僧徒,將爲辛苦。華嚴法師康藏〔三〕,共三綱平議,衆請祈泉。其僧報衆言:「此大〔四〕難事。」徒衆咸曰:「阿師既在此座夏,作意念誦,爲寺家祈請,不廢脩道,願不推託。」既不能苦違衆心,欲覓一困處念誦。

其禪院上坊下坊,皆亦人滿,唯中間有一彌勒閣,閇而恒鎖,無人敢開。僧既見閇,即唤直歲平章,欲開此閣,於中念誦。主人并客僧等,語其僧言:「莫向此閣,閣中有一黑蛇,其大如鉢,身長二〔五〕丈,常護此閣,恐損阿師。」其僧報云:「江南有宫亭湖神,身長數里,變化自在,亦是大蛇,能致驟雨飄風,尚來歸伏,況乎小者,亦何足言!」

其僧即索鑰匙開門,把火直入,更不見物,唯聞蛇腥。其僧正念燒香啓請:「弟子聞大身衆生,守護此閣,恐是過去賢聖,或是山龍諸神。弟子今日向此閣中,一心念誦,爲上坊禪院求請一泉。幸願諸神咸加擁護,勿令恐畏。聽誦《金剛般若》,佈施弟子一箇小泉,以供上坊禪院。」即至心念誦,一坐三日三夜,目不交睫。心眼之中,見三婦人〔六〕在彌勒閣西北，於山之腹以刀子剜地，忽然不見。迄于明發，遂向東北臨澗，合眼誦《般若經》。見一道水，從婦人刀子掘地處來，歷僧前而過。經三五日，傣然常見，未以爲信，誦仍不輟。更經二日，轉轉分明。其僧即移向見婦人刀子掘地處誦經，合眼還見水從背後流出。又經三日，其僧遂取杖抉看，撥却木葉，見一濕地，大小如二尺面盤。將鋤掘之，遂見一水脉，因成一坎，可受石餘。轉更至心誦得五遍，其坎中水，不覺滿盈。引向禪庭，供給衆用。則知聖無不應，感而必通。信乎《般若》之功，無得而稱者也。（據《大藏新纂卍續藏經》排印本卷八七孟獻忠《金剛般若經集驗記》卷中《神力篇》校録）

〔一〕長安三年閏四月　《宋高僧傳》卷二五《唐梓州慧義寺清虚傳》、《神僧傳》卷六《清虚》「三年」作「二年」。按：長安二年無閏月，作「三年」是，見《新唐書·則天皇后紀》及《二十史朔閏表》。

〔二〕坊　《宋高僧傳》、《神僧傳》作「方」，下同。

〔三〕華嚴法師康藏　《宋高僧傳》、《神僧傳》作「華嚴大師法藏」。按：康藏即法藏，《宋高僧傳》卷五《周洛京佛授記寺法藏傳》：「釋法藏字賢首，姓康，康居人也。……至天后朝……藏爲則天講新《華嚴經》……復號康藏國師是歟。」

〔四〕大　原譌作「火」。《續藏經》校：「『火』疑『大』。」今改。

〔五〕二　《續藏經》校：「一作『一』。」

〔六〕婦人　《宋高僧傳》、《神僧傳》作「玉女」。

釋清虛(三)

孟獻忠　撰

長安四年三月末，其僧清虛，向少室山少林寺坐夏。其寺禪院在西，其院北山上有一佛堂，但是師僧並不敢侵夜往。彼有一律師，侵夜往彼誦律，聞空中有言：「阿師急去，遲即損害阿師。」至二更盡，未及得出，被神將刀硝刺其肋下，便即下山而歸。至明日午時，律師便即捨壽。

不經半歲，有一小師，專持《火頭金剛神呪》。徒衆同試呪力，小師即作法呪樹，其樹或衆條俱束，或群柯同屈。衆見靈驗，即共小師平議：「上坊有一故堂，前後無敢宿者。阿師既持神呪，敢於其中念誦宿否？」小師報言：「神靈勝伊萬倍之處，尚自降伏，此亦小小之者，蓋不足言。」小師乃嚴持香鑪〔一〕，往彼念誦，恃其呪力，降伏彼神。其夜，神遂現身，捉其兩脚，擲向澗底。七日失音，半年已來精神短少。

少林大德，承〔二〕聞清虛在京之日，於悟真寺請泉，兼伏大蛇，俱有神驗，遂語僧曰：「阿師持經，大有靈應，請阿師作少法事，遣衆知聞。」報云：「大德欲遣清虛作何法事？」僧衆同曰：「上坊有一佛堂，比來無敢宿者。阿師能獨自念誦於彼宿否？」其僧報曰：「此是三代尊客住持之處，正是師僧依止之處，云何不得！」其僧即辨香油，往彼念誦。再宿三日，都無所見。僧等問禪院僧曰：「昨日□□□僧已三二日，總不見出，向何處去？」禪院僧等報言：「上坊佛堂之中，便宿念誦。」大德等令急喚取，參差被神打殺。大衆自來同喚：「阿師出來！」其僧報言：「終無所慮。」徒衆咸曰：「阿師未異凡人，共我一種，何故於此自欲損害？」答曰：「萬事不畏，大德但歸。」及至一更向盡，其神即到，於佛堂東，轟然發響，似擲數十口瓦〔三〕，聲震空中。其僧即燃火出看，寂然無所見，身毛皆豎，即誦《十一面觀世音呪》，繞佛堂一帀。堂內若兩〔四〕牛鬪聲，像亦震動。誦呪七遍，其聲逾烈，轉更哮吼，響谷動山。即向佛堂前正立思惟，欲不敢入。忽然更却思惟：「如何在此，不能降伏？」捺心即入，聲更轉盛，堂中之燈，尚亦示〔五〕滅。呪既無驗，即誦《金剛般若經》。及誦一遍，其聲漸小，至於三遍，其聲即斷。迄于天明，寂然安静。故知《般若》之力，不可思議。（據《大藏新纂卍續藏經》排印本卷八七孟獻忠《金剛般若經集驗記》卷中《神力篇》校録）

〔一〕鑪　《宋高僧傳》、《神僧傳》作「火」。

〔二〕承　《續藏經》校：「一作『等』。」連上讀。

〔三〕瓦　原譌作「尾」，《續藏經》校：「『尾』疑『瓦』。」從改。

〔四〕兩　原作「水」，據《宋高僧傳》、《神僧傳》改。

〔五〕示　疑當作「不」。

釋清虛（四）

孟獻忠　撰

去神龍二年十二月十一日，齊州義淨三藏及景闍梨，奏清虛入内祈雪[一]。二七日[二]，雖得少分，未能普足。勑語清虛：「阿師祈請，雖不能稱意，任阿師選寺住好否？」其僧自恨祈請不稱聖意，遂答勑云：「實不歡喜。」大德等見作此對，亦皆失色。阿師既觸天威，即合付法。勑又云：「如得雨雪，即與阿師亂綵二百段，兼授阿師五品，并作薦福寺綱維。阿師何意，遂不歡喜？」答云：「幸蒙天恩[三]，驅使祈請雨雪。自恨上不覆天心，下不允人望，愚誠徒懇，不愜聖心，夙夜兢懼，唯知待罪，濫荷天恩，所以不喜。」勑云：「且放阿師出外念誦，還須祈請。忽得雨雪，即須進狀。」因便奏云：「此度不降雨雪，即爲一切衆生燒指。」又降勑曰：「朕喚阿師來供養，可遣阿師來受苦？又父母遺體，豈可毁傷？阿師必不得漫有傷損。」

食訖，辭聖上出，即向南山炭谷瀧湫上祈請雨雪。雖復雪下，終不能稱心。更移就索曲村安樂佛堂中，誦《金剛般若》。又經七日，時得薄雪，還不稱心。遂即發願，燒指兩節〔四〕。經一日一夜，燒未盡間，忽然四面雲合，雨雪參雜而下。衆皆愕然驚怪，一日始絶。百姓父老等，連狀欲奏，且於薦福寺〔五〕共三藏平章：「清虚昨城南燒兩節指，爲法界祈請雨雪，燒盡兩節，衆人同看，所有骨灰，今亦〔六〕見在。今朝村人大小欲爲塗藥，其兩指節還復如故。」三藏遂云：「此事難信，不近人情。伊是凡僧，未至羅漢，如何燒指已盡，更得却生？既非聖流，無有此事。」即語村人父老等：「急歸州縣知聞，直〔七〕是將作妖惑，欲益返損，却責老人，非但誑炫凡庸，亦是誣罔聖上。」僧徒聞此，轉加不信。

其僧既見衆人起謗，更入道場，啓請十方諸佛，一切賢聖：「弟子爲法界蒼生，燒指祈雪，蒙諸天龍王等應時降雪。又令弟子所燒之指，燼而重生。咸起謗言，不加浄信，誤他四衆，墮於地獄。弟子今更發願誦《般若經》，兩日之間，願生指重落。」至于二日，勤加念誦，兩節重生之指，還復更落。衆見指落，重起謗言：「阿師當時燒生，如今始落。」其僧即報衆曰：「且向城南前祈雪處，於彼養瘡，還遣重生，不知得〔八〕否？」衆人同曰：「阿師似著狂病，常行謗語。」即往城南而養瘡，念誦不輟。至十五日内，指節又生長一節半，指甲亦出。衆人見者，莫不驚異，咸曰：「亦不足怪，此道人有妖術。」則知《般若》之力，二乘之所不知，凡俗聞之，皆能起謗。（據《大藏新纂卍續藏經》排印本卷八七孟獻忠《金剛般若經集驗記》卷中《神力篇》校録）

〔一〕雪　《宋高僧傳》、《神僧傳》作「雨」，誤。下文作「雪」。

〔二〕二七日　《神僧傳》作「二十七日」。按：二七即指二十七。

〔三〕恩　原譌作「思」，《續藏經》校：「『思』疑『恩』。」按：下文作「恩」，今改。

〔四〕燒指兩節　《宋高僧傳》、《神僧傳》作「并煉一指」。

〔五〕寺　原譌作「等」，《續藏經》校：「『等』疑『寺』。」今改。

〔六〕亦　原譌作「示」，《續藏經》校：「『示』疑『亦』。」今改。

〔七〕直　《續藏經》校：「一作『真』。」

〔八〕知得　《續藏經》校：「一作『得知』。」

姚待

孟獻忠　撰

梓州郪縣人姚待，誦《金剛般若經》。以長安四年甲辰夏〔一〕，發願爲亡親自寫四大部經,《法華》、《維摩》各一部,《藥師經》十卷,《金剛般若經》百卷。寫諸經了,寫《般若經》得十四卷。日午時,有一鹿突門而入,立經牀前,舉頭舐案。舐案訖,便伏牀下。家有狗五六箇,見鹿摇尾,不敢輒吠。姚待下牀,抱得亦不驚懼。爲受〔二〕三歸,跳躑屈脚,放而不去。

至先天年中,諸經並畢,皆以帙〔三〕裹,將欲入函。有屠兒李迴奴〔四〕者,不知何故,忽然而來,立於案前,指經而笑,合掌而立,欲得取經。其屠兒口啞〔五〕耳聾,兩眼俱赤,躭酒兇惡,少有此徒。所寫之經,皆以瑠璃〔六〕裝軸,唯《般若經》飾以檀素。但簡取素軸,明此人於《般若》有緣。待遂裹以白紙,盛以漆函。屠兒手所持刀横經函上,笑而馳去。一去之後,不復再見,莫知所之。是時鄰家夢,鹿是待母,屠兒待父。命終之後,各依業受生。其子發願,爲二親自寫大乘經。報已定故,頓不能害,且來受化而去〔七〕。

至開元四年,有玄宗觀道士朱法印,極明莊老。往眉州講説,歲久乃還。時鄉中學士二十餘人,相就禮問。友人王超、曹府,令豎子殺羊一腔,以袋盛肉。煮熟之後,心知其殺,但忍饞不得,即〔八〕隨例喫,計食不過四五臠。經于一日,至日昳時,欻然肚熱頭痛,支節有若切割。至黄昏際,困篤彌甚。耳聞門外有喚姚待之聲,心雖不欲出看,不覺身以出外。問有何事,使人黄衣,狀若執刀之刺史,喚言訖便行。待門外有溪,當去之時,亦不見溪澗，但見平坦大道，兩邊行樹。行可三四里，見一大城，云是梓州城。其城複道重樓，白壁朱柱，亦甚秀麗。更問使者：「此不是梓州城？」使人莫語。城有五重門，其門兩邊各有門屋，門門相對。門上各各題額，欲似篆書，不識其字。門數雖多，一無守者，街巷並亦無人。

使者入五重門内，有一大廳，廊宇高峻，廳事及門並無人守。至屏牆外〔九〕，窺見廳上有一人，著紫，身稍肥大，容色端麗，如三十已下。使者入云：「追姚待到。」待走入遥拜，怒目厲聲：「何因勾率爾許人，殺人於浄處喫？」思量莫知其事。但見其瞋怒，眼中及口皆有火光，忙怕驚惶，罔知攸措。即分疏曰：「比來但持經，不曾殺人，亦不喫人肉。」便問持何經，答持《法華》、《維摩》、《藥師》〔一〇〕、《金剛般若經》。著紫之人聞姚待此説，熙怡微笑，聞稱大善聲。傍忽有人，著黄，不見其脚，手把一物，長二尺許，八稜〔一一〕成就，似打鼓搥，高聲唱曰：「何於朱道士房喫肉？」更不敢諱，便承實喫。「喫幾許？」報喫五六臠。著紫人迴看〔一二〕黄衣人，其人報云：「喫四兩八銖。」即把筆書槌耳中。遥聞：「事非本心，且放令去，待曹府到日推問。」著紫人又云：「大雲寺佛殿早脩遣成。」應諾走出。

可五六步，廳西頭有一人，著枷杻，四道釘鍱，請問姚待。廳上人喚姚功曹迴，不稱待名。看所著枷者，乃是屠兒李迴奴。著紫人問云：「此人讀《般若經》虚實？」報云：「是實。」答了迴看，但見空枷在地，不見屠兒。

待初入時，廳前及門，不見有人守掌。及其得出，廳兩邊各有數千人，朱紫黄緑，位次各立，亦多女人。擔枷負鎖，或有反縛者，亦有籠頭者。乃於衆中，見待親家翁張楷，亦在其中，雖著小枷，而無釘鍱，叩頭令遣家中造經。不得多語，更欲前進，被人約而不許。其中有一人，散腰露頂〔一三〕，語待急去，此非語處。迴見其人，乃是待莊邊村人張賢者。抱病連年，水漿不能入口。鄉人見者，皆爲必死之證〔一四〕。妻子親情，皆備凶具。姚待覺後，報其兒爲寫經。不踰半旬，病便得差。

待〔一五〕放出屏牆之外，門門皆有人，捉刀仗弓箭，儼然備列。捉門人不放待出，待所生父從廳東走來，叫云：「我兒無事得放，何以遮攔不放〔一六〕？」令待展臂示之，即宣衣袖出臂示之，即便得出。及至覺寤，已經一日。（據《大藏新纂卍續藏經》排印本卷八七孟獻忠《金剛般若經集驗記》卷下《功德篇》校録）

〔一〕以長安四年甲辰夏　「甲辰夏」原作「丁憂」，《三寶感應要略録》卷中第三十一《梓州姚待爲亡親自寫大乘經感應》引《金剛般若記》等同。唐僧祥《法華傳記》卷八《唐梓州姚待七》乃作「甲辰夏」。按：長安四年（七〇四）丁憂，而到下文先天年（七一二）才八年，而其父此時已轉世爲屠兒李迴奴，且「躭酒兇惡」，時間不合，據《法華傳記》改。

〔二〕受　《法華傳記》作「授」。受，通「授」。《要略録》作「受」。

〔三〕帙　原譌作「養」，據《法華傳記》改。

〔四〕奴　《法華傳記》作「好」，下同。

〔五〕啞　原譌作「噁」，據《法華傳記》改。

〔六〕瑠璃　《法華傳記》作「瓔珞」。

〔七〕「是時鄰家夢」至「且來受化而去」　此節原脱，據《法華傳記》補。《要略録》爲注文，作「是時鄰家夢，鹿是待母，屠兒待父。各依業故受異身。待自爲寫，故來受其化而已」，據補「是時」二字。

〔八〕即　《法華傳記》作「斷」，連上讀。

〔九〕外　《續藏經》校：「一作『後』。」《法華傳記》作「後」。

〔一〇〕法華維摩藥師　此六字原無，據《法華傳記》補。

〔一一〕稜　原譌作「積」，據《法華傳記》改。

〔一二〕迴看　《法華傳記》作「問著」。

〔一三〕頂　《續藏經》校：「一作『頭』。」

〔一四〕證　原譌作「談」，據《法華傳記》改。

〔一五〕待　原譌作「得」，今改。

〔一六〕放　原譌作「收」，據《法華傳記》改。

李丘一

孟獻忠　撰

揚州高郵縣丞李丘一，萬歲通天元年二月二十九日，卒得重病便亡。初死之時，有兩人來追，云：「我姓段。」不道名字，直言王追，不許暫住。于時同被追者五〔一〕百餘人，男皆著枷，女皆反縛，並驅向前。行可數里，有一人乘白馬，朱衣，手執弓箭，高聲唱言：「丘一難追，何不與枷著？」丘一即諮段使：「祖父五品，身又任官，不合著枷。」所言未畢，忽然遍身咸被鎖之，莫知其由。更行十餘里，見大槐數十樹，一一樹下有一馬槽，即問段使：「此是何處？」報言：「五道大神，録人間狀，於此歇馬。」丘一聞此，方始知死。

被勸前行，遂到王門。見一人抱案，容色忿遽，語段使曰：「王遣追人，何意遲晚？」段使更不敢語，即將丘一分何案主，語丘一言：「此人姓焦名策，是公本案主〔二〕，可隨見王。」焦策即領見王。王見丘一來，瞋責云：「李釋言，聚會親族，殺他生命，以爲歡樂，不知慙愧。」所稱釋言，乃是丘一小字。須臾，即見所殺畜生，咸作人語：「某乙等今追怨家來到，大王若爲處分？」焦都〔三〕即前諮王：「李釋言今未合死，緣所被殺者，欲急配生處，所以追對。」王自問曰：「你平生已來作何福業？誦持最勝第一經以否？」丘一憶生時不作功德，唯放鷹犬，忽憶往造一卷《金剛般若經》。王聞《金剛般若經》，即起合掌，喚釋〔四〕言上階：「冥中喚《般若經》名《最勝第一功德經》。」語畜生云：「你且向後喚焦策來，可領向經藏處看驗。」

其王廳側，有一處所，看無邊畔，中有一殿，七寶莊嚴。令丘一上殿，於藏中抽取一卷經，開看，乃是丘一所寫之經。更檢得請僧疏一張，是丘一寫書處。問焦都云：「生平亦數造功德，何因唯見兩處？」「公當官非法取錢，欺抑貧弱，此是不浄之物。所修功德，自資本主，不忤公事。」領迴見王，王問：「所寫經是實不？可喚畜生來，善言辭謝，但許爲造經，此終不留。」少間，所殺畜生，一時同到見王。王遣丘一，爲造《般若經》。言訖〔五〕，其畜生並散去。王言：「此功德無盡。」語焦策：「可即放還，更莫留住。」

送出城門之外，再三把丘一手：「焦策盡力相爲只得〔六〕。」丘一許乞策錢三百貫。「家中唯有爾許，有時實不敢惜。」策報丘一言：「縱乞〔七〕萬貫，終是無益。乞公爲策造《般若經》二十部。」丘一便即許諾。又云：「策雖冥吏，極受辛苦，若無福助，難以託生，公努力相爲寫經，幸莫滯策生路。」

遂更前行，策指示一處，下看深而且黑，拒不肯入。策推之落黑坑中，驚怕眼開，乃在棺内。困而久不能語，聞男女哭聲，細細聲報云：「莫哭！我今得活。」丘一婦弟獨孤愔，爲潤州〔八〕參軍事，知三月四日欲殯，所以故來看殯。雖聞語聲，不許開棺而視，云是起屍之鬼，亦不須近。男女不用舅語，遂即開棺。丘一微得動身出棺。三日，具説冥事。至三月八日，家中大小咸捨衣物，及所有料錢，請僧轉《金剛般若經》，爲一切怨對造一百卷，爲焦都寫二十卷，未了。至一夜，有人打門，報云是焦策。丘一即令報云：「正寫欲了，必不孤負，何忍更來？」策云：「請報李丞，亦無别事，蒙公爲策造經，已放託生，故來告别。」

揚州長吏學懷遠，知丘一再活，唤問冥事，具録奏聞。奉恩勑加階賜五品，遣於嘉州道招慰〔九〕。乘驛從梓州過，時熱，就姚待亭子取涼，親爲待説，并留手書一本。（據《大藏新纂卍續藏經》排印本卷八七孟獻忠《金剛般若經集驗記》卷下《功德篇》校録）

〔一〕五　《廣記》卷一〇三引《報應記》、《勸善書》卷七無此字。

〔二〕案主　《報應記》、《勸善書》作「頭」。

〔三〕都　《報應記》作「策」。按：都乃吏之俗稱，猶言都頭。《唐摭言》卷八《爲鄉人輕視而得者》：「鄉人汪遵者，幼爲小吏。……會棠（許棠）送客至灞、滻間，忽遇遵於途中，棠訊之曰：『汪都何事至京？』」注：「都者，吏之呼也。」

〔四〕釋　原譌作「繹」，《續藏經》校：「『繹』疑『釋』。」從改。

〔五〕訖　原譌作「託」，《續藏經》校：「『託』疑『訖』。」從改。

〔六〕焦策盡力相爲只得　按：此下疑有脱文。

〔七〕乞　《續藏經》校：「一作『與』。」按：乞，與也。

〔八〕潤州　「潤」原譌作「閏」，今改。

〔九〕招慰　原作「招尉」。《報應記》、《勸善書》作「招討使」。按：「招尉」當作「招慰」，即招慰使。設於道或州，用以招撫地方叛亂人員及民衆。《新唐書》卷八〇《太宗諸子傳》：「琨……聖曆中爲嶺南招慰使。安輯反獠，甚得其宜。」招討使則乃戰時權置軍事長官，兵罷即停。初唐無招討使，開元中始有。《資治通鑑》卷二一二開元十二年：「秋七月……溪州蠻覃行璋反，以監門衛大將軍楊思勗爲黔中道招討使，將兵擊之。」作「招討使」誤。

唐五代傳奇集第一編卷八

梁四公記

張説撰

張説(六六七—七三一),字道濟,一字説之。祖籍范陽方城(治今河北廊坊市固安縣西南方城),世居河東(治今山西永濟市西南蒲州鎮),徙河南洛陽(今屬河南)。武后垂拱四年(六八八)舉詞標文苑科,授太子校書。長安初(七〇一)遷右史、内供奉,擢鳳閣舍人。因援救魏元忠,忤旨配流欽州。中宗立,召爲兵部員外郎,累遷工部兵部侍郎。睿宗即位,遷中書侍郎,明年進同中書門下平章事,監修國史。玄宗立,拜中書令,封燕國公。俄出爲相州刺史、河北道按察使,轉岳州刺史。開元七年(七一九)爲天兵軍大使,九年拜兵部尚書、同中書門下三品,明年爲朔方軍節度大使。十三年爲右丞相兼中書令,不久獲罪停職,十七年復拜右丞相,遷左丞相、集賢院學士,加開府儀同三司。卒贈太師,謚文貞。張説爲唐代名相,一代文豪,《舊唐書》本傳稱「前後三秉大政,掌文學之任凡三十年。爲文俊麗,用思精密……當代無能及者」。與許國公蘇頲齊名,時號「燕許大手筆」。著有文集三十卷等,今存《張説之文集》(或題《張燕公集》)二十五卷、《補遺》五卷(《嘉業堂叢書》)。(據《舊唐書》卷九七、《新唐書》卷一二五本傳,《唐丞相曲江張先生文集》卷一八《故開府儀同三司行尚書左丞相燕國公贈太師張公墓誌銘并序》,李肇《國史補》卷下)

梁天監中,有蜀闖〔一〕、上音攜,下琛去。鼅杰〔二〕、上萬,下傑。𢿌𪓐〔三〕、上蜀〔四〕,下湍。仉脣〔五〕上掌,下覩〔六〕。四公,謁武帝。帝見之甚悦,因命沈隱侯約作覆,將與百寮共射之。時太史適獲一鼠,約匣而緘之以獻。帝筮之,遇《蹇》䷦艮下,坎上。之《噬嗑》䷔震下,離上。帝占成,群臣受命獻卦者八人,有命待成俱出。帝占決,寘諸青蒲,申命闖公揲蓍。對曰:「聖人布卦,其象告〔七〕矣,依象辯物,何取異之?請從帝命卦。」時八月庚子日巳時,闖公奏請沈約舉帝卦上一蓍以授臣,既撰占成,置于青蒲而退。讀帝占曰:「先《蹇》後《噬嗑》是其時,内《艮》外《坎》是其象。《坎》爲盜,其鼠也。居《蹇》之時,動其見《嗑》,其拘繫矣。《噬嗑》六爻,四无咎,一利艱貞,非盜之事。上九,荷校滅耳,凶,是因盜獲戾,必死鼠也。」群臣蹈舞呼萬歲。帝自矜其中,頗有喜色。次讀八臣占詞,或辯於色,或推於氣,或取於象,或演於爻,或依鳥獸龜龍,陰陽飛伏,其文雖玄遠,然皆無中者。末啓闖公占曰:「時日王相〔八〕,必生鼠矣。且陰陽晦而入文明,從静止而之震動,失其性必就擒矣。金盛之月,制之必金。子爲鼠,辰與《艮》合體;《坎》爲盜,又爲隱伏,隱伏爲盜,是必生鼠也。金數於四,其鼠必四。《離》爲文明,南方之卦,日中則昃,況陰類乎?《離》之繇曰〔九〕『死如，棄如』，實其事也，日昃〔一〇〕必死。」既見生鼠，百寮失色，而尤闖公曰：「占辭有四，今者唯一，何也？」公曰：「請剖之。」帝性不好殺，自恨不中。及至日昃，鼠且死矣，因令剖之，果妊三子。是日，帝移四公於五明殿西閣，示更親近，其實囚之，唯朔望伏臘，得於義賢堂見諸學士。然有軍國疑議，莫不參預焉。

大同中，盤盤國、丹丹國、扶南國〔一一〕、高昌國，遣使獻方物，帝令有司設充庭法駕，雅樂九闋，百寮具朝服，如元正之儀。帝問四公：「異國來廷，爵命高下，欲以上公秩加之。」𪓐公曰：「成王太平，周公輔政，越裳氏重譯來貢，不聞爵命及之。春秋郳、楚之君，爵不加子。設使其君躬聘，依《禮經》，位止子、男。若加以上公，恐非稽古。」帝固謂𪓐公更詳定之。俄屬暴風如旋輪，曳帝裙帶。帝又問其事，公曰：「明日亦未果，請他日議之。」帝不懌，學士群誹之。向夕，帝女墜閣而死，禮竟不行。後詰之，對曰：「旋風襲衣，愛了暴殞，更何疑焉？」

高昌國遣使貢鹽二顆，顆大如斗〔一二〕，狀白似玉，乾蒲桃、刺蜜、凍酒、白麥麵，王公士庶皆不之識。帝以其自萬里絶域而來獻，數年方達，文字言語，與梁國略同。經三日，朝廷無祇對者，帝命杰公迓之。謂其使曰：「鹽，一顆是南燒羊山月望收之者，一是北燒羊山非月望收之者。蒲桃，七〔一三〕是洿林，三是無半。凍酒，非八風谷〔一四〕所凍者，又無高寧酒和之〔一五〕。刺蜜，是鹽城〔一六〕所生，非南平城者。白麥麵，是宕昌者，非昌壘真物。」使者具陳實情：「麵爲經年色敗，至宕昌貿易填之。其年風災，蒲桃、刺蜜不熟，故駁雜。鹽及凍酒，奉王急命，故非時〔一七〕爾。」因又問紫鹽、醫珀〔一八〕，云：「自中路，遭北涼所奪，不敢言之。」帝問杰公群物之異〔一九〕，對曰：「南燒羊山鹽文理粗，北燒羊山鹽文理密。月望收之者，明徹如冰，以氈橐煮之可驗。蒲桃，洿林者皮薄味美，無半者皮厚味苦。酒，是八風谷凍成者，終年不壞，今臭其氣酸；高寧酒〔二〇〕滑而色淺，故云然。南平城羊刺無葉，其蜜色明白而味甘。鹽城羊刺葉大，其蜜色青而味薄。昌壘白麥麵烹之將熟，潔白如新，今麵如泥且爛。由是知蜜、麥之僞耳。交河之間平磧中，掘深數尺，有末鹽，如紅如紫，色鮮味甘，食之止痛。更深一丈，下有醫珀，黑逾純漆，或大如車輪，末而服之，攻婦人小腸癥瘕諸疾。彼國珍異，必當致貢，是以知之。」

杰公嘗與諸儒語及方域，云：「東至扶桑，扶桑之蠶長七尺，圍七寸，色如金，四時不死。五月八日嘔黄絲，布於條枝，而不爲繭。脆如綖，燒扶桑木灰汁煮之，其絲堅韌，四絲爲係，足勝一鈞。蠶卵大如鷰雀卵，産於扶桑下。齎卵至句麗國，蠶變小，如中國蠶耳。其王宮内有水精城，可方一里，天未曉而明如晝，城忽不見，其月便蝕。西至西海，海中有島，方二百里，島上有大林，林皆寶樹，中有萬餘家，其人皆巧，能造寶器，所謂拂林國也。

島西北有坑，盤坳深千餘尺，以肉投之，烏銜寶出，大者重五斤，彼云是色界天王之寶藏。西海〔三一〕西北，無慮萬里，有女國，以蛇爲夫，男則爲蛇，不噬人而穴處。女爲臣妾官長，而居宫室。俗無書契，而信呪詛，直者無他，曲者立死。神道設教，人莫敢犯。南至火洲之南，炎崑山之上，其土人食蝑、蟹、髯蛇，以辟熱毒。洲中有火木，其皮可以爲布。炎丘有火鼠，其毛可以爲褐。皆焚之不灼，汙以火浣。北至黑谷之北，有山極峻造天，四時冰雪，意燭龍所居。晝無日，北向更明，夜直上觀北極。西有酒泉，其水味如酒，飲之醉人。北有漆海，毛羽染之皆黑。西有乳海，其水白滑如乳。三海間方七百里，水土肥沃。大鴨生駿馬。大鳥生人，男死女活，鳥自銜其女，飛行哺之，銜不勝則負之。女能跬步，則爲酋豪所養。女皆殊麗，美而少壽，爲人姬媵，未三十而死。有兔大如馬，毛潔白，長尺餘。有貂大如狼，毛純黑，亦長尺餘，服之禦寒。」

朝廷聞其言，拊掌笑謔，以爲誑〔三二〕妄，曰：「鄒衍九州、王嘉《拾遺》之談耳。」司徒左長史王筠難之曰：「書傳所載，女國之東，蠶崖之西，狗國之南，羌夷之别種，一女爲君，無夫蛇之理。與公説不同，何也？」公曰：「以今所知，女國有六，何者？北海之東，方夷之北，有女國，天女下降爲其君。國中有男女，如他恒俗。西南夷板楯之西，有女國，其女悍而男恭，女爲人君，以貴男爲夫，置男爲妾媵，多者百人，少者匹夫〔三三〕。昆明東南，絶徼之外，有女國，以猿爲夫。生男類父，而入山谷，晝伏夜遊；生女則巢居穴處。南海東南有女國，舉國惟以鬼爲夫，夫致飲食禽獸以養之。勃律山之西，有女國，方百里，山出台虺之水，女子浴之而有孕，其女舉國無夫。並蛇六矣。昔狗國之南有女國，當漢章帝時，其國王死，妻代知國，近百年，時稱女國，後子孫還爲君。若夫犬〔二四〕、夫猿、夫鬼、夫水之國，博知者已知之矣，故略而不論。」

俄而扶桑國使使貢方物，有黄絲三百斤，即扶桑蠶所吐，扶桑灰汁所煮之絲也。帝有金爐，重五十斤，係六絲以懸爐，絲有餘力。又貢觀日玉，大如鏡，方圓尺餘，明徹如琉璃。暎日以觀，見日中宫殿，皎然分明。帝令杰公與使者論其風俗、土地、物産、城邑、山川，並訪往昔存亡。又識使者祖、父母〔二五〕、伯叔、兄弟，使者流涕拜首，具言情實。

間歲，南海商人賫火浣布三端，帝以雜布積之。令杰公以他事召，至於市所。杰公遥識曰：「此火浣布也，二是緝木皮所作，一是績〔二六〕鼠毛所作。」以詰商人，具如杰公所説。因問木、鼠之異，公曰：「木堅毛〔二七〕柔，是可〔二八〕別也。以陽燧火、山陰柘木爇之，木皮改常。」試〔二九〕之果驗。

明年冬〔三〇〕，扶南大舶從西天竺國來，賣碧玻黎〔三一〕鏡。面廣一尺五寸，重四十斤，内外皎潔。置五色物〔三二〕於其上，向明視之，不見其質。問其價，約錢百萬貫文。帝令有司算之，傾府庫償之不足。其商人言：「此色界天王有福樂事〔三三〕，天澍大雨，衆〔三四〕寶如山，納之山藏，取之難得。以大獸肉投之藏〔三五〕中，肉爛黏寶，一鳥銜出，而即〔三六〕此寶焉。」舉國不識，無敢酬其價者。以示杰公，公曰：「上界之寶信矣。昔波羅尼斯〔三七〕國王有大福，得獲二寶鏡。鏡光所照，大者三十里，小者十里。至玄孫福盡，天火燒宫。大鏡光明，能禦災火，不至焚爇。小鏡光微，爲火所害，雖光彩昧暗，尚能辟諸毒物，方圓百步，蓋此鏡也。時王賣得金二千餘斤，遂入商人之手。後王福薄，失其大寶，收奪此鏡，却入王宫。此王十世孫失道，國人將謀害之，此鏡又出，當是大臣所得，其應入於商賈。其價千金，傾竭府庫不足也。」因命杰公與之論鏡，由是信伏。更問：「此是瑞〔三八〕寶，王令貨賣，即應大秦、波羅奈國、失羅國諸大國王大臣所取，汝輩胡客，何由得之？必是盜竊至此耳。」胡客逡巡未對。俄而其國遣使追訪至梁，云其鏡爲盜所竊，果如其言。後有魏使頻至，亦言黑貂、白兔、鴨馬、女國，往往入京。梁朝卿士始信杰公周遊六合，出入百代，言不虚説，皆爲美談。故其多聞强識，博物辯惑，雖仲尼之詳大骨，子産之説臺駘，亦不是過矣。

後魏天平之歲，當大同之際，彼此俗阜時康，賢才鼎盛。其朝廷專對，稱人物士流，及應對禮賓，則胥公獨預，爲之〔三九〕問答，皆得先鳴。所以出使外郊，宴會賓客，使彼落其術〔四〇〕内，動挫詞鋒，機不虚發，舉無遺策，胥公之力也。魏興和二年，遣崔敏、陽休之來聘。

敏字長謙，清河東武城人，博學贍文，當朝第一，與太原王延業齊名，加以天文、律曆、醫方、藥品、卜筮。既至，帝選碩學沙門十人於御對，百寮與之談論，多屈於敏。帝賜敏書五百餘卷，他物倍之。四公進曰：「崔敏學問疏淺，不足上軫沖襟，命臣胥敵之，必死。」帝從之。初，江東論學，有《十二沙門論》，以條疏徵覈；有《中觀論》，以乘寄蕭然。言名理者，宗仰其術。北朝有《如實論》，質定宗禮；有《迴諍論》，借機破義。敏總南、北二業皆精。又〔四一〕桑門所專，唯在釋氏，若儒之與道，蔽於〔四二〕未聞。敏兼三教而擅之，頗有得色〔四三〕。胥公嘗於五天竺國，以梵語精理《問論》、《中分別論》、《大無畏論》、《因明論》，皆窮理盡妙。胥公貌寢形陋，而聲氣清暢。敏既頻勝群僧，而乃傲形於物。其日，帝於浄居殿命胥公與敏談論，至若〔四四〕三光、四氣、五行〔四五〕、十二支、十干、二十八宿〔四六〕、風雲氣候、金丹玉液、藥性針道、六性五蘊、陰陽曆數、韜略機權、飛伏孤虛、鬼神情狀，始自經史，終於老釋，凡十餘日〔四七〕。辯揚六藝〔四八〕百氏，與敏互爲主客，立談絶倒，觀者莫不盈量忘歸。然敏詞氣既沮於胥，不自得，因而成病。輿疾北歸，未達，中路而卒。

天目山人全文猛，於新豐後湖觀音寺西岸，獲一五色石，大如斗，文彩盤蹙，如有夜光。文猛以爲神異，抱獻之梁武。梁武喜，命置於大極殿〔四九〕側。將年餘，石忽光照廊廡，有聲如雷。帝以爲不祥，召杰公示之。對曰：「此上界化生龍之石也，非人間物。若以洛水赤礪石和酒合藥，煮之百餘沸，柔輭可食。琢以爲飲食之器，令人延壽。福德之人，所應受用。有聲者，龍欲取之。」帝令馳取赤石。如其法，命工琢之以爲甌，各容五斗之半，以盛御膳，香美殊常。以其餘屑，置於舊處。忽有赤龍，揚鬚鼓鬣，掉尾入殿，擁石騰躍而去。帝遣推驗，乃是普通二年始平郡石鼓村鬭龍所競之石。其甌遭侯景之亂，不知所之。

震澤中，洞庭山南有洞〔五〇〕穴，深百餘尺。有長城乃仰公朏誤墮洞中〔五一〕，旁行升降五十餘里，至一龍宮。周圍四五里，下有青泥至膝，有宮室門闕。龍以氣鬭水，霏如輕霧，晝夜光明。遇守門小蛟龍，張鱗奮爪拒之，不得入。公朏在洞數日〔五二〕，飢〔五三〕食青泥，味若粳米〔五四〕。旬餘〔五五〕，忽彷彿記〔五六〕得歸路，尋出之〔五七〕。爲吴郡守具言其事，事聞梁武帝〔五八〕。帝問杰公，公曰：「此洞穴有四枝：一通洞庭湖西岸，一通蜀道青衣浦北岸，一通羅浮兩〔五九〕山間穴谿，一通枯桑島東岸〔六〇〕。蓋東海龍王第七女掌龍王珠藏，小龍千數〔六一〕，衛護此珠。龍畏蠟，愛美玉及空青而嗜燒燕〔六二〕。若遣使通信〔六三〕，可得寶珠。」帝聞大喜〔六四〕。乃詔有能使者，厚賞之。

有會稽郡鄮縣白水鄉郎〔六五〕庾毗羅請行。杰公曰：「汝五世祖燒殺鄮縣東海潭之龍百餘頭，還爲龍所害。汝龍門之仇〔六六〕也，可行〔六七〕乎？」毗羅伏寔，乃止。於是合浦郡洛黎縣甌越羅子春兄弟三人〔六八〕，上書自言：「家代於〔六九〕陵水、羅水龍爲婚。遠祖矜能化惡龍，晉簡文帝以臣祖和化毒龍。今龍化縣，即是臣祖住宅〔七〇〕也。象郡石龍，剛猛難化，臣祖化之，今〔七一〕石龍縣是也。東海、南天台、湘川、彭蠡、銅鼓、石頭等諸水大龍，皆識臣宗祖，亦知臣是其子孫。請通帝命。」杰公曰：「汝家制龍石尚在否？」答曰：「在，在。謹賫至都，試取觀之。」公曰：「汝石但能制徵風召雨戎虜之龍〔七二〕，不能制海王珠藏之龍。」又問曰：「汝有西海龍腦香否？」曰：「無。」公曰：「奈之何御龍？」帝曰：「事不諧矣。」公曰：「西海大船，求龍腦香可得。昔桐柏真人教楊羲〔七三〕、許謐、茅容乘龍，各贈制龍石十觔。今亦應在，請訪之。」帝勑命求之。於茅山華陽〔七四〕隱居陶弘景得石兩片。公曰：「是矣。」帝勑百工，以于闐舒河中美玉，造小函二，以桐木灰發其光。取宣州空青，汰取其精者〔七五〕，用海魚膠調之〔七六〕，成二缶，火堅〔七七〕之。龍腦香尋亦繼至。杰公曰：「以蠟塗子春等身及衣，佩石〔七八〕。」乃賫燒燕五百枚入洞穴。至龍宮，守門小蛟聞蠟氣，俯伏不敢動。乃以燒燕百事賂之，令其通問。以其上上者獻龍女，龍女食之大喜〔七九〕。又上玉函青缶，具陳帝旨。洞中有千歲龍〔八〇〕，能變化，出入人間，又善譯時俗之言〔八一〕。龍女知帝禮之，以大珠三、小珠七、雜珠一石，以報帝。命子春等〔八二〕乘龍，載珠還國，食頃之間便至江岸〔八三〕。龍辭去〔八四〕，子春薦珠。

帝大喜，得聘通靈異，獲天人之寶，以珠示杰公。杰公曰：「三珠，其一是天帝如意珠之下者，其二是驪龍珠之中者。七珠，二是蟲珠，五是海蚌珠，人間之上者。雜珠是蚌蛤、蛇、鶴〔八五〕等珠，不如大珠之貴。」帝遍示百僚，朝廷咸謂杰公虚誕，莫不詰之。杰公曰：「如意珠之上〔八六〕者，夜光照四十餘里，中者十里，下者一里。光之所及〔八七〕，無風雨、雷電〔八八〕、水火、刀兵諸毒厲。驪珠九色〔八九〕，上者夜光百步，中者十步，下者一室。光之所及，無蛇虺、蟲豸〔九〇〕之毒。蟲珠七色而多赤。其蟲〔九一〕六足二目，目當其凹處〔九二〕，有凸如鐵鼻〔九三〕。蚌珠五色，皆有夜光，及數尺。無瑕者爲上〔九四〕，有瑕者爲下。蚌珠生於蚌腹〔九五〕，與月盈虧。蛇珠所致，隋侯、噲參，即其事也。」又問蛇、鶴之異〔九六〕，對曰：「使其自識〔九七〕。」帝命杰公記蛇鶴二珠，以〔九八〕斗餘雜珠，散於殿前。取大黄蛇、玄鶴各十數，處布珠中間。於是鶴銜其珠，鳴舞徘徊；蛇銜其珠，盤曲宛轉。群臣觀者，莫不歎服。帝復出如意、龍、蟲〔九九〕等珠，校〔一〇〇〕光之遠近，七九之〔一〇一〕數，皆如杰公之言。

子春在龍宫得食，如花如藥，如膏如飴，食之香美。賫食至京師，得人間風日，乃堅如石，不可咀咽。帝令祕府藏之。拜子春爲奉車都尉，二弟爲奉朝請，賜布帛各千匹。追訪公虵往不爲龍害之由，爲用麻油和蠟，以作照魚衣，乃身有蠟氣故也。（據中華書局版汪紹楹點校本《太平廣記》卷八一、卷四一八引《梁四公記》校録）

〔一〕蜀闖　《淵鑑類函》卷三三一引唐張説《梁四公記》「蜀」作「蜀」，誤。

〔二〕鱖杰　原作「覢杰」，據《廣記》清孫潛校本、南宋趙彦衛《雲麓漫鈔》卷六改。北宋龐元英《文昌雜録》卷六、宋末王應麟《姓氏急就篇》卷上引《梁四公》作「覹杰」。「覹」同「鱖」。

〔三〕㷣䵚　《姓氏急就篇》卷上作「㷣䵚」。「㷣」同「㷣」。《文昌雜録》作「㷣䵚」。「䵚」同「䵚」。

〔四〕蜀　明沈與文野竹齋鈔本作「贖」，孫校本作「瀆」。按：㷣，今音「熟」。《廣韻》屬入聲「燭」韻，與「贖」均爲神蜀切。「瀆」疑爲「瀆」之誤。

〔五〕仉脋　《姓氏急就篇》卷下、《文昌雜録》、明董斯張《廣博物志》卷四七引《四公記》、《淵鑑類函》作「仉脋」。按：「脋」音「起」，腓也，即小腿肚子，當譌。

〔六〕覩　孫校本譌作「親」。

〔七〕告　原作「吉」，明鈔本、孫校本、明曹學佺《蜀中廣記》卷七八引沈約《蜀闖公傳》皆作「告」，據改。

〔八〕王相　《淵鑑類函》卷三三一引作「旺相」。按：「王」通「旺」。《左傳》僖公十五年杜預注：「臨時占者，或取於象，或取於氣，或取於時日旺相，以成其占。」其中「旺」字別本多作「王」，諸書所引亦並見二字。

〔九〕離之繇曰　原作「《晉》之繇日」，孫校本、《廣博物志》卷四七、《合刻三志》志奇類、《重編説郛》卷一一三《梁四公記》並作「《晉》之繇曰」，明鈔本作「《易》之繇曰」，《四庫全書》本改作「《離》之繇曰」，《蜀中廣記》作「爻之九四」。按：《周易·離卦》：「九四，突如其來如，焚如，死如，棄如。」《晉卦》彖辭：「晉，進也，明出地上，順而麗乎大明，柔進而上行。」作「晉」非是，作「離」是，前文正作「離」。又「日」亦爲「曰」誤字。據《四庫》本改。張國風《太平廣記會校》只據孫校本改「日」爲「曰」。

〔一〇〕昃　原作「歛」，明鈔本作「昃」，孫校本作「斜」。按：前文云「日中則昃」，據明鈔本改。

〔一一〕扶南國　原作「扶昌國」，《廣博物志》卷八引《梁四公記》作「武昌國」。按：《梁書·武帝本紀下》及《諸夷傳》載，大同元年，丹丹、扶南遣使來獻，五年又來。盤盤國大同六年也曾遣使獻物。故疑「扶昌國」當是「扶南國」之誤，今改。

〔一二〕顆大如斗　原作「顆如大斗」，據明鈔本、孫校本及《四庫》本《廣記》、《太平御覽》卷八六五引《梁四公子記》、明陳耀文《天中記》卷四六引《梁四公子記》、清陳元龍《格致鏡原》卷二三引《四公記》改。

〔一三〕七　孫校本作「二」。

〔一四〕八風谷　北宋吴淑《事類賦注》卷一七引《梁四公記》作「入風谷」，下同。

〔一五〕又無高寧酒和之　「無」原作「以」，《御覽》卷八四五引《梁四公記》、《事類賦注》卷一七引作「無」，明彭大翼《山堂肆考》卷一九二引《梁四公記》、《格致鏡原》卷二二引《梁四公記》作「有」。按：觀下文稱高寧酒「滑而色淺」，含讚賞意。賈思勰《齊民要術》卷五：「收青莢小蒸曝之，至冬以釀酒，滑香，宜養老。《詩》云『我有旨蓄，亦以御冬』也。」卷七又云：「蜀人作酴酒……滑如甜酒味，不能醉人。」則酒以滑爲美。據《御覽》、《事類賦注》引改。

〔一六〕鹽城　原譌作「鹽成」，據明鈔本、孫校本、《四庫》本、《御覽》卷八五七引《梁四公記》、《廣博物志》

卷四一引《四公記》改。

〔一七〕時　孫校本作「使時」。

〔一八〕𥕢珀　中華書局排印本將「𥕢」誤排作「醫」（下文不誤），談愷刻本原文作「𥕢」，今改。《御覽》卷八六五引《梁四公子記》作「磬碧珀」，下文則作「碧珀」。明李時珍《本草綱目》卷一一引《梁四公傳》、清吴任臣《山海經廣注》卷八引《梁四公記》作「瑿珀」。按：《玉篇》「石」部：「𥕢，黑石。」《廣韻》「齊」韻：「𥕢，美石，黑色。」「瑿」同「𥕢」。《集韻》「齊」韻：「𥕢，美石黑色。或從玉。」𥕢珀即黑色琥珀。《御覽》引譌。又按：前文未言及𥕢珀，疑有脱文。

〔一九〕帝問杰公群物之異　《御覽》卷八五七引作「帝問杰公何得知」。

〔二〇〕高寧酒　原作「洿林酒」，涉上而誤，據《事類賦注》卷一七、《山堂肆考》卷一九二、《格致鏡原》卷二二改。

〔二一〕西海　原作「四海」，據《廣博物志》卷八、《格致鏡原》卷九九引《梁四公記》改。

〔二二〕誑　孫校本作「狂」。

〔二三〕匹夫　孫校本作「四十人」。

〔二四〕夫犬　原脱「夫」字，以意補。

〔二五〕父母　「母」字原無，據孫校本補。

〔二六〕績　原作「續」，據孫校本改。《御覽》卷八二〇、《天中記》卷五〇引《梁四公記》均作「積」，誤。績，捻也。

〔二七〕毛　孫校本作「鼠」。

〔二八〕可　原作「何」，據明鈔本、《御覽》卷八二〇、南宋高似孫《緯略》卷四、《天中記》卷五〇引《梁四公記》、《廣博物志》卷三七引《四公記》改。

〔二九〕試　孫校本作「訊」。

〔三〇〕冬　明鈔本、孫校本作「又」，連下讀。

〔三一〕玻黎　清黄晟校刊本、《四庫》本、《筆記小説大觀》本作「玻璃」，《御覽》卷八〇八引《梁四公子記》作「頗黎」，《廣博物志》卷三九引《四公記》作「玻瓈」，音義皆同。

〔三二〕物　孫校本作「雲物」，誤。

〔三三〕事　孫校本作「是」，連下讀，《會校》據改。

〔三四〕衆　孫校本作「重」。

〔三五〕藏　孫校本作「歲」。

〔三六〕即　《四庫》本、《御覽》卷八〇八引作「得」。

〔三七〕波羅尼斯　孫校本「尼」作「泥」。按：或又作「痆」。波羅尼斯，漢籍亦譯作婆羅痆斯、波羅痆斯、波羅那斯、波羅奈。唐玄奘《大唐西域記》卷七：「婆羅痆斯國周四千餘里。」

〔三八〕瑞　明鈔本、孫校本作「某」。

〔三九〕爲之　原作「之爲」，據明鈔本、孫校本乙改。

〔四〇〕術　明鈔本作「度」，孫校本作「對」。

〔四一〕又　孫校本作「及」。

〔四二〕蔽於　明鈔本作「人所」。

〔四三〕得色　「得」原作「德」，據孫校本改。按：得色，表情得意。《資治通鑑》卷一七七隋高祖文皇帝開皇九年：「帝之責陳君臣也，陳叔文獨欣然有得色。」胡三省注：「得色，自得其意而形於色。」卷二一七唐玄宗天寶十四載：「上聞禄山定反，乃召宰相謀之，楊國忠揚揚有德色。」胡注：「蜀本作『得色』，當從之。」德色，以有恩德於人而容色自矜。

〔四四〕至若　原作「至苦」，據《四庫》本、《廣博物志》卷二三引《梁四公記》改。

〔四五〕五行　南宋周應合《景定建康志》卷二一《城闕志二·古宮殿·梁五明殿》作「五運」。

〔四六〕二十八宿　原作「八宿」，當脱「二十」二字，今補。

〔四七〕凡十餘日　《建康志》作「九十餘日」。

〔四八〕六藝　《建康志》作「六籍」。

〔四九〕大極殿　黄本、《四庫》本、《筆記小説大觀》本「大」作「太」。按：「大」通「太」。太極殿，梁宮殿名，建成於梁武帝天監十二年（五一三），見《梁書·武帝紀中》。

〔五〇〕洞　清陳鱣校宋本作「兩」。

〔五一〕有長城乃仰公馳誤墮洞中　《四庫》本「馳」作「馳」。陳校本作「曰長城雞仰馳馳誤墮洞中」。明陸楫《古今説海》説淵部别傳十二《震澤龍女傳》、汪雲程《逸史搜奇》癸集一《震澤龍女》、吴大震《廣豔異編》卷二《震澤龍女》、《五朝小説·唐人百家小説·震澤龍女傳》、《廣博物志》卷三七引《廣記》「長城乃仰公馳」作「漁人茅公柁」，「誤」作「偶」。清蓮塘居士《唐人説薈》第十二集、馬俊良《龍威秘書》四集及民國俞建卿《晉唐小説六十種》之《龍女傳·洞庭山穴》同《説海》等，唯「柁」作「柂」。舊題明楊循吉《雪窗談異》山西人民出版社點校本卷四《龍女傳》亦同，「柁」作「舵」。

〔五二〕數日　原作「百有餘日」，不合情理，據《説海》、《逸史搜奇》、《廣豔異編》、《唐人百家小説》、《雪窗談異》、《廣博物志》卷三七、《唐人説薈》、《龍威秘書》、《晉唐小説六十種》改。陳校本作「尚有餘」。

〔五三〕飢　此字原無，據陳校本、《説海》、《逸史搜奇》、《廣豔異編》、《雪窗談異》、《天中記》卷八引《梁四公記》、《四庫》本《記纂淵海》（萬曆重編百卷本）卷七引《梁公記》、《廣博物志》卷五引《梁四公記》及卷三七、《格致鏡原》卷一〇、《唐人説薈》、《龍威秘書》、《晉唐小説六十種》補。

〔五四〕粳米　百卷本《記纂淵海》、《天中記》卷八、《廣博物志》卷五末有「飯」字。

〔五五〕旬餘　此二字原無，據《説海》、《逸史搜奇》、《廣豔異編》、《唐人百家小説》、《雪窗談異》、《廣博物志》卷三七、《唐人説薈》、《龍威秘書》、《晉唐小説六十種》補。

〔五六〕記　原譌作「説」，據許自昌刻本、明鈔本、孫校本、陳校本、《説海》、《逸史搜奇》、《廣豔異編》、《唐人百家小説》、《雪窗談異》、《廣博物志》卷五又卷三七、百卷本《記纂淵海》卷七、《唐人説薈》、《龍威秘書》、《晉唐小説六十種》改。《四庫》本改作「識」。

〔五七〕尋出之　陳校本作「得去」。

〔五八〕爲吴郡守具言其事事聞梁武帝　以上十三字原作「爲吴郡守時乃具事聞梁武帝」，據《説海》、《逸史搜奇》、《廣豔異編》、《唐人百家小説》、《雪窗談異》、《廣博物志》卷三七、《唐人説薈》、《龍威秘書》、《晉唐小説六十種》改。

〔五九〕兩　明鈔本作「西」。

〔六〇〕岸　《天中記》卷八、百卷本《記纂淵海》卷七、《廣博物志》卷五作「峇」。峇，同「凹」。《説海》、《逸史搜奇》、《廣豔異編》、《唐人百家小説》、《雪窗談異》、《廣博物志》卷三七、《唐人説薈》、《龍威秘書》、《晉唐小説六十種》作「穴」。

〔六一〕數　《御覽》卷八〇三引《梁四公記》作「户」。

〔六二〕燒燕　原無「燒」字，據《御覽》卷八〇三引補。

〔六三〕若遣使通信　原無「通」字，據《説海》、《逸史搜奇》、《廣豔異編》、《唐人百家小説》、《雪窗談異》、《廣博物志》卷三七、《唐人説薈》、《龍威秘書》、《晉唐小説六十種》補。《御覽》卷八〇三引作「使通信」。

〔六四〕喜　原作「嘉」，據陳校本、《御覽》卷八〇三、《説海》、《逸史搜奇》、《廣豔異編》、《唐人百家小説》、《雪窗談異》、《廣博物志》卷三七、《唐人説薈》、《龍威秘書》、《晉唐小説六十種》改。

〔六五〕白水鄉郎　「郎」談本原作「即」，汪校本據明鈔本、陳校本改作「郎」，是也。《會校》亦改。《説海》、

《逸史搜奇》、《廣豔異編》、《唐人百家小説》、《雪窗談異》、《廣博物志》卷三七、《唐人説薈》、《龍威秘書》、《晉唐小説六十種》無「鄉」字。《廣記》卷四九二引《靈應傳》：「自鄮縣白水郎，棄官解印。」

〔六六〕仇　原作「宄」，據明鈔本、陳校本、《四庫》本、明馮夢龍《太平廣記鈔》卷六八及《説海》、《逸史搜奇》、《廣豔異編》、《唐人百家小説》、《雪窗談異》、《廣博物志》卷三七、《唐人説薈》、《龍威秘書》、《晉唐小説六十種》改。

〔六七〕可行　《説海》、《逸史搜奇》、《廣豔異編》、《唐人百家小説》、《雪窗談異》、《廣博物志》卷三七、《唐人説薈》、《龍威秘書》、《晉唐小説六十種》作「可無行」。

〔六八〕合浦郡洛黎縣甌越羅子春兄弟三人　「洛黎」，《靈應傳》、南宋羅泌《路史·國名紀三》（《四庫》本）引《梁四公記》作「落黎」，《廣記》明鈔本「洛」作「各」。「三人」原作「二人」，按：篇末云「拜子春爲奉車都尉，二弟爲奉朝請」，「二弟」者乃指弟弟二人，非謂次弟也。若只兄弟二人，則當云「弟」可也。《御覽》卷八〇三作「三人」，據改。

〔六九〕於　明鈔本、《説海》、《逸史搜奇》、《廣豔異編》、《唐人百家小説》、《雪窗談異》、《廣博物志》卷三七、《唐人説薈》、《龍威秘書》、《晉唐小説六十種》作「與」，《會校》據明鈔本改。按：於，與也。《戰國策·齊策一》：「今趙之與秦也，猶齊之於魯也。」

〔七〇〕住宅　《説海》、《逸史搜奇》、《廣豔異編》、《唐人百家小説》、《雪窗談異》、《廣博物志》卷三七作「奉宅」。按：奉宅，奉朝請之宅。《南史》卷五二《梁宗室傳下·蕭暎傳》：「擢爲散騎侍郎，賜以奉宅，朝夕進見。」

〔七一〕今　原譌作「化」，據《説海》、《逸史搜奇》、《廣豔異編》、《唐人百家小説》、《雪窗談異》、《廣博物志》卷三七、《唐人説薈》、《龍威秘書》、《晉唐小説六十種》改。

〔七二〕制徵風召雨戎虜之龍　原作「制徵風雨召戎虜之龍」，據《説海》、《逸史搜奇》、《廣豔異編》、《唐人百家小説》、《雪窗談異》、《廣博物志》卷三七、《唐人説薈》、《龍威秘書》、《晉唐小説六十種》改。

〔七三〕桐柏真人教楊羲　「真」明鈔本譌作「貴」。按：桐柏真人見梁陶弘景《真誥》、北宋張君房《雲笈七籤》等，記載頗多。如《真誥》卷二《運象篇》：「六月二十九日夜，桐柏真人同來降。」「教楊羲」原作「敷揚道義」，陳校本「敷」作「教」。《説海》、《逸史搜奇》、《廣豔異編》、《唐人百家小説》、《雪窗談異》、《廣博物志》卷三七作「教揚義」（《廣博物志》「揚」作「楊」），《唐人説薈》作「教楊羲」，《龍威秘書》、《晉唐小説六十種》作「教揚羲」。按：李商隱《爲舉人上翰林蕭侍郎啓》：「楊羲之石不用之，即無以聘應龍。」乃用此典而稱「楊羲」。楊羲（三三〇—三八六），東晉道教上清派創始人。簡文帝爲丞相時，許謐薦其爲公府舍人。《真誥》卷二〇《真胄世譜》、《雲笈七籤》卷一〇六《楊羲真人傳》有其事蹟。據《唐人説薈》改。

〔七四〕華陽　原作「華龍」，許本、黄本、《四庫》本、《廣記鈔》及《四庫》本《説海》、《廣豔異編》、《唐人説薈》、《龍威秘書》、《晉唐小説六十種》作「華陽」，據改。按：陶弘景，字通明，自號華陽隱居。《梁書》卷五一本傳：「於是止于句容之句曲山。恒曰：『此山下是第八洞宫，名金壇華陽之天，周回一百五十里。昔漢有咸陽三茅君得道，來掌此山，故謂之茅山。』乃中山立館，自號華陽隱居。」汪校、

《會校》均未改。

〔七五〕汰取其精者　原作「汰其甚精者」，據《御覽》卷八〇三、《説海》、《逸史搜奇》、《廣豔異編》、《唐人百家小説》、《雪窗談異》、《廣博物志》卷三七、《唐人説薈》、《龍威秘書》、《晉唐小説六十種》改。

〔七六〕用海魚膠調之　原無「調」字，據《御覽》卷八〇三補。《説海》、《逸史搜奇》、《廣豔異編》、《唐人百家小説》、《雪窗談異》、《廣博物志》卷三七、《唐人説薈》、《龍威秘書》、《晉唐小説六十種》「調」作「膠」。

〔七七〕火堅　談本原譌作「大船」，據《御覽》卷八〇三、《説海》、《逸史搜奇》、《廣豔異編》、《唐人百家小説》、《雪窗談異》、《廣博物志》卷三七、《唐人説薈》（同治八年刻本卷一四）、《龍威秘書》、《晉唐小説六十種》改。汪校據陳校本改作「火燒」，《會校》乃謂沈本（即明鈔本）作「火燒」，而據陳本及《説海》改作「火堅」。

〔七八〕石　原譌作「又」，連下讀，據《御覽》卷八〇三改。

〔七九〕喜　原作「嘉」，據《御覽》卷八〇三改。

〔八〇〕洞中有千歲龍　陳校本「千」作「千餘」。《御覽》卷八〇三引作「洞中有龍五千餘歲」。

〔八一〕又善譯時俗之言　「又」原作「有」，據明鈔本、陳校本改。《御覽》卷八〇三、《廣記鈔》無此字。《説海》、《逸史搜奇》、《廣豔異編》、《唐人百家小説》、《雪窗談異》、《廣博物志》卷三七「有」作「之龍」。

〔八二〕等　此字原無，據《御覽》卷八〇三補。

〔八三〕江岸　此二字原無，據《説海》、《逸史搜奇》、《唐人百家小説》、《雪窗談異》、《唐人説薈》、《龍威秘書》、《晉唐小説六十種》補。《廣豔異編》、《廣博物志》卷三七作「舊岸」。

〔八四〕龍辭去　陳校本、《説海》、《逸史搜奇》、《廣豔異編》、《唐人百家小説》、《雪窗談異》、《廣博物志》卷三七、《唐人説薈》、《龍威秘書》、《晉唐小説六十種》作「已而」。《會校》據陳本、《説海》改。

〔八五〕蛇鶴　此二字原無，據《御覽》卷八〇三補。

〔八六〕之上　原作「上上」，據《御覽》卷八〇三改。

〔八七〕及　明鈔本作「近」。按：下文亦云「光之所及」，當作「及」。

〔八八〕雷電　《御覽》卷八〇三作「雷雹」。

〔八九〕九色　此二字原無，據《御覽》卷八〇三、《説海》、《逸史搜奇》、《廣豔異編》、《唐人百家小説》、《雪窗談異》、《廣博物志》卷三七、《格致鏡原》卷三二、《唐人説薈》、《龍威秘書》、《晉唐小説六十種》補。

〔九〇〕蟲豸　原無「蟲」字，據《御覽》卷八〇三、《説海》、《逸史搜奇》、《廣豔異編》、《唐人百家小説》、《雪窗談異》、《廣博物志》卷三七、《格致鏡原》卷三二、《唐人説薈》、《龍威秘書》、《晉唐小説六十種》補。

〔九一〕其蟲　此二字原無，據《説海》、《逸史搜奇》、《廣豔異編》、《唐人百家小説》、《雪窗談異》、《廣博物志》卷三七、《唐人説薈》、《龍威秘書》、《晉唐小説六十種》補。

〔九二〕目當其凹處　原無「目」字，陳校本、《御覽》卷八〇三作「目當其處」，《説海》、《逸史搜奇》、《廣豔異編》、《唐人百家小説》、《雪窗談異》、《廣博物志》卷三七、《唐人説薈》、《龍威秘書》、《晉唐小説六十種》作「目當其陷處」，據補「目」字。

〔九三〕有臼如鐵鼻　「臼」談本譌作「舊」，汪校據明鈔本改，陳校本亦作「臼」。《説海》、《逸史搜奇》、《廣豔異編》、《唐人百家小説》、《雪窗談異》、《廣博物志》卷三七、《唐人説薈》、《龍威秘書》、《晉唐小説六十種》作「凹」，《會校》據《説海》改，誤。按：臼，舂米器，此指臼狀突起物。《御覽》卷八〇三「鐵鼻」作「鐵蟻皋」，當誤。

〔九四〕爲上　原作「爲之上」，《御覽》卷八〇三、《格致鏡原》卷三二引無「之」字；下句「爲下」亦無「之」字。據删。

〔九五〕蚌珠生於蚌腹　原譌作「珠蚌五於時」，據《説海》、《逸史搜奇》、《廣豔異編》、《唐人百家小説》、《廣博物志》卷三七、《唐人説薈》、《龍威秘書》、《晉唐小説六十種》改。《御覽》卷八〇三作「蚌珠生於其腹」，意同。《雪窗談異》「蚌腹」譌作「蛙腹」。

〔九六〕異　陳校本、《御覽》卷八〇三、《説海》、《逸史搜奇》、《廣豔異編》、《唐人百家小説》、《雪窗談異》、《廣博物志》卷三七、《唐人説薈》、《龍威秘書》、《晉唐小説六十種》作「辯」。辯，通「辨」。

〔九七〕使其自識　「自」陳校本作「是」。「識」原作「適」，據《御覽》卷八〇三改。

〔九八〕以　此字原無，據《説海》、《逸史搜奇》、《廣豔異編》、《唐人百家小説》、《雪窗談異》、《廣博物志》卷三七、《唐人説薈》、《龍威秘書》、《晉唐小説六十種》補。

〔九九〕蟲　明鈔本作「蛇」，陳校本作「衆」。

〔一〇〇〕校　此字原無，據《御覽》卷八〇三補。

〔一〇一〕之　原譌作「八」，據《御覽》卷八〇三改。

按：《新唐書·藝文志》雜傳類著録盧詵《四公記》一卷，注：「一作梁載言。」《崇文總目》傳記類不著撰人。《遂初堂書目》雜傳類作《梁四公記》，無卷數撰人。《中興館閣書目》雜傳類作《梁四公記》一卷，梁載言纂。《通志·藝文略》傳記類作《梁四公子傳》四卷，唐盧詵撰。《宋史·藝文志》傳記類同《中興館閣書目》。《直齋書録解題》卷七傳記類云：「《梁四公記》一卷，唐張説撰。按《館閣書目》稱梁載言纂，《唐志》作盧詵，注云一作梁載言。《邯鄲書目》云載言得之田通，又云别本題張説，或爲盧詵。今按此書卷末所云田通事迹信然，而首題張説，不可曉也。其所記多誕妄，而四公名姓尤怪異無稽，不足深辨。載言，上元二年進士也。」據李淑《邯鄲書目》及陳振孫所云，《梁四公記》原書卷末記有田通事迹，似田通原記此事，而爲梁載言所得編纂行世，然其書題張説撰，故陳氏不解。今按顧況《戴氏廣異記序》明謂「國朝燕公《梁四公傳》」，況去説世未遠，當不誤也。至田、梁云云，意者乃張説記述事之所出，即得其舊文而修訂增補；或竟故弄狡獪，託田、梁以示傳信，亦未可知。《通志略》書名作《梁四公子傳》，以四公爲四公子，宋人書徵引亦時見「四公子」之稱。晚唐蘇鶚《杜陽雜編》卷下「女蠻國」自注：「《梁朝公子傳》云女國有六。」則唐朝傳本已有「公子」之誤也。《通志略》著録作四卷，若非字誤，則四卷本乃一卷之分析耳。

原書不傳，遺文主要見於《太平廣記》。《合刻三志》志奇類、《重編説郛》卷一一三所收《梁四公記》，即《廣記》卷八一所引《梁四公》之删節。前者題梁沈約撰，後者題唐張説。明曹學佺《蜀中廣記》卷七八引有沈約《蜀闖公傳》，亦妄稱沈約，且自製題目。《古今説海》説淵部别傳家取《廣記》卷四一八所引《震澤洞》，易題《震澤龍女傳》，不著撰人。後又取入《五朝小説·唐人百家小説》傳奇家、《逸史搜奇》癸集一、《廣豔異編》卷二（後二書題《震澤龍女》）等，《五朝小説》妄署撰人爲唐薛瑩。《雪窗談異》卷四託名唐薛瑩之《龍女傳》，又載《唐人説薈》第十二集（同治八年刊本卷一四）、《龍威秘書》四集《晉唐小説暢觀》、《晉唐小説六十種》，其《洞庭山穴》（《雪窗談異》無題）亦爲此篇。

宋元書所記四公事，或有不見《廣記》者，疑亦爲《梁四公記》佚文。北宋龐元英《文昌雜録》卷六：「梁四公子，一人姓蜀音攜名闖万（按：據《廣韻》當作丑）禁反，孫原人；一人姓䨲音万名杰音傑，天齊人；一人姓敹音蜀名䲰音湍，浩瀁人；一人姓仉音掌名脋，五阮人。昭明太子曰：『蜀出揚雄《蜀記》，闖出《公羊傳》，䨲出《世本》，字亦作簡，出《三齊記》，杰出《竹書紀年》，敹出《索緯》、《隴西人物志》，䲰出《世本》及《廣雅》，仉出《太乙符》，脋出《史記》。孫原，㭊山名。浩瀁，洮湟之間二水名。五阮，雁門也。』」南宋張敦頤《六朝事迹編類》卷四《樓臺門・儀賢堂》：「梁武帝謙恭待士，大通中，有四人來，年七十餘，鶉衣躡履，行丐經年，無人知者。帝召入儀賢堂，給湯沐，解御服賜之。帝問三教九流及《漢書》事，了如目前，帝心異之。舉朝無識者，惟昭明太子識而禮重之。四人喜揖昭明如舊交，時目之爲四公子。」趙彦衛《雲麓漫鈔》卷六：「梁亦四公子。大通中，帝謙恭待士，忽有四人來，貌可七十，鶉衣躡履，入丹陽郡建康里，行乞經年，無人知。帝居同泰寺講佛經，僧瑳永安、僧慥，通會妙旨，與之談論。四人同謁，二僧住口。帝驚，召入儀賢殿，給湯沐。帝問三教九流及漢朝舊事，了如目前。問其姓名，一人曰姓蜀音攜名闖琛去聲，一人曰姓䴹音萬名杰音傑，一人曰姓敫音贖名䵎音湍，一人曰姓仉音掌名晵音覩。合朝無識者，惟昭明太子識之。四人喜揖昭明，如舊交，目爲四公子。」周應合《景定建康志》卷二一《城闕志二・古宫殿・梁五明殿》引《舊志》：「梁大通中，皇帝謙恭待士。時忽有四人來，貌可七十。鶉衣躡履，入丹陽郡建康里。行已（按：乞字之譌）經年，無人知者。帝召入儀賢堂，給湯沐，解御服衣之。合朝無識之者，惟昭明太子識之。四人喜揖昭明，如其舊交，目爲四公子。帝移四公子入五明殿，更重之。」（又載元張鉉《至正金陵新志》卷一二上《古蹟志・梁五明殿》，文同）王象之《輿地紀勝》卷一七《建康府・歷代宫苑殿閣制度・五明殿》：「梁大同中，有四人，年皆七十許。入建康行乞，無人知者。帝問三教九流及漢朝故事，了如目前。問其姓名，舉朝無識者，惟昭明太子識之。目爲四公子，移入五明殿。」元吴萊《淵穎吴先生文集》卷四《觀梁四公記》詩：「奇士自古有，我聞梁四公。來從何處所，遂到大江東。舉朝無留難，當扆亦動容。胸襟狹海嶽，舌頰翻雷風。發揮衆女國，充拓扶桑宮。巨鰲産駿逸，靈貂披蒙茸。非歟沉淵鼎，或者射日弓。……」其中所述之事，亦有不見所存遺文者。

鏡龍圖記

張説撰

開元三年〔一〕五月十五日，揚州進水心鏡一面，縱橫九寸，青瑩耀日〔二〕。背有盤龍，長三尺四寸五分，勢如生動〔三〕。今上〔四〕覽而異之。進鏡官揚州參軍李守泰曰：「鑄鏡時，有一老人，自稱姓龍名護。鬚髮皓白，眉如絲，垂下至肩，衣白衫。有小童相隨，年十歲，衣黑衣，龍護呼爲玄冥。以五月朔忽來〔五〕，神采有異，人莫之識。謂鏡匠呂暉曰：『老人家住近，聞少年鑄鏡，暫來寓目。老人解造真龍鏡〔六〕，欲爲少年制之，頗將愜于帝意。』遂令玄冥入鑪所，扃閉户牖，不令人到。經三日三夜，門左洞開，呂暉等二十人于院内搜覓，失龍護及玄冥所在。鏡鑪前獲素書一紙，文字小隸，云：『鏡龍長三尺四寸五分，法三才，象四氣，禀五行也。縱横九寸者〔七〕，類九州分野。鏡鼻如明月珠焉。開元皇帝聖通神靈，吾遂降祉。斯鏡可以辟邪〔八〕，鑒萬物。秦始皇之鏡，無以加焉。歌曰：盤龍盤龍，隱于鏡中。分野有象，變化無窮。興雲吐霧，行雨生風。上清仙子，來獻聖聰。』吕暉等遂移鏡爐置船中，以五月五日午時，乃于揚子江心〔九〕鑄之。未鑄前，天地清謐。興造之際，左右江水忽高三十餘尺，如雪山浮江。又聞龍吟，如笙簧之聲，達于數十里。稽諸古老，自鑄鏡以來，未有如斯之異也。」

帝詔有司，别掌此鏡。至開元七年，秦中大旱，自三月不雨至六月〔一〇〕。帝親幸龍堂祈之，不應。問昊天觀道士葉法善曰：「朕敬事神靈，以安百姓。今亢陽如此，朕甚憂之。親臨祈禱，不雨何也？卿〔一一〕見真龍否乎？」對曰：「臣亦曾見真龍。臣聞畫龍四肢骨節，一處得似真龍，即便有感應〔一二〕。用以祈禱，則雨立降。所以未靈驗〔一三〕者，或不類真龍耳。」帝即詔中使孫知古，引法善于内庫徧視〔一四〕之。忽見此鏡，遂還奏曰：「此鏡龍真龍也。」帝幸凝陰殿〔一五〕，並召法善祈鏡龍。頃刻間，見殿棟有白氣兩道，下近鏡龍，龍鼻亦有白氣，上近梁棟。須臾，充滿殿庭，徧散城内，甘雨大澍，凡七日而止。秦中大熟。帝詔集賢待詔吴道子，圖寫鏡龍，以賜法善。（據中華書局版汪紹楹點校本《太平廣記》卷二三一引《異聞録》校録）

〔一〕開元三年　原作「唐天寶三載」，南宋孔傳《後六帖》卷一三引「唐説」（按：脱張字）《鏡龍記》及《分類補注李太白詩》卷二五《代美人愁鏡二首》其二楊齊賢注引「唐記」作「天寶三載」，南宋曾慥《類説》卷二八《異聞集·鏡龍記》、闕名《錦繡萬花谷》前集卷四引《異聞集》、謝維新《古今合璧事類備要》前集卷一六引《異聞集》、明陳耀文《天中記》卷四九引《異聞集》作「天寶中」，陳元靚《歲時廣記》卷二三引《異聞集》、祝穆《古今事文類聚》續集卷二八引《異聞》、明王罃《群書類編故事》卷二〇引《異聞録》、彭大翼《山堂肆考》卷一八二（無出處）作「唐天寶中」。按：「天寶」實爲「開元」之誤，文中明云「開元皇帝」，且中有葉法善，而葉卒於開元八年（見新舊《唐書》本傳），又作者張説卒於開元十八年。下文云「天寶七載，秦中大旱」，亦爲「開元七年」之誤。《舊唐書·玄宗紀上》：「（開元七年）秋七月丙辰，制以亢陽日久，上親録囚徒，多所原免。」亢陽日久正合秦中大旱也。今改，下同。又《太平廣記》體例，常於文首加朝代名，「唐」字必是《廣記》編纂者所加，原文斷非如此，今删。

〔二〕日　《類説》、《事文類聚》、《類編故事》、《天中記》、《山堂肆考》作「目」。

〔三〕生動　《歲時廣記》、《事文類聚》、《類編故事》、《山堂肆考》作「飛動」。

〔四〕今上　原作「玄宗」。按：張説不當稱玄宗廟號，必爲《廣記》編纂者所改，此亦其體例。古者人臣稱當今皇帝，多稱「今上」，《張燕公集》卷一八《太子少傅蘇公神道碑》：「今上踐祚，拜尚書左僕射。」即指睿宗（蘇瓌卒於睿宗景雲元年）。今姑改作「今上」。

〔五〕忽來　明鈔本作「鑄所」，疑當作「忽來鑄所」。

〔六〕鏡　此字原無，據《歲時廣記》、《事文類聚》、《類編故事》補。

〔七〕者　此字原無，據明鈔本補。

〔八〕可以辟邪　《歲時廣記》、《事文類聚》、《類編故事》、《山堂肆考》作「可辟衆邪」。

〔九〕江心　原無「心」字，據《類説》、《萬花谷》、《歲時廣記》、《事文類聚》、《事類備要》、《類編故事》、《天中記》、《山堂肆考》補。

〔一〇〕自三月不雨至六月　明鈔本作「自二月至六月不雨」。

〔一一〕卿　明鈔本下有「嘗」字。

〔一二〕感應　明鈔本作「靈驗」，張國風《太平廣記會校》據改。

〔一三〕靈驗　明鈔本作「報應」，《會校》據改。

〔一四〕視　明鈔本作「閲」，《會校》據改。

〔一五〕凝陰殿　元駱天驤《類編長安志》卷三引《異聞集》：「紫雲閣在嘉政殿之東，前有池。天寶年秦中大旱，明皇於此殿令葉法善祠鏡龍，遂得甘雨。」按：《長安志》、《唐兩京城坊考》無嘉政殿。

按：宋末王應麟《玉海》卷九一引《中興書目》，著録《鑑龍圖記》一卷，張説撰。《宋史·藝文志》小説類亦有著録。《類説》卷二八摘録陳翰《異聞集》，中有《鏡龍記》，此即《鑑龍圖記》，宋人避諱改「鏡」爲「鑑」。《類説》摘録頗簡，《廣記》卷二三一所引《異聞録》（即《異聞集》），殆全文。《孔帖》卷一三節引「唐説《鏡龍記》」，「唐説」即「唐張説」，奪「張」字。《分類補注李太白詩》注引作「唐記」，蓋本《孔帖》而誤「説」爲「記」。

緑衣使者傳

張説撰

長安城中有豪民〔一〕楊崇義者，家富數世，服玩之屬，僭於王公。崇義妻劉氏，有國色，與鄰舍兒李弇私通，情甚於夫，遂有意欲害崇義。忽一日醉歸，寢於室中。劉氏與李弇同謀而害之，埋於枯井中。其時僕妾輩並無所覺，惟有鸚鵡一隻在堂前架上。洎殺崇義之後，其妻却令童僕四散尋覓其夫，遂經府陳詞，言其夫不歸，竊慮爲人所害。府縣官吏日夜捕賊，涉疑之人及童僕輩，經栲捶者百數人，莫究其弊。後來縣官等再詣崇義家檢校，其架上鸚鵡忽然聲屈。縣官遂取於臂上，因問其故。鸚鵡曰：「殺家主者劉氏、李弇也。」官吏等遂執縛劉氏，及捕李弇下獄，備招情款。府尹具事案奏聞，明皇歎訝久之。其劉氏、李弇依刑處死，封鸚鵡爲緑衣使者，付後宫養餵。〔二〕（據上海涵芬樓景印明顧元慶《顧氏文房小説》刊本王仁裕《開元天寶遺事》卷上校録）

〔一〕豪民　宋朱勝非《紺珠集》卷一王仁裕《開元天寶遺事·緑衣使者》、《孔帖》卷九四及《錦繡萬花谷》後集卷四〇引《開元遺事》作「富民」。

〔二〕按：《紺珠集》云：「長安富民楊崇義妻劉氏有色，與鄰人李弇通，共殺崇義，遂謀葬日。將葬，客集崇義家。有鸚鵡謂人曰：『殺主者劉氏、李弇也。』遂敗。明皇聞之。封鸚鵡緑衣使者，後人因以呼之。」（按：此據《四庫全書》本，明天順刻本有譌誤。）《孔帖》、《萬花谷》文同，事與今本有異。

按：《開元天寶遺事》題《鸚鵡告事》，末云：「張説後爲《緑衣使者傳》，好事者傳之。」原文不傳，此爲梗概。

傳書鷰

張説撰

長安豪民郭行先，有女子紹蘭，適巨商任宗，爲賈於湘中，數年不歸，復音信不達。紹蘭目覩堂中，有雙鷰戲於梁間，蘭長吁而語於鷰曰：「我聞鷰子自海東來，往復必經由於湘中。我婿離家不歸數歲，蔑有音耗，生死存亡，弗可知也。欲憑爾附書，投於我婿。」言訖淚下。鷰子飛鳴上下，似有所諾。蘭復問曰：「爾若相允，當泊我懷中。」鷰遂飛於膝上。蘭遂吟詩一首云：「我婿去重湖，臨窗泣血書。殷勤憑鷰翼，寄與薄情夫。」蘭遂小書其字，繫於足上，鷰遂飛鳴而去。任宗時在荆州，忽見一鷰飛鳴於頭上。宗訝視之，鷰遂泊於肩上，見有一小封書繫在足上。宗解而示〔一〕之，乃妻所寄之詩。宗感而泣下，鸗復飛鳴而去。宗次年歸，首出詩示蘭。（據上海涵芬樓景印明顧元慶《顧氏文房小説》刊本王仁裕《開元天寶遺事》卷下校録）

〔一〕示　《四庫全書》本、中華書局曾貽芬點校本作「視」。按：示，通「視」。

按：《開元天寶遺事》題《傳書鸗》，末云：「後文士張説傳其事，而好事者寫之。」意謂作傳行世，而爲好事之徒傳鈔。《情史類略》卷二三《燕》鈔録此條，末改云：「宰相張説叙其事而傳之。」指明乃宰相張説作傳，頗是。原傳不存，《開元天寶遺事》撮述大意。所題《傳書鸗》非原題，原題不可考，姑依之。

唐晅手記

唐　晅　撰

唐晅，開元間晉昌（今甘肅酒泉市瓜州縣東南）人。（據本篇）

唐晅者，晉昌人也。其姑適張恭，即安定張軌〔一〕之後。隱居滑州衛南縣〔二〕，人多重之。有子三人，進士擢第。女三人：長適辛氏；次適梁氏；小女姑鍾念〔三〕，習以詩禮，頗有令德。開元中，父亡，哀毀過禮。晅常慕之，及終制，乃娶焉，而留之衛南莊。開元十八年，晅以故入洛，累月不得歸。夜宿主人，夢其妻隔花泣，俄而窺井笑。及覺，心惡之。明日，就日者〔四〕問之，曰：「隔花泣者，顔隨風謝；窺井笑者，喜於泉路也。」居數日，果有凶信，晅悲慟倍常。

後數歲，方得歸衛南。追其陳迹，感而賦詩曰：「寢〔五〕室悲長簟，粧樓泣鏡臺。獨悲桃李節，不共夜泉〔六〕開。魂兮若有感，髣髴夢中來。」又曰：「常時華堂〔七〕静，笑語度更籌。恍惚〔八〕人事改，冥寞委荒丘。陽原歌《薤露》，陰壑悼藏舟。清夜莊〔九〕臺月，空想晝眉愁。」是夕，風露清虚，晅耿耿〔一〇〕不寐。更深，悲吟前悼亡詩，忽聞暗中若泣聲，初遠漸近。晅驚惻，覺有異。乃祝之曰：「儻是十娘子之靈，何惜一見相叙〔一一〕也。勿以幽冥，隔礙宿昔之愛。」須臾，聞言曰：「兒即〔一二〕張氏也，聞君悲吟相念，雖處陰冥，實所惻愴。媿君誠心，不以沉魂可棄，每所記念，是以此夕與君相聞。」晅驚嘆，流涕嗚咽曰：「在心之事，卒難申叙，然須得一見顔色，死不恨矣。」答曰：「隱顯道隔，相見殊難。亦慮君有〔一三〕疑心，妾非不欲盡也。」晅詞益懇，誓無疑貳。

俄而聞喚羅敷取鏡，又聞暗中颯颯然人行聲。羅敷先出前拜，言：「娘子欲叙夙昔，正期與七郎相見〔一四〕。」晅問羅敷曰：「我開元八年，典汝與仙州康家。聞汝已於康家死矣，今何得在此？」答曰：「被娘子贖來，令〔一五〕看阿美。」阿美即晅之亡女也。晅又惻然。須臾命燈燭，立於阼階之北。晅趨前，泣而拜，妻答拜。晅乃執手，叙以平生。妻亦流涕，謂晅曰：「陰陽道隔，與君久别，雖冥寞無據，至於相思，嘗不去心。今六合之日，冥官感君誠懇，放兒蹔來。千年一遇，悲喜兼集。又美娘幼小〔一六〕，囑付無人。今夕何夕，再遂申款。」晅乃命家人列拜起居。徙燈入室，施布帷帳，不肯先坐。乃曰：「陰陽尊卑，以生人爲貴，君可先坐。」晅即如言。笑謂晅曰：「君情既不易平生，然聞已再婚，新故有間乎？」晅甚怍〔一七〕。妻曰：「論業君合〔一八〕再婚，君新人在淮南，吾亦知甚平善。」因語：「人生修短，固有定乎？」答曰：「必定矣。」又問：「佛稱宿因〔一九〕，不謬乎？」答曰：「理端可鑒，何謬之有？」又問：「佛與道，孰是非？」答曰：「同源異派耳。別有太極仙品、總靈之司，出有入無之化，其道大哉〔二〇〕。其餘悉如人間所説，今不合具言，彼此爲累〔二一〕。」晅懼，不敢復問。

因問欲何膳，答曰：「冥中珍羞亦備，唯無漿水粥〔二二〕，不可致耳。」晅即令備之。既至，索別器，攤〔二三〕之而食，向口如盡，及徹之，粥宛然在〔二四〕。晅悉飯其從者。有老姥〔二五〕，不肯同坐。妻曰：「倚〔二六〕是舊人，不同群小。」謂晅曰：「此是紫菊嬭〔二七〕，豈不識耶？」晅方記念，別席飯之〔二八〕。其餘侍者，晅多不識。聞呼名字，乃是晅從京迴日，多剪紙人奴婢所題之名。問妻，妻曰：「皆君所與者。」乃知錢財奴婢，無不得也。妻曰：「往日常弄一金鈒鏤合子〔二九〕，藏于堂屋西北斗栱中，無有人知處。」晅取果得。又曰：「豈不欲見美娘乎？今已長成〔三〇〕。」晅曰：「美娘亡時襁褓，地下豈受歲乎？」答曰：「無異也。」須臾，美娘至，可五六歲，晅撫之而泣。妻曰〔三一〕：「莫抱，驚兒。」羅敷却抱，忽不見。晅令下簾帷，申繾綣，宛如平生，但〔三二〕覺手足呼吸冷耳。又問冥中居何處，答曰：「在舅姑左右。」晅曰：「娘子神靈如此，何不還返生？」答曰：「人死之後，魂魄異處，皆有所録，杳不關形骸也。君何不驗夢中，安能記其身也？兒亡之後，都不記死時，亦不知殯葬之處。錢財奴婢，君與則知。至如形骸，實總不管。」

既而綢繆。夜深，晅曰：「同穴不遠矣。」妻曰：「曾聞合葬之禮，蓋同形骸；至精神，實都不見。何煩此言也。」晅曰：「婦人没地下〔三三〕，亦有再適乎？」答曰：「死生同流，貞邪各異。且兒亡，堂上欲奪兒志，嫁與北庭都護鄭乾觀姪明遠。兒誓志確然，上下矜閔，得免。」晅聞撫然〔三四〕，感懷而贈詩曰：「嶧陽桐半死，延津劍一沈。如何宿昔内，空負百年心。」妻曰：「方見君情，輒欲留答，可乎？」晅曰：「曩日不屬文，何以爲詞？」妻曰：「文詞素慕，慮君嫌猜而不爲，言志之事〔三五〕，今夕何爽〔三六〕！」遂裂帶題詩曰：「不分〔三七〕殊幽顯，那堪異古今。陰陽途自隔，聚散兩難心。」又曰：「蘭階兔月斜，銀燭半含花。自憐長夜客，泉路以爲家。」晅含涕言叙[三八]，悲喜之間，不覺天明。

須臾，聞扣門聲，言[三九]：「翁婆使丹參傳語，令催新婦，恐天明冥司督責。」妻泣而起，與晅訣別，晅修啓狀以附之。整衣，聞香郁然，不與世同。晅問[四〇]：「此香何方得？」答言：「韓壽餘香。兒來，堂上見賜。」晅執手曰：「何時再一見？」答曰：「四十年耳。」留一羅帕[四一]子，與晅爲念。晅答一金鈿合子。即曰：「前途日限[四二]，不可久留。自非四十年外，無相見期[四三]。若於墓祭祀，都無益。必有相饗，但於月盡日黄昏時，於野田中，或於河畔，呼名字，兒盡得也。怱怱不果久語[四四]，願自愛。」言[四五]訖，登車而去。揚袂，久之方滅，舉家皆見。（據中華書局版汪紹楹點校本《太平廣記》卷三三二引《通幽記》校録）

〔一〕張軌　原譌作「張軏」，據明沈與文野竹齋鈔本、南宋沈氏《鬼董》卷五、明梅鼎祚《才鬼記》卷三《唐晅妻》（末注《通幽記》）改。清孫潛校本、明陸楫《古今説海》説淵部别傳二十六《唐晅手記》、汪雲程《逸史搜奇》戊集十《唐晅》、吴大震《廣豔異編》卷一〇《唐晅手記》作「張輒」，亦譌。按：張軌（二五五—三一四），字士彦。西晉安定烏氏（今寧夏固原市東南）人。永寧元年（三〇一）拜涼州刺史，衛土勤王有功，累遷侍中、太尉、涼州牧、西平郡公。在涼勸農桑，立學校，重用本地士人，河西於時獨盛。卒謚武穆。其後張祚稱涼王，太元元年（三七六）國滅。張氏割據河西八十餘年。見《晉書》卷八六《張軌傳》。

〔二〕衛南縣　原無「縣」字，據明鈔本、孫校本、清陳鱣校宋本、《鬼董》補。《説海》、《逸史搜奇》、《廣豔異編》、《才鬼記》作「渭南縣」，誤。

〔三〕念　明鈔本作「愛」。

〔四〕日者　清黄晟校刊本、《四庫全書》本作「占者」，《鬼董》作「卜者」，意同。

〔五〕寢　《説海》、《逸史搜奇》、《廣豔異編》、明詹詹外史《情史類略》卷八《唐晅》作「幽」。

〔六〕夜泉　《説海》、《逸史搜奇》、《廣豔異編》、《情史》作「一時」。

〔七〕堂　明鈔本、孫校本、陳校本、《説海》、《逸史搜奇》、《廣豔異編》作「室」。

〔八〕恍惚　《鬼董》作「夜觥」。

〔九〕莊　《四庫》本、《筆記小説大觀》本及《説海》、《逸史搜奇》、《廣豔異編》、《才鬼記》作「粧」。《鬼董》、清蓮塘居士《唐人説薈》第十六集及馬俊良《龍威秘書》四集《靈鬼志·唐晅》作「妝」。莊，通「粧」、「妝」。

〔一〇〕耿耿　明鈔本、孫校本、陳校本、《鬼董》作「耿歎」，《説海》、《逸史搜奇》、《廣豔異編》作「耿耿歎」，衍一「耿」字。張國風《太平廣記會校》據改。按：《詩經·邶風·柏舟》：「耿耿不寐，如有隱憂。」《楚辭·遠遊》：「夜耿耿而不寐兮，魂營營而至曙。」洪興祖補注：「耿耿，不安也。」耿歎，悲傷感歎，耿，悲傷。《舊唐書》卷八八《蘇瓌傳》：「松檟已遠，風烈猶存，緬懷誠節，良深耿歎。」

〔一一〕一見相叙　原作「一相見叙」，據《説海》、《逸史搜奇》、《廣豔異編》、《才鬼記》、《情史》乙改。明冰華居士《合刻三志》志鬼類《靈鬼志·唐晅》，《唐人説薈》、《龍威秘書》、民國俞建卿《晉唐小説六十種》之《靈鬼志·唐晅》作「一見」。明鈔本、孫校本、陳校本作「一言叙」，《會校》據改。

〔一二〕即 原譌作「郎」，據明鈔本、《鬼董》、《説海》、《逸史搜奇》、《廣豔異編》、《才鬼記》、《情史》改。《靈鬼志》無此字。

〔一三〕有 原作「亦有」，據明鈔本、《鬼董》、《説海》、《逸史搜奇》、《廣豔異編》、《才鬼記》、《情史》、明馮夢龍《太平廣記鈔》卷五八、《合刻三志》、《唐人説薈》、《龍威秘書》删「亦」字。《四庫》本改作「或起」。

〔一四〕欲叙夙昔正期與七郎相見 明鈔本作「欲得于階上相見」

〔一五〕令 原作「今」，據《廣記鈔》、《説海》、《靈鬼志》改。孫校本、《逸史搜奇》、《廣豔異編》、《才鬼記》、《情史》作「會」。

〔一六〕又美娘幼小 「幼」原作「又」，據明鈔本、《四庫》本、《廣記鈔》、《合刻三志》、《唐人説薈》、《龍威秘書》改。《説海》、《逸史搜奇》、《廣豔異編》、《才鬼記》作「況美娘又小」，《情史》作「況美娘幼小」。

〔一七〕作 孫校本、陳校本、《説海》、《逸史搜奇》、《廣豔異編》、《才鬼記》作「悲怍」。

〔一八〕合 陳校本作「命」。

〔一九〕因 陳校本作「緣」。

〔二〇〕哉 孫校本、《説海》、《逸史搜奇》、《廣豔異編》作「載」。載，承載。

〔二一〕累 明鈔本作「殿累」。殿，後也。

〔二二〕唯無漿水粥　《靈鬼志》作「最重者唯漿水粥」。

〔二三〕攤　《説海》、《逸史搜奇》、《廣豔異編》作「推」，當譌。

〔二四〕在　此字原無，據《説海》、《逸史搜奇》、《廣豔異編》、《才鬼記》、《情史》補。

〔二五〕姥　明鈔本、陳校本作「奶」。

〔二六〕倚　明鈔本、《情史》作「伊」。《廣記鈔》譌作「你」。按：倚者，憑仗，倚老賣老之謂。《靈鬼志》作「妳」，同「奶」、「嬭」。

〔二七〕嬭　《合刻三志》、《唐人説薈》、《龍威秘書》作「妳」，《説海》、《逸史搜奇》、《廣豔異編》、《情史》作「姥」。

〔二八〕飯之　「之」字原無，據《説海》、《逸史搜奇》、《廣豔異編》、《才鬼記》、《情史》補。《廣記鈔》、《靈鬼志》作「具飯」。

〔二九〕往日常弄一金鈒鏤合子　《鬼董》、《説海》、《逸史搜奇》、《廣豔異編》、《情史》「常」作「嘗」。「鈒」字原無，據明鈔本、孫校本、陳校本及《鬼董》、《説海》、《逸史搜奇》、《廣豔異編》、《才鬼記》、《情史》補。鈒，用金銀鑲嵌。

〔三〇〕長成　陳校本作「成長」。

〔三一〕曰　明鈔本作「戒」。

〔三二〕但　原作「晅」，據《鬼董》、《説海》、《逸史搜奇》、《廣豔異編》、《情史》、《廣記鈔》、《靈鬼志》改。黄本、《四庫》本作「惟」。

〔三三〕下　此字原作「不」，屬下讀，據陳校本、《鬼董》、《説海》、《逸史搜奇》、《廣豔異編》、《才鬼記》、《情史》、《靈鬼志》改。

〔三四〕撫然　明鈔本、《鬼董》、《説海》、《逸史搜奇》、《廣豔異編》、《情史》作「憮然」。撫，通「憮」。

〔三五〕言志之事　《説海》、《逸史搜奇》、《廣豔異編》、《才鬼記》作「言中心之事」。

〔三六〕爽　《四庫》本作「妨」，《鬼董》作「害」。

〔三七〕不分　明鈔本作「不忿」。按：不分、不忿，義同，心中忿懣不平之意。《南齊書》卷三三《王僧虔傳》：「庾征西翼書，少時與右軍齊名，右軍後進，庾猶不分。」五代王定保《唐摭言》卷一三：「柳公權，武宗朝在内廷。上常怒一宫嬪久之，既而復召。謂公權曰：『朕怪此人，然若得學士一篇，當釋然矣。』……公權略不佇思，而成一絶曰：『不分前時忤主恩，已甘寂寞守長門。今朝却得君王顧，重入椒房拭淚痕。』上大悦，賜錦綵二十疋，令宫人拜謝之。」（《四庫全書》本）

〔三八〕言叙　《鬼董》作「吟諷」。

〔三九〕言　此字原無，據明鈔本、孫校本、《鬼董》、《説海》、《逸史搜奇》、《廣豔異編》、《才鬼記》、《情史》、《唐人説薈》、《龍威秘書》、《晉唐小説六十種》補。

〔四〇〕晅問　此二字原無，據《説海》、《逸史搜奇》、《廣豔異編》補。

〔四一〕帕　原作「帛」，據明鈔本改。

〔四二〕限　孫校本作「永」。

〔四三〕自非四十年外無相見期　原作「自非四十年内」，據《説海》、《逸史搜奇》、《廣豔異編》、《才鬼記》、《情史》、《唐人説薈》、《龍威秘書》、《晉唐小説六十種》改補。

〔四四〕不果久語　明鈔本作「不能久顧」。

〔四五〕言　此字原無，據許本、陳校本、《廣記鈔》、《鬼董》、《説海》、《逸史搜奇》、《廣豔異編》、《才鬼記》、《靈鬼志》補。

按：此作原載於陳劭《通幽記》，末云「事見唐晅手記」，是則採唐晅本人自作。原文當爲第一人稱，陳劭録入《通幽記》改作第三人稱。原題不可知。南宋沈氏《鬼董》卷五採入此記，删去原文「開元」字樣，冒充宋事。《古今説海》説淵部別傳二十六、《逸史搜奇》戊集十、《廣豔異編》卷一〇、《才鬼記》卷三、《情史類略》卷八均自《廣記》録入。《説海》、《廣豔異編》題《唐晅手記》，《才鬼記》題《唐晅妻》，末注《通幽記》，其餘二書題《唐晅》，同《廣記》。又《合刻三志》志鬼類、《唐人説薈》第十六集、《龍威秘書》四集《晉唐小説暢觀》、《晉唐小説六十種》之《靈鬼志》（託名唐常沂撰），中亦有《唐晅》。《合刻三志》文字有删，《唐人説薈》據《廣記》、《説海》有所補苴，《龍威秘書》、《晉唐小説六十種》同。

晅妻亡於開元十八年（七三〇），後數歲歸見亡妻，則本篇作於開元二十幾年。

唐五代傳奇集第一編卷九

郗鑒

牛　肅　撰

牛肅，懷州河内（今河南沁陽市）人。祖籍京兆涇陽（今屬陝西咸陽市）。父上士，弟聳、成，聳官太常博士。肅官終岳州刺史。長女應貞，開元二十八年（七四〇）或次年病卒，年二十四，曾撰《魍魎問影賦》。（據《元和姓纂》卷五及牛肅《紀聞》）

滎陽鄭曙，著作郎鄭虔之弟也。博學多能，好奇任俠。嘗因會客，言及人間奇事。曙曰：「諸公頗讀《晉書》乎？見太尉郗鑒事跡否？《晉書》雖言其人死，今則存。」坐客驚曰：「願聞其説。」

曙曰：「某所善武威段歘，爲定襄令。歘有子曰砉〔一〕，少好清虚，慕道，不食酒肉。年十六，請於父曰：『願尋名山，訪異人求道。』歘許之，賜錢十萬，從其志。段子天寶五載行過魏郡，舍於逆旅。逆旅有客焉，自駕一驢，市藥數十斤，皆養生辟穀之物也。而其藥有難求未備者，日日於市邸謁胡商覓之〔二〕。砉視此客，七十餘矣，雪眉霜鬢，而貌如桃花，亦不食穀。邵知是道者，大喜。伺其休暇，市珍果美膳、藥食醇醪薦之。客甚驚，謂邵曰：『吾山叟，市藥來此，不願世人知，子何得覺吾而致此耶〔三〕？』邵曰：『某雖幼齡，性好虚静。見翁所爲，必是道者，故願歡會。』客悦爲飲。至夕，因同宿。數日事畢將去，謂邵曰：『吾姓孟，名期思，居在恒山，於行唐縣西北九〔四〕十里。子欲知，吾名氏如此。』邵又爲祖餞，叩頭誠祈，願至山中，諮受道要。叟曰：『若然者，觀子志堅，可與居矣。然山中居甚苦，須忍饑寒，故學道之人多生退志。又山中有耆宿，當須啓白。子熟計之。』邵又固請，叟知其有志，乃謂之曰：『前至八月二十日，當赴行唐，可於西北行三十里，有一孤姥莊〔五〕。莊内孤姥甚是奇人，汝當謁之，因言行意，坐以須我。』邵再拜受約。

至期而往，果得此孤莊。老姥出問之，邵具以告姥。姥喜〔六〕，撫背言曰：『小子年幼若此，而能好道，美哉！』因納其囊裝於櫃中，坐邵于堂前閤内。姥家甚富，給邵所須甚厚。居二十日而孟先生至，顧邵言曰：『本謂率語耳，寧期果來。然吾有事到恒州，汝且居此，數日當返。』如言却到，又謂邵曰：『吾更啓白耆宿，當與君俱往。』數日復來，令姥盡收掌邵資裝，而使邵持隨身衣衾往。邵於是從先生入。初行三十里，大艱險，猶能踐履。又三十里，即手捫藤葛，足履嵌巖，魂竦汗出，而僅能至。其所居也，則東向南向，盡崇山巨石，林木森翠。北面差平，即諸陵〔七〕嶺。西面懸下，層谿千仞，而有良田，山人頗種植。

其中有瓦屋六間，前後數架。在其北，諸先生居之。東廂有廚竈。飛泉簷間落地，以代汲井。其北户内，西二間爲一室，閉其門；東西間爲二室，有先生六人居之。其室前廡下，有數架書，三二千卷，穀千石，藥物至多，醇酒常有數石。朁既謁諸先生，先生告曰：『夫居山異於人間，亦大辛苦，須忍饑餒，食藥餌。能甘此，乃可居，子能之乎？』朁曰：『能。』於是留止。凡五日，孟先生曰：『今日盍謁老先生。』於是啓西室。室中有石堂，堂北開，直下臨眺川谷，而老先生據繩床，北面而齋心焉。朁敬〔八〕謁拜老先生。先生良久開目，謂孟叟曰：『是爾所言者耶？此兒佳矣，便與汝充弟子。』於是辭出，又閉户。其庭前臨西澗，有松樹十株，皆長數仞。其下盤石，可坐百人，則於石中鐫局。諸先生休暇，常對棊而飲酒焉。朁爲侍者，覩〔九〕先生棊，皆不工也。因教其形勢，諸先生曰：『汝亦曉棊，可坐。』因與諸叟對，叟皆不敵。於是老先生命開户出，植杖臨崖而立，西望移時。因顧謂叟：『可對棊。』孟期思曰：『諸人皆不敵此小子。』老先生笑，因坐，召朁：『與爾對之。』既而先生棊少〔一〇〕劣於朁，又微笑謂朁曰：『欲習何藝乎？』朁幼年，不識〔一一〕求方術，而但言願且受《周易》。老先生詔孟叟受〔一二〕之。老先生又歸室，閉其門。朁習《易》踰年，而日曉〔一三〕占候布卦，言事若神。朁在山四年，前後見老先生出户，不過五六度，但於室内端坐繩床，正心禪觀，動則三百二百日不出。老先生常不多開目，貌有童顔，體至肥充，都不復食。每出禪時，或飲少藥汁，亦不識其藥名。後老先生忽云：『吾與南岳諸葛仙家爲期，今到矣，須去。』砉在山久，忽思家，因請還家省覲，即却還。孟先生怒曰：『歸即歸矣，何却還之有！』因白老先生。先生讓孟叟曰：『知〔一四〕此人不終，何與來也？』於是使歸。

「歸後一歲，又却尋諸先生，至則室屋如故，門户封閉，遂無一人。下山問孤莊老姥，姥曰：『諸先生不來，尚〔一五〕一年矣。』砉因悔恨殆死。砉在山間，常問孟叟：『老先生何姓名？』叟取《晉書·郗鑒傳》令讀〔一六〕之，謂曰：『欲識老先生，即郗太尉也。』」（據中華書局版汪紹楹點校本《太平廣記》卷二八引《記聞》校録）

〔一〕砉　明沈與文野竹齋鈔本、清孫潛校本作「碧」，下同。又明胡應麟《少室山房筆叢》卷四三《玉壺遐覽二》：「郗鑒得道居名山，唐時尚存。」注：「有段碧者見之。見《太平廣記》中。」

〔二〕胡商覓之　「胡商」明鈔本、孫校本作「商胡」，張國風《太平廣記會校》據改。「覓」孫校本作「取」。

〔三〕耶　明鈔本、孫校本作「飯」。

〔四〕九　孫校本作「凡」。

〔五〕孤姥莊　孫校本作「姥孤莊」，其餘「姥」字皆作「母」。

〔六〕喜　此字原無，據明鈔本補。

〔七〕陵　孫校本作「峻」。

〔八〕敬　明鈔本、孫校本作「則」。

〔九〕覩　明鈔本、孫校本作「覘」。

〔一〇〕少　明鈔本作「亦」。

〔一一〕識　明鈔本、孫校本作「先」。

〔一二〕受　明鈔本、孫校本、《四庫全書》本作「授」。按：受，通「授」。

〔一三〕日曉　孫校本作「早晚」。

〔一四〕知　明鈔本、孫校本作「如」。

〔一五〕尚　明鈔本、《四庫》本作「向」。按：尚，庶幾，差不多。向，大約。

〔一六〕讀　孫校本作「誦」。

按：《崇文總目》小説類、《新唐書·藝文志》小説家類、《通志·藝文略》傳記類冥異目、《宋史·藝文志》小説類著録牛肅《紀聞》十卷。《宋志》云崔造注。原書不存。《太平廣記》引用一百二十六條，或題作《記聞》、《紀聞録》、《紀録》、《紀聞列異》。觀《紀聞列異》之稱，原書當分類，有《列異篇》也。崔造注存十餘條。《廣記》所引有三條非出本書（卷四二二《資州龍》、卷四三七《楊生》、卷四六一《王軒》），皆誤注出處。另外《太平寰宇記》卷一〇二及《晏元獻公類要》卷二一引有三條。舊有鈔本十卷，見丁丙《善本書室藏書志》卷二一、陸心源《皕宋樓藏書志》

卷六二，皆爲輯本，今分别藏臺北「中央圖書館」與日本静嘉堂。

《紀聞》多記開元、天寶間事，而《張去逸》（《廣記》卷一五〇）稱「乾元元年，詔中書令崔圓持節册爲皇后」，《李虚》（《廣記》卷一〇四）云「敕到豫州」，不避代宗諱（按：上元三年四月，代宗李豫即位，改元寶應，改豫州爲蔡州，見《新唐書·地理志二》），且崔造（七三七—七八七）曾爲《紀聞》作序（按：崔造兩《唐書》有傳，代宗朝任左司員外郎，德宗朝任建州刺史、吏部郎中、給事中。貞元二年拜相，秋罷爲太子右庶子，明年九月卒）。然則本書之成當在肅宗朝乾元元年至上元三年（七五八—七六二）間（按：《張去逸》首云「肅宗張皇后祖母竇氏」，稱肅宗廟號，又《廣記》卷一四三引《王儦》亦稱肅宗，當爲《廣記》編纂者所改，非原文如此），乃晚年之作。

王賈

牛肅　撰

婺州參軍王賈〔一〕，本太原人。移家覃懷，而先人之壟在於臨汝。賈少而聰穎，未嘗有過，沉静少言。年十四，忽謂諸兄曰：「不出三日，家中當恐，且有大喪。」居二日，宅中大〔二〕火，延燒堂室。祖母〔三〕年老震驚，自投于牀而卒。兄以賈言聞諸父，諸父訊賈，賈曰：「卜筮而知。」後又白諸父曰：「太行南泌河灣澳内，有兩龍居之。欲識真龍，請同觀之。」諸父怒曰：「小子好詭言駭物，當笞之。」賈跪曰：「實有，故請觀之。」諸父因與同行〔四〕，賈請具雨衣。於是至泌河浦〔五〕深處，賈入水，以鞭畫之，水爲之分。下有大石，二龍盤繞之，一白一黑，各長數丈。見人沖天，諸父大驚，良久瞻視。賈曰：「既見矣，將復之〔六〕。」因以鞭揮之，水合如舊，則雲霧晝昏，雷電且至。賈曰：「諸父馳去。」因馳。未里餘，飛雨大注。方知非常人也。

賈年十七，詣京舉孝廉。既〔七〕擢第，乃娶清河崔氏。後〔八〕選授婺州參軍。還過東都，賈母之表妹死已經年，常於靈帳發言，處置家事。兒女僮妾，不敢爲非。每索飲食衣服，有不應求，即加笞駡，親戚咸怪之。賈曰：「此必妖異。」因造姨宅，唁姨諸子。先是姨謂諸子曰：「明日王家外甥來，必莫令進。此小子大罪過人。」賈既至門，不得進。賈令召老蒼頭，謂曰：「宅内言者，非汝主母，乃妖魅耳。汝但私語汝諸郎〔九〕，令引我入，當爲除去之。」家人素病之，乃潛言於諸郎。諸郎亦悟，因哭令〔一〇〕賈入。賈拜〔一一〕弔已，因向靈言曰：「聞姨亡來大有神〔一二〕，言語如舊，今故謁姨，何不與賈言也？」不應。賈又邀之曰：「今故來謁，姨若不言，終不去矣，當止於此。」魅知不免〔一三〕，乃帳中言曰：「甥比佳乎？何期〔一四〕别後，生死遂隔。汝不忘吾，猶能相訪，愧不可言。」因涕泣。言語泣聲〔一五〕，皆姨平生聲也。諸子聞之號泣。姨令具饌，坐賈於前，命酒相對，慇懃不已。醉後，賈因請曰：「姨既神異，何不令賈見形〔一六〕？」姨曰：「幽明道殊，何要相見！」賈曰：「姨不能全出，請露半〔一七〕面。不然，呈一手一足，令賈見之。如不相示，亦終不去。」魅既被邀苦至，因見左手於几〔一八〕，宛然又姨之手也。諸子又號泣。賈因前執其手，姨驚，呼諸子曰：「外甥無禮，何不與手〔一九〕！」諸子未進，賈遂引其手，撲之於地，尚猶哀叫。撲之數四，即死，乃老狐也。形既見，體裸無毛。命火焚之，靈語遂絶。

賈至婺州，以事到東陽。令有女，病魅數年，醫不能愈。令邀賈到宅，置茗〔二〇〕饌而不敢有言。賈知之，謂令曰：「聞君有女病魅，當爲去之。」因爲桃符，令置所卧牀前。女見符，泣而罵，須臾眠熟。有大貍腰斬，死於牀下，疾乃止。時杜暹爲婺州參軍，與賈同列，相得甚歡。與暹同部領，使于洛陽。過錢塘江，登羅刹山，觀浙江潮。謂暹曰：「大禹真聖者，當理水時，所有金櫃玉符，以鎮川瀆。若此杭州城不鎮壓，尋當陷〔二一〕矣。」暹曰：「何以知之？」賈曰：「此石下是，相與觀焉。」因令暹閉目，執其手，令暹跳下。暹忽閉目，已至水底。其空處如堂，有大石櫃，高丈餘，鎖之。賈手開其鎖，去其蓋，引暹手登之，因同入櫃中。又有金櫃，可高三尺，金鎖鎖之。賈曰：「玉符在中，然世人不合見〔二二〕。」暹觀之，既已，則鎖石櫃〔二三〕，又接其手，令騰出。暹距躍〔二四〕，則至岸矣。既與暹交熟，乃告暹曰：「君有宰相禄，當自保愛。」因示其拜官歷任，及於年壽，周細語之。暹後遷拜，一如其説。

既而至吳郡，停船，而女子夭死，生五年矣。母撫之哀慟，而賈不哭。暹重賈，各見妻子，如一家。於是對其妻謂暹曰：「吾第三天人也。有罪，謫爲世人二十五年。今已滿矣，後日當行。此女亦非吾子也，所以早夭。妻崔氏亦非吾妻，即吉州别駕李乙妻也。緣時歲未到，乙未合娶。以吾既爲世人〔二五〕，亦合有室，故司命權以妻吾。吾今期盡，妻即當過〔二六〕李氏。李氏三品禄數任〔二七〕，生五子。世人不知，何爲妄哭〔二八〕！」妻久知其夫靈異，因輟哭，請曰：「吾方年盛，君何忍見捨？且暑月在途，零丁如此，請送至洛，得遂棲息〔二九〕。行路之人，猶合矜愍，況室家之好，而忽遺棄耶？」賈笑而不答。因令造棺器，納亡女其中，寘之船下。又囑暹以身後事，曰：「吾卒後，爲素棺，漆其縫，將至先塋，與女子皆祔於墓。殮後即發，至宋州〔三〇〕。崔氏伯任宋州别駕，當留其姪，聽之。至冬初，李乙必充計入京，與崔氏伯相見，即伯之故人，因求婚，崔别駕以姪妻之，事已定矣。」暹然之。其妻日夜涕泣，請其少留，終不答。至日沐浴，衣新衣。暮時召暹，相對言談。頃而卧，遂卒。暹哭之慟，爲製朋友之服，如其言殮之。行及宋州，崔别駕果留其姪。暹至臨汝，乃厚葬賈及其女。其冬，李乙至宋州，求婿其妻，崔别駕以妻之。暹後作相，歷中外，皆如其語。（據中華書局版汪紹楹點校本《太平廣記》卷三二引《紀聞》校録）

〔一〕王賈　南宋羅泌《路史後紀》卷一二《疏仡紀·夏后氏》羅苹注：「昔王原引杜暹下浙江觀禹王匱事，見《紀聞》。」作「王原」，誤。

〔二〕大　此字原無，據明鈔本、孫校本補。

〔三〕祖母　孫校本作「祖父」。

〔四〕諸父因與同行　原作「諸父怒曰小子好詭與同行」，與上文重複，孫校本、明陸楫《古今說海》說淵部别傳四十八《王賈傳》、汪雲程《逸史搜奇》丙集三《王賈》無「怒曰小子好詭」六字，後二書「與」前有「因」字，據改。

〔五〕浦　明鈔本、孫校本作「洞」，《說海》、《逸史搜奇》作「淵」。

〔六〕之　原作「還」，據明鈔本、孫校本、《說海》、《逸史搜奇》改。

〔七〕既　明鈔本、孫校本作「果」。

〔八〕後　明鈔本、孫校本作「數」。

〔九〕諸郎　原作「主」，據孫校本改。《說海》、《逸史搜奇》作「郎君」。

〔一〇〕因哭令　原作「邀」，明鈔本、孫校本作「因笑令」。按：《說海》、《逸史搜奇》連下作「因哭令賈行弔」，則「笑」字乃「哭」字之誤。明憑虚子《狐媚叢談》卷四《王賈殺狐》亦作「因哭令」，據改。

〔一一〕拜　明鈔本、孫校本作「行」。

〔一二〕神　《說海》、《逸史搜奇》作「神異」。

〔一三〕知不免　明鈔本、孫校本作「不免其請」，《説海》、《逸史搜奇》、《狐媚叢談》作「被其勤請」。

〔一四〕期　孫校本作「後期」，下文「别後」連下讀。

〔一五〕泣聲　此二字原無，據明鈔本、孫校本、《説海》、《逸史搜奇》補。

〔一六〕見形　《説海》、《逸史搜奇》、《狐媚叢談》作「一見」。

〔一七〕半　明鈔本、孫校本無此字。

〔一八〕几　原作「手指」，據孫校本、《説海》、《逸史搜奇》、《狐媚叢談》改。

〔一九〕與手　原作「舉手」。按：當作「與手」，動手痛打之謂。後人不解其意，妄改作「舉手」。《新輯搜神後記》卷六《會稽老黄狗》：「二人各敕子弟，令與手。」《宋書》卷九五《索虜傳》：「泰之（劉泰之）等至，虜都不覺，馳入襲之，殺三千餘人，燒其輜重。……諸亡口悉得東走，大呼云：『官軍痛與手。』虜衆一時奔散。」《資治通鑑》卷一八五《唐紀一・武德元年》：「賊徒喜譟動地，化及（宇文化及）揚言曰：『何用持此物出，亟還與手。』」胡三省注：「與手，魏齊間人率有是言，言與之毒手而殺之也。」

〔二〇〕著　孫校本作「名」。

〔二一〕陷　南宋陳葆光《三洞群仙録》卷一六引《廣記》作「壞」。

〔二二〕然世人不合見　《群仙録》作「非有緣不能見也」。

〔二三〕則鎖石櫃　此四字原無，據明鈔本、孫校本、《説海》、《逸史搜奇》補。

〔二四〕距躍　《説海》、《逸史搜奇》作「纔跳躍」。按：距躍，跳躍。

〔二五〕以吾既爲世人　原無「吾既爲」三字，據《説海》、《逸史搜奇》補。孫校本作「以吾既爲人」。

〔二六〕過　《説海》、《逸史搜奇》作「適」，意同。

〔二七〕數任　《説海》、《逸史搜奇》作「致仕」。

〔二八〕世人不知何爲妄哭　明鈔本、孫校本「世」作「此」。《説海》、《逸史搜奇》作「大數已定，不知何爲妄哭」。

〔二九〕得遂棲息　《説海》、《逸史搜奇》作「得免栖遲」。

〔三〇〕至宋州　「至」上原有「使」字，據明鈔本、孫校本、《説海》、《逸史搜奇》删。

按：此篇《古今説海》説淵部别傳四十八據《廣記》取入，題《王賈傳》，不著撰人。《逸史搜奇》又據而取入丙集三，題《王賈》。《狐媚叢談》卷四删取狐魅事，題《王賈殺狐》。

周賢者

牛肅　撰

則天朝〔一〕，相國裴炎第四弟，爲虢州司户。虢州有周賢者，居深山，不詳其所自。與司户善，謂曰：「公兄爲相甚善，然不出三年，當身戮家破，宗族皆誅，可不懼乎？」司户具悉其行事，知非常人也，乃涕泣而請救。周生曰：「事猶未萌，有得脱理〔二〕。急至都，以吾言告兄，求取黄金五十鎰將來，吾於弘農山中，爲作章醮，可以移禍殃矣。」司户於是取急還都，謁兄河東侯炎。炎爲人睦親，於友悌甚至。每兄弟自遠來，則同卧談笑。雖彌歷旬日，不歸内寢焉。司户夜中以周賢語告之，且求其金。炎不信神鬼，至於邪俗鎮厭，常呵怒〔二〕之。聞弟言，大怒曰：「汝何不知〔三〕大方，而隨俗幻惑？此愚輩〔四〕何解，而欲以金與之？且世間巫覡，好託鬼神，取人財物，吾見之常切齒。今汝何故忽有此言？静而思之，深令人恨。」司户泣曰：「周賢者識非俗幻〔五〕，每見發言，未嘗不中。兄爲宰相，家計温足，何惜少金，不令轉災爲祥也？」炎滋怒不應。司户知兄志不可奪，悃悵辭歸弘農。

時河東侯初立則天爲皇后，專朝擅權，自謂有泰山之安，故不信周言，而却怒恨。及歲餘，天皇崩，天后漸親朝政，忌害大臣，嫌隙屢〔六〕搆。乃思周賢者語，即令人至弘農，召司户至都。炎餽具黄金，令求賢者禳之。司户即訪賢者於弘農諸山中〔七〕，盡不得。尋至南陽、襄陽、江陵山中，乃得之。告以兄言，賢者因與還弘農。謂司户曰：「往年禍害未成，故可壇場致請。今災祥〔八〕已搆，不久滅門，何求之有？且吾前月中至洛，見裴令被戮，繫其首於右足下。事已如此，且〔九〕無免勢，君勿更言。且〔一〇〕吾與司户相知日久，不可令君與兄同禍。可求百兩金，與君一房章醮請帝，可以得免。若言裴令，終無益也。」司户即市金與賢者，入弘農山中，設壇場，奏章請命。法事畢，仍藏金於山中。謂司户曰：「君一房免禍矣。然急去官，移家襄陽。」司户即遷家襄陽，月餘而染〔一一〕風疾。十月〔一二〕而裴令下獄極刑，兄弟子姪皆從。而司户風疾，在襄州，有司奏請誅之，天后曰：「既染風疾〔一三〕，死在旦夕，不須問，此一房特宜免死。」由是得免。

初，河東侯遇害之夕，而犬咬其首曳焉。及明，守者求得之。因以髮繫其首於右足下〔一四〕，竟如初言。（據中華書局版汪紹楹點校本《太平廣記》卷七三引《記聞》校録，清孫潛校本、《四庫全書》本作《紀聞》）

〔一〕則天朝　前原有「唐」字，乃《廣記》編纂者所加，今删。

〔二〕呵怒　孫校本「怒」作「叱」，《會校》據改。按：呵怒，怒叱。《漢書》卷七六《王章傳》：「章疾病，無被，卧牛衣中，與妻決，涕泣。其妻呵怒之曰：『仲卿，京師尊貴在朝廷人誰踰仲卿者？今疾病困戹，不自激卬，乃反涕泣，何鄙也！』」

〔三〕知　明鈔本、孫校本作「識」。

〔四〕愚輩　明鈔本、孫校本作「遇卒」。

〔五〕識非俗幻　明鈔本、孫校本作「誠非俗人」。

〔六〕屢　明鈔本、孫校本作「已」。

〔七〕令求賢者褱之司户即訪賢者於弘農諸山中　原作「令求賢者於弘農諸山中」，據孫校本補，「賢者」

作「賢」。

〔八〕災祥　孫校本「祥」作「禍」，《會校》據改。《四庫》本改作「殃」。按：祥，亦有災義。《左傳》昭公十八年：「將有大祥，民震動，國幾亡。」杜預注：「祥，變異之氣。」《四庫》本（底本爲談愷刻本）亦是妄改。

〔九〕且　孫校本作「必」，《會校》據改。

〔一〇〕且　孫校本作「但」，《會校》據改。按：且，但是，與「但」義同。

〔一一〕染　明鈔本、孫校本作「遘」。遘，遇也。

〔一二〕十月　明鈔本、孫校本作「數月」。按：《舊唐書》卷六《則天皇后紀》：「（光宅元年）十月……殺内史裴炎。」又卷八七《裴炎傳》：「光宅元年十月，斬炎於都亭驛之前街。」作「十月」是也。

〔一三〕疾　孫校本作「瘵」。按：瘵，病也。北宋宋敏求《唐大詔令集》卷一一《天帝遺詔》：「久嬰風瘵，疢與年侵。」

〔一四〕繫其首於右足下　「首」明鈔本作「元」，元即首也。「右」原作「左」，與前文不合，據清黄晟校刊本、《四庫》本改。

稠禪師

牛　肅　撰

北齊稠禪師，鄴人也。幼〔一〕落髮爲沙彌。時輩甚衆，每休暇，常角力騰趠爲戲，而禪師以劣弱見淩。紿侮毆擊者相繼，禪師羞之。乃入殿中閉户，抱金剛足而誓曰：「我以羸弱，爲等類輕負[二]，爲辱已甚，不如死也。汝以力聞，當祐我。我捧汝足七日，不與我力，必死于此，無還志。」約既畢，因至心祈之。初一兩夕恒爾，念益固。至六日將曙，金剛形見，手執大鉢，滿中盛筋，謂稠曰：「小子欲力乎？」曰：「欲。」「念至乎？」曰：「至。」「能食筋乎？」曰：「不能。」神曰：「何故？」稠曰：「出家人斷肉故耳。」神因操鉢舉匕，以筋視[三]之。禪師未敢食，乃怖以金剛杵。稠懼，遂食，斯須食畢[四]。神曰：「汝已多力，然[五]善持教，勉旃！」神去且曉，乃還所居。諸同列問曰：「豎子頃何至？」稠不答。須臾，於堂中會食。食畢，諸同列又戲毆禪師[六]，禪師曰：「吾有力，恐不堪於汝。」同列試引其臂，筋骨彊勁，殆非人也。方驚疑，禪師曰：「吾爲汝試之[七]。」因入殿中，横蹋壁行，自西至東，凡數百步，又躍首至於梁數四。乃引重千鈞，其拳捷驍武，動駭物聽。先輕侮者，俯伏流汗，莫敢仰視。

禪師後證果，居於林慮山。入山數十[八]里，搆精廬殿堂，窮極土木[九]。諸僧從其[一〇]禪者，常數千人。齊文宣帝怒其聚衆，因領驍勇[一一]數萬騎，躬自往討，將加白刃焉。禪師是日，領僧徒谷口迎候。文宣問曰：「師何遽此來？」稠曰：「陛下將殺貧道[一二]，恐山中血污伽藍，故至[一三]谷口受戮。」文宣大驚，降駕禮謁，請許其悔過，禪師亦無言。文宣命設饌。施畢，請曰：「聞師金剛處祈得力，今欲見師效少力，可乎？」稠曰：「昔力者人力耳，今爲陛下見神力，欲見之乎？」文宣曰：「請與同行寓目。」先是，禪師造寺，諸方施木數千根，卧在谷口。禪師呪之，諸木起立〔一四〕空中，自相搏擊，聲若雷霆，鬭觸摧折〔一五〕，繽紛如雨。文宣大懼，從官散走，文宣叩頭請止之。因敕禪師度人造寺，無得禁止。

後於并州營幢子，未成遘病。臨終歎曰：「夫生死者，人之大分，如來尚所未免。但功德未成，以此爲恨耳。死後願爲大力長者，繼成此功。」言終而化。至後三十年，隋帝過并州，見此寺，心中涣然記憶，有似舊修行處。頂禮恭敬，無所不爲。處分并州，大興營葺，其寺遂成。時人謂帝爲大力長者云。（據中華書局版汪紹楹點校本《太平廣記》卷九一引《紀聞》及《朝野僉載》校録，明鈔本作《紀聞》，又《朝野僉載》卷二）

〔一〕幼　原作「初」，明鈔本、孫校本、《朝野僉載》作「幼」，義勝，據改。

〔二〕輕負　明鈔本、孫校本、明馮夢龍《太平廣記鈔》卷一三、《朝野僉載》「負」作「侮」，《會校》據明鈔本、孫校本改。按：輕負，輕視背棄。《韓詩外傳》卷九：「事君有功而輕負之，此二費也。」《唐摭言》卷八《友放》：「一第何門不可致，奈輕負至交？」

〔三〕視　明鈔本、孫校本、《朝野僉載》作「食」。

〔四〕食畢　原作「入口」，據明鈔本、孫校本、清陳鱣校宋本、《朝野僉載》改。

〔五〕然　明鈔本、孫校本作「乃」。

〔六〕禪師　此二字原無，據孫校本補。

〔七〕之　此字原無，據明鈔本、孫校本、《朝野僉載》補。

〔八〕十　原作「千」，據明鈔本、孫校本、《四庫》本、《朝野僉載》、明施顯卿《新編古今奇聞類紀》卷七引改。

〔九〕土木　《朝野僉載》作「壯大」。

〔一〇〕其　明鈔本、孫校本、《朝野僉載》作「而」。

〔一一〕勇　明鈔本、孫校本作「果」。

〔一二〕道　《朝野僉載》作「僧」。

〔一三〕至　明鈔本、孫校本作「此」。

〔一四〕起立　原作「起」，據明鈔本、孫校本、《朝野僉載》補「立」字。

〔一五〕折　原作「拆」，據孫校本、黄本、《四庫》本、《廣記鈔》、《朝野僉載》、《奇聞類紀》改。

按：此篇《廣記》談愷刻本注出《紀聞》及《朝野僉載》，明鈔本作出《紀聞》。明人輯《朝野僉載》，據《廣記》輯此篇於卷二。《新編古今奇聞類紀》卷七據《廣記》轉引。

儀光禪師

牛 肅 撰

長安青龍寺儀光禪師，本唐室之族也。父瑯琊王，與越王起兵伐天后，不克而死。天后誅其族無遺，惟禪師方在襁褓，乳母抱而逃之。其後數歲，天后聞瑯琊王有子在人間，購之愈急。乳母將至岐州界中，鬻女工以自給。時禪師年已八歲矣，聰慧出類，狀貌不凡。乳母恐以貌取而敗，大憂之。乃求錢爲造衣服，又置錢二百於腰下，於桑野中，具告以其本末。泣而謂曰：「吾養汝已八年矣，亡命無所不至。今汝已長，而天后之敕訪不止，恐事洩之後，汝與吾俱死。今汝聰穎過人，可以自立，吾亦從此逝矣。」乳母因與流涕而訣，禪師亦號慟不自勝，方知其所出。

乳母既去，師莫知其所之。乃行至逆旅，與諸兒戲。有郡守夫人者，之夫任處，方息於逆旅。見禪師與諸兒戲，狀貌異於人，因憐之，召而謂曰：「郎家何在？而獨行在此耶？」師僞答曰：「莊鄰〔一〕於此，有時而戲。」夫人食之，又賜錢五百。師雖幼而有識，恐人取其錢，乃盡解衣，置之於腰下。時日已晚，乃尋小逕，將投村野。遇一老僧獨行，而呼師曰：「小子，汝今一身，家已破滅，將何所適？」禪師驚愕佇立。老僧又曰：「出家閒曠，且無憂畏。小子，汝欲之乎？」師曰：「是所願也。」老僧因攜其手，至桑陰下，令禮十方諸佛已，因削其髮。又解衣裝，出袈裟，令服之，大小稱其體。因教其披著之法。禪師既披法服，執持收掩，有如舊僧焉。老僧喜曰：「此習性使之然。」其僧將行，因指東北曰：「去此數里有伽藍，汝直詣彼，謁寺主，云我使爾爲其弟子也。」言畢，老僧已亡矣，方知是聖像也。師如言趣寺，寺主駭其所以，因留之。向十年，禪師已洞曉經律，定於禪寂。

遇唐室中興，求瑯琊王後，師方謂寺僧言之。寺僧大駭，因出詣岐州李使君，師從父也。見之悲喜，因舍之於家。欲以狀聞，師固請不可。使君有女，年與禪師侔。見禪師悦之，願致款曲，師不許。月餘，會使君、夫人出。女盛服，多將使者〔二〕來逼之。師固拒萬端，終不肯。師紿曰：「身不潔浄，沐浴待命。」女許諾，方令沐湯〔三〕。師候女出，因〔四〕嵘門。女還排户，不果入。自牖窺之，師方持削髮刀，顧而言曰：「以有此根，故爲慾逼。今既除此，何逼之爲！」女懼，止之不可。遂斷其根，棄於地，而師亦氣絶。户既閉，不可開，女惶惑不知所出。俄而〔五〕府君、夫人到，女言其情。使君令破户，師已復蘇。命良醫至，以火燒地，既赤，苦酒沃之，坐師於燃地，傅以膏。數月瘡〔六〕愈。

使君奏禪師是瑯琊王子，有敕，命驛置至京。引見慰問，賞賜優給，復以爲王。禪師曰：「父母非命，鄙身殘毁，今還俗爲王，不願也。」中宗降敕，令禪師廣領徒衆，尋山置蘭若，恣聽之。禪師性好終南山，因居于興法寺。又於諸谷口〔七〕，造禪菴蘭若凡數處。或入山數十里，從者僧俗常數千人。迎候瞻侍，甚於卿相。禪師既證道果，常先言將來事，是以人益〔八〕歸之。開元二十三年六月二十三日，無疾而終。先告弟子以修身護戒之事，言甚切至。因卧，頭指北方，足指南方，以手承頭，右脇在下，遂亡。遺命葬於少陵原之南面，鑿原爲室而封之。柩將發，異香芬馥，狀貌一如生焉。車出城門，忽有白鶴數百，鳴舞於空中，五色彩雲，徘徊覆車，而行數十里。所封之處，遂建天寶寺，弟子輩〔九〕留而守之。

（據中華書局版汪紹楹點校本《太平廣記》卷九四引《紀聞》校録）

〔一〕鄰　原作「臨」，據明鈔本、孫校本、陳校本改。

〔二〕使者　明鈔本、孫校本作「從者」。按：使者，主人所使唤之奴婢。《禮記·投壺》：「樂人及使者、童子，皆屬主黨。」鄭玄注：「使者，主人所使。」

〔三〕沐湯　明鈔本、孫校本作「湯沐」，《會校》據改。按：沐湯、湯沐義同。《太平御覽》卷三九五引《韓子》：「僖侯將沐湯，中有礫。」

〔四〕因　下原有「之」字，據孫校本删。

〔五〕俄而　孫校本下有「值」字，《會校》據補。

〔六〕瘡　原作「疾」，據明鈔本、孫校本、陳校本改。按：瘡，同「創」。

〔七〕口　孫校本作「中」。

〔八〕益　孫校本作「盡」，《會校》據改。

〔九〕輩　明鈔本、孫校本作「皆」。

洪昉禪師

牛肅　撰

陝州洪昉，本京兆人。幼而出家，遂證道果。志在禪寂，而亦以講經爲事。門人常數百。一日，昉夜初獨坐，有四人來前曰：「鬼王閻羅〔一〕，今爲小女疾止造齋，請師臨赴。」昉曰：「吾人汝鬼，何以能至？」四人曰：「闍梨〔二〕但行，弟子能致之。」昉從之。四人乘馬，人持繩牀一足，遂北行。可數百里，至一山，山腹有小朱門。四人請昉閉目，未食頃，人曰：「開之〔三〕。」已到王庭矣。其宮闕室屋，崇峻非常，侍衛嚴飾，頗侔人主。鬼王具冠衣，降階迎禮。王曰：「小女久〔四〕疾，今幸而痊，欲造小福，修一齋，是以請師臨顧。齋畢，自令侍送，無慮。」於是請入宮中，其齋場嚴飾華麗，僧且萬人。佛像至多，一如人間事。昉仰視空中，不見白日，如人間重陰狀。須臾，王夫人後宮數百人，皆出禮謁。王女年十四五，貌獨病色。昉爲贊禮願畢，見諸人持千〔五〕餘牙盤食到，以次布於僧前。坐昉於大牀，別置名饌，饌甚香潔。昉且欲食之，鬼王白曰：「師若常〔六〕住此，當飡鬼食。不敢留師，請不食。」昉懼而止。齋畢，餘食猶數百盤。昉見侍衛臣吏向千人，皆有欲食之色。昉請王賜之餘食，王曰：「促持去，賜之。」諸官拜謝，相顧喜笑，口開達於兩耳。王因跪曰：「師既惠顧，無他供養，有絹五百疋奉師，請爲受八關齋戒。」師曰：「鬼絹，紙也，吾不用之。」王曰：「自有人絹奉師。」因爲受八關齋戒。戒畢，王又令前四人者依前送之。昉忽開目，已到所居，天猶未曙，門人但爲入禪，不覺所適。昉忽開目，命火照牀前，五百絹在焉。弟子問之，乃言其故。

昉既禪行素高，聲價日盛。頃到鬼所，但神往耳，其形不動。未幾晨坐，有二〔七〕天人，其質殊麗，拜謁請曰：「南天王提頭賴吒請師至天供養。」昉許之。因敷天衣坐昉，二人執衣，舉而騰空，斯須已到。南天王領侍從，曲躬禮拜曰：「師道行高遠，諸天願覩師講誦，是以輒請師。」因置高座坐昉。其道場崇麗，殆非人間，過百千倍。天人皆長大，身有光明。其殿堂樹木，皆是七寶，盡有光彩，奪人目睛。昉初到天，形質猶人也。見天土〔八〕之後，身自長大，與天人等。設諸珍饌，皆自然味，甘美非常。食畢，王因請入宮。更設供具，談話款至。其侍衛天官兼鬼神甚衆。後忽言曰：「弟子欲至三十三天議事，請師且少留。」又戒左右曰：「師欲游觀，所在聽之，但莫使到後園。」再三言而去。

去後，昉念曰：「後園有何不〔九〕利，而不欲吾到之？」伺無人之際，竊至後園。其園甚大，泉流池沼，樹林花藥，處處皆有，非人間所見〔一〇〕。漸漸深入，遥聞大聲呻叫，不可忍聽。遂到其旁，見大銅柱，徑數百尺，高千丈，柱有穿孔，左右傍達。或有鋃鐺〔一一〕鎖其項，或穿其胸骨者，至有數萬頭，皆夜叉也。鋸牙鈎爪，身倍於天人。見禪師至，叩頭言飢〔一二〕，曰：「我以食人故，爲天王所鎖，今乞免我。我若得脱，但人間求他食，必不敢食人爲害。」爲飢渴所逼，發此言時，口中火出。問其鎖早晚，或云毗婆尸佛〔一三〕出世時，動則數千萬年。亦有三五輩老者，志誠懇，僧許解其縛而遽還。

斯須王至，先問：「師頗遊後園乎？」左右曰：「否。」王乃喜。坐定，昉曰：「適到後園，見鎖衆生數萬。彼何過乎？」王憮然〔一四〕曰：「師果遊後園，然小慈是大慈之賊，師不須問。」昉又固問，王曰：「此諸惡鬼，常害於人，唯食人肉。非諸天防護，世人已爲此鬼食盡。此皆大惡鬼，不可以禮〔一五〕待，故鎖之。」昉曰：「適見三五輩老者，發言頗誠。言但於人間求他食，請免之。若此曹不食人，餘者亦可舍也。」王曰：「此鬼言，不〔一六〕可信。」昉固請，王目左右，命解老者三五人來。俄而解至，叩頭言曰：「蒙恩釋放，年已老矣，今得去，必不敢擾人。」王曰：「以禪師故，放汝到人間。若更食人，此度重來，當令若〔一七〕死。」皆曰：「不敢。」於是釋去。未久，忽見王庭前有神至，自稱山嶽川瀆之神。被甲，面金色，奔波而言曰：「不知何處，忽有四五夜叉到人間，殺人食甚衆，不可制，故白之。」王謂昉曰：「弟子言何如？ 適語師，小慈是大慈之賊，此等惡鬼，言寧可保？」王語諸神曰：「促擒之！」俄而諸神執夜叉到，王怒曰〔一八〕：「何違所請？」命斬其手足，以鐵鎖貫胸〔一九〕，曳去而鎖之。 昉乃請還，又令前二人送至寺。 寺已失昉二七日〔二〇〕，而在天猶如少頃。

昉於陝城中，選空曠地造龍光寺。 又建病坊，常養病者數百人。 寺極崇麗，遠近道俗，歸者如雲。 則爲釋提桓因〔二一〕所請矣。 昉晨方漱，有夜叉至其前，左肩頭負五色毯而言曰：「釋迦天王〔二二〕請師講《大涅槃經》。」昉默然還座。 夜叉遂挈〔二三〕繩牀，置於左髆曰：「請師合目。」因舉其左手，而伸其右足。 曰：「請師開目。」視之，已到善法堂。 禪師既到天堂，天光眩目，開不能得。 天帝曰：「師念彌勒佛。」昉遽念之，於是目開不眩，而人身卑小，仰視天形，不見其際。 天帝又曰：「禪師又念彌勒佛，身形當大。」如言念之，三念而身三長，遂與天等。 天帝與諸天禮敬，言曰：「弟子聞師善講《大涅槃經》，爲日久矣。 今諸天欽仰，敬設道場，因〔二四〕請大師講經聽受。」昉曰：「此事誠不爲勞，然病坊之中，病者數百，恃〔二五〕昉爲命，常行乞以給之。 今若流連講經〔二六〕，人間動涉年月〔二七〕，恐病人餒死，今也固辭。」天帝曰：「道場已成，斯願已久，固〔二八〕請大師勿爲辭也。」昉不可。 忽空中有大天人，身又數倍於釋，天帝敬起迎之。 大天人言曰：「大梵天王有敕。」天人既去〔二九〕，天帝憮然曰：「本欲留師講經，今梵天有敕不許。然師已至，豈不能暫開經卷，少講經〔三〇〕旨，令天人信受？」昉許之。於是置食，食器皆七寶。飲食香美，精妙倍常。禪師食已，身諸毛孔，皆出異光，毛孔之中，盡能觀見諸物，方悟天身勝妙〔三一〕也。既坐，設金高座〔三二〕，敷以天衣，昉遂登座。其善法堂中，諸天數百千萬，兼四天王，各領徒衆，同會聽法。階下左右，則有龍王、夜叉、諸鬼、神人〔三三〕、非人等，皆合掌而聽。昉因開《涅槃經》首，講一紙餘。言辭典暢，備宣宗旨。天帝大稱贊功德。開經畢，又令前夜叉送至本寺。弟子失昉已二十七日矣。

按佛經，善法堂在歡喜園，天帝都會，天王之正殿也。其堂七寶所作，四壁皆白銀。階下泉池交注，流渠暎帶，其渠水〔三四〕皆與樹行相直。寶樹花果，亦皆奇異。所有物類，皆非世人所識。昉略言其梗概：階下寶樹，行必相直，每根木裹〔三五〕，必有一泉，夤緣枝間，自葉流下，水如乳色，味佳於乳，下注樹根，灑入渠中。諸天人飲樹本中泉，其溜下者，衆鳥同飲。以黄金爲地，地生軟草，其軟如綿。天人足履之，没至足，舉後其地自平。其鳥數百千，色名無定相，入七寶林，即同其樹色。其天中物皆自然化生。若念食時，七寶器盛食即至；若念衣時，寶衣亦至。無日月光，一天人身光，踰於日月。須至遠處，飛空而行，如念即到。昉既覩其〔三六〕異，備言其見。乃請畫圖爲屏風，凡二十四扇，觀者驚駭〔三七〕。昉初到寺，毛孔之中，盡能見物。既而弟子進食，食訖，毛孔皆閉如初。乃知人食天食，精粗之分如此〔三八〕。

昉既盡出天中之相，人以爲妖。時則天在位，爲人告之，則天命取其屏，兼徵昉。昉既至，則天問之，而不罪也。留昉宫中，則天手自造食，大申供養。留數月，則天謂昉曰：「禪師遂無一言教弟子乎？」昉不得已，言曰：「貧道唯願陛下無多殺戮，大損果報。」其言唯此。則天信受之，因賜墨敕：昉所行之處，修造功德，無得遏止。昉年過下壽，如入禪定，遂卒於陜中焉。（據中華書局版汪紹楹點校本《太平廣記》卷九五引《紀聞》校録）

〔一〕闍羅　此二字原無，據明鈔本、孫校本、明成祖朱棣御制《神僧傳》卷六《洪昉》補。

〔二〕闍梨　明鈔本、孫校本、《太平廣記鈔》卷一四、《神僧傳》作「闍黎」。按：闍梨、闍黎，梵語「阿闍梨」之省稱，意謂高僧，亦泛指僧。

〔三〕之　孫校本作「目」，《會校》據改。

〔四〕久　陳校本作「有」。

〔五〕千　孫校本作「十」。按：下文云「餘食猶數百盤」，當作「千」。

〔六〕常　孫校本作「長」。

〔七〕二　原作「一」，據孫校本、《神僧傳》改。按：下文作「二」。

〔八〕天王　孫校本作「天人」,《會校》據改。按：前文已云南天王禮拜洪昉禪師。

〔九〕不　此字原無,據明鈔本、孫校本、《神僧傳》補。

〔一〇〕見　明鈔本、孫校本作「識」。

〔一一〕鋃鐺　原作「銀鐺」,《四庫全書》本改作「鋃鐺」,今從。

〔一二〕飢　此字原無,據孫校本、《神僧傳》補。

〔一三〕毗婆尸佛　原作「毗婆師尸佛」,《神僧傳》作「毗婆尸佛」。按：毗婆尸佛乃佛經過去七佛之一。《佛説長阿含經》卷一：「佛告諸比丘,過去九十一劫,時世有佛名毗婆尸如來,至真,出現於世。」佛經未有作「毗婆師尸」者,「師」字蓋涉「尸」而衍,據《神僧傳》删。

〔一四〕憮然　此二字原無,據孫校本、《神僧傳》補。明鈔本作「撫然」,「撫」通「憮」。

〔一五〕禮　明鈔本、孫校本、陳校本作「理」。

〔一六〕不　明鈔本、孫校本、《神僧傳》作「何」。

〔一七〕若　《神僧傳》作「苦」。

〔一八〕曰　此字原無,據明鈔本、孫校本補。

〔一九〕胸　原作「腦」,據明鈔本、孫校本、《神僧傳》改。

〔二〇〕二七日　下文云「弟子失昉已二十七日矣」,此處省略「十」字。

〔二一〕釋提桓因　原作「釋提柏國」,據明鈔本、《四庫》本、《神僧傳》改。按：釋提桓因,天名,梵名爲釋迦提桓因陀羅。釋迦，天帝之姓，譯爲能；提桓，天；因陀羅，帝。合稱即能天帝，漢譯作帝釋。是忉利天之主，居須彌山之頂喜見城（亦稱善見城），統領其他三十二天（忉利天譯爲三十三天）。

〔二二〕釋迦天王　汪本據明許自昌刊本改「釋迦」作「帝釋」。按：諸本俱作「釋迦」，釋迦天王即帝釋，無須校改，今回改。

〔二三〕挈　孫校本作「結」，《神僧傳》作「揲」。揲，抱，持。

〔二四〕因　原作「固」，據明鈔本、孫校本、陳校本、《神僧傳》改。

〔二五〕恃　原作「待」，據明鈔本、孫校本、《神僧傳》改。

〔二六〕流連講經　「流」明鈔本、陳校本作「留」。流連、留連義同，滯留也。「講」明鈔本、孫校本作「誦」。

〔二七〕月　明鈔本作「歲」，《會校》據改。

〔二八〕固　明鈔本、孫校本、陳校本、《神僧傳》作「因」，《會校》據三本改。

〔二九〕天人既去　此句原無，據明鈔本、孫校本、陳校本、《神僧傳》補。

〔三〇〕經　明鈔本、孫校本、陳校本作「宗」，《會校》據改。

〔三一〕勝妙　「勝」原作「騰」，據《神僧傳》改。孫校本無「騰」字。

〔三二〕既坐設金高座　原作「既登高座」，據《神僧傳》改。明鈔本、孫校本作「既坐設會高座」，《會校》據改。按：「會」字譌。

〔三三〕神人　原作「神」，據孫校本、《神僧傳》補「人」字。

〔三四〕渠水　原作「果木」，據明鈔本、孫校本、陳校本改。

〔三五〕每根木裏　原譌作「每相表裏」，據孫校本改。明鈔本作「每樹本裏」，樹本即樹根。

〔三六〕其　明鈔本、孫校本作「奇」，《會校》據改。

〔三七〕驚駭　明鈔本、孫校本下有「視聽」二字，《會校》據補。

〔三八〕之分如此　明鈔本作「之於此」，孫校本作「至於此」。

按：明成祖御制《神僧傳》卷六取入，題《洪昉》。吴大震《廣豔異編》卷三五亦載入，題《洪昉禪師》，多有删削。

屈突仲任

牛　肅　撰

同官令虞咸，頗知名。開元二十三年春往温縣，道左有小草堂，有人居其中，刺臂血朱和，用寫一切經。其人年且六十，色黄而羸瘠，而書經已數百卷。人有訪者，必丐〔一〕焉。或問〔二〕其所從，亦有助焉。其人曰：「吾姓屈突氏，名仲任。即仲將、季將兄弟也。父亦典郡，莊在温，唯有仲任一子。憐念其少，恣其所爲。性不好書，唯以樗蒲弋獵爲事。父卒時，家僮數十人，資數百萬，莊第甚衆。而仲任縱賞好色，荒飲博戲，賣易且盡。數年後，唯温縣莊存焉。即貨易田疇，拆賣屋宇，又已盡矣，唯莊内一堂巋然。僕妾皆盡，家貧無計，乃於堂内掘地，埋數甕，貯牛馬等肉。仲任多力，有僮名莫賀咄，亦力敵十夫。每昏後，與僮行盗牛馬，盗處必五十里外。遇牛即執其兩角，翻負於背。遇馬驢皆繩束〔三〕其頸，亦翻負之。至家投於地，皆死，乃剥〔四〕之。皮骨納之堂後大坑，或焚之，肉則貯於地甕。晝日，令僮於城市貨之，易米而食。如此者又十餘年。以其盗處遠，故無人疑者。仲任性好殺，所居弓箭羅網叉彈滿屋焉，殺害飛走，不可勝數。目之所見，無得全者。乃至得刺蝟，亦以泥裹而燒之。且熟，除去其泥，而蝟皮與刺，皆隨泥而脱矣，則取肉而食之。其所殘酷，皆此類也。

「後莫賀咄病死，月餘，仲任暴卒，而心下煖。其乳母老矣，猶在，守之未瘞。而仲任復蘇，言曰：初見捕去，與奴對事。至一大院，廳事十餘間，有判官六人，每人據二間。仲任所對最西頭，判官不在，立仲任於堂下。有頃，判官至，乃其姑夫鄆州司馬張安也。見仲任驚，而引之登階，謂曰：『郎在世爲惡無比〔五〕，其所殺害千萬頭。今忽此來，何方相拔！』仲任大懼，叩頭哀祈。判官曰：『待與諸判官議之。』乃謂諸判官曰：『僕之妻姪屈突仲任，造罪無數，今召入對事。其人年命亦未盡，欲放之去，恐被殺者不肯。欲開一路放生〔六〕，可乎？』諸官曰：『召明法者問之。』則有明法者來，碧衣跼蹐。判官問曰：『欲出一罪人，有路乎？』因以具告。明法者曰：『唯有一路可出，然得殺者肯。若不肯，亦無益。』官曰：『若何？』明法者曰：『此諸物類，爲仲任所殺，皆償其身命，然後託生。合召出來，當誘之曰：「屈突仲任今到，汝食噉畢，即託生。羊更爲羊，馬亦爲馬，汝餘業未盡，還受畜生身。使仲任爲人，還依舊食汝。汝之業報，無窮已也。今令仲任略還，令爲汝追福，使汝各捨畜生業，俱得人身，更不爲人殺害，豈不佳哉？」諸畜聞得人身必喜，如此乃可放。若不肯，更無餘路。』

「乃鎖仲任於廳事前房中，召仲任所殺生類到。判官庭中，地可百畝，仲任所殺生命，填塞皆滿。牛馬驢騾猪羊麞鹿雉兔，乃至刺蝟飛鳥，凡數萬頭。皆曰：『召我何爲？』判官曰：『仲任已到。』物類皆咆哮大怒，騰振蹴踏之而言曰：『巨盜，盍還吾債！』方忿怒時，諸猪羊身長大，與馬牛比，牛馬亦大倍於常。判官乃使明法入曉諭，畜聞得人身，皆喜，形復如故。於是盡驅入諸畜，乃出仲任。有獄卒二人，手執皮袋兼秘木至，則納仲任於袋中，以木秘之。仲任身血，皆於袋諸孔中流出灑地〔七〕，遂遍流廳前。須臾，血深至階，可有三尺。然後兼袋投仲任房中，又扃鎖之。乃召諸畜等，皆怒曰：『逆賊殺我身，今飲汝血。』於是兼飛鳥等，盡食其血。血既盡，皆共舐之，庭中土見乃止。當飲血時，畜生盛怒，身皆長大數倍，仍駡不止。既食已，明法又告：『汝已得債，今放屈突仲任歸，令爲汝追福，令汝爲人身也。』諸畜皆喜，各復本形而去。判官然後令袋内出仲任，身則如故。判官謂曰：『既見報應，努力修福。若刺血寫一切經，此罪當盡。不然更來，永無相出望。』仲任蘇，乃堅行其志焉。」（據中華書局版汪紹楹點校本《太平廣記》卷一〇〇引《紀聞》校録）

〔一〕丐　明鈔本作「與」。丐，與也。

〔二〕或問　明鈔本、陳校本作「咸時問」。

〔三〕束　原作「蓄」，據《四庫》本及《太平廣記鈔》卷一五改。孫校本作「遇馬即皆繩束其頸」，亦作「束」。

〔四〕剥　原作「皮剥」，據《四庫》本及《廣記鈔》删「皮」字。

〔五〕無比　孫校本作「世無有比」。

〔六〕生　明鈔本、孫校本作「歸」。

〔七〕仲任身血皆於袋諸孔中流出灑地　此句下原有「卒秘木以仲任血」，當爲衍文，據孫校本、《廣記鈔》删。

唐五代傳奇集第一編卷十

李思元

牛肅撰

天寶〔一〕五載夏五月中，左清道率府府史李思元暴卒。卒後心煖，家不敢殯。積二十一日，夜中而蘇〔二〕，纔蘇即言曰：「大〔三〕有人相送來，且〔四〕作三十人供。」又曰：「要萬貫錢，與送來人。」思元父爲署令，其家頗富，因命具饌，且鑿紙爲錢。饌熟，令堂前布三十僧供。思元白曰：「蒙恩相送，薄饌單蔬，不足以辱大德。」須臾，若食畢，因令焚五千張紙錢於庭中。又令具二人食，置酒肉。思元向席曰：「蒙恩釋放，但懷厚惠。」又令焚五千張紙錢，畢，然後偃卧。

至天曉，漸平和，乃言曰：「被捕至一處，官不在，有兩吏存焉。一曰馮江静，一曰李海朝，與思元同召者三人。兩吏曰：『能遺我錢五百萬，當舍汝。』二人不對，思元獨許之，吏喜。俄官至，謂三人曰：『要使典二人，三人内辨之。』官因領思元等至王所，城門數重，防衛甚備。見王居有高樓十間，當王所居三間高大，盡垂簾。思元至，未進，見有一人，金章紫綬，形狀甚貴。令投刺謁王，王召見，思元隨而進至樓下。王命却簾，召貴人登樓。貴人自階陛方登，王見起，延至簾下。貴人拜，王答拜，謂貴人曰：『今既來此，即須置對，不審在生有何善事。』貴人曰：『無。』王曰：『在生數十年，既無善事，又不忠孝，今當奈何？』因嚬蹙曰：『可取所司處分。』貴人辭下。未數級，忽有大黑風到簾前，直吹貴人將去。遥見貴人在黑風中，吹其身，忽長數丈，而狀隳壞，或大或小，漸漸遠去，便失所在。王見佇立，謂階下人曰：『此是業風，吹此人入地獄矣。』官因白思元等，王曰：『可撚籌定之。』因簾下投三疋絹下，令三人開之。二人開絹，皆有『當使』字，唯思元絹開無有。王曰：『留二人。』舍思元。

「思元出殿門，門西牆有門東向。門外衆僧數百，持旛花迎思元，云菩薩要見。思元入院，院内地皆於〔五〕清池，院内堂閣皆七寶。堂内有僧，衣金縷袈裟，坐寶牀。思元之禮謁也，左右曰：『此地藏菩薩也。』思元乃跪。諸僧皆爲贊歎聲，思元聞之泣下。菩薩告衆曰：『汝見此人下淚乎？此人去亦不久，聞昔之梵音，故流涕耳。』謂曰：『汝見此間事，到人間一一話之，當令世人聞之，改心修善。汝此生無雜行，常正念，可復來此。』因令諸僧送歸。思元初蘇，具三十人食，别具二人肉食，皆有贈益〔六〕，由此也。」

思元活七日〔七〕，又設大齋。齋〔八〕畢，思元又死。至曉蘇，云：「向又爲菩薩所召，怒思元曰：『吾令汝具宣報應事，何不言之？』將杖之。思元哀請，乃放。」思元素不食酒肉，及得再生，遂乃潔浄長齋，而其家盡不過中食。而思元每人集處，必具言冥中所見〔九〕事，人皆化之焉。（據中華書局版汪紹楹點校本《太平廣記》卷一〇〇引《紀聞》校録）

〔一〕天寶　前原有「唐」字，今删。
〔二〕蘇　此字原無，據明鈔本、孫校本補。
〔三〕大　此字原無，據明鈔本、孫校本補。
〔四〕且　明鈔本、孫校本作「旦」。
〔五〕於　此字疑謁，或爲衍字。
〔六〕益　《四庫》本作「蓋」，連下讀。
〔七〕活七日　明鈔本、孫校本作「七日活」，誤。
〔八〕齋　此字原無，據明鈔本、孫校本補。
〔九〕所見　此二字原無，據明鈔本、孫校本補。

李虚

牛肅撰

開元〔一〕十五年有敕，天下村坊佛堂，小者並拆除，功德移入側近佛寺，堂大者，皆令閉封。天下不信之徒，並望風毀拆，雖大屋大像，亦殘毀之。敕到豫州，新息令李虛，嗜酒倔强，行事違戾。方醉而州符至，仍限三日報。虛見大怒，便約胥正，界内毀拆者死，於是一界並全。虛爲人好殺愎戾，行必違道。當時非惜佛宇也，但以忿限〔二〕故全之，全之亦不以介意。

歲餘，虛病，數日死。時正暑月，隔宿即斂。明日將殯，母與子繞棺哭之。夜久哭止，聞棺中若指爪戛棺聲。初聞疑鼠爲之〔三〕，未之悟〔四〕也。斯須增甚，妻子驚走。母獨不去，命開棺。左右曰：「暑月恐壞。」母怒，促開之，而虛生矣。身頗瘡爛，於是浴而將養之。月餘平復，虛曰：「初爲兩卒拘至王前，王不在，見階前典吏，乃新息吏也，亡經年矣。見虛拜，問曰：『長官何得來？』虛曰：『適被録而至。』吏曰：『長官平生唯以殺害爲心，不知罪福，今當受報，將若之何？』虛聞懼，請救之。吏曰：『去歲拆佛堂，長官界内獨全，此功德彌大〔五〕。長官縱〔六〕死，亦不合此間追攝。少間王問，更勿多言，但以此對。』虛方憶之。頃王坐，主者引虛見王。王曰：『索李明府善惡簿來。』即有人持一通案至，大合抱。有二青衣童子，亦隨文案。王命啓牘唱罪，階吏讀曰：『專好〔七〕割羊脚。』吏曰：『合杖一百，仍割其身肉百斤。』王曰：『可令割其肉。』虛曰：『去歲有敕拆佛堂，毁佛像，虛界内獨存之。此功德可折罪否？』王驚曰：『審有此否？』吏曰：『無。』新息吏進曰：『有福簿在天堂，可檢之。』王曰：『促〔八〕檢。』殿前垣南〔九〕有樓數間，吏登樓檢之。未至，有二僧來至殿前，王問：『師何？』即〔一〇〕有一答曰：『常誦《金剛經》。』一曰：『常讀《金剛經》。』王起，合掌曰：『請法師登階。』王座之後有二高座，右金左銀。王請誦者坐金座，讀者坐銀座。坐訖開經，王合掌聽之。誦讀將畢，忽有五色雲至金座前，紫雲至銀座前。誦訖〔一一〕，二僧乘雲飛去，空中遂滅。王謂階下人曰：『見二僧乎？皆生天矣。』於是吏檢善簿至，唯一紙，因讀曰：『去歲敕拆佛堂，新息一縣獨全，合折一生中罪，延年三十，仍生善道。』言畢，罪簿軸中火出，焚燒之盡。王〔一二〕曰：『放李明府歸。』仍敕兩吏，送出城南門〔一三〕。見夾道並高樓大屋，男女雜坐，樂飲笙歌。虛好絲竹，見而悅之。兩吏謂口：『急過此無顧，顧當有損。』虛見飲處，意不能忍行，佇立觀之。即聞〔一四〕店中人呼曰：『來！』吏曰：『此非善處，既不相取信〔一五〕，可任去。』虛猶〔一六〕未悟，至飲處，人皆起。就坐〔一七〕，奏絲竹。酒至虛，虛〔一八〕酬酢畢，將飲之，乃一杯糞汁也，臭穢特甚。虛不肯飲，即有牛頭獄卒，出於牀下，以叉刺之，洞胸。虛遽〔一九〕連飲數杯，乃出叉不沒〔二〇〕。吏引虛南出〔二一〕，入荒田小徑中。遥見一燈炯然，燈旁有〔二二〕大坑，昏黑不見底。二吏推墮之，遂蘇。』

李虛素〔二三〕性兇頑，不知罪福，而被酒違戾，以全佛堂。明非己之本心也，然猶身得生天，火焚罪簿。獲福若此，非爲善之報乎！與夫日夜精勤，孜孜爲善，既持僧律，常行佛

言，而不離生死，未之有也。（據中華書局版汪紹楹點校本《太平廣記》卷一〇四引《紀聞》校録）

〔一〕開元　前原有「唐」字，今删。

〔二〕忿限　明鈔本、《四庫》本、《太平廣記鈔》卷一五、《金剛經受持感應録》卷上《宋太平廣記報應部上》、《金剛般若經靈驗傳》卷上引《紀聞》「限」作「恨」，孫校本作「狠」，《會校》據改。按：忿限指忿恨三日限期太緊。

〔三〕初聞疑鼠爲之　原作「初疑鼠」，據明鈔本、孫校本補三字。

〔四〕未之悟　明鈔本、孫校本作「未寤」。寤，義同「悟」。

〔五〕大　明鈔本、孫校本作「天」，《會校》據改。

〔六〕縱　原作「雖」，據明鈔本、孫校本改。

〔七〕好　明鈔本作「學」，孫校本譌作「李」。

〔八〕促　孫校本作「從」。

〔九〕垣南　明鈔本作「南垣」，《會校》據改。按：垣南，牆南；南垣，南面之官署，皆通。

〔一〇〕即　原作「所」，據孫校本改。

〔一一〕誦訖　此二字原無，據明鈔本、孫校本補。

〔一二〕王　明鈔本、孫校本下有「遽」字，《會校》據補。

〔一三〕送出城南門　明鈔本、孫校本作「送之出數重城門南出」。

〔一四〕即聞　此二字原無，據明鈔本、孫校本補。

〔一五〕不相取信　明鈔本「信」作「語」，孫校本作「不取相語」。按：不相取信，即不相信吏之語。不相取語（或不取相語），即不聽吏語。二者意同。

〔一六〕猶　此字原無，據明鈔本、孫校本補。

〔一七〕就坐　明鈔本、孫校本前有「因」字，《會校》據補。

〔一八〕虛　此字原無，據明鈔本、孫校本補。

〔一九〕遽　明鈔本、孫校本此字上有「忽」字，《會校》據補。

〔二〇〕又不沒　此三字原無，據明鈔本、孫校本補。

〔二一〕吏引虛南出　明鈔本「吏」上有「二」字，《會校》據補。「出」字原無，據明鈔本、孫校本補。

〔二二〕有　明鈔本、孫校本作「見」，《會校》據改。

〔二三〕素　明鈔本、孫校本作「率」。

牛騰

牛肅　撰

牛騰〔一〕，字思遠，朝散大夫、郟城令。棄官從好，精心釋教，從其志者終身。常慕陶潛五柳先生之號，故自稱「布衣公子」，即侍中、中書令、河東侯炎之甥也。侯姓裴氏〔二〕。未弱冠，明經擢第，再選右衛騎曹參軍。公子沉静寡言，少挺異操。河東侯器其賢，朝廷政事皆訪之。公子清儉自守，德業過人，故王勃等四人，皆出其門下。

年壯而河東侯遇害，公子謫爲牂牁建安丞。將行，時中丞崔察用事，貶官皆辭之。素有嫌者，或留之，誅殛甚衆。時天后方任酷吏，而崔察先與河東侯不協，陷之。公子將見崔察，懼不知所爲。忽衢中遇一人，形甚瓌偉，黄衣盛服。乃問公子：「欲過中丞，得無懼死乎？」公子驚曰：「然。」又曰：「公有犀角〔三〕刀子乎？」曰：「有。」異人曰：「公有刀子甚善。」授公以神呪，見中丞時，但俯伏掐訣，言帶犀角刀子，掐手訣，乃可以誦呪。其訣，左手中指第三節横文，以大指爪掐之〔四〕。而密誦呪七遍，當有所見，可以無患矣。」呪曰：「吉中吉，迦戍律〔五〕。提中有律，陁阿婆迦呵。」公子俛而誦之，既得，仰視異人亡矣，大異之。即見察，同過三十餘人，公子名當二十。前十九人，各呼名過，素有郤，察則留處絞斬者，且半焉。次至公子，如其言誦呪。察久不言，仰視之，見一神人，長丈餘〔六〕，儀質非常，出自西階，直至察前，右拉其肩，左捩其首，面正當背。而諸人但見崔察低頭不言，手注定〔七〕字而已。公子遂得脱。比至屏迴顧，見神人釋察而亡矣。

公子至牂牁，素秉誠信，篤敬佛道。雖已婚宦，如戒僧焉。口不妄談，目不妄視，言無僞，行無頗。以是夷獠漸漬其化，遂大布釋教於牂牁中。常攝郡長吏，置道場數處。居三年而莊州獠反，轉入牂牁，郡人皆殺長吏以應之。建安大豪起兵相應，乃劫公子，坐於樹下，將加戮焉。忽有夷人，持刀斬守者頭，乃詈曰：「縣丞至惠，汝何忍害若人！」因置公子於籠中，令力者負而走，於是兼以弩免。事解後，郡以狀聞。詔書還公事，許其還歸〔八〕。後宰數邑，皆計日受俸，其清無以加，亦天性也。後棄官，精内教，甚有感焉。（據中華書局版汪紹楹點校本《太平廣記》卷一一二引《紀聞》校録）

〔一〕牛騰　前原有「唐」字，下文「朝散大夫」前亦有「唐」字，今删。

〔二〕侯姓裴氏　此四字談本爲注文，汪校本誤排作正文，今改。

〔三〕犀角　孫校本作「厚角」，下同。

〔四〕「言帶犀角刀子」至「以大指爪掐之」　此條注文明鈔本作：「言帶犀角刀者，掐手訣，左手中指第二節横文，乃可以誦其呪其訣。」《會校》據改。孫校本作：「言帶厚角刀子，掐手，掞左右手中指第一節，雙刀可以誦呪矣。」按：明鈔本、孫校本均有脱譌，不及談本爲善。黄本、《四庫》本、《筆記小説大觀》本均同談本。

〔五〕戌律　原作「戍律」，黄本、《四庫》本、《筆記小説大觀》本作「戌律」，據改。按：《史記·律書》：「九月也，律中無射。無射者，陰氣盛用事，陽氣無餘也，故曰無射。其於十二子爲戌。戌者，言萬物盡滅，故曰戌。」

〔六〕丈餘　明鈔本、孫校本作「十五尺」。

〔七〕定　明鈔本、孫校本作「足」。

〔八〕許其還歸　談本爲注文，汪校本作正文，未出校。黄本、《四庫》本、《筆記小説大觀》本均作正文，是也。

裴伷先

牛肅　撰

工部尚書裴伷先，年十七，爲太僕寺丞。伯父相國炎遇害，伷先廢爲民，遷嶺外。伷先素剛，痛伯父無罪，乃於朝廷上〔一〕封事請見，面陳得失。天后大怒，召見，盛氣以待之，謂伷先曰：「汝伯父反，干國之憲，自貽伊戚，爾欲何言？」伷先對曰：「臣今請爲陛下計，安敢訴冤？且陛下先帝皇后，李家新婦。先帝棄世，陛下臨朝。爲婦道者，理當委任大臣，保其宗社。東宫年長，復子明辟，以塞天人之望。今先帝登遐未幾，遽自封崇私室，立諸武爲王，誅斥李宗，自稱皇帝，海内憤惋，蒼生失望。臣伯父至忠於李氏，反誣其罪，戮及子孫。陛下爲計若斯，臣深痛惜。臣望陛下復立李家社稷，迎太子東宫。陛下高枕，諸武獲全。如不納臣言，天下一動，大事去矣。産、禄之誡，可不懼哉！臣今爲陛下計，能用臣言，猶未晚也〔二〕。」天后怒曰：「何物〔三〕小子，敢發此言！」命牽出。伷先猶反顧曰：「陛下採臣言實未晚。」如是者三。天后令集朝臣於朝堂，杖伷先至百，長隸瀼州〔四〕。伷先解衣受杖，笞至五十〔五〕而伷先死，數至九十八而蘇，更二笞而畢。伷先瘡甚，卧驢輿中，至流所，卒不死。

在南中數歲，娶流人盧氏，生男愿。盧氏卒，伷先攜愿潛歸鄉。歲餘事發，又杖一百，徙〔六〕北庭。貨殖五年，致資財數千萬。伷先賢相之姪，往來河西，所在交二千石。北庭都護府城下，有夷落萬帳，則降胡也。其可汗禮伷先，以女妻之。可汗唯一女，念之甚，贈伷先黄金馬牛羊甚衆。伷先因而致富〔七〕，門下食客常數千〔八〕人。自北庭至東京，累道致〔九〕客，以取東京息耗。朝廷動静，數日伷先必知之。時補闕李秦授寓直中書，進〔一〇〕封事曰：「陛下自登極，誅斥李氏及諸大臣。其家人親族，流放在外者，以臣所料，且數萬人。如一旦同心，招集爲逆，出陛下不意，臣恐社稷必危。讖曰：『代武者劉。』夫劉者流也〔一一〕。陛下不殺此輩，臣恐爲禍深焉。」天后納之。夜中召入，謂曰：「卿名秦授，天以卿授朕也。何啓予心！」即拜考功員外郎，仍知制誥，勑賜朱紱，女妓十人，金帛稱是。與謀發敕使十人於十道，安慰流者。其實賜墨敕與牧守，有流放者殺之〔一二〕。敕既下，伷先知之。會賓客計議，皆勸仙先入胡〔一三〕，仙先從之。

日晚，舍於城外。束〔一四〕裝時，有鐵騎果毅二人，勇而有力，以罪流，仙先善待之。及行，使將馬牛橐駞八十頭，盡裝金帛〔一五〕。賓客家僮從之者三百餘人。甲兵備足〔一六〕，曳犀超乘者半。有千里足馬二，仙先與妻乘之。裝畢遽發，料天曉人覺之，已入虜境矣。既而迷失道，遲明，唯進一舍，乃竟馳驅〔一七〕。既明，候〔一八〕者言仙先走，都護令八百騎追之，妻父可汗又令五百騎追焉，誡追者曰：「舍仙先與妻，同行者盡殺之，貨財爲賞。」追者及仙先於塞，仙先勒兵與戰，麾下皆殊死。日昏，二將戰死，殺追騎八百人，而仙先敗〔一九〕。縛仙先及妻於〔二〇〕橐駞，將至都護所。既至，械繫穽中。具以狀聞，待報而使者至，召流人數百，皆害之。仙先以未報，故免。天后度流人已死，又使使者安撫流人曰：「吾前使十道使安慰流人，何使者不曉吾意，擅加殺害，深爲酷暴。其輒殺流人使，並所在鎖項，將至害流人處斬之，以快亡魂。諸流人未死，或他事繫者，兼家口放還。」由是仙先得免，乃歸鄉里。

及唐室再造，宥裴炎，贈以益州大都督。求其後，仙先乃出焉，授詹事丞。歲中四遷，遂至秦州都督，再節制桂、廣，一任幽州帥，四爲執金吾，一兼御史大夫，太原、京兆尹，太府卿，凡任三品官，向四十政。所在有聲績，號曰「唐臣」〔二一〕。後爲工部尚書、東京留守，薨，壽八十六。（據中華書局版汪紹楹點校本《太平廣記》卷一四七引《紀聞》校録）

〔一〕上　此字原無，據《古今説海》説淵部别傳十一《裴伷先别傳》、《太平廣記鈔》卷二一補。按：《資治通鑑》卷二〇三則天皇后光宅元年：「裴炎弟子、太僕寺丞伷先，年十七，上封事，請見言事。」本此。上封事，即上呈密封之奏章。《後漢書·明帝紀》：「於是在位者皆上封事，各言得失。」《舊唐書·太宗紀上》：「又令百官各上封事，備陳安人理國之要。」

〔二〕臣今爲陛下計能用臣言猶未晚也　原作「臣今爲陛下用臣言未晚」，據《説海》補四字。

〔三〕何物　明鈔本作「胡乃」，孫校本作「胡白」。按：胡乃，何乃。胡白，胡説之意。《資治通鑑》：「太后怒曰：『胡白小子，敢發此言！』命引出。」胡三省注：「胡，何也；白，陳也。言何等陳白也。」

〔四〕瀼州　原譌作「攘州」，據《説海》、《新唐書》卷一一七《裴伷先傳》、《資治通鑑》改。按：《新唐書·地理志七上·嶺南道》：「瀼州臨潭郡，下。貞觀十二年，清平公李弘節開夷獠置。」

〔五〕五十　原無「五」字，據孫校本補。

〔六〕徙　《説海》作「配」。

〔七〕富　此字原無，據《説海》補。

〔八〕數千　《新唐書》作「數百」。

〔九〕致　《説海》作「置」。

〔一〇〕進　此字原無，據《説海》補。

〔一一〕夫劉者流也　《新唐書》作「劉無彊姓，殆流人乎」。

〔一二〕其實賜墨敕與牧守有流放者殺之　此十四字原爲注文，黄本、《四庫》本、《筆記小説大觀》本、《説海》、《廣記鈔》爲正文。按：觀其内容不似崔造注文，且《新唐書》本傳云：「分走使者，賜墨詔慰安流人，實命殺之。」分明原屬正文。據改。

〔一三〕入胡　《新唐書》：「以槖駝載金幣賓客奔突厥」，「胡」作「突厥」。

〔一四〕東　原譌作「因」，據《説海》改。

〔一五〕使將馬牛槖駞八十頭盡裝金帛　原作「使將馬裝槖駞八十頭，盡金帛」（按：談本「駞」原作「馳」，汪校改作「駞」，未出校。「駞」同「駝」），據《説海》改。

〔一六〕足　此字原無，據《説海》補。

〔一七〕乃竟馳驅　原作「乃馳」，據明鈔本補二字。竟，通「競」。

〔一八〕候　原譌作「侯」，據孫校本、黄本、《四庫》本、《筆記小説大觀》本、《説海》、《廣記鈔》改。

〔一九〕麾下皆殊死日昏二將戰死殺追騎八百人而伷先敗　《説海》作：「麾下皆殊死戰，殺追騎五百人。日昏，二將戰死而敗。」

〔二〇〕於　《説海》作「與」，連下讀。

〔二一〕號曰唐臣　《説海》作「號稱名臣」。

按：《古今説海》説淵部別傳十一《裴伷先別傳》，乃自《廣記》收入，未著撰人。《新唐書》

卷一一七《裴炎傳》附《裴伷先傳》，亦採本篇而成。

吴保安

牛肅撰

吴保安，字永固，河北人，任遂州方義尉。其鄉人郭仲翔，即元振從姪也。仲翔有才學，元振將成其名宦。會南蠻作亂，以李蒙爲姚州都督，帥師討焉。蒙臨行，辭元振，元振乃見仲翔，謂蒙曰：「弟之孤子，未有名宦。子姑將行，如破賊立功，某在政事，當接引之，俾其縻薄俸也。」蒙諾之。仲翔頗有幹用，乃以爲判官，委之軍事。

至蜀，保安寓書於仲翔曰：「幸共鄉里，籍甚風猷，雖曠不展拜，而心常慕仰。吾子國相猶子，幕府碩才，果以良能，而受委寄。李將軍秉文兼武，受命專征，親綰大兵，將平小寇。以將軍英勇，兼足下才能〔一〕，師之克殄，功在旦夕。保安幼而嗜學，長而專經，才乏兼人，官從一尉。僻在劍外，地邇蠻陬，鄉國數千，關河阻隔。況此官已滿，後任難期。以保安之不才，厄選曹之格限，更思微禄，豈有望焉！將歸老丘園，轉死溝壑。側聞吾子急人之憂，不遺鄉曲之情。忽垂特達之眷，使保安得執鞭弭，以奉周旋，録及細微，薄霑功效。承兹凱入，得預末班，是吾子丘山之恩，即保安銘鏤之日。非敢望也，願爲圖之。唯〔二〕照其款誠，而寬其造次。專策駑蹇，以望招攜。」仲翔得書，深感之。即言於李將軍，召爲管記。未至而蠻賊轉逼，李將軍至姚州，與戰破之〔三〕。乘勝深入蠻，覆而敗之。李身死軍没，仲翔爲虜。蠻夷利漢財物，其没落者，皆通音耗，令其家贖之，人〔四〕三十匹。

保安既至姚州，適值軍没，遲留未返。而仲翔於蠻中，間關致書於保安，曰：「永固無恙。保安之字。頃辱書未報，值大軍已發，深入賊庭，果逢撓敗，李公戰没，吾爲囚俘。假息偷生，天涯地角。顧身世已矣，念鄉國窅然。才謝鍾儀，居然受縶；身非箕子，且見爲奴。海畔牧羊，有類於蘇武；宫中射雁，寧期於李陵。吾自陷蠻夷，備嘗艱苦，肌膚毁剔，血淚滂沱〔五〕。生人至艱，吾身盡受。以中華世族，爲絶域窮囚。日居月諸，暑退寒襲。思老親於舊國，望松櫝於先塋。忽忽發狂，腷臆流慟，不知涕之無從。行路見吾，猶爲傷愍。吾與永固，雖未披款，而鄉里先達，風味相親。想覿光儀，不離夢寐。昨蒙枉問，承間便言。李公素知足下才名，則請爲管記。大軍去遠，足下來遲。乃足下自後於戎行，非僕遲〔六〕遺於鄉曲也。足下門傳餘慶，天祚積善，果事期不入，而身名並全。向若早事麾下，同參幕府，則絶域之人，與僕何異？吾今在厄，力屈計窮。而蠻俗没留，許親族往贖。以吾國相之姪，不同衆人，仍苦相邀，求絹千匹。此信通聞，仍索百縑。願足下早附白書，報吾伯父，宜以時到，得贖吾還。使亡魂復歸，死骨更肉，唯望足下耳。今日之事，請不辭勞。若吾伯父已去廟堂，難可諮啓，即願足下，親脱石父，解晏嬰〔七〕之驂；往贖華元，類宋人之事。濟物之道，古人猶難。以足下道義素高，名節特著，故有斯請，而不生疑。若足下不見哀矜，猥同流俗，則僕生爲俘囚之豎，死則蠻夷之鬼耳，更何望哉！已矣，吴君，無落吾事！」

保安得書，甚傷之。時元振已卒，保安乃爲報，許贖仲翔。仍傾其家，得絹二百疋往。因住嶲州，十年不歸，經營財物，前後得絹七百疋，數猶未至。保安素貧窶，妻子猶在遂州，貪贖仲翔，遂與家絶。每於人有得，雖尺布升粟，皆漸而積之。後妻子飢寒，不能自立，其妻乃率弱子，駕一驢，自往瀘南，求保安所在。於途中糧盡，猶去姚州數百里〔八〕。其妻計無所出，因哭於路左，哀感行人。時姚州都督楊安居乘驛赴郡，見保安妻哭，異而訪之。妻曰：「妾夫遂州方義尉吴保安，以友人没蕃，丐而往贖，因住姚州。棄妾母子，十年不通音問。妾今貧苦，往尋保安，糧乏路長，是以悲泣。」安居大奇之，謂曰：「吾前至驛，當候夫人，濟其所乏。」既至驛，安居賜保安妻錢數千，給乘令進。安居馳至郡，先求保安。見之，執其手升堂，謂保安曰：「吾常讀古人書，見古人行事，不謂今日親覩於公。何分義情深，妻子意淺，捐棄家室，求贖友朋，而至是乎！吾見公妻來，思公道義，乃心勤佇，願見顔色。吾今初到，無物助公，且於庫中假官絹四百匹，濟公此用。待友人到後，吾方徐爲填還。」保安喜，取其絹，令蠻中通信者持往。向二百日，而仲翔至姚州，形狀憔悴，殆非人也。方與保安相識，語相泣也。

安居曾事郭尚書，則爲仲翔洗沐，賜衣裝，引與同坐，宴樂之。安居重保安行事，甚寵之。於是令仲翔攝治下尉。仲翔久於蠻中，且知其款曲，則使人於蠻洞市女口十人，皆有姿色。既至，因辭安居歸北，且以蠻口贈之。安居不受，曰：「吾非市井之人，豈待報耶！欽吴生分義，故因人成事耳。公有老親在北，且充甘脆〔九〕之資。」仲翔謝曰：「鄙身得還，公之恩也；微命得全，公之賜也。翔雖瞑目，敢忘大造！但此蠻口，故爲公求來，公今見辭，翔以死請。」安居難違，乃見其小女，曰：「公既頻繁有言，不敢違公雅意。此女最小，常所鍾愛，今爲此女，受公一小口耳。」因辭其九人。而保安亦爲安居厚遇，大獲資糧而去。

仲翔到家，辭親凡十五年矣。却至京，以功授蔚州録事參軍，則迎親到官。兩歲，又以優授代州户曹參軍。秩滿内憂，葬畢，因行服墓次。乃曰：「吾賴吴公見贖，故能拜職養親。今親歿服除，可以行吾志矣。」乃行求保安。而保安自方義尉選授眉州彭山丞，仲翔遂至蜀訪之。保安秩滿不能歸，與其妻皆卒於彼，權窆寺内。仲翔聞之，哭甚哀，因製縗麻，環絰加杖，自蜀郡徒跣，哭不絶聲。至彭山，設祭酹畢，乃出其骨，每節皆墨記之，墨記骨節，書其次第，恐葬斂時有失之也。盛於練囊。又出其妻骨，亦墨記，貯於竹籠，而徒跣親負之。徒行數千里，至魏郡。保安有一子，仲翔愛之如弟。於是盡以家財二十萬，厚葬保安，仍刻石頌美。仲翔親廬墓〔一〇〕側，行服三年。既而爲嵐州長史，又加朝散大夫，攜保安子之官，爲娶妻，恩養甚至。仲翔德保安不已，天寶十二載〔一一〕詣闕，讓朱紱及官於保安之子以報，時人甚高之。

初，仲翔之没也，賜蠻首〔一二〕爲奴，其主愛之，飲食與其主〔一三〕等。經歲，仲翔思北，因逃歸，追而得之，轉賣於南洞。洞主嚴惡，得仲翔，苦役之，鞭笞甚至。仲翔棄而走，又被逐得，更賣南洞中，其洞號「菩薩蠻」。仲翔居中經歲，困厄復走，蠻又追而得之，復賣他洞。洞主得仲翔，怒曰：「奴好走，難禁止邪？」乃取兩板，各長數尺，令仲翔立於板，以釘自足背釘之〔一四〕，釘達於木。每役使，常帶二木行，夜則納地檻中，親自鎖閉。仲翔二足，經數年瘡方愈。木鎖地檻，如此七年。仲翔初不堪其憂。保安之使人往贖也，初得仲翔之首主，展轉爲取之，故仲翔得歸焉。（據中華書局版汪紹楹點校本《太平廣記》卷一六六引《紀聞》校録）

〔一〕能　《古今説海》説淵部別傳四《吴保安傳》、《逸史搜奇》乙集三《吴保安》作「賢」。

〔二〕唯　《説海》、《逸史搜奇》作「幸」，義同。

〔三〕覆而敗之　明冰華居士《合刻三志》志奇類、《五朝小説·唐人百家小説》、清蓮塘居士《唐人説薈》第十集《奇男子傳》作「反爲所敗」。

〔四〕人　《四庫》本《説海》、《唐人説薈》下有「絹」字。按：下文云「求絹千匹」。

〔五〕滂沱　原作「滿池」，據《説海》、《逸史搜奇》改。

〔六〕遅　此字原無，據《説海》、《逸史搜奇》補。《唐人説薈》作「敢」。

〔七〕晏嬰　原作「夷吾」，《四庫》本作「晏嬰」，《四庫全書考證》卷七二：「『吴保安』條『解晏嬰之驂』，刊本『晏嬰』訛『夷吾』，據《史記》改。」按：「親脱石父，解晏嬰之驂」，事見《晏子春秋·内篇·雜上》：「晏子之晉，至中牟，睹敝冠、反裘負芻、息于塗側者，以爲君子也，使人問焉曰：『子何爲者也？』對曰：『我越石父者也。』晏子曰：『何爲至此？』曰：『吾爲人臣僕於中牟，見使將歸。』晏子曰：『何爲之僕？』對曰：『不免凍餓之切吾身，是以爲僕也。』晏子曰：『爲僕幾何？』對曰：『三年矣。』晏子曰：『可得贖乎？』對曰：『可。』遂解左驂以贈之，因載而與之俱歸。」《史記》卷六二《管晏列傳》：「晏平仲嬰者，萊之夷維人也。……越石父賢，在縲紲中，晏子出遭之途，解左驂贖之載歸。」夷吾乃管仲，《管晏列傳》：「管仲夷吾者，潁上人也。」疑作者誤記，非傳寫之譌，今姑從《四庫》本。

〔八〕里　此字原無，據《説海》、《逸史搜奇》補。

〔九〕甘脆　「脆」原作「膳」，據《説海》、《逸史搜奇》改。按：甘脆指奉養父母之食物，《戰國策·韓策二》：「臣有老母，家貧，客游以爲狗屠，可旦夕得甘脆以養親。」

〔一〇〕墓　原作「其」，據《説海》、《逸史搜奇》改。

〔一一〕載　原作「年」，《説海》、《逸史搜奇》作「載」。按：《舊唐書·玄宗紀下》：「（天寶）三載正月，丙辰朔，改年爲載。」據《説海》等改。

〔一二〕首　《説海》、《逸史搜奇》作「酋」。

〔一三〕其主　《説海》、《逸史搜奇》作「之」。

〔一四〕以釘自足背釘之　「自」原作「其」，汪本據明鈔本改作「自」。《説海》、《逸史搜奇》亦作「白」。《四庫》本改作「貫」，《四庫全書考證》卷七二：「『以釘貫足背釘之』，刊本『貫』訛『其』，今改。」乃妄改。《合刻三志》、《唐人百家小説》、《唐人説薈》作「以釘釘其足背」。

按：《古今説海》説淵部别傳四《吴保安傳》即取自《廣記》，不著撰人，復收入《逸史搜奇》乙集三，題《吴保安》。又明刊《合刻三志》志奇類、《五朝小説·唐人百家小説》傳奇家亦採之，多有删節，改題《奇男子傳》，署唐許棠撰，頗妄；至清世則又録入《唐人説薈》第十集（同治八年刊本卷一二），據《廣記》補其所删。民國吴曾祺《舊小説》乙集亦收有所謂唐許棠《吴保安傳》。《全唐文》卷三五八收吴保安《與郭仲翔書》、郭仲翔《與吴保安書》，全據《廣記》。《新唐書》卷一九一《忠義傳·吴保安傳》據《紀聞》載其事略。

蘇無名

牛肅撰

天后時，嘗賜太平公主細器〔一〕寶物兩食合，所直黄金千鎰，公主納之藏中。歲餘取之，盡爲盜所將矣。公主言之，天后大怒，召洛州長史〔二〕，謂曰：「三日不得盜，罪。」長史懼，謂兩縣主盜官曰：「兩日不得賊，死。」尉謂吏卒游徼曰：「一日必擒之，擒不得，先死。」吏卒游徼懼，計無所出。衢中遇湖州别駕蘇無名，相與請之至縣。游徼白尉：「得盜物者來矣。」無名遽進，至階，尉迎。問故，無名曰：「吾湖州别駕也，入計在兹。」尉呼吏卒：「何誣辱别駕！」無名笑曰：「君無怒吏卒，抑〔三〕有由也。無名歷官所在，擒姦擿伏有名，每偷〔四〕，至無名前無得過者。此輩應先聞，故將來，庶解圍耳〔五〕。」尉喜，請其方。無名曰：「與君至府，君可先入白之。」尉白其故，長史大悦，降階執其手曰：「今日遇公，却賜吾命〔六〕。請遂其由〔七〕。」無名曰：「請與君求見對玉階。」乃言之。

於是天后召之，謂曰：「卿得賊乎？」無名曰：「若委臣取賊，無拘日月。且寬府縣，令不追求。仍以兩縣擒盜吏卒，盡以付臣。臣爲陛下取之，亦不出數十日耳。」天后許之。無名戒吏卒，緩賊〔八〕相聞。月餘，值寒食。無名盡召吏卒，約曰：「十人五人爲侶，於東門北門〔九〕伺之。見有胡人與黨十餘，皆衣縗絰，相隨出赴北邙者，可躡之而報。」吏卒伺之，果得，馳白無名。往視之，問伺者：「諸胡何若？」伺者曰：「胡至一新塚設奠，哭而不哀。一撤奠〔一〇〕，即巡行塚旁，相視而笑。」無名喜曰：「得之矣。」因使吏卒盡執諸胡，而發其塚。塚開，割棺視之，棺中盡寶物也。

奏之，天后問無名：「卿何才智過人，而得此盜？」對曰：「臣非有他計，但識盜耳。當臣到都之日，即此胡出葬之時。臣一〔一一〕見即知是偷，但不知其葬物處。今寒節拜掃，計必出城，尋其所之，足知其墓。賊既設奠而哭不哀，明所葬非人也。奠而哭畢，巡塚相視而笑，喜墓無損傷也。向若陛下迫促府縣，此賊計急，必取之而逃。今者更不追求，自然意緩，故未將出。」天后曰：「善。」賜金帛，加秩二等。（據中華書局版汪紹楹點校本《太平廣記》卷一七一引《紀聞》校録）

〔一〕細器　五代後晉和凝《疑獄集》卷三《無名識盜葬》作「鈿合」。

〔二〕洛州長史　《疑獄集》作「洛陽長吏」。下文「長史」亦作「長吏」。按：《新唐書·地理志二》：「河南府河南郡，本洛州，開元元年爲府。」治河南、洛陽二縣。《新唐書·百官志四下》：「上州……長史一人，從五品上。」《疑獄集》誤。

〔三〕抑　《疑獄集》作「亦」。

〔四〕每偷　《疑獄集》作「每有盜者」。

〔五〕故將來庶解圍耳　《疑獄集》作「故見請，爲解危耳」。

〔六〕却賜吾命　《疑獄集》作「吾當復生矣」。

〔七〕請遂其由　《四庫》本「遂」作「道」。《太平廣記鈔》卷二三作「遂請其由」。按：遂，申明。《國語・晉語八》：「是遂威而遠權，民畏其威而懷其德，莫能弗從。」韋昭注：「遂，申也。」《疑獄集》作「指迷其由」。

〔八〕賊　原作「則」，據《廣記鈔》改。

〔九〕北門　《疑獄集》無此二字。

〔一〇〕一撤奠　「一」原作「亦」，據《四庫》本改。《廣記鈔》、《疑獄集》、明彭大翼《山堂肆考》卷九〇《寬限得賊》（無出處）作「徹奠」，宋鄭克《折獄龜鑑》卷七《蘇無名》、馮夢龍編《增廣智囊補》卷一〇《蘇無名》作「既徹奠」。徹，通「撤」。

〔一一〕一　原作「亦」，據《四庫》本、《廣記鈔》、《山堂肆考》改。

馬待封

牛肅　撰

開元初修法駕，東海馬待封，能窮伎巧，於是指南車〔一〕、記里鼓、相風鳥等，待封皆改修，其巧踰於古。待封又爲王皇后〔二〕造粧具，中立鏡臺，臺下兩層，皆有門户。后將櫛沐，啓鏡奩後，臺下門開〔三〕，有木婦人手執巾櫛至，后取已，木人即還。至於面脂粧粉，眉黛髻花，應所用物，皆木人執，相繼而至，亦取畢即還〔四〕，門户復閉。如是供給皆木人。后既粧罷，諸門皆闔，乃持去。其粧臺金銀彩畫，木婦人衣服裝飾，窮極精妙焉。待封既造鹵簿，又爲帝后〔五〕造粧臺，如是數年，敕但給其用，竟不拜官。待封恥之，又奏請造欹器、酒山、撲滿等物，許之。皆以白銀造作。其酒山、撲滿中，機關運〔六〕動。或四面開定，以納風氣，風氣轉動，有陰陽向背，則使其外泉流吐納，以挹杯斝。酒使出入，皆若自然，巧踰造化矣。既成奏之，即屬宫中有事，竟不召見。

待封恨其數奇，於是變姓名，隱於西河山中。至開元末，待封從晉州來，自稱道者吴賜也，常絶粒。與霍邑〔七〕令李勁造酒山、樸滿、欹器等。酒山立於盤中，其盤徑四尺五寸，下有大龜承盤，機運皆在龜腹内。盤中立山，山高三尺，峰巒殊妙。盤以木爲之，布漆其外。龜及山皆漆布脱空，彩畫其外。山中虚，受酒三斗。繞山皆列酒池，池外復有山圍之。池中盡生荷，花及葉皆鍛鐵爲之。花開葉舒，以代盤葉〔八〕，設脯醢珍果佐酒之物於花葉中。山南半腹有龍，藏半身於山，開口吐酒，龍下大荷葉中，有杯承之。盃受四合，龍吐酒八分而止。當飲者即取之，飲酒若遲，山頂有重閣，閣門即開，有催酒人具衣冠執板而出，於是歸盞於葉，龍復注之酒，使乃還，閤門即閉。如復遲者，使出如初。直至終宴，終無差失。山四面，東西皆有龍吐酒，雖覆酒於池，池内有穴，潛引池中酒納於山中。比席闌終飲，池中酒亦無遺矣。欹器二，在酒山左右。龍注酒其中，虚則欹，中則平，滿則覆，則魯廟所謂侑坐之器也，君子以誡盈滿，孔子觀之以誡焉。杜預造欹器不成，前史所載。若吴賜也，造之如常器耳。（據中華書局版汪紹楹點校本《太平廣記》卷二二六引《紀聞》校録）

〔一〕指南車　明鈔本、孫校本「指」作「司」，《會校》據改。按：晉崔豹《古今注》卷上《輿服》：「大駕指南車，起於黄帝。」《晉書》卷二五《輿服志》：「司南車，一名指南車。」

〔二〕王皇后　原無「王」字，據明鈔本、孫校本、《永樂大典》卷二六〇五引《太平廣記》補。按：《新唐書·后妃傳上》：「玄宗皇后王氏，同州下邽人，梁冀州刺史神念之裔孫。帝爲臨淄王，聘爲妃。……先天元年，立爲皇后。……開元十二年……廢爲庶人。……未幾卒，以一品禮葬。……寶應元年，追復后號。」

〔三〕門開　原作「開門」，據明鈔本、孫校本、《大典》改。

〔四〕相繼而至亦取畢即還　原作「繼至，取畢即還」，據明徐應秋《玉芝堂談薈》卷二六《古今巧藝》引《朝野僉載》（按：出處誤）補三字。

〔五〕帝后　原作「后帝」，據《四庫》本改。

〔六〕運　明鈔本、孫校本作「連」，《會校》據改。

〔七〕霍邑　原譌作「崔邑」。按：唐無崔邑縣。檢《新唐書·地理志三》，河東道晉州平陽郡有霍邑縣。馬待封從晉州來，則其爲「崔邑」令李勁造酒山等，蓋叙晉州時事，「崔邑」必是「霍邑」之譌，形相似也。今改。

〔八〕葉　《四庫》本改作「楪」，同「碟」。按：葉似指葉狀淺碟。

唐五代傳奇集第一編卷十一

牛應貞

牛　肅　撰

牛肅長女曰應貞〔一〕，適弘農楊唐源。少而聰穎，經耳必誦。年十三，凡誦佛經三〔二〕百餘卷，儒書子史又數百餘卷，親族驚異之。初，應貞未讀《左傳》，方擬授之，而夜初眠中，忽誦《春秋》。起「惠公元妃孟子卒」，終「智伯貪而愎〔三〕，故韓魏反而喪之」，凡三十卷，一字無遺，天曉而畢。當誦時，若有教之者，或相酬和。其父驚駭，數呼之，都不答。誦已而覺，問何故，亦不知。試令開卷，則已精熟矣。問無〔四〕不答，著文章百餘首。後遂學窮三教，博涉多能。每夜中眠熟，與人談論〔五〕，往來答難，或稱王弼、鄭玄、王衍、陸機，辯論鋒〔六〕起。或與文人論文，皆古之知名者〔七〕。或論文章，談名理，往往十〔八〕數夜不已。年二十四而卒。

今採其文《魍魎問影賦》著于篇。其序曰：「庚辰歲，予嬰沈痛之疾，不起者十旬。毁頓精神，羸悴形體。藥物救療，有加無瘳。感《莊子》有魍魎責影之義，故假之爲賦，庶解疾焉。」「魍魎問於予影曰：『君英達之人，聰明之子，學包六藝，文兼百氏。賾道家之秘言，探釋部之幽旨。既虔恭於中饋，又希慕於前史。不矯性〔九〕以干名，不毁物而成己。伊淑德之如此，即精神之足恃〔一〇〕。何故羸厥姿貌，沮其精神，煩冤枕席，憔悴衣巾？子惟形兮是寄，形與子兮相親。何不誨之以崇德，而教之以自倫？異萊妻之樂道，殊鴻婦之安貧。豈痼疾而無生賴，將微賤而欲忘身？今節變歲移，臘終春首。照晴光於郊甸，動暄氣於梅柳。水〔一一〕解凍而繞軒，風扇和而入牖。固可蠲憂釋疾，怡神養壽。何默爾無營，自貽伊咎？』僕於是勃然而應曰：『子居於無人之域，遊乎魑魅之鄉。形既圖於夏鼎，名又著於蒙莊。何所見之非〔一二〕博？何所談之不長？夫影依日而生，像因人而見。豈言談之足〔一三〕曉？何節物之能辨？隨晦明以興滅，逐形骸以遷變。以愚夫畏影，而蒙鄙之性以彰；智者視陰，而遲暮之心可見。伊美惡兮由己，影何辜而遇譴？且予聞至道之精窈兮冥，至道之極昏兮默。達人委性命之修短，君子任時運之通塞。悔吝不能纏，榮耀不能惑。喪之不以爲喪，得之不以爲得。子〔一四〕何乃怒予之不賞芳春，責予之不貴華飾？且吾之秉操，奚子智之能測？』言未卒，魍魎惕然而驚，歘然而起〔一五〕曰：『僕生於絶域之外，長於荒遐之境。未曉智者之處身，是以造君而問影。既談玄之至妙，請終身以藏屏。』」

初，應貞夢裂書而食之，每夢食數十卷，則文體一變。如是非一，遂工〔一六〕爲賦頌。文

名曰遺芳。（據中華書局版汪紹楹點校本《太平廣記》卷二七一引《記聞》校録，朝鮮成任編《太平廣記詳節》卷二二作《紀聞》）

〔一〕貞　《廣記詳節》「貞」作「真」，下同。按：宋仁宗名禎，疑宋人避諱改。

〔二〕三　黄本、《四庫》本、明秦淮寓客《緑窗女史》卷一四著撰部序傳、《五朝小説·唐人百家小説》傳奇家、《唐人説薈》第十一集、馬俊良《龍威秘書》四集、顧之逵《藝苑捃華》所收《牛應貞傳》作「二」，《廣記詳節》作「一」。

〔三〕愎　原作「復」，據《四庫》本、《廣記詳節》、《唐人説薈》、《龍威秘書》、《藝苑捃華》及《全唐文》卷九八《牛應貞傳》改。

〔四〕無　此字原脱，據《廣記詳節》補。

〔五〕與人談論　原作「與文人談論文，皆古之知名者」，與後文重複，衍文也，據《廣記詳節》删改。

〔六〕鋒　原作「烽」，據《四庫》本、《廣記詳節》、《緑窗女史》、《五朝小説》、《唐人説薈》、《龍威秘書》、《藝苑捃華》、《全唐文》改。明鈔本作「蜂」，《會校》據改。

〔七〕或與文人論文皆古之知名者　此十二字明鈔本、孫校本、《四庫》本、《緑窗女史》、《唐人説薈》、《全唐文》删去，而保留前文之「與文人談論文，皆古之知名者」。《廣記詳節》十二字在此處，而無前文十一字。

〔八〕十　此字原無，據明鈔本、《廣記詳節》補。

〔九〕性　原譌作「枉」，據明鈔本、《廣記詳節》改。
〔一〇〕即精神之足恃　《廣記詳節》作「良形神之足恃」。
〔一一〕水　孫校本作「冰」，《會校》據改。按：《廣記詳節》亦作「水」。
〔一二〕非　原作「不」，據《廣記詳節》改。
〔一三〕足　明鈔本作「定」。
〔一四〕子　原作「君子」，據《廣記詳節》删「君」字。
〔一五〕欻然而起　原作「歎而起」，據《廣記詳節》改。明鈔本作「欻爾起」。
〔一六〕工　《廣記詳節》作「大」。

按：《廣記》所引題《牛肅女》，今改爲《牛應貞》。《緑窗女史》卷一四著撰部序傳、《五朝小説·唐人百家小説》傳奇家、《唐人説薈》第十一集（同治八年刊本卷一四）、《龍威秘書》四集《晉唐小説暢觀》、《藝苑捃華》、俞建卿《晉唐小説六十種》等所收《牛應貞傳》，即取自《廣記》，而妄題唐宋昭若撰。《全唐文》卷九八宋昭若文竟亦收入《牛應貞傳》，不辨之甚。

劉洪

牛　肅　撰

沛國劉洪，性剛直。父爲折衝都尉，薛楚玉之在范陽，召爲行軍，洪隨之薊，因得給事楚玉，楚玉悦之。楚玉補屯官，洪請行。檀州有屯曰太和，任〔一〕者輒死，屯遂荒廢。洪乃請爲之，楚玉以凶難之。洪曰：「妖由人興，妖不自作。洪且不懼，公何惜焉？」楚玉遂以為太和屯官。

洪將人吏到屯，屯有故墟落，洪依之架屋。匠人方運斧而度，木自折舉，擊匠人立死。洪怒，叱吏卒，扶匠人起而笞之，詢〔二〕曰：「汝是何鬼？吾方治屯，汝則干之，罪死不赦！」笞數發〔三〕，匠人言説〔四〕：「願見寬恕。吾非前後殺屯官者也。殺屯官者，自是輔國將軍，所居去此不遠。吾乃守佛殿基鬼耳。此故墟者，舊佛殿也。以其淨所，故守之。吾昔〔五〕爲人有罪，配守此基。基與地平，吾方得去。今者來，故訴於公，公爲平之，吾乃去爲人矣。」洪曰：「汝言輔國不遠，可即擒來。」鬼曰：「諾。」須臾，匠人言曰：「劉洪，吾輔國將軍也。汝爲人强直，兼有才幹，吾甚重之，將任汝以職。今當辟汝，即大富貴矣，勉之！」因索紙，作詩二章。其匠人兵卒也，素不知詩〔六〕，及其下筆，書跡特妙，可方王右軍。薛楚玉取而珍之。其詩曰：「烏烏在虚飛，玄駒遂野依。名今編户籍，翠過葉生稀。」其二章曰：「箇樹枝條朽，三花五面啼。移家朝度日，誰覺逸□遲〔七〕。」詩成而去。

匠人乃屯屬役〔八〕，數日疾甚，舁至范陽。其父謁名醫薛□□〔九〕，亦會□〔一〇〕疾。洪言語如常，而二人密冷氣侵，未幾乃卒〔一一〕。□〔一二〕洪初得鬼詩，思不可解。及卒〔一三〕，

□□□□□□□□□□□□□□三月玄嘉方來□□□□□□□□□□□□□□皆黑，遂以載棺。「名今編户籍」，蓋洪名〔一四〕□□□□□□□□□□「翠過葉生希〔一五〕」者，言洪死像也。其二章「箇樹枝條朽」，□□□□□□〔一六〕，故條枝朽也。「三花五面啼」者，洪家有八口，洪又二人亡，所謂三花也。五人哭之，所謂五面啼。□□□□□□□□□□□□□□□□□□□□□□□□□□〔一七〕。

洪死後二十日，故吏野外見洪紫衣，從二百騎，神色甚壯。告吏曰：「吾已爲輔國將軍所用，大富貴矣。今將騎從，向都迎母。」母先在都。初，洪舅有女，養於劉氏，年與洪齒。嘗與洪言曰：「吾聞死者有知。吾二人，先死必擾亂存者，使知之。」是日，女在洪母前行，忽有引其衣者，令不得前。女怪之。須臾得前，又引其巾，取其梳，如相狎者。洪母驚曰：「洪存日嘗有言，須〔一八〕來在軍。久絶書問，今其〔一九〕死乎？何與平生言協也？」母言未畢，洪即形見庭中，衣紫衣，佩金章〔二〇〕，僕從至多〔二一〕。母問曰：「汝何緣來？」洪曰〔二二〕：「洪〔二三〕已富貴，身亦非人，福樂難言，故迎母供養。」於是車輿皆進，母則昇輿，洪乃侍從，遂去。去後而母殂。其見故吏時，亦母殂之日也。（據中華書局版汪紹楹點校本《太平廣記》卷三三一引《記聞》校録）

〔一〕任　孫校本作「住」，《會校》據改。按：任，任職，指任太和屯官。

〔二〕詢　明鈔本作「詬」，《會校》據改。

〔三〕發　明鈔本作「十」，《會校》據改。按：發，量詞，下也。李朝威《洞庭靈姻傳》：「然後叩樹三發，當有應者。」

〔四〕言説　明鈔本作「甦曰」，《會校》據改。按：明鈔本誤。此言説者乃附體匠人之鬼，非匠人甦醒後所言也。

〔五〕昔　原作「因」，據明鈔本、孫校本改。

〔六〕知詩　明鈔本作「能知書」。

〔七〕誰覺逸□遲　原「誰覺」下爲□（闕字）。汪校：「誰覺□陳校本作逸□遲。」明鈔本末三字作「□□遲」，黄本爲三闕字。孫校本作「誰覺□□□□□速」。《才鬼記》卷三《輔國將軍》（末注《記聞》）「誰覺」下注「缺」字，末爲「迷」。姑據陳本補。《四庫》本作「誰覺夕陽低」，《會校》據補。按：《四庫》本乃臆補，全無依據。

〔八〕乃屯屬役　明鈔本作「乃□□□□」，孫校本作「乃□□□□□□」。

〔九〕謁名醫薛□□　「謁」明鈔本作「請」，「薛□□」原作「薛」，下無闕字，明鈔本、孫校本「薛」下闕二字。按：「薛」下當爲雙名，今補爲二闕字。

〔一〇〕會□　原「會」下無闕字，孫校本有一闕字，據補。

〔一二〕而二人密冷氣侵未幾乃卒　原作「而二冷密冷氣侵□□□□」，明鈔本、孫校本作「而二□冷密冷氣侵□□□□」。黄本、《筆記小説大觀》本作「而二人密介氣侵，未幾乃卒」，《四庫》本同，而改「介」爲「冷」，是也。今據《四庫》本改補。

〔一三〕□　《四庫》本補作「方」，《會校》據補。

〔一四〕及卒　此下至「皆黑」以上原無，據孫校本補。

〔一五〕蓋洪名　此下十三闕字，據孫校本補。

〔一六〕翠過葉生希　原作「生希」，上三字孫校本爲闕字。按：此乃引述輔國將軍詩，「生希」前三字當爲「翠過葉」，今補。希，通「稀」。

〔一七〕此六闕字據孫校本補。

〔一八〕此三十闕字據孫校本補。

〔一九〕須　明鈔本、許本作「頊」。

〔二〇〕其　原作「見」，據明鈔本、孫校本改。

〔二一〕衣紫衣佩金章　原作「衣紫金章」，據明鈔本補二字。孫校本作「紫衣金章」。

〔二二〕至多　原作「多至」，據明鈔本、孫校本、陳校本改。

〔二三〕曰　此字原無，據明鈔本、孫校本、陳校本補。《才鬼記》作「言」。

〔二四〕洪　此字原無，據明鈔本、孫校本、陳校本補。

按：明梅鼎祚《才鬼記》卷三採入本篇，題《輔國將軍》，末注《記聞》。

竇不疑

牛肅撰

武德功臣孫竇不疑，爲中郎將，告老歸家。家在太原，宅於北郭陽曲縣。不疑爲人勇，有膽力，少而任俠。常結伴〔一〕十數人，鬬雞走狗，樗蒲一擲數萬，皆以意氣相期。而太原城東北數里，常有道鬼，身長二〔二〕丈。每陰雨昏黑後多出，人見之，或怖而死。諸少年言曰：「能往射道鬼者，與錢五千。」餘人無言，唯不疑請行，迨昏而往。衆曰：「此人出城便潛藏，而夜紿我以射，其可信乎？盍密隨之？」不疑既至魅所，鬼正出行。不疑逐而射之，鬼被箭走，不疑追之。凡中三矢，鬼自投于岸下，不疑乃還。諸人笑而迎之，謂不疑曰：「吾恐子潛而紿我，故密隨子，乃知子膽力若此。」因授之財，不疑盡以飲焉。明日，往尋所射岸下，得一方相，身則編荆也，今京中方相編竹，太原無竹，用荆作之。其傍仍得三矢。自是道鬼遂亡，不疑亦從此以雄勇聞〔三〕。

及歸老，七十餘矣，而意氣不衰。天寶二年冬十月，不疑往陽曲，從人飲。飲酣欲返，主苦留之。不疑盡令從者皆留，己獨乘馬，昏後歸太原。陽曲去州三舍，不疑馳還。其間則沙場也，狐狸鬼火叢聚，更無居人。其夜，忽見道左右皆爲店肆，連延不絶。時月滿雲薄，不疑怪之。俄而店肆轉衆，有諸男女，或歌或舞，飲酒作樂，或結伴踏蹄。有童子百餘人，圍不疑馬，踏蹄且歌，馬不得行。道有樹，不疑折其柯，長且大，以擊，歌者走，而不疑得前。又至逆旅，復見二百餘人，身長且大，衣服甚盛，來繞不疑，踏蹄歌焉。不疑大怒，又以樹柯擊之，長人皆失。不疑恐，以所見非常，乃下道馳，將投村野〔四〕。忽得一處，百餘家〔五〕，屋宇甚盛。不疑叩門求宿，皆寂無人應。雖甚叫擊，人猶不出。村中有廟，不疑入之，繫馬於柱，據階而坐。時朗月，夜未半，有婦人素服靚粧，突〔六〕門而入，直向不疑再拜。問之，婦人曰：「吾見夫壻獨居，故此相偶。」不疑曰：「孰爲夫壻？」婦人曰：「公即其人也。」不疑知是魅，擊之，婦人乃去〔七〕。廳房内有牀，不疑息焉。忽梁間有物，墮於其腹，大如盆盎〔八〕。不疑毆之，則爲犬音，自投牀下，化爲火人，長二尺餘，光明照耀，入于壁中，因爾不見。不疑又出户，乘馬而去，遂得入林木中憩止〔九〕。天曉不能去，會其家求而得之，已愚〔一〇〕且喪魂矣。舁之還，猶説其所見。乃病，月餘卒。（據中華書局版汪紹楹點校本《太平廣記》卷三七一引《紀聞》校録）

〔一〕伴　原譌作「絆」，據明鈔本、孫校本、黄本、《四庫》本、《筆記小説大觀》本、明胡我琨《錢通》卷三一引《紀聞》、《廣豔異編》卷三一《竇不疑》改。

〔二〕二　孫校本作「數」。

〔三〕從此以雄勇聞　「從此」孫校本作「徙居」，「聞」下明鈔本有「于人」二字，《會校》據以改補。

〔四〕野　明鈔本、孫校本作「墅」，《會校》據改。

〔五〕百餘家　明鈔本前有「凡」字，《會校》據補。

〔六〕突　明鈔本、孫校本作「自」，《會校》據改。按：突，闖也，衝也。

〔七〕去　明鈔本、孫校本作「走」，《會校》據改。

〔八〕盆盎　孫校本作「盤」。

〔九〕遂得入林木中憩止　明鈔本、孫校本作「遂得林木，入中憩止」。

〔一〇〕愚　《四庫》本改作「疲」，《廣豔異編》作「昏愚」。

按：《廣豔異編》卷三一輯入此篇。

李彊名妻

牛肅　撰

隴西李彊名，妻〔一〕清河崔氏，甚美。其〔二〕一子，生七年矣。開元二十二年，彊名爲南海丞。方暑月，妻因暴疾卒。廣州嚻熱，死後埋棺於土，其外以墼〔三〕圍而封之。彊名痛其妻夭年，而且遠官，哭之甚慟，日夜不絶聲。數日，妻見夢曰：「吾命未合絶，今帝許我活矣。然吾形已敗，帝命天鼠爲吾生肌膚。更十日後，當有大鼠出入墼棺中，即吾當生也。然當封〔四〕閉門户，待七七日，當開吾門，出吾身，吾即生矣。」及旦，彊名言之，而其家僕妾夢皆恊。十餘日，忽有白鼠數頭，出入殯所，其大如㹠。彊名異之，試發其柩，見妻骨有肉生焉，遍體皆爾，彊名復閉之。積四十八日〔五〕，其妻又見夢曰：「吾明晨當活，盍出吾身。」既曉，彊名發之，妻則蘇矣，扶出浴之。

妻素美麗人也，及乎再生，則美倍於舊。膚體玉色，倩盼多姿，袪服靚粧，人間殊絶矣。彊名喜形於色。時廣州都督唐昭聞之，令其夫人觀焉，於是别駕已下夫人皆從。彊名妻盛服，見都督夫人，與抗禮，頗受諸夫人拜。薄而觀之，神仙中人也。言語飲食如常人，而少言。衆人訪之，久而一對。若問冥間事，即杜口，雖夫子亦不答。明日，唐都督夫人置饌，請至家，諸官夫人皆同觀之。悦其柔姿豔美，皆曰目所未覩。既而别駕、長史夫人等，次其日列筵，請之至宅，而都督夫人亦往。如是已二十日矣，出入如人〔六〕，唯沉静異於疇日。既彊名使於桂府，七旬乃還。其妻去後〔七〕爲諸家所迎，往來無恙。彊名至數日，妻復言病，病則甚，間一日遂亡。計其再生，纔百日耳〔八〕。或曰有物憑焉。（據中華書局版

汪紹楹點校本《太平廣記》卷三八六引《記聞》校録）

〔一〕妻　孫校本作「娶」，《會校》據改。

〔二〕其　明鈔本作「有」，《會校》據改。

〔三〕墼　《四庫》本、《太平廣記鈔》卷六一、《廣豔異編》卷九《李彊名妻》作「塹」，誤。墼，磚也。

〔四〕封　孫校本作「釘」。

〔五〕四十八日　明鈔本無「八」字，誤。按：前云「待七七日，當開吾門」，七七四十九日也。

〔六〕人　明鈔本作「常」，《會校》據改。

〔七〕其妻去後　明鈔本作「去時其妻」。

〔八〕耳　原作「矣」，據明鈔本、《玉芝堂談薈》卷一一引《紀聞》改。

按：《廣豔異編》卷九採入，題《李彊名妻》。

葉法善

牛肅　撰

道士葉法善，括蒼人。有道術，能符禁〔一〕鬼神，中宗〔二〕甚重之。開元初，供奉在内，位至金紫光禄大夫、鴻臚卿。時有名族，得江外一宰，將乘舟赴任，於東門外，親朋盛筵以待之。宰令妻子與親故車，先往胥溪〔三〕水濱。日暮〔四〕，宰至舟旁，饌已陳設，而妻子不至。宰復至宅尋之，云去矣。宰驚，不知所以〔五〕。復出城，問行人，人曰：「適食時，見一婆羅門僧，執幡花前導，有數乘車隨之。比〔六〕出城門，車内婦人皆下，從婆羅門，齊聲稱佛，因而北去矣。」宰遂尋車跡，至北邙虚墓間〔七〕，有大冢，見其車馬皆憩其旁。其妻與親表婦二十餘人，皆從一胡〔八〕僧，合掌繞冢，口稱佛名。宰呼之，皆不應，宰怒，前擒之〔九〕，婦人遂駡曰：「吾正逐聖者，今在天堂，汝何小人，敢此抑遏！」至於奴僕，與言皆不應〔一〇〕，亦相與繞冢而行。宰因執胡僧，遂失。于是縛其妻及諸婦人，皆諠叫。至第，竟夕號呼，不可與言。

宰遲明問於葉師，師曰：「此天狐也，能與天通。斥之則已，殺之不可。然此狐齋時必至，請與俱來。」宰曰：「諾。」葉師仍與之符，令置所居門。既置符，妻及諸〔一一〕人皆寤，謂宰曰：「吾昨見佛來，領諸聖衆，將我等至天堂，其中樂不可言。佛執花前行〔一二〕，吾等方隨後作法事，忽見汝至，吾故駡，不知乃是魅惑也。」齋時，婆羅門果至，叩門乞食。妻及諸婦人聞僧聲，争走出門，喧言佛又來矣。宰禁之不可，乃執胡僧，鞭之見血，面縛，舁之往葉師所。道遇洛陽令，僧大叫稱寃。洛陽令反咎宰，宰具言其故，仍請與俱見葉師。洛陽令不信宰言，强與之去。漸至聖真觀，僧神色慘沮不言。及門，即請命。及入院，葉師命解其縛，猶胡僧也。師曰：「速復汝形。」魅即哀請，師曰：「不可。」魅乃棄袈裟于地，即老狐也。師命鞭之百，還其袈裟，復爲婆羅門。約令去千里之外，胡僧頂禮而去，出門遂亡。（據中華書局版汪紹楹點校本《太平廣記》卷四四八引《紀聞》校録）

〔一〕禁　《太平廣記詳節》卷四〇作「刻」。

〔二〕中宗　前原有「唐」字，今删。

〔三〕溪　《廣記詳節》作「傒」。傒，同「蹊」，小路。

〔四〕暮　《廣記詳節》作「斜」。

〔五〕以　孫校本作「訪」。

〔六〕比　《廣記詳節》作「北」。

〔七〕虚墓間　「虚」明鈔本、《廣記詳節》作「墟」，《會校》據明鈔本改。按：虚，同「墟」。墟墓，又作「虚墓」，墓地。《新五代史》卷一九《周家人傳·淑妃楊氏》：「世宗詔有司營嵩陵之側爲虚墓以俟。」「間」原譌作「門」，據《廣記詳節》改。

〔八〕胡　此字原無，據《廣記詳節》補。

〔九〕皆不應宰怒前擒之　原作「皆有怒色，宰前擒之」，據《廣記詳節》補改。明鈔本作「皆不應，宰前擒之」。

〔一〇〕應　《廣記詳節》作「伏」。

〔一一〕諸　《廣記詳節》作「婦」。

〔一二〕行　原譌作「後」，據明鈔本、孫校本、《廣記詳節》改。《狐媚叢談》卷一《狐化婆羅門》作「導」，《廣豔異編》卷三〇《婆羅門》作「道」。道，通「導」。

按：《狐媚叢談》卷一、《廣豔異編》卷三〇輯入，分別題《狐化婆羅門》、《婆羅門》，略有删節。

鄭宏之

牛　肅　撰

定州刺史〔一〕鄭宏之，解褐爲尉。尉之廨宅，久無人居，屋宇頽毁，草蔓荒涼。宏之至官，薙草修屋，就居之。吏人固争，請宏之無入。宏之曰：「行正直，何懼妖鬼！吾性强禦〔二〕，終不可移。」居二日，夜中，宏之獨卧前堂。堂下明火，有貴人從百餘騎來，至庭下，怒曰：「何人唐突，敢居于此！」命牽下。宏之不答，牽者至堂，不敢近。宏之乃起。貴人命一長人，令取宏之。長人昇階，循牆而走，吹滅諸燈。燈皆盡，唯宏之前一燈存焉。長人前欲滅之，宏之杖劍擊長人，流血灑地。長人乃走，貴人漸來逼。宏之具衣冠，請與同坐。言談通宵，情甚款洽。宏之知其無備，拔劍擊之。貴人傷，左右扶之，遽言：「王今見損，如何？」乃引去。既而宏之命役徒百人，尋其血，至北垣下，有小穴方寸，血入其中。宏之命掘之，入地一丈，得狐大小數十頭，宏之盡執之。穴下又掘丈餘，得大窟。有老狐，裸而無毛，據土牀坐，諸狐侍之者十餘頭，宏之盡拘之。老狐言曰：「無害予，予祐汝。」宏之命積薪堂下，火作，投諸狐，盡焚之。次及老狐，狐乃搏頰，請曰：「吾已千歲，能與天通，殺予不祥，捨我何害？」宏之乃不殺，鎖之庭槐。

初夜中，有諸神鬼，自稱山林川澤叢祠之神，來謁之，再拜言曰：「不知大王罹禍乃爾，雖欲脱王，而苦無計。」老狐頷之。明夜，又諸社鬼朝之，亦如山神之言。後夜，有神自稱黄撅，多將翼從，至狐所，言曰：「大兄何忽如此？」因以手攬鎖，鎖爲之絶，狐亦化爲人，相與去。宏之走追之，不及矣。宏之以爲「黄撅」之名，乃狗號也，此中誰有狗名黄撅者乎？既曙，乃召胥吏問之，吏曰：「縣倉有狗老矣，不知所至，以其無尾，故號爲『黄撅』。豈此犬爲妖乎？」宏之命取之。既至，鎖繫將就烹，犬人言曰：「吾寔黄撅神也，君勿害我。我常隨君，君有善惡，皆預告君，豈不美歟？」宏之屏人與語，乃釋之。犬化爲人，與宏之言〔三〕，夜久方去。

宏之掌寇盜，忽有劫賊數十人入界，止〔四〕逆旅。黄撅神來告宏之曰：「某處有劫，將行盜，擒之可遷官。」宏之掩之，果得。遂遷秩焉。後宏之累任將遷，神必預告。至如殃咎，常令迴避，罔有不中。宏之大獲其報。宏之自寧州刺史改定州〔五〕，神與宏之訣去。以是人謂宏之禄盡矣。宏之至州兩歲，風疾去官。（據中華書局版汪紹楹點校本《太平廣記》卷四四九引《紀聞》校録）

〔一〕定州刺史　前原有「唐」字，今删。

〔二〕强禦　原譌作「禦禦」，據明鈔本、《廣豔異編》卷二六《黄撅神》改。《狐媚叢談》卷二《狐與黄撅爲妖》作「禦妖」。

〔三〕與宏之言　明鈔本作「宏之與言」。

〔四〕止　明鈔本作「之」。

〔五〕定州　《狐媚叢談》作「宣州」，誤。按：前作定州刺史，《新唐書·宰相世系表五上》亦載鄭宏之爲定州刺史。定州刺史乃其終職。

按：《狐媚叢談》卷二、《廣豔異編》卷二六取入此篇，題《狐與黄撅爲妖》、《黄撅神》。

唐五代傳奇集第一編卷十二

高力士外傳

郭湜　撰

郭湜（七〇〇—七八八），字濈載。西漢遠祖爲太原（治今山西太原市西南古城營）人，後徙潁川（治今河南許昌市）。先塋在洛陽，當爲洛陽（今屬河南）人。祖待舉，高宗宰相（黄門侍郎、同中書門下三品），父泰素，祕書郎。開元十二年（七二四）擢進士第。補山陰尉，調太子典饍丞、四門博士、河東司倉參軍。天寶六載（七四七）至十三載，苗晉卿、韋陟先後爲河東太守，頗受善待，曾司貢士之選。改湖城令，因直不避權，貶臨川司户參軍。移吉州長史，歷海鹽、長城令，大理司直，江陵府户曹參軍，遷登封令。又爲檢校户部員外郎、同州司馬，無何遷檢校駕部郎中、同州長史。貞元四年卒，年八十九，歸葬洛陽先塋。著書數十卷。（據本篇，《新中國出土墓誌·河南叁》陳翊《唐故朝散大夫檢校尚書駕部郎中兼同州長史郭公〔湜〕墓誌銘并序》及郭湜《大理司直郭湜故妻隴西李夫人墓誌銘并序》，《唐代墓誌彙編》郭湜《大唐故濮州雷澤縣令太原郭府君〔邕〕墓誌銘并序》、《唐少林寺同光禪師塔銘并序》及郭霸《唐故汝州司馬隴□〔西〕李府君〔華〕墓誌銘并序》，林寶《元和姓纂》卷一〇，《新唐書·宰相世系表四上》，《新唐書·藝文志》雜傳類）

高力士於太宗陵寢宫見小梳箱一、柞木梳一、黑角篦一、草根刷子一，歎曰：「先帝首建義旗，新正皇極，十有餘載，方致昇平。隨身服用，惟留此物，將欲傳示孝孫，永存節儉。」具以奏聞。上至陵日，山川雷隱，草木風生，陳千官朝見之儀，具九賓宗祀之禮。禮畢，俯伏流涕，若不自勝。須臾，聞鼓聲四振，雲霧朗清。萬歲之聲，豈惟於遠近；一人之孝，固通於神明，不可得而稱也。至寢宫，問曰：「所留示朕者何在？」力士趨入，捧跪上。上跪奉肅敬，如不可勝，曰：「夜光之珍，垂棘之璧〔一〕，將以喻此，曾何足言！」即命史官書之典册。

二十三年後，上忽言曰：「朕親主六合，二十餘年，兩都往來，甚覺勞弊。欲久住關内，其可致焉？」三問群臣卿士，皆云：「江淮漕運，轉輸極難，臣等愚蒙，未知爲計。」上甚不悦。後李林甫用裴耀〔二〕之謀，爰興變造；牛仙客取彭果之計，首建和羅。數年之中，甚覺寬貸。上因大同殿思神念道，左右無人，謂高公曰：「朕自住關内，向欲十年，俗阜人安，中外無事。高止黄屋，吐故納新，軍國之謀，委以林甫。卿謂如何？」高公頓首曰：「臣自二十年已後，陛下頻賜臣酒，往往過度，便染風疾，言辭倒錯，進趨無恒。十年已來，不敢言事。陛下不遺鄙賤，言訪芻蕘，縱欲上陳，無裨聖造。然所聞所見，敢不竭誠。且林甫用變造之謀，仙客建和糴之策，足堪救弊，未可長行。恐變正倉盡，即義倉盡，正義俱盡，國無旬月之蓄，人懷饑饉之憂。和糴不停，即四方之利，不出公門；天下之人，盡無私蓄。棄本逐末，其遠乎哉？但順動以時，不逾古制；徵税有典，自合恒規。則人不告勞，物無虚費。軍國之柄，未可假人，威權之聲，振於中外。得失之議，誰敢興言。伏惟陛下圖之。」上乃言曰：「卿十年已來，不多言事。今所敷奏，未會朕心。」乃頓首曰：「臣生於夷狄之國，長自升平之代。一承恩渥，三十餘年。嘗願粉骨碎身，以裨玄化；竭誠盡節，上答皇慈。頃緣風疾所侵，遂使言辭舛謬。今所塵黷，不稱天心，合當萬死。頓首！頓首！」上曰：「朕與卿休戚共同，何須憂慮！」命左右曰：「即置酒爲樂，無使懷憂。」左右皆稱萬歲。從此便住内宅，不接人事。

及開元之末，天寶之初，陳希烈上玄元之尊，田同秀獻寶符之瑞。貴妃受寵，外戚承恩。羅、吉、張、俞，興黨錮之獄；楊、裴、韋、李〔三〕，受無狀之誅。五六年間，道路以目，禄山之禍，自此興焉。至十年，上又言曰：「朕年事漸高，心力有限。朝廷細務，委以宰臣；藩戎不讋，付之邊將。自然無事，日益寬閑。卿謂如何？」高公曰：「比在内宅，不知時議。近於閤門外，見諸道奏事人説雲南頻有喪律，陛下何以禦之？北兵近甚精强，陛下何以制之？但以皇威遠震，聖澤傍流，足以吞食鯨鯢，翦滅封豕。諸餘纖介，曾何足云！臣恐久無備於不虞，卒有成於滋蔓，然後禁止，不亦難乎？」上曰：「卿之所疾，漸亦痊除。

今日奏陳，雅符朕意。近小有疑慮，所以問卿。卿慎勿言，杜復泄露，應須方便，然可改張。」高公頓首，謝曰：「以陛下至聖，微臣至愚，幸契天心，不勝欣慶。」

其後楊、李争權，競相傾奪；王、邢不軌，咸就誅夷。十二年冬〔四〕，林甫云亡，國忠作相。先酬宿憾，林甫被琢棺之刑；寧俟後圖，國忠播宣淫之恥。十三年秋，大雨，晝夜六十日。陳希烈罷相，韋見素持衡。上因左右無人，謂高公曰：「自天寶十年之後，朕數有疑，果致天災，以殃萬姓。雖韋、陳改轍，楊、李殊塗，終未通朕懷。卿總無言，何以爲意？」高公伏奏曰：「開元二十年已前，宰臣授職，不敢失墜；邊將承恩，更相戮力。自陛下威權假於宰相，法令不行，災眚備於歲時，陰陽失度，縱爲軫慮，難以獲安〔五〕。臣不敢言，良有以也。」上久而不答。

十四年冬，安禄山作逆，起自范陽，私聚甲兵，假稱朝貢。因李芝於真定，劫光翽於太原。長驅兩河，將吞九鼎。蕞爾戎羯，乘我不虞。國家久致昇平，不脩兵甲，卒徵烏合之衆，以禦必死之軍。遂使張介然喪律於陳留，封常清棄甲於汜水。東京已陷，西土猶寧。有詔斬封、高於驛前，鎮哥舒於關上。交鋒縱鏑，向歷半年；斬將搴旗，不逾信宿。兵疲師老，衆潰親離。國忠促哥舒之軍，務令速進；火拔冀禄山之黨，更却先投。烽火遍照於川原，羽書交馳於道路。西京於焉失守，萬姓及此騷然。

十五載六月十二日，有詔移仗未央宫。十三日，有詔幸巴蜀。至延秋門外，上駐馬謂高公曰：「卿往日之言，是今日之事。朕之曆數，尚亦有餘，不須憂懼。」扈從至馬嵬山，百姓驚惶，六軍奮怒。國忠、方進，咸即誅夷；虢國、太真，一時連坐。肅宗減隨駕兵馬，復至咸陽。未振軍容，師徒小却。長驅卒乘，北至朔方。七日，萬人勸進，讓不獲已，乃即皇帝位於靈武。八月，尊太上皇於成都，改元爲至德元年。成都宣赦，上皇謂高公曰：「我兒嗣位，應天順人，改元至德，孝乎惟孝。卿之與朕，亦有何憂！」高公伏奏曰：「陛下躬親庶務，子育黔黎，四十餘年，天下無事。一朝兩京失守，萬姓流亡。西蜀、朔方，皆爲警蹕之地；河南、漢北，盡爲征戰之場。天下之臣，莫不增痛。陛下謂臣曰：『卿之與朕，復何憂哉！』臣未敢奉詔。臣聞主憂臣辱，主辱臣死，死辱之義，職臣之由。臣不孝不忠，尚存餘喘，親蒙曉諭，戰懼伏深。」

初，上過利州，西臨蜀郡，往來表疏，道路相望。知兩京有剋復之期，兆人佇來蘇之慶。仍皇情未暢，臣下多虞。及出劍門，到巴蜀，井邑氣候風雲，與中國而頗殊，對偏方而增恨，應雲扈從，皆同此心。賴節度使崔圓以忠懇至誠，恐皇恩軫慮，凡所進奉，不越時宜，應修殿宇，不勦人力。上爲之悦，左右皆稱萬歲。上曰：「崔圓可謂大臣歟？」即日拜相。西南之俗，無不欣然。後崔相欲赴行在，未測聖情。上覺其憂懼，謂高公曰：「朕觀崔圓，器宇沖邃，理識弘通，比諸宰臣，無出其右。若得對見，必倍承恩。」後果如上言。且蜀中風土，有異中原，秋熱冬温，晝晴夜雨，事之常也。及駕出劍門，到巴蜀，氣候都變，不異兩京。九月十九日，霜風振厲，朝見之時，皆有寒色，詔即令着袍。至二十一日，百官盡衣袍立朝，不依舊式。每奏事人來往，兩京動静，無不盡知。

二年正月，禄山爲子慶緒所殺。慶緒僞立，兇謀逆計，主以嚴莊；僞勑僞書，出於高尚。但置酒爲樂，餘無所圖。上謂高公曰：「皇帝久在鳳翔，兵威大震，兇徒逆黨，即應殄滅。」高公伏奏曰：「逆賊背天地之恩，恣豺狼之性，更相魚肉，其可久乎！」九月，皇帝在鳳翔，元帥廣平王、中書令郭子儀，驅百萬之熊羆，吞二京之蚊蚋，不逾旬月，收復兩都。慶緒北走於鄴中，王師續圍於城下。至乾元元年，慶緒爲逆賊史思明所殺，王師失利，再陷洛陽。李光弼作鎮於河陽，郭英乂次安於虢路。上元元年，爲子朝義所殺。至寶應元年，却收洛陽。朝義奔走，不知所在。上皇謂高公曰：「安、史二逆賊，父子相次伏誅，豈非天地神明之所殛罰也！」高公曰：「皇帝聖化，人戴〔六〕無窮，陛下仁德，福流萬葉。凡是兇醜，自合誅夷，不勝慶快之至。」

初，至德二年十一月，詔迎太上皇於西蜀。十二月至鳳翔，被賊臣李輔國詔外隨駕甲仗。上皇曰：「臨至王城，何用此物。」悉令收付所由。欲至城，皇帝具儀仗出城迎候。二聖相見，泣涕久之，傾城道俗，一時忭舞。便於興慶宮安置。

乾元元年冬，上皇幸温泉宫，二十日却歸。因此被賊臣李輔國陰謀不軌，欲令猜阻，更樹勳庸，移仗之端，莫不由此。輔國趨馳末品，小了纖人，一承攀附之恩，致位雲霄之上。聖上屬殘孽未殄，蒼生不安，貪總軍戎，冀清海内，不暇揀擇左右，屏棄回邪，遂使輔國熒惑兩宫，戕〔七〕傷萬姓，恣行威福，不懼典刑。上元元年七月，太上皇移仗西内安置，高公竄謫巫州〔八〕，皆輔國之計也。

上皇在興慶宫，先留廄馬三百疋。欲移仗前一日，輔國矯詔，索所留馬，惟留十疋。有司奏陳，上皇謂高公曰：「常用輔國之謀，我兒不得終孝道。明早向北内。」及曉，至北内，皇帝使人起拜云：「兩日來疹病，不復親起拜伏，伏願且留喫飯。」飯畢，又曰：「伏願且歸南内。」行欲至夾城，忽聞戛戛聲。上驚迴顧，見輔國領鐵騎數百人，便逼近御馬。輔國便持御馬，高公驚下，争持曰：「縱有他變，須存禮儀，何得驚御？」輔國叱曰：「老翁大不解事，且去！」即斬高公從者一人。高公即櫳御馬，直至西内安置。自辰及酉，然後老宫婢十數人，將隨身衣物至，一時號泣，上皇止之。皆輔國矯詔之所爲也，聖上寧得知之乎？上皇謂高公曰：「興慶是吾王地，吾頻讓與皇帝，皇帝仁孝不受。今雖爲輔國所制，正愜我本懷。」進御人令撤肉，便處分尚食，明日已後，不須進肉食。每日上皇與高公，親看掃除庭院，芟薙草木。或講經論議，轉變説話，雖不近文律，終冀悦聖情。

經十餘日，高公患瘧，勑於功臣閣下避瘧。日晚，聞門外有人問，稱是啖庭瑶，云：「聖人唤阿翁。」問：「曾見太上皇未？」曰：「見了。」高公亦不敢辭，即隨庭瑶至閤門外。日晚，見内養將一卷文書狀，云使看，略見少多，皆是罷職。却被索將，附奏云：「臣合死已久，聖恩含忍，容至今日。所看事狀，並不曾聞。伏願得親辭聖顔，然後受戮，死亦無恨。」明日有制：「力士潛通逆黨，曲附兇徒，既懷梟獍之心，合就鯨鯢之戮。以其久侍帷幄，頗效勤勞，且捨殊死，可除名，長流巫州。」

九月三十日，至巫州，隨身手力，不越十人，所餘衣糧，纔至數月。殷憂待罪，首尾三年。經一年，忽見本道觀察趙國珍，第五琦謫至夷州〔九〕，與第五相飲，賦詩曰：「煙熏眼落膜，瘴染面朱虞。」謂同病〔一〇〕曰：「宰相猶如此，餘可〔一一〕以堪。」左右聞之，皆爲揮涕。又於園中見薺菜，土人不解喫，便賦詩曰：「兩京秤斤買，五溪無人採。夷夏雖有殊，氣味應不改。」使拾之爲羹，甚美。或登山臨水，以永終日。

至元年建辰月，有制：「流人一切放還。」至建巳月，二聖昇遐，今上即位，改元爲寶應元年。六月，巫州二聖遺詔到，號天叩地，悲不自勝。制服持喪，禮過常度。每一號慟，數迴氣絶，晝夜無時，傷感行路，恨不得親奉陵寢，而使永隔幽明。哀毁既深，哽咽成疾。七月，發巫山，至朗州。八月，病漸亟，謂左右曰：「吾年已七十九，可謂壽矣。官至開府儀同，可謂貴矣。既貴且壽，死何恨焉？所恨者二聖昇遐，攀號不迨；孤魂旅櫬，飄泊何依。」泣下霑襟，視之盡血。言畢，以寶應元年八月十八日終於朗州開元寺之西院。遠近聞之，莫不傷歎。九月，靈櫬發朗州。十一月至襄州，有詔令復舊官爵，追贈揚州都督〔一二〕。喪事行李，一切官給，陪葬玄宗陵。

高公所生母麥氏，即隋將鐵杖曾孫。始與母別時，年十歲。母撫其首泣曰：「與汝分別，再見無時。然汝胸上七黑子，他人云必貴。吾若不死，得重見，記取此言。汝常弄吾臂上雙金環，吾亦留看，待見汝伺之，慎勿忘却。」即與決別。向三十年後，知母在瀧州，雖使人迎候，終不敢望見。及到，子母並不相識，母問曰：「與汝別時，記語否？」「胸前有黑子。」母曰：「在否？」即解衣視之，母亦出金環示之，一時號泣，累日不止。上聞，登時召見，封越國夫人，便於養父母家安置。十餘年後卒，葬東京原。燕公誌墓曰：「驗七黑〔一三〕於子心，辨雙環於母臂。」即此事也。其妻東平呂氏，故岐州〔一四〕刺史玄悟之女，躬行婦道，有逾常禮。

大理司直太原郭湜曰：李輔國謬承恩寵，竊弄威權，蒙蔽聖聰，恣行兇醜。所持刑憲，皆涉回邪，即有敬、毛、裴、畢之流，起周代索、丘之獄。既無所措，難以圖存，使天下之心，自然摇矣。但經推案，先没家貲，不死則流，動逾千計。黔中道此一色尤多，則三故相，裴冕、張鎬、第五琦是也；一大夫，賀蘭進明是也；六中丞，鄭叔清、暢灌、韋利見、皇甫鋭、張萬頃、毛若虚是也；七御史，李融、屈無易、孫昌胤、孫瑩、宋晦、嚴鋭、畢曜是也；三員外，張渭、張之緒、李宣是也；一左丞，皇甫侁〔一五〕是也；一郡王，瑀是也；一開府，力士是也。遺、評、補、博、卿、監、司、舍、將軍、列卿、州牧、縣宰已下，散在諸郡，不可盡紀。從至德至寶應向二千人，及承恩放還，十二三矣。嗟乎！淫刑以逞，誰得無罪？湜同病者，報以誌之。況與高公，俱嬰譴累。每接言論，敢不書紳。豈謂懷輔弼之元勳，當休明之聖代，卒爲讒佞所惡，生死銜冤，悲夫！（據上海涵芬樓景印明顧元慶《顧氏文房小説》刊本校録）

〔一〕璧　原作「壁」，據明凌性德刊七卷本《虞初志》卷六《高力士外傳》及《重編説郛》卷一一一、清蓮塘居士《唐人説薈》第十集、馬俊良《龍威秘書》四集、民國俞建卿《晉唐小説六十種》之《高力士傳》改。

〔二〕裴耀　各本皆作「紫曜」。按：此爲裴耀卿事，爲對仗省作「裴耀」，而譌作「紫曜」。今改。裴耀卿（六八一—七四三），字焕之，絳州稷山（今屬山西）人。《舊唐書》卷九八、《新唐書》卷一二七有傳。其興辦漕運之事，《舊唐書》卷四九《食貨志下》、《新唐書》卷五三《食貨志三》載之頗詳。《新志》云：「開元十八年，宣州刺史裴耀卿朝集京師，玄宗訪以漕事，耀卿條上便宜曰……二十一年，耀卿爲京兆尹。京師雨水，穀踊貴。玄宗將幸東都，復問耀卿漕事。耀卿因請罷陜陸運，而置倉河口，使江南漕舟至河口者，輸粟於倉而去。縣官雇舟，以分入河、洛，置倉三門東西。漕舟輸其東倉，而陸運以輸西倉。復以舟漕，以避三門之水險。玄宗以爲然，乃於河陰置河陰倉，河西置柏崖倉，三門東置集津倉，西置鹽倉。鑿山十八里以陸運。自江淮漕者，皆輸河陰倉，自河陰西至太原倉，謂之北運，自太原倉浮渭以實關中。玄宗大悦，拜耀卿爲黄門侍郎、同中書門下平章事，兼江淮都轉運使。以鄭州刺史崔希逸、河南少尹蕭炅爲副使，益漕晉、絳、魏、濮、邢、貝、濟、博之租輸諸倉，轉而入渭。凡三歲，漕七百萬石，省陸運傭錢三十萬緡。」

〔三〕楊裴韋李　原「李」上有「秀」字，乃涉「李」而衍，據七卷本《虞初志》删。按：楊指楊慎餘、慎矜、慎名兄弟，裴指裴敦復，韋指韋堅，李指李適之、李邕，見《舊唐書》卷一八六下《酷吏傳下》之《吉温傳》及《羅希奭傳》。

〔四〕十二年冬　按：李林甫卒於天寶十一載。《新唐書·玄宗紀》：天寶十一載「十一月乙卯，尚書左僕射兼右相、晉國公李林甫薨於行在所」。疑原文紀時有誤，或「十二」乃「十一」之譌。

〔五〕安　此字原闕，據七卷本《虞初志》、《五朝小説·唐人百家小説》紀載家《高力士傳》、《重編説郛》、《唐人説薈》、《龍威秘書》、《晉唐小説六十種》、葉德輝觀古堂刊《唐開元小説六種》補。

〔六〕人戴　原爲闕字，據七卷本《虞初志》補。《唐人百家小説》、《重編説郛》、《唐人説薈》、《龍威秘書》、《晉唐小説六十種》、觀古堂本作「變及」。

〔七〕戕　原爲闕字，據七卷本《虞初志》補。《唐人百家小説》、《重編説郛》、《唐人説薈》、《龍威秘書》、《晉唐小説六十種》、觀古堂本作「至」。

〔八〕巫州　原「巫」爲闕字，據《虞初志》、《唐人百家小説》、《重編説郛》、《唐人説薈》、《龍威秘書》、《晉唐小説六十種》、觀古堂本補。下同。

〔九〕忽見本道觀察趙國珍第五琦謫至夷州　原作「忽見本道觀察第五國珍謫至夷州」，文字有脱譌。按：本道觀察指黔中道觀察使，治所在黔州（治彭水縣，今屬四川），巫州屬黔中道。時黔中觀察使乃趙國珍，《舊唐書》卷一一五《趙國珍傳》：「趙國珍……天寶中，以軍功累遷黔府都督，兼本管經略等使。……在五溪凡十餘年……代宗踐祚，特嘉之，召拜工部尚書。」卷六四《徐王元禮傳》：「永泰元年，女婿黔中觀察使趙國珍入朝，請以延年子前施州刺史諷爲嗣，因封嗣徐王。」郁賢皓《唐刺史考全編》黔中道黔州列有趙國珍，任期爲約天寶十載至寶應元年（約七五一—七六二）。「第五國珍」應爲「第五琦」。北宋晏殊《晏元獻公類要》卷二五引郭昌（湜）撰《高力士傳》曰：「力士在巫州，與第五琦飲酒賦詩，有云……」《舊唐書》卷一二三《第五琦傳》：「乾元二年，以本官加同中書門下平章事。初，琦以國用未足，幣重貨輕，乃請鑄乾元重寶錢，以一當十行用之。及作相，又請更鑄重輪乾元錢，一當五十，與乾元錢及開元通寶錢三品並行。既而穀價騰貴，餓殍死亡，枕藉道路，又盜鑄争起，中外皆以琦變法之弊，封奏日聞。乾元二年十月，貶忠州長史，既在道，有告琦受人黄金二百兩者，遣御史劉期光追按之。琦對曰：『二百兩金十三斤重，忝爲宰相，不可自持。若其付受有憑，即請準法科罪。』期光以爲此是琦伏罪也，遽奏之，請除名，配流夷州。」夷州（治今貴州鳳岡縣）屬黔中道，在黔州西南，中隔珍、思二州。意者第五琦被謫黔中，先至黔州，而高力士自巫至黔見趙國珍，遂於黔州與琦相會。或趙國珍與第五琦皆至巫州，力士與琦相會。無從取校，姑改如此。

〔一〇〕謂同病　《類要》作「若」，疑有脱誤。

〔一一〕可　《類要》、《唐人説薈》、《龍威秘書》、《晉唐小説六十種》、觀古堂本作「何」。

〔一二〕揚州都督　「揚州」原誤作「廣州」。按：《舊唐書》卷一八四《宦官傳·高力士傳》：「代宗以其耆宿，保護先朝，贈揚州大都督，陪葬泰陵。」《新唐書》卷二〇七《宦者傳上·高力士傳》同。又《全唐文》卷九九三有《唐故開府儀同三司贈揚州大都督高公神道碑》。今改。

〔一三〕黑　原譌作「里」，據七卷本《虞初志》、《唐人百家小説》、《重編説郛》、《唐人説薈》、《龍威秘書》、《晉唐小説六十種》、觀古堂本改。

〔一四〕歧州　原作「岐州」，據《虞初志》、《唐人百家小説》、《重編説郛》、《唐人説薈》、《龍威秘書》、《晉唐小説六十種》改。

〔一五〕皇甫侁　「侁」原譌作「銑」。按：唐林寶《元和姓纂》卷五「樂陵皇甫氏」：「侁，尚書左丞。」《全唐文》卷五二一梁肅《新鄭縣尉皇甫君墓誌》：「君……尚書左丞侁之愛弟。」今改。

按：《崇文總目》傳記類、《新唐書·藝文志》雜傳類、《通志·藝文略》傳記類著録郭湜《高氏外傳》一卷，《新唐志》注：「力士。湜，大曆大理司直。」《遂初堂書目》雜傳類作《高力士外傳》，無卷數撰人，《直齋書録解題》傳記類、《宋史·藝文志》書名同之，而《解題》誤作鄭湜。《文獻通考·經籍考》傳記類引陳振孫《解題》，譌作《高士外傳》。明清書目亦多見著録。今存較早之本爲明正德、嘉靖間陸采《虞初志》本（八卷本，卷七）以及顧元慶《顧氏文房小説》本，題《高力士外傳》，一卷，署唐太原郭湜撰。顧本後收入七卷本《虞初志》卷六、《五朝小説·唐人百家小説》紀載家、《重編説郛》卷一一一、《唐人説薈》第十集（同治八年刊本卷一二）、《龍威秘書》四集《晉唐小説暢觀》、《唐開元小説六種》、《晉唐小説六十種》、《舊小説》乙集等，《唐人百家小説》、《重編説郛》、《唐人説薈》、《龍威秘書》、《晉唐小説六十種》等本題作《高力士傳》，諸本於顧本闕字皆有補。

郭湜作此傳時官大理司直，考郭湜大曆四年（七六九）七月爲其妻撰《大理司直郭湜故妻隴西李夫人墓誌銘并序》，中云「大理司直太原郭湜」，而大曆四年、六年六月所撰《大唐故濮州雷澤縣令太原郭府君（邕）墓誌銘并序》及《唐少林寺同光禪師塔銘并序》，分別題「季弟登封縣令湜撰」、「登封縣令郭湜撰」，是知大曆四年由大理司直改任江陵府户曹參軍，旋即遷登封令，然則此傳約作於大曆四年或二三年間。

郭湜於讚語中稱：「湜同病者，報以誌之。況與高公，俱嬰譴累。每接言論，敢不書紳。」高力士上元元年（七六〇）貶黔中道巫州，寶應元年（七六二）放還卒。而郭湜約於天寶末至德初貶臨川司户參軍，後移吉州長史，歷海鹽、長城二縣令，不知何時與力士「每接言論」。郭湜既稱與力士「同病者」，又細述黔中道所貶官員，似上元中亦曾貶黔，得以與力士接談。《郭湜墓誌》未載，豈有遺耶？

遊仙記

顧況撰

顧況，字逋翁，蘇州（今屬江蘇）人，或考爲祖籍潤州丹陽（今屬江蘇）人，家居蘇州海鹽縣横山。至德二載（七五七）第進士。建中、貞元間韓滉鎮兩浙，爲節度判官，帶大理司直銜。此間曾知新亭監。貞元三年（七八七）正月柳渾輔政，以祕書郎徵況。六月李泌拜相，久之遷著作郎。五年泌卒，況貶饒州司户參軍。九年罷饒，隱潤州茅山，號華陽山人，以壽終。著《畫評》一卷、《顧況集》二十卷，均佚，今存《顧華陽集》三卷、《補遺》一卷。（據《舊唐書》卷一三〇《李泌傳》附、《新唐書·藝文志》、皇甫湜《皇甫持正文集》卷二《顧況詩集序》、皎然《吴興晝上人集》卷七《送顧處士歌》、李肇《國史補》卷中、李綽《尚書故實》、《桂苑叢談》附《史遺》、張固《幽閑鼓吹》、張彦遠《歷代名畫記》卷一〇、孟啓《本事詩》、五代王定保《唐摭言》卷八、宋計有功《唐詩紀事》卷二八、元辛文房《唐才子傳》卷三、夏文彦《圖繪寶鑑》卷二、《嘉定赤城志》卷三二、《郡齋讀書志》卷七、《直齋書録解題》卷一九等，參見《顧華陽集》卷前姚士粦《顧著作傳》、傅璇琮《唐代詩人叢考·顧況考》、《唐才子傳校箋》卷三及《補正》）

温州人李庭等，大歷六年，入山斫船〔一〕，迷不知路。逢見漈水〔二〕，漈水者，東越方言，以挂泉〔三〕爲漈。中有人煙雞犬之候〔四〕。尋聲渡水，忽到一處，約在甌閩之間，云古莽然之墟者〔五〕，好田泉竹〔六〕果藥，連楝架險，三百餘家。四面高山，迴環〔七〕深映。有象耕雁〔八〕耘，人甚知禮。野鳥名鴝，飛行似鶴，入人社中〔九〕，惟祭得殺，無故不得殺，殺令地震。有一老人，爲衆所伏，容貌甚和。歲入〔一〇〕數百匹布，以備寒暑〔一一〕。乍見外人，亦甚驚異，問所從來，袁晁賊平未〔一二〕，時政何若，具以實告。因曰：「願來就居，得否？」云：「此間地窄，不足以容。」爲致飲食，申以主敬。既而辦〔一三〕行，斫樹記道還家。及復前踪，群山萬首〔一四〕，不可尋省〔一五〕。（據清道光二十九年懼盈齋刻本岑建功輯《輿地紀勝補闕》卷一引唐著作顧況《遊仙記》校録，又《景印文淵閣四庫全書》本南宋王象之《輿地碑記目》卷一引唐著作顧況《遊仙記》、清同治元年雙峰堂重刊顧況《顧華陽集·補遺·遊仙記》、《全唐文》卷五二九《仙遊記》）

〔一〕船　清倪濤《六藝之一録》卷一〇二引唐著作顧況《游仙記》、《全唐文》作「樹」。按：北宋闕名編《五色線集》卷下《象耕鳥耘》引《遊山（仙）記》作「木船」，是應作「船」字。

〔二〕潀水　《五色線集》作「水際」，誤。

〔三〕挂泉　《四庫全書》本《輿地碑記目》、《顧華陽集補遺》均作「桂泉」，《六藝之一録》、《全唐文》則作「挂泉」。按：作「桂泉」誤。挂泉，瀑布。《太平御覽》卷七一引《羅浮山記》曰：「羅嶺之南有瀑布，挂泉四十餘丈。」

〔四〕候　《顧華陽集補遺》作「所」。按：候，徵候，迹象。作「所」譌。

〔五〕云古莽然之墟者　「云」《五色線集》作「乃」。「墟」《六藝之一録》作「虚」。虚，同「墟」，墟落，村落。「者」《五色線集》無此字，《全唐文》作「有」，連下讀。

〔六〕竹　《四庫》本《輿地碑記目》作「植」，疑爲館臣妄改。《六藝之一録》作「竺」。按：《廣雅·釋草》：「竺，竹也。」

〔七〕環　《全唐文》作「還」。

〔八〕雁　《五色線集》作「鳥」。

〔九〕入人社中　「入」字《全唐文》無。「社」《四庫》本《輿地碑記目》、《六藝之一録》、《全唐文》、《顧華陽集補遺》作「舍」，誤。按：社，祭土地神之所。

〔一〇〕入　《四庫》本《輿地碑記目》、《全唐文》作「收」，《六藝之一録》作「出」，《顧華陽集補遺》譌作「久」。

〔一一〕暑　《六藝之一録》、《顧華陽集補遺》譌作「者」。

〔一二〕平未　原倒作「未平」，《顧華陽集補遺》同。按：岑建功校云：「又按：以《舊唐書·代宗紀》及《通鑑》考之，袁晁之就擒在寶應二年四月，下距大曆六年相隔八載。山中避亂之人不知世事，故袁晁之亂久平而猶問其平未耳。作『未平』者非也。」《四庫》本《輿地碑記目》、《六藝之一録》、《全唐文》均作「平未」，據改。

〔一三〕辦　《六藝之一録》、《全唐文》作「辭」。

〔一四〕首　《四庫》本《輿地碑記目》、《六藝之一録》作「疊」。

〔一五〕省　《六藝之一録》作「矣」。

按：南宋王象之《輿地碑記目》卷一引唐著作顧況《遊仙記》，《輿地紀勝》今本脱載。清岑建功《輿地紀勝補闕》卷一據抄本《碑目》補輯，對抄本譌誤加以校改。云：「抄本《碑目》『著作』作『歷作』，『惟祭』作『雄祭』，『歲入』作『歲人』，『寒暑』作『寒者』，『袁晁』作『袁見』，『辦行』作『辦行』，『尋省』作『尋者』，皆誤。」又云：「按：正文作《遊仙記》，注引顧況《仙遊記》。今考《全唐文》五百二十九載顧況此文，正作《仙遊記》，當以《仙遊》爲是。」《四庫》本《輿地碑記目》正文注文俱作《遊仙記》，且「遊仙」、「仙遊」固無不同，不必以《仙遊》爲是也。清倪濤《六藝之一録》（《景印文淵閣四庫全書》本）卷一〇二引有唐著作顧況《游仙記》。顧況六十六世孫顧球纂輯《顧華陽集補遺》一卷，中亦有《遊仙記》。《全唐文》卷五二九亦收，作《仙遊記》。

《顧華陽集補遺》之《釋祀篇》及《祭陸端公文》，乃顧況於大曆九年（七七四）、八年作於永嘉（温州治所），時爲江南某鹽鐵轉運支使屬吏，在永嘉操辦鹽務（見《唐才子傳校箋》卷三《顧況》趙昌平校箋），而《遊仙記》爲大曆六年事，當係大曆六年後於温州所作，據聞而記也。

杜鵬舉傳

蕭時和 撰

蕭時和，大曆間處士。撰《天祚永歸記》一卷。（據宋周密《志雅堂雜鈔》卷下、《宋史·藝文志》傳記類）

景龍末，韋庶人專制。故安州都督、贈太師杜鵬舉，時尉濟源縣，爲府召至洛城修籍。一夕暴卒，親賓將〔一〕具小殮。夫人尉遲氏，敬德之孫也。性通明彊毅，曰：「公筭術神〔二〕妙，自言官至方伯，今豈長往耶〔三〕？」安然不哭。洎二日三夕，乃心上稍温，翌日徐蘇。數日方語云：「初見兩人持符來召，遂相引徽安門出〔四〕。門隙容寸，過之尚寬。直北上邙山，可十餘里，有大坑，視不見底。使者令入，鵬舉〔五〕大懼。使者曰：『可閉目。』執手如飛，須臾足已履地。尋小徑東行，凡數十里，天氣昏慘，如冬凝陰。遂至一廨，牆宇宏壯。使者先入，有碧衣官出，趨拜頗恭。既退引入，碧衣者踞坐案〔六〕後，命鵬舉前。旁有一狗，人語云：『誤，姓名同〔七〕，非此官也。』笞使者，改符令去。有一馬，半身兩足，跳梁而前曰：『往爲杜鵬舉所〔八〕殺，今請理冤。』鵬舉亦醒然記之，訴云：『曾知驛，敕使將馬令殺，非某所願。』碧衣命吏取按，審〔九〕然之，馬遂退。旁見一吏，揮手動目，教以事理，意相庇脱。所證既畢，遂揖之出。碧衣拜送門外，云：『某是生人，安州編户。少府當爲安州都督，故先施敬，願自保持。』言訖，而向所教之吏趨出，云姓韋名鼎，亦是生人，在上都務本坊。自稱向來有力，祈錢十萬。鵬舉辭不能致，鼎云：『某雖生人，今於此用紙錢，易致耳。』遂許之。又〔一〇〕囑云：『焚時願以物籍之，幸不著地。兼呼韋鼎，某即自使人受。』鼎又云：『既至此，豈不要見當家簿書？』遂引入一院，題云『户部』。房廊四周，簿帳山積。當中三間，架閣特高，覆以赤黄幃帊，金字牓曰『皇籍』。餘皆露架，往往有函，紫色蓋之。韋鼎云：『宰相也。』因引詣杜氏籍，書籤云『濮陽房』，有紫函四，發開卷，鵬舉三男，時未生者，籍名已具。遂求筆，書其名於臂。意願踟躕，更欲周覽，韋鼎云：『既不住，亦要早歸。』遂引出，令一吏送還。吏云：『某苦飢，不逢此便〔一一〕，無因得出，願許別去，冀求一食。但尋此道，自至其所。』

「留之不可，鵬舉遂西行。道左忽見一新城，異香聞數里，環城皆甲士持兵。鵬舉問之，甲士云：『相王於此上天子〔一二〕，有四百天人來送。』鵬舉曾爲相王府官，忻聞此説。牆有大隙，窺見分明，天人數百，圍繞相王，滿地綵雲，並衣仙服，皆如畫者。相王前有女人，執香爐引。行近窺諦，衣裙帶狀似剪破，一如雁齒〔一三〕狀。相王戴一日，光明輝赫，徑〔一四〕可丈餘。相王後凡有十九日，纍纍成行，大〔一五〕光明，皆如所戴。須臾，有緋騎來迎，甲士令鵬舉走，遂至故道。不覺已及徽安門，門閉〔一六〕過之，亦如去時容易。爲群犬遮齧，行不可進。

至家，見身在牀上，躍入身中，遂寤。」臂上所記，如朽木書，字尚分明。

遂焚紙錢十萬，呼贈韋鼎。心知卜代〔一七〕之數，中興之期，遂以假故，來謁睿宗。上握手曰：「豈敢忘德。」尋求韋鼎，適卒矣。及睿宗登極，拜右拾遺，詞云：「思入風雅，靈通鬼神。」敕宮人妃主〔一八〕數十，同其粧服，令視執鑪者。鵬舉遥識之，乃太平公主也。問裙帶之由，其公主云：「方熨龍袞，忽爲火迸，驚忙之中，不覺爇帶，倉惶不及更服。」公主歔欷陳賀曰：「聖人之興，固自天也。」鵬舉所見，先睿宗龍飛前三年，故鵬舉墓誌云：「及睿宗踐祚，陰騭祥符，啓聖期於化元，定成命於幽數。」後果爲安州都督。（據中華書局版汪紹楹點校本《太平廣記》卷三〇〇《杜鵬舉》校録）

〔一〕將　清孫潛校本、《寶顔堂祕笈》本《朝野僉載》卷六無此字。

〔二〕神　孫校本作「入」。

〔三〕耶　《朝野僉載》作「即」，屬下讀。

〔四〕徽安門出　《朝野僉載》作「出徽安門」。

〔五〕鵬舉　原文疑爲「予」、「余」之類，爲《廣記》編纂者所改。

〔六〕案　談愷刻本原作「按」，汪校本作「案」，未出校，《朝野僉載》作「案」。按：按，通「案」。

〔七〕姓名同　《朝野僉載》「姓」下有闕字。中華書局點校本校：「缺字當是『異』字。」孫校木「同」作

「固」，屬下讀，「姓名」則與上文「誤」連讀。

〔八〕所　此字原無，據孫校本、《朝野僉載》補。

〔九〕審　明沈與文野竹齋鈔本下有「驗」字。張國風《太平廣記會校》據補。按：審，審核，細察。

〔一〇〕又　原作「亦」，據明鈔本、孫校本、《朝野僉載》改。

〔一一〕便　孫校本、《朝野僉載》作「使」，《會校》據改。按：便，機會。指韋鼎令吏送杜鵬舉歸家之機會。

〔一二〕天子　《朝野僉載》作「天」。

〔一三〕雁齒　明鈔本作「鼠齧」。

〔一四〕徑　原作「近」，據明鈔本、孫校本、《朝野僉載》改。

〔一五〕大　明鈔本作「其」，《會校》據改。

〔一六〕閉　此字下原衍「閑」字，據孫校本、《朝野僉載》刪。

〔一七〕卜代　明鈔本作「世代」。按：卜代、世代皆指睿宗承繼大位。

〔一八〕妃主　《朝野僉載》作「妃子」。按：主指公主，作「妃主」是。

按：《廣記》末注：「出處士蕭時和作傳。」（張國風《太平廣記會校》改作「出《杜鵬舉傳》」。）宋末周密《志雅堂雜鈔》卷下《書史》云：「《景□（雲）天祚永歸録》，所言睿宗龍飛先兆，大曆間蕭時和撰。」《宋史·藝文志》傳記類著録蕭時和《天祚永歸記》一卷。《崇文總目》傳記類上、《新唐書・藝文志》雜傳記類、《通志・藝文略》雜史類亦均著録此書，《通志略》書名作《天祚承歸記》，撰人皆誤作蕭叔和。《崇文總目》清錢繹釋云：「按：《通志略》『永歸』作『承歸』，『叔和』作『時和』，並誤。」所據《通志略》版本作「時和」，與《宋志》同。錢繹以爲作「時和」誤，殊不知《廣記》正引作「時和」，而周密所見《景雲天祚永歸録》亦題作蕭時和，其誤實在「叔和」也。《天祚永歸記》作於代宗大曆間，《新唐志》注「睿宗事」，《通志略》注「記睿宗即位」，周密云「所言睿宗龍飛先兆」。蕭氏此傳所記恰正是睿宗即位先兆事，可以推知此傳當屬《天祚永歸記》中文字。原書可能分事而記，此係其一事，各事未必有題；亦可能蕭氏作有獨立傳文而納入書中，則必有傳名。《廣記》以「杜鵬舉」爲題，今姑加「傳」字以爲題目。

周密云《景雲天祚永歸録》作於大曆間，傳文暗示杜鵬舉子鴻漸爲宰相。按代宗廣德二年（七六四）鴻漸以兵部侍郎拜相，大曆四年（七六九）卒，則此傳似作於大曆四年之後。

《廣記》所引此事之後，以「又」字附録「一説」，注「出《朝野僉載》」。張鷟《朝野僉載》原二十卷，已佚，明人輯《朝野僉載》六卷，全據《廣記》所引。此事及「一説」合爲一篇全部輯入卷六，頗謬。且將「處士蕭時和作傳」七字録爲正文，尤可哂也。明人輯書之僞濫，可見一斑。

得寶記

鄭輅　撰

鄭輅，楚州刺史，餘不詳。

開元中，有李氏者，嫁於賀若氏。賀若氏卒，乃捨俗爲尼，號曰真如。家於鞏縣孝義橋〔一〕。其行高潔，遠近宗推〔二〕之。天寶元年〔三〕七月七日，真如於精舍户外盥濯之間，忽有五色雲氣，自東而來，集户外〔四〕。雲中引手，不見其形，徐以囊授真如曰：「汝宜〔五〕寶之，慎勿言〔六〕也。」真如謹守，不敢失墜。

天寶末，禄山作亂，中原鼎沸，衣冠南走，真如展轉流寓於楚州安宜縣。肅宗元年建子月十八〔七〕日夜，真如所居，忽見二人，衣皁衣，引真如東南而行。可五六十步，值一城，樓觀嚴飾，兵衛整肅〔八〕。皁衣者指之曰：「化城也。」城有大殿〔九〕，一人衣紫〔一〇〕衣，戴寶冠，號爲天帝。復有二十餘人，衣冠亦如之，呼爲諸天。諸天坐定〔一一〕，命真如進。既而諸天相謂曰：「下界喪亂時久，殺戮過多，腥穢之氣，達於諸天，不知何以救之。」一天曰：「莫若以神寶壓之。」又一天曰：「當用第三寶。」又一天曰：「今厲〔一二〕氣方盛，穢毒凝固，第三寶不足以勝之，須以第二寶授之〔一三〕，則兵可息，亂世可清〔一四〕也。」天帝曰：「然。」因出寶授真如，曰：「汝往令刺史崔侁，進達於天子。」復謂真如曰：「前所授汝小囊，有寶五段〔一五〕，人臣可得見之。今者八寶，唯王者所宜見之，汝慎勿易也。」乃具以寶名及所用之法授真如，已而復令皁衣者送之。

翼日〔一六〕，真如以寶〔一七〕詣縣，攝令〔一八〕王滔之以狀聞州。州得滔之狀，會刺史崔侁〔一九〕

將行，以縣狀〔二〇〕示從事盧恒，曰：「安宜縣有妖尼之事，怪之甚也，亟往訊之。」恒至縣，召真如，欲以王法加之。真如曰：「上帝有命，誰敢廢墜〔二一〕？且寶非人力所致〔二二〕，又何疑焉？」乃以囊中五寶〔二三〕示恒。其一曰玄黄天符〔二四〕，形如笏，長可八寸餘〔二五〕，闊三寸，上圓下方，近圓有孔，黄玉也，色比蒸栗〔二六〕，澤〔二七〕若凝脂，辟人間兵疫邪癘〔二八〕。其二曰玉雞〔二九〕，毛文〔三〇〕悉備，白玉也，王者以孝理天下則見。其三曰穀璧，白玉也，徑五六寸，其文粟粒自生，無異雕鐫之狀〔三一〕。王者得之，則五穀豐稔。其四曰王母玉環〔三二〕，二枚，亦白玉也，徑六〔三三〕寸，好倍於肉〔三四〕。王者得之，能令外國歸服〔三五〕。其五曰碧色寶，圓而有光〔三六〕，玉色光彩溢發，特異於常。盧恒曰：「玉信玉矣，安知寶乎？」真如乃悉出寶盤，向空〔三七〕照之，其光皆射日，仰望不知光之所極也。恒與縣吏同視，咸異之〔三八〕。

翼日侁至，恒白於侁曰：「寶蓋天授，非人事也。」侁覆驗無異，歎駭久之，即具事白報〔三九〕節度使崔圓。圓異之，徵真如詣府，欲歷觀之。真如曰：「不可。」圓固强之，真如不得已，又出八寶〔四〇〕。一曰如意寶珠〔四一〕，其形正圓，大如雞卵，光色瑩澈〔四二〕，置之堂中，明如滿月。其二曰紅靺鞨，大如巨栗〔四三〕，赤爛若朱櫻〔四四〕。視之可應手而碎〔四五〕，觸〔四六〕之則堅重不可破也。其三曰琅玕珠，二枚，逾常珠，有徑一寸三分〔四七〕。其四曰玉玦〔四八〕，其形如環，四分缺一，徑可五六寸。其五〔四九〕曰玉印，大如半手〔五〇〕，斜長，其文如鹿形，陷入印中，以印物則鹿形著焉〔五一〕。其六曰皇后採桑鉤，二枚〔五二〕，長五六寸，其細如筯，屈其末，似金又似銀，又類熟銅。其七曰雷公石〔五三〕，二枚〔五四〕，斧形，長可四寸，闊寸許〔五五〕，無孔，膩〔五六〕如青玉。其八曰闕〔五七〕。通名定國寶〔五八〕。八寶置之日中，則白〔五九〕氣連天，措諸陰室，則燭耀如月。其所壓勝〔六〇〕之法，真如皆祕，不可得而知也。

圓欲録表奏之〔六一〕，真如曰：「天命崔侁，事爲若何〔六二〕？」圓懼而止〔六三〕。侁乃遣〔六四〕盧恒隨真如上獻。時史朝義方圍宋州，又南陷申州，淮河道絶，遂取江路而上，抵商山〔六五〕入關，以建巳月十三日〔六六〕達京。時肅宗寢疾方甚，視寶，促召代宗，謂曰：「汝自楚王爲皇太子，今上天賜寶，獲於楚州，天許〔六七〕汝也，宜保〔六八〕愛之。」代宗再拜受賜，以〔六九〕得寶之故，即日改爲寶應元年。上既監國〔七〇〕，乃昇楚州爲上州，縣爲望縣，改縣名安宜爲寶應焉。刺史及進寶官皆有超擢〔七一〕，號真如爲寶和大師〔七二〕，寵錫有加。自後兵革漸偃〔七三〕，年穀豐登，封域之内，幾〔七四〕至小康，寶應之符驗也。真如所居之地得寶，河壖高廠〔七五〕，境物潤茂，遺址後爲六合縣尉崔程〔七六〕所居。兩〔七七〕堂之間，相傳云西域胡人過其傍者，至今莫不望其處而瞻禮焉。（據中華書局版汪紹楹點校本《太平廣記》卷四〇四引《杜陽雜編》校録，又《太平寰宇記》卷一二四《淮南道二・楚州》引唐楚州刺史鄭略《得寶記》，《紺珠集》卷四《寶記》，《類説》卷七《唐寶記》，《歲時廣記》卷二八引《唐寶記》，按：《廣記》出處誤）

〔一〕橋　《廣記》清陳鱣校宋本作「里」。

〔二〕推　此字清道光《重修寶應縣志》卷一《建置沿革》録唐刺史鄭軺《寶應録》、劉寶楠《寶應圖經》卷首據《萬曆志》録唐刺史鄭軺《寶應録》無。

〔三〕天寶元年　南宋佚名《錦繡萬花谷》前集卷四及謝維新《古今合璧事類備要》前集卷一七引《唐寶記》「元」作「七」。按：天寶三年正月改年爲載（見《舊唐書·玄宗紀下》），若爲七年當作七載。《寰宇記》、《紺珠集》、《類説》、《歲時廣記》、《寶應圖經》俱作元年，「七」字誤。

〔四〕集户外　此三字《廣記》原無，據《歲時廣記》補。

〔五〕汝宜　此二字原無，據《歲時廣記》補。

〔六〕言　明沈與文野竹齋鈔本、陳校本作「泄」，張國風《太平廣記會校》據改。

〔七〕八　《萬花谷》續集卷九《淮東路·寶應軍》引唐楚州刺史鄭軺記作「六」。

〔八〕樓觀嚴飾兵衛整肅　《廣記》清孫潛校本、陳校本、明陸楫《古今説海》説淵部别傳五一四《寶應録》、汪雲程《逸史搜奇》戊集八《李氏女》、《道光志》、《寶應圖經》「整」作「鮮」。《歲時廣記》作「城闕壯麗，侍衛嚴肅」。

〔九〕城有大殿　此句《道光志》、《寶應圖經》無。孫校本「大」作「復」。《説海》、《逸史搜奇》作「城有樓殿」。

〔一〇〕紫　明鈔本、孫校本、陳校本、《歲時廣記》、《説海》、《逸史搜奇》、《寶應圖經》作「碧」。《會校》據

《廣記》三本改。

〔一一〕定　此字原無，據陳校本補。

〔一二〕厲　《紺珠集》、《歲時廣記》、《説海》、《逸史搜奇》、《道光志》、《寶應圖經》作「沴」，《類説》明嘉靖伯玉翁舊鈔本作「殄」。按：沴，災害。作「殄」誤。

〔一三〕授之　此二字原無，據孫校本、陳校本、《説海》、《逸史搜奇》、《道光志》、《寶應圖經》補。

〔一四〕亂世可清　《道光志》作「亂可靖」。

〔一五〕段　陳校本作「件」，《會校》據改。按：段，件也，種也。

〔一六〕翼日　明鈔本作「翌日」，《會校》據改，下同。按：翼日，同「翌日」，「翼」通「翌」。明日，次日。《尚書·金縢》：「公歸，乃納册于金縢之匱中，王翼日乃瘳。」孔傳：「翼，明。」

〔一七〕以寶　此二字原無，據《歲時廣記》補。

〔一八〕攝令　陳校本作「攝縣事」。按：攝令、攝縣事，即代理安宜縣令。

〔一九〕崔侁　此二字原無，據《歲時廣記》補。

〔二〇〕以縣狀　《説海》、《逸史搜奇》、《道光志》、《寶應圖經》作「縣以狀」，誤。

〔二一〕廢墜　陳校本作「違逆」，《會校》據改。《説海》、《逸史搜奇》、《道光志》、《寶應圖經》作「廢墮」。

〔二二〕致　《寶應圖經》譌作「到」。

〔二三〕五寶　《歲時廣記》上有「前授」二字。

〔二四〕玄黄天符　《萬花谷》後集卷一引《唐寶記》、唐段成式《酉陽雜俎》前集卷一《忠志》作「玄黄」。《册府元龜》卷二五《帝王部·符瑞四》作「玄黄符」。陳校本「符」譌作「斧」。

〔二五〕八寸餘　《紺珠集》、《重編説郛》卷九七闕名《寶記》作「八尺」，當誤。按：《萬花谷》後集、《酉陽雜俎》、《舊唐書·肅宗紀》及《五行志》、《新唐書·五行志二》、《文獻通考》卷三〇〇《物異考六·玉石之異》、《册府元龜》、《資治通鑑》卷二二二寶應元年建巳月（四月）胡三省注引《唐會要》均作「八寸」。

〔二六〕蒸栗　《類説》作「粟」，《紺珠集》、《説海》、《逸史搜奇》、《重編説郛》作「蒸粟」。按：《釋名·釋采帛》：「蒸栗，染紺使黄色，如蒸栗然也。」《意林》卷四《正部十卷》：「玉符，云赤如雞冠，黄如蒸栗，白如脂肪，黑如淳漆，此玉之符也。」《藝文類聚》卷八三引王逸《正部論》曰：「或問玉符，曰：赤如雞冠，黄如蒸栗，白如猪肪，黑如純漆，玉之符也。」又卷九四引梁元帝《謝東宫賚蒸栗牛啓》曰：「色似秘府之書，毛類陳王之玉。」《太平御覽》卷九六四引《魏略》曰：「太子與鍾繇書曰：竊見玉書稱美玉赤擬雞冠，黄侔蒸栗。」栗蒸熟後色深，粟（小米）不然也，作「蒸栗」是。

〔二七〕澤　原譌作「潭」，據孫校本、《紺珠集》、南宋高似孫《緯略》卷二《截肪蒸栗》引《唐寶記》、《説海》、《逸史搜奇》、《重編説郛》、《道光志》、《寶應圖經》改。明吴大震《廣豔異編》卷二〇及闕名《續豔異編》卷一〇《真如八寶記》作「潤」。

〔二八〕邪癘　孫校本、《説海》、《逸史搜奇》、《道光志》、《寶應圖經》作「病氣」，《紺珠集》、《類説》、《重編説郛》作「之氣」。

〔二九〕玉雞　《萬花谷》後集、《酉陽雜俎》、《舊唐書・五行志》、《新唐書・五行志》、《通考》作「玉雞毛」，乃連下文而誤讀。

〔三〇〕文　陳校本作「翅」，《會校》據改。《類説》作「羽」。

〔三一〕無異雕鐫之狀　《紺珠集》、《類説》、《重編説郛》作「非雕鐫之迹」，《酉陽雜俎》、《舊唐書・肅宗紀》、《舊唐書・五行志》、《册府元龜》、《通鑑》注「非」作「無」。

〔三二〕王母玉環　「王母」，《類説》伯玉翁舊鈔本作「西王母」，《酉陽雜俎》、《舊唐書・肅宗紀》、新舊《唐書・五行志》、《册府元龜》、《萬花谷》後集、《通鑑》注、《通考》作「西王母白環」。

〔三三〕六　《舊唐書・肅宗紀》、《册府元龜》、《通鑑》注作「六七」。

〔三四〕好倍於肉　陳校本「肉」作「常玉」，《會校》據改。按：好指玉環之孔，肉指玉環邊緣。《爾雅・釋器》：「肉倍好謂之璧。」郭璞注：「肉，邊；好，孔。」《會校》誤改。

〔三五〕服　原作「復」，據陳校本、《類説》伯玉翁舊鈔本、《酉陽雜俎》、《説海》、《逸史搜奇》、《廣豔異編》、《續豔異編》、《道光志》、《寶應圖經》改。《廣記》《四庫全書》本改作「嚮」。明鈔本、《舊唐書・五行志》作「伏」。

〔三六〕五曰碧色寶圓而有光　按：《廣記》、《説海》、《逸史搜奇》、《廣豔異編》、《續豔異編》、《道光志》、《寶應圖經》「其」下無第五寶，《寰宇記》、《新唐書・五行志》、《歲時廣記》、《通考》、宋寶應知縣石豫《定國寶記》（《寶應圖經》引）亦無。《類説》伯玉翁舊鈔本、《萬花谷》後集、《酉陽雜俎》「五曰」下注「闕名」，《舊唐書・五行志》、《册府元龜》「四曰」下接「六曰」，脱「五曰」，今據《舊唐書・肅宗紀》、《通鑑》注補。

〔三七〕空　孫校本、陳校本、《歲時廣記》、《説海》、《逸史搜奇》、《道光志》、《寶應圖經》作「日」，《會校》據孫校本、陳校本改。

〔三八〕異之　陳校本作「加歎異」。

〔三九〕白報　明鈔本、陳校本無「白」字，《會校》據删。按：白報，禀報，下對上曰白。《説海》、《逸史搜奇》、《道光志》、《寶應圖經》作「申報」。

〔四〇〕又出八寶　明鈔本「又」作「乃」，《會校》據改。《歲時廣記》「八寶」前有「後段」二字。

〔四一〕如意寶珠　《歲時廣記》作「如月珠」。

〔四二〕澈　《説海》、《逸史搜奇》、《廣豔異編》、《續豔異編》、《道光志》、《寶應圖經》作「徹」。

〔四三〕粟　《道光志》、《寶應圖經》譌作「粟」。

〔四四〕朱櫻　《類説》作「朱櫻桃」，《舊唐書·肅宗紀》、《册府元龜》、《通鑑》注作「櫻桃」。

〔四五〕視之可應手而碎　《紺珠集》、《重編説郛》作「眎之若不可觸」，《類説》作「視之疑不可觸」，《緯略》卷一〇引《唐寶記》作「視之如不可觸」。《道光志》、《寶應圖經》脱「視」字。

〔四六〕觸　《類説》作「擊」。

〔四七〕二枚逾常珠有徑一寸三分　此十一字原無，據《類説》伯玉翁舊鈔本補，《酉陽雜俎》同，「有」下多一「逾」字。《舊唐書·肅宗紀》、《通鑑》注、《道光志》、《寶應圖經》作「二枚，長一寸二分」，《册府元龜》作「二枚，長一寸六分」。

〔四八〕其四曰玉玦　按：玉玦之寶原無，《寰宇記》、《歲時廣記》、《新唐書·五行志》、《通考》亦無。《類説》伯玉翁舊鈔本、《萬花谷》後集、《酉陽雜俎》、《舊唐書·肅宗紀》及《五行志》、《通鑑》注、《定國寶記》作「九曰玉玦」，《册府元龜》作「十曰玉玦」，「十」字誤（按：五寶加此第四寶排序爲九，《册府元龜》「八曰」下接「十曰」，知應作「九」），今補。《道光志》、《寶應圖經》之本亦補「其四曰玉玦」五字。

〔四九〕五　原作「四」，今改。《道光志》、《寶應圖經》亦改。以下順推。

〔五〇〕手　《歲時廣記》作「掌」。

〔五一〕斜長其文如鹿形陷入印中以印物則鹿形著焉　以上十九字原作「其文如鹿陷之印，中著物則形見」，《紺珠集》、《重編説郛》、《説海》、《逸史搜奇》、《廣豔異編》、《道光志》、《寶應圖經》同，《廣豔異編》「文」作「紋」，《續豔異編》作「其紋如鹿，著物則鹿形現」，文字均有脱譌，據《舊唐書·肅宗紀》、《册府元龜》、《通鑑》注補改，「其文如鹿形」作「理如鹿形」。《舊唐書·五行志》省作「理如鹿形，陷入印中」，《新唐書·五行志二》、《通考》無「形」字。《酉陽雜俎》作「理如鹿形，陷入印中」。

〔五二〕二枚　《萬花谷》後集、《酉陽雜俎》、《舊唐書·肅宗紀》及《五行志》、《新唐書·五行志》、《册府元龜》、《通鑑》注、《通考》、《道光志》、《寶應圖經》均不云二枚或二。

〔五三〕雷公石　《類説》伯玉翁舊鈔本、《萬花谷》後集、《舊唐書·肅宗紀》及《五行志》、《新唐書·五行志》、《册府元龜》、《通鑑》注、《通考》、《定國寶記》、《道光志》、《寶應圖經》均作「雷公石斧」。

〔五四〕二枚　《萬花谷》後集、《酉陽雜俎》、《舊唐書・肅宗紀》及《五行志》、《新唐書・五行志》、《册府元龜》、《通鑑》注、《通考》均不云二枚或二。

〔五五〕寸許　《紺珠集》、《重編説郛》、《舊唐書・肅宗紀》、《册府元龜》、《通鑑》注作「二寸」，《説海》、《逸史搜奇》、《道光志》、《寶應圖經》作「一寸」。

〔五六〕膩　《舊唐書・肅宗紀》、《册府元龜》、《通鑑》注作「細緻」。

〔五七〕其八曰闕　按：前五寶加後八寶，凡十三寶。數目依品種計，非枚數。《寰宇記》、《廣記》、《類説》、《萬花谷》後集、《酉陽雜俎》、《舊唐書・肅宗紀》、《册府元龜》、《定國寶記》、《説海》、《逸史搜奇》、《道光志》、《寶應圖經》皆無八寶最末一寶（總計爲十三），故《酉陽雜俎》云「楚州獻定國寶一十二」，又云「其數十二」，《萬花谷》後集亦云「其數十二」。而《舊唐書・五行志》云：「十三缺。」《新唐書・五行志》及《通考》云：「其一闕。」《通鑑》注：「十三曰闕。」今依上文補「其八曰」三字，注「闕」字。

〔五八〕通名定國寶　此五字據《類説》伯玉翁舊鈔本補。

〔五九〕白　《紺珠集》、《類説》、《重編説郛》作「光」。

〔六〇〕壓勝　明鈔本作「厭勝」，《會校》據改。按：「厭」即「壓」字。「厭勝」又作「壓勝」。《册府元龜》卷三三八《宰輔部・貪黷》：「李義府爲中書令，貪冒無厭，賣官鬻獄，廣樹朋黨。有占候人言，義府宅有獄氣，積錢二千萬，可壓勝。」

〔六一〕圓欲録表奏之　「欲」原作「爲」，據《歲時廣記》改。《道光志》作「圓爲表欲奏」。

〔六二〕事爲若何　陳校本作「奈何違乎」，《會校》據改。《説海》、《逸史搜奇》、《道光志》、《寶應圖經》「事爲」作「進達」，連上讀。

〔六三〕圓懼而止　《説海》、《逸史搜奇》、《道光志》、《寶應圖經》「懼」作「悟」。《歲時廣記》作「圓乃以事屬侁」。

〔六四〕遣　原譌作「遺」，據孫校本、清黄晟校刊本、《四庫》本、《歲時廣記》、《説海》、《逸史搜奇》、《廣豔異編》、《續豔異編》、《道光志》、《寶應圖經》改。

〔六五〕商山　《道光志》、《寶應圖經》譌作「南山」。南山，終南山。

〔六六〕十三日　《寶應圖經》作「初三」。按：《舊唐書·肅宗紀》云：「建巳月庚戌朔，壬子，楚州刺史崔侁獻定國寶玉十三枚。」《通鑑》紀時同。建巳月壬子即四月初三。《寶應圖經》據《萬曆寶應縣志》所録，而《萬曆志》及《道光志》亦作「十三日」（見馬俊慧、梁鼎成《寶應縣舊志所載唐鄭畋〈寶應録〉校證》），疑爲劉寶楠所改。

〔六七〕許　《寰宇記》、《紺珠集》、《類説》、《歲時廣記》、《萬花谷》續集、《重編説郛》作「祚」。

〔六八〕保　陳校本作「寶」，《會校》據改。

〔六九〕以　此字原無，據明鈔本、陳校本、《説海》、《逸史搜奇》、《道光志》、《寶應圖經》補。

〔七〇〕監國　原作「登位」，《廣豔異編》、《續豔異編》同，陳校本作「即位」。據孫校本、《紺珠集》、《重編説郛》改。按：《舊唐書·肅宗紀》：「建巳月（按：即上元三年四月）庚戌朔。壬子，楚州刺史崔侁獻定國寶玉十三枚。……乙丑，詔皇太子監國。又曰：『上天降寶，獻自楚州，因以體元，叶乎五紀。其元年宜改爲寶應，建巳月爲四月，餘月並依常數，仍依舊以正月一日爲歲首。』丁卯，宣遺詔。

是日，上崩于長生殿，年五十二。」《代宗紀》：「寶應元年四月……丁卯，肅宗崩。……己巳，即皇帝位於柩前。」《册府元龜》卷二五：「依乙丑詔，元年宜改爲寶應元年。」上元三年四月庚戌朔（初一），初三（壬子）楚州獻寶，十六日（乙丑）太子李豫監國，改元寶應。十八日（丁卯）肅宗崩，二十日（己巳）代宗即位。改元寶應時代宗尚未即位，而爲監國。《説海》、《逸史搜奇》、《道光志》、《寶應圖經》作「答天休」。

〔七一〕刺史及進寶官皆有超擢　「及」孫校本、《説海》、《逸史搜奇》、《道光志》、《寶應圖經》作「上」。按：《册府元龜》云：「其楚州刺史并出寶縣官及進寶官，量與進改，隨進寶官典傔等，各量與一子官。」作「上」疑譌。「擢」孫校本、陳校本作「昇」，《會校》據改。按：超擢即超昇，越級提昇。《元次山集》卷七《辭監察御史表》：「陛下嘉臣愳愚，頻降恩詔，聖私殊甚，特加超擢。至今臣自布衣，未踰數月，官忝風憲。」

〔七二〕大師　陳校本作「太師」，孫校本、《紺珠集》、《説海》、《逸史搜奇》、《重編説郛》、《道光志》、《寶應圖經》均無此二字。

〔七三〕兵革漸偃　《寶應圖經》「偃」譌作「掩」。明鈔本作「兵革日以漸」。

〔七四〕幾　《寶應圖經》譌作「畿」。

〔七五〕廠　明鈔本作「敞」，《會校》據改。按：廠，同「敞」。

〔七六〕崔程　「程」原作「珵」。《寶應圖經》劉寶楠案：「《唐書·宰相世系表》有崔程。《唐語録》云：『崔程世居楚州安宜縣，號八寶崔氏。』『珵』當『程』誤。」按：五代劉崇遠《金華子雜編》卷下：「清河崔氏亦小房，最專清美之稱。崔程即清河小房，世居楚州寶應縣，號『八寶崔家』。寶應本安宜縣，崔氏曾取八寶以獻，敕改名焉。程之姊，北門李相國蔚之夫人。……程累牧數郡，皆無政聲。」《唐語録》指《唐語林》，今見卷四。據改。

〔七七〕兩　原作「西」，《廣豔異編》同，據《寰宇記》、《説海》、《逸史搜奇》、《寶應圖經》改。《説海》《四庫》本作「西」，當據《廣記》妄改。按：既曰「之間」，當以「兩」爲是。

按：《廣記》卷四〇四《肅宗朝八寶》，注出《杜陽雜編》。《杜陽雜編》三卷今存，而無此篇。蘇鶚自序云其記事起自代宗廣德元年（七六三），而此爲肅宗上元三年（七六二）事，出處必誤。《廣記》孫校本末有「楚州刺史鄭輅作記」八字，則出鄭輅。

《類説》卷七《唐寶記》，不著撰人，摘録《八寶》一段。《歲時廣記》卷二八、《緯略》卷二及卷一〇、《錦繡萬花谷》前集卷四及後集卷一、《古今合璧事類備要》前集卷一七均引有《唐寶記》，以《歲時廣記》最詳。又《紺珠集》明天順刻本卷四摘録《寶記》十條，未署作者，《重編説郛》卷九七《寶記》，署闕名，即取《紺珠集》之本。《紺珠集》之《四庫全書》本題作《八寶記》，《四庫全書考證》卷五五《子部·紺珠集·卷四》云：「《八寶記》，刊本脱『八』字，據《文獻通考》增。」按：《通考》於《楚寶傳》下著録《八寶記》一卷，引陳氏曰：「無名氏，大觀二年。」乃鈔自《直齋書録解題》。《遂初堂書目》譜録類亦有此書著録。《八寶記》乃北宋書，所記爲徽宗大觀八寶事。《宋史》卷一五四《輿服志六》載：「紹聖三年，咸陽縣民段義得古玉印，自言於河南鄉劉銀村修舍，掘地得之，有光照室。四年，上之……所獻玉璽，色緑如藍，温潤而澤，其文曰『受命于天，既壽永昌』。……詔以五月朔受傳國寶，命章惇書玉檢，以『天授傳國受命之寶』爲文。徽宗崇寧五年，有以玉印獻者。印方寸，以龜爲鈕，工作精巧，文曰『承天福延萬億永無極』。……名爲鎮國寶。大觀元年，又得玉工，用元豐中玉琢天子、皇帝六璽……鎮國、受命二寶，合天子、皇帝六璽，是爲八寶。」《宋史》卷二〇《徽宗紀二》：「（大觀）二年春正月壬子朔，受八寶于大慶殿。」此八寶與唐八寶了不相干。《紺珠集》之《寶記》，所脱者必是「唐」字，即《唐寶記》也，館臣不明而妄補。

各書引《唐寶記》均無撰人，考南宋王象之《輿地碑記目》卷二《楚州碑記》著録有唐《得寶記》，注云：「楚州刺史鄭輅撰，舊有碑，今在寶應縣。」（按：《輿地紀勝》今本闕，清岑建功《輿地紀勝補闕》卷三據此補。）《太平寰宇記》卷一二四《淮南道二·楚州·寶應縣·箕山》引楚州刺史鄭輅《得寶記》，文字雖經删略而多同《廣記》。明陳耀文《正楊》卷四《鞢鞨》云：「唐代宗時，楚州尼真如李氏者，得天寶，曰紅鞢鞨，大如巨栗，赤爛若朱櫻。見楚州刺史鄭輅記。」「大如巨栗，赤爛若朱櫻」亦同《廣記》，而不在《寰宇記》引文中。《錦繡萬花谷》續集卷九《淮東路·寶應軍》「天帝授寶」條云：「肅宗元年建子月十六夜，女尼真如忽見二皁衣，引至一所，見天帝，出寶授真如曰：『女往令刺史崔侁，進達於天子。』肅宗寢疾方甚，視寶，召代宗謂之曰：『汝自楚王爲皇太子，今上天賜寶，獲於楚，天祚汝也，宜保愛之。』代宗再拜受賜，即日以寶應紀節云。」末小字注「出唐楚州刺史鄭畧（《四庫全書》本誤作鄭畋）記」。（按：此據明刊本，宋刊本無。）陳尚君《全唐文補編》卷一二一據此輯鄭畧《得寶記》，題則從《輿地碑記目》。鄭畧《得寶記》即《唐寶記》，《廣記》所引《肅宗朝八寶》，即是《得寶記》文字。

《古今説海》説淵部別傳五十四據《廣記》輯録，題《寶應録》。《逸史搜奇》戊集八採入此本，易題《李氏女》。清道光中劉寶楠撰《寶應圖經》，卷首據《萬曆志》録楚州刺史鄭畧《寶應録》，《萬曆志》即萬曆中所修《寶應縣志》。今覈其文，與《説海》文字基本相同，略有脱譌，唯於十三寶以《舊唐書·肅宗紀》等有所校補。是則《寶應縣志》所録鄭畧《寶應録》，實取自《説海》，非真覩鄭畧原記也。《寶應歷史文化》網站載有《寶應縣舊志所載唐鄭畧〈寶應録〉校證》一文，係寶應縣政協文史委馬俊慧、梁鼎成所撰。文稱民國以前寶應有縣志五部：《嘉靖寶應縣志略》、《隆慶寶應縣志》、《萬曆寶應縣志》、《康熙寶應縣志》、《道光重修寶應縣志》，另有圖經一部，即劉寶楠《寶應圖經》。《嘉靖志》、《隆慶志》、《萬曆志》、《康熙志》未見。據馬、梁云，《隆慶志》所載與《太平廣記》所引相同，《康熙志》、《道光志》均沿襲《萬曆志》。道光二十年刊《重修寶應縣志》，與《寶應圖經》相校，實多有删略。今按又有民國二十一年鉛印《民國寶應縣志》，收入鳳凰出版社《中國地方誌集成·江蘇府縣志輯》，中無鄭畧《寶應録》。馬、梁又稱寶應舊志中，首載《寶應録》全文的是《隆慶志》，而之前《嘉靖志略》僅云：「按真如獲寶事，唐人有鄭輅、杜確記，俱不存。」對此馬、梁二氏表示疑問：「前志不存，後志却録全文，文從何來？」今按《嘉靖寶應縣志略》聞人詮修，刊於嘉靖十七年（據馬、梁注釋），而《古今説海》刊於嘉靖二十三年，聞人詮修《嘉靖志略》自然不能見之。要之，明清寶應諸志所録鄭輅《寶應録》，絶非鄭氏原本流傳至明世者，而皆出自《説海》，故記名相同，唯各志文字有所增删。而《説海》又採自《廣記》，由於版本不同，故與今本《廣記》文字未盡相合。

南宋陳振孫《直齋書録解題》典故類著録《楚寶傳》一卷，云：「杜確撰。肅宗乾元二年，楚州尼真如獻寶事。」《文獻通考·經籍考》故事類據陳氏著録。「乾元二年」當有誤，真如獻寶在上元三年。杜確（七三三—八〇二），偃師（今河南偃師市）人，原籍京兆府（治今陝西西安市）。代宗大曆二年（七六七），與韋夏卿、韋正卿同舉茂才異行科，授京兆府屬縣任職。德宗貞元中，爲兵部員外郎。十年，爲國子司業，後遷太常卿。十四年，出爲同州刺史、本州防禦使、長春宫使。明年調河中尹、河中絳州觀察使。卒贈禮部尚書。（據杜確《岑嘉州集序》、《大唐故尚書左僕射贈司空李公墓誌銘》，《柳河東集》卷四〇《爲韋京兆祭杜河中文》及韓醇注，《元和姓纂》卷六，《舊唐書·德宗紀下》及卷一四六《鄭元傳》，《登科記考》卷一〇）《楚寶傳》不見徵引，大約作於貞元間官太常卿之時。余初以《楚寶傳》即《唐寶記》，今復覈之，《廣記》及諸書所引《唐寶記》與《得寶記》相合，則其爲鄭記無疑。

鄭輅爲楚州刺史，聞其事而著記，又刻石立碑。然其事蹟失考。記末云：「真如所居之地得寶，河壖高廠，境物潤茂，遺址後爲六合縣尉崔珵（程）所居。」作記時崔程官六合縣尉。考《資治通鑑》卷二二七德宗建中二年（七八一）十月載：「徐州刺史李洧……遣攝巡官崔程奉表詣闕。」崔程爲徐州刺史李洧（時充招諭使）攝巡官，巡官位在判官、推官下。其攝巡官似在六合縣尉之後。據《新唐書·百官志四下》，上縣尉從九品上。而據《新唐書·地理志五》，六合縣屬揚州，縣等級爲緊，在上縣之上，則崔程官秩從九品上。以縣尉之卑而受聘爲招諭使巡官，且爲代理，則其尉六合當在攝巡官前不久。若此，則鄭畧此記殆作於大曆（凡十四年，七六六—七七九）後期數年間，時去寶應元年（七六二）十數年，尚爲切近，故得而記之也。（按：《唐代墓誌彙編》〇九六載《唐故河南府河南縣主簿崔公（程）墓誌銘并序》，崔程歷官祕書省正字、河南府參軍、河南縣主簿三政，未曾爲六合縣尉。又元和一二九《鄭氏季妹墓誌銘并序》云崔程官至河南主簿。《金華子雜編》卷下載：「盧公攜入相三日，堂判福建觀察使播等九人，上官之時，衆詞疑惑。王回、崔程、郎幼復等三人，到任之後，政事乖張，並勒停見任。」據《新唐書·宰相表下》，乾符元年（八七四）十月，翰林學士承旨、户部侍郎盧攜同中書門下平章事。此三崔程均非其人。）

真如獻寶事又載於唐段成式《酉陽雜俎》前集卷一《忠志》、《舊唐書·肅宗紀》及《五行志》、《新唐書·五行志二》、《册府元龜》卷二五《帝王部·符瑞四》、《文獻通考》卷三〇〇《物異考六·玉石之異》、《資治通鑑》卷二二二寶應元年建巳月胡三省注引《唐會要》（按：今本無）、宋寶應知縣石豫《定國寶記》等。各書詳略不同，所記五寶、八寶異辭頗多，蓋輾轉因依，自生舛誤，究其源則當本鄭記或杜傳。《廣記》所引與諸書相覈，五寶中脱去其四玉玦及其八，而第八寶各書皆闕，已無從補綴。五寶、八寶總計爲十三寶，中有寶爲二枚者，故或以枚計，或以寶記，以成十三之數。綜觀各書所記，十三寶者乃就品種而言，若以枚數計算，則《廣記》、《寰宇記》、《歲時廣記》、兩唐《五行志》、《册府元龜》、《通考》、《定國寶記》等不足十三種而恰爲十三枚。《通鑑》注最備，凡十三寶十五枚。今以《廣記》爲本，據諸書校補，未必得其本真，庶幾差近而已。至其記名，據《寰宇記》、《輿地碑記目》定爲《得寶記》。《唐寶記》者或宋人異稱，至於《寶應録》乃《古今説海》之所改，絶非原題。《説海》自《廣記》採文，大抵别制篇名也。

本篇除《説海》、《逸史搜奇》取入外，又見《廣豔異編》卷二〇，亦據《廣記》輯，題《真如八寶記》，此本復爲佚名《續豔異編》卷一〇取入，略有删節，題同。

唐紹

闕名 撰

唐紹幼而通悟，知生前事，歷歷備記，而未嘗言於人，雖妻子亦不知之也。後爲給事中〔一〕，同里對門，有一中郎〔二〕李邈者，紹休沐日，多召邈與之言笑，情好甚篤。或時爲具饌，中堂偶食，中郎亦不知其所謂。其妻詰紹曰：「君有盛名，官至清近，宜慎所交。李邈非類，君亟與之狎，竊爲君不取。」紹默然，久之曰：「非子所知。」而〔三〕與李邈情好逾厚。

開元初〔四〕，驪山講武，紹時攝禮部尚書〔五〕。玄宗援桴擊鼓，時未三合〔六〕，兵部尚書郭元振，遽令紹〔七〕奏畢。神武赫怒，拽元振坐於纛下。張説跪奏於馬前，稱元振於社稷有保護大功，合赦殊死，遂釋，尤恨而斬紹〔八〕。先是一日，紹謂妻子曰：「吾善李邈，須死而言，今時至矣。」遂爲略言之：「吾自幼即具〔九〕前生事，明日講武，吾其不免。吾前世爲某氏女〔一〇〕，既笄，適灞陵王氏子爲妻，姑待吾甚嚴。吾年十七，冬至先一日〔一一〕，姑令吾躬具主饌。比畢，吾困〔一二〕怠亦甚，姑又令吾縫羅裙，遲明服以待客。吾臨燈運針，慮功之不就，夜分不息。忽一犬〔一三〕衝扉入房，觸燈，燈僵，油〔一四〕仆裙上。吾且懼且恨，因叱犬。犬走突扉，而扉反闔，犬周章却伏牀下。吾復照〔一五〕燭，將理裙汙，而狼籍殆遍。吾懼姑深責，且恨犬之觸燈，遂舉牀，以剪刀刺犬。偶中其頸，而剪一股亦折。吾復以一股重刺之，俄而犬斃。詰朝持裙白姑，姑方責罵，而吾夫適自外至。詢其故，遂於牀下引斃犬，陳於姑前，由是少解。吾年十九而卒，遂生於此身。往者斃犬，乃今之李邈也。吾明日之死，蓋緣報也，行戮者必是李邈乎！　報應蓋理之常，爾無駭焉。」

及翌日講武，坐誤就戮，果李邈執刀。初一刀不殊〔一六〕而刀折，易刀再舉，乃絶焉。死生之報，固猶影響，至於刀折之〔一七〕殺亦不異，諒明神〔一八〕不欺矣。《唐書》説明皇尋悔殺

紹，以李邈行戮太疾，終身不更録用。（據中華書局版汪紹楹點校本《太平廣記》卷一二五引《異雜篇》校録）

〔一〕給事中　明仁孝皇后《勸善書》卷二〇作「禮部侍郎」。按：《舊唐書·玄宗紀上》載：先天二年十月，「癸卯，講武於驪山。兵部尚書、代國公郭元振，坐虧失軍容，配流新州。給事中、攝太常少卿唐紹，以軍禮有失，斬於纛下」。《勸善書》所記史實有誤，所據不詳。

〔二〕中郎　原作「郎中」，據明沈與文野竹齋鈔本、清孫潛校本、宋孔傳《後六帖》卷九〇引唐小説改。按：中郎即中郎將。唐左右衛之親勳翊三衛五府、諸衛翊府、太子左右率府之親勳翊三衛三府，以及左右監門衛、千牛衛、羽林軍，均置中郎將，見《新唐書·百官志四上》。下文作「中郎」，清黄晟校刊本、《四庫全書》本改作「郎中」，誤。《勸善書》作「軍人」。

〔三〕而　原作「吾」，據孫校本改。

〔四〕開元初　前原有「唐」字，今删。孫校本、《孔帖》無此字。

〔五〕攝禮部尚書　按：唐紹時攝太常少卿，史實誤，《勸善書》亦作「權禮部尚書」。

〔六〕合　《孔帖》作「舍」。

〔七〕紹　原譌作「詔」，據孫校本、明吴大震《廣豔異編》卷一九《唐紹》改。《四庫》本亦改。

〔八〕尤恨而斬紹　「尤恨」明鈔本、孫校本作「元振」，連上讀，張國風《太平廣記會校》據改。按：尤恨，怪罪怨恨。《三國志》卷卷六五《吴書·韋曜傳》:「曜以爲外相毁傷,内長尤恨,使不濟濟,非佳事也。」《四庫》本改作「猶」。

〔九〕具　孫校本下有「省」字,《四庫》本下增「知」字,明鈔本作「知」,《會校》據改。《孔帖》作「省」。按:具,含具知之意。《法苑珠林》卷八二(徑山寺本)引《冥祥記》:「時與榮(徐榮)同船者,有沙門支道,藴謹篤士也,具其事,後爲傳亮言之,與榮所説同。」《勸善書》作「省」。

〔一〇〕吾前世爲某氏女　《孔帖》「某」作「杜」。《勸善書》作「我前生是趙家女」。

〔一一〕冬至先一日　《勸善書》作「時至除夜」。

〔一二〕困　原作「閟」,疑誤,據孫校本、黄本、《四庫》本、《廣豔異編》改。

〔一三〕犬　《勸善書》作「黑犬」。

〔一四〕油　《孔帖》作「地」,當譌。

〔一五〕照　明鈔本作「點」。

〔一六〕不殊　《孔帖》作「不能誅」。按:殊,斷也,絶也。指斷頭、殺死。

〔一七〕之　此字原無,據孫校本補。

〔一八〕明神　明鈔本作「神明」,《會校》據改。按:明神即神明。《詩經·大雅·雲漢》:「昊天上帝,則不我虞。敬恭明神,宜無悔怒。」《大唐奇事記·冉遂》(《廣記》卷三〇六):「當生一子爲明神,善保愛之。」

按：《異雜篇》無著録，不曉何人作。本篇末引《唐書》，非今之《舊唐書》，蓋玄宗時吴兢、韋述，肅宗時柳芳等先後修成者。《太平御覽》卷三一引《雜異書》幼女七夕見天門開事，注：「亦出《夷堅録》，亦開元已後事。」《夷堅録》出唐末，然則《雜異書》出開元後中晚唐人之手。二書名目相類，不知是否一書。孔傳《後六帖》卷九〇引此事稱「唐小説」，其出唐人無疑。以其所記爲開元事，今姑厠於大曆之末。

《廣豔異編》卷一九《唐紹》，據《廣記》輯録，删末節「《唐書》」云云。佚名《續豔異編》卷一八《唐紹》，删改頗劇，非原文也。

唐五代傳奇集第二編卷一

離魂記

陳玄祐　撰

陳玄祐，事迹不詳。據此記乃代宗、德宗時人。

天授三年，清河張鎰，因官家于衡州。性簡静，寡知友。無子，有女二人。其長早亡，幼女倩娘，端妍絶倫。鎰外甥太原王宙，幼聰悟，美容範。鎰常器重，每曰：「他時當以倩娘妻之。」後各長成，宙與倩娘，常私感想於寤寐，家人莫知其狀。後有賓寮之選者求之，鎰許焉。女聞而鬱抑，宙亦深恚恨。託以當調，請赴上國〔一〕。止之不可，遂厚遣之。宙陰恨悲慟，決別〔二〕上船。日暮，至山郭數里。夜方半，宙不寐。忽聞岸上有一人行聲甚速，須臾至船。問之，乃倩娘，徒行跣足而至。宙驚喜發〔三〕狂，執手問其從來，泣曰：「君厚意如此，寢夢〔四〕相感。今將奪我此志，又知君深情〔五〕不易，思將殺身奉報，是以亡命來奔。」宙非意所望，欣躍特甚。遂匿倩娘于船，連夜遁去。倍道兼行，數月至蜀。凡五年，生兩子。與鎰絶信，其妻常思父母，涕泣言曰：「吾曩日不能相負，棄大義而來奔君。向今五年，恩慈間阻，覆載之下，胡顔獨存也？」宙哀之曰：「將歸，無苦。」遂命舟楫〔六〕，俱歸衡州。

既至州郭〔七〕，宙獨身先至鎰家，首謝女負恩義而奔〔八〕。鎰愕然，曰：「何女也？」宙曰：「倩娘也〔九〕。」鎰大驚〔一〇〕曰：「倩娘病在閨中數年，何其詭説也！」宙曰：「見在舟中。」鎰大驚，促使人驗之，果見倩娘在船中，顔色怡暢。訊使者曰：「大人安否？」家人異之，疾走報鎰。家人以狀告室中女，女聞〔一一〕，喜而起，飾粧更衣，笑而不語。倩娘下車，家中女〔一二〕出與相迎，翕然二形〔一三〕而合爲一體，其衣裳皆重。

鎰曰：「自宙行，女不言，常如醉狀，信知神魂去耳。」女曰：「實不知身在家，初見宙抱恨而去，某以睡中愴惶走，及宙船，亦不知去者爲身耶，住者爲身耶〔一四〕。」其家以事不正〔一五〕，祕之，惟親戚間有潛知之者。後四十年間，夫妻皆喪。二男並孝廉擢第，至丞、尉〔一六〕。

玄祐少〔一七〕常聞此説，而多異同，或謂其虚。大曆末，遇萊蕪縣令張仲規〔一八〕，因備述其本末。鎰則仲規堂叔祖〔一九〕，而説極備悉，故記之。（據中華書局版汪紹楹點校本《太平廣記》卷三五八引《離魂記》校録）

〔一〕上國　原作「京」，南宋曾慥《類説》卷二八《異聞集》及皇都風月主人《緑窗新話》卷上引《異聞録》作「上國」，據改。按：唐人多稱京城長安(今西安)爲「上國」，《資治通鑑》卷二二六建中二年：「自上國來者，皆言天子聰明英武。」胡三省注：「時藩鎮竊據，自比古諸侯，謂京師爲上國。」疑《廣記》編者改作「京」。

〔二〕決別　明沈與文野竹齋鈔本作「訣別」，張國風《太平廣記會校》據改。按：決別，同「訣別」，「決」通「訣」。《古鏡記》：「度不得已，與之決別。」韓愈《順宗實録》卷四：「坐吏於門，與約飲，決別涕泣，送之郊外。」

〔三〕發　明鈔本作「欲」，《會校》據改。

〔四〕夢　此字談愷刻本原闕，汪校據明鈔本補「食」字，《會校》據明鈔本及清孫潛校本亦補。清陳鱣校本、明陸采編《虞初志》卷一、舊題王世貞編《豔異編》卷二〇、秦淮寓客編《緑窗女史》卷六、胡文焕編《稗家粹編》卷六、詹詹外史編《情史類略》卷九《張倩娘》、馮夢龍《增補批點圖像燕居筆記》卷八、託名明楊循吉《雪窗談異》卷二亦作「食」。馮夢龍編《太平廣記鈔》卷六〇作「夢」，《四庫全書》本作「寐」。按：作「夢」義勝，今據《廣記鈔》補。魯迅《唐宋傳奇集》、汪辟疆《唐人小説》均作「夢」。

〔五〕情　原作「倩」，據明鈔本、孫校本、黄晟校刊本、《廣記鈔》、《虞初志》、《豔異編》、《緑窗女史》、《稗家粹編》、《燕居筆記》、《情史》、《雪窗談異》、清蓮塘居士《唐人説薈》第十五集《離魂記》、馬俊良《龍威秘書》四集《離魂記》、民國俞建卿《晉唐小説六十種·離魂記》改。

〔六〕命舟楫　此三字原無，據《類説》補。

〔七〕州郭　此二字原無，據《類説》補。

〔八〕女負恩義而奔　原作「其事」，據《類説》改。

〔九〕「鎰愕然」至「倩娘也」　此數句原無，據《類説》補。

〔一〇〕大驚　此二字原無，據明鈔本、孫校本、陳校本、《虞初志》、《豔異編》、《緑窗女史》、《稗家粹編》、《燕居筆記》、《情史》、《雪窗談異》補

〔一一〕家人以狀告室中女女聞　原作「室中女聞」，據《類説》補六字。

〔一二〕倩娘下車家中女　此七字原無，據《類説》補。

〔一三〕二形　此二字原無，據《類説》補。

〔一四〕「鎰曰」至「住者爲身耶」　此數句原無，據《類説》補。

〔一五〕正　明鈔本作「經」，《會校》據改。

〔一六〕至丞尉　此句下原有「事出陳玄祐離魂記云」九字，原當爲結末注語，誤闌入正文，今删。

〔一七〕少　明鈔本、孫校本、陳校本下有「日」字，《會校》據補。

〔一八〕緦　明鈔本、《虞初志》、《緑窗女史》、《稗家粹編》、《燕居筆記》、《雪窗談異》作「規」，下同。按：緦，同「規」。

〔一九〕堂叔祖　原作「堂叔」，明鈔本、陳校本、《虞初志》、《豔異編》、《緑窗女史》、《稗家粹編》、《燕居筆

記》作「堂叔祖」。按：自天授三年（六九二）至大曆末（七七九），已八十多年，作「叔祖」是也，據補「祖」字。

按：陳玄祐《離魂記》見於《崇文總目》小説類、《通志·藝文略》傳記類冥異目著録，一卷。後書注：「陳元（玄）祐雜記張氏女事。」明晁瑮《寶文堂書目》子雜類、高儒《百川書志》傳記類亦有著録，《百川書志》作一卷。原文見於《廣記》卷三五八引，題《王宙》，注出《離魂記》。唐末陳翰《異聞集》採入，見《類説》卷二八，題同。南宋皇都風月主人《緑窗新話》卷上小引《異聞録》，題《張倩娘離魂奔婿》，與《類説》皆爲摘録。《廣記》本後取入《虞初志》卷一、《豔異編》卷二〇、《緑窗女史》卷六、《稗家粹編》卷六、《增補批點圖像燕居筆記》卷八、《情史類略》卷九、《雪窗談異》卷二、《唐人説薈》第十五集（同治八年刊本卷一八）、《龍威秘書》四集、《晉唐小説六十種》、民國吴曾祺《舊小説》乙集等。或删去末節作者自述。撰名或署陳玄祐（清人避諱改作陳元祐），或不署。《虞初志》凌性德刊七卷本署唐韋莊，大謬。據記文，作者大曆末聞此事，大曆末乃大曆十四年（七七九），既稱末則作記時已改元，德宗建中元年（七八〇）也。

任氏傳

沈既濟　撰

沈既濟，吴興德清縣（今屬浙江湖州市）人。排行十九。敬宗朝吏部侍郎沈傳師之父。代宗大曆中受知於吏部侍郎楊炎，十四年（七七九）五月德宗即位，楊炎拜相，薦才堪史任，試太常寺協律郎。建中元年（七八〇）拜左拾遺、史館修撰。次年楊炎謫崖州司馬同正，既濟坐貶處州司户參軍。約在興元元年（七八四），因翰林學士陸贄薦，召爲禮部員外郎。約貞元二年（七八六）前後卒官，贈太子少保。撰《建中實録》十卷、《選舉志》十卷、《江淮記亂》一卷，均佚。《全唐文》卷四七六祇收文六篇。（據《舊唐書》卷一四九、《新唐書》卷一三二本傳，《新唐書》卷四五《選舉志下》，林寶《元和姓纂》卷七，王溥《唐會要》卷六三，《資治通鑑》卷二二六，趙璘《因話録》卷二，陸贄《陸宣公翰苑集》卷一四《奉天薦袁高等狀》，權德輿《權載之文集》卷七《與沈十九拾遺同遊棲霞寺上方夜於亮上人院會宿二首》，杜牧《樊川文集》卷一四《唐故尚書吏部侍郎贈吏部尚書沈公行狀》及《新唐書·藝文志》、《直齋書録解題》卷四、《宋史·藝文志》等）

任氏，女妖也。有韋使君者，名崟，第九，信安王禕之外孫。少落拓，好飲酒。其從父妹壻曰鄭六，不記其名，早習武藝，亦好酒色。貧無家，託身於妻族，與崟相得，遊處不間。

天寶〔一〕九年夏六月，崟與鄭子偕行於長安陌中，將會飲於新昌里。至宣平之南，鄭子辭有故，請間去，繼至飲所。崟乘白馬而東。鄭子乘驢而南，入昇平之北門，偶值三婦人行於道中，中有白衣者，容色姝麗。鄭子見之驚悦，策其驢，忽先之，忽後之，將挑而未敢。白衣時時盼〔二〕睞，意有所受。鄭子戲之曰：「美豔若此而徒行，何也？」白衣笑曰：「有乘不解相假，不徒行何爲？」鄭子曰：「劣乘不足以代佳人之步，今輒〔三〕以相奉，某得步從足矣。」相視大笑。同行者更相眩誘，稍已狎暱。鄭子隨之，東至樂遊園，已昏黑矣。見一宅，土垣車門，室宇甚嚴〔四〕。白衣將入，顧曰「願少踟躕」而入。女奴從者一人，留於門屏間。問其姓第，鄭子既告，亦問之，對曰：「姓任氏，第二十。」少頃延入。鄭子〔五〕縶驢於門，置帽於鞍。始見婦人，年三〔六〕十餘，與之承迎，即任氏姊也。列燭置膳，舉酒數觴。任氏更衣理粧〔七〕而出，酣飲極歡。夜久而寢，其妍姿美質，歌笑態度，舉措皆豔，殆非人世所有。將曉，任氏曰：「可去矣。某兄弟名係教坊，職屬南衙，晨興將出，不可淹留。」乃約後期而去。

既行，及里門，門扃未發。門旁有胡人鬻餅之舍，方張燈熾爐。鄭子憩其簾〔八〕下，坐以候鼓，因與主人言。鄭子指宿所以問之曰：「自此東轉有門第〔九〕，誰氏之宅？」主人曰：「此隤墉棄地，無第宅也。」鄭子曰：「適過之，曷以云無？」與之固爭。主人適〔一〇〕悟，乃曰：「吁！我知之矣。此中有一狐，多誘男子偶〔一一〕宿，嘗三見矣。今子亦遇乎？」鄭子赧而隱曰：「無。」質明，復視其所，見土垣車門如故。窺其中，皆蓁荒及廢圃耳。既歸，見崟。崟責以失期，鄭子不泄，以他事對。然想其豔冶，願復一見之，心嘗存之不忘。

經十許日，鄭子遊，入西市衣肆，瞥然見之，曩女奴從。鄭子遽呼之，任氏側身周旋於稠人中以避焉。鄭子連呼前迫，方〔一二〕背立，以扇障其後，曰：「公知之，何相近〔一三〕焉？」鄭子曰：「雖知之，何患？」對曰：「事可愧恥，難施面目。」鄭子曰：「勤想如是，忍相棄乎？」對曰：「安敢棄也，懼公之見惡耳。」鄭子發誓，詞旨益切。任氏乃迴眸去扇，光彩豔麗如初。謂鄭子曰：「人間如某之比者非一，公自不識耳，無獨怪〔一四〕也。」鄭子請之與叙歡，對曰：「凡某之流，爲人惡〔一五〕忌者非他，爲其傷人耳。某則不然。若公未見惡，願終己以奉巾櫛〔一六〕。」意有少怠，自當屏退，不待逐也〔一七〕。」鄭子許之〔一八〕，與謀棲止，任氏曰：「今舊居僻陋，不可復往。從此而東，安邑坊之内曲，有小宅，宅中有小樓，樓前有大樹出於棟間者〔一九〕，門巷幽静，可稅以居。前時自宣平之南，乘白馬而東者，非君妻之昆弟乎？其家多什器，可以假用。」

是時崟伯叔從役於四方，三〔二〇〕院什器，皆貯藏之。鄭子如言訪其舍，而詣崟假什器。問其所用，鄭子曰：「新獲一麗人，已稅得其舍，假具〔二一〕以備用。」崟笑曰：「觀子之貌，必獲詭〔二二〕陋，何麗之絶也？」崟乃悉假帷帳榻席之具，使家僮之惠〔二三〕黠者隨以覘之。俄而奔走返命，氣吁〔二四〕汗洽。崟迎問之：「有乎？」曰：「有。」又問：「容若何？」曰：「奇怪也！天下未嘗見之矣。」崟姻族廣茂，且夙從逸遊〔二五〕，多識美麗。乃問曰：「孰若某美？」僮曰：「非其倫也。」崟遍比其佳者四五人，皆曰「非其倫」。是時吴王之女有第六者，則崟之內妹，穠豔如神仙，中表素推第一。崟問曰：「孰與吳王家第六女美？」又曰：「非其倫也。」崟撫手大駭曰：「天下豈有斯人乎？」遽命汲水澡〔二六〕頸，巾首膏唇而往。

既至，鄭子適出。崟入門，見小僮擁篲方掃，有一女奴在其門，他無所見。徵於小僮，小僮笑〔二七〕曰：「無之。」崟周視室內，見紅裳出於戶下。迫而察焉，見任氏戢身匿於扇間。崟引〔二八〕出，就明而觀之，殆過於所傳矣。崟愛之發狂，乃擁而淩之，不服。崟以力制之，方急，則曰：「服矣，請少迴旋。」既從〔二九〕，則捍禦如初。如是者數四。崟乃悉力急持之，任氏力竭，汗若濡雨，自度不免，乃縱體不復拒抗，而神色慘變。崟問曰：「何色之不悅？」任氏長歎息曰：「嗟乎〔三〇〕！鄭六之可哀也！」崟曰：「何謂？」對曰：「鄭生有六尺之軀，而不能庇一婦人，豈丈夫哉！且公少豪侈，多獲佳麗，逾〔三一〕某之比者衆矣。而鄭生窮賤耳，所稱愜者，唯某而已。忍以有餘之心，而奪〔三二〕人之不足乎？哀其窮餒不能自立，衣公之衣，食公之食，故爲公所褻〔三三〕耳。若糠糗可給，不當至是。」崟豪俊，有義烈，聞其言，遽置之，斂衽而謝曰：「不敢。」俄而鄭子至，與崟相視咍樂。

自是凡任氏之薪粒牲餼，皆崟給焉。任氏時有經過，出入或車馬轝步，不常所止。崟日與之遊，甚歡，每相狎暱，無所不至，唯不及亂而已。是以崟愛之重之，無所慳〔三四〕惜，一食一飲，未嘗忘焉。任氏知其愛己，因言以謝曰：「愧公之見愛甚矣。顧以陋質，不足以答厚意，且不能負鄭生，故不得遂公歡。某秦人也，生長秦城。家本伶倫，中表姻族，多爲人寵媵，以是長安狹斜，悉與之通。或有姝麗，悦而不得者，爲公致之可矣。願持此以報德。」崟曰：「幸甚！」廛中有鬻衣之婦曰張十五娘者，肌體凝潔，崟常悦之，因問任氏：「識之乎？」對曰：「是某表姊妹〔三五〕，致之易耳。」旬餘，果致之。數月厭罷。任氏曰：「市人易致，不足以展效。或有幽絶之難謀〔三六〕者，試言之，願得盡智力焉。」崟曰：「昨者寒食，與二三子遊於千福寺，見刁將軍緬〔三七〕張樂於殿堂。有善吹笙者，年二八，雙鬟垂耳，嬌姿豔絶，當〔三八〕識之乎？」任氏曰：「此寵奴也。其母即妾之内姊也，求之可也。」崟拜於席下，任氏許之。乃出入刁家。月餘，崟促問其計，任氏願得雙縑〔三九〕以爲賂，崟依給焉。後二日，任氏與崟方食，而緬使蒼頭控青驪，以迓任氏。任氏聞召，笑謂崟曰：「諧矣。」初，任氏加寵奴以病，針餌莫減。其母與緬憂之方甚，將徵諸巫。任氏密賂巫者，指其所居，使言徙〔四〇〕就爲吉。及視疾，巫曰：「不利在家，宜出居東南某所，以取生氣。」緬與其母詳其地，則任氏之第在焉。緬遂請居，任氏謬辭以偪〔四一〕狹，勤請而後許。乃輦服玩，并其母偕送于任氏，至則疾愈。未數日，任氏密引崟以通之，經月乃孕。其母懼，遽歸以就緬，由〔四二〕是遂絶。

他日，任氏謂鄭子曰：「公能致錢五六千乎？將爲謀利。」鄭子曰：「可。」遂假求於人，獲錢六千。任氏曰：「有人〔四三〕鬻馬於市者，馬之股有疵，可買以居之。」鄭子如市，果見一人牽馬求售者，眚在左股〔四四〕。鄭子買以歸，其妻昆弟皆嗤之，曰：「是棄物也，買將何爲？」無何，任氏曰：「馬可鬻矣，當獲三萬。」鄭子乃賣之。有醻二萬，鄭子不與，一市盡曰：「彼何苦而貴買，此何愛而不鬻？」鄭子乘之以歸，買者隨至其門，累增其估，至二萬五千也〔四五〕。不與，曰：「非三萬不鬻〔四六〕。」其妻昆弟，聚而詬之，鄭子不獲已，遂賣，卒不登三萬。既而密伺〔四七〕買者，徵其由，乃昭應縣之御馬疵股者，死三歲矣，斯吏〔四八〕不時除籍。官徵其估，計錢六萬，設其以半買之，所獲尚多矣。若有馬以備數，則三年芻粟之估，皆吏得之。且所償蓋寡，是以買耳。

任氏又以衣服故弊，乞衣於崟。崟將買全綵〔四九〕與之，任氏不欲，曰：「願得成制者。」崟召市人張大爲買之，使見任氏，問所欲。張大見之，驚謂崟曰：「此必天人貴戚，爲郎所竊。且非人間所宜有者，願速歸之，無及於禍。」其容色之動人也如此。竟買衣之成者，而不自紉縫也，不曉其意。

後歲餘，鄭子武調，授槐里府果毅尉，在金城縣。時鄭子方有妻室，雖晝遊於外，而夜寢於内，多恨不得專其夕。將之官，邀與任氏俱去。任氏不欲往，曰：「旬月同行，不足以爲歡。請計給糧餼，端居以遲歸。」鄭子懇請，任氏愈不可。鄭子乃求崟資助，崟更與〔五〇〕

勸勉，且詰其故。任氏良久曰：「有巫者言，某是歲不利西行，故不欲俱〔五一〕。」鄭子甚惑也，不思其他，與崟大笑曰：「明智若此，而爲妖惑，何哉！」固請之。任氏曰：「儻巫者言可徵，徒爲公死，何益？」二子曰：「豈有斯理乎？」懇請如初。任氏不得已，遂行。崟以馬借之，出祖於臨皋，揮袂〔五二〕別去。

信宿至馬嵬，任氏乘馬居其前，鄭子乘驢居其後，女奴別乘，又在其後。是時西門圉人教獵狗於北川〔五三〕，已旬日矣。適值於道，蒼犬騰出於草間。鄭子見任氏歘然墜於地，復本形而南馳，蒼犬逐之。鄭子隨走叫呼，不能止。里餘，爲犬所獲〔五四〕。鄭子銜涕，出囊中錢，贖以瘞之，削木爲記。迴覩其馬，囓草於路隅，衣服悉委於鞍上，履襪猶懸於鐙間，若蟬蛻然。唯首飾墜地，餘無所見，女奴亦逝矣。

旬餘，鄭子還城。崟見之喜，迎問曰：「任子無恙乎？」鄭子泫然對曰：「殁矣。」崟聞之驚慟〔五五〕，相持於室，盡哀。徐問疾故，答曰：「爲犬所害。」崟曰：「犬雖猛，安能害人？」答曰：「非人。」崟駭曰：「非人，何者？」鄭子方述本末，崟驚訝歎息不能已。明日命駕，與鄭子俱適馬嵬，發瘞視之，長慟〔五六〕而歸。追思前事，唯衣不自製，與人頗異焉。

其後鄭子爲總監使，家甚富，有櫪馬十餘匹。年六十五卒。大曆中，既濟〔五七〕居鍾陵，嘗與崟遊，屢言其事，故最〔五八〕詳悉。後崟爲殿中侍御史，兼隴州刺史，遂殁而不返。

嗟乎！異物之情也，有人道〔五九〕焉。遇暴不失節，狥人以至死，雖今婦人〔六〇〕有不如者矣。惜鄭生非精人，徒悦其色，而不徵其情性。向使淵識之士，必能揉變化之理，察神人之際，著文章之美，傳要妙之情，不止於賞翫風態而已。惜哉！建中二年，既濟自左拾遺與金吾將軍裴冀、京兆少尹孫成、户部郎中崔儒〔六一〕、右拾遺陸淳〔六二〕，皆謫官〔六三〕東南，自秦徂吴，水陸同道。時前拾遺朱放，因旅遊而隨焉。浮潁涉淮，方舟沿流，晝讌夜話，各徵其異説。衆君子聞任氏之事，共深歎駭，因請既濟傳之，以志異云。〔六四〕（據中華書局版汪紹楹點校本《太平廣記》卷四五二校録）

〔一〕天寶　前原有「唐」字，乃《廣記》編者加，據明陸采《虞初志》（八卷本）卷八《任氏傳》、舊題王世貞編《豔異編》卷三三《任氏傳》、秦淮寓客《緑窗女史》卷八妖豔部狐粉門《任氏傳》、冰華居士《合刻三志》志妖類《任氏傳》、詹詹外史《情史類略》卷二一《狐精》、清蓮塘居士《唐人説薈》第十六集《任氏傳》、馬俊良《龍威秘書》四集《任氏傳》、民國俞建卿《晉唐小説六十種・任氏傳》删。

〔二〕昐　《廣記》《四庫全書》本、明馮夢龍纂《太平廣記鈔》卷七七、凌性德刊《虞初志》七卷本、憑虚子《狐媚叢談》卷三《狐稱任氏》作「盼」。按：昐，同「盼」。

〔三〕輒　朝鮮成任編《太平廣記詳節》卷四一、《虞初志》八卷本作「輙」。

〔四〕室宇甚嚴　南宋曾慥《類説》卷二八《異聞集・任氏傳》「嚴」作「麗」。明沈與文野竹齋鈔本作「屋宇甚麗」，張國風《太平廣記會校》據改。按：嚴，整齊。

〔五〕子　此字原無，據《廣記詳節》、《虞初志》、《豔異編》補。

〔六〕三　《虞初志》、《豔異編》、《狐媚叢談》作「二」。

〔七〕更衣理粧　原作「更粧」，據明鈔本、《廣記詳節》、《虞初志》、《豔異編》、《狐媚叢談》補二字。

〔八〕簾　《廣記詳節》作「廡」。

〔九〕第　原作「者」，據《豔異編》、《狐媚叢談》改。

〔一〇〕適　明鈔本作「遽」。

〔一一〕偶　《廣記詳節》作「寓」。

〔一二〕方　《廣記詳節》作「乃」。

〔一三〕近　明鈔本作「迫」，《會校》據改。

〔一四〕怪　《廣記詳節》作「愧」，當誤。

〔一五〕惡　《廣記詳節》、《虞初志》、《狐媚叢談》作「患」。

〔一六〕櫛　明鈔本、《廣記詳節》作「幘」，《會校》據改。

〔一七〕意有少怠自當屏退不待逐也　此二句原脱，據《廣記詳節》、《類説》補。《類説》「少」作「小」。

〔一八〕之　此字原無，據《虞初志》七卷本、《豔異編》、《緑窗女史》、《合刻三志》、《廣記鈔》、《情史》、《唐人説薈》、《龍威秘書》、《晉唐小説六十種》補。

〔一九〕「今舊居僻陋」至「樓前有大樹出於楝間者」　原作「從此而東，□□陋不」，此下又闕二十字，下接「大樹出於楝間者」七字。「□□陋不」下汪校：「明鈔本此處亦空缺，但無陋不二字。」清黄晟校刊本、《四庫》本、《廣記鈔》、《虞初志》七卷本、《豔異編》、《緑窗女史》、《合刻三志》、《狐媚叢談》、《情史》、《唐人説薈》、《龍威秘書》、《晉唐小説六十種》删去空闕。《虞初志》八卷本自「以奉巾幘」至「大樹出於楝間」空闕九字。今據《廣記詳節》補二十四字。

〔二〇〕三　明鈔本作「一」。

〔二一〕具　原作「其」，據《廣記》清孫潛校本、《四庫》本、《虞初志》、《豔異編》、《緑窗女史》、《合刻三志》、《狐媚叢談》、《廣記鈔》、《情史》、《唐人説薈》、《龍威秘書》、《晉唐小説六十種》改。明鈔本作「什」，《廣記詳節》作「器」。

〔二二〕詭　明鈔本作「醜」，《會校》據改。

〔二三〕惠　明鈔本、《廣記詳節》、《虞初志》七卷本、《緑窗女史》、《合刻三志》、《廣記鈔》、《情史》、《唐人説薈》、《龍威秘書》、《晉唐小説六十種》作「慧」。惠，通「慧」。

〔二四〕吁　《廣記詳節》、《虞初志》作「呀」。呀，張口。

〔二五〕從逸遊　明鈔本「從」作「縱」。從，通「縱」。《廣記詳節》「逸」作「貴」。

〔二六〕澡　明鈔本作「漂」。按：漂，上聲，洗也。

〔二七〕笑　《廣記詳節》作「哭」。

〔二八〕引　談愷刻本原作「别」，明鈔本、《緑窗女史》、《合刻三志》、《廣記鈔》、《情史》、《唐人説薈》、《龍威秘書》、《晉唐小説六十種》作「引」，汪本據明鈔本改。《廣記詳節》亦作「引」。孫校本、《虞初志》、《豔異編》、《狐媚叢談》作「拽」，《會校》據孫校本改。

〔二九〕從　明鈔本、《廣記詳節》作「縱」，《會校》據明鈔本改。《豔異編》作「緩」，《緑窗女史》、《合刻三志》、《廣記鈔》、《情史》、《唐人説薈》、《龍威秘書》、《晉唐小説六十種》作「釋」。

〔三〇〕嗟乎　此二字原無，據《類説》補。

〔三一〕逾　原作「遇」，據明鈔本改。

〔三二〕奪　孫校本作「犯」。

〔三三〕褻　原作「繫」，據明鈔本、《廣記詳節》改。《虞初志》、《豔異編》作「縶」。

〔三四〕慳　原譌作「怪」，據孫校本改。明鈔本、《豔異編》、《緑窗女史》、《合刻三志》、《狐媚叢談》、《廣記鈔》、《情史》、《唐人説薈》、《龍威秘書》、《晉唐小説六十種》作「吝」，《廣記詳節》作「悋」，字同。《會校》據明鈔本改。

〔三五〕姊妹　「姊」原作「娣」，據《廣記詳節》、《虞初志》、《豔異編》、《緑窗女史》、《合刻三志》、《廣記鈔》、《情史》、《唐人説薈》、《龍威秘書》、《晉唐小説六十種》改。

〔三六〕謀　《廣記詳節》作「禖」。

〔三七〕刁將軍緬　《廣記詳節》「刁」作「刀」，下同。按：兩《唐書》無刁緬或刀緬。《廣記》卷三三三引《紀聞》：「刁緬，宣城太守。刁緬本以武進，初爲玉門軍使……遷伊州刺史，又改左衛率、右驍衛將軍、右羽林將軍，遂貴矣。」郁賢皓《唐刺史考全編》卷四四及卷一五六據《紀聞》列入《待考録》。

〔三八〕當　《虞初志》七卷本、《豔異編》作「嘗」。

〔三九〕雙縑　明鈔本、孫校本、《虞初志》、《豔異編》、《狐媚叢談》「縑」作「叙」，《會校》據明鈔本、孫校本改。按：雙縑乃雙絲所織黄色細絹，唐人常用作禮物。《李娃傳》：「生乃召其家僮持雙縑，請以備一宵之饌。」《册府元龜》卷四八：「布衣曰：『我本邛人，觀光至此，有巢南之想，又爲槖裝所迫。今聞崔相國出鎮西川，欲預其行，無雙縑以遺其掌事者，故有此歎。』」

〔四〇〕徙　原作「從」，據《廣記詳節》、《緑窗女史》、《合刻三志》、《廣記鈔》、《情史》、《唐人説薈》、《龍威秘書》、《晉唐小説六十種》改。

〔四一〕偪　《廣記詳節》作「徧」。

〔四二〕由　孫校本作「自」，《會校》據改。

〔四三〕有人　此二字原脱，據明鈔本、孫校本、《廣記詳節》、《虞初志》、《豔異編》、《狐媚叢談》補。

〔四四〕果見一人牽馬求售者眚在左股　「眚」原譌作「青」，據明鈔本、《虞初志》、《豔異編》、《緑窗女史》、《合刻三志》、《狐媚叢談》、《廣記鈔》、《情史》改。眚，毛病。《廣記詳節》作「果見一老馬疥瘠有疵，而在左股」。

〔四五〕也　明鈔本作「亦」，連下讀。

〔四六〕 蠶　明鈔本作「可」。

〔四七〕 伺　明鈔本作「問」，《會校》據改。按：伺，窺探。

〔四八〕 斯吏　《虞初志》七卷本作「司吏」。王夢鷗校：「斯吏，當作廝吏。」（《唐人小説校釋》上集）。

〔四九〕 全綵　明鈔本、《緑窗女史》、《合刻三志》、《唐人説薈》、《龍威秘書》、《晉唐小説六十種》作「金綵」，《會校》據明鈔本改。按：全綵指整幅彩帛。

〔五〇〕 更與　原作「與更」，據《虞初志》、《豔異編》乙改。《狐媚叢談》作「更加」。

〔五一〕 俱　原作「耳」，據孫校本、《虞初志》、《豔異編》改。

〔五二〕 揮袂　明鈔本「袂」作「淚」，《會校》據改。

〔五三〕 是時西門圉人教獵狗於北川　「西門」《類説》作「西州」。按：西州指西邊之州。京兆府西臨岐州。「北川」原作「洛川」，據明鈔本改。按：洛川，縣名，屬鄜州（天寶間名洛交郡），今屬陝西。鄜州在京兆府北，中隔坊州。鄭六赴任金城至馬嵬，必不至洛川，作「洛川」誤。北川，不詳何地，當在馬嵬附近。

〔五四〕 獲　明鈔本作「斃」，《會校》據改。

〔五五〕 驚慟　「驚」原作「亦」，明鈔本、《廣記詳節》、《虞初志》、《豔異編》、《狐媚叢談》作「驚」，義勝，據改。《虞初志》七卷本作「慟驚」。

〔五六〕 慟　明鈔本、孫校本作「號」，《會校》據改。按：慟，痛哭。

〔五七〕既濟　原作「沈既濟」，據《虞初志》删姓。

〔五八〕最　明鈔本作「得」，孫校本作「所」。

〔五九〕人道　《廣記詳節》作「仁」。

〔六〇〕今婦人　明鈔本作「世人」。

〔六一〕崔儒　原誤作「崔需」，據《廣記詳節》改。按：崔儒，玄宗朝黄門侍郎、齊國公崔日用孫，曾任殿中侍御史、吏部員外郎、起居舍人、户部郎中。參見清勞格等《唐尚書省郎官石柱題名考》卷四《吏部員外郎》、卷一一《户部郎中》。

〔六二〕右拾遺陸淳　《舊唐書》卷一八九下《儒學傳下·陸質傳》：「陸質，吴郡人。本名淳，避憲宗名改之。……陳少遊鎮揚州，愛其才，辟爲從事。後薦於朝，拜左拾遺。」《新唐書》卷一六八《陸質傳》亦載：「陳少遊鎮淮南，表在幕府。薦之朝，授左拾遺。」皆作左拾遺。此作右拾遺，疑誤。

〔六三〕官　原作「居」，據《虞初志》、《豔異編》改。

〔六四〕按：原末有「沈既濟撰」四字，乃《廣記》編者所署撰名，非正文，今删。

按：此傳作於德宗建中二年（七八一）貶官後。《廣記》所引題《任氏》，據《類説》卷二八所摘《異聞集》，原題《任氏傳》。此傳唯有《廣記》之本，而爲後世稗編所取。《虞初志》卷八、《豔異編》卷三三、《緑窗女史》卷八妖豔部狐粉門、《合刻三志》志妖類、《唐人説薈》第十六集（同治八年刊本卷二〇）、《龍威秘書》四集《晉唐小説暢觀》、《晉唐小説六十種》、《舊小説》乙集等皆收《任氏傳》。《狐媚叢談》卷三、《情史類略》卷二一亦載，分别題《狐稱任氏》、《狐精》。《緑窗女史》、《合刻三志》、《情史》、《唐人説薈》等删去末數節，皆止於「與人頗異焉」，《狐媚叢談》止於「遂殁而返」。

枕中記

沈既濟 撰

開元七年〔一〕，道士有吕翁者，得神仙術。行邯鄲道中，息邸舍。攝帽弛帶〔二〕，隱〔三〕囊而坐。俄見邑〔四〕中少年，乃盧生也，衣短褐〔五〕，乘青駒，將適于田，亦止於邸中。與翁共席而坐，言笑殊暢。久之，盧生顧其衣裝敝褻，乃長歎息曰：「大丈夫生世不諧，困如是也。」翁曰：「觀子形體，無苦無恙〔六〕。談諧方適，而歎其困者，何也？」生曰：「吾此苟生耳，何適之謂？」翁曰：「此不謂適，而何謂適？」答曰：「士之生世，當建功樹名，出將入相，列鼎而食，選聲而聽，使族益昌而家益肥，然後可以言適乎！吾嘗志于學，富於遊藝。自惟當年，青紫〔七〕可拾。今已適壯〔八〕，猶勤畎畝，非困而何？」言訖，而目昏思寐。時主人方蒸黍〔九〕，共待其熟〔一〇〕。翁乃探囊中枕以授之，曰：「子枕吾枕，當令子榮適如志。」

其枕青甆，而竅其兩端，生俛首就之。寐中〔一一〕見其竅漸大，明朗可處〔一二〕，乃舉身而入，遂至其家。

數月，娶清河崔氏女。女容甚麗，生資愈厚。生大悦。由是衣裝服馭，日益鮮盛。明年，舉進士登第，釋褐祕校。應制，轉渭南尉。俄遷監察御史，轉起居舍人、知制誥。三載即真〔一三〕，出典同州，遷陜牧〔一四〕。生性好土功，自陜西鑿河八十里，以濟不通。邦人利之，刻石紀德。移節汴州〔一五〕，領河南道採訪使〔一六〕，徵爲京兆尹。

是歲，神武皇帝方事戎狄〔一七〕，恢宏土宇。會吐蕃悉抹邏及燭龍莽布支〔一八〕攻陷瓜、沙，而節度使王君㚟新被殺，河湟震動〔一九〕。帝思將帥之才，遂除生御史中丞、河西道節度〔二〇〕。大破戎虜，斬首七千級〔二一〕，開地九百里。築三大城，以遮要害。邊人賴之〔二二〕，立石於拔延山〔二三〕以頌之。歸朝册勳，恩禮極盛。轉吏部侍郎，遷户部尚書、兼御史大夫〔二四〕。時望清重，群情翕習，大爲時宰所忌，以飛語中之，貶爲端州刺史。

三年徵爲常侍〔二五〕，未幾，同中書門下平章事〔二六〕。與蕭中令嵩、裴侍中光庭同執大政十餘年，嘉謨密命，一日三接。獻替啓沃，號爲賢相。同列害之，復誣與邊將交結，所圖不軌，下制獄。府吏引從至其門而急收之，生惶駭不測，泣謂〔二七〕妻子曰：「吾家山東，有良田五〔二八〕頃，足以禦寒餒，何苦求禄？而今及此，思衣短褐，乘青駒，行邯鄲道中，不可得也。」引刃自刎，其妻救之，獲免。其罹〔二九〕者皆死，獨生爲中官保之，減罪死，投驩州〔三〇〕。數年，帝知冤，復追爲中書令，封燕國公〔三一〕，恩旨殊異。生五子，曰儉，曰傳，曰位，曰倜，曰倚〔三二〕，皆有才器。儉進士登第，爲考功員外；傳爲侍御史；位爲太常丞；倜爲萬年尉。倚最賢，年二十八〔三三〕，爲左衮〔三四〕。其姻媾皆天下望族。有孫十餘人。凡兩竄荒徼〔三五〕，再登台鉉，出入中外，徊翔臺閣。五十餘年間〔三六〕，崇盛赫奕，一時無比〔三七〕。性頗奢蕩，甚好佚樂，後庭聲色，皆第一綺麗。前後賜良田、甲第、佳人、名馬，不可勝數。後年漸衰邁，屢乞骸骨，不許。及〔三八〕病，中人候問，相踵於道。名醫上藥，無不至焉。

將殁，上疏曰：「臣本山東諸生，以田圃爲娱。偶逢聖運，得列官叙。過蒙殊奬，特彼鴻私〔三九〕。出擁節旌，入昇台輔。周旋中外，綿歷歲時。有忝天恩，無裨聖化。負乘貽寇，履薄增憂〔四〇〕。日懼一日，不知老至。今年逾八十，位極三事〔四一〕，鍾漏並歇，筋骸俱耄〔四二〕。彌留沉頓，待時益盡〔四三〕。顧無成效，上答休明。空負深恩，永辭聖代。無任感戀之至，謹奉表陳謝。」詔曰：「卿以俊德，作朕元輔，出擁藩翰，入贊雍熙，昇平二紀，寔卿所賴。比嬰疾疹，日謂痊平，豈斯沉痼，良用憫惻。今令驃騎大將軍高力士，就第候省。其勉加鍼石，爲予自愛。猶〔四四〕冀無妄，期於有瘳〔四五〕。」是夕薨。

盧生欠伸而悟，見其身方偃於邸舍，吕翁坐其傍，主人蒸黍未熟，觸類如故。生蹶然而興，曰：「豈其夢寐也？」翁笑〔四六〕謂生曰：「人生之適，亦如是矣。」生憮然良久，謝曰：「夫寵辱之道，窮達之運，得喪之理，死生之情，盡知之矣。此先生所以窒吾欲也，敢不受教。」稽首再拜而去。（據中華書局影印本《文苑英華》卷八三三校録，又《太平廣記》卷八二引《異聞集》）

〔一〕開元七年　《廣記》、朝鮮成任編《太平通載》卷九《吕翁》（按：後殘，當出《太平廣記》）、明陸采《虞初志》卷三、冰華居士《合刻三志》志夢類、胡文焕《稗家粹編》卷三、舊題楊循吉《雪窗談異》卷三、清蓮塘居士《唐人説薈》第十二集、馬俊良《龍威秘書》四集、《無一是齋叢鈔》、民國王文濡《説庫》、俞建卿《晉唐小説六十種》，所收《枕中記》均作「開元十九年」。南宋朱勝非《紺珠集》卷一〇《異聞集·邯鄲枕》、曾慥《類説》卷二八《異聞集·枕中記》、《錦繡萬花谷》别集卷二三引陳翰《異聞集》作「開元中」。按：下文叙盧生入夢若干年之後爲京兆尹，是歲吐蕃攻陷瓜、沙二州，節度使王君㚟被殺，盧生爲河西道節度，大破戎虜等事，有事實依據，乃蕭嵩爲河西節度使時事，在開元十五年至十七年間（詳下校）。作「七年」是也。

〔二〕攝帽弛帶　《廣記》、《太平通載》、《虞初志》、《合刻三志》、《稗家粹編》、《唐人説薈》、《龍威秘書》、《無一是齋叢鈔》、《説庫》、《晉唐小説六十種》作「設榻施席」。

〔三〕隱　《廣記》談愷刻本、《虞初志》、《合刻三志》、《稗家粹編》、《雪窗談異》、《唐人説薈》、《龍威秘書》、《無一是齋叢鈔》、《説庫》、《晉唐小説六十種》作「擔」，明沈與文野竹齋鈔本作「解」，張國風《太平廣記會校》據改。《太平通載》作「隱」。按：隱，靠也。《莊子·齊物論》：「南郭子綦隱几而坐，仰天而嘘。」成玄英疏：「隱，憑也。」

〔四〕邑　原作「旅」，據《英華》及明董斯張《吴興藝文補》卷九《枕中記》校語、《廣記》、《萬花谷》、《太平通載》、《虞初志》、《合刻三志》、《稗家粹編》、《雪窗談異》、《唐人説薈》、《龍威秘書》、《無一是齋叢鈔》、《説庫》、《晉唐小説六十種》改。按：邑指邯鄲縣。

〔五〕褐　《廣記》、《太平通載》、《虞初志》、《合刻三志》、《稗家粹編》、《雪窗談異》、《唐人説薈》、《龍威秘書》、《無一是齋叢鈔》、《説庫》作「裘」，下同。

〔六〕觀子形體無苦無恙　《廣記》、《虞初志》、《合刻三志》、《稗家粹編》、《唐人説薈》、《龍威秘書》、《無一是齋叢鈔》、《説庫》、《晉唐小説六十種》作「觀子膚極腧，體胖無恙」，《太平通載》「胖」上有「極」字，《雪窗談異》點校本「腧」作「腴」。

〔七〕青紫　《廣記》、《太平通載》、《虞初志》、《合刻三志》、《稗家粹編》、《雪窗談異》、《唐人説薈》、《龍威秘書》、《無一是齋叢鈔》、《説庫》、《晉唐小説六十種》作「朱紫」。按：青紫、朱紫皆指高官。《漢書》卷七五《夏侯勝傳》：「經術苟明，其取青紫如俛拾地芥耳。」顔師古注：「青紫，卿大夫之服也。」漢制，丞相、太尉、太傅、太師、太保等金印紫綬，御史大夫銀印青綬。唐代高官服朱紫。《舊唐書·輿服志》：「上元元年八月又制……文武三品已上服紫，金玉帶；四品服深緋，五品服淺緋，竝金帶；六品服深緑，七品服淺緑，竝銀帶；八品服深青，九品服淺青，竝鍮石帶。」

〔八〕適壯　南宋祝穆《古今事文類聚》後集卷二一、明王罃《群書類編故事》卷九、唐順之《稗編》卷六五、彭大翼《山堂肆考》卷一三九引《枕中記》「適」作「過」。《廣記》、《太平通載》、《虞初志》、《合刻三志》、《稗家粹編》、《雪窗談異》、《唐人説薈》、《龍威秘書》、《無一是齋叢鈔》、《説庫》、《晉唐小説六十種》作「過壯室」，明鈔本「室」作「歲」，《會校》據改。按：古以三十歲爲壯年之始。《禮記·曲禮上》：「三十曰壯，有室。」前稱「少年」，則未過壯也。

〔九〕黍　《廣記》、《太平通載》、《虞初志》、《合刻三志》、《稗家粹編》、《雪窗談異》、《山堂肆考》、《唐人説薈》、《龍威秘書》、《無一是齋叢鈔》、《説庫》、《晉唐小説六十種》作「黄粱」，《紺珠集》作「黄粮」，《類説》作「黄糧」。《廣記》、《虞初志》「黄粱」下有「爲饌」二字。按：黍與黄粱是兩種不同穀物。黍有黏與不黏者，品種不同。《説文·黍部》：「黍，禾屬而黏者也。」段玉裁注：「太原以東則呼黏者爲黍子，不黏者爲穈子。」黄粱是粱之一種，粱，粟類。宋羅願《爾雅翼》卷一《粱》云：「粱，今之粟類。……黄粱穗大毛長，穀米俱粗於白粱，而收子少，不耐水旱。食之香味逾於諸粱，人號爲竹根黄。」明李時珍《本草綱目》卷二三《粱》《集解》引寇宗奭曰：「黄粱白粱，西洛農家多種，爲飯尤佳。」粱按米色分爲黄粱、白粱，色黄者爲黄粱，顔色發白者爲白粱，還有青粱，米色發青。其中黄粱最佳。黄粱即黄小米，品質遠逾於黍子。以盧生之窮困，所食宜爲黍也。

〔一〇〕共待其熟　此句原無，據《紺珠集》、《類説》、《萬花谷》補。

〔一一〕寐中　此二字原無，據《廣記》、《太平通載》、《虞初志》、《合刻三志》、《稗家粹編》、《雪窗談異》、《唐人説薈》、《龍威秘書》、《無一是齋叢鈔》、《説庫》、《晉唐小説六十種》補。

〔一二〕明朗可處　「可處」二字原無，據《廣記》、《太平通載》、《虞初志》、《合刻三志》、《稗家粹編》、《雪窗談異》、《唐人説薈》、《龍威秘書》、《説庫》補。《虞初志》、《稗家粹編》、《雪窗談異》、《唐人説薈》、《龍威秘書》、《無一是齋叢鈔》、《説庫》、《晉唐小説六十種》「朗」作「若」。《廣記》明鈔本此四字作「明瑩因乃」，「因乃」連下讀。

〔一三〕即真　此二字原無，據《廣記》、《太平通載》、《虞初志》、《合刻三志》、《稗家粹編》、《雪窗談異》、《唐人説薈》、《龍威秘書》、《無一是齋叢鈔》、《説庫》、《晉唐小説六十種》補。按：即真即真除，轉正。唐制，中書省中書舍人（正五品上）掌起草詔敕，稱知制誥。盧生以起居舍人（從六品上）知制誥，實際是「兼知制誥」。由於官品相差四級，所以在三年後真拜知制誥。

〔一四〕遷陝牧　「牧」下《英華》、《藝文補》校：「一作『郡』。」《廣記》、《太平通載》、《虞初志》、《合刻三志》、《稗家粹編》、《雪窗談異》、《唐人説薈》、《龍威秘書》、《無一是齋叢鈔》、《説庫》、《晉唐小説六十種》作「尋轉陝州」。按：陝牧即陝州刺史，陝郡亦指陝州。漢末以降以州領郡，隋文帝罷郡，州即郡也，隋煬帝復改州爲郡。唐改郡爲州，天寶元年（七四二）改州爲郡，乾元元年（七五八）又改郡爲州。長官在郡爲太守，在州爲刺史，其實一也。

〔一五〕汴州　原譌作「沐州」，據《四庫全書》本《英華》、《廣記》、《事文類聚》、《類編故事》、《稗編》、《太平通載》、《虞初志》、《合刻三志》、《稗家粹編》、《雪窗談異》、《唐人説薈》、《龍威秘書》、《無一是齋叢鈔》、《説庫》、《晉唐小説六十種》改。

〔一六〕河南道採訪使　《廣記》、《太平通載》、《虞初志》、《合刻三志》、《稗家粹編》、《雪窗談異》、《唐人説薈》、《龍威秘書》、《無一是齋叢鈔》、《說庫》、《晉唐小說六十種》作「嶺南道採訪使」，誤。按：唐初在州上設道，共十道，委派黜陟、巡察、按察等使分巡諸道。開元二十一年（七三三）增至十五道。各道有固定治所，置採訪處置使（簡稱採訪使，後改觀察使），監察州縣。採訪使通常由所在州刺史兼領。河南道治汴州。

〔一七〕方事戎狄　《廣記》明鈔本下有「武功之事」四字，《會校》據補。

〔一八〕悉抹邏及燭龍莽布支　《廣記》、《太平通載》、《虞初志》、《合刻三志》、《稗家粹編》、《雪窗談異》、《唐人說薈》、《龍威秘書》、《無一是齋叢鈔》、《說庫》、《晉唐小說六十種》作「新諾羅、龍莽布」。按：《舊唐書》卷九九《蕭嵩傳》：「（開元）十五年，涼州刺史、河西節度王君㚟恃衆，每歲攻擊吐蕃。吐蕃大將悉諾邏恭禄及燭龍莽布支攻陷瓜州城。」《舊唐書》卷一〇三《王君㚟傳》、卷一九六上《吐蕃傳上》作「悉諾邏」，省稱也。悉抹邏、悉諾邏、新諾羅，皆爲不同譯名。「龍莽布」則有脱誤。

〔一九〕王君㚟新被殺河湟震動　「㚟」原作「毚」，《四庫》本作「㚟」。按：新舊《唐書》皆作「㚟」，《廣記》、《虞初志》、《稗家粹編》、《唐人說薈》、《龍威秘書》、《無一是齋叢鈔》、《晉唐小說六十種》亦同。《雪窗談異》點校本譌作「奐」。「㚟」同「㲋」，音「綽」。《廣韻》「藥」韻：「㲋，《說文》曰：『獸也。似兔，青色而大。象形，頭與兔同，足與鹿同。』㚟，同㲋。」「毚」音「饞」。《說文》毚部：「毚，狡兔也。兔之駿者。」據改。「新被殺，河湟震動」七字，《廣記》、《虞初志》、《合刻三志》、《稗家粹編》作「新被叙投河隍戰恐」，有誤，《太平通載》「叙投」作「殺戮」，明鈔本作「與之戰於河隍，敗績」，清孫潛校本作「新被投河隍戰没」。《會校》據明鈔本改。

〔二〇〕河西道節度　《廣記》、《太平通載》、《虞初志》、《合刻三志》、《稗家粹編》、《雪窗談異》、《唐人説薈》、《龍威秘書》、《無一是齋叢鈔》、《説庫》、《晉唐小説六十種》作「河西、隴右節度使」。按：玄宗開元中，河西、隴右乃兩節度使。河西節度使置於景雲元年（七一〇），領涼、甘、肅、伊、瓜、沙、西七州，治涼州（治今甘肅武威市）。隴右節度使又稱隴西節度使，置於開元五年（七一七），領秦、河、渭、鄯、蘭、臨、武、洮、岷、廓、疊、宕十二州，治鄯州（治今青海樂都縣）。見《新唐書·方鎮表四》。河西、隴右二鎮相連，職在抵禦吐蕃，開元間常由一人統領，如《新唐書》卷一三三《王君㚟傳》載，河西、隴右節度使郭知運卒後（開元九年卒），王君㚟「代爲河西、隴右節度使、右羽林軍將軍、判涼州都督事」，乃是以河西節度使而兼領隴右。《廣記》等作「河西、隴右節度使」，不誤。

〔二一〕七千級　《英華》、《藝文補》校：「一作『十餘萬』。」

〔二二〕邊人賴之　原無「賴之」二字，《廣記》、《太平通載》、《虞初志》、《合刻三志》、《稗家粹編》、《雪窗談異》、《唐人説薈》、《龍威秘書》、《無一是齋叢鈔》、《説庫》、《晉唐小説六十種》作「北邊賴之」，據補。

〔二三〕拔延山　「拔」原作「居」，《英華》、《藝文補》校：「一作拔。」按：作「拔延山」是也。《舊唐書·地理志三·隴右道·廓州》：「廣威……先天元年（七一三）改爲化成縣，天寶元年（七四二）改爲廣威縣。縣界有拔延山。」拔延山在隴右節度使治下廓州境内西北部，今青海尖扎縣北。居延山，可有兩解。一指居延地區之山。古居延海（漢稱居延澤，魏晉一稱西海，唐稱居延海，今爲索果諾爾、嘎順諾爾東西二海）在今内蒙額濟納旗北境，漢武帝於居延澤西南置居延縣，又建居延塞。其地唐屬甘州，在甘州北境同城守捉（天寶二載改寧寇軍）一帶。一爲居延山。《大清一統志》卷四〇八《烏喇忒·山川》：「居延山，在旗東三十五里。蒙古名崑都倫。」《大清一統志》叙烏喇忒旗沿革云：「唐景龍二年，張仁愿於河外築三受降城，此爲中受降城。」其地在今包頭市西北，黄河以北。據《舊唐書》卷一九六上《吐蕃傳上》載：「（開元）十五年正月，君㚟率兵破吐蕃於青海之西，虜其輜重及羊馬而還。……其年九月，吐蕃大將悉諾邏恭禄及燭龍莽布支攻陷瓜州城，執刺史田元獻及王君㚟之父壽，盡取城中軍資及倉糧，仍毁其城而去。又進攻玉門軍及常樂縣，縣令賈師順嬰城固守，凡八十日，賊遂引退。俄而王君㚟爲回紇餘黨所殺，乃命兵部尚書蕭嵩爲河西節度使，以建康軍使、左金吾將軍張守珪爲瓜州刺史，修築州城，招輯百姓，令其復業。時悉諾邏恭禄威名甚振，蕭嵩乃縱反間於吐蕃，云其與中國潛通，贊普遂召而誅之。明年秋，吐蕃大將悉末朗復率衆攻瓜州，守珪出兵擊走之。隴右節度使、鄯州都督張忠亮，引兵至青海西南渴波谷，與吐蕃接戰，大破之。俄而積石、莫門兩軍兵馬總至，與忠亮合勢追討，破其大莫門城，生擒千餘人，獲馬一千匹，犛牛五百頭，器仗衣資甚衆，又焚其駱駝橋而還。八月，蕭嵩又遣副將杜賓客率弩手四千人，與吐蕃戰於祁連城下。自辰至暮，散而復合，賊徒大潰，臨陣斬其副將一人。賊敗，散走投山，哭聲四合。……十七年，朔方大總管信安王禕又率兵赴隴右，拔其石堡城，斬首四百餘級，生擒二百餘口。遂於石堡城置振武軍，仍獻其俘囚於太廟。於是吐蕃頻遣使請和。……」《新唐書》卷二一六上《吐蕃傳上》、《資治通鑑》卷二一三亦有詳載，《通鑑》且稱：「朔方節度使信安王禕攻吐蕃石堡城拔之……自是河隴諸軍游奕拓境千餘里。」《枕中記》所寫「大破戎虜，斬首七千級，開地九百里」，即以此段史實爲本。河西節度使，置於景雲二年（七一一），治涼州（治今甘肅張掖市），領赤水、建康、玉門、墨離、新泉、豆盧六軍，赤水、白亭、交城、張掖四捉守，及涼、甘、肅、瓜、沙五州。隴右節度使置於開元元年（七一三），治鄯州（治今青海樂都縣），領臨洮、河源、莫門、寧塞、積石五軍及秦、河、渭、鄯、蘭、武、洮、岷、廓、疊、宕等州。河西、隴右二鎮軍隊破吐蕃，地域廣泛，涉及青海、瓜州、大莫門、祁連城、石堡城等。瓜州治晉昌縣，在今甘肅酒泉市安西縣東南。大莫門城在今青海共和縣東南，祁連城在今甘肅張掖市民樂縣東南，石堡城在今青海湟源縣哈城東石城山。唐軍破吐蕃，主要在青海湖以東及今甘肅中部西北部一帶，未及甘州北境居延地區，故邊人立石處絶非在甘州居延之山，而應爲廓州拔延山。至於中受降城一帶之居延山，更非破吐蕃之地，其地邊患乃東突厥。據《舊唐書·中宗紀》及卷九三《張仁愿傳》，神龍三年（七〇七）突厥入寇，張仁愿爲御史大夫、朔方道大總管，次年（景龍二年）在黄河北築成三受降城，各距四百餘里，遥相應接，斷絶突厥南侵之路。《枕中記》云「築三大城，以遮要害」，只是借用張仁愿築三受降城之事，時間地點都不相吻。要之，立石紀功處應以廓州拔延山符合情理，今據《英華》校語改。

〔二四〕轉吏部侍郎遷户部尚書兼御史大夫　《廣記》、《太平通載》、《虞初志》、《合刻三志》、《稗家粹編》、《雪窗談異》、《唐人説薈》、《龍威秘書》、《無一是齋叢鈔》、《説庫》、《晉唐小説六十種》作「轉御史大夫、吏部侍郎」。

〔二五〕三年徵爲常侍　《廣記》、《太平通載》、《虞初志》、《合刻三志》、《稗家粹編》、《唐人説薈》、《龍威秘書》、《無一是齋叢鈔》、《説庫》、《晉唐小説六十種》作「三年徵還，除户部尚書」，《雪窗談異》「還」

譌作「遷」。

〔二六〕同中書門下平章事　《廣記》、《太平通載》、《虞初志》、《合刻三志》、《稗家粹編》、《雪窗談異》、《唐人説薈》、《龍威秘書》、《無一是齋叢鈔》、《説庫》、《晉唐小説六十種》前有「拜中書侍郎」五字。按：中書侍郎係中書省副長官，正四品（大曆二年升正三品）。常侍，即散騎常侍，分左右，分别屬門下省和中書省，從三品（廣德二年升爲正三品）。盧生已爲常侍，以常侍同中書門下平章事，時有此例。《新唐書·宰相表上》載，神龍元年，李懷遠爲左散騎常侍、同中書門下三品。《新唐書》卷一〇二《岑羲傳》：「詔擢右散騎常侍、同中書門下三品。」

〔二七〕泣謂　「泣」字原無，《廣記》作「泣其」，《四庫》本作「泣語」，明鈔本、孫校本及《虞初志》、《合刻三志》、《稗家粹編》、《雪窗談異》、《唐人説薈》、《龍威秘書》、《無一是齋叢鈔》、《説庫》、《晉唐小説六十種》作「泣謂」，據補。

〔二八〕五　《廣記》、《虞初志》、《合刻三志》、《稗家粹編》、《雪窗談異》、《唐人説薈》、《龍威秘書》、《無一是齋叢鈔》、《説庫》、《晉唐小説六十種》作「數」。

〔二九〕其罹　《英華》「其」字校：「一作『共』。」《廣記》、《虞初志》、《合刻三志》、《稗家粹編》、《雪窗談異》、《唐人説薈》、《龍威秘書》、《無一是齋叢鈔》、《説庫》、《晉唐小説六十種》作「共罪」。

〔三〇〕投驩州　《廣記》、《虞初志》、《合刻三志》、《稗家粹編》、《唐人説薈》、《龍威秘書》、《説庫》、《無一是齋叢鈔》、《晉唐小説六十種》作「出授驩牧」，《雪窗談異》點校本「驩」譌作「歡」。驩牧，驩州刺史。

〔三一〕燕國公　《廣記》、《虞初志》、《合刻三志》、《稗家粹編》、《雪窗談異》、《唐人説薈》、《龍威秘書》、《無一是齋叢鈔》、《説庫》、《晉唐小説六十種》作「趙國公」。按：唐制，國公封爵皆冠以地望。盧姓望出范陽，古屬燕國之地，故封燕國公；而盧生邯鄲人，邯鄲古屬趙國，故封趙國公，皆可通也。

〔三二〕曰儉曰傳曰位曰倜曰倚　《廣記》、《虞初志》、《合刻三志》、《稗家粹編》、《雪窗談異》、《唐人説薈》、《無一是齋叢鈔》、《説庫》、《晉唐小説六十種》作「傳、倜、儉、位、倚」。

〔三三〕八　《廣記》、《虞初志》、《合刻三志》、《稗家粹編》、《雪窗談異》、《唐人説薈》、《龍威秘書》、《無一是齋叢鈔》、《説庫》作「四」。

〔三四〕左衮　「衮」原作「襃」，徐士年《唐代小説選》校：「襃爲衮字之誤。《英華》原注：『襃，舊鈔本作衮。』」據改。《廣記》、《虞初志》、《合刻三志》、《稗家粹編》、《雪窗談異》、《唐人説薈》、《龍威秘書》、《無一是齋叢鈔》、《説庫》、《晉唐小説六十種》作「右補闕」。按：左衮即左補闕。補闕俗稱補衮。南宋洪邁《容齋四筆》卷一五《官稱别名》：「唐人好以它名標榜官稱……補闕爲中諫（今司諫），又曰補衮。」左補闕屬門下省，右補闕屬中書省，與左右拾遺同爲諫官。

〔三五〕凡兩竄荒徼　「凡」字原無，據《廣記》、《虞初志》、《合刻三志》、《稗家粹編》、《雪窗談異》、《唐人説薈》、《龍威秘書》、《無一是齋叢鈔》、《説庫》、《晉唐小説六十種》補。「荒徼」，《廣記》、《虞初志》、《合刻三志》、《稗家粹編》、《雪窗談異》、《唐人説薈》、《龍威秘書》、《説庫》、《晉唐小説六十種》作「嶺表」。按：端州、驩州皆屬嶺南道。

〔三六〕五十餘年間　「五」《廣記》、《虞初志》、《合刻三志》、《稗家粹編》、《雪窗談異》、《唐人説薈》、《龍威秘書》、《說庫》、《晉唐小說六十種》作「三」，誤。「間」字原無，據《廣記》、《虞初志》、《合刻三志》、《稗家粹編》、《雪窗談異》、《唐人說薈》、《龍威秘書》、《說庫》、《晉唐小說六十種》補。

〔三七〕一時無比　此句原無，據《廣記》、《虞初志》、《合刻三志》、《稗家粹編》、《雪窗談異》、《唐人說薈》、《龍威秘書》、《說庫》補。

〔三八〕及　此字原無，據《廣記》、《虞初志》、《合刻三志》、《稗家粹編》、《雪窗談異》、《唐人說薈》、《龍威秘書》、《說庫》、《晉唐小說六十種》補。

〔三九〕特彼鴻私　「彼」原作「秩」，《英華》校：「一作『彼』，是。」按：彼，通「被」。「特被鴻私」與上文「過蒙殊獎」相對。《廣記》、《虞初志》、《合刻三志》、《稗家粹編》、《唐人說薈》、《龍威秘書》、《說庫》、《晉唐小說六十種》作「特受鴻私」，《雪窗談異》點校本「受」作「授」。秩，官職官品也，亦指授官，既與「蒙」不相對，亦與「鴻私」（大恩、洪恩）搭配失當，據《英華》校改。

〔四〇〕增憂　《廣記》作「戰兢」，明鈔本、孫校本及《虞初志》、《合刻三志》、《稗家粹編》、《雪窗談異》、《唐人說薈》、《龍威秘書》、《說庫》、《晉唐小說六十種》「戰」作「臨」。

〔四一〕位極三事　《廣記》、《虞初志》、《合刻三志》、《稗家粹編》、《雪窗談異》、《唐人說薈》、《龍威秘書》、《說庫》、《晉唐小說六十種》作「位歷三公」，《類說》、《萬花谷》作「位歷三台」。按：三事即三公。《詩經·小雅·雨無正》：「三事大夫，莫肯夙夜。」孔穎達疏：「三事大夫爲三公耳。」三台亦即三公。《晉書·天文志上》：「三台六星，兩兩而居……在人曰三公，在天曰三台，主開德宣符也。」

〔四二〕筋骸俱耄　《廣記》、《虞初志》、《合刻三志》、《稗家粹編》、《雪窗談異》、《唐人說薈》、《龍威秘書》、

《説庫》、《晉唐小説六十種》「耄」作「弊」。《廣記》孫校本作「筋骨俱衰」，《會校》據改。按：耄，衰也。

〔四三〕待時益盡　《廣記》、《虞初志》、《合刻三志》、《稗家粹編》、《雪窗談異》、《唐人説薈》、《龍威秘書》、《晉唐小説六十種》作「殆將溘盡」。《説庫》「殆」譌作「始」。文學古籍刊行社《唐宋傳奇集·校記》：「按：『益』當是『溘』寫作『盍』，又譌作『益』」；今從《廣記》改。」按：作「益」亦通，未必爲譌字。

〔四四〕猶　《廣記》、《虞初志》、《合刻三志》、《稗家粹編》、《唐人説薈》、《龍威秘書》、《説庫》、《晉唐小説六十種》作「譊」，《雪窗談異》改作「宴」。

〔四五〕期於有瘳　《廣記》、《虞初志》、《合刻三志》、《稗家粹編》、《雪窗談異》作「期丁有喜」，明鈔本、孫校本及《唐人説薈》、《龍威秘書》、《説庫》、《晉唐小説六十種》「丁」作「于」，《會校》據明鈔本、孫校本改。按：期丁，希望健壯。《唐大詔令集》卷二六宋温璩《哀皇后哀册文》：「忽虧光於輪月，奄落彩於前星。爽仁壽於偕老，遘天禍而期丁。」丁，健壯、强壯。《史記》卷二五《律書》：「丁者，言萬物之丁壯也。」班固《白虎通義·五行》：「丁者，强也。」有喜，謂病愈康復。本《周易·无妄》：「无妄之疾，勿藥有喜。」

〔四六〕笑　此字原無，據《廣記》、《虞初志》、《合刻三志》、《稗家粹編》、《雪窗談異》、《唐人説薈》、《龍威秘書》、《無一是齋叢鈔》、《説庫》、《晉唐小説六十種》補。

按：此記無寫作紀時。《全唐文》卷七六〇房千里《骰子選格序》云：「列禦寇叙穆天子夢遊事，近者沈拾遺述枕中事，彼皆異類微物，且猶竊爵位以加人，或一瞬爲數十歲。」稱其爲拾遺而不稱禮部員外郎，似作《枕中記》時在任禮部員外郎之前，故可定爲建中二年（七八一）至興元元年（七八四）貶官期間所作。觀其題旨，亦合貶謫心態。

《枕中記》有二本，一收在《文苑英華》卷八三三，題《枕中記》，撰人沈既濟。一引録於《太平廣記》卷八二，題《吕翁》，注出《異聞集》。《類説》卷二八摘録陳翰《異聞集》，亦題《枕中記》，《廣記》改題耳。二本異文多有，以《英華》本爲善。《古今事文類聚》後集卷二一、《群書類編故事》卷九、《稗編》卷六五節引《枕中記》，《吴興藝文補》卷九，皆據《英華》本。清陸心源《唐文拾遺》卷二四據《吴興藝文補》收録。明清近世稗編所收《枕中記》，如《虞初志》卷三、《合刻三志》志夢類、《稗家粹編》卷三、《雪窗談異》卷三、《唐人説薈》第十二集（同治八年刊本卷一五）、《龍威秘書》四集《晉唐小説暢觀》、《無一是齋叢鈔》、《説庫》、《晉唐小説六十種》、《舊小説》乙集等，皆爲《廣記》本。《虞初志》八卷本、《稗家粹編》不著撰人，《雪窗談異》題唐沈既濟，凌性德刊《虞初志》七卷本、《唐人説薈》、《龍威秘書》、《無一是齋叢鈔》、《説庫》、《晉唐小説六十種》等本皆妄題唐李泌撰。《合刻三志》之《枕中記》附於《南柯記》後，未署撰人，然末有跋云：「《南柯》一記，其原似出于莊生蠻觸之説，而李鄴侯《枕中記》，託喻相似，故附，以爲破愁覺夢之一助云。」亦以爲李泌作。

唐五代傳奇集第二編卷二

張李二公

戴孚 撰

戴孚，譙郡（治今安徽亳州市）人。肅宗至德二載（七五七）進士及第，與顧況同年。官校書郎，終饒州録事參軍，卒年五十七。卒後其子釴、雍請況爲《廣異記》作序，當在況貶饒州司户參軍間，德宗貞元五年至九年（七八九—七九三）也。有文集二十卷，佚。（據《文苑英華》卷七三七顧況《戴氏廣異記序》）。

開元〔一〕中，有張、李二公，同志相與，於泰山學道。久之，李以皇枝，思仕宦，辭而歸。張曰：「人各有志，爲官其君志也，何怍焉？」天寶末，李仕至大理丞。屬安禄山之亂，攜其家累，自武關出而歸襄陽寓居。尋奉使至揚州，途覯張子，衣服滓弊〔二〕，佯若自失。李氏有哀恤之意，求與同宿。張曰：「我主人頗有生計。」邀李同去。

既至，門庭宏壯，儐從璀璨，狀若貴人。李甚愕之，曰：「焉得如此？」張戒無言，且爲所笑。既而極備珍膳。食畢，命諸雜伎女樂五人，悉持本樂。中有持箏者，酷似李之妻。

李視之尤切，飲中而凝睇者數四。張問其故，李指筝者，「是似吾室，能不眷？」張笑曰：「天下有相似人。」及將散，張呼持筝婦，以林檎繫裙帶上，然後使回去。謂李曰：「君欲幾多錢而遂其願？」李云：「得三百千，當辦己事。」張有故席帽，謂李曰：「可持此詣藥鋪，問王老家，張三令持此取三百貫錢〔三〕，彼當與君也。」遂各散去。

明日，李至其門，亭館荒穢，扃鑰久閉，至復無有人行蹤。乃詢傍舍，求張三。鄰人曰：「此劉道玄宅也，十餘年無居者。」李嘆訝良久，遂持帽詣王家求錢。王老令送帽問家人：「審是張〔四〕帽否？」其女云：「前所綴緑綫猶在。」李問張是何人，王云：「是五十年前來茯苓主顧，今有二〔五〕千餘貫錢在藥行中。」李領錢而回，重求，終不見矣。尋還襄陽，試索其妻裙帶上，果得林檎。問其故，云：「昨夕夢見五六人追，云是張仙喚擫筝。臨別，以林檎繫裙帶上。」方知張已得仙矣。（據中華書局版汪紹楹點校本《太平廣記》卷二三引《廣異記》校録）

〔一〕開元　前原有「唐」字，原文不當有，乃《廣記》編纂者所加，今删。

〔二〕滓弊　原作「澤弊」，據《四庫全書》本改。按：滓弊，破敗，破爛。《廣記》卷五三《維楊十友》（出《神仙感遇傳》）：「忽有一老叟，衣服滓弊。」《廣記》卷五四《韓愈外甥》（出《仙傳拾遺》）：「衣服滓弊，行止乖角。」又指品質才資很差。《册府元龜》卷一〇四：「有人才自别，但澄去滓弊者，菁華自出。」

〔三〕三百貫錢　原作「三百千貫錢」，據清孫潛校本删「千」字。按：一貫千文，上文「三百千」即三百貫，此處涉上衍「千」字。

〔四〕張　原作「張老」，據孫校本删「老」字。

〔五〕二　《四庫》本作「三」。

按：顧況《戴氏廣異記序》（《文苑英華》卷七三七）云：「譙郡戴君孚，幽賾最深，安道之胤，若思之後，邈爲晉僕射，逵爲吴隱士，世濟文雅，不隕其名。至德初，天下肇亂，況始與同登一科。君自校書終饒州録事參軍，時年五十七。有文集二十卷。此書二十卷，用紙一千幅，蓋十餘萬言。雖景命不融，而鏗鏘之韻，固可以輔於神明矣。二子鉞、雍，陳其先志，泣請父友，況得而叙之。」顧況貞元五年（七八九）貶饒州司户參軍（見《歷代名畫記》卷一〇），貞元九年撰有《饒州刺史趙郡李府君墓誌銘》（《全唐文》卷五三〇），在饒已五年。其爲《廣異記》作序，當在貞元五年至九年間。序未言及二人在饒相交之事，似況至饒孚已卒，若此則戴書之成殆在貞元五年前，具體時間難以確考。

原書二十卷。《崇文總目》、《新唐書·藝文志》均無著録，然《太平廣記》徵引極衆，多達三百一十三條，則北宋尚存其書。南宋初祕書省所修《祕書省續編到四庫闕書目》小説類只著録一卷（撰名譌作載孚），注曰「闕」，則已殘缺，殘本亦罕見矣。《紺珠集》卷七摘録十八條，明天順刊本無撰名，《四庫全書》本譌作戴胄。《類説》卷八亦摘十八條，與《紺珠集》重者十一條。天啓刊本不著撰人，嘉靖伯玉翁舊鈔本題唐戴孚撰（見嚴一萍校訂《類説》）。《説郛》卷四自《類説》取五條，題唐戴孚，注「校書郎饒州録事參軍」，蓋據顧序。《類説》本、《紺珠集》本多闌入他書，頗不可靠。《重編説郛》卷一一八輯六條，五條取自《類説》，撰人誤作戴君孚，此本復爲《龍威秘書》五集取入。明清出現數種輯本，見於書目著録。明趙用賢《趙定宇書目》中《稗統續編》有《廣異記》二本，毛扆《汲古閣珍藏祕本書目》有舊鈔《廣異記》三本。錢曾《也是園藏書目》卷二冥異類、《述古堂藏書目》卷三小説家類、《讀書敏求記》卷二傳記類均著録《廣異記》六卷鈔本。陳揆《稽瑞樓書目》有舊鈔一册，此本後歸瞿鏞，著録於《鐵琴銅劍樓藏書目録》卷一七小説類，乃六卷舊鈔本。黄丕烈亦藏六卷舊鈔本，後歸上海涵芬樓，見《蕘圃藏書題識》及《涵芬樓燼餘書録》附《涵芬樓原存善本草目》。今國家圖書館藏二本清鈔六卷本，見《北京圖書館善本書目》卷五小説家類。此六卷鈔本當出一源，明清輾轉鈔録流傳。據《鐵琴銅劍樓藏書目録》，六卷本「不著撰人姓氏」。其輯録者不詳。方詩銘《廣異記輯校説明》據陸漻（其清）佳趣堂六卷鈔本，列出六卷本目録，凡一百零一條，全從《廣記》輯出，很不完善。《廣異記》佚文今可考定三百零五條，另有三十餘條見於《廣記》、《紺珠集》、《類説》等書，非出戴孚書。方詩銘輯《廣異記》（中華書局一九九二年版），自《廣記》輯三百零二條。

劉清真

戴孚　撰

天寶中〔一〕，有劉清真者，與其徒二十〔二〕人，於壽州作茶，人致一馱爲貨。至陳留遇賊，或有人導之令去魏郡，清真等復往。又遇一老僧，導往五臺〔三〕。清真等畏其勞苦，五臺寺尚遠，因邀清真等還蘭若宿。清真等私議，疑老僧是文殊師利菩薩，乃隨僧還。行數里，方至蘭若，殿〔四〕宇嚴浄，悉懷敬肅。僧爲説法，大啓方便。清真等並發心出家，隨其住持。

積二十餘年，僧忽謂清真等曰：「有大魔起，汝輩必罹其患，宜先爲之防。不爾，則當敗人法事。」因令清真等長跪〔五〕，僧乃含水遍噴，口誦密法。清真等悉變成石，心甚了悟，而不移動。須臾之間，代州吏卒數十人詣臺，有所收捕。至清真所居，但見荒草及石，乃各罷去。日晚，老僧又來，以水噀清真等成人。清真等悟其神靈，知遇菩薩，悉競精進。

後一月餘，僧云：「今復將魔起州〔六〕，必大索汝，其如之何？吾欲遠送汝，汝俱往否？」清真等受教。僧悉令閉目，戒云：「第一無竊視，敗若大事。但覺至地，即當開目。若至山中，見大樹，宜共庇之。樹有藥出，亦宜哺之。」遂各與藥一丸，云：「食此便不復饑，但當思惟聖道，爲出世津梁也。」言訖作禮，禮畢閉目，冉冉上昇，身在虛空。可半日許，足遂至地。開目，見大山林。或遇樵者，問其地號，乃廬山也。行十餘里，見大藤樹，周迴可五六圍，翠陰蔽日。清真等喜云：「大師所言奇樹，必是此也。」各薙草而坐。數日後，樹出白菌，鮮麗光澤，恒飄飄而動。衆相謂曰：「此即大師所云靈藥。」採共分食之。中有一人，給而先食盡，徒侶莫不慍怒，詬責云：「違我大師之教。」然業已如是，不能毆擊。久之，忽失所在。仰視，在樹杪安坐。清真等復云：「君以吞藥，故能昇高。」其人竟不下。經七日，通身生緑毛。忽有鶴翺翔其上，因謂十九人云：「我誠負汝，然今已得道，將捨汝，謁帝於此〔七〕天之上。宜各自勉，以成至真耳。」清真等邀其下樹執别，仙者不顧，遂乘雲上昇，久久方滅。清真等失藥，因各散還人間。中山張倫，親聞清真等説云然耳。

（據中華書局版汪紹楹點校本《太平廣記》卷二四引《廣異記》校録）

〔一〕天寶中　前原有「唐」字，今删。

〔二〕二十　孫校本作「二十餘」。

〔三〕五臺　孫校本作「武臺」，下文「五臺寺」明沈與文野竹齋鈔本、孫校本作「云臺寺」，並誤。按：下文云「代州吏卒數十人詣臺」，唐代五臺山在代州。下文又云「疑老僧是文殊師利菩薩」，五臺山乃文殊菩薩道場。

〔四〕殿 明鈔本、孫校本作「梵」。

〔五〕長跪 明鈔本作「朝跪」，孫校本作「胡跪」。按：胡跪，僧人跪坐致敬之禮，右膝著地，豎左膝危坐。梁釋僧祐《弘明集》卷七宋釋慧通《駁顧道士夷夏論》：「夫胡跪始自天竺，而四方從之。天竺天地之中，佛教所出者也。斯乃大法之整肅，至教之齊嚴。」

〔六〕州 此字原無，據明鈔本、孫校本補。

〔七〕此 《四庫》本改作「九」。

王琦

戴孚撰

王琦〔一〕，太原人也，居滎陽。自童孺不茹葷血。大曆初，爲衢州司户。性好善，常持誦《觀音經》〔二〕。自少及長，數患重病，其於念誦，無不差愈。念誦之時，必有異類譎詭之狀，來相觸惱，以琦心正，不能干。初，琦年九歲時，患病五六日，因不能言。忽聞門外一人呼名云：「我來追汝。」因便隨去。行五十里許，至一府舍。舍中官長大驚云：「何以誤將此小兒來？即宜遣還。」旁人云：「凡召人來，不合放去，當合〔三〕作使，方可去爾。」官云：「有狗合死。」令琦取狗，訴幼小，不任獨行，官令與使者同去。中路，使者授一丸與琦，狀如毬子，令琦擊狗家門。狗出，乃以擲之，狗呑丸立死。官云：「使畢可還。」後又遇病，忽覺四支〔四〕内有八十二人，眉眼口鼻，各有所守。其在臂脚内者，往來攻其血肉，每至腕節之間，必有相衝擊，病悶不可忍。琦問：「汝輩欲殺我耶？」答云：「爲君理病，何殺之有！」琦言：「若理病，當致盛饌哺爾。」鬼等大喜叫肉中。翌日，爲設食。食畢皆去，所病亦愈。

琦先畜一浄刀子，長尺餘。每念誦，即持之。及患天行，恒置刀牀頭，以自衛護。後疾甚，暗中乃力起，念觀世音菩薩，暗忽如晝，見刀刃向上。有僧來，與琦偶坐，問琦：「此是何刀？」琦云：「是殺魔〔五〕刀。」僧遂奄滅。俄有鐵鎚空中下擊刀，累擊二百餘下，鎚悉破碎而刀不損。又見大鐵鍱水罐，可受二百餘石，覆向下，有二大人執杵旁，問琦：「君識此否？」琦答云：「不識。」人云：「此鐵鍱獄也。」琦云：「正要此獄禁魔鬼。」言畢並滅。又見牀舁珍饌，可百牀，從門而出。又見數百人，皆炫服，列在宅中。因見其亡父，手持一刀，怒云：「無屋處汝。」其人一時潰散。頃之疾愈。

乾元中在江陵，又疾篤，復至心念觀音。遥見數百鬼，乘船而至，遠來飢餓，就琦求食。遂令家人造食，施於庭中，群鬼列坐。琦口中有二鬼躍出，就坐。食訖，初云未了。琦云：「非要衣耶？」鬼言正爾。乃令家人造紙衣數十對，又爲緋緑等衫，庭中焚之，鬼著而散，疾亦尋愈。永泰中，又病篤。乃於燈下，澄心誦《多心經》。忽有一聲如鳥飛，從坐處肉中寖淫向上，因爾口呿不得合。心念此必有魔相惱，乃益澄定，須臾如故。復見牀前死屍胮脹，有虵大如甕，兼諸鬼，多是先識死人，撩亂爍已。琦閉目，至心誦經二十四遍，寂然而滅。至三十九遍，懈而獲寐。翌日，復愈。又其妻李氏，曾遇疾疫癘。琦燈下至心爲誦《多心經》。得四五句，忽見燈下有三人頭，中間一頭，是李氏近死之婢。便聞李氏口中作噫聲，因自扶坐。李瞪目不能言，但以手指東西及上下，狀如見物。琦令奴以長刀隨李所指斬之，久乃寤，云：「王三郎耶？」蓋以弟呼琦。琦問所指云何，李云見窗中一人〔六〕，鼻長數尺。復見牀前二物，狀如駱駝。又見屋上悉張朱簾幕〔七〕，皆被奴刀斫獲斷破，一時消散。琦却誦經四十九遍，李氏尋愈也。（據中華書局版汪紹楹點校本《太平廣記》卷一一一引《廣異記》校録）

〔一〕王琦　前原有「唐」字，今删。

〔二〕性好善常持誦觀音經　「善」字原無，《四庫》本補，姑從之。明鈔本、孫校本作「性好持誦，常云」，「常云」屬下讀。

〔三〕合　孫校本作「令」。

〔四〕支　孫校本作「肢」，張國風《太平廣記會校》據改。按：支，通「肢」。《周易·坤》：「君子黄中通理，正位居體，美在其中而暢於四支。」《舊唐書》卷一九一《孫思邈傳》：「人有四支五藏。」

〔五〕魔　明鈔本、孫校本作「魔鬼」。按：下文云「魔鬼」，又云「魔」，其義一也。

〔六〕一人　孫校本無「人」字，與下「鼻」字連讀。

〔七〕朱簾幕　明鈔本、孫校本「幕」上有「裹」字，《會校》據補。

張御史

戴孚撰

張某，天寶中〔一〕爲御史判官，奉使淮南推覆。將渡淮，有黄衫人自後奔走來〔二〕渡，謂有急事，特〔三〕駐舟。洎至，乃云附載渡淮耳。御船者欲毆擊之，兼責讓：「何以欲濟而輒停留判官？」某云無擊，反責所由云：「載一百姓渡淮，亦何苦也？」親以餘食哺之，其人甚愧恧。

既濟，與某分路。須臾至前驛，已在門所。某意是囑請，心甚嫌之，謂曰：「吾適渡汝，何爲復至？可即遽去。」云：「己實非人，欲與判官議事，非左右所聞。」因屏左右。云：「奉命〔四〕取君，合淮中溺死。適承〔五〕一饌，固不忘〔六〕。已蒙厚恩，只可一日停留耳。」某求還至舍，有所遺囑。鬼云：「一日之外，不敢違也。我雖爲使，然在地下，職類人間里尹坊胥爾。」某欲前請救，鬼云：「人鬼異路，無宜相逼，恐不免〔七〕耳。」某遥拜，鬼云：「能一日之内轉千卷《續命經》，當得延壽。」言訖出去，至門又回，謂云：「識《續命經》否？」某初未了知，鬼云：「即人間《金剛經》也。」某云：「今日已晚，何由轉得千卷經？」鬼云：「但是人轉則可。」某乃大呼傳舍中及他百姓等數十人同轉。至明日晚，終千遍訖。鬼又至云：「判官已免，會須暫謁地府。」衆人皆見黄衫吏與某相隨出門。既見王，具言千遍《續命經》足，得延壽命。取檢〔八〕云：「與所誦實同。」因合掌云：「若爾，尤當更得十載壽。」便放重生。

至門，前所追吏云：「坐追判官遲迴，今已遇捶。」乃袒示之，願乞少錢。某云：「我貧士，且在逆旅，多恐不辦。」鬼云：「唯〔九〕二百千。」某云：「若是紙錢，當奉五百貫。」鬼云：「感君厚意，但我德〔一〇〕素薄，何由受汝許錢？二百千正可。」某云：「今我亦鬼耳，夜還逆旅，未易辦得。」鬼云：「判官但心念，令妻子還我，自當得之。」某遂心念其妻〔一一〕，鬼云：「已領訖。」須臾復至，云：「夫人欲與，阿嬭不肯。」又令某心念阿嬭，須臾曰：「得矣。」某因冥然如落深坑，因此遂活。

求假還家，具説其事。妻云：「是夕夢君已死，求二百千紙錢。欲便市造，阿嬭故云：『夢中事何足信！』其夕，阿嬭又夢見君，便市紙錢燒之〔一二〕。」因〔一三〕得十年後卒也。

（據中華書局版汪紹楹點校本《太平廣記》卷一一二引《廣異記》校録）

〔一〕天寶中　前原有「唐」字，今删。

〔二〕來　明鈔本、孫校本作「求」。

〔三〕特　孫校本作「時」。

〔四〕奉命　《説郛》卷三五宋龔頤正《續釋常談·阿妳》引《廣異記》作「陰府」。

〔五〕承　明鈔本、孫校本作「奉」，《會校》據改。

〔六〕忘　明鈔本、孫校本作「忍」，《會校》據改。

〔七〕免　明鈔本、孫校本作「益」。

〔八〕檢　明鈔本、孫校本作「格檢」，《會校》據補「格」字。按：檢，文書。《廣異記·郜澄》（《廣記》卷三八四）：「中丞與澄紙，令作狀，狀後判檢。旁有一人，將檢入内。」

〔九〕唯　孫校本作「准」。按：准，足也，整也。

〔一〇〕德　明鈔本、孫校本作「福德」。

〔一一〕其妻　原作「甚至」，日本妙幢編《金剛般若經靈驗傳》卷中引《廣異記》同，據明鈔本、孫校本、《續釋常談》改。

〔一二〕見君便市紙錢燒之　此八字原無，據《續釋常談》補。

〔一三〕因　明鈔本、孫校本作「竟」。

鉗耳含光

戴　孚　撰

竺山縣丞鉗耳含光者，其妻陸氏，死經半歲。含光秩滿，從家居竺山寺。有大墩，暇日登望，忽於墩側見陸氏，相見悲喜。問其死事，便爾北望，見一大城，云所居在此，邀含光同去。入城，城中屋宇壯麗，與人間不殊。傍有一院，院內西行，有房數十間，陸氏處第三房。夫婦之情，不異平素，衣玩服具亦爾。久之日暮，謂含光曰：「地府嚴切，君宜且還。後日可領兒子等來，欲有所囑，明日不煩來也。」及翌日，含光又往。陸氏見之驚愕，曰：「戒卿勿來，何得復至！」頃之，有緋衣吏，侍從數十人，來入院。陸氏令含光入牀下，垂氈至地以障之，戒使勿視，恐主客有犯。俄聞外呼陸四娘，陸氏走出。含光初甚怖懼，後稍竊視，院中都有二十八婦人。緋衣各令解髻，兩兩結，投釜中，冤楚之聲，聞乎數里。火滅乃去。陸氏徑走入房，含光見入，接手牀上，良久悶絶。既寤，含光問：「平生齋菜，誦經念佛，何以更受此苦？」答云：「昔欲終時，有僧見詣，令寫《金光明經》。當時許之，病亟草草，遂忘遺囑。坐是受妄語報，罹此酷罰。所欲見兒子者，正爲造《金光明經》。今君已見，無煩兒子也。」

含光還家，乃具向諸子説其事，悲泣終夕。及明往視，已不復見，但荒草耳。遂貨家産，得五百千，刺史已下，各有資助，滿二千貫文，乃令長子載往五臺寫經。至山中，遍歷諸臺，未有定居。尋而又上臺，山路之半，遇一老僧，謂之曰：「寫經救母，何爾遲迴？留錢於臺，宜速還，寫《金剛經》也。」言訖不見。其子知是文殊菩薩，留錢而還，乃至舍寫經畢。

上墩，又見地獄，因爾直入。遇閉門，乃扣之。門内問：「是鉗耳贇府耶？」云：「是[一]。」久之，有婦人出，曰：「貴閤令相謝，寫經之力，已得託生人間，千萬珍重。」含光乃問：「夫人何故居此？」答云：「罪狀頗同，故復在此爾。」（據中華書局版汪紹楹點校本《太平廣記》卷一一五引《廣異記》校録）

〔一〕門内問是鉗耳贇府耶云是　原作：「門内問：『是誰？』鉗耳贇府即云：『是我。』」《金剛般若經靈驗傳》卷下引《廣異記》同，明吳大震《廣豔異編》卷一八《陸四娘》「是誰」二字倒置。據明鈔本改。

按：《廣豔異編》卷一八據《廣記》輯入，題《陸四娘》。

三衛

戴孚撰

開元初，有三衛自京還青州。至華嶽廟前，見青衣婢，衣服故惡，來白云：「娘子欲見。」因引前行。遇見一婦人，年十六七，容色慘悴〔一〕，曰：「己非人，華嶽第三〔二〕新婦，夫壻極惡。家在北海，三年無書信，以此尤爲嶽子所薄。聞君遠〔三〕還，欲以尺書仰累。若能爲達，家君當有厚〔四〕報。」遂以書付之。其人亦信士也，問北海於何所送之。婦人云：「海池〔五〕上第二樹，但扣之，當有應者。」言訖訣去。

及至北海，如言送書。扣樹畢，忽見朱門在樹下，有人從門中受事。人以書付之，入，頃之出云：「大王請客入。」隨行百餘步，復〔六〕入一門，有朱衣人，長丈餘，左右侍女數十〔七〕百人。坐畢，乃曰：「三年不得女書。」讀書，大怒曰：「奴輩敢爾！」乃傳教，召左右虞候。須臾而至，悉長丈餘，巨頭大鼻，狀貌可惡〔八〕。令調兵五萬，至十五日，乃西伐華山，無令不勝。二人受教走出。乃謂三衛曰：「無以上報。」命左右取絹二疋贈使者。三衛不説〔九〕，心怨二疋之少也。將〔一〇〕别，朱衣人曰：「兩絹得二萬貫方可賣，慎無賤與人也。」

三衛既出，欲驗其事，復往華陰。至十五日，既暮，遥見東方黑氣如蓋，稍稍西行，雷震電掣，聲聞百里。須臾，華山大風折樹，自西吹〔一一〕雲，雲勢益壯，直至華山，雷火喧薄，遍山洞〔一二〕赤，久之方罷。及明，山色焦黑。三衛乃入京賣絹，買者聞求二萬，莫不嗤駭，以爲狂人。後數日，有白馬丈夫來買，直還二萬，不復躊躇〔一三〕。其錢先已鎖在西市，三衛因問買所用。丈夫曰：「今以渭川神嫁女，用此贈遺。天下唯北海絹最佳，方欲令人往市，聞君賣北海絹，故來爾。」

三衛得錢，數月貨易畢，東還青土〔一四〕。行至華陰，復見前時青衣，云：「娘子故〔一五〕來謝恩。」便見青蓋〔一六〕犢車，自山而下，左右從者十餘輩。既至，下車，亦是前時女郎，容服炳焕，流目清眄，迨不可識。見三衛拜，乃言曰：「蒙君厚恩，遠報父母。自鬬〔一七〕戰之後，恩情頗深，但愧無可仰〔一八〕報爾。然三郎以君達書故，移〔一九〕怒於君，今將五百兵，於潼關相候，君若往，必爲所害，可且還京。不久大駕東幸，鬼神懼鼓〔二〇〕，君若坐於鼓車，則無慮也。」言訖不見。三衛大懼，即時還京。後數十日，會玄宗幸洛，乃以錢與鼓者，隨鼓車出關，因得無憂〔二一〕。（據中華書局版汪紹楹點校本《太平廣記》卷三〇〇引《廣異記》校録）

〔一〕悴　明鈔本作「沮」。

〔二〕三　孫校本作「二」。

〔三〕遠　明鈔本作「今」。

〔四〕厚　孫校本作「後」。

〔五〕池　孫校本作「地」。

〔六〕復　原作「後」，據明鈔本、孫校本改。

〔七〕十　原作「千」，據明鈔本改。

〔八〕惡　明鈔本作「畏」，《會校》據改。

〔九〕説　明鈔本、《四庫》本作「悦」，《會校》據改。説，通「悦」。

〔一〇〕將　原作「持」，據孫校本、《廣豔異編》卷一《北海神女》改。

〔一一〕吹　明鈔本作「起」，《會校》據改。

〔一二〕洞　原作「迵」，據明鈔本、孫校本改。

〔一三〕躊躇　孫校本作「疇酢」。疇酢，考慮、盤算之謂，意亦通。

〔一四〕青土　明鈔本作「青州」，《會校》據改。按：青土，猶言東土，指今山東，以其在東方，故稱。《晉書》卷一〇〇《王彌傳》：「王彌東萊人也。……弓馬迅捷，膂力過人，青土號爲飛豹。」青州今屬山東。

〔一五〕故　明鈔本作「特」，《會校》據改。按：故，特地、特意。《世説新語·政事》：「我今故與林公來相看，望卿擺撥常務，應對玄言。」

〔一六〕見青蓋　「青」原譌作「看」，據孫校本、《廣豔異編》改。明鈔本作「有晝蓋」。

〔一七〕闢　原譌作「闘」，據明鈔本、孫校本改。

〔一八〕仰　明鈔本作「申」。

〔一九〕移　明鈔本、孫校本作「修」。

〔二〇〕鼓　原作「鼓車」，「車」字乃涉下文「鼓車」而衍，據明鈔本、孫校本删。

〔二一〕憂　明鈔本作「患」。

按：《廣豔異編》卷一據《廣記》收此篇，題《北海神女》。

汝陰人

戴孚撰

汝陰男子姓許，少孤。爲人白皙，有姿調，好鮮衣良馬，遊騁無度。常牽黄犬，逐獸荒澗中，倦息大樹下。樹高百餘尺，大數十圍，高柯旁挺，垂陰連數畝。仰視枝間，懸一五色綵囊，以爲誤有遺者，乃取歸，而結不可解。甚愛異之，置巾箱中。向暮，化成一女子，手把名紙直前，云：「王女郎令相聞。」致名訖，遂去。

有頃，異香滿室，漸聞車馬之聲。許出户，望見列燭成行。有一少年，乘白馬，從十餘騎在前，直來詣許曰：「小妹粗家〔一〕，竊慕盛德，欲託良緣於君子，如何？」許以其神，不敢苦辭。少年即命左右，灑掃別室。須臾，女車至，光香滿路。侍女乘馬數十人，皆有美色，持步障，擁女郎下車，延入別室，幃帳茵薦畢具。家人大驚，視之皆見。少年促許沐浴，進新衣，侍女扶入女室。女郎年十六七，豔麗無雙，著青袿襹，珠翠璀錯，下階答拜。共升堂〔二〕訖，少年乃去。房中施雲母屏風，芙蓉翠帳，以鹿瑞錦障暎四壁。大設珍殽，多諸異果，甘美鮮香，非人間者。食器有七子樏〔三〕、九枝〔四〕盤、紅螺杯、蕖葉碗，皆黄金隱起，錯以瑰碧。有玉罍，貯車師葡萄酒，芬馨酷烈。座上置連心蠟燭，悉以紫玉〔五〕爲盤，光明如晝。

許素輕薄無檢，又爲物色夸眩，意甚悅之。坐定，許問曰：「鄙夫固陋，蓬室湫隘，不意乃能見顧之深，歡懼交并〔六〕，未知所措。」答曰：「大人爲中岳〔七〕南部將軍，不以兒之幽賤，欲使託身君子，躬奉砥礪。幸遇〔八〕良會，欣願誠深。」又問：「南部將軍今何官也？」曰：「是嵩君別部所治，若古之四鎮將軍也。」酒酣，歎曰：「今夕何夕？見此良人。」詞韻清媚，非所聞見。又援箏作《飛鴻》、《別鶴》之曲，宛頸而歌，爲許送酒。清聲哀暢，容態蕩越，殆不自持。許不勝其情，遽前擁之。乃微盼而笑曰：「既爲詩人感帨之譏，又玷上客挂纓之笑，如何？」因顧令徹筵，去燭就帳，恣其歡狎。豐肌弱骨，柔滑如飴。

明日，徧召家人，大申婦禮，賜與甚厚。積三日，前少年又來曰：「大人感愧良甚，願得相見，使某奉迎。」乃與俱去。至前獵處，無復大樹矣。但見朱門素壁，若今大官府中，左右列兵衛，皆迎拜。少年引入，見府君，冠平天幘，絳紗衣，坐高殿上，庭中排戟設纛。許拜謁，府君爲起，揖之升階，勞問曰：「小女[九]幼失所恃，幸得託奉高明，感慶無量。然此亦冥期神契，非至精相感，何能及此？」許謝，乃與入内。門宇嚴邃，環廊曲閣，連亘相通。中堂高會，酣燕[一〇]正歡。因命設樂，絲竹繁錯，曲度新奇。歌妓數十人，皆妍冶上色。既罷，乃以金帛厚遺之，并資僕馬。家遂贍給，仍爲起宅于里中，皆極豐麗。女郎雅善玄素養生之術，許體力精爽，倍于常矣。以此知其審[一一]神人也。

後時一歸，皆女郎相隨，府君輒饋送甚厚。數十年，有子五人，而姿色無損。後許卒，乃攜子俱去，不知所在[一二]也。（據中華書局版汪紹楹點校本《太平廣記》卷三〇一引《廣異記》校録）

〔一〕粗家　《豔異編》卷一《汝陰人》作「粗惡」。

〔二〕升堂　明鈔本作「成禮」，《豔異編》、明詹詹外史《情史類略》卷一九《南部將軍女》作「行禮」。

〔三〕七子槃　「槃」原作「螺」，誤，今改。七子槃，即扁榼，形扁似盤，中多格子，可以盛放各類食品。《玉篇》木部：「樏，扁榼謂之樏。」《廣韻》紙韻：「樏，似盤，中有隔也。」《藝文類聚》卷八一引《杜蘭香別傳》：「香降張碩，賫瓦榼酒、七子樏。樏多菜，而無他味，亦有世間常菜。」又稱「七子合盤」。《太平御覽》卷八四九引祖台之《志怪》：「建康小吏曹著，見廬山夫人，夫人爲設酒噉……下七子合盤，盤中亦無俗中餚。」

〔四〕枝　孫校本作「珠」。

〔五〕玉　明鈔本作「金」。

〔六〕歡懼交并　「懼」原作「忭」。按：忭亦謂喜樂，據清陳鱣校宋本、《豔異編》、《情史》改。明鈔本作「幸」，亦謁。

〔七〕中岳　原作「中樂」。按：下稱「嵩君」，「中樂」當指中岳嵩山，今改。

〔八〕遇　原作「過」，談愷刻本原作「遇」，清黄晟校刊本、《四庫》本、《筆記小説大觀》本及《豔異編》、《情史》同，據改。

〔九〕小女　原作「少女」，據黄本、《四庫》本、《筆記小説大觀》本改。

〔一〇〕燕　明鈔本作「宴」，《會校》據改。燕，通「宴」。

〔一一〕審　明鈔本作「實」。

〔一二〕在　明鈔本作「適」。

按：本篇採入《豔異編》卷一，題《汝陰人》，《情史類略》卷一九，題《南部將軍女》。

仇嘉福

戴孚撰

仇嘉福〔一〕者，京兆富平人，家在簿臺村。應舉入洛，出京，遇一少年，狀若王者，裘馬僕從甚盛。見嘉福，有喜狀，因問：「何適？」嘉福云：「應舉之都。」人云：「吾亦東行，喜君相逐。」嘉福問其姓，云姓白。嘉福竊思朝廷無白氏貴人，心頗疑之。經一日，人〔二〕謂嘉福：「君驢弱，不能偕行。」乃以後乘見載。

數日，至華嶽廟，謂嘉福曰：「吾非常人，天帝使我案天下鬼神，今須入廟鞫問。君命相與我有舊，業已如此，能入廟否？事畢，當俱入都。」嘉福不獲已，隨入廟門。便見翠幕雲黯，陳設甚備。當前有牀，貴人當案而坐，以竹倚牀〔三〕坐嘉福。尋有教呼嶽神，神至俯伏，貴人呼責〔四〕數四，因命左右曳出。徧〔五〕召關中諸神，點名閱視。末至昆明池神，呼上階語，請〔六〕嘉福宜小遠，無預此議。嘉福出〔七〕堂後幕中，聞幕外有痛楚聲，抉〔八〕幕，見己婦懸頭在庭樹〔九〕上，審其必死，心色俱壞。須臾，貴人召還，見嘉福色惡，問其故，具以實對。再命審視，還答不謬。貴人驚云：「君婦若我婦也，寧得不料理之！」遂傳教召嶽神。

神至，問：「何以取簿臺村仇嘉福婦，致楚毒？」神初不之〔一〇〕知。有碧衣人，云是判官，自後代對曰：「此事天曹所召，今見書狀送。」貴人令持案來，敕左右封印之。至天帝所，當持出，已自白帝。顧謂嶽神：「可即放還。」亦謂嘉福：「本欲至都，今不可矣，宜速還富平。」因屈指料行程，云：「四日方至，恐不及事，當以駿馬相借。君後見思，可于浄〔一一〕室焚香，我當必至。」言訖，辭去。既出門，神僕策馬亦至，嘉福上馬，便至其家。家人倉卒悲泣，嘉福直入，去婦面衣候氣。頃之遂活，舉家歡慶。村里長老，壺酒相賀，數日不已。其後四五日，本身騎驢，與奴同還，家人不之辨也。内出外入，相遇便合，方知先還即其魂也。

後歲餘，嘉福又應舉之都。至華嶽祠下，遇鄧州崔司法妻暴亡，哭聲哀甚，惻然憫之。躬往詣崔，令其輟哭，許爲料理，崔甚忻悦。嘉福焚香浄室，心念貴人，有頃遂至。歡叙畢，問其故，曰〔一二〕：「此是嶽神所爲，誠可留也。爲君致二百千，先求錢，然後下手。」因書九符，云：「先燒三符，若不愈，更燒六符，當還矣。」言訖飛去。嘉福以神言告崔，崔不敢違，始燒三符，日晚未愈，又燒其餘，須臾遂活。崔問其故〔一三〕，妻云〔一四〕：「初入店時，忽見雲母車在階下，健卒數百人，各持兵器，羅列左右。傳言王使相迎，倉卒隨去。王見喜，方欲結歡，忽有三人來云：『太乙〔一五〕神問何以奪生人妻。』神惶懼，持簿書云：『天配爲己妻，非横取之。』然不肯遣。須臾，有大神五六人，持金〔一六〕杵至王庭。徒衆駭散，獨神立樹下，乞宥其命，王遂引己還。」嘉福自爾方知貴人是太乙神也。爾後累思必至，爲嘉福迴换五六政官，大獲其力也。（據中華書局版汪紹楹點校本《太平廣記》卷三〇一引《廣異記》校録）

〔一〕仇嘉福　前原有「唐」字，今删。

〔二〕人　陳校本作「又」，《會校》據改。

〔三〕竹倚牀　陳校本「倚」作「椅」，《會校》據改。《廣豔異編》卷一《仇嘉福》作「竹牀」。按：古時牀用以坐卧，倚牀者即供斜靠之牀。又稱欹牀。《廣異記·李參軍》（《廣記》卷四四八）：「二黄門持金倚牀延坐。」元鄒鉉續編《壽親養老新書》卷三：「欹牀，如今之倚牀。但兩向施檔齊高，合曲尺上平。（注：僧家亦有偏禪倚，亦有仄檔，然高低不等，難爲仄倚。）若臂倚左檔，則右檔可几；臂倚右檔，則左可几臂。左右几互倚，令人不倦。仍可左右盤足，或枕檔角欹眠，無不便適。其度座方二尺，足高一尺八寸，檔高一尺五寸。（注：從地至檔共高三尺三寸。）木製，藤綳或竹爲之。（注：尺寸隨人所便增損。）」作「椅」誤。

〔四〕呼責　明鈔本、陳校本作「呵責」，《會校》據改。按：「呼責」不誤。《三國志·吴書十四·孫登傳》：「又失盛水金馬盂，覺得其主，左右所爲，不忍致罰，呼責數之，長遣歸家，敕親近勿言。」《舊唐書》卷一二八《段秀實傳》：「夜中聞都將李嗣業之聲，因大呼責之。」

〔五〕偏　明鈔本作「獨」。

〔六〕請　明鈔本、陳校本作「謂」。

〔七〕出　明鈔本作「入」，《會校》據改。按：出，去也，到也。

〔八〕抉　明鈔本作「披」。

〔九〕樹　明鈔本作「門」。

〔一〇〕之　明鈔本作「了」。

〔一一〕浄　陳校本作「静」，下同。

〔一二〕曰　此字原脱，據明鈔本補。

〔一三〕故　此字原無，據明鈔本補。

〔一四〕云　此字原無，據明鈔本補。

〔一五〕太乙　明鈔本「乙」作「一」。按：太乙，又作太一。《莊子·天下》：「建之以常無有，主之以太一。」

〔一六〕金　黄本、《四庫》本、《筆記小説大觀》本作「斧」。

按：《廣豔異編》卷一採入，題同《廣記》。

華嶽神女

戴孚撰

近代有士人，應舉之京，途次關西，宿於逆旅舍小房中。俄有貴人奴僕數人云：「公主來宿。」以幕圍店及他店四五所。人初惶遽，未得移徙。須臾，公主車聲大至，悉下，店中人便拒户寢，不敢出。公主於户前澡浴，令索房内。婢云：「不宜有人。」既而見某，群婢大罵。公主令呼出，熟視之，曰：「此書生頗開〔一〕人意，不宜挫辱，第令入房。」浴畢召之，言甚會意。使侍婢爲〔二〕洗濯，舒以麗服。乃施絳帳，鋪錦茵，及他寢玩之具，極世奢侈，爲禮之好。

明日，相與還京，公主宅在懷遠里，内外奴婢數百人，榮華盛貴，當時莫比。家人呼某爲駙馬，出入器服車馬，不殊王公。某有父母，在其故宅，公主令婢詣宅起居，送錢億貫，他物稱是。某家因資，鬱爲榮貴。如是七歲，生二子一女。公主忽言，欲爲之娶婦。某甚愕，怪有此語。主云：「我本非人，不合久爲君婦，君亦當業有婚媾，知非恩愛之替也。」其後亦更别婚，而往來不絶。婚家以其一往輒數日不還，使人候之，見某恒入廢宅，恐爲鬼神所魅。他日，飲之致醉〔三〕，乃命術士書符，施衣服中，及其形體皆遍。

某後復適公主家，令家人出止之，不令入。某初不了其故，倚門惆悵。公主尋出門下，大相責讓，云：「君素貧士，我相抬舉，今爲貴人。此亦於君不薄，何故使婦家書符相間？以我不能爲殺君也？」某視其身，方知有符，求謝甚至。公主云：「吾亦諒君此情，然符命已行，勢不得住。」悉呼兒女出〔四〕，令與父訣。某涕泣哽咽，公主命左右促裝，即日出城。某問其居，兼求名氏，公主云：「我華嶽第三女也。」言畢訣去。出門，恍惚〔五〕不見。（據中華書局版汪紹楹點校本《太平廣記》卷三〇二引《廣異記》校録）

〔一〕開　陳校本、明秦淮寓客《緑窗女史》卷一〇《華嶽神女記》作「閒」。

〔二〕爲　此字原無，據明鈔本、《緑窗女史》補。

〔三〕飲之致醉　陳校本「之」作「酒」，《會校》據改，誤。按：飲，讀去聲，動詞。飲之即使之飲。飲之致醉即灌醉之意。

〔四〕出　此字原無，據《緑窗女史》補。

〔五〕恍惚　此二字原無，據《緑窗女史》補。

按：《緑窗女史》卷一〇神仙部神媼門載《華嶽神女記》，署闕名，即本篇，取自《廣記》。

閻庚

戴孚 撰

張仁亶，幼時貧乏，恒在東都北市寓居。有閻庚者，馬牙荀子之子也。好善自喜，慕仁亶之德，恒竊父資，以給其衣食，亦累年矣。荀子每怒庚云：「汝商販之流，彼才學之士，於汝何有〔一〕，而破産以奉？」仁亶聞其辭，謂庚曰：「坐我累君，今將適詣白鹿山。所勞相資，不敢忘也。」庚久爲仁亶胥附之友，心不忍別，謂仁亶曰：「方願志學，今欲偕〔二〕行。」仁亶奇其〔三〕志，許焉，庚乃私備驢馬糧食同去。

六日至陳留，宿逆旅。仁亶〔四〕舍其内房，房外有牀。久之，一客後〔五〕至，坐于牀所。仁亶見其視瞻非凡，會〔六〕庚自外持壺酒至，仁亶以酒先屬客，客不敢受，固屬之，因與合〔七〕飲。酒酣歡甚，乃同房而宿。中夕，相問行李，客答曰：「吾非人，乃地曹耳。地府令主河北婚姻，絆男女脚。」仁亶開視其衣裝，見袋中細繩，方信焉。因求問己榮位年壽，鬼言亶年八十餘，位極人臣。復問庚，鬼云：「庚命貧賤〔八〕，無位禄〔九〕。」仁亶問何以致之，鬼云：「或絆得佳女，配之有相，當能得耳。今河北去白鹿山百餘里，有一村中王老女，相極貴，頃已絆與人訖，當相爲解彼絆此，以成閻侯也。君等〔一〇〕第速行，欲至其村，當有大雨濡濕，以此爲信。」因訣去。

仁亶與庚行六七日，至村，遇大雨，衣裝濕汙。乃至村西，求王氏舍焉。款門，久之方出，謝客云：「家有小不得意，所以遲遲，無訝也。」仁亶問其故，云：「已唯一女，先許適西村張家，今日納財，非意單寡，此乃相輕之義，已決罷婚矣。」仁亶等相顧微哂。留數日。主人極歡，仁亶乃云：「閻侯是己外弟。盛年志學，求〔二〕結婚姻。」主人辭以田舍家，然有喜色。仁亶固求，方許焉。以馬驢及他賫爲贄，數日成親畢，留閻侯止王氏，仁亶獨往，主人贈送之。其後數年，仁亶遷侍御史、并州長史、御史大夫、知政事。後庚累遇提挈，竟至一州。（據中華書局版汪紹楹點校本《太平廣記》卷三二八引《廣異記》校録）

〔一〕有　黄本、《四庫》本、《筆記小説大觀》本作「由」。

〔二〕偕　原作「皆」，據明鈔本、黄本、《四庫》本、《筆記小説大觀》本改。

〔三〕其　原作「有」，據明鈔本、《四庫》本、陳校本改。

〔四〕仁亶　孫校本、陳校本下有「倦」字。

〔五〕後　陳校本作「復」。

〔六〕會　原作「謂」，據陳校本改。

〔七〕合　孫校本作「舍」。

〔八〕賤　此字原無，據孫校本、陳校本補。

〔九〕無位禄　陳校本作「乏禄位」，《會校》據改。按：位禄即禄位。《吕氏春秋·忠廉》：「君之所予位禄者，鶴也。」

〔一〇〕君等　此二字原無，據孫校本、陳校本補。

〔一一〕求　原作「未」，據孫校本改。

按：《廣豔異編》卷三三輯入此篇。

唐五代傳奇集第二編卷三

楊瑒

戴孚 撰

開元中，洛陽令楊瑒，常因出行，見槐陰下有〔一〕卜者，令過，端坐自若。伍百〔二〕訶使起避，不動。瑒令散手拘至廳事，將捶之，躬自責問。術者舉首〔三〕曰：「君是兩日縣令，何以責人？」瑒問其事，曰：「兩日後君當命終。」瑒甚愕，問何以知之，術者具告所見。舉家驚懼，謂術者曰：「子能知之，必能禳之，若之何而免也？」瑒再拜求解〔四〕，術者曰：「當以居〔五〕之聞見，以衛執事，免之與否，未可知也。」乃引瑒入東院亭中，令瑒被髮跣足，牆面而立，己則據案而書符。中夕之後，喜謂瑒曰：「今夕且幸免，緩之〔六〕即來。明日可以三十張紙作錢，及多造餅餤與壺酒，出定鼎門〔七〕外桑林之間，俟人過者則飲之，皁裘右袒，即召君之使也。若留而飲餤，君其無憂。不然，寔難以濟君。亦宜易衣服，處小室，以伺之，善爲辭謝，問以所欲。予之策盡于是矣。」

瑒如其言。洎日西景，酒餤將罄，而皁裘不至，瑒深以爲憂。須臾遂至，使人邀屈，皁裘欣然。累有所進，瑒乃拜謁，人云：「君昨何之？數至所居，遂不復見，疑于東院安處，善神監護，故不敢犯。今地府相招未已，奈何？」瑒再拜求救者千數，兼燒紙錢，資其行用。鬼云：「感施大惠，明日當與府中諸吏同來謀之，宜盛饌相待。」言訖不見。

明日，瑒設供帳，極諸海陸，候之。日晚，使者與其徒數十人同至，宴樂殊常浩暢，相語曰：「楊長官事，焉得不盡心耶？」久之，謂瑒：「君對坊楊錫，亦有才幹，今揩『王』〔八〕作『金』，以取彼。君至五更，鼓聲動，宜於錫門相候。若聞哭聲，君則免矣。」瑒如其言往，見鬼使〔九〕在樹頭，欲往錫舍，爲狗所咋，未能得前。俄從缺牆中入，遲迴聞哭聲，瑒遂獲免。（據中華書局版汪紹楹點校本《太平廣記》卷三二九引《廣異記》校録）

〔一〕有　陳校本作「止」。

〔二〕伍百　談本原作如是，汪校本改作「伍伯」，未出校。孫校本、陳校本「百」作「佰」，《會校》據改。按：伍百、伍伯，役卒也。《周禮·春官宗伯·司服》鄭玄注：「今時伍伯緹衣，古兵服之遺色。」《後漢書·輿服志上》：「大車，伍伯璅弩十二人。」《太平御覽》卷七七八引《續漢書》作「伍百」。《後漢書》卷七八《宦者列傳·曹節傳》注：「韋昭《辯釋名》曰：『五百字本爲伍。伍，當也；伯，道也。使之導引當道陌中，以驅除也。』案：今俗呼行杖人爲五百也。」《康熙字典》白部「百」字引《後漢·曹節傳》注作「伍佰」。古籍鮮有作「伍佰」者，唯於清人書或見之。今回改。

〔三〕首　孫校本、陳校本作「手」。

〔四〕解　孫校本作「助」，《會校》據改。按：解，禳解、禳除。《淮南子·修務訓》：「是故禹之爲水，以身解於陽盱之河。」高誘注：「爲治水解禱，以身爲質。」

〔五〕居　原作「君」，當誤，據孫校本、陳校本改。

〔六〕緩之　原作「其」，據陳校本改。孫校本作「終之」。

〔七〕定鼎門　「鼎」原譌作「罪」，陳校本作「遠」。按：唐代東都洛陽外郭城城門，無定遠門而有定鼎門。據清徐松《唐兩京城坊考》卷五，洛陽外郭城南面三門，正中曰定鼎門。「罪」字必爲「鼎」字之形譌，今改。

〔八〕王　《四庫》本作「玉」。

〔九〕使　原作「便」，據孫校本、陳校本改。

李霸

戴孚撰

岐陽令李霸者，嚴酷剛鷙，所遇無恩，自丞〔一〕、尉已下，典吏皆被其毒。然性清婞音脛，恨也。自喜，妻子不免飢寒。一考後暴亡，既斂，庭絶弔客。其妻每撫棺慟哭，呼曰：「李霸在生云何，令妻子受此寂寞！」數日後，棺中忽語曰：「夫人無苦，當自辦歸。」其日晚衙，令家人於廳事設靈〔二〕几，霸見形，令傳呼召諸吏等。吏人素所畏懼，聞命奔走，見霸，莫不戰懼股慄。又使召丞及簿、尉，既至〔三〕，霸訶怒云：「君等無情，何至於此！爲我不能殺君等耶？」言訖，悉顛仆無氣。家人皆來拜，庭中祈禱。霸云：「但通〔四〕物數，無憂不活。率以五束絹爲准〔五〕，絹至便生。」各謝訖去後，謂兩衙典：「吾素厚於汝，何故亦同衆人？唯殺汝一身，亦復何益，當令兩家馬死爲驗。」須臾，數百疋一時皆倒欲死。遂人通兩疋細絹〔六〕，馬復如故。因謂諸吏曰：「我雖素清，今已死謝，諸君可能不惠涓滴乎？」又率以五疋絹□□□□□〔七〕。畢〔八〕，指〔九〕令某官出車，某出騎，某吏等修□□□□□〔一〇〕，違者必死。一更後方散。

後日，處分悉了。家人便□□□□引道〔一一〕，每至祭所，留下歆饗。饗畢，又上馬去。凡十餘里，已及郊外〔一二〕，遂不見。至夜，停車騎，妻子欲哭，棺中語云：「吾在此，汝等困弊，無用哭也。」霸家在都，去岐陽千餘里。每至宿處，皆不令哭。行數百里，忽謂子曰：「今夜可無寐，有人欲盜好馬，宜預爲防也。」家人遠涉困弊，不依約束，爾夕竟失馬。及明啓白，霸云：「吾令防盜，何故貪寐？雖然，馬終不失也。近店東有路向南，可遵此行十餘里，有藂林，馬繫在林下，往取。」如言得之。及至都，親族聞其異，競來弔慰，朝夕謁請。霸棺中皆酬對，莫不踖踧。觀聽聚喧，家人不堪其煩。霸忽謂子云：「客等往〔一三〕來，不過欲見我耳。汝可設廳事，我欲一見諸親。」其子如言。衆人於庭伺候，久之曰：「我來矣。」命捲幃，忽見霸，頭大如甕，眼赤睛突，瞪視諸客，客等莫不顛仆〔一四〕，稍稍引去。霸謂子曰：「人神道殊，屋中非我久居之所，速殯野外。」言訖不見，其語遂絶。（據中華書局版汪紹楹點校本《太平廣記》卷三三一引《廣異記》校録）

〔一〕丞　原譌作「承」，下文作「丞」，據明鈔本、黄本、《四庫》本、《筆記小説大觀》本改。

〔二〕靈　原作「案」，據陳校本改。

〔三〕既至　此二字原空闕，汪校本據明鈔本、陳校本補。孫校本亦同。黄本、《四庫》本、《筆記小説大觀》本作「皆至」。

〔四〕通　陳校本上有「粗」字，《會校》據補。

〔五〕率以五束絹爲准　方詩銘輯餃《廣異記》校：「『率』，原作『卒』，誤，下文云『又率以五疋絹』可證。」按：明馮夢龍《太平廣記鈔》卷五七作「率」，據改。「准」明鈔本作「贈」。

〔六〕絹　原誤作「馬」，據陳校本、黄本、《筆記小説大觀》本改。

〔七〕又率以五疋絹□□□□□　明鈔本「率」作「各」。五闕字據孫校本補。

〔八〕畢　明鈔本作「上之指□□□」。

〔九〕指　明鈔本作「又」。

〔一〇〕某吏等修□□□□□ 「修」下原無空闕，觀文義當有闕文。孫校本此下有五闕字，據補。

〔一一〕家人便□□□□引道 四闕字據明鈔本補，孫校本爲三闕字。

〔一二〕凡十餘里已及郊外 明鈔本作「凡十餘處塚，衆及郊外」。

〔一三〕往 明鈔本、孫校本、陳校本作「遠」，《會校》據改。

〔一四〕客等莫不顛仆 「客等」原作「等客」，「等」字連上讀，據明鈔本乙改。按：客等即諸客、衆客。孫校本「顛仆」下有二闕字。

黎陽客

戴 孚 撰

開元中，有士人家貧，投丐河朔，所抵無應者。轉至黎陽，日已暮，而前程尚遥。忽見路傍一門，宅宇甚壯，夜將投宿，乃前扣門。良久，奴方出。客曰：「日暮，前路不可及，輒寄外舍，可乎？」奴曰：「請白郎君。」乃入。須臾，聞曳履聲。及出，乃衣冠美丈夫，姿度閑遠〔一〕，昂然秀異。命延客，與相拜謁，曰：「行李得無苦辛，有弊廬，不足辱長者。」客竊怪其異，且欲審察之，乃俱就館。頗能清論，説齊、周〔二〕已來，了了皆如目見。客問名，曰：「我潁川荀季和。先人因官，遂居此焉。」命設酒殽，皆精潔，而不甚有味。有頃，命具榻舍中，邀客入，仍敕一婢侍宿。客候婢款狎，乃問曰：「郎君今爲何官？」曰：「見爲河公主簿，慎勿説也。」

俄聞外有叫呼受痛之聲，乃竊於窗中窺之。見主人據胡牀，列燈燭，前有一人，被髮裸形，左右呼群鳥喙其目，流血至地。主人色甚怒，曰：「更敢暴我乎？」客謂曰：「何人也？」曰：「何須强知他事。」固問之，曰：「黎陽令也。好射獵，數逐獸〔三〕，犯吾垣牆，以此受治也。」客竊記之。明旦顧視，乃大冢也。前問人，云是荀使君墓。

至黎陽謁令〔四〕，令果辭以目疾。客曰：「能療之。」令喜，乃召入〔五〕。具爲説之，令曰：「信有之。」乃暗令鄉正，具薪數萬束，積於垣〔六〕側。一日，令率群吏〔七〕，縱火焚之，遂易其墓，目即愈，厚以謝〔八〕客而不告也。後客還至其處，見一人，頭面燋爛，身衣敗絮，蹲於榛棘中。直前詣，客不識也。曰：「君頗憶前寄宿否？」客乃驚曰：「何至此耶？」曰：「前爲令所苦，然亦知非君本意，吾自運窮耳。」客甚愧悔之，爲設薄酹，焚其故衣以贈之，鬼忻受遂去。（據中華書局版汪紹楹點校本《太平廣記》卷三三三引《廣異記》校録）

〔二〕閑遠　明鈔本「遠」作「雅」，陳校本作「逸」，《會校》據陳本改。按：閑遠、閑逸，意思相近。《隋書》卷七五《儒林傳》史臣曰：「江陽（元善）從容雅望，風韻閑遠，清談高論，籍甚當年。」

〔二〕齊周　明鈔本作「周齊」，《會校》據改。按：高洋代東魏建齊（北齊）在五五〇年，宇文覺建周（北周）代西魏在五五七年，晚於北齊。

〔三〕獸　《永樂大典》卷一九六三七引《太平廣記》作「鹿」。

〔四〕謁令　此二字原無，據《大典》補。明鈔本作「詣」，《會校》據補。

〔五〕召入　明鈔本、陳校本「召」作「延」，《會校》據改。《大典》作「延入內舍」。

〔六〕垣　明鈔本作「冢」，孫校本作「墳」，《會校》據明鈔本改。按：前云垣牆，指墓垣，亦稱冢垣、墓牆、墳牆。南宋李燾《續資治通鑑長編》卷三〇〇：「后有遠祖葬河南，墓垣久毀。」北宋梅堯臣《宛陵先生集》卷四三《去臘隱静山僧寄榧樹子十二本柏樹子十四本種於新墳》：「冢垣雖闃寂，田客每丁寧。」《太平御覽》卷五六〇引伏滔《北征記》：「姑熟九井山北十里，有吴大將諸葛瑾墓，墓牆猶存。」《明史》卷六〇《禮志十四》：「功臣歿後封王，塋地周圍一百步，墳高二丈，四圍墳牆高一丈。」

〔七〕令率群吏　孫校本、陳校本「令」作「會」，明鈔本作「會集人吏」，《會校》據改。按：令指黎陽縣令。

〔八〕謝　明鈔本作「贈」。

按：《廣豔異編》卷三四據《廣記》輯入，題同。

李陶

戴孚撰

天寶中，隴西李陶，寓居新鄭。常寢其[一]室，睡中有人摇之。陶驚起，見一婢抱被[二]，容色甚美。陶問：「那忽得至此？」婢云：「鄭女郎欲相詣。」頃之，異香芬馥。有美女從西北陬壁中出，至牀所再拜。陶知是鬼，初不交語，婦人慙怍却退。婢慢罵數四，云：「田舍郎，待人故如是耶？令我女郎愧恥無量。」陶悦其美色，亦心訝之，因紿云：「女郎何在？吾本未見，可更呼之。」婢去，又來云[三]：「女郎重君舊緣，且將復至，勿復[四]如初，可以慇懃待之[五]也。」及至，陶下牀致敬，延之[六]偶坐，須臾相近。女郎貌既絶代，陶深悦之，留連十餘日。陶母躬自窺覘，累使左右呼陶，陶恐阻己志，亦終不出。婦云：「大家召君，何以不往？得無坐罪於我？」陶乃詣母，母流涕謂陶曰：「汝承人昭穆，乃有鬼婦乎？」陶不改之[七]，自爾留連，半歲不去[八]。

其後陶參選，之上都，留婦在房。陶後遇疾篤，鬼婦在房，謂其婢云：「李郎今疾亟，爲之奈何？當相與往省問。」至潼關，鬼爲[九]關司所遏，不得過者數日。會陶堂兄亦赴選入關，鬼婦[一〇]得隨過。其夕，至陶所，相見忻悦。陶問：「何得至此？」云：「知[一一]卿疾甚，故此相視。」素所持藥〔二〕，因和以飲陶，陶疾尋愈。其年選得臨津尉，與婦同衆至舍。數日，當之官，鬼辭不行。問其故，云：「相與緣盡，不得復去。」言别悽愴，自此遂絶。

（據中華書局版汪紹楹點校本《太平廣記》卷三三三引《廣異記》校録）

〔一〕其　明鈔本作「書」，《會校》據改。

〔二〕抱被　原作「袍袴」，據明鈔本改。

〔三〕婢去又來云　原作「婢云來」，有脱誤，據明冰華居士《合刻三志》志鬼類、舊題楊循吉《雪窗談異》卷八、清蓮塘居士《唐人説薈》第十六集及馬俊良《龍威秘書》四集、民國俞建卿《晉唐小説六十種》之《靈鬼志·李陶》補改，《合刻三志》、《雪窗談異》「去」譌作「云」。明鈔本作「乃止，又云」，《會校》據改。

〔四〕勿復　原作「忽復」，陳校本「忽」作「勿」，據改。明鈔本作「切勿」，《會校》據改。

〔五〕待之　此二字原無，據明鈔本、孫校本、陳校本、《豔異編》卷三六及《情史類略》卷二〇《李陶》、《靈鬼志》補。

〔六〕之　原作「止」，據明鈔本、《豔異編》、《情史》、《靈鬼志》改。

〔七〕陶不改之　「不」原作「云」，陳校本作「陶不之改」，據改「云」爲「不」。明鈔本「云」作「請」。《豔異編》、《情史》、《靈鬼志》四字作「陶言其故」。

〔八〕自爾留連半歲不去　明鈔本、孫校本、陳校本作「自爾半歲留連不去」，《會校》據改。

〔九〕鬼爲　原作「爲鬼」，據明鈔本乙改。

〔一〇〕婦　此字原無，據《豔異編》、《情史》、《靈鬼志》補。

〔一一〕知　原作「見」，據明鈔本、孫校本改。

〔一二〕素所持藥　明鈔本「素」作「索」，《會校》據改。按：素，平素。此言鬼婦平時所帶之藥，非李陶之藥，故下文云飲藥陶疾尋愈也。

按：本篇明世《豔異編》卷三六、《廣豔異編》卷三二、《情史類略》卷二〇採入，皆題《李陶》。又《合刻三志》志鬼類、《雪窗談異》卷八、《唐人説薈》第十六集（同治八年刊本卷一九）、《龍威秘書》四集《晉唐小説暢觀》、《晉唐小説六十種》有《靈鬼志》，妄託唐常沂撰，中亦有《李陶》。

王玄之

戴　孚　撰

高密王玄之，少美風彩〔一〕，爲蘄春丞。秩滿歸鄉里，家在郭西。嘗日晚徙倚門外，見一婦人從西來，將入郭。姿色殊絶，可年十八九〔二〕。明日出門又見〔三〕，如此數四，日暮輒來。王戲問之曰：「家在何處，暮暮〔四〕來此？」女笑曰：「兒家近在南岡，有事須至郭耳。」王試挑之，女遂欣然，因留宿，甚相親昵。明旦辭去，數夜輒一來，後乃夜夜來宿。王情愛甚至，試謂曰：「家既近，許相過否？」答曰：「家甚狹陋，不堪延客。且與亡兄遺女同居，不能無嫌疑耳。」王遂信之，寵念轉密。於女工特妙，王之衣服，皆其裁製，見者莫不歎賞之。左右一婢，亦有美色，常隨其後。雖在晝夜〔五〕，亦不復去。王問曰：「兄女得無相望乎？」答曰：「何須强預他家事。」如此積一年。

後一夜忽來，色甚不悦，啼泣而已。王問之，曰：「過蒙愛接，乃復離去〔六〕，奈何？」因嗚咽不能止。王驚問故，女曰：「得無相難乎？兒本前高密令女，嫁爲任氏妻。任無行見薄，父母憐念，呼令歸。後乃遇疾卒，權〔七〕殯於此。今家迎喪，明日當去。」王既愛念，不復嫌忌，乃便悲惋，問：「明日得〔八〕至何時？」曰：「日暮〔九〕耳。」一夜叙别不眠。明日臨别，女以金鏤〔一〇〕玉杯及玉環一雙留贈，王以繡衣一襲〔一一〕答之，握手揮涕而别。

明日至期，王於南岡視之，果有家人迎喪。發櫬，女顔色不變，粉黛如故。見繡衣一襲〔一二〕在棺中，而失其所送金杯及玉環。家人方覺有異，王乃前具〔一三〕陳之，兼示之玉杯與環，皆捧之而悲泣。因問曰：「兄女是誰？」曰：「家中二郎女，十歲病死，亦殯其旁。」婢亦帳中木人也，其貌正與從者相似。王乃臨柩悲泣而别，左右皆感傷〔一四〕。後念之，遂恍惚

成病，數日〔一五〕方愈，然每思輒忘寢食也。（據中華書局版汪紹楹點校本《太平廣記》卷三三四引《廣異記》校録）

〔一〕風彩　明鈔本「彩」作「采」，《會校》據改。按：風彩、風采義同。杜牧《樊川文集》卷一七《李珏贈司空制》：「飽聞聲聞，渴見風彩。」《廣記》卷三六七《黄崇嘏》（出《玉溪編事》）：「周既重其英聰，又美其風彩。」《豔異編》卷三六《王玄之》、《情史類略》卷二〇《任氏妻》、《靈鬼志·王玄之》作「丰儀」。

〔二〕姿色殊絶可年十八九　《豔異編》、《情史》、《靈鬼志》作「姿色殊絶可喜，年十八九」。

〔三〕見　《豔異編》、《情史》、《靈鬼志》下有「之」字。

〔四〕暮暮　原作「向暮」，據明鈔本、孫校本、陳校本、《豔異編》、《情史》、《靈鬼志》改。

〔五〕夜　原作「日」，據明鈔本改。

〔六〕乃復離去　明鈔本、孫校本、《豔異編》、《情史》、《靈鬼志》作「方復離異」。陳校本「去」亦作「異」。《會校》改作「異」。

〔七〕權　此字原無，據明鈔本補。

〔八〕得　《豔異編》、《情史》、《靈鬼志》作「將」。

〔九〕日暮　「暮」明鈔本作「仄」，《情史》作「中」。《豔異編》、《合刻三志·靈鬼志》譌作「異日」。

〔一〇〕 鏤　原作「縷」，據《豔異編》、《情史》、《靈鬼志》改。

〔一一〕 一襲　此二字原無，據明鈔本補。陳校本作「一對」，《豔異編》、《情史》、《靈鬼志》作「一箱」。

〔一二〕 襲　原作「箱」，據明鈔本、《四庫》本改。

〔一三〕 具　原作「見」，據孫校本、陳校本、《豔異編》、《情史》、《靈鬼志》改。

〔一四〕 感傷　明鈔本、孫校本、陳校本作「傷感」，《會校》據改。按：感傷、傷感一義。

〔一五〕 日　明鈔本作「月」，《會校》據改。

按：《豔異編》卷三六《王玄之》、《情史類略》卷二〇《任氏妻》即本篇。又《合刻三志》、《雪窗談異》、《唐人説薈》、《龍威秘書》、《晉唐小説六十種》之託名唐常沂撰《靈鬼志》，亦有此篇。

常夷

戴孚　撰

建康〔一〕常夷，字叔通，博覽經典〔二〕，雅有文藝，性耿正清直，以世業自尚。家近清溪，常〔三〕晝日獨坐，有黄衫小兒齎書直至閣前曰：「朱秀才相聞〔四〕。」夷未嘗識也，甚怪之。始發其書，云：「吴郡秀才朱均白常高士。」書中悉非生人語，大抵家近在西岡，幸爲善鄰，思奉顏色。末有一詩，具陳云〔五〕：「平生遊城郭，殂没委荒榛。自我辭人世，不知秋與春。牛羊久來牧，松柏幾成薪。分絶車馬好，甘隨狐兔群〔六〕。何處清風至，君子幸爲鄰。烈烈盛名德，依依佇良賓。千年何旦暮，一至〔七〕動人神。喬木如在望，通衢良易遵。高門儻無隔，向與折龍津〔八〕。」其紙墨皆故弊。常夷以感契殊深，嘆異久之。乃爲答書，慇懃切至，仍直尅期，請與相見。既去，令隨視之，至舍西一里許，入古墳中。

至期，夷爲具酒果。須臾，聞扣門，見前小兒，云：「朱秀才來謁。」夷束帶出迎，秀才著角巾、葛單衣，曳履〔九〕，可年五十許，風度閑和，雅有清致，與相勞苦。秀才曰：「僕梁朝時，本州舉秀才高第。屬四方多難，遂無宦情，屏居求志。陳永定末，終此地。久處泉壤，常欽風味，幽明路絶，遂廢將迎。幸因良會，大君子不見嫌棄，得申鬱積，何樂如之！」夷答曰：「僕以暗劣，不意冥靈所在咫尺，久闕承稟，幸蒙殊顧，欣感實多。」

因就坐，噉果飲酒。問其梁、陳間事，歷歷分明。自云朱异從子，説异事武帝，恩幸無匹。帝有織成金縷屏風，珊瑚鈿玉柄麈尾，林邑所獻七寶澡瓶、沉香鏤枕，皆帝所祕惜。常於承雲殿講竟，悉將以賜异。昭明太子薨時，有白霧四塞。葬時，玄鵠四雙，翔遶陵上，徘徊悲鳴，葬畢乃去。元帝一目失明，深忌諱之，爲湘東王〔一〇〕，鎮荆州。嘗使博士講《論語》，至於〔一一〕「見瞽者必變色」，語不爲隱，帝大怒，乃酖殺之。又嘗破北虜，手斬　裨將。于謹破江陵，帝見害，時行刀者乃其子也。沈約母拜建昌太夫人時，帝使散騎侍郎就家讀策，受〔一二〕印綬。自僕射何敬容已下數百人就門拜賀，宋、梁已來命婦，未有其榮。庾肩吾少事陶先生，頗多藝術。嘗盛夏會客，向空〔一三〕大噓氣，盡成雪。又禁諸器物，悉住〔一四〕空中。簡文帝詔襄陽造鳳林寺，少刹柱木，未至〔一五〕。津吏於江中獲一樟木，正與諸柱相符。帝性至孝，居丁貴嬪柩〔一六〕，涕泣不絶，卧痛〔一七〕潰爛，面盡生瘡。侯景陷臺城，城中水米隔絶。武帝既敕進粥，宮中無米，於黄門布囊中，齎得四升，食盡遂絶，所求不給而崩。景所得梁人，爲長枷，悉納〔一八〕其頭，命軍士以三投〔一九〕矢亂射殺之，雖衣冠貴人亦無異也。陳武帝既殺王僧辯，天下大雨百餘日。又説陳武微時，家甚貧，爲人庸〔二〇〕保以自給。常盜取長城豪富包氏池中魚，擒得，以擔竿繫，甚困。即祚後，滅包氏。此皆史所脱遺，事類甚多，不可悉載。

後數相來往，談宴賦詩，才甚清舉〔二一〕，甚〔二二〕成密交。夷家有吉凶，皆預報之。後夷病甚，秀才謂曰：「司命追君爲長史，吾亦預巡察〔二三〕。此職甚重，尤難其選，冥中貴盛無比。生人會當有死，縱復彊延數年，何似居此地，君當勿辭也。」夷遂欣然，不加藥療，數日而卒。（據中華書局版汪紹楹點校本《太平廣記》卷三三六引《廣異記》校録）

〔一〕建康　前原有「唐」字，南宋沈氏《鬼董》卷五亦載此文，無「唐」字，今删。

〔二〕典　明鈔本作「史」。

〔三〕常　《鬼董》作「甞」。常，通「甞」。下文「常盜取長城豪富包氏池中魚」同。

〔四〕聞　明鈔本作「問」。

〔五〕末有一詩具陳云　談本原作「末有一詩云具陳」，據明許自昌刊本、黄本、《四庫》本、《筆記小説大觀》本及《鬼董》改。明鈔本「末有一詩云」下空七字。明梅鼎祚《才鬼記》卷三《朱秀才》（末注《廣異記》）作「末有二詩具陳云」，「二」字謁。

〔六〕群　明鈔本作「塵」。

〔七〕至　原作「室」，據明鈔本、陳校本改。

〔八〕向與折龍津　陳校本、《鬼董》、《才鬼記》、《全唐詩》卷八六六朱均《貽常夷詩》「折」作「析」。按：龍津，龍門。《後漢書》卷六七《李膺傳》：「是時朝廷日亂，綱紀穨阤，膺獨持風裁，以聲名白高。士有被其容接者，名爲登龍門。」《晉書》卷五六《孫綽傳》：「綽字興公，博學善屬文。少與高陽許詢俱有高尚之志，居於會稽，遊放山水，十有餘年，乃作《遂初賦》以致其意。嘗鄙山濤，而謂人曰：『山濤吾所不解，吏非吏，隱非隱。若以元禮（按：李膺字）門爲龍津，則當點額暴鱗矣。』」「折龍津」者似本此，言面對常夷，不能登上龍門，而會肢體斷折。此乃朱秀才自謙之詞。然作「析」意亦通，「疑義相與析」之謂也。《鬼董》「向」作「何」，當謁。明鈔本、孫校本全句作「何與祈龍津」，疑亦誤，《會校》據改。

〔九〕曳履　明鈔本、孫校本、陳校本「履」作「屣」，《會校》據改。按：屣，亦履也。

〔一〇〕湘東王　「王」字原在下文「嘗使博士講《論語》」句前，據明鈔本、《鬼董》改。

〔一一〕於　明鈔本、孫校本作「子」，《會校》據改。按：子指孔子。《論語·鄉黨》：「子見齊衰者，雖狎必變。見冕者與瞽者，雖褻必以貌。……有盛饌，必變色而作。」

〔一二〕受　陳校本、《鬼董》作「授」。《會校》據陳本改。受，通「授」。

〔一三〕空　明董斯張《廣博物志》卷二二引《廣異記》作「室」。

〔一四〕住　明鈔本作「在」。

〔一五〕至　明鈔本、陳校本、《鬼董》作「致」，《會校》據明鈔本、陳校本改。至，通「致」。

〔一六〕居丁貴嬪柩　明鈔本、陳校本、《鬼董》、《才鬼記》「柩」作「喪」，《會校》據明鈔本、陳校本改。按：居柩，守靈也。

〔一七〕臥痛　明鈔本作「兩目」，《會校》據改。

〔一八〕納　明鈔本作「吊」，孫校本作「約」。

〔一九〕投　明鈔本作「股」。

〔二〇〕庸　明鈔本、陳校本作「傭」，《會校》據改。庸，同「傭」。

〔二一〕清舉　明鈔本作「越」，《會校》據改。按：《南史》卷四八《陸厥傳》：「（王斌）撫機問難，辭理清舉，四坐皆屬目。」

〔二二〕甚　明鈔本作「就」，《會校》據改。

〔三〕巡察　明鈔本、《鬼董》作「求察」。

按：《鬼董》卷五收載此篇。《才鬼記》卷三據《太平廣記》輯入，題《朱秀才》，末注《廣異記》。

宇文覿

戴孚撰

韓徹〔一〕者，以乾元中任隴州吳山令，素與進士宇文覿、辛稷等相善，並隨徹至吳山讀書，兼許秋賦之給。吳山縣令〔二〕號凶闕，前任多死。令廳前〔三〕有大槐樹，覿、稷等意是精魅所憑，私與典正，欲徹不在砍伐去之，期有一日矣。更白徹，徹謂二子曰：「命在於天，責不在樹，子等無然。」其謀遂止。

後數日，覿、稷行樹下〔四〕，得一孔，旁甚潤澤，中有青〔五〕氣，上昇爲雲。伺徹還寢，乃命縣吏〔六〕掘之。深數尺，得一塚，塚中有棺木，而已爛壞，有少齒髮及脛骨胯骨猶在。遥望西北陬，有一物，衆謂是怪異，乃以五千顧二人〔七〕取之。初縋，然畫燭一束。二人背〔八〕刀緣索往視，是〔九〕食瓶，瓶中有水，水上有林檎、䭔〔一〇〕夾等物。瀉出地上，悉如煙銷。徹至，命佐史收骨髮，以新棺斂，葬諸野。佐史偷錢，用小書函，折骨埋之。既至舍，倉卒欲死。家人白徹，徹令女巫〔一一〕視之。巫於徹前靈語云：「己是晉將軍契苾鍔，身以戰死，受葬於此縣。立冢近馬坊，恒苦糞穢，欲求遷改。前後累有所白，多遇合死人，遂令冥苦無可上達。今明府恩及幽壤，俸錢市櫬，甚惠厚。胥吏酷惡，乃以書函見貯骨髮。骨長函短，斷我胯脛，不勝楚痛，故復讐之耳。」徹辭謝數四，自陳：「爲主不明，令吏人等有此僞欺〔一二〕。當令市櫬，以衣被相送，而可小赦其罪，誠幸也。」又靈語云：「尋當釋之。然創造此謀，是宇文七及辛四，幽魂珮戴，豈敢忘之！辛侯不久自當擢禄〔一三〕，足光其身。但宇文生命薄無位，雖獲一第，終不及禄，且多厄難，我當救其三死〔一四〕。若忽爲官〔一五〕，雖我亦不能救。」言畢乃去。佐史見釋，方獲禮葬。

覿家在岐山，久之，鍔忽空中語云：「七郎夫人在莊疾亟，適已往彼營救，今亦小痊。尋有莊人來報，可無懼也。若還，妻可之後，慎無食馬肉。」須臾使至，具如所白。覿入門，其妻亦愈。會莊客有馬駒〔一六〕死，以熟腸及肉餽覿，覿忘其言而食之。遇乾霍亂，悶而絶氣者數矣。忽聞鍔言云：「令君勿食馬，何故違約？馬是前世冤家，我若不在，君無活理，我在亦無苦也。」遂令左右執筆疏方，藥至，服之乃愈。

後覿還吴山，會岐州土賊欲僭僞號，署置百官。覿素〔一七〕有名，被署中書舍人。賊尋被官兵所殺，覿等七十餘人，繫州獄待旨。鍔復至覿妻所，語云：「七郎犯事，我在地獄〔一八〕中大爲求請，然要三千貫錢。」妻辭貧家〔一九〕，實不能辦。鍔曰：「地府所用，是人間紙錢。」妻云：「紙錢當力辦之。」焚畢，復至獄中，謂覿曰：「我適於夫人所得三千貫爲君屬請，事亦解矣。有劉使君至者，即當得放，飽食無憂也。」尋而詔用劉晏爲隴州刺史，辭日奏：「賊等〔二〇〕點污名賢，曾未相見，所由但以爲逆徒〔二一〕所引，悉皆繫獄。臣至州日，請一切釋免。」上可其奏。晏至州，上畢，悉召獄囚，宣敕〔二二〕放之。

覿既以爲賊所署，恥而還家。半歲餘〔二三〕，吕崇賁爲河西節度〔二四〕，求書記之士。在朝多言覿者，崇賁奏覿左衛兵曹、河西書記，敕賜衣一襲，崇賁送絹百疋。敕至，覿甚喜。受敕，衣緑裳，西向拜蹈。一〔二五〕奴忽倒地，作〔二六〕鍔靈語，嘆息久之，謂覿：「勿令作官〔二七〕，何故受之？此度不能相救矣。」覿云：「今却還之，如何？」答云：「已受官畢，何謂復還？千萬珍重，不復來矣。」後四日〔二八〕，覿遇疾卒。初，女巫見鍔，衣冠甚偉，鬢髮洞赤，狀若今之庫莫奚云。（據中華書局版汪紹楹點校本《太平廣記》卷三三六引《廣異記》校録）

〔一〕韓徹　南宋委心子《新編分門古今類事》卷五《韓澈靈語》引《廣異記》作「韓澈」。

〔二〕縣令　明鈔本「令」作「人」，《會校》據改。按：縣令指縣令官署，若作「縣人」，則「號凶闕」者爲何處，失去交待。明鈔本誤。

〔三〕前 此字原無，據《古今類事》補。明鈔本、孫校本、陳校本作「事」，《會校》據改，誤。

〔四〕下 此字原無，據《古今類事》補。

〔五〕青 孫校本作「清」。

〔六〕吏 原作「人」，據明鈔本、孫校本、陳校本改。

〔七〕顧二人 孫校本、陳校本「顧」作「雇」，《會校》據改。顧，通「雇」。「二」孫校本譌作「一」。

〔八〕背 明鈔本、孫校本、陳校本作「銜」，《會校》據改。

〔九〕是 原作「其」，據明鈔本、孫校本、陳校本改。《太平廣記鈔》卷五七作「得」。

〔一〇〕餢 原作「縋」，據孫校本改。《廣韻》「灰」韻：「餢，餅也。」

〔一一〕女巫 原作「巫」，孫校本作「女巫」。按：文末稱「女巫」，據改。

〔一二〕僞欺 明鈔本、孫校本、陳校本「僞」作「隱」，《會校》據改。按：僞欺，欺詐。

〔一三〕自當擢禄 「擢禄」明鈔本作「擢官榮禄」，《會校》據補。《古今類事》作「見將及第榮禄」。

〔一四〕我當救其三死 「我」原譌作「無」，據黄本、《四庫》本、《筆記小説大觀》本改。《古今類事》作「吾」。「三」《廣記鈔》作「生」。

〔一五〕忽爲官 《古今類事》作「或爲正官」。

〔一六〕有馬駒 「有」字原無，據明鈔本、孫校本、陳校本補。《古今類事》「馬駒」作「馬」。

〔一七〕素　此字原無，據明鈔本、陳校本、《古今類事》補。

〔一八〕獄　此字原脱，據陳校本補。

〔一九〕家　明鈔本作「乏」。

〔二〇〕賊等　原譌作「曰」，據明鈔本、陳校本改。孫校本作「賊」，《古今類事》作「賊徒」。

〔二一〕徒　此字原脱，據明鈔本、孫校本、陳校本補。

〔二二〕敕　原作「出」，據明鈔本、孫校本、黄本、《四庫》本、《筆記小説大觀》本、《廣記鈔》改。

〔二三〕半歲餘　《古今類事》作「歲餘」。

〔二四〕河西節度　「西」原作「東」。按：吕崇賁爲河東節度使，在天寶十四載至至德元載（七五五—七五六）。《舊唐書》卷一一二《李麟傳》載，天寶十四載七月，李麟出爲河東太守、河東道採訪使，安禄山搆逆，以吕崇賁代之。《舊唐書·肅宗紀》載，至德元載七月，吕崇賁爲關内節度使兼順化郡太守。（參見郁賢皓《唐刺史考全編》卷七九《河東道·蒲州》）而此時乃在乾元（七五八—七六〇）以後，時岐州土賊被平，劉晏出任隴州刺史，半歲後吕崇賁爲節度使。此時吕乃河西節度使（治涼州）。據《唐刺史考全編》卷三九《隴右道·涼州》，吕鎮河西始於上元元年（七六〇，是年閏四月改乾元三年爲上元元年），終於廣德元年（七六三）。然則「河東」當爲「河西」之誤，今改。下同。

〔二五〕一奴　原無「一」字，據《古今類事》補。

〔二六〕作　此字原無，據明鈔本、孫校本、陳校本、《古今類事》補。

〔二七〕勿令作官　《古今類事》作「向謂汝勿作官」。

〔二八〕日　《古今類事》作「月」。

韋璜

戴　孚　撰

潞城縣令周混妻者，姓韋名璜，容色妍麗，性多黠惠〔一〕。恒與其嫂、妹期曰：「若有先死〔二〕，幽冥之事，期以相報。」後適周氏，生二女，乾元中卒。月餘，忽至其家，空間靈語，謂家人曰：「本期相報，故以是來。我已見閻羅王兼親屬。」家人問：「見鑊湯劍樹否？」答云：「我是何人，得見是事！」後復附婢靈語云：「太山府君嫁女，知我能粧梳，所以見召。明日事了，當復來耳。」明日，婢又靈語云：「我至太山，府君嫁女，理極榮貴。令我爲女作粧，今得臙脂及粉，來與諸女。」因而開手，有臙脂極赤，與粉並不異人間物。又云：「府君家撒帳錢甚大，四十鬼不能舉一枚，我亦致之。」因空中落錢，錢大如盞〔三〕。復謂女曰〔四〕：「府君知我善染紅，乃令我染。我辭己雖染，親不〔五〕下手，平素是家婢所以，但承己指揮耳。府君令我取婢，今不得已，蹔將婢去，明日當遣之還。」女云：「一家唯仰此婢，奈何奪之？」韋云：「但借兩日耳。若過兩日，汝宜擊磬呼之。夫磬聲一振，鬼神畢聞。」婢忽氣盡。經一日不返，女等嗚磬。少選，復空中語云：「我朝染畢，已遣婢還，何以不至，當是迷路耳。」須臾婢至，乃活，兩手忽變作深紅色。

又制五言詩，與妹〔六〕、嫂、夫數首。其寄妹詩云：「修短各有分，浮華亦非真。斷腸泉壤下，幽憂難具陳。淒淒白楊風，日暮堪愁人。」又二章寄夫，題云「泉臺客人韋璜」。詩云：「不得長相守，青春夭舜華。舊遊今永已，泉路却爲家。」其二〔七〕：「早知離別〔八〕切人心，悔作從來恩愛深。黄泉冥寞雖長逝，白日屏〔九〕帷還重尋。」贈嫂一章，序云：「阿嫂相疑留詩。」曰：「赤心用盡爲相知，慮後防前秪〔一〇〕定疑。案牘可申生節目〔一一〕，桃符雖聖欲何爲。」見其親説云爾。（據中華書局版汪紹楹點校本《太平廣記》卷三三七引《廣異記》校録）

〔一〕惠　明鈔本、陳校本作「慧」，《會校》據改。惠，通「慧」。

〔二〕恒與其嫂妹期曰若有先死　陳校本「嫂」作「姊」。按：下文有贈嫂詩，當作「嫂」。黄本、《四庫》本、《筆記小説大觀》本、《才鬼記》卷三《韋璜》（末注《廣異記》）、《太平廣記鈔》卷五六「期曰若有先死」作「若雲若月約先死」，乃二人名，誤，嫂、妹不當名字相似如此。

〔三〕盞　明鈔本作「杯」。

〔四〕女曰　此二字原脱，據明鈔本補。

〔五〕親不　《四庫》本、《廣記鈔》作「不親」。

〔六〕妹　原作「姊」，《四庫》本作「妹」，據改。下文「其寄詩云」，「寄」下當脱「姊」或「妹」，《四庫》本作「其寄妹詩云」，亦據補「妹」字。

〔七〕二　原誤作「一」，據明鈔本、《四庫》本改。

〔八〕離别　原作「别離」。按：依唐詩律絶格律，「離」字處當用仄聲字，此爲平聲，平仄失調。洪邁編《萬首唐人絶句》卷六六、《才鬼記》、《全唐詩》卷八六六，均作「離别」，據改。

〔九〕屏　《才鬼記》作「重」，與本句「重尋」重出，誤。

〔一〇〕秖　《全唐詩》作「秪」。

〔一一〕目　《全唐詩》校：「一作『日』。」

按：《才鬼記》卷三《韋璜》，末注《廣異記》，乃據《廣記》。

蔡四

戴孚撰

潁陽〔一〕蔡四者，文詞之士也。天寶初，家于陳留之浚儀。吟詠之際，每有一鬼來登其榻，或問義，或賞詩。蔡問：「君何鬼神，忽此降顧？」鬼曰：「我姓王，最大。慕君才德而來耳。」蔡初甚驚懼，後稍狎之。其鬼每至，恒以王大、蔡四〔二〕相呼，言笑歡樂。蔡氏故人有小奴，見鬼，試令觀之，其奴戰慄。問其形，云：「有大鬼，長丈餘，餘小鬼數人在後。」蔡氏後作小木屋，置宅西南隅，植諸菓木其外。候鬼至，謂曰：「人神道殊，君所知也。昨與君造小舍，宜安堵。」鬼甚喜，辭謝主人。其後每言笑畢，便入此居偃息，以爲常矣。

久之，謂蔡氏曰：「我欲嫁女，暫借君宅。」蔡氏不許，曰：「老母〔三〕在堂，若染鬼氣，必不安穩，君宜別求宅也。」鬼云：「太夫人堂，但閉之，必當不入，餘借七日耳。」蔡氏不得已借焉。七日之後方還住，而安穩無他事也。後數日，云設齋，憑蔡爲借食器及帳幕等。蔡云初不識他人，唯借己物，因問：「欲於何處設齋？」云：「近在繁臺北，世間月午，即地下齋時。」問：「至時欲往相看，得乎？」曰：「何適不可。」蔡氏以鬼，舉家持千手千眼呪，家人清浄，鬼即不來。盛食葷血，其鬼必至。欲至其齋，家人皆精心念誦，着新浄衣，乘月往繁臺。遥見帳幕僧徒極盛，家人並誦呪，前逼之，見鬼惶遽紛披。知其懼人，乃益前進。既至，翕然而散。其王大者，與徒侣十餘人北行。蔡氏隨之，可五六里，至一墓林乃没，記其所而還。明與家人往視之。是一廢墓，中有盟器〔四〕數十，當壙者最大，額上作「王」字。蔡曰：「斯其王大乎！」積火焚之，其鬼遂絶。（據中華書局版汪紹楹點校本《太平廣記》卷三七二引《廣異記》校録）

〔一〕潁陽　「潁」原譌作「穎」，據黄本、《四庫》本、《筆記小説大觀》本改。

〔二〕四　原作「氏」，據明鈔本、孫校本改。

〔三〕母　原作「親」，據孫校本改。按：下文云「太夫人」，乃母也。

〔四〕盟器　黄本、《四庫》本、《筆記小説大觀》本作「明器」。按：明器，又作盟器，隨葬器物。《禮記·檀弓上》：「其曰明器，神明之也。」《孔子家語·曲禮公西赤問》：「其曰盟器，神明之也。」又《曲禮子夏問》：「夫以盟器，鬼器也。」

崔明達

戴孚撰

崔明達，小字漢子，清河東武城〔一〕人也。祖元獎，吏部侍郎、杭州刺史；父庭玉，金吾將軍、冀州刺史。明達幼於西京太平寺出家，師事利涉法師，通《涅槃經》，爲桑門之魁柄。開元初，齋後房中晝寢，及寤，身在簷外〔二〕，還房又覺〔三〕出。如是數四，心甚惡之。須臾，見二牛頭卒，悉持死人，於房外〔四〕炙之，臭氣衝塞。問其所以，卒云：「正欲相召。」明達曰：「第無令臭，不憚行。」卒乃於頭〔五〕中拔出其魂，既而引出城中，所歷相識甚衆。明達欲對人告訴，則不可。

既出城西，路逕狹小，俄而又失二卒。有赤索係片骨，引明達行，甚親之。行數里，骨復不見。明達惆悵獨進，僅至一城，城壁毁壞。見數百人，洋〔六〕鐵補城，明達默然而過，不敢問。更行數里，又至一城，城前見卒吏數十人，和墼〔七〕修方丈室。有緋衫吏呵問明達，尋令卒吏推明達入室，累墼塞之。明達大叫枉，吏云：「聊欲相試，無苦也。」須臾，内傳王教，召明達師。明達隨入大廳，見貴彩〔八〕少年，可二十許。階上階下，朱紫羅列，凡數千人。明達行入庭，竊心念：「王召我，不下階。」忽見王在階下，合掌虔敬，謂明達曰：「冥中深要陽地功德，聞上人通《涅槃經》〔九〕，故使奉迎，開題延壽。」明達又念：「欲令開講，不致塔座，何以敷演？」又見塔座在西廊下，王指令明達上座開題，仍於塔下設席，王跪。明達説一行，王云：「得矣。」明達下座至庭〔一〇〕，王令左右送明達法師還。臨别，謂明達：「可爲轉一切經。」

既出，忽於途中見車騎數十人，云是崔尚書。及至，乃是其祖元獎。元獎見明達不悦，明達大言云：「已是漢子〔一一〕，阿翁寧不識耶？」元獎引至廳，初問藍田莊，次問庭玉，明達具以實對。元獎云：「吾自没後，有職務，未嘗得還家，存亡不之知也。」尋有吏持案至元獎問理〔一二〕，明達竊見籍有〔一三〕明達名，云：「太平寺僧，嵩山五品。」既畢，元獎問明達曰〔一四〕：「得窺也〔一五〕？」明達辭不見。乃令二吏送明達詣判官，令兩人送還家。判官見，不甚致禮。左右數客云：「此是尚書嫡孫，何得以凡客相待？」判官乃處分二吏送明達，曰：「此輩送上人者，歲〔一六〕五六輩，可以微貺勞之。」出門，吏各求五百千〔一七〕，吏云：「至家，宜便於市致焚之〔一八〕，吾等待錢方去。」及房，見二老婢被髮哭，門徒等並歎息。明達〔一九〕不識其屍，但見大坑，吏推明達於坑，遂活。尚昏沉，未能言，唯累舉手。左右云：「要紙錢千貫〔二〇〕。」明達頷之。及焚錢訖，明達見二人各持錢去，自爾病愈。

初，明達至王門，見數吏持一老姥至，明達問所居〔二一〕，云是鄠縣靈巖人。及入，王怒云：「何物老婢，持菩薩戒，乃爾〔二二〕不潔！」令放還，可清潔也。及出，與明達相隨行，可百餘步，然後各去。明達疾愈，往詣靈巖，果見其姥〔二三〕，如舊識也。（據中華書局版汪紹楹點校本《太平廣記》卷三七九引《廣異記》校録）

〔一〕東武城　《大明仁孝皇后勸善書》卷八作「東武成」。按：東武城，縣名，又作武城，唐屬貝州清河郡。今山東德州市武城縣西北。

〔二〕外　明鈔本作「前」。

〔三〕覺　《勸善書》作「移」。

〔四〕外　《勸善書》無此字。

〔五〕頭　明鈔本作「頂」。

〔六〕洋　《勸善書》作「鎔」。按：洋，用同「烊」，熔化。

〔七〕墼　《四庫》本作「塹」，下同。按：墼音「機」，土磚也。作「塹」誤。

〔八〕貴彩　《勸善書》作「白面」。

〔九〕涅槃經　「槃」原作「盤」。按：上文作「槃」，據黄本、《四庫》本、《筆記小説大觀》本、《勸善書》改。

〔一〇〕庭　此字原脱，據明鈔本、孫校本、《勸善書》補。

〔一一〕漢子　明鈔本作「孫子」。

〔一二〕問理　談本原作「問」，無「理」字，汪校本據明鈔本改「問」作「處」，《會校》亦改。孫校本、《勸善書》作「問理」，知談本實脱「理」字，今據補。

〔一三〕有　談本原作「至」，汪校本據明鈔本改作「有」，《勸善書》亦作「至」。

〔一四〕曰　此字原無，據明鈔本補。

〔一五〕也　《勸善書》作「否」。

〔一六〕歲　《勸善書》作「凡」。

〔一七〕五百千　《勸善書》作「錢五千」。

〔一八〕宜便於市致焚之　「焚」原作「鏨」，《勸善書》作「宜便如其數焚之」，知「鏨」爲「焚」字之譌，據改。

按：於市致謂在市場買紙錢。

〔一九〕明達　原脱「達」字，據明鈔本、《勸善書》補。《四庫》本亦補。

〔二〇〕千貫　《勸善書》作「否」。

〔二〕 問所居　「問」字原脱，據明鈔本、孫校本補。孫校本作「問其所」。

〔三〕 乃爾　明鈔本作「先亦」。

〔三〕 果見其姥　原作「見姥」，據《勸善書》補二字。

裴齡

戴孚撰

開元中，長安縣尉裴齡，常〔一〕暴疾數日。至正月十五日夜二更後，堂前忽見二黄衫吏持牒，云：「王追。」齡辭己疾病，呼家人取馬，久之不得，乃隨吏去。見街中燈火甚盛，吏出門行十餘里，煙火乃絶，唯一逕在衰草〔二〕中。可行五十里，至一城，牆壁盡黑，無諸樹木。忽逢白衣居士，狀貌瑰偉，謂二吏曰：「此人無罪，何故追來？」顧視齡曰：「君知死未？」齡因流涕，合掌白居士：「生不曾作罪業，至此，今爲之奈何〔三〕？求見料理。」居士謂吏曰：「此人衣冠，且又無過，不宜去其巾帶。」吏乃還之。

因復入城，數里之間，見朱門爽麗，奇樹鬱茂。前謁〔四〕一官，云是主簿。主簿遣領付典，勘其罪福。典云：「君無大罪，理未合來。」齡便苦請救助。檢案云：「殺一驢，所以追耳。然其驢執是市吏殺，君第不承，事當必釋。」須臾王坐，主簿引齡入。王問：「何故追此人？」主簿云：「市吏辯〔五〕引，適〔六〕以詰問，云實求腸，不遣殺驢。」言訖，見市吏枷項在前，有驢羊雞豕數〔七〕十輩隨其後。王問市吏：「何引此人？」驢便前云：「實爲市吏所殺，將肉賣與行人，不關裴少府事。」市吏欲言，其他羊豕等，各如所執。王言：「此人尚有數政官録，不可久留，宜速放去。若更遲延，恐形骸隳壞。」因謂齡曰：「今放君迴，當萬計修福。」齡再拜出，王復令呼，謂主簿：「可領此人觀諸地獄。」

主簿令引齡前行，入小孔中，見牛頭卒以叉刺人，隨業受罪。齡不肯觀，出小孔，辭主簿畢，復往別吏。吏云：「我本户部令史。」一人曰：「我本京兆府史，久在地府，求生人間不得。君可爲寫《金光明經》、《法華》、《維摩》、《涅盤》等經，兼爲設齋度，我即得生人間。」齡悉許之。吏復求金銀錢各三千貫，齡云：「京官貧窮，實不能辦。」吏云：「金錢者，是世間黄紙錢；銀錢者，白紙錢耳。」齡曰：「若求紙錢，當亦可辦，不知何所送之。」吏云：「世作錢於都市，其錢多爲地府所收。君可呼鑿錢人，於家中密室作之，畢，可以袋盛，當於水際焚之，我必得也。受錢之時，若横〔八〕風動灰，即是我得；若有風飈灰，即爲地府及他〔九〕鬼神所受，此亦宜爲常占。然鬼神常苦飢，燒錢之時，可兼設少佳〔一〇〕酒飯，以兩束草立席上，我得映草而坐，亦得食也。」辭訖，行數里，至舍。見家人哭泣，因爾覺痛，遍身恍惚，迷悶久之。開視，遂活。造經像及燒錢畢，十數日平復如常。（據中華書局版汪紹楹

點校本《太平廣記》卷三八一引《廣異記》校録)

〔一〕常　《四庫》本改作「嘗」,《會校》據改。常,通「嘗」。

〔二〕衰草　孫校本作「蘘草」。按:蘘草,即蘘荷,多年生草本植物。

〔三〕至此今爲之奈何　《四庫》本改作「今至此,爲之奈何」。

〔四〕謁　原作「謂」,據孫校本改。

〔五〕辯　原作「便」,據孫校本改。

〔六〕適　孫校本作「道」。

〔七〕數　孫校本無此字。

〔八〕横　明鈔本作「旋」,《會校》據改。

〔九〕他　原譌作「地」,據明鈔本、孫校本、《四庫》本改。

〔一〇〕佳　明鈔本作「便」。